【臺灣現當代作家
研究資料彙編】120

施叔青

國立台灣文學館
出版

部長序

　　十二月，是豐收的季節。在此時刻，國立臺灣文學館執行已十年的
「臺灣現當代作家研究資料彙編」計畫，再次推出十位重量級作家研究
彙編：吳漫沙、隱地、岩上、林泠、席慕蓉、吳晟、張系國、李渝、季
季、施叔青，為叢書再添基石。

　　文化是國家的靈魂，文學如同承載這靈魂的容器，舉凡生活日常、
思想智慧，或是歲月淬鍊的情感、慣習，點滴匯為龐大的「文化共同
體」，莫不需要作家之眼、文學之筆，將之一一描摹留存，讓後世得以
記憶，並了解自身之所來。

　　文化部近年來致力保存全民歷史記憶，透過「重建臺灣藝術史」計
畫，找回屬於我們的記憶、我們的靈魂，承繼各個時代、各個領域的藝
術家們為我們銘刻留下的時代精神。「臺灣現當代作家研究資料彙編」
的出版，恰與此呼應：藉由重要作家與作品研究的系統化整理，從檔案
史料提煉出臺灣文化多元、豐富的史觀，並透過回顧作家生平、查找文

學夥伴的往來互動及社團軌跡,再加上諸多研究者的評述,讓讀者不僅能與作家的生命路徑同行,更能由此進入臺灣特有、深邃的文學世界。我相信,當我們對於臺灣文學的認識越深入,對於這塊土地的情感也將更踏實,文化的創發也會更活潑光燦。

是故,欣見臺灣文學館將計畫第九階段的編選成果呈現出來。名單不乏讀者耳熟能詳的文學大家,但更有意義的,是讓許多逐漸為讀者甚至研究者遺忘的作家,再度重登文學舞臺,有重新被更多人閱讀、討論的機會,這正是我們重建文學史價值之所在。在此向讀者推介這一套兼具深度與廣度的文學工具書,提供國內外研究或關心臺灣文學發展者,期待我們能持續點亮臺灣文學的光芒。

文化部部長　鄭麗君

館長序

　　臺灣文學的範圍，遠比想像的長遠寬廣。以文字方式留存的文學、年代至少已三百有餘，原住民口語形式的傳統，歷史更是深厚而靈動。可以說，文學聚攏了我們一整個社會的集體記憶。然而文學不只有創作的努力，作者完成的工作，其實也經由文學的「研究」而散發更多意義。

　　國立臺灣文學館的使命，既是保存臺灣的文學創作史，也就必須借助文學的研究力。雖然臺灣曾有一段時期因為政治情境的壓制，致使臺灣文學科系在 1990 年代後才陸續成立，從而更加辛勤在重建我們應該集體記得的「文學史」。

　　針對作家和作品的評介和賞析，固是文學研究的明確入口，然而閱讀者的回應甚至反擊，其實也是隱含文思交鋒的珍奇素材，很值得系統性的保存、便於未來世代可以補足先人的思想圖譜。臺灣文學館因而開啟「臺灣現當代作家研究資料彙編」的編纂計畫，自 2010 年委託臺灣文學發展基金會執行，以「現當代」文學作家為界，蒐羅散布各處、詮釋多元的研究評論資料，以勾勒臺灣文學的整體面貌。

　　「彙編」由最早預定出版三個階段、50 冊的計畫，在各界期許中幾度擴編，至今已是第九階段，累積出版已達 120 冊。這一段現當代的範圍，始自 1920 年代臺灣的新文學世代，並融接戰後由中國大陸跨海而來的創作社群。第九階段彙編計畫包含吳漫沙、隱地、岩上、林泠、席慕蓉、吳晟、張系國、李渝、季季、施叔青十位作家的研究資料，探討了含括不同族群、性別、階層而匯聚在臺灣文學的歷程。

　　「彙編」計畫選定 1945 年以前出生的世代，為的是在勾勒他們共同經歷的特殊史跡——那個寫作相對艱辛、資料相對散佚、意識型態也格外沉重的時期。當然，部落社會的無名遊吟者、清末古典文學的漢詩人、以及在各個時代留下痕跡的文學家們，都同樣是高度值得尊崇的文學瑰寶。臺灣文學館的「彙編」期待能夠是一個窗口，引我們看見臺灣短短歷史撞擊出的這麼多種各異的文學互動，也寄望未來的資料科技協助我們將更多文學史料呈現給臺灣。

國立臺灣文學館館長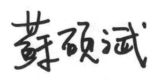

編序

◎封德屏

緣起

1995 年 10 月 25 日，在臺灣師範大學教育大樓的 201 室，一場以「面對臺灣文學」為題的座談會，在座諸位學者分別就臺灣文學的定義、發展、研究，以及文學史的寫法等，提出宏文高論，而時任國家圖書館編纂張錦郎的「臺灣文學需要什麼樣的工具書」，輕鬆幽默的言詞，鞭辟入裡的思維，更贏得在座者的共鳴。

張先生以一個圖書館工作人員自謙，認真專業地為臺灣這幾十年來究竟出版了多少有關臺灣文學的工具書，做地毯式的調查和多方面的訪問。同時條理分明地針對研究者、學生，列出了十項工具書的類型，哪些是現在亟需的，哪些是現在就可以做的，哪些是未來一步一步累積可以達成的，分別做了專業的建議及討論。

當時的文建會二處科長游淑靜，參與了整個座談會，會後她劍及履及的開始了文學工具書的委託工作，從 1996 年的《臺灣文學年鑑》起始，一年一本的編下去，一直到現在，保存延續了臺灣文學發展的基本樣貌。接著是《中華民國作家作品目錄》的新編，《臺灣文壇大事紀要》的續編，補助國家圖書館「當代文學史料影像全文系統」的建置，這些工具書、資料庫的接續完成，至少在當時對臺灣文學的研究，做到一些輔助的功能。

2003 年 10 月，籌備多年的「臺灣文學館」正式開幕運轉。同年五月《文訊》改隸「財團法人台灣文學發展基金會」，為了發揮更大的動能，開

始更積極、更有效率地將過去累積至今持續在做的文學史料整理出來，讓豐厚的文藝資源與更多人共享。

於是再次的請教張錦郎先生，張先生認為文學書目、作家作品目錄、文學年鑑、文學辭典皆已完成或正在進行，現在重點應該放在有關「臺灣現當代作家評論資料目錄」的編輯工作上。

很幸運的，這個計畫的發想得到當時臺灣文學館林瑞明館長的支持，於是緊鑼密鼓的展開一切準備工作：籌組編輯團隊、召開顧問會議、擬定工作手冊、撰寫計畫書等等。

張錦郎先生花了許多時間編訂工作手冊，每一位作家的評論資料目錄分為：

（一）生平資料：可分作者自述，旁人論述及訪談，文學獎的紀錄。

（二）作品評論資料：可分作品綜論，單行本作品評論，其他作品（包括單篇作品）評論，與其他作家比較等。

此外，對重要評論加以摘要解說，譬如專書、專輯、學術會議論文集或學位論文等，凡臺灣以外地區之報刊及出版社，於書名或報刊後加註，如中國大陸、香港、新加坡等。此外，資料蒐集範圍除臺灣外，也兼及中國大陸、香港、新加坡、日本、韓國及歐美等地資料，除利用國內蒐集管道外，同時委託當地學者或研究者，擔任資料蒐集工作。

清楚記得，時任顧問的學者專家們，都十分高興這個專案的啟動，但確定收錄哪些作家名單時，也有不同的思考及看法。經過充分的討論後，終於取得基本的共識：除以一般的「文學成就」為觀察及考量作家的標準外，並以研究的迫切性與資料獲得之難易度為綜合考量。譬如說，在第一階段時，作家的選擇除文學成就外，先考量迫切性及研究性，迫切性是指已故又是日治時期臺籍作家為優先，研究性是指作品已出土或已譯成中文為優先。若是作品不少而評論少，或作品評論皆少，可暫時不考慮。此外，還要稍微顧及文類的均衡等等。基本的共識達成後，顧問群共同挑選出 310 位作家，從鄭坤五、賴和、陳虛谷以降，一直到吳錦發、陳黎、蘇

偉貞，共分三個階段進行。

　　「臺灣現當代作家評論資料目錄」專案計畫，自 2004 年 4 月開始，至 2009 年 10 月結束，分三個階段歷時五年六個月，共發現、搜尋、記錄了十餘萬筆作家評論資料。共經歷了三位專職研究助理，近三十位兼任研究助理。這些研究助理從開始熟悉體例，到學習如何尋找資料，是一條漫長卻實用的學習過程。

接續

　　「臺灣現當代作家評論資料目錄」的專案完成，當代重要作家的研究，更可以在這個基礎上，開出亮麗的花朵。於是就有了「臺灣現當代作家研究資料彙編暨資料庫建置計畫」的誕生。為了便於查詢與應用，資料庫的完成勢在必行，而除了資料庫的建置外，這個計畫再從 310 位作家中精選 50 位，每人彙編一本研究資料，內容有作家圖片集，包括生平重要影像、文學活動照片、手稿及文物，小傳、作品目錄及提要、文學年表。另外每本書分別聘請一位最適當的學者或研究者負責編選，除了負責撰寫八千至一萬字的作家研究綜述外，再從龐雜的評論資料中挑選具有代表性的評論文章，平均 12～14 萬字，最後再附該作家的評論資料目錄，以期完整呈現該作家的生平、創作、研究概況，其歷史地位與影響。

　　第一部分除資料庫的建置外，50 位作家 50 本資料彙編（平均頁數 400 ～500 頁），分三個階段完成，自 2010 年 3 月開始至 2013 年 12 月，共費時 3 年 9 個月。因為內容充實，體例完整，各界反應俱佳，第二部分的 50 位作家，分四階段進行，自 2014 年 1 月開始至 2017 年 12 月，共費時 4 年，並於 2017 年 12 月出版《百冊提要》，摘要百冊精華，也讓研究者有清晰的索引可循。2018 年 1 月，舉行百冊成果發表會，長年的灌溉結果獲文化部支持，得以延續百冊碩果，於 2018 年 1 月啟動第三部分 20 位作家的資料彙編，為期兩年。2019 年 12 月結束費時十年，120 本的文學工具書之旅。

成果

　　雖然過程是如此艱辛，如此一言難盡，可是終究看到豐美的成果。每位編選者雖然忙碌，但面對自己負責的作家資料彙編，卻是一貫地認真堅持。他們每人必須面對上千或數百筆作家評論資料，挑選重要或關鍵性的評論文章，全面閱讀，然後依照編選原則，挑選評論文章。助理們此時不僅提供老師們所需要的支援，統計字數，最重要的是得找到各篇選文作者，取得同意轉載的授權。在起初進度流程初估時，我們錯估了此項工作的難度，因為許多評論文章，發表至今已有數十年的光景，部分作者行蹤難查，還得輾轉透過出版社、學校、服務單位，尋得蛛絲馬跡，再鍥而不捨地追蹤。有了前面的血淚教訓，日後關於授權方面，我們更是如臨深淵、如履薄冰，希望不要重蹈覆轍，在面對授權作業時更是戰戰兢兢，不敢懈怠。

　　除了挑選評論文章煞費苦心外，每個作家生平重要照片，我們也是採高標準的方式去蒐集，過世作家家屬、友人、研究者或是當初出版著作的出版社，都是我們徵詢的對象。認真誠懇而禮貌的態度，讓我們獲得許多從未出土的資料及照片，也贏得了許多珍貴的友誼。許多作家都協助提供照片手稿等相關資料，已不在世的作家，其家屬及友人在編輯過程中，也給予我們許多協助及鼓勵，藉由這個機會，與他們一起回憶、欣賞他們親人或父祖、前輩，可敬可愛的文學人生。此外，還有許多作家及研究者，熱心地幫忙我們尋找難以聯繫的授權者，辨識因年代久遠而難以記錄年代、地點、事件的作家照片，釐清文學年表資料及作家作品的版本問題，我們從他們身上學習到更多史料研究可貴的精神及經驗。

　　但如何在規定的時間內，完成每個階段資料彙編的編輯出版工作，對工作小組來說，確實是一大考驗。每一冊的主編老師，都是目前國內現當代臺灣文學教學及研究的重要人物，因此都十分忙碌。每一本的責任編輯，必須在這一年的時間內，與他們所負責資料彙編的主角——傳主及主編老師，共生共榮。從作家作品的收集及整理開始，必須要掌握該作家所

有出版的作品，以及盡量收集不同出版社的版本；整理作家年表，除了作家、研究者已撰述好的年表外，也必須再從訪談、自傳、評論目錄，從作品出版等線索，再作比對及增刪。再來就是緊盯每位把「研究綜述」放在所有進度最後一關的主編們，每隔一段時間提醒他們，或順便把新增的評論目錄寄給他們（每隔一段時間就有新的相關論文或學位論文出現），讓他們隨時與他們所主編的這本書，產生聯想，希望有助於「研究綜述」撰寫的進度。

在每個艱辛漫長的歲月中，因等待、因其他人力無法抗拒的因素，衍伸出來的問題，層出不窮，更有許多是始料未及的。譬如，每本書的選文，主編老師本來已經選好了，也經過授權了，為了抓緊時間，負責編輯的助理們甚至連順序、頁碼都排好了，就等主編老師的大作了，這時主編突然發現有新的文章、新的資料產生：再增加兩三篇選文吧！為了達到更好更完備的目標，工作小組當然全力以赴，聯絡，授權，打字，校對，重編順序等等工作，再度展開。

此次第三部分第二階段共需完成的 10 位作家研究資料彙編，年齡層與活動地區分布較廣，步履遍布海內外各地，創作類型也更為豐富多元。出生年代較早的作者，在年表事件的求證以及早年著作的取得上，饒有難度。以出生年代較近的作者而言，許多疑難雜症不刃而解，有些連主編或研究者都不太清楚的部分，作家本人及家屬絕對是一個最好的諮詢對象，對解決某些問題來說，這是一個好的線索，但既然看了，關心了，參與了，就可能有不同的看法，對於選文、年表、照片，甚至是我們整本書的體例，也會有更多想法，於是又是一場翻天覆地的大更動，對整本書的品質來說，應該是好的，但對經過多次琢磨、修改已進入完稿階段的編輯團隊來說，這不啻是一大挑戰。

1990 年開始，各地縣市文化中心（文化局），對在地作家作品集的整理出版，以及臺灣文學館成立後對日治時期作家以迄當代重要作家全集的編纂，對臺灣文學之作家研究，也有了很好的促進作用。如《楊逵全

集》、《林亨泰全集》、《鍾肇政全集》、《張文環全集》、《呂赫若日記》、《張秀亞全集》、《葉石濤全集》、《龍瑛宗全集》、《葉笛全集》、《鍾理和全集》、《錦連全集》、《楊雲萍全集》、《鍾鐵民全集》等，如雨後春筍般持續展開。

　　經過近二十年的努力，臺灣文學的研究與出版，也到了可以驗收或檢討成果的階段。這個說法，當然不是要停下腳步，而是可以從「臺灣現當代作家評論資料目錄」所呈現的 310 位作家、11 萬筆資料中去檢視。檢視的標的，除了從作家作品的質量、時代意義及代表性去衡量外，也可以從作家的世代、性別、文類中，去挖掘有待開墾及努力之處。因此這套「臺灣現當代作家研究資料彙編」，大部分的編選者除了概述作家的研究面向外，均有些觀察與建議。希望就已然的研究成果中，去發現不足與缺憾，研究者可以在這些不足與缺憾之處下功夫，而盡量避免在相同議題上重複。當然這都需要經過一段時間去發現、去彌補、去重建，因此，有關臺灣文學的調查、研究與論述，就格外顯得重要了。

期待

　　感謝臺灣文學館持續推動這兩個專案的進行。「臺灣現當代作家評論資料目錄」的完成，呈現的是臺灣文學研究的總體成果；「臺灣現當代作家研究資料彙編」的出版，則是呈現成果中最精華最優質的一面，同時對未來臺灣文學的研究面向與路徑，作最好的建議。我們可以很清楚的體會，這是一條綿長優美的臺灣文學接力賽，經過長時間的耕耘灌溉、風搖雨濡，百年臺灣文學大樹卓然而立，跨越時代並馳而行，120 冊作家研究資料彙編得千位作家及學者之力，我們十分榮幸能參與其中，更珍惜在傳承接力的過程，與我們相遇的每一個人，每一件讓我們真心感動的事。我們更期待這個接力賽，能有更多人加入。誠如張恆豪所說「從高音獨唱到多元交響」，這是每一個人所期待的。

編輯體例

一、本書編選之目的，為呈現施叔青生平、著作及研究成果，以作為臺灣
　　文學相關研究、教學之參考資料。

二、全書共五輯，各輯內容及體例說明如下：

　　輯一：圖片集。選刊作家各個時期的生活或參與文學活動的照片、著
　　　　　作書影、手稿（包括創作、日記、書信）、文物。

　　輯二：生平及作品，包括三部分：

　　　　　1.小傳：主要內容包括作家本名、重要筆名，生卒年月日，籍
　　　　　　貫，及創作風格、文學成就等。

　　　　　2.作品目錄及提要：依照作品文類（論述、詩、散文、小說、
　　　　　　劇本、報導文學、傳記、日記、書信、兒童文學、合集）及
　　　　　　出版順序，並撰寫提要。不收錄作家翻譯或編選之作品。

　　　　　3.文學年表：考訂作家生平所進行的文學創作、文學活動相關
　　　　　　之記要，依年月順序繫之。

　　輯三：研究綜述。綜論作家作品研究的概況，並展現研究成果與價值
　　　　　的論文。

　　輯四：重要文章選刊。選收作家自述、訪談紀錄以及國內外具代表性
　　　　　的相關研究論文及報導。

　　輯五：研究評論資料目錄。收錄至 2019 年 11 月底止，有關研究、論
　　　　　述臺灣現當代作家生平和作品評論文獻。語文以中文為主，兼
　　　　　及日文和英文資料。所收文獻資料，以臺灣出版為主，酌收中
　　　　　國大陸、香港、日本和歐美國家的出版品。內容包含三部分：

　　　　　1.「作家生平、作品評論專書與學位論文」下分為專書與學位
　　　　　　論文。

　　　　　2.「作家生平資料篇目」下分為「自述」、「他述」、「訪談」、
　　　　　　「年表」、「其他」。

　　　　　3.「作品評論篇目」下分為「綜論」、「分論」、「作品評論目
　　　　　　錄、索引」、「其他」。

目次

【輯五】研究評論資料目錄

輯一◎圖片集

影像◎手稿◎文物

1960年代初期，就讀彰化女中
高中部的施叔青。（施叔青提
供）

1960年代初期，就讀彰化女中高中部的施叔青。（施叔青提供）

1965年5月，施叔青參加於中美文經協會舉辦的「第一屆現代藝術季」，與藝文界友人合影。前排右起：秦松、辛鬱、陳庭詩、于還素、張拓蕪、李錫奇；後排右起：施叔青、佚名、梅新、景翔、姚慶章、林復南、吳昊、江漢東。（張孝惠提供）

1968年，施叔青與家人合影於北投家門前。左起：施叔青、小妹李昂、外甥郭振昌。（李昂提供）

1969年12月，施叔青與施中和（Robert Silin）（左）於臺北結婚。（施叔
青提供）

1972年夏，施叔青自美國返臺，繞道歐洲，留影於　1973年，施叔青身著排灣族傳統服飾留影於屏東。
希臘雅典。（施叔青提供）　　　　　　　　　　（施叔青提供）

1975年,施叔青一家合影於臺北。左起:施叔青、女兒施齊(Anne M. Silin)、丈夫施中和。(施叔青提供)

1980年1月,施叔青與藝術界友人合影於香港藝術中心。左起:吳靜吉、施叔青、朱銘。(施叔青提供)

1982年，施叔青在京劇《四郎探母》中飾演宮女，留影於香港藝術中心。（施叔青提供）

1984年7月，施叔青留影於臺北外雙溪張大千紀念館。（施叔青提供）

1980年代中期，施叔青與陳映真（右）合影於香港。（施叔青提供）

1980年代中期，施叔青與文友餐敘。左起：聶華苓、施叔青、非馬（後立者）、Paul Angle。（施叔青提供）

1985年夏，施叔青與陳若曦（右）於敦煌鳴沙山騎駱駝。
（施叔青提供）

1985年，施叔青身著古董手繡長袍留影於香
港家中。（施叔青提供）

1985年，施叔青與丁玲（左）合影於香港。（施叔青提供）

1980年代後期，施叔青與文友合影於香港。左起：林懷民、施叔青、白先勇。（施叔青提供）

1986年，施叔青與蕭軍合影於香港。右起：施叔青、蕭軍夫人、蕭軍。（施叔青提供）

1987年夏，施叔青與李可染（左）合影於北京。（施叔青提供）

1987年夏，施叔青與巴金（右）合影於上海。（施叔青提供）

1995年，施叔青與女兒施齊（左）合影於倫敦塔橋。（施叔青提供）

1998年1月12日，施叔青以長篇小說《寂寞雲園——香港三部曲之三》獲《聯合報·讀書人》1997年度文學類最佳書獎，於誠品書店敦南總店接受齊邦媛（左）頒獎。（施叔青提供）

1998年5月，施叔青參加女兒畢業典禮，全家合影於紐約。前排左起：公公、女兒施齊、婆婆；後排左起：施叔青、丈夫施中和。（施叔青提供）

1998年12月25～31日，施叔青參加法鼓山紐約象岡道場舉辦的話頭禪七。（施叔青提供）

2006年4月15日，施叔青參加哈佛大學
中國文化工作坊、北美華文作家協會紐
英倫分會於哈佛大學燕京圖書館舉辦的
「華文文學國際研討會」，於會場與張
鳳（右）合影。（張鳳提供）

2008年9月26日，施叔青獲第12屆國家文藝獎，得獎者合影於
臺北賓館。左起：施叔青、李祖原、劉國松、李屏賓、劉若
瑀、李泰祥。（施叔青提供）

2009年9月6日，施叔青參加「女性影像與文學的對談」
座談會，主持人、與談人合影於國立臺灣文學館。右
起：簡瑛瑛、施叔青、簡偉斯、周旭薇、王慰慈。
（陳奕翔提供）

約2009年，施叔青與文友聚於紐約夏志清家
中。右起：白先勇、施叔青、夏志清、王洞。
（施叔青提供）

2010年10月15日，施叔青參加國立臺灣文學館舉辦的「施叔青手稿捐贈暨新書《三世人》發表座談會」，參觀自己所捐贈之手稿。左起：施叔青、李瑞騰、施淑。（國立臺灣文學館）

2012年10月，施叔青參加於中國武漢舉辦的「海外華文女作家協會第12屆年會」暨「跨文化背景與華文女性寫作論壇」。右起：施叔青、蔚藍、尤金、林丹婭、陳若曦。（海外華文女作家協會提供）

2014年10月17日，施叔青參加臺灣師範大學舉辦的「跨國華人書寫‧文化藝術再現——施叔青國際學術研討會」，留影於會場。前排左起：施叔青、廖炳惠、林芳玫、簡瑛瑛、陳怡蓁；後排左起：丈夫施中和、女兒施齊。（臺灣師範大學華語文教學系提供）

2018年9月14日，施叔青參加於拉斯維加斯亞歷克西斯公園度假村舉辦的「北美洲華文作家協會會員大會暨文學研討會」。左起：張鳳、施叔青、夏祖焯、非馬。（張鳳提供）

2019年7月，施叔青參加法國外亞維儂藝術節，與江之翠劇場《行過洛津》劇作海報合影。（施叔青提供）

1990～1997年，施叔青長篇小說「香港三部曲」《她名叫蝴蝶——香港三部曲之一》、《遍山洋紫荊——香港三部曲之二》、《寂寞雲園——香港三部曲之三》手稿。（國立臺灣文學館）

No. 2

No. 1

微醺彩妝

施叔青

我們失去故鄉之味道，且終於找到一個真面目。

— Norge Les Quatre Verites

(24×25)

1999年，施叔青長篇小說《微醺彩妝》手稿。（國立臺灣文學館）

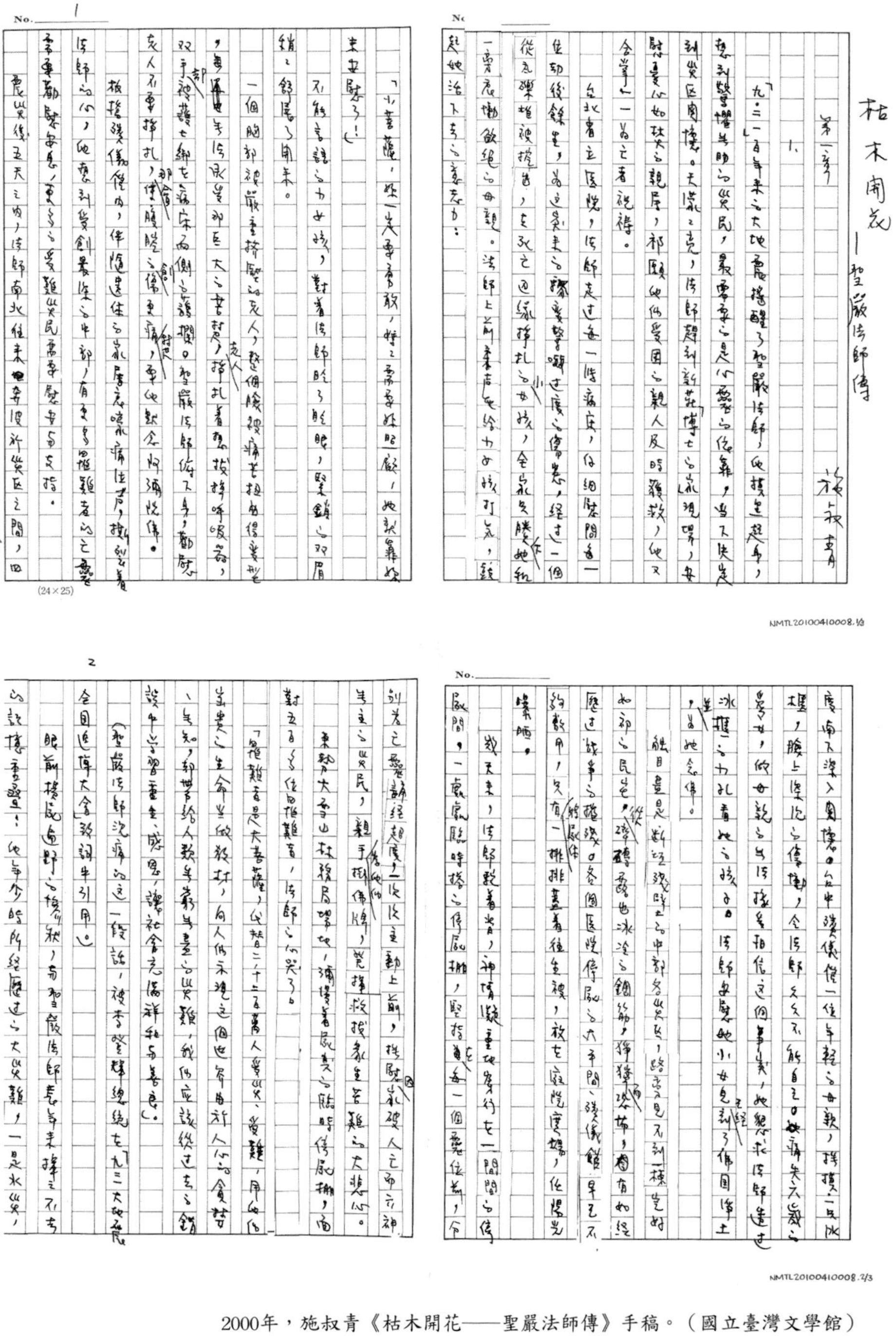

2000年，施叔青《枯木開花——聖嚴法師傳》手稿。（國立臺灣文學館）

「行過洛津」台灣三部曲之一

勸君切莫過台灣

「風前塵埃」台灣三部曲之二

「三世人」——台灣三部曲之三　施叔青

上卷

公元一九三三年十月，日本政府為了紀念始政四十周年，舉辦大型「始政四十周年紀念臺灣博覽會」……

2000～2010年，施叔青長篇小說「臺灣三部曲」《行過洛津》、《風前塵埃》、《三世人》手稿。（國立臺灣文學館）

緣起：1994年結束長達十七年的香港旅居，
當時有兩個選擇：一個是搬到紐約，一個是回到
台灣定居，我當然選擇了後者，確切是養我的原
鄉。我看隨著時間遷移，人事全非的台北
重頭找尋安置自己的位置，新家對著台灣大學的
後門，我經常騎著腳踏車到藝術史研究所旁
聽石守謙、傅申先生的中國書法、繪畫課。我有似乎
有意識的要為自己的下半生另闢蹊徑，除了研習書
畫理論，更想塗手丹青，一償宿願，大學聯考時因
為沒到台北美術科師畫藝術系絕緣，也許碰到
了補償這遺憾的時機了，自己知道對畫畫始終
不能忘情。

　然而，陳芳明的一句話卻改變了這一切。這位
知我甚深的夫友語重心長地質問我：

　　　你為香港寫了三部曲，身為台灣的女兒，難道
不應該用小說為台灣歷史作傳？

這句話令我陷入沉思。我對文學創作用情至深，
一直把寫作當成生命中最重要的志業，我把創作
比喻為爬山，要求不斷超越自己，始終沒有放
棄對自己的期許。

　　受到陳芳明夫友的激勵，我真的上進下去了，
自此展開了未來十年的自我挑戰。

　　我常常說自己是個天生的島民，一輩子在三個
島流轉，本來以為從香港島回到台灣這大島定居，
會停下流浪的腳印，沒想到又會再一次出走，回到我
先前住過的紐約曼哈頓島。

　　我在異國的天空下，閱讀研讀從故鄉蒐集
蒐來的台灣歷史文獻史籍，如何以小說為台灣
立傳？我思考著，最後決定不因循傳統大河小
說的形式，以家族史為主幹，用世代人物為經
緯，像我的香港三部曲，以一個家族三部小說
環環相扣，使香港平行的香港歷史有了趣

2012年1月，施叔青發表於《文訊》第315期〈用小說為臺灣歷史作傳——我寫「臺灣三部曲」〉手稿。
（文訊·文藝資料研究及服務中心提供）

輯二◎生平及作品
小傳◎作品◎年表

小傳

施叔青，女，本名施淑卿，筆名施梓、劉安安，籍貫彰化鹿港，1945年10月20日生。

淡江文理學院西洋語文學系法國語文組（今淡江大學法國語文學系）畢業，紐約市立大學戲劇碩士。曾任教於政治大學、淡江文理學院、世界新聞專科學校（今世新大學），曾擔任拓荒者出版社總編輯、香港藝術中心亞洲節目部策畫主任，世新大學、東華大學、香港浸會大學駐校作家，臺灣師範大學華語文教學系講座教授、北美華文作家協會副會長，現為北美華文作家協會榮譽顧問。1966年與尉天驄、陳映真等同仁創辦《文學季刊》，是為培養戰後現實主義文學的土壤；1976年與呂秀蓮等合辦拓荒者出版社，以文字拓荒、提倡女性意識，推動戰後臺灣第一波婦運。同時從事京劇、歌仔戲、南管之研究；1977年獲美國亞洲基金贊助，與漢寶德等進行「鹿港古風貌之研究」，並於同年移居香港。1979至1984年香港藝術中心亞洲節目部策畫主任任內，將臺灣與中國的藝術家介紹予香港觀眾，博得諸多好評。1994年返臺，2000年再移居美國紐約迄今。1983年短篇小說〈窯變——香港的故事之二〉獲第八屆《聯合報》小說獎推薦獎、1989年〈哈爾濱看冰燈〉獲上海《文匯報》遊記散文獎、1997年長篇小說《遍山洋紫荊——香港三部曲之二》獲第19屆《中國時報》文學獎推薦獎，1999年「香港三部曲」獲《亞洲週刊》選為「20世紀中文小說一百強」，2000年長篇小說《微醺彩妝》獲第三屆臺北文學獎文學創作獎小說

獎;「香港三部曲」與「臺灣三部曲」並多次獲《聯合報・讀書人》年度最佳
書獎及《中國時報・開卷》年度十大好書等。2008 年獲第 12 屆國家文藝獎,
為首位獲獎的女性作家。

　　施叔青的創作文類以小說為主,兼及論述、散文、傳記。早年小說深
受精神分析與存在主義影響,加之家鄉鹿港的古鎮氛圍,使其能將現代主
義與鄉土主題揉合於一處,如〈壁虎〉、〈約伯的末裔〉等,白先勇認為這
類作品「是透過她自己特有的折射鏡所投射出來的一個扭曲、怪異、夢魘
似的世界」。1970 年代後隨其跨國移動,施叔青刻畫處於東西文化間的矛
盾依違,並將女性經驗注入其中,如《牛鈴聲響》、〈常滿姨的一日〉等。
1980 年代則開啟「香港的故事」系列小說,描繪中上階層男女的慾望浮
沉,以及底層百姓的生活哀樂。而後在「六四事件」衝擊、「九七大限」焦
慮中動筆書寫「香港三部曲」,藉女性出發的家族故事敷演百年香港史,黃
英哲認為「『香港三部曲』的完成讓施叔青在創作上又締造個人的新里程
碑」。接著,其目光回返臺灣,先以《微醺彩妝》狀寫世紀末眾生相,突顯
後現代與後殖民的現時糾葛;同時回溯歷史,著手經營「臺灣三部曲」。以
人物為經緯,觀其於政權易幟下的應對與抉擇,揭示臺灣人複雜的身世與
認同的艱難,林芳玫謂「『臺灣三部曲』呈現了跨國人口流動與跨文化流動
下混雜的臺灣本土性格」。

　　論述方面包括戲劇評析、作家訪談、藝術研究之心得,流露犀利的鑑
賞力與歷史的透視力,如《臺上臺下》、《藝術與拍賣》等。散文則多以遊
歷見聞為主,圍繞對文化、歷史的思索,旁徵博引,呈現豐富的人文關
懷,如《指點天涯》等。傳記則有《枯木開花——聖嚴法師傳》一書,融
入個人參學與領會,單德興以「繁華落盡見真淳」響之。

　　施叔青對地域脈動的掌握、時代氛圍的覺察,使她常走於風氣之先;縱
橫東西的行腳、挖掘歷史的慧眼,則令她的文學世界無比遼闊。寫作逾半世
紀,施叔青不斷自我挑戰,持續發出宏遠而獨特的女性之聲。誠如陳芳明所
言,「施叔青文學散發的氣勢與魄力,已經成為臺灣文學史的重要證詞。」

作品目錄及提要

【論述】

西方人看中國戲劇
臺北：聯經出版公司
1976 年 4 月，32 開，158 頁
文化叢刊

本書為戲劇評論集，比較東、西方的戲劇觀念與美學概念之外，亦析論《王魁負桂英》、《蝴蝶夢》、《拾玉鐲》等文本。全書收錄〈導演記事〉、〈平劇的劇本〉、〈看俞大綱先生的《王魁負桂英》〉等 6 篇。正文前有俞大綱〈面對中國舞臺藝術我們還是無知的學生——序施叔青《西方人看中國戲劇》〉，正文後有施叔青〈後記〉，附錄 Josh Greenfeld 原著；施叔青譯〈與阿瑟米勒一席談〉。

臺上臺下
臺北：時報文化出版公司
1985 年 9 月，32 開，281 頁
人間叢書 3

本書為傳統戲劇與戲曲之觀察與整理，並穿插作者之採集記錄。全書收錄〈危樓裡的老藝人〉、〈魚鰍先〉、〈在黑暗中彈出人生的安慰〉等 13 篇。

西方人看中國戲劇
北京：人民文學出版社
1988 年 3 月，新 25 開，279 頁
《海內外文學》叢書

本書選錄聯經版《西方人看中國戲劇》、《臺上臺下》之文章。全書分「上　京劇部分」、「中　臺灣歌仔戲」、「下　木偶‧曲藝部分」三部分，收錄〈西方人看中國戲劇〉、〈導演記事〉、〈京劇的劇本〉等 16 篇。正文前有施叔青像、施叔青〈序〉。

明窗出版社 1989

時報文化出版公司
1989

文壇反思與前瞻

香港：明窗出版社
1989 年 2 月，32 開，247 頁

臺北：時報文化出版公司
1989 年 5 月，32 開，363 頁
人間叢書 144

本書為作者與 15 位中國小說家之對談結集，提供改革開放後了解中國文壇的第一手資料。全書收錄〈上帝是唯一的讀者——天津作家馮驥才談寫作與作品〉、〈中國人的良心——訪文壇硬漢劉賓雁〉、〈聽鄧友梅談古論今〉等 15 篇。正文前有明報出版社〈流派分陳蔚大觀——序施叔青《文壇反思與前瞻》〉、施叔青〈文革以後的大陸文學（代序）〉。

1989 年時報文化版：更名為《對談錄——面對當代大陸文學心靈》。更動篇名與順序。正文前刪去明報出版社〈流派分陳蔚大觀——序施叔青《文壇反思與前瞻》〉，施叔青〈文革以後的大陸文學（代序）〉更名為〈自序〉，正文後新增附錄璧華〈映現中國作家的理想與追求〉。

古董字畫拍賣熱

香港：明窗出版社
1990 年 12 月，32 開，214 頁
益智系列

本書為剖析中國藝術市場與拍賣生態之專書。全書收錄〈古今書畫拍賣及其他——訪問蘇富比書畫專家張洪先生〉、〈「20 世紀中國繪畫」觀後感〉、〈「馬可孛羅歸來」——蘇富比的紫禁城大拍賣〉等 13 篇。正文後附錄施叔青〈超級瘟疫：瘋狂的盜墓者〉、〈文物走私〉。

藝術與拍賣

臺北：東大圖書公司
1994 年 9 月，25 開，193 頁
滄海美術／藝術論叢 4
羅青主編

本書為剖析中國、香港藝術市場與拍賣生態之專書。全書收錄〈古今書畫拍賣及其他——訪問蘇富比書畫專家張洪先生〉、〈馬可孛羅歸來——蘇富比的紫禁城大拍賣〉、〈明清官窯大拍賣〉等 17 篇。正文前有圖片集、羅青〈「滄海美術／藝術論叢」緣起〉、施叔青〈序〉。

推翻前人

臺北：東大圖書公司
1994 年 11 月，25 開，217 頁
滄海美術／藝術論叢 5
羅青主編

本書析評中國當代藝術名家，並對臺灣當代藝術提出建言與反省。全書分「上卷：藝術家群像」、「下卷：藝術生態」二卷，收錄〈八十變法的畫家──朱屺瞻〉、〈推翻前人之見──謝稚柳先生談書畫鑑定及其他〉、〈林風眠的世界〉等 20 篇。正文前有圖片集、羅青〈「滄海美術／藝術論叢」緣起〉、施叔青〈自序〉。

耽美手記

臺北：元尊文化公司
1998 年 1 月，25 開，182 頁
風格館／風格人文 S5051
楊淑慧主編

本書為作者研究亞洲文物藝術的心得，以及遊歷各國觀展之記錄。全書分「中國陶瓷及其他」、「中國書畫」、「亞洲藝術及收藏」三輯，收錄〈開來品茗雅趣多〉、〈改寫明代瓷器史的展覽〉、〈清翫雅集收藏展〉等 17 篇。正文前有圖片集、王榮文〈出版緣起〉。

藝術與拍賣

上海：文匯出版社
2001 年 1 月，新 25 開，188 頁
大藝術書房
肖關鴻主編

本書選錄《古董字畫拍賣熱》、東大版《藝術與拍賣》、《耽美手記》之文章。全書收錄〈元洪武青花瓷器〉、〈改寫明代瓷器史的展覽〉、〈明清官窯大拍賣〉等 22 篇。正文前有圖片集、肖關鴻〈關於大藝術書房〉、施叔青〈自序〉。

【散文】

指點天涯

臺北:聯合文學出版社
1989 年 6 月,25 開,163 頁
聯合文學 032・聯合文叢 023

本書為作者踏足緬甸、泰國、印度、美國、中國等地之遊記,
對當地之文化歷史有深刻挖掘。全書收錄〈萬塔低眉的菩提
園——緬甸七日遊〉、〈清邁古廟風土尋蹤〉、〈古印度文化尋
蹤〉等 12 篇。正文前有施叔青〈指點天涯又一章(代序)〉。

回家,真好——原鄉的變調

臺北:皇冠文化出版公司
1997 年 10 月,新 25 開,222 頁
皇冠叢書第二七七〇種・非小說文叢 14

本書文章涵蓋主題多元,包括家庭生活、旅遊見聞、讀書心
得、時事論評等。全書分「有女為師」、「迷宮中的作家」、「八
方行腳」、「愛藝者」、「文明的嚮往」、「魅力生活」六部分,收
錄〈有女初長成〉、〈有女為師〉、〈陰謀得逞〉、〈下放〉、〈不敢
委屈自然〉等 68 篇。

心在何處——追隨聖嚴法師走江湖訪禪寺

臺北:聯合文學出版社公司
2004 年 3 月,25 開,261 頁
聯合文學 331・聯合文叢 296

本書為作者跟隨聖嚴法師參訪中國 27 座禪宗史上著名道場,其
間經歷之見聞、體悟,並對中國佛教史多有著墨。全書計有:1.
使佛陀嫉妒的《信心銘》;2.古柏見證禪寺興毀;3.本來無一
物;4.風動幡動,還是心動等 37 節。正文前有聖嚴法師〈禪法
長河增一瓢〉、施叔青〈放下反而獲得〉、參訪路線圖,正文後
附錄〈禪宗祖庭系統表〉、〈近代諸大師相關道場〉。

【小說】

仙人掌出版社 1969　　大林書店 1973

約伯的末裔

臺北：仙人掌出版社
1969 年 12 月，48 開，173 頁
仙人掌文庫 36

臺北：大林書店
1973 年 5 月，40 開，173 頁
大林文庫 79

短篇小說集。全書收錄〈瓷觀音〉、〈凌遲的抑束〉、〈紀念碑〉、〈泥像們的祭典〉、〈池魚〉、〈約伯的末裔〉、〈安崎坑〉共七篇。正文前有白先勇〈序〉、尉天驄〈關於施叔青〉。

1973 年大林版：內容與 1969 年仙人掌版同。

志文出版社 1971　　洪範書店 1988

拾掇那些日子

臺北：志文出版社
1971 年 3 月，32 開，162 頁
新潮叢書之七

臺北：洪範書店
1988 年 10 月，32 開，208 頁
洪範文學叢書 188

短篇小說集。全書收錄〈那些不毛的日子〉、〈壁虎〉、〈火雞的故事〉、〈拾掇那些日子〉、〈曲線之內〉、〈倒放的天梯〉、〈擺盪的人〉共七篇。正文前有〈新潮弁言〉、施叔青〈前記〉。

1988 年洪範版：更名為《那些不毛的日子》。正文與 1971 年志文版同。正文前刪去〈新潮弁言〉、施叔青〈前記〉，新增劉登瀚〈在兩種文化的衝撞之中——論施叔青早期的小說〉，正文後新增施叔青〈後記〉。

牛鈴聲響

臺北：皇冠出版社
1975 年 7 月，32 開，312 頁
皇冠叢書第四一七種

長篇小說。全書共 20 章，描繪臺灣鄉下女孩劉安安與學者彼得結婚後，移居美國的生活，聚焦主角在東西文化間的擺盪與心理轉折。

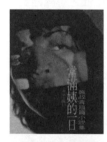

琉璃瓦

臺北：時報文化出版公司
1976 年 3 月，32 開，219 頁
時報書系 34

長篇小說。本書敘述主角許玉葵為替外國老闆收購古物而返鄉，
對家鄉與鄉土的看法在過程中漸被改變。全書計有：1.返鄉；2.
鳳凰瓦當；3.假龍銀；4.龍山寺的後殿；5.媽祖與香爐；6.洪牧師
的掛彩；7.賣蕃石榴的老太婆；8.二叔公的布袋戲；9.關帝爺巡
境；10.楓城的老街；11.躲在蚊帳裡的人；12.舊城門；13.現代化
的廟；14.祖母的遺物；15.童乩堂兄的道士服；16.姑婆的眼鏡
夾；17.鴨子、小老鼠、猴子；18.把廟買下來；19.城門上的落
日；20.龍山寺後殿，拆或是不拆？；21.拜亭上的會議；22.雕刻
師傅的故事；23.讓孩子們在青石板上玩；24.把廟搬到文化城
去；25.垃圾文化共 25 章。正文前有施叔青〈《琉璃瓦》序〉。

常滿姨的一日

臺北：景象出版社
1976 年 10 月，32 開，223 頁
景象文庫 10

短篇小說集。全書收錄〈常滿姨的一日〉、〈後街〉、〈「完美」的
丈夫〉、〈這一代的婚姻〉、〈困〉、〈安崎坑〉共六篇。正文前有施
叔青〈序〉。

倒放的天梯

香港：博益出版公司
1983 年 8 月，42 開，274 頁

短篇小說集。全書收錄〈壁虎〉、〈那些不毛的日子〉、〈曲線之
內〉、〈拾掇那些日子〉、〈約伯的末裔〉、〈泥像們的祭典〉、〈擺盪
的人〉、〈池魚〉、〈倒放的天梯〉共九篇。正文前有白先勇〈患了
分裂症的世界——談施叔青的小說〉、施叔青〈自序〉，正文後有
〈作者簡介〉、〈博益的話〉。

愫細怨

臺北：洪範書店
1984 年 1 月，32 開，220 頁
洪範文學叢書 103

短篇小說集。全書收錄〈常滿姨的一日〉、〈臺灣玉〉、〈愫細怨——
香港的故事之一〉、〈窯變——香港的故事之二〉、〈票房——香港
的故事之三〉、〈冤——香港的故事之四〉共六篇。正文前有施淑
〈嘆世界——代序〉。

完美的丈夫

臺北：洪範書店
1985 年 1 月，32 開，208 頁
洪範文學叢書 126

短篇小說集。全書收錄〈安崎坑〉、〈困〉、〈回首・驀然〉、〈後街〉、〈「完美」的丈夫〉共五篇。正文前有施叔青〈序：仍然跳動的心〉。

一夜遊——香港的故事

香港：三聯書店公司
1985 年 6 月，新 25 開，174 頁
海外文叢
蕭滋策畫

短篇小說集。全書收錄〈愫細怨——香港的故事之一〉、〈窰變——香港的故事之二〉、〈票房——香港的故事之三〉、〈冤——香港的故事之四〉、〈一夜遊——香港的故事之五〉、〈情探——香港的故事之六〉共六篇。正文前有圖片集、施叔青〈再版序〉，正文後附錄舒非〈與施叔青談她的「香港的故事」〉、〈施叔青小傳〉、〈施叔青的著作〉。

夾縫之間

香港：香江出版公司
1986 年 1 月，新 25 開，267 頁

長、短篇小說集。全書收錄〈牛鈴聲響〉（經作者改寫，共八章）、〈常滿姨的一日〉、〈臺灣玉〉、〈夾縫之間——香港的故事之七〉、〈尋——香港的故事之八〉、〈驅魔——香港的故事之九〉共六篇。正文前有圖片集、施叔青〈被顛倒了的世界再顛倒回來——《夾縫之間》自序〉。

情探

臺北：洪範書店
1986 年 2 月，32 開，222 頁
洪範文學叢書 150

短篇小說集。全書收錄〈一夜遊——香港的故事之五〉、〈情探——香港的故事之六〉、〈夾縫之間——香港的故事之七〉、〈尋——香港的故事之八〉、〈驅魔——香港的故事之九〉共五篇。正文前有施叔青〈序：我寫「香港的故事」〉，正文後有梅子〈「騷動不安」的新產物——評施叔青「香港的故事」〉。

香港的故事

北京：作家出版社
1986 年 8 月，32 開，200 頁

短篇小說集。全書收錄〈愫細怨〉、〈窯變〉、〈票房〉、〈一夜遊〉、〈情探〉、〈尋〉、〈驅魔〉共七篇。正文前有吳泰昌〈序〉。

顛倒的世界

北京：中國文聯出版公司
1986 年 9 月，25 開，231 頁
香港臺灣與海外華文文學叢書

短篇小說集。全書收錄〈壁虎〉、〈擺盪的人〉、〈池魚〉、〈常滿姨的一日〉、〈後街〉、〈「完美」的丈夫〉、〈困〉、〈愫細怨〉、〈窯變〉、〈尋〉共十篇。正文前有〈施叔青女士小傳〉、李子雲〈施叔青與張愛玲〉、施淑〈嘆世界〉。

琉璃瓦

哈爾濱：北方文藝出版社
1987 年 8 月，32 開，167 頁
臺灣文學叢書
葛浩文主編

長篇小說。收錄〈琉璃瓦〉（經作者改寫，共 11 章）、〈牛鈴聲響〉（經作者改寫，共八章）。正文前有葛浩文〈總序〉。

臺灣玉——施叔青小說選

福州：海峽文藝出版社
1987 年 11 月，新 25 開，369 頁
臺灣文學叢書

短篇小說集。全書收錄〈壁虎〉、〈那些不毛的日子〉、〈約伯的末裔〉、〈拾掇那些日子〉、〈倒放的天梯〉、〈擺盪的人〉、〈回首‧驀然〉、〈「完美」的丈夫〉、〈常滿姨的一日〉、〈臺灣玉〉、〈愫細怨——香港的故事之一〉、〈窯變——香港的故事之二〉、〈票房——香港的故事之三〉、〈冤——香港的故事之四〉共 14 篇。正文前有〈出版說明〉，正文後有劉登翰〈在兩種文化的衝撞之中——論施叔青的小說〉。

晚晴

廣州：花城出版社
1988 年 3 月，32 開，262 頁
臺港小說系列

短篇小說集。全書收錄〈臺灣玉〉、〈安崎坑〉、〈曲線之內〉、〈回首・驀然〉、〈票房〉、〈冤〉、〈晚晴〉、〈相見〉、〈最好她是尊觀音〉共九篇。正文前有王晉民〈序〉、〈內容提要〉。

韭菜命的人

臺北：洪範書店
1988 年 10 月，32 開，203 頁
洪範文學叢書 189

短篇小說集。全書收錄〈晚晴〉、〈最好她是尊觀音〉、〈相見〉、〈都是旗袍惹的禍〉、〈韭菜命的人〉、〈妖精傳奇〉、〈黃昏星〉共七篇。正文前有白先勇〈香港傳奇——讀施叔青「香港的故事」〉。

驅魔——香港傳奇

北京：作家出版社
1989 年 1 月，32 開，308 頁

短篇小說集。全書收錄〈愫細怨〉、〈窯變〉、〈票房〉、〈冤〉、〈一夜遊〉、〈情探〉、〈尋〉、〈驅魔〉、〈晚晴〉、〈相見〉共 10 篇。正文前有白先勇〈序〉，正文後附錄舒非〈與施叔青談她的「香港的故事」〉。

最好她是尊觀音

香港：明窗出版社
1989 年 12 月，42 開，282 頁
小說系列

長、短篇小說集。全書分「最好她是尊觀音」、「琉璃瓦」二輯，收錄〈最好她是尊觀音〉、〈黃昏星〉、〈晚晴〉、〈相見〉、〈琉璃瓦〉（經作者改寫，共十章）共五篇。正文前有施叔青〈自序〉，正文後附錄白先勇〈香港傳奇——讀施叔青「香港的故事」〉。

香港三部曲

臺北：洪範書店，25 開
《她名叫蝴蝶——香港三部曲之一》，1993 年 9
月，229 頁
《遍山洋紫荊——香港三部曲之二》，1995 年 9
月，229 頁
《寂寞雲園——香港三部曲之三》，1997 年 7
月，242 頁
洪範文學叢書 248

洪範書店 1993　　洪範書店 1995

廣州：花城出版社
1999 年 1 月，新 25 開
《她名叫蝴蝶——香港三部曲之一》，266 頁
《遍山洋紫荊——香港三部曲之二》，258 頁
《寂寞雲園——香港三部曲之三》，264 頁

巴黎：L'Herne
2004 年，新 25 開，588 頁
Wang Jiann-Yuh 譯

紐約：Columbia University Press
2005 年，25 開，302 頁
Modern Chinese Literature from Taiwan
Sylvia Li-chun Lin、Howard Goldblatt 譯

洪範書店 1997　　花城出版社 1999

香港：Hong Kong University Press
2008 年，18 開，302 頁
Sylvia Li-chun Lin、Howard Goldblatt 譯

馬德里：El tercer nombre
2008 年，15×22.5 公分，358 頁
Elena López Fernández 譯

南京：江蘇文藝出版社
2010 年 10 月，25 開，503 頁
港臺暨海外華人作家經典叢書

首爾：지식을만드는지식
2014 年 11 月，32 開，395 頁
지식을만드는지식 소설선집
金惠俊 譯

花城出版社 1999　　花城出版社 1999

長篇小說。描寫自東莞被綁至香港為妓的黃得
雲之家族故事，藉以敷演出香港百年史。《她名
叫蝴蝶——香港三部曲之一》全書計有：1.序
曲；2.她名叫蝴蝶；3.公元 1894 年香港的英國
女人；4.紅棉樹下；5.有關姜俠魂的傳說；6.重
回青樓；7.夢斷東莞共七章。正文前有施叔青
〈我的蝴蝶——代序〉，正文後有〈施叔青寫

L'Herne 2004　　Columbia
University Press
2005

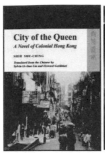

Hong Kong
University Press
2008

El tercer
nombre 2008

江蘇文藝出版社
2010

2014

作年表〉。《遍山洋紫荊——香港三部曲之二》全書計有：1.妳讓我失身於妳；2.家鄉裡的外鄉人；3.遍山洋紫荊；4.回首向來路；5.雕花的太師椅；6.十七行的算盤共六章。正文前有施叔青〈施叔青序〉、〈楔子〉，正文後有〈尾聲〉、〈施叔青寫作年表〉。《寂寞雲園——香港三部曲之三》全書計有：1.蝶影；2.血色島嶼；3.寂寞雲園；4.驚變；5.花魂共五章。正文前有施叔青〈自序〉，正文後有〈施叔青寫作年表〉。

1999 年花城版：《她名叫蝴蝶——香港三部曲之一》正文與 1993 年洪範版同。正文前新增〈內容提要〉、劉登翰〈道不盡的香港〉，正文後刪去〈施叔青寫作年表〉。《遍山洋紫荊——香港三部曲之二》正文與 1995 年洪範版同。正文前新增〈內容提要〉、劉登翰〈道不盡的香港〉，正文後刪去〈施叔青寫作年表〉。《寂寞雲園——香港三部曲之三》正文與 1997 年洪範版同。正文前新增〈內容提要〉、劉登翰〈道不盡的香港〉，正文後刪去〈施叔青寫作年表〉。

2004 年 L'Herne 版：法譯本 *Elle s'appelle Papillon*。三部曲合一冊。共 18 章。正文前刪去施叔青〈我的蝴蝶——代序〉、施叔青〈施叔青序〉、施叔青〈自序〉，新增 "Note sur la transcription du chinois"，正文後刪去〈施叔青寫作年表〉。

2005 年 Columbia University Press 版：英譯本 *City of the Queen: A Novel of Colonial Hong Kong*。三部曲合一冊。全書分三部分，共 40 章。正文前刪去施叔青〈我的蝴蝶——代序〉、施叔青〈施叔青序〉、施叔青〈自序〉，正文後刪去〈施叔青寫作年表〉，新增 "Translator's Note"。

2008 年 Hong Kong University Press 版：英譯本 *City of the Queen: A Novel of Colonial Hong Kong*。三部曲合一冊。全書分三部分，共 40 章。正文前刪去施叔青〈我的蝴蝶——代序〉、施叔青〈施叔青序〉、施叔青〈自序〉，正文後刪去〈施叔青寫作年表〉，新增

"Translator's Note"。

2008 年 El tercer nombre 版：西班牙文譯本 *La ciudad de la Reina: Una novela sobre el Hong Kong colonial*。三部曲合一冊。全書分三部分，共 40 章。正文前刪去施叔青〈我的蝴蝶——代序〉、施叔青〈施叔青序〉、施叔青〈自序〉，正文後刪去〈施叔青寫作年表〉。

2010 年江蘇文藝版：三部曲合一冊。全書分「她名叫蝴蝶」、「遍山洋紫荊」、「寂寞雲園」三部分，共 18 章。正文前施叔青〈我的蝴蝶——代序〉、〈施叔青序〉皆更名為〈自序〉，正文後刪去〈施叔青寫作年表〉。

2014 年지식을만드는지식版：韓譯本《그녀의 이름은 나비》。正文與 1993 年洪範版《她名叫蝴蝶——香港三部曲之一》同。正文後刪去〈施叔青寫作年表〉，新增〈해설〉、〈지은이에 대해〉、〈옮긴이에 대해〉。

維多利亞俱樂部

臺北：聯合文學出版社
1993 年 10 月，25 開，196 頁
聯合文學 082・聯合文叢 062

北京：人民文學出版社
1994 年 3 月，40 開，225 頁

東京：株式会社國書刊行会
2002 年 11 月，32 開，322 頁
新しい台湾の文学
藤井省三　譯

首爾：東國大學出版部
2010 年 8 月，25 開，331 頁
타이완 현대소설선 3
김양수（金良守）　譯

聯合文學出版社
1993

人民文學出版社
1994

國書刊行会　2002

東國大學出版部
2010

長篇小說。全書共 16 章，以維多利亞俱樂部爆發的貪汙醜聞為主軸，描繪香港殖民史與眾生相。正文前有施叔青〈我寫《維多利亞俱樂部》〉。

1994 年人民文學版：章節變動為 17 章，正文與 1993 年聯合文學版同。正文前新增〈作者像〉，正文後新增王德威〈眼看他起朱樓，眼看他宴賓客，眼看他樓塌了〉、廖炳惠〈殖民主義與法律〉、周英雄〈施叔青筆下的英國殖

民地俱樂部〉、劉登翰〈恢宏建築的最初奠基——談《維多利亞俱樂部》〉、〈作者小傳〉、〈寫作年表〉。

2002 年國書刊行会版：日譯本『ヴィクトリア俱楽部』。正文與 1993 年聯合文學版同。正文前刪去施叔青〈我寫《維多利亞俱樂部》〉，正文後新增藤井省三「解說」。

2010 年東國大學版：韓譯本《빅토리아클럽》。正文與 1993 年聯合文學版同。正文前刪去施叔青〈我寫《維多利亞俱樂部》〉，增加施叔青〈저자 서문〉、金良守〈역자 서문〉，正文後新增王德威〈그가 큰 집을 짓고, 손님을 불러 파티를 하고, 몰락해 가는 것을 지켜보다〉。

施叔青集

臺北：前衛出版社
1993 年 12 月，25 開，300 頁
臺灣作家全集・短篇小說卷／戰後第二代 15
陳萬益編

短篇小說集。全書收錄〈倒放的天梯〉、〈常滿姨的一日〉、〈臺灣玉〉、〈愫細怨——香港的故事之一〉、〈窯變——香港的故事之二〉、〈票房——香港的故事之三〉、〈一夜遊——香港的故事之五〉共七篇。正文前有圖片集、〈出版說明〉、鍾肇政〈緒言〉、〈是顛覆？還是追逐？——施叔青集序〉，正文後有施淑〈論施叔青早期小說的禁錮與顛覆意識〉、王德威〈從傳奇到志怪——評施叔青的《韭菜命的人》〉、許素蘭編；施叔青增訂〈施叔青小說評論引得〉、方美芬編；施叔青增訂〈施叔青生平寫作年表〉。

遍山洋紫荊

石家莊：河北教育出版社
1996 年 4 月，新 25 開，321 頁
金蜘蛛叢書
戴小華主編；徐征、李自修策畫

長、短篇小說集。全書收錄〈遍山洋紫荊〉、〈愫細怨〉、〈窯變〉、〈票房〉、〈一夜遊〉共五篇。正文前有〈施叔青〉、圖片集、戴小華〈序〉、施叔青〈序〉。

她名叫蝴蝶

北京：中國人民大學出版社
1996 年 6 月，25 開，357 頁
臺港澳與海外華文文學精讀文庫　施叔青卷

長、短篇小說集。全書收錄〈壁虎〉、〈約伯的末裔〉、〈倒放的
天梯〉、〈常滿姨的一日〉、〈臺灣玉〉、〈愫細怨──香港的故事
之一〉、〈票房──香港的故事之三〉、〈她名叫蝴蝶〉共八篇。
正文前有蕭乾〈序〉、曾慶瑞〈「臺港澳與海外華文文學精讀文
庫」緣起〉、〈施叔青小傳〉，正文後有〈施叔青作品繫年〉、〈編
後記　走過去，前面是片天〉。

倒放的天梯

北京：時事出版社
1996 年 7 月，32 開，346 頁
臺灣小說名家代表作叢書
古繼堂主編

短篇小說集。全書收錄〈壁虎〉、〈那些不毛的日子〉、〈愫細
怨〉、〈窰變〉、〈一夜遊〉、〈困〉、〈回首‧驀然〉、〈後街〉、〈「完
美」的丈夫〉、〈安崎坑〉、〈倒放的天梯〉、〈約伯的末裔〉、〈泥
像們的祭典〉、〈擺盪的人〉共 14 篇。正文前有古繼堂〈總
序〉，正文後附錄〈施叔青寫作年表〉。

妳讓我失身於妳

臺北：洪範書店
1996 年 9 月，50 開，51 頁
隨身讀 20

本書節錄 1995 年洪範版《遍山洋紫荊──香港三部曲之二》第
一章「妳讓我失身於妳」。

微醺彩妝

臺北：麥田出版公司
1999 年 12 月，25 開，〔328〕頁
當代小說家 13

長篇小說。全書共 18 章，描繪 1990 年代臺灣的紅酒熱潮，藉
由角色的物質與感官慾望，狀寫島國的後現代、後殖民情境。
正文前有王德威〈編輯前言〉、王德威〈異象與異化，異性與異
史──論施叔青的小說〉，正文後有施淑〈論施叔青早期小說的
禁錮與顛覆意識〉、廖炳惠〈從蝴蝶到洋紫荊──管窺施叔青的
「香港三部曲」之一、二〉、李小良〈「我的香港」──施叔青
的香港殖民史〉、〈施叔青創作年表〉、〈施叔青得獎作品表〉。

兩個芙烈達・卡蘿

臺北：時報文化出版公司
2001 年 7 月，25 開，163 頁
新人間 56

長篇小說。全書共 19 章，敘述者一方面記錄旅遊見聞，一方面
與墨西哥畫家芙烈達・卡蘿進行虛構式對話，包括對歷史、認
同、身體等議題的辯證與新詮。正文前有南方朔〈一個永恆的
對話〉。

上海文藝出版社
2003

花城出版社 2005

愫細怨

上海：上海文藝出版社
2003 年 2 月，新 25 開，398 頁
臺港暨海外華語作家自選文庫　施叔青自選集

廣州：花城出版社
2005 年 1 月，25 開，367 頁
跨區域華文女作家精品文庫
劉俊、蔡曉妮主編

短篇小說集。全書收錄〈壁虎〉、〈那些不毛的日子〉、〈倒放的
天梯〉、〈約伯的末裔〉、〈擺盪的人〉、〈常滿姨的一日〉、〈臺灣
玉〉、〈愫細怨——香港的故事之一〉、〈窯變——香港的故事之
二〉、〈票房——香港的故事之三〉、〈冤——香港的故事之四〉、
〈一夜遊——香港的故事之五〉、〈情探——香港的故事之六〉
共 13 篇。正文前有圖片集。
2005 年花城版：正文刪去〈約伯的末裔〉、〈常滿姨的一日〉、
〈冤——香港的故事之四〉，新增〈回首・驀然〉、〈困〉、〈後
街〉。正文前刪去圖片集，新增作者肖像、劉俊、蔡曉妮〈主編
前言〉。

微醺彩妝

上海：上海文藝出版社
2003 年 2 月，新 25 開，355 頁
臺港暨海外華語作家自選文庫　施叔青自選集

長篇小說。全書收錄〈維多利亞俱樂部〉（共 16 章）、〈微醺彩
妝〉（共 18 章）。正文前有圖片集。

時報文化出版公司
2003

時報文化出版公司
2008

時報文化出版公司
2010

三聯書店　2012

臺灣三部曲

臺北：時報文化出版公司，25 開
《行過洛津》，2003 年 12 月，353 頁
《風前塵埃》，2008 年 1 月，277 頁
《三世人》，2010 年 10 月，284 頁
新人間叢書 79、99、208

北京：三聯書店，25 開
《行過洛津》，2012 年 5 月，336 頁
《風前塵埃》，2012 年 5 月，259 頁
《三世人》，2012 年 10 月，283 頁

長篇小說。背景橫跨 18 世紀末嘉慶年間至 1947 年的二二八事件，藉多線情節與多重視角，觀照重層而紛雜的臺灣歷史經驗。《行過洛津》全書分「行過洛津」、「小步花磚面」、「改編《荔鏡記》」、「招魂」、「聲色一場」、「鳥踏」、「此情誰得知」七卷，計有：1.勸君切莫過臺灣；2.轉眼繁華等水泡；3.一開始，他看上的是玉芙蓉；4.媽祖宮前鑼鼓鬧；5.洛津無城門可守；6.楊柳活著抽陀螺，楊柳青著放風箏；7.總鋪師的那套傢伙；8.濁水溪的神話；9.有人豎旗造反；10.潔本《荔鏡記》；11.珍珠點腳一小塊，嘴唇烏沉沉；12.那的喚做甚傀儡？；13.弦仔師蔡尋；14.十五拋球，十六踏火；15.施輝為自己招魂；16.益春留傘；17.桐油籠裝桐油；18.擱淺的戎克船；19.心肝跋碎魂飄渺；20.妙音阿婠；21.有關萬合行敗落的傳說；22.夜宴；23.月斜三更相毛走；24.誰知一逕深如許；25.追容；26.歌哭的老歌伎共 26 章。正文前有南方朔〈走出「遷移文學」的第一步〉、陳芳明〈情慾優伶與歷史幽靈——寫在施叔青《行過洛津》書前〉，正文後有施叔青〈後記〉。《風前塵埃》全書計有：1.吉野天皇米；2.野菜必須被馴服；3.Wearing Propaganda；4.風前之塵埃；5.立霧山上的日本庭園；6.身世成謎；7.弓橋下的青石板；8.後山走反；9.荒廢的日本宿舍；10.月見花；11.筑紫橋的確存在過；12.他的莉慕依；13.「記住珍珠港」；14.沒有箭矢的弓；15.靈異的苦行僧；16.拔除昭和草；17.戰爭是美麗的共 17 章。正文前有南方朔〈透過歷史天使悲傷之眼〉，正文後有陳芳明、施叔青〈與為臺灣立傳的臺灣女兒對談——陳芳明與施叔青〉。《三世人》全書分上、中、下三卷，計有：1.避難；2.穿巷不堪餘夕照；3.她從哪裡來——掌珠情事之一；4.遺種；5.脫下大裪衫——掌珠情事之二；6.哪知萍水便逢卿；7.風起；8.含笑花——掌珠情事之三；9.漂鳥（一）；10.月落；11.孤女的願望——掌珠情事之四；12.漂鳥（二）；13.嫁接；14.旗袍與電影——掌珠情事之五；15.三世人；16.傷逝共 16 章。正文前有南方朔〈記憶的救贖——臺灣心靈史的鉅著誕生了〉、王德威〈三世臺灣的人、物、情〉，

三聯書店 2012

正文後有陳芳明、施叔青〈與和靈魂進行決鬥的創作者對談——陳芳明與施叔青〉。

2012 年三聯版:《行過洛津》正文與 2003 年時報文化版同。正文前陳芳明〈情慾優伶與歷史幽靈——寫在施叔青《行過洛津》書前〉更名為〈情慾優伶與歷史幽靈〉。《風前塵埃》正文與 2008 年時報文化版同。《三世人》正文與 2010 年時報文化版同。

三聯書店 2012

驅魔

臺北:聯合文學出版社公司
2005 年 8 月,25 開,191 頁
聯合文學 367．聯合文叢 328

長篇小說。本書循敘述者女小說家的藝術之旅而開展,於遊記中穿插虛構性鋪排,紀實與魔幻交織相映。全書計有:1.米蘭;2.威尼斯;3.席耶納;4.羅馬;5.那不勒斯;6.龐貝共六章。正文前有張小虹〈魔在心中坐〉。

她名叫蝴蝶

香港、新加坡:明報月刊出版社、新加坡青年書局
2011 年 2 月,25 開,346 頁
世界當代華文文學精讀文庫
張曉卿、陳孟哲總策畫

長、短篇小說集。全書收錄〈倒放的天梯〉、〈常滿姨的一日〉、〈臺灣玉〉、〈愫細怨——香港的故事之一〉、〈窯變——香港的故事之二〉、〈票房——香港的故事之三〉、〈一夜遊——香港的故事之五〉、〈她名叫蝴蝶〉(節錄 1993 年洪範版《她名叫蝴蝶——香港三部曲之一》第二章)、〈妳讓我失身於妳〉(節錄

1995 年洪範版《遍山洋紫荊——香港三部曲之二》第一章）共九篇。正文前有〈施叔青近照〉、〈施叔青簡歷〉、〈眾手合推的文化巨石——「世界當代華文文學精讀文庫」（總序）〉、陳芳明〈歷史‧小說‧女性：施叔青的大河巨構〉，正文後有〈施叔青創作年表〉。

度越

臺北：聯經出版公司
2016 年 5 月，25 開，255 頁
當代名家‧施叔青作品集 1

南京：江蘇鳳凰文藝出版社
2018 年 4 月，25 開，230 頁

聯經出版公司 2016

長篇小說。全書共 28 章，以一今一古的敘事線相互對照，描寫至南京研究佛教藝術的女學生、六朝僧人寂生等角色的修行之路。正文前有王德威〈寫作如修行，小說即緣法〉，正文後有施叔青〈活著，就是為認識自己〉。

2018 年江蘇鳳凰版：正文與 2016 年聯經版同。正文後新增劉俊〈從「四代人」到「三世人」——論施叔青的「香港三部曲」和「臺灣三部曲」〉、〈從心理探索到心靈觀照——論施叔青的《度越》〉。

**江蘇鳳凰文藝出版社
2018**

【傳記】

枯木開花——聖嚴法師傳

臺北：時報文化出版公司
2000 年 8 月，25 開，399 頁
歷史與現場 123

北京：三聯書店
2010 年 2 月，25 開，390 頁

**時報文化出版公司
2000**

本書採主題式書寫，並穿插今昔對照、訪談資料等內容，整體風格平實自然。全書計有：1.震災‧水災‧兵災；2.狼山出家；3.上海趕經懺、當學僧；4.十年軍旅生涯；5.六年閉關潛修等 15 章。正文前有圖片集，正文後有施叔青〈後記〉。

2010 年三聯版：正文刪去「漢藏佛教世紀大對談」一章。正文後新增附錄林青霞〈大師的風範〉、〈聖嚴法師年表〉、〈聖嚴法師 108 自在語〉、〈大陸正式出版聖嚴法師著作目錄〉。

三聯書店 2010

【合集】

The Barren Years

舊金山：Chinese Materials Center
1975 年，25 開，255 頁
Occasional Series No. 35
John M. McLellan　譯

本書為小說、劇本合集。全書收錄小說"The Barren Years"、"The Chain of Memory"、"The Ritual of the Clay Idol"、"The Upside-Down Ladder to Heaven"、"The Old-Timer"共五篇（John M. McLellan　譯）；英文劇本"Following the Clue"、"When the Cowbell Rings"共二篇。正文前有 John M. McLellan "Translator's Introduction"。

兩個芙烈達・卡蘿

上海：上海文藝出版社
2003 年 2 月，新 25 開，239 頁
臺港暨海外華語作家自選文庫　施叔青自選集

本書為散文、小說合集。全書收錄散文〈萬塔低眉的菩提園——緬甸七日遊〉、〈清邁古廟風土尋蹤〉、〈古印度文化尋蹤〉等 12 篇；小說〈兩個芙烈達・卡蘿〉（內容經刪減，共 19 章）。正文前有圖片集。

文學年表

1945 年	10 月	20 日，生於臺中州彰化部鹿港街（今彰化縣鹿港鎮）。本名施淑卿。父親施溪泉，母親李玉。家中排行第八，上有三兄四姐，下有一弟一妹。
1952 年	9 月	就讀鹿港第一國民學校（今鹿港國小）。
1958 年	6 月	畢業於鹿港第一國民學校。
	9 月	就讀彰化女中初中部。
		期間受教於李仲生，對繪畫產生興趣；並喜愛閱讀曹雪芹《紅樓夢》、魯迅《狂人日記》、托爾斯泰《戰爭與和平》等小說，以及《創世紀》刊登之詩作，尤著迷瘂弦、洛夫的作品，同時嘗試寫詩。
1961 年	6 月	畢業於彰化女中初中部。
	9 月	就讀彰化女中高中部。
	冬	完成第一篇小說〈壁虎〉，將本名施淑卿改為較中性的「施叔青」作為筆名，寄至臺北予其姐施淑，施淑後推薦給陳映真，陳映真再推薦給時任《現代文學》發行人的白先勇。
1964 年	6 月	畢業於彰化女中高中部。
	9 月	就讀淡江文理學院西洋語文學系法國語文組（今淡江大學法國語文學系）。期間結識姚一葦、白先勇、尉天驄、奚淞、周渝、王津平、汪立峽等友人。
1965 年	2 月	短篇小說〈壁虎〉發表於《現代文學》第 23 期。
	5 月	出席於中美文經協會舉辦的「第一屆現代藝術季」，與會者

有陳庭詩、李錫奇、吳昊、辛鬱、景翔等。

7 月　短篇小說〈瓷觀音〉發表於《現代文學》第 25 期。

1966 年　10 月　與尉天驄、陳映真、七等生、黃春明、王禎和等同仁創辦《文學季刊》。

短篇小說〈痊癒〉發表於《文學季刊》第 1 期。

1967 年　1 月　短篇小說〈石煙城〉發表於《文學季刊》第 2 期。

4 月　短篇小說〈紀念碑〉發表於《文學季刊》第 3 期。

11 月　短篇小說〈池魚〉發表於《文學季刊》第 5 期。

短篇小說〈約伯的末裔〉發表於《草原雜誌》第 1 期。

1968 年　1 月　短篇小說〈回鄉〉發表於《幼獅文藝》第 169 期。

2 月　短篇小說〈安崎坑〉發表於《文學季刊》第 6 期。

7 月　《文學季刊》同仁陳映真因白色恐怖之「民主臺灣聯盟案」被捕，故連夜坐火車南下，避居家鄉鹿港。

9 月　翻譯、改寫 Hugh Lofting 兒童文學《杜立德醫生》，由臺北王子出版社出版。

10 月　7～8 日，短篇小說〈拾掇那些日子〉連載於《中國時報・人間副刊》10 版。

11 月　22～30 日，短篇小說〈曲線之內〉連載於《中國時報・人間副刊》10 版。

短篇小說〈泥像們的祭典〉發表於《文學季刊》第 7、8 期合刊。

1969 年　6 月　畢業於淡江文理學院西洋語文學系法國語文組。

7 月　短篇小說〈火雞的故事〉發表於《文學季刊》第 9 期。

12 月　短篇小說〈倒放的天梯〉發表於《現代文學》第 39 期。

與來臺調查研究的哈佛大學人類學系博士生施中和（Robert Silin）結婚。

短篇小說集《約伯的末裔》由臺北仙人掌出版社出版。

1970 年　1 月　婚後赴紐約，旋隨丈夫轉往波士頓哈佛大學完成論文。

　　　　3 月　短篇小說〈擺盪的人〉發表於《現代文學》第 40 期。

　　　　夏　　於哈佛大學選讀暑期戲劇課程。

　　　10 月　16 日，〈比卡比亞——達達主義的開山鼻祖〉發表於《中國時報・人間副刊》10 版。

　　　11 月　5 日，〈法林格蒂的三個短劇〉發表於《中國時報・人間副刊》10 版。

　　　　　　17 日，〈失鄉的英雄——美國的新電影〉發表於《中國時報・人間副刊》10 版。

　　　12 月　8 日，〈《故事劇場》〉發表於《中國時報・人間副刊》10 版。

　　　　　　短篇小說〈那些不毛的日子〉發表於《現代文學》第 42 期。

　　　本年　　自波士頓回紐約，就讀紐約市立大學杭特學院戲劇研究所。

1971 年　3 月　短篇小說集《拾掇那些日子》由臺北志文出版社出版。

　　　　5 月　21 日，〈被蒙塵的《哈姆雷特》〉發表於《中國時報・人間副刊》9 版。

　　　　8 月　9 日，〈《雪鄉》搬上銀幕〉發表於《中國時報・人間副刊》12 版。

　　　　9 月　26 日，〈導演記事〉發表於《聯合報・副刊》12 版。

　　　10 月　〈試論羅卡的《耶瑪》〉及其演出——紐約劇場鳥瞰之一〉、翻譯羅卡劇本〈耶瑪〉發表於《幼獅文藝》第 214 期。

　　　12 月　〈約翰・葛理的喜劇——紐約劇場鳥瞰之二〉發表於《幼獅文藝》第 216 期。

1972 年　3 月　〈《馬克白斯》與故事劇場——紐約劇場鳥瞰之三〉發表於《幼獅文藝》第 219 期。

　　　　5 月　〈貝克特的精髓——紐約劇場鳥瞰之四〉發表於《幼獅文

藝》第 221 期。

6 月　6 日,〈唯一不屬於唐人街影院的中國電影〉發表於《中國時報・人間副刊》9 版。

夏　取得紐約市立大學杭特學院戲劇碩士學位,繞道歐洲觀覽古蹟後回臺北,於政治大學、淡江文理學院、世界新聞專科學校(今世新大學)教授戲劇課程,至 1974 年止。

10 月　11～12 日,〈美國的女人〉連載於《中國時報・人間副刊》12 版。

11 月　21～22 日,短篇小說〈愛德華的農場——「紐約傳奇」之一〉連載於《中國時報・人間副刊》12 版。
劇本〈另外一個人〉發表於《現代文學》第 48 期。

12 月　27 日,〈看俞大綱先生的《王魁負桂英》〉發表於《中國時報・人間副刊》12 版。

1973 年　1 月　〈評臺灣的報紙副刊〉發表於《書評書目》第 3 期。

2 月　翻譯 Josh Greenfeld〈與阿瑟・米勒一席談——紐約劇場鳥瞰之五〉發表於《幼獅文藝》第 230 期。

3 月　5 日,與呂大明等合作編寫的電視劇《風微微》於華視播出,至 4 月止。

5 月　短篇小說集《約伯的末裔》由臺北大林書店出版。

本年　向俞大綱、梁秀娟學習京劇之研究方法與身段做工。

1974 年　3 月　〈中國平劇裡的象徵動作——《拾玉鐲》的研究〉發表於《中山學術文化集刊》第 13 期。

4 月　9～12 日,短篇小說〈回首・驀然〉連載於《聯合報・副刊》12 版。

13～14 日,〈平劇的劇本——回顧與前瞻之六〉連載於《中國時報・人間副刊》12 版。

15 日,〈放逐的悲痛與自棄的悲哀——回顧與前瞻之七〉發

表於《中國時報・人間副刊》12 版。

8 月　〈試論東方劇場的兩個特質〉發表於《幼獅月刊》第 260
期。

9 月　劇本〈招魂〉發表於《幼獅文藝》第 249 期。

10 月　4〜5 日，短篇小說〈困〉連載於《中國時報・人間副刊》
12 版。

〈西方人看中國戲劇〉發表於《中華文化復興月刊》第 79
期。

〈美國戲劇家導演《蝴蝶夢》〉發表於《幼獅月刊》第 262
期。

11 月　29 日，女兒施齊（Anne M. Silin）出生。

本年　獲中山學術文化基金會獎助，研究京劇《拾玉鐲》。

1975 年　1 月　8 日，長篇小說〈牛鈴聲響〉連載於《聯合報・副刊》12
版，至 4 月 27 日止。

7 月　長篇小說《牛鈴聲響》由臺北皇冠出版社出版。

9 月　16〜22 日，長篇小說〈琉璃瓦（第一部分）〉連載於《中國
時報・人間副刊》12 版。

10 月　17〜23 日，長篇小說〈琉璃瓦（第二部分）〉連載於《中國
時報・人間副刊》12 版。

11 月　26〜30 日，長篇小說〈琉璃瓦（第三部分）〉連載於《中國
時報・人間副刊》12 版。

12 月　21〜30 日，長篇小說〈琉璃瓦（第四部分）〉連載於《中國
時報・人間副刊》12 版。

本年　獲中山學術文化基金會獎助，研究歌仔戲，至 1977 年止。

合集 *The Barren Years* 由舊金山 Chinese Materials Center 出
版。（小說部分由 John M. McLellan 譯）

1976 年　1 月　20〜26 日，長篇小說〈琉璃瓦（第五部分）〉連載於《中國

時報‧人間副刊》12 版。

2 月 27 日，長篇小說〈琉璃瓦（第六部分）〉連載於《中國時報‧人間副刊》12 版，至 3 月 3 日止。

3 月 〈平劇與歌仔戲〉發表於《中華文化復興月刊》第 96 期。

〈從女人到人〉發表於《中國論壇》第 11 期。

長篇小說《琉璃瓦》由臺北時報文化出版公司出版。

4 月 24～26 日，短篇小說〈常滿姨的一日〉連載於《聯合報‧副刊》12 版。

論述《西方人看中國戲劇》由臺北聯經出版公司出版。

主編《從女人到人》，由臺北拓荒者出版社出版。[1]

6 月 22～27 日，短篇小說〈後街〉連載於《聯合報‧副刊》12 版。

8 月 1～6 日，短篇小說〈完美的丈夫〉連載於《中國時報‧人間副刊》12 版。

與朱明、羅業勤合著《她們的血汗、她們的眼淚》，由臺北拓荒者出版社出版。（筆名劉安安）

10 月 12 日，〈也算自白──序《常滿姨的一天》〉發表於《聯合報‧副刊》12 版。

短篇小說集《常滿姨的一日》由臺北景象出版社出版。

11 月 〈臺灣歌仔戲研究〉發表於《中山學術文化集刊》第 18 期。

〈歌仔戲的沿革──「歌仔戲研究」之一〉發表於《中華文化復興月刊》第 104 期。

12 月 〈重新審視民俗雕刻〉發表於《雄獅美術》第 70 期。

---

[1] 編按：據陳正維之研究，版權頁年分標示 1975 年，應為 1976 年之誤植。見陳正維，〈「新女性主義」的文字拓荒──回溯拓荒者出版社的歷史與書目〉，《婦研縱橫》第 95 期（2011 年 10 月），頁 64。

本年　與呂秀蓮、王中平、曹又方等成立拓荒者出版社，擔任總編輯。

1977 年　2 月　14～15 日，〈彰化孔廟的修復與還原——記東海大學建築系一次座談會〉連載於《中國時報・人間副刊》12 版。

3 月　26 日，〈老藝人的下場〉發表於《聯合報》3 版。

翻譯 Jamake Highwater〈把印地安土著創作以藝術品看待〉發表於《藝術家》第 22 期。

5 月　14～15 日，〈危樓裡的老藝人——民間藝人訪問之一〉連載於《中國時報・人間副刊》12 版。

〈陳奇祿談蘭嶼風物〉發表於《雄獅美術》第 75 期。

6 月　〈俞大綱教授談平劇〉發表於《書評書目》第 50 期。

〈魚鰍先——民間藝人陳冠華專訪〉發表於《中國論壇》第 43 期。

獲美國亞洲基金贊助，鹿港文物維護及地方發展促進委員會主任委員辜偉甫召集漢寶德、施振民、施叔青、郭振昌等進行「鹿港古風貌之研究」，其中「鹿港手工藝研究」由施叔青、郭振昌負責；成果結集為《鹿港古風貌之研究》報告書，由漢寶德主編。

8 月　1～2 日，〈李天祿的掌中世界——民間藝人訪問〉連載於《中國時報・人間副刊》12 版。

〈哭俞老師〉發表於《現代文學》復刊第 1 期。

夏　再度獲美國亞洲基金贊助，研究南管音樂與梨園戲。

9 月　14 日，〈淒絕美絕的《王魁負桂英》〉發表於《聯合報・萬象》9 版。

因丈夫工作異動，全家移居香港。

12 月　27 日，〈香港的老人〉發表於《中國時報・人間副刊》12 版。

1978 年　1 月　18 日，〈聽「香港國樂團」的演奏！〉發表於《中國時報・

影藝天地》7 版。

23 日，〈民歌是要大家一起來唱的！〉發表於《中國時報・
影藝天地》7 版。

2 月　23 日，〈中西木偶大會串——藝術節之外的藝術節〉發表於
《中國時報・人間副刊》12 版。

3 月　4 日，〈泉州的懸絲傀儡——香港傳統戲劇之一〉發表於
《中國時報・人間副刊》12 版。

27 日，〈《夜讀隨筆》〉發表於《中國時報・人間副刊》12
版。

4 月　27 日，〈那一片文化傳承的深心〉發表於《中國時報・人間
副刊》12 版。

5 月　18 日，〈報導文學系列之六　在黑暗中彈出人生的安慰——
香港的南音瞽師杜煥〉發表於《中國時報・人間副刊》12
版。

〈留日學生帶起的戲劇革命——談春柳劇社的時代背景〉發
表於《雄獅美術》第 87 期。

6 月　28 日，〈藝術的迴廊——高更漢博物館巡禮〉發表於《中國
時報・人間副刊》12 版。

9 月　13 日，〈報導文學系列之十三　變羽不復奏　粵劇恁滄桑——
沒落中的香港傳統戲曲〉發表於《中國時報・人間副刊》12
版。

10 月　〈泉州開元寺〉發表於《雄獅美術》第 92 期。

1979 年　2 月　擔任香港藝術中心亞洲節目部策畫主任，至 1984 年 2 月
止。期間將林懷民、侯寶林、陳愛蓮等人的表演藝術介紹予
香港觀眾，並結識吳冠中、朱屺瞻、陸儼少等畫家。

3 月　12 日，〈澳洲樹皮畫洋洋大觀〉發表於《中國時報・人間副
刊》12 版。

	夏	參加「東方陶瓷協會」藝術考察團,首次進入中國,遊歷浙江、上海、北京、山西等地。此後頻繁出入中國,至 1989 年止。
	9 月	短篇小說〈李梅〉發表於《八方文藝叢刊》第 1 輯。
	10 月	5 日,〈鳳山面具舞劇〉發表於《中國時報・人間副刊》8 版。
	本年	至香港大學藝術系旁聽莊申開設之藝術史課程,並向楊善深學習水墨畫。
1980 年	2 月	7 日,〈朱銘的震撼〉發表於《聯合報・副刊》8 版。
	本年	出席蘇富比拍賣公司於香港大會堂舉辦的繪畫拍賣會,此後熱衷於參與藝術品拍賣會。
1981 年	10 月	4 日,與戴天、文樓、小思、黃繼持、鄭樹森等發起成立香港文學藝術協會。
	12 月	23～30 日,短篇小說〈慊細怨——香港的故事之一〉連載於《聯合報・副刊》8 版。
1982 年	2 月	〈淺談中國畫的偽造〉發表於《雄獅美術》第 132 期。
	12 月	26～29 日,短篇小說〈窯變——香港的故事之二〉連載於《聯合報・副刊》8 版。
1983 年	3 月	7～15 日,短篇小說〈票房——香港的故事之三〉連載於《聯合報・副刊》8 版。
	8 月	短篇小說集《倒放的天梯》由香港博益出版公司出版。
	9 月	〈窯變——香港的故事之二〉獲第八屆《聯合報》小說獎推薦獎。
	10 月	〈海外看藝術革命家林風眠〉連載於《聯合月刊》第 27～28 期,至 11 月止。
	12 月	6～9 日,短篇小說〈冤——香港的故事之四〉連載於《聯合報・副刊》8 版。

1984 年　1 月　短篇小說集《愫細怨》由臺北洪範書店出版。

　　　　2 月　卸任香港藝術中心亞洲節目部策畫主任，專事寫作。

　　　　5 月　〈試評香港藝術館「21 世紀中國繪畫」展〉發表於《雄獅美術》第 159 期。

　　　11 月　1〜7 日，短篇小說〈情探——香港的故事之六〉連載於《中國時報・人間副刊》8 版。

　　　　　　短篇小說〈夜遊——香港的故事〉發表於《聯合文學》第 1 期。

1985 年　1 月　短篇小說集《完美的丈夫》由臺北洪範書店出版。

　　　　3 月　2〜5 日，短篇小說〈夾縫之間——香港的故事之七〉連載於《中國時報・人間副刊》8 版。

　　　　　　短篇小說〈夾縫之間〉發表於《九十年代》第 182 期。

　　　　5 月　〈農民畫〉發表於《藝術家》第 120 期。

　　　　6 月　短篇小說集《一夜遊——香港的故事》由香港三聯書店公司出版。

　　　　7 月　25〜29 日，短篇小說〈尋——香港的故事之八〉連載於《聯合報・副刊》8 版。

　　　　8 月　3 日，〈松風竹爐 提壺相呼〉發表於《聯合報・副刊》8 版。

　　　　9 月　論述《臺上臺下》由臺北時報文化出版公司出版。

　　　12 月　〈八十變法的畫家：朱屺瞻〉發表於《雄獅美術》第 178 期。

1986 年　1 月　19〜20 日，短篇小說〈驅魔——香港的故事之九〉連載於《中國時報・人間副刊》8 版。

　　　　　　長、短篇小說集《夾縫之間》由香港香江出版公司出版。

　　　　2 月　〈睡在明代櫃子裡的人：明式家具初探〉發表於《藝術家》第 129 期。

短篇小說集《情探》由臺北洪範書店出版。

4 月　25 日，短篇小說〈最好她是尊觀音〉發表於《聯合報・副刊》8 版。

6 月　短篇小說〈晚晴〉發表於《九十年代》第 197 期。

8 月　短篇小說集《香港的故事》由北京作家出版社出版。

9 月　短篇小說集《顛倒的世界》由北京中國文聯出版公司出版。

12 月　短篇小說〈相見〉發表於《九十年代》第 203 期。

本年　開始訪問從中國南來香港的新移民。

1987 年　4 月　23～24 日，〈天津作家馮驥才談寫作與作品——上帝是唯一的讀者〉連載於《中國時報・人間副刊》8 版。

5 月　27 日，〈絲路片段——火洲行〉發表於《中國時報・人間副刊》8 版。

6 月　30 日，〈香港新移民系列——妖精傳奇〉連載於《聯合報・副刊》8、7 版，至 7 月 1 日止。

7 月　19～21 日，〈與阿城談禪論藝〉連載於《中國時報・人間副刊》8 版。

8 月　長篇小說《琉璃瓦》由哈爾濱北方文藝出版社出版。

9 月　7～8 日，〈聽鄧友梅談古論今〉連載於《中國時報・人間副刊》8 版。

11 月　24～25 日，〈散文化小說是抒情詩——與大陸作家汪曾祺對談〉連載於《中國時報・人間副刊》8 版。

短篇小說集《臺灣玉——施叔青小說選》由福州海峽文藝出版社出版。

12 月　21～23 日，〈以筆為劍，為民請命——與大陸作家劉賓雁對談〉連載於《中國時報・人間副刊》8 版。

本年　獲《中國時報》贊助，訪問 15 位中國當代小說家，至 1989 年止。

1988 年　3 月　〈閩南梨園戲初探〉發表於《聯合文學》第 41 期。

論述《西方人看中國戲劇》由北京人民文學出版社出版。

短篇小說集《晚晴》由廣州花城出版社出版。

4 月　16～17 日，短篇小說〈黃昏星〉連載於《中國時報・人間副刊》18 版。

23～24 日，〈走出大山，擁抱生活——與大陸作家古華對談〉連載於《中時晚報・時代副刊》7 版。

5 月　27～29 日，〈鳥的傳人——與湖南作家韓少功對談〉連載於《中時晚報・時代副刊》7 版。

6 月　6～7 日，〈哈爾濱看冰燈〉連載於《聯合報・繽紛》16 版。

9～10 日，〈為了「報仇」寫小說——與大陸作家殘雪對談〉連載於《中時晚報・時代副刊》7 版。

22～25 日，〈「造園家」與「美食家」——與大陸作家陸文夫對談〉連載於《中時晚報・時代副刊》7 版。

8 月　15～17 日，〈內蒙草原騎駱駝〉連載於《聯合報・繽紛》16 版。

9 月　8～11 日，〈「知識分子三部曲」——與大陸作家戴厚英對談〉連載於《中時晚報・時代副刊》7 版。

10 月　28 日，〈庫爾班節〉發表於《聯合報・副刊》21 版。

短篇小說集《那些不毛的日子》、《韭菜命的人》由臺北洪範書店出版。

11 月　3～10 日，〈太行山的牧歌——鄭義談《遠村》、《老井》及其他〉連載於《聯合報・副刊》21 版。

8～9 日，〈馬可孛羅歸來——蘇富比的紫禁城大拍賣〉連載於《聯合報・繽紛》16 版。

本年　短篇小說「香港的故事」系列告一段落，決定書寫長篇小說〈維多利亞俱樂部〉以總結十年香港生涯。

1989 年　1 月　30 日，〈站在敦煌歷史上〉發表於《聯合報・繽紛》16 版。

短篇小說集《驅魔──香港傳奇》由北京作家出版社出版。

2 月　22～23 日，〈走出絕望──與大陸作家史鐵生對談〉連載於《中時晚報・時代副刊》7 版。

論述《文壇反思與前瞻》由香港明窗出版社出版。

4 月　〈哈爾濱看冰燈〉獲上海《文匯報》遊記散文獎。

5 月　論述《對談錄──面對當代大陸文學心靈》由臺北時報文化出版公司出版。

6 月　27 日，〈泉州過臺灣〉發表於《聯合報・繽紛》22 版。

散文《指點天涯》由臺北聯合文學出版社出版。

中國爆發天安門事件，多次於香港參加遊行聲援。

9 月　5～6 日，〈大盜紫禁城〉連載於《聯合報・繽紛》22 版。

10 月　4 日，〈明清官窯大拍賣〉發表於《聯合報・繽紛》28 版。

24 日，〈找回玄想、絢麗的巫楚文化──文革以後的湖南小說〉發表於《中時晚報・時代副刊》13 版。

11 月　7～9 日，〈出賣老祖宗 大陸文物走私海外現形記〉連載於《聯合報・繽紛》28 版。

12 月　28～29 日，〈天下第一瓷 成化官窯大發現〉連載於《聯合報・繽紛》28 版。

長、短篇小說集《最好她是尊觀音》由香港明窗出版社出版。

本年　應遠景出版公司之邀，主編「湖南作家輯」。

1990 年　2 月　5～10 日，〈中國畫大熱賣〉連載於《聯合報・繽紛》28、26 版。

3 月　14 日，〈假畫一籮筐〉發表於《聯合報・繽紛》28 版。

4 月　23～25 日，〈名畫拍賣大手筆〉連載於《聯合報・繽紛》28 版。

5 月　24 日，〈流金歲月大特賣〉發表於《聯合報・繽紛》28 版。

6 月　　10 日，〈胡風沉冤〉發表於《中時晚報・時代文學》10、15
　　　　版。

　　　　26～28 日，〈黃花梨跨海熱賣〉連載於《聯合報・繽紛》28
　　　　版。

7 月　　23～26 日，〈中國古畫紐約行〉連載於《聯合報・繽紛》28
　　　　版。

8 月　　30～31 日，〈紫砂壺拍賣絕響〉連載於《聯合報・繽紛》28
　　　　版。

9 月　　24～27 日，〈古佛雕海外劫〉連載於《聯合報・繽紛》28、
　　　　31 版。

11 月　　5～8 日，〈東西貴族書畫情〉連載於《聯合報・繽紛》28
　　　　版。

12 月　　10～11 日，〈藝術投資　誰是贏家〉連載於《聯合報・繽
　　　　紛》24 版。

　　　　論述《古董字畫拍賣熱》由香港明窗出版社出版。

本年　　完成長篇小說〈維多利亞俱樂部〉，有感於中國天安門事件
　　　　的發生，加之香港「九七大限」將至，經反思後決定將〈維
　　　　多利亞俱樂部〉內容延伸，以小說為香港歷史做見證。

1991 年　1 月　　22～23 日，〈你也是藝術大亨〉連載於《聯合報・繽紛》24
　　　　版。

2 月　　6～13 日，長篇小說〈香港序曲〉連載於《聯合・副刊》
　　　　25 版。

　　　　12～13 日，〈遠觀近玩大學問〉連載於《聯合報・繽紛》24
　　　　版。

　　　　〈傅抱石藝術研討會〉發表於《藝術家》第 189 期。

3 月　　25～26 日，〈小古玩立大功〉連載於《聯合報・繽紛》24
　　　　版。

4 月　29～30 日,〈照妖鏡下看骨董〉連載於《聯合報‧繽紛》24
　　　版。

5 月　27～29 日,〈藝術大師度小月〉連載於《聯合報‧繽紛》24
　　　版。

6 月　〈八大與石濤〉發表於《雄獅美術》第 244 期。

7 月　1～2 日,〈林風眠與仕女圖〉連載於《聯合報‧繽紛》24
　　　版。

　　　29～30 日,〈藝術品要保不要險〉連載於《聯合報‧繽紛》
　　　24 版。

8 月　28～29 日,〈筆下天真任風眠〉連載於《聯合報‧繽紛》24
　　　版。

9 月　25～27 日,〈黑畫家寫紅色山水〉連載於《聯合報‧繽紛》
　　　24 版。

　　　29 日,〈「香港太古佳士得秋季拍賣會」明天開拍 中國當代
　　　油畫首次成為獨立拍賣項目〉特約撰稿於《中國時報‧文化
　　　新聞》18 版。

　　　〈呈現心中風景——意在筆先、畫盡意在的林風岷山水畫〉
　　　發表於《雄獅美術》第 247 期。

10 月　1 日,〈香港佳士得 《潯陽遺韻》拍出 137 萬港幣〉特約撰
　　　稿於《中國時報‧文化新聞》18 版。

　　　2 日,〈藝事途上步步辛勤,締造佳績也不驕矜 陳逸飛謙
　　　稱:只是閃了閃光〉特約撰稿於《中國時報‧文化新聞》18
　　　版。

　　　28～29 日,〈臺灣買家大手筆〉連載於《聯合報‧繽紛》24
　　　版。

　　　〈曾宓論寫意畫〉發表於《中國文物世界》第 74 期。

11 月　29～30 日,〈嶺南大家過香江〉連載於《聯合報‧繽紛》24

版。

〈趙俊生的人物畫〉發表於《中國文物世界》第 75 期。

〈古典抒情油畫家——顏文樑〉發表於《雄獅美術》第 249
期。

12 月　14～18 日，長篇小說〈她名叫蝴蝶〉連載於《聯合報‧副
刊》25 版。

25～26 日，〈中國畫西征記〉連載於《聯合報‧繽紛》24
版。

1992 年　1 月　29～30 日，〈收藏家骨董經〉連載於《聯合報‧繽紛》18
版。

2 月　29 日，〈臺灣水墨 香江搶灘〉連載於《聯合報‧繽紛》
48、40、24 版，至 3 月 2 日止。

3 月　28～30 日，長篇小說〈紅棉樹下〉連載於《聯合報‧副
刊》49、57、25 版。

30～31 日，〈蘇富比的臺灣第一〉連載於《聯合報‧繽紛》
24 版。

4 月　12 日，〈女兒的世界——自助而後助人〉發表於《聯合報‧
副刊》45 版。

30 日，〈品味俄羅斯畫風〉連載於《聯合報‧繽紛》26、46
版，至 5 月 1 日止。

6 月　9～11 日，〈蘇富比春天特賣〉連載於《聯合報‧繽紛》
23、24、38 版。

27 日，〈進出傳統皆自得 江兆申——承先啟後一肩挑〉發
表於《中國時報‧藝術／美術》41 版。

7 月　30 日，〈英國文學書拍賣〉發表於《聯合報‧讀書人》23
版。

8 月　2～3 日，〈老骨董 中國熱〉連載於《聯合報‧繽紛》24

版。

15～17 日，長篇小說〈有關姜俠魂的傳說〉連載於《聯合報·副刊》25 版。

9 月　19 日，〈筆情墨韻開新天──探索江屹新水墨世界〉發表於《聯合報·文化廣場》18 版。

11 月　26～28 日，〈拍賣爆冷門〉連載於《聯合報·繽紛》23、24 版。

12 月　21～24 日，長篇小說〈重回青樓〉連載於《聯合報·副刊》43、25 版。

1993 年　2 月　2～4 日，〈冷紐約熱拍賣〉連載於《聯合報·繽紛》26、24 版。

12 日，長篇小說〈維多利亞俱樂部（選段）〉、〈我寫〈維多利亞俱樂部〉〉發表於《聯合報·副刊》35 版。

長篇小說〈維多利亞俱樂部〉發表於《聯合文學》第 100 期。

6 月　7～9 日，長篇小說〈夢斷東莞〉連載於《聯合報·副刊》35 版。

7 月　30 日，〈追逐成長〉發表於《中國時報·人間副刊》35 版。

9 月　長篇小說《她名叫蝴蝶──香港三部曲之一》由臺北洪範書店出版。

10 月　長篇小說《維多利亞俱樂部》由臺北聯合文學出版社出版。

12 月　短篇小說集《施叔青集》由臺北前衛出版社出版。

1994 年　3 月　長篇小說《維多利亞俱樂部》由北京人民文學出版社出版。

7 月　自香港回臺北定居。期間至臺灣大學藝術史研究所旁聽石守謙、傅申開設之中國書法、繪畫等課程。

8 月　22 日，長篇小說〈妳讓我失身於妳〉連載於《聯合報·副刊》37 版，至 9 月 1 日止。

9 月 〈蒙兀兒畫派——印度的細密畫〉發表於《雄獅美術》第
283 期。

論述《藝術與拍賣》由臺北東大圖書公司出版。

11 月 論述《推翻前人》由臺北東大圖書公司出版。

12 月 3～20 日，長篇小說〈回首向來路——〈遍山洋紫荊〉系
列〉連載於《聯合報‧副刊》37 版。

長篇小說〈家鄉裡的外鄉人——〈遍山洋紫荊〉系列〉發表
於《聯合文學》第 122 期。

1995 年 2 月 23 日，〈畫與話的二重奏〉發表於《中國時報‧開卷》42
版。

3 月 長篇小說〈遍山洋紫荊〉發表於《聯合文學》第 125 期。

至法鼓山農禪寺打禪三。

5 月 31 日，〈鄭京和 vs.貝多芬〉發表於《中央日報‧副刊》18
版。

6 月 13～28 日，長篇小說〈雕花的太師椅——〈遍山洋紫荊〉
系列〉連載於《聯合報‧副刊》37 版。

長篇小說〈十七行的算盤〉發表於《聯合文學》第 128 期。

7 月 〈大陸的文物維護〉發表於《雄獅美術》第 293 期。

9 月 23 日，〈這裡是我的家〉發表於《中國時報‧人間週刊》39
版。

30 日，〈真正的臺灣在臺北之外〉發表於《中國時報‧人間
週刊》39 版。

長篇小說《遍山洋紫荊——香港三部曲之二》由臺北洪範書
店出版。

10 月 2 日，〈同性戀有罪嗎？〉發表於《中國時報‧人間副刊》
39 版。

14 日，〈臺灣是大男人的天堂〉發表於《中國時報‧人間週

刊》39 版。

21 日,〈在白天與夜晚的可疑地帶〉發表於《中國時報‧人間週刊》39 版。

〈兩情〉發表於《聯合文學》第 132 期。

11 月　27 日,〈回家,真好〉發表於《中國時報‧人間副刊》39 版。

12 月　長篇小說《遍山洋紫荊——香港三部曲之二》獲《聯合報‧讀書人》1995 年度文學類最佳書獎、《中國時報‧開卷》1995 年度十大好書獎。

本年　皈依佛門,成為聖嚴法師弟子。

1996 年　1 月　〈只留清氣滿乾坤——談臺靜農先生墨梅筆趣〉發表於《雄獅美術》第 299 期。

3 月　3 日,擔任中視「不一樣的聲音」節目主持人,為期一年半;為聖嚴法師與不同領域專業人士對談的談話性節目。

11 日,〈在地球上建立天堂〉發表於《聯合報‧讀書人週報》43 版。

〈印尼藝術之旅〉發表於《雄獅美術》第 301 期。

4 月　3 日,〈奇萊山腳下〉發表於《中華日報‧副刊》14 版。

24 日,〈改寫明代瓷器史的展覽〉發表於《聯合報‧副刊》D3 版。

長、短篇小說集《遍山洋紫荊》由石家莊河北教育出版社出版。

6 月　17 日,〈不快樂的 60 年代〉發表於《中國時報‧人間副刊》35 版。

30 日,〈華盛頓佛利爾美術館的中、日藝術收藏〉發表於《中華日報‧副刊》14 版。

長、短篇小說集《她名叫蝴蝶》由北京中國人民大學出版社

出版。

|7 月| 22 日,〈君臨夢城〉發表於《聯合報・讀書人週報》43 版。
短篇小說集《倒放的天梯》由北京時事出版社出版。

|9 月| 30 日,〈從紅色山水到傅抱石的《麗人行》〉發表於《中華日報・副刊》14 版。
長篇小說《妳讓我失身於妳》由臺北洪範書店出版。(節錄自《遍山洋紫荊——香港三部曲之二》)

|11 月| 24 日,〈珍寶易手・高低不由主　從兩場骨董拍賣會說起〉發表於《中華日報・副刊》14 版。
30 日,長篇小說〈蝶影——「香港三部曲」系列〉連載於《聯合報・副刊》37 版,至 12 月 15 日止。

|12 月| 10 日,〈戲膽十足　三國戲是焦點〉施叔青口述、李維菁整理,發表於《中國時報・文化藝術》24 版。
11 日,〈黑色的詛咒〉發表於《中央日報・副刊》18 版。
長篇小說〈血色島嶼——「香港三部曲」系列〉發表於《聯合文學》第 146 期。

1997 年　1 月　16 日,長篇小說〈寂寞雲園——「香港三部曲」系列〉連載於《中國時報・人間副刊》31 版,至 2 月 12 日止。
22 日,〈奧賽美術館驚豔記　疲累　但未放棄〉施叔青口述、陳文芬整理,發表於《中國時報・人間副刊》35 版。
〈枯淡幽寂之美〉發表於《幼獅文藝》第 517 期。
長篇小說《遍山洋紫荊——香港三部曲之二》獲第 19 屆《中國時報》文學獎推薦獎。

|2 月| 20 日,〈《骨董商》〉發表於《中國時報・開卷週報　評論空間》36 版。
〈西方人眼中的珠江風貌〉發表於《幼獅文藝》第 518 期。

|3 月| 25～27 日,應南投縣風景區管理所之邀,參加「縱情山

水」作家之旅，與團者有劉克襄、雷驤、岩上、郭箏、林雲閣等。

〈壓縮與膨脹〉發表於《幼獅文藝》第 519 期。

4 月　10 日，長篇小說〈驚變〉連載於《中國時報・人間副刊》27 版，至 5 月 2 日止。

14 日，〈深入經藏為眾生——聖嚴法師的閱讀心情〉發表於《聯合報・副刊》41 版。

〈從《嘉禾八景》看羅家倫先生收藏〉發表於《幼獅文藝》第 520 期。

5 月　1 日，〈感恩：念姚老師〉發表於《聯合報・副刊》41 版。

16 日，〈呵！我的永遠的蝴蝶——側寫《記得香港》〉發表於《中國時報・浮世繪》26 版；出席藝術學院（今臺北藝術大學）戲劇系舉辦的「97 香港文化藝術討論會」，與葉錦添、司馬文武對談；長篇小說《她名叫蝴蝶——香港三部曲之一》、《遍山洋紫荊——香港三部曲之二》以及陸續發表的〈寂寞雲園——香港三部曲之三〉改編為舞臺劇《記得香港》，汪其楣編導，由藝術學院戲劇學系學生於該校戲劇廳演出，至 24 日止。

21 日，〈女性與女性文學〉發表於《中央日報・副刊》18 版。

〈剪花娘子的傳奇〉發表於《幼獅文藝》第 521 期。

6 月　〈汝窯與琺瑯彩瓷〉發表於《幼獅文藝》第 522 期。

7 月　2 日，〈香江情——為我的「香港三部曲」寫下句點〉發表於《聯合報・副刊》41 版；〈花魂——「香港三部曲」系列壓軸篇〉連載於《聯合報・副刊》41 版，至 20 日止。

20 日，〈賀伯颱風之後——日月潭之南〉發表於《中國時報・人間副刊》27 版。

〈董源的《溪岸圖》〉發表於《幼獅文藝》第 523 期。

長篇小說《寂寞雲園——香港三部曲之三》由臺北洪範書店出版。

8 月　10 日，〈海之濱的紅荷〉發表於《聯合報・副刊》41 版。

〈看「江兆申逝世週年書畫展」有感〉發表於《幼獅文藝》第 524 期。

9 月　〈非洲雕刻文物——花蓮文化中心一瞥〉發表於《幼獅文藝》第 525 期。

10 月　30 日，出席皇冠出版社於誠品書店敦南總店舉辦的「從異鄉到故鄉的文學之路」對談會，與劉大任對談。

〈紐約大都會中國藝術館一瞥〉發表於《幼獅文藝》第 526 期。

散文《回家，真好——原鄉的變調》由臺北皇冠文化出版公司出版。

11 月　17 日，〈唐代胖女俑〉發表於《聯合報・副刊》41 版。

〈呈現樹葉的姿影〉發表於《聯合文學》第 157 期。

與李昂合著《臺灣兩才女——施叔青、李昂小說精粹》、《臺灣兩才女——施叔青、李昂散文精粹》，由廣州花城出版社出版。

12 月　〈天驚地怪見落筆——看潘天壽藝術展〉發表於《幼獅文藝》第 528 期。

本年　旅行澳洲、西班牙、葡萄牙、荷蘭、捷克等地。

1998 年　1 月　16 日，〈藏傳佛教 諸佛造像〉發表於《中國時報・慈悲智慧》43 版。

〈幾可亂真的荷蘭青花瓷〉發表於《幼獅文藝》第 529 期。

長篇小說《寂寞雲園——香港三部曲之三》獲《聯合報・讀書人》1997 年度文學類最佳書獎。

論述《耽美手記》由臺北元尊文化公司出版。

2 月　〈戰國曾侯乙墓出土〉發表於《幼獅文藝》第 530 期。

3 月　16 日,〈評審的話——萎縮的女人〉發表於《中央日報・副刊》22 版。

4 月　4 日,〈女人演出〉發表於《中國時報・人間副刊》37 版。

　　　9 日,〈從農婦到國母的遙遠心路〉發表於《中國時報・開卷週報 讀書情報》43 版。

　　　〈出土的國寶級文物展〉發表於《幼獅文藝》第 532 期。

5 月　1 日,〈文殊菩薩 智慧法門〉發表於《中華日報・副刊》16 版。

　　　13 日,〈洞天山堂的黃昏〉發表於《中央日報・副刊》22 版。

　　　〈金門踏青行〉發表於《幼獅文藝》第 533 期。

6 月　11 日,長篇小說〈兩個芙烈達・卡蘿——伊比利半島航誌〉連載於《中國時報・人間副刊》37 版,至 7 月 29 日止。

　　　20 日,應《中央日報・副刊》之邀於澎湖文化中心演講「《她名叫蝴蝶》——施叔青的香港傳奇」。

7 月　12 日,〈澈悟與光明境——記聖嚴法師與達賴喇嘛對談〉發表於《聯合報・副刊》37 版。

　　　〈鎏金銅佛、菩薩像〉發表於《幼獅文藝》第 535 期。

　　　〈名相解釋——文殊菩薩智慧法門〉發表於《人生》第 179 期。

8 月　〈第一位女畫家〉發表於《幼獅文藝》第 536 期。

9 月　〈淒絕美絕的芙烈達・卡蘿〉發表於《幼獅文藝》第 537 期。

10 月　12 日,〈把時間反過來寫〉發表於《聯合報・讀書人週報》

48 版。

〈評審意見：一段如詩般的旅程〉、譯寫 Anne M. Silin〈同志們的天堂——紐約喬爾西一瞥〉發表於《幼獅文藝》第538 期。

11 月　譯寫 Anne M. Silin〈紐約下東區〉發表於《幼獅文藝》第539 期。

12 月　25～31 日，參加法鼓山紐約象岡道場舉辦的話頭禪七。

〈書中有畫〉發表於《幼獅文藝》第 540 期。

本年　「香港三部曲」獲金石堂書店選為 1997 年度「十大影響力好書」。

1999 年　1 月　〈消逝的卑南文化〉發表於《幼獅文藝》第 541 期。

長篇小說《她名叫蝴蝶——香港三部曲之一》、《遍山洋紫荊——香港三部曲之二》、《寂寞雲園——香港三部曲之三》由廣州花城出版社出版。

2 月　28 日，〈卡夫卡與布拉格〉連載於《聯合報・副刊》37 版，至 3 月 3 日止。

〈遊洛杉磯——蓋帝中心〉發表於《幼獅文藝》第 542 期。

3 月　21～28 日，應文化建設委員會、輔仁大學外語學院之邀，參加由林水福率領的作家交流團赴日訪問，並出席於東京大學、關西大學舉辦的兩場「臺灣現代文學會議」，與團者有陳義芝、平路、許悔之、焦桐、鍾怡雯等。

〈清宮祕藏〉發表於《幼獅文藝》第 543 期。

早前受聖嚴法師之託為其撰寫傳記，於此正式動筆。

4 月　3 日，〈戴白帽的女人〉發表於《中國時報・人間副刊》37 版。

12～19 日，〈卡夫卡與布拉格（續篇）〉連載於《聯合報・副刊》37 版。

〈坐看浮世夢〉發表於《幼獅文藝》第 544 期。

5 月　〈金閣寺與枯山庭園〉發表於《幼獅文藝》第 545 期。

6 月　24 日，長篇小說〈微醺彩妝〉連載於《中國時報・人間副刊》37 版，至 12 月 4 日止。

〈絕妙好畫──羅青為繪畫史翻案〉發表於《幼獅文藝》第 546 期。

「香港三部曲」獲《亞洲週刊》選為「20 世紀中文小說一百強」。

10 月　4 日，〈白描神州眾生〉發表於《聯合報・讀書人週報》48 版。

21～30 日，〈象岡打禪七〉連載於《中國時報・人間副刊》37 版。

12 月　長篇小說《微醺彩妝》由臺北麥田出版公司出版。

與蔡秀女合編《世紀女性・臺灣第一》，由臺北麥田出版公司出版。

本年　短篇小說〈臺灣玉〉改編為同名電視單元劇，王小棣編導，於公視播出。

2000 年　1 月　12 日，〈淒絕美絕的牡丹亭〉發表於《中國時報・人間副刊》37 版。

2 月　16 日，〈一位臺灣作家在香港〉發表於《中央日報・副刊》22 版。

4 月　1 日，〈華枝春滿 天心月圓〉發表於《中央日報・副刊》22 版。

22 日，出席臺灣文學協會、輔仁大學外語學院於國家圖書館舉辦的「當代臺灣小說研討會」，與陳雨航、平路、袁哲生座談「小說家看臺灣小說之發展」。

7 月　5～11 日，傳記〈《枯木開花──聖嚴法師傳》（節刊）〉連

載於《中央日報‧副刊》22 版。

22～26 日，傳記〈聖嚴法師的故事〉連載於《中國時報‧人間副刊》37 版。

傳記〈威爾斯教默照禪〉連載於《人生》第 203～204 期，至 8 月止。

8 月　　傳記《枯木開花——聖嚴法師傳》由臺北時報文化出版公司出版。

10 月　　21 日，應青年輔導委員會、洪建全教育文化基金會之邀，於臺灣大學演講「從《枯木開花——聖嚴法師傳》談我的文學歷程」。

11 月　　9 日，〈精絕美絕的梨園戲〉發表於《中國時報‧人間副刊》37 版。

長篇小說《微醺彩妝》獲第三屆臺北文學獎文學創作獎小說獎。

12 月　　再度移居美國，定居紐約曼哈頓迄今。

本年　　受陳芳明、鄭樹森等文友激勵，決定再度書寫「三部曲」大河小說，為故鄉臺灣立傳。

2001 年　1 月　　論述《藝術與拍賣》由上海文匯出版社出版。

7 月　　長篇小說《兩個芙烈達‧卡蘿》由臺北時報文化出版公司出版。

11 月　　27 日，參與「《中副》紙上讀書會——《兩個芙烈達‧卡蘿》」，與張大春對談〈作家的追尋——施叔青 vs 張大春〉，葉云記錄整理，發表於《中央日報‧副刊》18 版。

擔任世新大學駐校作家，為期一年。

2002 年　10 月　　3～16 日，跟隨由聖嚴法師帶領的法鼓山僧俗眾五百人，參訪中國東南 27 座禪宗史上著名道場。

11 月　　長篇小說《維多利亞俱樂部》日文版（ヴィクトリア俱楽

部），由東京株式会社國書刊行会出版。（藤井省三譯）

12 月　2 日，長篇小說〈行過洛津〉連載於《中央日報・副刊》16
版，至隔年 1 月 5 日止。

2003 年　1 月　12 日，長篇小說〈妙音阿婠〉發表於《自由時報・副刊》
35 版。

長篇小說〈聲色一場〉連載於《聯合文學》第 219～220
期，至 2 月止。

2 月　10～11 日，長篇小說〈桐油籠裝桐油〉連載於《自由時
報・副刊》39 版。

短篇小說集《愫細怨》、長篇小說《微醺彩妝》、合集《兩個
芙烈達・卡蘿》由上海文藝出版社出版。

3 月　3～4 日，長篇小說〈心肝跋碎魂飄渺〉連載於《自由時
報・副刊》35、39 版。

8 月　12～14 日，長篇小說〈誰知一逕深如許〉連載於《聯合
報・副刊》E7 版。

9 月　擔任東華大學駐校作家，為期一年。

10 月　21～30 日，長篇小說〈臺灣三部曲——行過洛津〉連載於
《中國時報・人間副刊》E7 版。

〈走江湖訪禪寺〉發表於《聯合文學》第 228 期。

11 月　1 日，出席國立臺灣文學館、《中國時報・人間副刊》舉辦
的「臺灣文學創世紀」對談會，與夏曼・藍波安對談，由林
瑞明主持。

10～11 日，長篇小說〈追容〉連載於《聯合報・副刊》E7 版。

〈小說裡的音樂〉發表於《聯合文學》第 229 期。

12 月　1～13 日，長篇小說〈夜宴〉連載於《中央日報・副刊》17
版。

5～6 日，長篇小說〈弦仔師蔡尋〉連載於《自由時報・副

刊》49 版。

長篇小說「臺灣三部曲」之一《行過洛津》由臺北時報文化出版公司出版；並獲《中國時報・開卷》2003 年度中文創作類十大好書獎。

本年　長篇小說《遍山洋紫荊——香港三部曲之二》獲余光中推薦為香港電臺 2003 年「十本好書」。

2004 年　1 月　30～31 日,〈慈悲峰下的雲門禪寺〉連載於《中央日報・副刊》17 版。

3 月　9 日,〈參訪曹洞宗祖庭〉發表於《自由時報・副刊》47 版。

29 日,〈前輩的話〉發表於《自由時報・副刊》47 版。

〈放下反而獲得〉發表於《人生》第 247 期。

〈心在何處〉發表於《聯合文學》第 233 期。

《心在何處——追隨聖嚴法師走江湖訪禪寺》由臺北聯合文學出版社公司出版。

4 月　5 日,〈文學的壯美、鮮明與欣榮——自我的挑戰與完成〉發表於《中國時報・人間副刊》E7 版。

14 日,應臺積電文教基金會、《聯合報・副刊》、誠品書店之邀,出席於新竹科學園區實驗中學舉辦的「和小說家在高中校園有約」座談會,與楊照對談「好小說與壞小說」,由陳義芝主持。

24 日,應花蓮縣文化局之邀,於花蓮松園別館演講「文學與宗教——枯木如何開花」。

5 月　2 日,於臺北中山堂堡壘咖啡館演講「《行過洛津》看族群問題」。

14 日,〈我看牡丹亭〉發表於《中國時報・人間副刊》E7 版。

30 日，〈評審的話──難以想像的蒼涼〉發表於《聯合報・副刊》E7 版。

11 月　10 日，〈走向唐朝──紐約大都會博物館中國文物展〉發表於《聯合報・副刊》E7 版。

本年　長篇小說「香港三部曲」法文版（*Elle s'appelle Papillon*），由巴黎 L'Herne 出版。（Wang Jiann-Yuh 譯）

　　　與女兒施齊相偕旅行義大利。

2005 年　1 月　短篇小說集《愫細怨》由廣州花城出版社出版。

4 月　16 日，出席國立臺灣文學館舉辦的「週末文學對談：後殖民歷史與女性書寫──從香港到鹿港」，與廖炳惠對談。

6 月　20 日，〈達文西的最後晚餐〉發表於《中國時報・人間副刊》E7 版。

　　　21 日，〈走出巨人的陰影〉發表於《中國時報・人間副刊》E7 版。

　　　24～25 日，〈地上天國的藝術〉連載於《聯合報・副刊》E7 版。

7 月　27 日，〈思索原鄉〉發表於《自由時報・副刊》E7 版。

　　　長篇小說〈沒有屋頂的廢墟：龐貝──〈驅魔〉系列〉發表於《聯合文學》第 249 期。

8 月　長篇小說《驅魔》由臺北聯合文學出版社公司出版。

10 月　2 日，〈評審意見──平實勾勒生活疾苦〉發表於《中國時報・大開眼戒》E5 版。

11 月　〈評審意見──關懷人世間的眾生相〉發表於《聯合文學》第 253 期。

本年　長篇小說「香港三部曲」英文版（*City of the Queen: A Novel of Colonial Hong Kong*），由紐約 Columbia University Press 出版。（Sylvia Li-chun Lin、Howard Goldblatt 譯）

2006 年　4 月　15 日，出席哈佛大學中國文化工作坊、北美華文作家協會
　　　　　　　　紐英倫分會於哈佛大學燕京圖書館舉辦的「華文文學國際研
　　　　　　　　討會」，與會者有王德威、張鳳、聶華苓、李渝、也斯等。
　　　　　5 月　〈長篇有如長期抗戰〉發表於《文訊》第 247 期。
　　　　　7 月　25～26 日，長篇小說〈月見花〉連載於《自由時報・副
　　　　　　　　刊》E6 版。
　　　　　　　　〈寫作成為居住之地〉發表於《明報月刊》第 487 期。
　　　　　8 月　14 日，長篇小說〈靈異的苦行僧〉發表於《中國時報・人
　　　　　　　　間副刊》E7 版。
　　　　　　　　15 日，長篇小說〈鈴木清吉〉發表於《中國時報・人間副
　　　　　　　　刊》E7 版。
　　　　10 月　19 日，長篇小說〈白天看不清楚的貓頭鷹〉發表於《中國
　　　　　　　　時報・人間副刊》E7 版。
　　　　11 月　13～15 日，長篇小說〈立霧山上的日本庭園〉連載於《自
　　　　　　　　由時報・副刊》E6 版。
2007 年　1 月　長篇小說〈迷山〉、〈我的莉慕依〉發表於《印刻文學生活
　　　　　　　　誌》第 41 期。
　　　　　2 月　11～12 日，長篇小說〈以為安居下來就會是故鄉〉連載於
　　　　　　　　《聯合報・副刊》E7 版。
　　　　　4 月　21～22 日，長篇小說〈Wearing Propaganda〉連載於《聯合
　　　　　　　　報・副刊》E7 版。
　　　　　6 月　2～3 日，長篇小說〈弓橋下的青石板——〈風前塵埃〉系
　　　　　　　　列〉連載於《中國時報・人間副刊》E7 版。
　　　　　9 月　24～25 日，長篇小說〈沒有箭矢的弓〉連載於《中國時
　　　　　　　　報・人間副刊》E7 版。
　　　　10 月　長篇小說〈風前之塵埃〉、〈野菜必須被馴服〉、〈霧山上的日
　　　　　　　　本庭園〉發表於《印刻文學生活誌》第 50 期。

2008 年　1 月　12 日，長篇小說〈戰爭是美麗的〉發表於《聯合報・副刊》E3 版。

28～29 日，長篇小說〈吉野天皇米〉連載於《中國時報・人間副刊》E7 版。

長篇小說「臺灣三部曲」之二《風前塵埃》由臺北時報文化出版公司出版。

5 月　7 日，〈流動的裝置藝術——雲門《「風・影」意象》〉發表於《中國時報・人間副刊》E7 版。

9 月　26 日，出席於臺北賓館舉辦的頒獎典禮，獲頒第 12 屆國家文藝獎，與會者有李祖原、劉國松、李屏賓、劉若瑀、李泰祥等。

本年　長篇小說「香港三部曲」英文版（*City of the Queen: A Novel of Colonial Hong Kong*），由香港 Hong Kong University Press 出版（Sylvia Li-chun Lin、Howard Goldblatt 譯）、西班牙文版（*La ciudad de la Reina: Una novela sobre el Hong Kong colonial*），由馬德里 El tercer nombre 出版（Elena López Fernández 譯）。

2009 年　4 月　8 日，應交通大學「浩然講座」之邀，於該校圖書館演講「走向從前」。

5 月　25～28 日，長篇小說〈穿巷不堪餘夕照〉連載於《中國時報・人間副刊》E4 版。

6 月　24 日，長篇小說〈哪知萍水便逢卿〉發表於《自由時報・副刊》D11 版。

7 月　長篇小說〈掌珠情事〉發表於《聯合文學》第 297 期。

8 月　16 日，長篇小說〈遺種〉發表於《自由時報・副刊》D7 版。

9 月　5 日，出席於臺灣師範大學舉辦的「第六屆臺灣文化國際學

術研討會——臺灣文學的大河：歷史、土地與新文化」，演講「我寫歷史小說」，與會者有陳萬益、林瑞明、林芳玫、陳建忠、河原功等。

6 日，出席國立臺灣文學館舉辦的「女性影像與文學的對談」座談會，與簡偉斯、周旭薇座談，由簡瑛瑛、王慰慈主持。

11 月　18 日，長篇小說〈離開的鳥不髒窩〉發表於《聯合報‧副刊》D3 版。

2010 年　2 月　傳記《枯木開花——聖嚴法師傳》由北京三聯書店出版。

4 月　29 日，長篇小說〈遷流〉發表於《聯合報‧副刊》D3 版。

5 月　4 日，長篇小說〈我不是日本人〉發表於《自由時報‧副刊》D11 版。

7 月　12～14 日，長篇小說〈傷逝〉連載於《中國時報‧人間副刊》E4 版。

8 月　長篇小說《維多利亞俱樂部》韓文版（빅토리아클럽），由首爾東國大學出版部出版。（김양수（金良守）譯）

10 月　15 日，出席國立臺灣文學館舉辦的「施叔青手稿捐贈暨新書《三世人》發表座談會」，與施淑對談；館方並舉辦「為土地立傳的大河之作——施叔青手稿捐贈展」，至 11 月 14 日止。

長篇小說「臺灣三部曲」之三《三世人》由臺北時報文化出版公司出版。

長篇小說《香港三部曲》由南京江蘇文藝出版社出版。

2011 年　1 月　「臺灣三部曲」之三《三世人》獲《亞洲週刊》選為「2010 年中文十大好書」。

2 月　長、短篇小說集《她名叫蝴蝶》由香港明報月刊出版社、新加坡青年書局出版。

3 月　國立臺灣文學館於桃園機場第二航廈舉辦「臺灣文學故事館」展覽，展出「香港三部曲」、「臺灣三部曲」手稿。

4 月　9 日，〈《從風格到畫意》──石守謙的反思中國美術史〉發表於《聯合報・副刊》D3 版。

7 月　〈走向歷史與地圖重現〉發表於《東華人文學報》第 19 期。

11 月　22～23 日，出席中國世界華文文學學會、世界華文作家協會於中國廣州舉辦的「共享文學時空──世界華文文學研討會」，與會者有符兆祥、趙淑俠、趙淑敏、朱雙一、丘彥明等。

2012 年　1 月　〈用小說為臺灣歷史作傳──我寫「臺灣三部曲」〉發表於《文訊》第 315 期。

5 月　長篇小說「臺灣三部曲」之一《行過洛津》、「臺灣三部曲」之二《風前塵埃》由北京三聯書店出版。

8 月　1 日，擔任臺灣師範大學華語文教學系講座教授，至 2015 年 7 月 31 日止。

10 月　13～14 日，出席於中國武漢舉辦的「海外華文女作家協會第 12 屆年會」，與蔚藍、尤金、林丹婭、陳若曦座談「跨文化背景與華文女性寫作論壇」。
長篇小說「臺灣三部曲」之三《三世人》由北京三聯書店出版。

本年　擔任北美華文作家協會副會長，至 2016 年止。

2013 年　4 月　19 日，出席香港城市大學舉辦的「城市文學節 2013」之小說交流會，與會者有陳學然、李銳、潘國靈。

5 月　3 日，應上海商業儲蓄銀行文教基金會、紀州庵文學森林之邀，於紀州庵文學森林演講「舉首望故鄉──海外華文作家書寫」；顏訥記錄整理發表於《文訊》第 332 期。

24～26 日，出席歐洲華文作家協會於德國柏林舉辦的第十
屆年會，演講「主流之外的海外華文寫作」，與會者有楊允
達、蓬丹、嚴歌苓、冰峰、葛亮等。

春　至中國南京踏查古代建築、雕刻，並至南京大學歷史學院了
解考古新近發掘，從而改動長篇小說〈度越〉書稿。

9 月　28 日，應北德州文友社之邀，於達拉斯華人活動中心演講
「認真的遊戲人間」。

2014 年　1 月　22 日，應駐紐約臺北文化中心之邀，於多倫多大學東亞圖
書館「Performing Taiwan 臺灣當代文化櫥窗系列活動」發表
演講。

10 月　1 日，臺灣師範大學於該校圖書館舉辦「以筆為劍書青史——
施叔青教授作品手稿特展」，至 30 日止。

17 日，〈俄羅斯情懷〉發表於《聯合報・副刊》D3 版；出
席臺灣師範大學於該校圖書館舉辦的「跨國華人書寫・文化
藝術再現——施叔青國際學術研討會」，與會者有李歐梵、
白先勇、廖炳惠、李瑞騰、施淑、李昂等，至 18 日止。

11 月　長篇小說《她名叫蝴蝶——香港三部曲之一》韓文版
（그녀의 이름은 나비），由首爾지식을만드는지식出版。
（金惠俊譯）

2015 年　2 月　27 日，應洛杉磯華文作家協會之邀，於聖瑪莉諾圖書館演
講「The Search for Identity Through Female Eyes：女性不能
在大河小說中缺席」。

28 日，出席洛杉磯華文作家協會於阿罕布拉市舉辦的 2015
年年會暨名家講壇，演講「舉首思故鄉——海外華文作家書
寫」，與會者有陳十美、蓬丹、林東、楊強、廖茂俊等。

4 月　11 日，出席紐約大學中國學生學者聯誼會於該校舉辦的
「文路無盡誓願行——王鼎鈞 90 文學人生回顧座談會」，與

李又寧、蘇煒、亮軒座談。

9 月　5 日，出席香港康樂及文化事務署於香港中央圖書館舉辦的
「第 13 屆香港中文文學雙年獎文學研討會——小說創作的
真實與虛擬」，與何杏楓、崑南、陶然、黃仲鳴座談。

2016 年　4 月　24 日，長篇小說〈情隨事遷〉發表於《自由時報・副刊》
D5 版。

26 日，長篇小說〈塵緣未斷〉發表於《聯合報・副刊》D3
版。

28 日，長篇小說〈愛生則苦生〉發表於《中國時報・人間
副刊》D4 版。

29 日，長篇小說〈愛生則苦生之二——苦修而心定〉發表
於《中國時報・人間副刊》D4 版；應香港浸會大學之邀，
演講「在寫作中還鄉」。

擔任香港浸會大學駐校作家，主持「遊走東西的歷史洞察者
施叔青——施叔青小說創作坊」，至 5 月止。

5 月　長篇小說《度越》由臺北聯經出版公司出版。

8 月　〈出版高質量的創作〉發表於《文訊》第 370 期。

12 月　3 日，應駐休士頓辦事處臺灣書院之邀，於萊斯大學趙氏亞
洲研究中心演講「女性作家不能在大河小說中缺席」。

5 日，應駐休士頓辦事處臺灣書院之邀，於佛光山中美寺演
講「《度越》人間憂苦」。

2017 年　3 月　22 日，〈夢裡自知身是客〉發表於《聯合報・副刊》D3
版。

10 月　14 日，長篇小說「臺灣三部曲」之一《行過洛津》改編為
「《行過洛津》梨園文學實驗劇場」，吳明倫編劇，陳煜典
導演，由江之翠劇場於鹿港龍山寺演出。

12 月　8～10 日，長篇小說「臺灣三部曲」之一《行過洛津》改編

為同名舞臺劇，吳明倫編劇，陳煜典導演，由江之翠劇場於臺北松山文創園區演出。

本年　擔任北美華文作家協會榮譽顧問迄今。

2018年　4月　長篇小說《度越》由南京江蘇鳳凰文藝出版社出版。

　　8月　4～5日，長篇小說「臺灣三部曲」之一《行過洛津》改編之同名舞臺劇，再度由江之翠劇場於臺灣戲曲中心演出。

　　9月　14日，出席於拉斯維加斯亞歷克西斯公園度假村舉辦的「北美洲華文作家協會會員大會暨文學研討會」，與張鳳、夏祖焯、非馬座談。

　　11月　1日，〈在書寫中還鄉〉發表於《聯合報・副刊》D3版。

　　4日，出席海外華文女作家協會、臺灣師範大學、東華大學於國家圖書館舉辦的「2018 第五屆全球華文作家論壇暨海外華文女作家協會第15屆雙年會」，與施淑、李昂同臺，演講「在寫作中還鄉」。

　　12月　15日，長篇小說「臺灣三部曲」之一《行過洛津》改編之同名舞臺劇，再度由江之翠劇場於鹿港龍山寺演出。

2019年　7月　長篇小說「臺灣三部曲」之一《行過洛津》改編之同名舞臺劇，再度由江之翠劇場於法國外亞維儂藝術節演出，施叔青前往觀劇。

　　8月　11日，〈《行過洛津》到亞維儂〉發表於《聯合報・副刊》D3版。

參考資料：

・方美芬編；施叔青增訂，〈施叔青生平寫作年表〉，《施叔青集》，臺北：前衛出版社，1993年12月，頁297～300。

・白舒榮，《以筆為劍書青史──作家施叔青》，臺北：遠景出版公司，2012年3月。

・白舒榮，《自我完成 自我挑戰──施叔青評傳》，北京：作家出版社，2006年7月。

- 林素文，〈《王子》半月刊與王子出版社研究〉，臺東大學兒童文學研究所碩士論文，2010 年 7 月。
- 施叔青，〈我的蝴蝶——代序〉，《她名叫蝴蝶——香港三部曲之一》，臺北：洪範書店，1993 年 9 月，頁 1～4。
- 施叔青，〈活著，就是為認識自己〉，《度越》，臺北：聯經出版公司，2016 年 5 月，頁 1～4。
- 施叔青，〈追逐成長〉，《中國時報‧人間副刊》，1993 年 7 月 30 日，35 版。
- 陳正維，〈「新女性主義」的文字拓荒——回溯拓荒者出版社的歷史與書目〉，《婦研縱橫》第 95 期，2011 年 10 月，頁 64～81。
- 蔡詩萍訪問；王妙如記錄整理，〈人生採訪——施叔青〉，《中國時報‧人間副刊》，1999 年 10 月 23 日～11 月 1 日，37 版。
- 靈文，〈施叔青的生活‧愛好‧小說〉，《讀者良友》第 8 卷第 3 期，1988 年 3 月，頁 6～11。
- 網站：施叔青數位主題館。最後瀏覽日期：2019 年 11 月 4 日。
http://shih-shu-ching.blogspot.com/

輯三◎
研究綜述

以小博大的書寫策略

◎陳芳明

　　禁錮的身體如何破繭而出，一直是施叔青撰寫小說時的重要策略。女性的思考與情慾長期都在男性中心論的壓制下，總是非常馴服接受那樣的安排，很少有人膽敢突破永恆不變的監禁。她在 1960 年代出發之際，就開始受到矚目。她在臺灣文壇發表的第一篇小說是〈壁虎〉，其中有太多蛛絲馬跡帶著陳映真的影子。如果把這篇小說拿來與陳映真的〈我的弟弟康雄〉相互比較，就可以發現她最早的小說靈感，確實是受到陳映真的點撥。當年她從《文學季刊》出發的時候，就已經顯露她相當敏銳的觀察。早期小說的風格就已經與臺灣社會密切結合，尤其透過幽微的文字表達出來時，更可以探測她精神底層的批判力道。她早年的風格對於顏色的明暗頗能掌握，她的小說不僅情節動人，文字本身也相當活潑。那種華麗的姿態，似乎可以辨識她帶著張愛玲的影子。無可否認，她自己就是一位張迷，而且也非常警覺自己所受到張腔的影響。

　　一位頗具自覺的作家，永遠都會提醒自己不要太過於耽溺。她與張愛玲之間的拉扯，在她早期作品中隱約可以發現。當她寫出《琉璃瓦》時，從書名到小說情節，或多或少露出了張愛玲的痕跡。所謂影響論，並非只停留在文字層面，而是某些美學觀念重蹈了前人舊轍。施叔青似乎相當警覺這樣的蛛絲馬跡，在她往後的創作裡都盡量避開張腔的影響。必須到達「香港三部曲」完成時，她終於擺脫了張愛玲的陰影，開始展開她個人獨特的創造力。這部長篇的歷史小說在完成之前，她在香港已經定居超過十年。從 1977 年開始，她以敏銳的筆觸探女性生命的幽微感覺。尤其她所完

成的《愫細怨》、《情探》、《韭菜命的人》，筆鋒到達之處特別犀利。她有一位從事文學批評的姊姊施淑，在那篇〈論施叔青早期小說的禁錮與顛覆意識〉，可以說總結了施叔青出發之際所建立起來的特殊風格。她同意白先勇所說，施叔青的早期小說「夢魘似患了分裂症的世界，像一些超現實主義的畫像（如達利 Dali）一般，有一種奇異、瘋狂、醜怪的美」。這相當準確描述了一位正在成長的少女，從她的眼睛看見她故鄉鹿港的幽暗面，小說文字裡不時浮現嬰屍、棺材、死亡的腐朽氣味。

那種成長小說顯然與同時期遵守規矩的女學生全然不同，她擁有個人的私密世界，卻又常常與生命的起伏升降緊密聯繫在一起。如果說她是早熟的少女亦不為過，她帶著一雙批判的眼睛觀察自己的故鄉，也以同樣的視角進一步去觀察幾近窒息的臺灣社會。她的出發確實與其他同輩的女性截然不同，或者精確來說，她天生就具有鬼魅式的眼神。那是一種靈視，能夠穿透事物的表面，直抵核心價值。如果沒有與美國丈夫結婚，如果沒有到美國留學，她的視野是否能提升到非同凡響的高度亦未可知。

香港時期確實是這位小說家非常重要的轉折點，那完全不同於傳統古老的鹿港，也不同於五光十色的紐約大都會。香港是英國殖民地，那是非常奇異的都市，也是整個華人世界最貼近共產中國之處。因為這個城市的存在，才會出現兩岸三地這樣的稱呼。施叔青到達那裡時，中國剛結束風雲變色的文化大革命，而臺灣還處於殘酷的戒嚴時期。英國所擁有的香港，反而是華人世界言論最自由最開闊的地方。在文化上，香港既像中國又不像中國，既像英國又不像英國。那裡有點像上海租界地，可以使用華語卻必須遵守殖民地規矩。處在那樣的世界，對於想像力特別豐富的施叔青來說，反而讓她產生豐富的想像力。那是兩種價值的拉扯，一方面是保守的華人文化，一方面是開放的洋人文化。這兩股力量的激盪，終於使施叔青點燃往後小說創作的火種。

一位女性作家，可以獲得臺灣學界的矚目，確實不易。她的作品提供學界許多批評的範式，從現代主義到後現代主義，從殖民地理論到後殖民

理論，都可以運用在她小說的背景。後現代與後殖民的兩種批評方向有若干重疊之處，卻也有極其背道而馳之處。所謂後現代主義，指的是全球化浪潮的到來，整個世界都受到資本主義化。如果去看 1968 年的巴黎群眾示威，就可以發現當時整個歐洲的年輕人，都聚集在香榭大道的路上。這些代表戰後的年輕世代，已經對於從前的白人中心論、資本家中心論、男性中心論感到非常不滿。他們要求一個新的思維方式，而不再繼續沿用戰前訴諸戰爭的手段來解決問題。他們相當精確地點出，戰爭並不能解決既有的偏見，也不能解決各種壓迫的方式。他們要求一個全新思維方式的誕生，徹底把社會裡的各種歧視與不公平改造過來。

他們也發現所有的歧視與偏見，都挾帶在所有的知識傳播裡，也挾帶在每個政府的公共政策裡。因此縱然有政黨輪替、有朝代更迭，一個新政權誕生時仍然繼續沿用過去的思維方式。白人與黑人的膚色問題，男性與女性之間的支配問題，其實都一直存在於現代知識的結構深處。似乎只要一個知識繼續傳播下去，許多歧視的本質也跟著衍傳下去。通過巴黎大學潮之後，後結構主義、後現代主義、後殖民論述的思維方式崛起。如果把施叔青的歷史小說放在這樣的系譜裡來檢驗，就可以發現她的書寫技巧橫跨在後現代主義與後殖民論述之間。臺灣歷史歷經過日本殖民統治，戰後國民黨又繼承了既有的殖民結構。因此在解讀她的作品時，就可以發現小說中的女性身分，往往挾帶不同被壓迫的形式。

1980 年代之後，施叔青的文學生產力特別旺盛。而臺灣學界也就在這段時期，接受了後現代與後殖民的思考。她撰寫小說之際，特別注意到不同歷史階段的女性身分。從「香港三部曲」到「臺灣三部曲」，都可以看到社會底層的女性是如何遭到男性的利用與出賣。當她的創造力臻於高峰之際，臺灣學界的批評範式也出現了重大轉向。這說明了為什麼，施叔青特別受到矚目的原因。但是在這樣的熱潮裡，我們必須承認她的小說作品分量夠重，才禁得起各種不同形式的解剖與分析。

對於施叔青在這段時期的小說風格改變，陳映真寫了一篇批判性相當

沉重的文字〈試論施叔青：「香港的故事」系列〉。一直被施叔青尊稱為大哥的陳映真，顯然非常不同意她在香港的藝術轉向。在那段時期，陳映真正在構築他的「第三世界文學論」。在這篇評論裡他指出：

> 除了由於依賴於日本資本主義發展而發展，香港的經濟繁榮，還因為它是東亞和世界重要的金融市場中英國、美國、華僑和日本資本的調節湖。加工出口工業和金融企業同時發展，使香港在 1970 年代中達到高度的繁榮。[1]

施叔青正好被拿來作為他個人「第三世界文學論」的批判對象。遠在 1970 年代陳映真出獄時，便開始對臺灣社會的資本主義化展開批評。無可否認在後殖民與後現代的批評實踐還未發軔之際，陳映真所提供的範式確實非常鮮明。縱然那是非常表面的觀察與考察，卻也為後來的文學批評者提供一個先例。

針對施叔青小說作品的剖析出現了一個重鎮，那就是王德威所寫出一系列的施叔青小說介紹。收在這本評論集的文字，包括〈異相與異化，異性與異史——論施叔青的小說〉、〈從傳奇到志怪——評施叔青的《韭菜命的人》〉、〈眼看他起朱樓，眼看他宴賓客，眼看他樓塌了——施叔青的香港世紀末寓言〉。這是非常龐大而深入的批評，似乎也意味著王德威把施叔青小說作品的分量看得非常重，而且也把她歸入張腔小說的系譜。施叔青可能不會同意這樣的看法，但身為批評者，橫跨在不同女性作家之間的風格辨識之際，終於還是把她納入女「鬼」系列。在所有論述施叔青的文學造詣時，王德威在出版《微醺彩妝》之際，特別點出：

> 我在討論張愛玲與當代女「鬼」作家的關係時，曾指出不論施叔青早期

---

[1] 陳映真，〈試論施叔青：「香港的故事」系列〉，《七十四年文學批評選》（臺北：爾雅出版社，1986年），頁 150。

的鹿港故事，或日後的香港故事，骨子裡的張腔其實一脈相承。家鄉破
敗沉鬱的記憶，正是她不能須臾稍離的「心靈地誌」的焦點；十里洋場
的光彩再繽紛耀眼，總有份鬼氣森森的愴然。[2]

　　那不僅僅是現代主義的夢魘轉化，而且也是後現代所偏好的一種跨界
書寫。王德威也以「世紀末」的形容詞來概括施叔青的文學精神，那種在
希望與虛妄之間的擺盪，在某種程度上確實也是屬於末世的反映。

　　王德威以「心靈地誌」來描述施叔青時，便是最典型的把時間化翻轉
成為空間化。縱然是在寫歷史小說，但在她的創作過程中，歷史反而不是
她要營造的目標，而是藉由歷史敘述來探索女性內心底層的空間感。這樣
漂亮的翻轉，顯然也是要示範給當代讀者看。在歷史長流裡，許多女性的
內在世界往往被一筆帶過，或者淹沒在歷史洪流裡。這樣的空間書寫，重
重反擊了男性的時間書寫。

　　「香港三部曲」所獲得的評價，可能在臺灣女性作家行列裡獲得最多
的矚目。從整部作品的結構、書寫，以及所觸發的歷史感覺與性別意識，
確實使施叔青到達一個創作高峰。這部小說曾經入圍 20 世紀中文小說一百
強的票選裡，似乎也暗示了她的讀者橫跨了亞洲的華人讀書市場。現代主
義始終是施叔青非常執著的一種表現手法，但她並不以這樣的手法為滿
足。在相當程度上她已經突破現代主義的範疇，而把讀者帶入後殖民與後
現代的思考裡。

　　另外一位學者廖炳惠始終是施叔青的忠實讀者，他先後發表過〈臺灣
的香港傳奇——從張愛玲到施叔青〉、〈從怪誕敘事到社會病理學——施叔
青近作的本土轉折〉、〈回歸與從良之間〉、〈從蝴蝶到洋紫荊：管窺施叔青
的「香港三部曲」之一、二〉等。在國內學界他可能是第一位以後殖民的
角度，來考察施叔青小說內容的轉折。從這個意義來看，廖炳惠可能是引

---

[2]王德威，〈異象與異化，異性與異史——論施叔青的小說〉，《微醺彩妝》（臺北：麥田出版公司，
　1999 年），頁 15。

導臺灣讀者從後殖民角度來介入她的作品。這樣的批評策略,顯然可以與王德威的觀察手法相互對照。就這個角度來看,施叔青的文學作品其實也為國內釀造一股風氣,使批評實踐從現代主義時期移轉到後現代主義時期。「後」學的批評實踐,顯然在經過王德威與廖炳惠之後而開始進入盛況。就這個觀點來看,施叔青的文學作品功不可沒。

　　身為編者,也寫了下面幾篇文字:〈從鹿港到香港──施叔青文學歷程的轉折〉、〈從孤島到孤島〉、〈情慾優伶與歷史幽靈──寫在施叔青《行過洛津》書前〉、〈歷史・小說・女性──施叔青的大河巨構〉。其中《行過洛津》是她建構臺灣大河歷史小說的第一部,也是她完成「香港三部曲」之後所開展的另外一次挑戰。她曾經自己這樣描述,在書寫《行過洛津》時,曾經遭遇許多困頓的時刻。無論如何修改,都無法避開歷史文獻的綁架。她後來開始學習打坐,希望讓自己的心靈可以沉澱下來。在閉關時期,心緒始終停留在混亂狀態。直到有一天早上她又繼續打坐時,耳邊傳來一股聲音告訴她:何不循著《陳三五娘》的故事主軸發展下去。這個聲音終於解開她的困頓,從此開始提筆撰寫下去。這是相當私密而神奇的故事,卻可以讓許多創作者得到點撥。以她投入小說創作長達三十年的經驗,尚且還未遇到山窮水盡的時刻。那神祕的聲音可能是從她內心深處浮現上來,卻好像一把鑰匙那樣,終於啟開神祕的歷史之門。在完成「香港三部曲」之後,她又繼續構築另一個巨大工程。這種自我挑戰不能不使讀者感到敬畏,也不能不欽佩她的勇於承擔、勇於書寫。

　　施叔青在臺灣文壇風景裡,是一位相當特殊的創作者。從前撰寫歷史小說的作者,大部分都是由男性所壟斷,畢竟歷史解釋往往都掌握在男性手中。就像後現代批評家詹明信(Fredric Jameson)所主張的「永遠歷史化」(always historization),這當然是非常男性的觀點。為了對抗這種男性觀點,女性主義者則提出「永遠空間化」(always spatialization)。把時間感歸於男性,把空間感歸於女性,似乎是一種二元對立的思維方式。施叔青的歷史小說實踐,卻突破了這種兩元論。當她把女性身分置放在歷史長流

裡，便開始展開她所擅長以小博大的書寫策略。「香港三部曲」的那位妓
女，「臺灣三部曲」裡面的那位戲子，一直都處在社會的最底層。他們的身
分非常卑微，卻抗拒著整個社會階級所壓下來的重量。在時間過程的凌遲
中，在空間結構的壓迫下，女性總是一步一步抵抗著來自時間與空間的壓
力。那種翻轉的過程，正好與張愛玲的書寫背道而馳。張愛玲說：「一步一
步走進沒有光的所在。」施叔青的書寫策略，則是一步一步解開歷史的壓
力。

　　有關施叔青的評論，基本上以王德威、廖炳惠、陳芳明所撰寫的文字
較為頻繁。以廖炳惠為例，他特別指出施叔青筆下的黃得雲，正是張愛玲
的香港傳奇人物的延續。這樣的看法精確點出施叔青在創作過程中，其實
以很大的力氣與張愛玲搏鬥。如果仔細爬梳施叔青的長篇小說，坦白說，
她已經寫出自己的技巧，而無需持續與張愛玲拔河。對臺灣文學史而言，
這樣的觀察相當耐人尋味。畢竟張愛玲不是臺灣作家，但所謂的張腔的存
在延續很久一段時間。當她寫出自己的風格時，張腔其實已經被邊緣化。
畢竟張愛玲所看到的香港，與施叔青所親身經歷的香港，不僅時代已經不
一樣，生活方式也徹底改變。

　　不能不使人特別矚目的是，施叔青在撰寫香港時，其實是在與 1997 年
比賽。她希望在九七回歸之前，就完成為香港立傳的使命。施叔青確實做
到了，「香港三部曲」的第三部以《寂寞雲園》命名。那位曾經被出賣的少
女，已經升格成為祖母。不僅如此，她的孫子也搖身變成香港的法官。這
樣的書寫策略，顯然暗藏了她的微言大義。過去出身卑賤的妓女一直過著
被審判的日子，如今她的孫子已經占有一個位子可以審判別人。這是一種
命運翻轉的寓言，也是一位女性作家以小博大的書寫策略。

　　完成「香港三部曲」之後的施叔青，又讓自己展開另一部歷史小說的
營造。她總是覺得對母土臺灣感到歉疚，因為她停留在香港太久了，反而
與臺灣社會有某種程度的脫節。當她決心展開「臺灣三部曲」的撰寫時，
似乎為自己捅到一個蜂窩。臺灣歷史的錯綜複雜，比起殖民地香港還更難

以處理。香港的百年史其實就是英國的殖民史,當她穿越臺灣的歷史甬道時,才察覺洞穴裡的蜿蜒曲折遠遠超乎她的想像。近百年的臺灣,穿越了清朝統治、日本殖民,以及國民黨的戒嚴時期。朝代與朝代之間並非連綿不斷,而是充滿了多少缺口與斷裂。舊朝與新朝之間所使用的語言截然不同,清朝統治時期使用古典漢文,臺灣總督府統治時期則使用日文,國民黨統治時期又翻轉成為白話文。那種斷裂並非只是文化的歧異而已,而是意味著生活方式、思維模式、行為規則、價值觀念都背道而馳。

　　而這也正是施叔青文學的魅力所在,她寧願重新投入史料的閱讀,只為了感覺不同時代的感覺。她不再以一位女性為中心,去貫穿不同時代的社會演變,而是以不同的女性身分來詮釋不同時代的故事。「臺灣三部曲」表面上與「香港三部曲」相互呼應,實際上以三位不同時代的女性,分別詮釋她們的所面對的朝代。其中的第一部是《行過洛津》,便是以清朝的鹿港為故事中心。洛津是鹿港的古名,她有意使用古典的地名來彰顯小說的歷史感。她以戲子為主角,來描述社會底層的邊緣人物是如何承受來自四方的嘲弄與鄙夷。陳芳明為這部小說寫序時,特別強調:「禁錮的肉體,緊纏的小腳,壓抑的情慾,碎裂的夢想,構成傳統歷史書寫的主軸。在幽黯的時光甬道裡,埋藏了多少苦痛與折磨。這些被扭曲、被鞭笞的靈魂一旦化為官方歷史記錄時,卻反而是以貞烈、聖潔的文字呈現出來。」官方歷史反而虛構的成分居多,而民間歲月的發展過程卻是那麼瑣碎、那麼破裂,卻隱藏了底層人物的真實生命。

　　官方的文字記錄讀來是多麼乾淨、是多麼聖潔,卻完全違逆了真實的民間生活。畢竟歷史撰寫權與解釋權,都掌握在權力者的手中。一旦變成歷史文字,命運就完全不能翻身。看來那麼莊嚴、那麼神聖的歷史記載,如今都證明是虛構。真正能夠貼近歷史的文字,反而是以小說形式出現。施叔青的用意所在,就在這裡。在臺灣現代主義運動裡,施叔青的輩分可能是比較年輕。當她投入文壇創作時,已經有太多的前輩為她做了示範。那是諸神降臨的時代,為臺灣文壇開啟了許多精彩的風景。施叔青參加這

個行列比較遲晚，卻在藝術表現上特別引人注目。最主要的關鍵因素，就在於她不斷尋找新的題材。再加上她長期旅居國外，不同社會價值、不同文化背景刺激了她豐富的想像力，也帶給她許多動人心弦的故事。以她的書寫功力，再加上她樂於投入長途旅行，沿途所吸收的奇異感覺，最後都注入了她的作品。異國（exotic）與異色（erotic）的情調，往往混融在她的故事敘述裡。陳芳明為《行過洛津》寫序時，以「情慾優伶與歷史幽靈」為題，點出她的書寫策略，在於鉤沉歷史上受到囚禁、受到壓抑的故事，而使真實的女性生命重新浮現在歷史地表。這部小說的重要主軸，便是以《荔鏡記》的陳三五娘故事來敘述。她刻意偏離潔本的故事內容，而重新開啟一個有血有肉的女性身體。施叔青曾經自述，她在寫這部小說時遇到困境，完全無以為繼，卻在打坐之際獲得靈感。那樣的困境彷彿是一則歷史寓言，強烈暗示了歷史上的臺灣是如何受到囚禁。必須要經過漫長的凌遲時光，才有一位當代女性作家重新打開這個民間故事。小說不再只是小說，而是代表了真實人性重新浮現時，一如火山爆發那樣，再也沒有什麼阻力可以遮蔽歷史上的痛苦命運。施叔青等於在為臺灣歷史上的女性說話，而且是以最大膽的肉體來抵抗千年來的禁錮。

　　施叔青的書寫策略，其實就在於揭露儒教傳統的虛偽與虛構。歷代的史家彼此之間其實存在著一種共謀，只要投入歷史的重現，就一定是以女性的身體為祭品。話本小說的傳統，就是男性沙文主義的傳統，也就是儒家虛偽面貌的再現。身為女性作家的施叔青，已經忍受這樣的傳統太久了。她必須顛覆這種無法翻身的命運，也必須抵抗男性沙文主義是如何以不同形式壓迫女性。作為「臺灣三部曲」的第一部《行過洛津》，在書寫策略上、在藝術鍛鑄上，完全不會輸給「香港三部曲」。施叔青自己曾經寫過〈用小說為臺灣歷史作傳——我寫「臺灣三部曲」〉，她特別提到：「然而，陳芳明的一句話卻改變了這一切，這位知我甚深的老友語重心長地質問我：『妳為香港寫了三部曲，身為臺灣的女兒，難道不應該用小說為臺灣歷史作傳？』」身為作者的施叔青，她顯然非常看重自己的臺灣身世，而且也

樂於為自己的故鄉重新打造史詩型的歷史敘述。

朱惠足寫的〈殖民／後殖民鹿港〉，特別強調施叔青在撰寫《行過洛津》時，仍然延續她早期所描述鬼影幢幢的鹿港小鎮：「《行過洛津》的女性歌伎雖仍為男性文人飲酒作樂的助興陪襯，但透過追溯南曲的中原源流與在地演繹，同時賦予長久以來遭受邊緣化的女性、優伶歌伎、臺灣海島獨特的主體意涵。」這等於點出了施叔青小說敘述的核心，透過女性身體的顛覆，等於也是在翻轉臺灣歷史的邊緣性。當小說的女性主體重建時，臺灣歷史便獲得了全盤翻轉的解釋。事實上施叔青在撰寫臺灣歷史小說時，在一定程度上也是在重新定位自己的文化認同。

臺灣與女性這兩個名詞，在歷史上都是處於邊緣地位。所有任何的歷史敘述，無論是從中國看臺灣，或是從西方看臺灣，在所有的敘述中都不可能是占有能見度的位置。要改變這樣的歷史觀點，就必須從歷史書寫或文學書寫來為臺灣重新定位。施叔青的微言大義，想必就是寄託於此。身為小說家，尤其身為女性小說家，她所關心的議題可以說與當代同輩作家最大的不同之處，便是以小說來改寫臺灣歷史。

她從來都是矚目於女性身分的演變，身為編者，我特別撰寫〈歷史‧小說‧女性——施叔青的大河巨構〉。文中指出，她的書寫生產力可能是三、四十年來最為豐富的其中一位。很少有女性作家願意投入歷史重建的工程，畢竟時間的流變或歷史的整頓，都必須參考男性史家所寫的史書。那樣的歷史已經注入太多男性觀點，只要觸及歷史書寫的範疇，就很有可能落入男性詮釋的陷阱。施叔青卻別具勇氣，願意涉入男性書寫的領域，重新閱讀它、改寫它、詮釋它。正是這份勇氣，才建立了她小說書寫的魅力。因為以這種手法來寫歷史小說，才有可能直指男性詮釋權的核心。尤其她寫出「臺灣三部曲」的最後一部《三世人》，時間已經到達 2010 年。具體而言，她以十年的時間投入臺灣歷史故事的重建。那種決心，應該使許多男性批評家感到敬畏吧。在這篇文字裡特別指出：

> 臺灣這塊土地，在短短三百年內，歷經各種不同強權與帝國的統治，每
> 一位當權者都帶來不同的語言與文化。這個海島也不停地接受各個歷史
> 階段的移民潮，並容納移民者各自帶來的文化傳統。[3]

　　南方朔在〈記憶的救贖——臺灣心靈史的鉅著誕生了〉特別指出，這
部小說在於強調臺灣人的身分認同是如何錯綜複雜。他特別引述了施叔青
在小說裡所說的話：

> 從日本投降到二二八事變發生，短短的 18 個月，施朝宗好像做了三世
> 人。從日本的志願兵「天皇の赤子」，回到臺灣本島人，然後國民政府接
> 收，又成為中國人。到底哪一個才是他真正的自己？[4]

　　身分與認同一直是施叔青小說的重要議題，因為她太過熟悉整個臺灣
歷史的流變。每當政權轉移時，都要受到檢驗，然後重新建構自己的身
分。整部「臺灣三部曲」分別描述了臺灣傳統書生、女性身分、原住民認
同的困境。很少有一位女性作家能夠深入歷史環境進行探索，就像她在建
構「香港三部曲」時，不斷叩問女性身體的歸屬。南方朔借用法國女性批
評家古莉絲蒂娃（Julia Kristeva）所說，把認同建構稱為「起源崇拜」。以
這樣的觀點為基礎，使得臺灣人每次遇到政權更迭時，總是要不斷地反問
自己到底是屬於哪裡的人。南方朔又繼續點出小說中的小丑所說：「陳儀是
大蟲，大陸人是蝗蟲，日本人是臭蟲，臺灣人是可憐蟲！」南方朔後來作
了如此的評論：

> 在沒有回答「我是誰」之前，《三世人》至少已試著要為「我不是誰」去

---

[3]陳芳明，〈歷史・小說・女性——施叔青的大河巨構〉，《聯合文學》第 317 期（2011 年 3 月），頁
88。
[4]南方朔，〈記憶的救贖——臺灣心靈史的鉅著誕生了〉，《三世人》（臺北：時報文化出版公司，
2010 年），頁 5。

　　替時代解惑。剩下的路，則將由更多後來的人接棒下去！[5]

　　施叔青在寫「臺灣三部曲」時，顯然已經注意到這小小的海島，容納的文化差異性是何等豐富。比起「香港三部曲」的書寫，挑戰性反而更大。當她撰寫《風前塵埃》之際，特別注意到原住民族群的歷史。在臺灣社會裡，原住民向來都是受到邊緣化的對待。男性在建構歷史時，原住民的位階往往是被置放在最邊緣、最底層。施叔青的用心所在，卻是為了使島上各個不同的族群都可以獲得能見度。她以小說形式來建構原住民的歷史，特別是原住民女性為小說的主角，把邊緣中的邊緣置放在歷史舞臺中心。她的用心所在，便是點出臺灣歷史從來沒有出現過公正與公平，把聚光燈投射在男性、異性戀、漢人的身上。這樣的歷史書寫方式，自然而然就把女性、同志、原住民徹底邊緣化了。

　　施叔青的讀者年齡層不斷下降，這個事實足以說明她的小說藝術可以獲得不同世代讀者的欣賞。其中最具代表的是，李時雍討論施叔青如何藉由芙烈達・卡蘿來投射自己。在施叔青的書寫裡，《兩個芙烈達・卡蘿》似乎占有特殊地位。這部作品顯然不是在討論芙烈達・卡蘿的藝術，而是藉由墨西哥藝術家芙烈達來自我描述內心的夢魘。這是施叔青創作過程中極為特殊的一種自我描述，在附魔與驅魔之間，強烈暗示了靈魂底層所展開的自我拔河。當她完成「香港三部曲」之後，即將展開「臺灣三部曲」之前，橫空出現這樣一部內心世界的自我描述。企圖在這本自我書寫裡，找到施叔青的具體身影，似乎有些困難。

　　她為我們臺灣文壇示範一位作家在困頓之際，是如何展開自我治療。李時雍特別點出這部類似遊記的一段話：「一個人可以遍遊世界而看不到任何東西，其實不需要看很多東西，而是深入你所看的。」隱約之間，似乎也透露了她創作過程中遇到困境。這部遊記似的小說，隱約透露她內心的

---

[5]南方朔，〈記憶的救贖──臺灣心靈史的鉅著誕生了〉，《三世人》，頁9。

感情受到極大衝擊。李時雍特別點出：

> 施叔青反覆對視的藝術家畫像，在作為現代主義轉向自我審視的同時，
> 也呈顯出這一美學思想的核心關注——主體性；曾經在〈那些不毛的日
> 子〉提及畫下敘事者「童年夢魘的一頁頁風景」的孟克如此，在《兩個
> 芙烈達・卡蘿》中尋蹤、追問「終其一生努力不懈地描繪自己的容顏」
> 的墨西哥女畫家如此，《驅魔》中越過文藝復興，返回龐貝廢墟所見母狼
> 鑲嵌壁畫所帶給「我」情感的波瀾亦似如此。[6]

　　這是年輕學者的觀點，卻已經深入這部《兩個芙烈達・卡蘿》的核心
地帶。施叔青的魅力竟有如此，可以對不同世代讀者散發強烈的吸引力。
她的散文書寫往往也在關鍵處融入小說筆法，在真與偽之間透露她最私密
的心情。這是施叔青文字魅力之所在，往往橫跨在散文與小說之間，而且
收放自如。表面上是行雲流水，卻挾帶了她生命裡的許多祕密。真正的藝
術家往往不只是嘗試一種技巧，而是以亂針手法鋪陳出一幅畫面，容許讀
者可以從不同角度切入，也可以從不同深度進行詮釋。
　　完成「香港三部曲」的書寫工程之際，施叔青還特別追隨聖嚴法師，
而且也為他撰寫了一部《枯木開花——聖嚴法師傳》。當她閉門撰寫長篇小
說時，往往是她最孤獨的狀態。書寫成為她個人的自我救贖，也成為她精
神層面的逃逸途徑。一位小說家可以把自己個人的佛學信仰，寫成非常動
人的過程，誠屬不易。林谷芳在閱讀這部佛書之際，特別點出：

> 我覺得作者將本書定位為「勵志書籍」，相當恰當，勉勵人人皆可努力追
> 求自己的夢想。書的另一成就應該還是在於弘法，宗教要有其起信之
> 物，外界人看了會起莊嚴感，會起信心。素樸的信仰力量自然流露，直

---

[6]李時雍，〈我畫我自己，故我存在：以施叔青《兩個芙烈達・卡蘿》為中心〉，《臺灣學誌》第 12
期（2015 年 10 月），頁 65。

　　接而不浮誇。[7]

　　一位相當入世的小說創作者，似乎只能訴諸宗教力量，以求得內心平靜。施叔青與一般信眾比較不一樣之處，便是貼近法師，在跟隨之際也接受點撥。畢竟一位小說家總是在塵世之間浮沉，有時也無法超脫各種情感的糾結。尤其小說作品的構思一定挾帶無形的壓力，成為她生命無可承受之重。聖嚴法師一直是臺灣社會的傳說，他非常入世，卻又超凡入聖。施叔青的功力便是讓這位法師的形象，那麼具體呈現在世人之前。

　　施叔青是一位非常豐富的作家，16 歲那年從鹿港出發時，並未預見她後來的藝術可以引發如此龐大的議論。她豐富的想像，往往透過文字魅力而吸引讀者的眼睛。她所穿越過的文學領域與藝術領域，較諸同時代的作家還要廣闊。她展開的不只是空間旅行，同時也穿越了相當深邃的時間旅行。她的領域橫跨了戲劇與古董，她出版了《藝術與拍賣》、《耽美手記》等。這個領域顯然是同世代的臺灣作家所不能跨越，幾乎可以展現她所涉獵的範圍，而且是無窮無盡。由於她擔任過香港藝術中心亞洲節目部策畫主任，更見證了文化大革命結束後大量古董在香港市場拍賣。這些親身經歷已經逸出了小說家的範疇之外，那是旁人所無法企及的藝術領域。她最後都以文字記錄下來，讓我們看見一位小說家的生命是如此豐富，如此繁複。

　　收在這部評論彙編的作者，都是在臺灣文學研究領域裡的重要聲音。其中包括張小虹、范銘如、郝譽翔，都分別從女性主義或後現代、後殖民的觀點，來考察施叔青所營造的美學。對臺灣文壇而言，施叔青作品裡所營造的空間感與時間感，都是相當引人矚目的一位。很少有一位女性作家可以把臺灣讀者帶到香港，又繼續帶到遙遠的紐約。她整個生命歷程就跨越了非常龐大的空間，再加上她的歷史營造，終於使臺灣文學在華人讀書

---

[7]林谷芳講；張靜茹，王瑩記，〈等待大師——讀《枯木開花》有感〉，《光華雜誌》第 25 卷第 11 期（2000 年 11 月），頁 116。

市場被廣泛看見。她開啟的創作技巧，以及她建構的美學高度，到今天還是一直受到尊崇。

2019.8.18　政大臺文所

輯四◎
重要評論文章選刊

《對談錄——面對當代大陸文學心靈》自序

◎施叔青

　　毛澤東一篇〈在延安文藝座談會上的講話〉，禁錮了中共的文藝創作，使四十年的文學幾乎交了白卷，文革之後，大陸作家筆下才得到某個限度的解放，文學不再是絕對必須為政治服務。

　　總結近十年大陸新時期文學，各流派思潮紛陳，頗為可歡。

一

　　文革結束後的第二年，上海復旦大學中文系學生盧新華，在《文匯報》上發表了〈傷痕〉短篇習作，描寫「黑幫子女」王曉華和革命青年蘇小林註定失敗的戀愛，從而揭露文革時荒謬的「血統論」——「老子英雄兒好漢，老子反動兒混蛋」——在人們心靈劃下的慘重傷痕，是為「傷痕文學」的開端。

　　同年 11 月，《人民文學》刊登劉心武的〈班主任〉，引起極熱烈的反響，作者身為中學教師，敢於正視現實，尖銳的控訴文革對青少年一代嚴重的心靈毒害，他痛徹心腑地疾呼：

　　「救救被四人幫坑害了的孩子！」

　　這篇為中國文壇拓展了嶄新題材的小說，是透過兩個性格迥異而對立的人物，純潔地維護「絕不讓貧下中農損失一粒麥子」的謝慧敏，和因暴亂橫行的年月，而墮入流氓集團的宋寶琦，挖掘出兩個青年同受江青等極左路線的毒害，導致心理的扭曲畸型。

「傷痕文學」的蓬勃，與新政權領導者的意願息息相關，當權者聽任，甚至暗中助長傷痕文學作家深掘狠挖，抖露四人幫罪行，以之籠絡和醫療支離破碎的民心，作為鞏固新政權的手段之一，此等意圖，不難理解。

遺憾的是這類聲嘶力竭地控訴十年文革加諸於民族、國家嚴重的內、外傷害，以暴露為主的作品，尚未經過沉澱，距離感不夠，加上作者急於宣洩積累久矣的怨怒，作品大都欠缺藝術和思想的深度，尤其是後期大量湧現的小說，更降低了原來已不高的文學水平。

另外一批作家，如高曉聲、茹志鵑等，歷經慘痛的教訓之後，痛定思痛，進入思索時期，開始從更深、更廣的層面去反思文革產生的原因，企圖找出支撐它作亂的根源，得到結論是：極左路線並非在文革時才突如其來，而是大躍進、反右左傾路線的惡性繼續，甚至更進一步，可追溯到延安整風時期就早已潛伏。

這股對政治、社會、歷史進行反思的潮流，反映到創作裡的文學作品，藝術成就上遠遠超越只求急急表現，揭露僅限於表面的「傷痕文學」，時至今日，反思的思潮方興未艾，擴大到整個文化的檢討。

不容忽視的是，反思作家們膽敢於作品中，清楚地提出反左意識，他們之所以敢於正面批判左的思潮，還是中共文藝政策開放下的結果。1978 年 12 月，11 屆「三中全會」召開，提出重新貫徹「雙百」（百花齊放，百家爭鳴）方針，正式發表 1961 年周恩來〈在文藝工作座談會和故事片創作會議上的講話〉，隨著政策的轉變，浩劫餘生的文壇宿將，躍躍欲試的新人，終於能夠從「三突出」、「文學必須為政治服務」的思想羈絆、教條主義的束縛中解放出來。

作家得以運用自己的視覺、觀點，誠實地進行生活和文學藝術上的探求，讓筆下透露出多樣而複雜的人性，不再奉「世界上只有兩種人：壓迫者與被壓迫者」的階級論為經典。

高曉聲的《李順大造屋》，堪稱反思文學的代表作，作者於 1957 年

因欲創辦《探求者》雜誌而被劃為右派，從此「被打入生活底層，幾乎二十多年一直在農村」，他以熟悉的人物和題材，刻畫一個極普通的農民李順大，想用「吃三年薄粥買一條黃牛」的儉樸生活來造三間屋，三十年來經過一連串政治運動的牽制，始終無法如願。

作者以李順大的造屋史，來作為中共社會主義建設的縮影，諷刺政治的反覆無常，生動而深刻地反映農村三十年來的歷史：土改時，李順大「分到了田，卻沒有分到屋」，1957 年積累了造屋的材料，大躍進全部給刮走，磚頭拿去造煉鐵爐，只剩下一隻鐵鍋，文革一來，造屋的資金給造反派頭頭哄騙和敲詐走了。

像高曉聲這一類有思想的作家，利用前所未有的自由創作空氣，將反思過程的結論大膽揭示，追究三十年來政策上的偏差錯誤，懷疑社會主義制度本身的缺陷，如此深中要害，搖撼了中共掌權的依據，使當權者無法坐視，於是，輿論壓力勸阻作家停止一味舐舐過去傷痕，鼓勵他們朝前看，配合迅速轉變的社會形勢，反映現實。

二

1981 年，中共黨中央想出「打破框框想問題，踏踏實實搞改革」，重新又強調文學應該反映、歌頌當前的改革，鼓勵對社會深懷責任感的作家，配合「四個現代化」寫起改革文學。

「五四」以來以扮演社會良心、感時憂國的作家，響應政府「朝前看」的政策，把反映、推動當前社會改革、打擊保守官僚封建勢力看成要務，基本上仍是寫實的社會文學的延伸。

陸文夫的〈圍牆〉、張潔的長篇小說《沉重的翅膀》，以及後來備受注目柯雲路的《新星》、《夜與晝》，在創作手法上，不再像 1950 年代以工廠為題材，光是描寫生產過程，把人物典型化的老套。1980 年代的「改革文學」作家，採取新寫實的技法，審視展現目下中國工業的現狀，著墨於改革聲中所遭受到的阻力與困難，改革派與保守勢力的矛盾

爭執。

　　1982 年「國家要搞現代化，文藝就得搞現代派」的呼聲，在年輕知識分子中引起了迴響。

　　「傷痕」、「反思」文學或許扭轉、糾正了文革，甚或五七反右以來被顛倒的是非、善惡觀念，然而，一如亞里士多德所說「人是政治的動物」，「傷痕」、「反思」、「改革」文學中所觸及、針對的問題，主要還是與社會政治緊密掛勾，仍未擺脫「文學為政治服務」的屬性，人的價值判斷還是停留在以政治標準為轉移。

　　知青作家，甚至更年輕的一代，對馬列、中國式的社會主義早已不抱任何幻想，信仰幻滅後的真空，使他們意識到依附群體的危險性，轉向個人的發現與肯定，強調文學應該獨立，主張文學即人學，必須從政治中游離出來。政策開放後，存在主義及其他西方思潮的引進和譯介，更是推波助瀾，1920、1930 年代曾經曇花一現的現代主義思潮和創作，間隔半個世紀之後，重又死灰復燃，不同的是由於時、空轉移，新起的年輕作家，理想徹底破碎之後，已經不屑再去扮演前輩知識分子憂國憂民的角色，更無視於文以載道的傳統成規，當年評論家擔心「西方現代主義所帶來的嚴重消極影響」，亦不在他們考慮之內。

　　嚴格地來說，至今仍然停留在封建官僚社會的中國大陸，物質條件的匱乏與意識型態的落後，實在缺乏孕育現代主義的土壤，加上中國人太過實際的民族性，容易找到平衡與安頓的人生觀，使出現的作品，只能說是中國式的現代派。也許像劉索拉的《你別無選擇》、徐星的〈無主題變奏〉，描寫都市青年無根失落的情緒，多少還捕捉了西方現代主義文學的脈搏。基本上中國的現代派，還是側重於被體制所扭曲、異化下的人性，所滋生孤獨、荒誕、混亂、自我分裂等諸種現代感覺，宗璞的〈我是誰？〉正是反映文革期間，受盡肉體、精神雙重迫害，終至崩潰，喪失自我的過程，莫言的《透明的紅蘿蔔》，借用象徵間接控訴文革，都是典型的例子。

　　結構語言的突破才是中國現代派小說目前為止最大的成就，掙脫出蘇聯式現實寫實主義的敘述方式，「三無小說」（即情節、人物、故事的淡化）大行其道，意識流、象徵手法的嘗試探索，現代音樂、繪畫、電影等視覺、聽覺藝術，更被大膽創新的年輕作家，如莫言、張承志、劉索拉等融入語言修辭，強化了小說的多面立體感，這是有目共睹的成績。

三

　　「四個現代化」政策性的推動，震盪著百廢待興的古老大陸，在新的價值觀有待建立，而舊的傳統分崩離析的夾縫中，舉目一片瘡痍，長時期受到忽略的文化與人的關聯，所造成的斷裂，更禁不起現代化的衝擊。福克納、馬蓋斯作品裡，對鄉土的執著更刺激了年輕作家們對自己民族歷史、哲學認知的渴切心理，既然福克納終其一生，只寫他郵票一樣大的故鄉，馬蓋斯筆下對拉美文化的深情關注，使得年輕的作家們，回過頭來，重新審視周圍腳下，開始自覺地尋找受體制有意抹滅，以致斷層的傳統文化、哲學思想，產生了新的文學的覺悟。散居各省的知青作家，一反 1930 年代超越省分地域、各國大一統的文學觀念，他們固守自己熟悉的那一塊土地，相信根愈挖得深入，作品愈能顯出有別於他處的地方特色，個人的風格便愈見突出。

　　從 1983 年以來，表現地方色彩，最見功力的，首推賈平凹的《商州初錄》，他以筆記體的文體捕捉了秦漢文化的風采，對陝西的地理歷史，民俗風情的探究，自成一家，新意盈然；南方李杭育的〈最後一個漁佬兒〉，反映了葛川江漁民的孤獨，突出了吳越文化鮮明的特色；張承志對西北少數民族的深刻認識，他筆下的大漠風情，令人神馳；而湖南的韓少功，以神祕的湘西為背景，重尋詭麗浪漫的楚文化的心路歷程，更是值得一書。

　　韓少功當知青下鄉，插隊落戶的汨羅縣，距離屈原的屈子祠不遠，當地風俗，特別是方言，居然還有些方言能與《楚辭》掛上勾的，後來

又從湘西的少數民族，找到了楚文化的流向，深山的苗、傜等族人慣於
「制芰荷以為衣兮，集芙蓉以為裳」，披蘭戴芷，佩飾紛繁，能歌善舞，
喚鬼呼神，令人如身處《楚辭》中那分美麗、狂放、詭異想像的世界。

　　韓少功將楚文化人神合一，時空交錯，非理性、直覺的思維方式，
運用到他的小說藝術裡，〈歸去來〉、〈藍蓋子〉、〈老夢〉等皆為實踐的佳
作。1985 年，他的〈文學的「根」〉一文，把大陸的尋根文學推向高
潮，至今餘波蕩漾。

──選自施叔青《對談錄──面對當代大陸文學心靈》
臺北：時報文化出版公司，1989 年 5 月

施叔青的生活・愛好・小說

◎靈文[*]

　　在和她相識以前就知道作家中有位施叔青，我常讀到這位作者的文章，但腦海裡直覺地是位男性。有次「三聯」有本審慎編印的大型畫冊出版，邀約了十幾位對中國藝術有著研究或愛好的知交們將貼樣本作番先睹，希望多聽些對這注入不少心力的出版物意見，在作了個結束入膳時，施叔青恰和我並座，主人家原以我們相識，便未作介紹；及後我們壓低著嗓門相互自我報上名來，我心目中一向的大男人原來是頗具風韻的娘子，不禁低呼一聲：「啊，原來施叔青就是你！」

　　這個無傷大雅的誤會是從她的大名而起，後來聽她自己道及，本名原是施淑卿，正如她妹妹施淑端都是依家中的「淑」字作排行，後來她自己取消了那三點水邊旁，成了這「安能辨我是雌雄」的芳名。講起施淑端我想知道她的不會很多，若說李昂則常接觸臺灣文化圈便會知曉，李昂便是施淑端的筆名，她獲美國奧瑞岡大學戲劇碩士，有幾部小說拍成了電影。

尋「根」之處鹿港

　　施叔青和我提到她的出生地鹿港，愛鄉之情溢於言表；鹿港是臺灣中西部濱海的一個城市，在清朝中葉乾隆、道光朝代和隔海的福建泉州有著很多貿易上往來，而成了個臺灣對外非常重要的古老港口，當年有

---

[*]翁靈文（1913～2002），香港人，祖籍江蘇常熟。導演、編劇、編輯、電影工作者。發表文章時為香港電視廣播公司公關部高級公關主任。

著：「一府（臺南）二鹿三艋舺」的盛稱；鹿港居戶的先祖們，不少是從泉州移徙過來，因此，文風很盛，歷代出了不少詩詞家和書法家。名剎有創建於乾隆年間的「龍山寺」，鹿港的「媽祖廟」更是省內同類廟宇最早的一座，兩者現都成了文物保護單位。

　　鹿港後來雖因下游淤淺而港口的作用消失，但卻保存有不少完整的清代文物、建築、民俗等，臺灣省籍的青年，常在假日到此作尋「根」的地處，也成了研究臺灣歷史所必須履及的城市。

　　鹿港施姓人家很多，據聞他們先祖是在 17 世紀時和鄭成功驅逐了盤據的荷軍同時期自泉州來此的。施叔青小學是在鹿港讀的，中學便入了在臺灣的名校彰化女中，在高中 16 歲那年，試寫了第一篇小說〈壁虎〉，投到白先勇主編的《現代文學》，獲刊出來及得編者的鼓勵當然是驚喜莫名，白先勇對她這篇處女作的評語是：「施叔青已經展示出她個人特有的一種感性及異乎尋常的視野。」鞏固了她可以走文學創作這條路的自信心後，她在淡江文理學院時期，又陸續在《現代文學》和《文學季刊》上發表了許多篇小說，如：〈瓷觀音〉、〈倒放的天梯〉等等。和施叔青談起這些舊作，她說：「我很幸運，沒有經過將創作投到報章和普通刊物階段，也沒嘗過被『投籃』後的悵惘失落，一開始便得在有著相當地位的雜誌上刊出，這對我似是得到很大的厚待和鼓舞。」

　　在施叔青的早期作品中，所投射出來的有似扭曲、夢魘、怪異的世界，有評論家說是頗顯著的受了卡夫卡（Franz Kafka）的風格影響。卡夫卡是奧地利作家，他的小說常是陰暗得似烏雲密布，是一種遠離現實的神祕而虛幻的境界，他的作品由孤獨與悲觀構成了重要基調。我和施叔青提到這些話，她說：「初期作品確有著這種傾向，但後來則有了突破、轉變。」

《秋江》川劇震撼了她

　　那是施叔青在「淡江」畢業去美國深造後，她入紐約大學主修戲劇，除欣賞許多美國一流劇團的演出外，也擠出時間看了不少當代歐美名作家的風格各異的小說，這樣自對世界文壇有了廣闊和細緻的體會。在課程方面，她要習作劇本、實驗演出、從扮演角色到幕後工作一一要親身經歷，在這時期她幾乎停止了小說創作，直到她拿到碩士學位。

　　有天，她在美國電視節目上看到大陸川劇團演出的《秋江》，對中國戲劇的表演藝術大為驚奇，便決定在回臺灣之後對中國傳統戲劇作番深入了解。她離開美國先繞道歐洲暢覽了所遺留下豐盛的西方古文物。回到臺灣便受高等學府所羅致，先後在「政大」西語系和「淡江」的英文系授課，以及在世界新聞專科學校講授西洋戲劇等課程。這其中她沒擱下所學本行，向麥少棠學杖頭木偶戲，向盲藝人杜煥請教南音[1]，並寫了幾本有關戲劇的著作，有由聯經出版的《西方人看中國戲劇》，由時報出版的《臺上臺下》等。此外她獲得中山學術文化基金會的研究費，進行探討京戲花旦角色的演唱藝術，和整理臺灣鄉土劇歌仔戲並撰寫多篇論文。在 1977 年施叔青獲美國「亞洲基金」贊助，和東海大學建築系教授漢寶德對古城鹿港的歷史、廟宇、民宅古老建築、傳統手工業等進行有系統的調查研究，這次的成果集入了《鹿港古風貌之研究》巨帙中。

　　1977 年隨著夫婿的職務調動，施叔青來到香港，這對她來說身分完全是位「陌生人」，新來乍到不僅還沒有她像在臺灣的讀者群，而且也沒摸清這東西方文化交匯、各階層市民生活又像萬花筒般的世界奇異都市之一的文壇氣候，她到香港所寫的第一篇小說仍以她熟悉的地處作題材，寫成了〈臺灣玉〉。

　　「香港藝術中心」成立後，施叔青欣得學以致用，擔任節目的籌畫

---

[1]編按：「向麥少棠學杖頭木偶戲，向盲藝人杜煥請教南音」時間應為施叔青 1977 年 9 月移居香港後。

演出，在她的任期中，她為藝術中心邀約到香港人士仰望了很久的侯寶林相聲、陳愛蓮馳譽國際的舞蹈《春江花月夜》、林懷民所領導的有著東方民族獨特風格的舞蹈，和吳祖光在文革瘡痍復後首次南來率領青年戲劇工作者演出的《風雪夜歸人》等等。

施叔青對這「上班族」生活過得很起勁，但顧內顧外相當忙碌和占時間。這時香港對她來說已從「局外人」漸成了「局內人」，在反芻了她所目擊耳聞的「港式生活」後，她寫了篇〈窯變〉，引起讀者和朋友們良好的反應，於是她體會到香港是一片肥沃的創作泥土，她要以香港這都市的錯綜複雜的歷史、華洋雜處中的各型各式男女、良莠紛陳的奇異事件，來進行一系列的「香港的故事」創作。寫小說需要較長時間的孕育，和較安靜的寫作環境，至少不能容納隨時隨刻會被打斷的文思，施叔青在難於平衡中毅然向「上班族」的生活告別，這經擺脫後的自由身直維持到現在。

多位名作家是她知友

於是施叔青的一系列以香港為背景和擷取此中人物的小說，從她的生花妙筆下源源像清瑩沁甘的溪水般流灑出來，到這篇小文截筆時，她這香港傳奇般故事已發表九篇：〈愫細怨〉、〈窯變〉、〈票房〉、〈冤〉、〈一夜遊〉、〈情探〉、〈夾縫之間〉、〈尋〉、〈驅魔〉。這些作品收入現已第二版的《一夜遊──香港的故事》（香港三聯書店所編印海外文叢）中，白先勇為這新版寫了篇近四千字發微抉幽、鞭僻入裡的讀後感，他對施叔青所取材香港上層及中層社會的人物、活動、心態，其中有這樣幾句話：「施叔青的小說可能港味還不足，但香港在她筆下卻有一份外來者看到的新鮮感及浪漫色彩，也就帶著幾分傳奇的成分。『香港的故事』讀來雖然有點像『真人真事』，故事人物似乎皆有所本，但施叔青一寫到故事背景，她早期小說中那種夢魘似的氣氛又隱然欲現。」

施叔青勤於創作外，也是位翻譯名手，這種工作頗考驗對中英兩種

語文的功力。她在臺灣時譯了《杜立德醫生》和《甘地傳》[2]；這幾年在香港譯述了《教父》的續集〈西西里人〉、《龍鳳俏冤家》男主角察里和初戀情人米露絲故事的〈普里斯家族〉、保羅‧西柔克斯的〈聖誕狂想曲〉等等，這些譯篇我都因利乘便欣作了她譯出後的第一個讀者。

　　施叔青在這留港十年，在她個人生活和趣味中添多了兩個專題研究，一是學習中國陶瓷藝術的欣賞、鑒別和製作；二是對現代中國名畫家作品的研究，截至目前她已完成了對三位大師：朱屺瞻、林風眠、謝稚柳的其人其畫的探索，發表在此間一本綜合刊物和臺灣的《藝術家》雜誌上，很獲海內外中國繪畫研究者及愛好者的重視。

　　問起她對當代哪幾位作家作品有所偏愛，她想了想答説：「沈從文、汪曾祺、阿城、韓少功、殘雪。」她對許多位大陸當代作家的小説很下過一番研讀功夫，其中不少位是她的知友。

　　施叔青對中國藝術寢饋不倦，在山頂區的寬闊住宅中，藝術品物琳瑯滿目多而且精，在我這藏品貧乏的人自視之如入了所羅門王寶藏；但施叔青最喜愛的「寶貝」還不是盡此，而是她的容貌娟秀冰雪聰明的愛女——施齊。

——選自《讀者良友》第 8 卷第 3 期，1988 年 3 月

---

[2] 編按：經求證施叔青，其應無翻譯《甘地傳》一書。

從離苦解脫、偈取思凡攝心

◎陳柏言採訪撰文[*]

　　閱讀《度越》，給了我像是參禪的體會。它是安靜的，卻靜中有動，動中有靜。它是一趟修行，也是一門禪修的工夫。名為《度越》，談的自然是「離苦解脫」：此世至彼岸，由俗至聖等等。而其中一條重要的主線，是女主角（從東晉的嫣紅，到現代的「我」），如何穿透情慾的心靈之旅。這麼看來，此書看似為諸法證成、高僧列傳，其實可以看作連篇的懺悔之文。不免讓人想及盧梭《懺悔錄》（並非奧古斯都《懺悔錄》，那樣對神的全然臣服），名為懺悔，其實是懺情：對情與慾的再次重現與審視。也因此，女主角在佛教聖地南京遊覽，蒐集資料，竟忽有大量的情慾肉體浮想連翩。簡言之，思凡與攝心，構成了小說最迷人的張力。

小說家的思問

Q：「香港三部曲」、「臺灣三部曲」兩部大河小說以後（當然，這中間還有《微醺彩妝》，以及《枯木開花》、《心在何處》），你交出了相對小品的《度越》。能否請你談談，這二者之間，創作心態與準備工作是否有所不同？

A：你以為《度越》是相對小品，其實它提出的是一個世世代代的人難以超越的大課題。兩部三部曲是有意識地帶著使命感來寫的，就是女性作家不能在大河小說中缺席，詮釋歷史的權力不應該只掌握在

---

[*]發表文章時為臺灣大學中國文學系碩士生，現為臺灣大學中國文學系博士生。

男作家手中。寫完《三世人》本想就此封筆，休息了一段時間之後，我覺得有必要用小說的形式把這二十年的修行經驗做一個總結。這是我第一部佛教小說，我把寫作當修行，心境一直很平靜。魏晉南北朝史極為複雜，動筆之前花了很長一段時間大量閱讀。

Q：承上題，《度越》以前，你曾寫過《枯木開花——聖嚴法師傳》、《心在何處——追隨聖嚴法師走江湖訪禪寺》兩部佛教傳記（有趣的是，這三本書中，都提到了「枯木開花」的意象）。能否請你談談這三部書的關係？寫小說和寫傳記，有何不同？

A：1997 年，我受聖嚴師父之命寫《枯木開花》，這是我寫的第一本傳記，也是我認真學佛的開始，寫之前我先調理自己的心境狀態，特意從文學創作中抽離出來，每天靜坐、描畫觀音像，到臺大旁聽佛教藝術課，下筆客觀如實呈現這位受人景仰的一代高僧，並不一味歌頌傳主的偉大。有論者比照品評臺灣出版的好幾本佛教大師的傳記，我的《枯木開花》是唯一沒受到惡評的，難得聖嚴師父給我最大的自由，放任我書寫。

2002 年，我追隨師父到大陸參訪 27 座禪宗祖庭，回來後研讀歷代禪師語錄事跡、公案，又將師父所教的默照禪融入禪宗的長河之中，貫穿起來拉近與現代人的距離，完成《心在何處》，師父以「別開生面」來形容此書。

Q：你在《度越》中，大量的徵引六朝時的名士故事。你曾在訪談中，提到為了這本小說，重讀《世說新語》，並認為它是一部經典。能否談一談《世說新語》何以經典的原因及其對你的意義？

A：《世說新語》記錄東漢至東晉的高士名流的言行風貌，每一篇都是精彩的微型小說。作者用最簡約的文字，寥寥數語捕捉當時貴族文人間的傳聞逸事，栩栩如生地刻畫名士手執拂塵，清談辯論的神情笑貌，鮮活生動到幾乎要從紙上走了出來。

魏晉是中國思想史上一個大飛躍的時代，士人從漢代儒家經世的束

縛中解脫出來，反對傳統禮教，活得誠實盡興秉燭夜遊，在那個異族入侵戰亂頻仍的社會，卻產生了最傲人的書法、詩文、繪畫藝術，我對所謂的：藥、酒、美文、講究姿容的魏晉風度很是嚮往。

為了小說我到洛陽，經過特別允許，去看一處猶未開發，據說是竹林七賢俯仰自得，游心太玄之處，只見一個水潭，幾叢竹子，當然大失所望。

《世說新語‧賢媛篇》中，謝道蘊等仕女的才情、膽識，真是女性的驕傲！

「異」的小說生相

Q：王德威先生曾以「異」字（包括異象、異化、異性、異史，甚至《聊齋》「異史氏曰」）作為小說的閱讀路徑。在《度越》中，你的文字淡雅，然仍採用許多志怪小說以及佛典的靈驗故事，這是否也是一種「異」？對此，你會怎麼看待？

A：我是那種平坦大道覺得索然無味，偏愛在曲折幽徑踏尋神祕異趣的人，心向如此必然決定了我的文學風格。魏晉時期人們為了逃避現實，清談玄學盛行，道家的神仙小說鬼怪精靈故事大行其道，從印度傳入的佛教，上有三十三天，下有十八層地獄，變轉幻化，想像力豐富，以佛教勸化世人的小說引人入勝，根據佛經故事改編的，例如〈陽羨書生〉一個人可從口中吐出美食，又吐出美女共飲作樂，女子想念情夫又把他吐出來，男子想念新歡……你說精不精采！還有僧人在鵝籠中和雙鵝並坐……

Q：《度越》的敘事，穿梭於東晉和現代兩個時空。對你而言，這兩個時代是否有相通、可以相互對話之處？

A：佛教傳入東晉開始興盛，首都建康現在的南京正是當時最大的譯經中心，東晉佛教中國化這一段歷史引發我的好奇，我安排這部小說的兩個舞臺：北方的洛陽和晉室南渡後的建康，主要描寫貴族出身

的嫣紅因家破被賣入豪門當歌舞妓，後主人猝死出逃，被一僧人帶至尼寺，僧人對她無法忘懷，嫣紅卻經過禪修轉化，花了一年多寫成的初稿極不滿意，既然我是為反思二十年的學佛心得，自知不能只寫歷史人物，而應將時代拉近，貼近現代來寫，於是創作了另一組現代男女，以「我」作為敘述者。這樣一來超越時空，古今對照。

小說哲思的輪迴超解

Q：在《度越》中，「輪迴」是相當重要的關鍵。讀者可以揣想，小說中的主要角色，都有一層轉世的關係。例如：寂生即「曾僧」，嫣紅即「我」，玩夜即「陶」。你何以做出這樣的對照？為何選擇「輪迴」的概念，放入小說？

A：佛教相信輪迴轉世之說，前世今生，一個人生死都不止一次，而是不斷的重複。生命是個無解的謎，人從何處來，往何處去？佛陀神通有一個宿命通，可看到自己無數的前世，西藏寺廟的輪迴圖壁畫提示人們：六道之中，你會投生哪一道？

既然相信輪迴，我安排不同時代、信仰追求、命運性向相近的兩組人物，以他們的前世今生來說故事，不是不可能吧！身為女性，我本來對佛教不平等的女性觀一直耿耿於懷，從生命輪迴之說令我有另一種思維，小說中的愛道尼師本來也以身為女性而難以釋懷，隨著修行精進，體悟到這一生身為女身，只不過是生生世世中的一世而已，不應在男女形相上起差別。

Q：小說中，有一段書寫讓我特別難忘。那是藉「我」的男友陶的祖父，追憶起的民國史：辛亥革命、蔣介石當權、南京大屠殺……並將這段歷史，與南京疊合，成就一座「悲劇的城市」。能否請你談談這一部分？

A：南京真是一個悲劇的城市。它曾經是十朝故都，三國時吳國被西晉

所滅，明朝在此滅亡，太平天國建都於此，短短幾年煙消雲散，中華民國成立，孫中山選在洪秀全的天王府宣誓臨時大總統，一開始就註定要失敗，蔣介石才把它當總統府一年，就被共產黨趕走……然後是南京大屠殺，我只能隔著馬路眺望，始終沒有勇氣進去紀念館。

Q：你在「休士頓演講」中，有段甚感人的告白。你提到：在《三世人》的新書發表會上，你當眾宣布要封筆，因為「小說在寫我，寫小說的我，我疑心也許並不是真正的我」。而今，你交出了《度越》，將這些年的修行做出總結。想問你的，並不是你是否找到了真正的「我」；而是想問，對你而言，「小說」與「修行」是什麼樣的關係？也是讀者們最在乎的問題：接下來，是否還寫小說？

A：我一直把全部的精力、時間花在寫小說，視創作為對自己的挑戰，永遠在爬一座抵達不了頂峰的高山，很辛苦，總是活在焦慮之中。《度越》寫了三年，三次易稿，本來以為可勝任這個題材，寫成後又不滿意，自覺在修行境界沒能更上一層，怨自己靈性上無法提升，還是沒寫出期待中的作品，在我沮喪的同時立刻警覺到這是我追求完美苛求過甚的毛病，得失心太重。這就是修行吧！有這種反省是從寫小說得來的。

以後還寫嗎？不知道。因緣不斷在變，任何事都有可能！

「生活在他方」的命與非命

Q：你曾說自己是一個「天生的島民」，在臺灣、香港、曼哈頓三座島嶼之間移動。而「曼哈頓演講」，是否有意標誌此書的「美國因素」（完成於美國）？能否談談，「在他鄉寫作」、「在島嶼寫作」於你的意義？

A：我在臺灣寫香港三部曲最後一部《寂寞雲園》，本以為會在臺灣完成三部曲，沒想到搬回紐約，我於是在異國的書房營造清代、日治時

代的臺灣氣氛，在曼哈頓島用中文寫歷史小說，感到雙重的疏離，也只能在寫作中還鄉吧！寫作成為居住之地，阿多諾說的，不寫作呢？反正現在已經能接受禪宗所說的「處處無家處處家」了。

Q：最後，是一點個人的提問，供叔青老師參考：在白舒榮為你寫的評傳中，將你的早期小說〈拾掇那些日子〉中的「你」，視作陳映真先生，指出那是你們友好的記載。你曾不只一次提到，魯迅對你的啟發（陳映真先生曾送你其珍視的《野草》）。這二人的政治傾向都偏向左翼，這對你的創作會否有所影響？這讓我想起，在《度越》中，「我」與陶、嫣紅與玩夜，他們的矛盾根源，即是來自於階級的差異。對此，不知你怎麼看？

A：我對不公不義視若仇敵，堅信人與人之間應彼此相互尊重扶持，小說中我卻又喜歡描寫不同性別、種族、階級的人物的碰撞矛盾，而愛情也不一定是必然的救贖。不可否認一個人的出身背景往往影響了一生，魏晉是個極端重視門第的時代，階級劃分極為森嚴，貴族出身的嫣紅必然瞧不起胡人！

論施叔青早期小說的禁錮與顛覆意識

◎施淑[*]

一

　　自從白先勇為施叔青的第一個小說集《約伯的末裔》所寫的序裡，指出她的小說世界是「夢魘似患了分裂症的世界，像一些超現實主義的畫像（如達利 Dali）一般，有一種奇異、瘋狂、醜怪的美」，她的小說人物「都是完全孤絕的畸人，他們不可能與任何人溝通，他們只有一個一個的立在黑暗的荒原上，對著死神，喃喃自語」，「死亡、性和瘋癲」是她小說中「循環不息的主題」，「光天化日之下社會中的人倫、道德、理性，在她的世界中是不存在的。」[1]這些觀點，幾乎成了有關施叔青早期小說的風格和主題的定論。[2]關於這個小說世界的發生和形成，白先勇認為作者的故鄉，臺灣西海岸的小鎮鹿港，起著決定性的作用，因為它構成了她的經驗世界，「這個世界由幾種因素組成：死亡、性、瘋癲及一種神祕的超自然的力量。這個世界是一個已經腐蝕的像夢魘的世界，其中的人物都是肉體上、心靈上、或精神上受過戕傷的畸人。」這看法，基

[*]本名施淑女，施叔青之姐。發表文章時為淡江大學中國文學系教授，現已退休，為淡江大學中國文學系榮譽教授。

[1]白先勇，〈序〉，《約伯的末裔》（臺北：仙人掌出版社，1969 年），頁 1～8。以下凡引用此文，不另加註。

[2]如王德威，〈「女」作家的現代「鬼」話〉，論施叔青部分，見《眾聲喧嘩》（臺北：遠流出版公司，1988 年），頁 229～231。李子雲，〈施叔青與張愛玲〉，收於施叔青小說集《顛倒的世界》（北京：中國文聯出版公司，1986 年）。劉登翰，〈在兩種文化的衝撞之中〉，收於施叔青小說集《臺灣玉》（福州：海峽文藝出版社，1987 年）。

本上也被評論者認可，只不過加上白先勇觀念中的荒原之外的文化形態和社會歷史因素的修正，如李子雲指出 1960 年代臺灣社會的變化動盪的問題[3]，劉登翰則認為鹿港自宋元以來就是臺灣和大陸對渡的著名港口，使作者從小便受到這個「保存著濃郁中原文化傳統的古城」的民風藝術的薰陶，而後，在她開始嘗試創作時，正趕上臺灣現代主義盛極一時，前者提供她鄉土的經驗世界，後者形成了她的觀念世界。在這情形下，她最初的作品是：

> 以自己經驗世界中的鄉土世俗生活，作為創作的素材，卻又以後來觀念世界中來自西方的現代眼光，予以審視和表達。這樣，她所給予讀者的，既不是純粹的鄉土作品，也不是典型的現代主義小說，而是一個滲透著現代病態感的傳統鄉俗世界，是代表著兩種文化形態的現實和觀念衝撞與交融的產物。[4]

上述論斷，除了所謂濃郁的中原文化傳統，藝術表現上的純粹與典型等問題，可能存有爭議，大致說來，與施叔青作品的表現，以及她對自己的創作活動的零碎敘述，是符合的。如在〈那些不毛的日子〉裡，作者記述她的童年世界，那是在多數臺灣早期市鎮可以看到的，一個以寺廟為中心，以廟前的廣場為活動空間的小市民生活天地。根據小說的敘述，它的內容，除了尋常人家，比較突出的是有高大門牆的破落戶，賣野藥、信耶穌的一家人，還有隱密角落裡的土娼寮。在這個聖俗不分，異教相安，虔信與褻瀆並存，甚至於情慾公然向誡律挑戰的小市民世界裡，如果說它有什麼特殊，不外是因為它屬於比較古老的小鎮，加上二次大戰結束時的動亂餘波及物質匱乏所形成的生活變化的緩滯，使它停留在一個追述往昔有限的繁華時光的處境。因而在這個閉鎖的，由

---

[3] 李子雲，〈施叔青與張愛玲〉，《顛倒的世界》，頁 2、4。
[4] 劉登翰，〈在兩種文化的衝撞之中〉，《臺灣玉》，頁 353、356。

迷宮似的鬼氣陰森的街巷連結起來的天地中，首先，鬼故事、禁忌和傳統成了認識上和文化歸屬上的基本思想材料，由戰爭併發出來和加速惡化的貧困、殘疾、瘋狂和死亡，成了生活中的主要事件。在這中間，以禁地的意義存在著的土娼寮，深鎖破落戶門牆裡的中國大陸來的煙花女子，連同中元普渡時四鄉湧來的彈三弦的乞丐，就成了擾動那被作者形容為「不毛的」小市民生活及其想像的唯一外來的、因而是浪漫的力量了。[5]

　　面對這樣一個世界，根據〈拾掇那些日子〉的敘述，自覺「不快樂」的施叔青，在 1960 年代中期，她高中畢業的時候，於是「選擇了寫小說來打發該被打發的日子」，她的創作情形是：

> 像孩子堆積木似的，我把短短的情節聚了又拆，拆了又聚，一直等到最後積起來的比真的建築更富於夢及驚詫的色彩為止。

　　在這個階段裡，被她自覺地運用著的藝術方法是象徵，她說：「我試著用象徵，那段時間，我真熱中於運用這一種文學上的寶物。」對此，她曾以〈倒放的天梯〉為例子，指出這篇小說是「以一座橋搭建的過程，來象徵希望的建立」。[6]這些話加上前述的童年經驗，成了解讀施叔青早期小說的直接依據。在 1960 年代中期，《現代文學》和《文學季刊》分別鼓吹現代主義和現實主義文學的情況下，有這樣的創作傾向和觀念，是很自然的一件事，值得探討的倒是她所謂的象徵手法，以及要求比現實「更富於夢及驚詫的色彩」等問題，所顯現出來的女性寫作策略的心理的、社會的意義。

---

[5]以上引述見〈那些不毛的日子〉，「宮口——小社會」一節，原收於《拾掇那些日子》（臺北：志文出版社，1970 年）。現收於《那些不毛的日子》（臺北：洪範書店，1988 年），頁 174～187。

[6]以上引文見《拾掇那些日子》，現收於《那些不毛的日子》，頁 31～44。

二

　　根據女性主義的文學理論，施叔青最早的兩個集子，《約伯的末裔》
和《拾掇那些日子》裡的 14 篇作品，無疑會被劃入沒有自己的文學史的
女性文學的第一個發展階段，也就是修沃特（Elaine Showalter）所說的
模仿男性／主流文學，把主流文學的藝術標準及其社會作用賦予主觀特
質的「女性的（Feminine）」文學。[7]首先，從內容和主題上來看，除了最
早的〈壁虎〉、〈凌遲的抑束〉、〈瓷觀音〉、〈泥像們的祭典〉等四篇表現
個人的夢魘或心理風暴，其他的大多集中在小市民的成長歷史和現實處
境，如〈約伯的末裔〉、〈池魚〉、〈倒放的天梯〉，或文化認同和鄉土歸
屬，如〈擺盪的人〉、〈安崎坑〉，另有探討盲人心理及其社會問題的〈曲
線之內〉，就是帶著童年往事性質的〈那些不毛的日子〉，記述的依舊是
人生百態和社會現實。其次，由小說的主要人物來看，除了自敘性的
〈那些不毛的日子〉和〈拾掇那些日子〉，男性和女性角色，更是平分秋
色，看不出特別的關注對象。但是在這問題和人物的設計上，與一般小
說成規相似的作品中，一個引人注意的現象是敘事方式的變化。在最早
的四篇表現個人夢魘的作品裡，整個小說都以第一人稱的內心獨白方式
進行，其中只有〈凌遲的抑束〉採取男性第一人稱的敘述。可是越到後
來，隨著小說對社會問題的涉入，男性敘述的比例越來越加重，特別是
當作者有意運用她所謂的象徵方法，把小說設計成表達某個觀念或傳遞
某種訊息的載體的時候，男性第三人稱的敘事觀點更是占了支配性的地
位。前面提到的有關人的現實處境、文化或鄉土認同等問題的作品，都
屬此類，其中只有〈安崎坑〉和〈曲線之內〉用的是女生第三人稱的敘
述。
　　除了上述因處理問題的不同而發生的敘述上的性別及人稱的變化，

---

[7]Toril Moi, *Sexual/Textual Politics: Feminst Literary Theory* (London: Methuen, 1986), pp. 55-56.

在小說的對話方面，同樣可以看出，凡屬上述探討社會問題的作品，對話的比例也隨著增加。這些現象，一方面顯然是因小說內容本身的要求而存在，另一方面則意味著施叔青自覺或不自覺地援用一般小說創作成規，企圖透過敘事觀點和對話的運用，來增強作品的客觀性和真實性，也就是說在敘事上企圖擺脫第一人稱敘述的主觀色彩，以及作者與小說人物同一的尷尬情況，同時藉著對話的加入來擴展小說的活動幅度及發展方向，從而使作品達到一般要求中的藝術說服力。但她的這些嘗試顯然是落空的。因為在她所謂的象徵方法下，小說人物事實上成了觀念的傀儡，或事件的負載體，而小說的對話，它的作用，如不是用來交代情節，就是作為預設的觀念的傳聲筒，有時甚至成了驚嘆號似的、帶著情緒玩味性質的重疊句，一如樂曲中的重唱（refrain）部分一樣。在這情況下，敘事人稱和性別的改變，似乎改變不了她的小說在根本上的獨白性質，它除了提供一些類型化的、具有簡單對立意義的人物，來分擔不同的象徵作用，對於小說的結構和發展，似乎不發生主動的、建設性的力量。甚至於到最後，當小說完成時，本來用以填充人物的性格和思想的材料或細節，反而喧賓奪主，成為獨立於人物的有自己的生命的東西，割據和占領了她的小說世界的各個角落。

上述情形普遍存在於她稍後寫出來的幾篇小說裡，如同樣處理文化和鄉土認同的〈安崎坑〉及〈擺盪的人〉，分別由女性和男性第三人稱敘述出現，在人物安排上，〈安崎坑〉的李元琴代表由都市到鄉村，逐漸與鄉土認同的人，她的認同媒介是土生土長的產婆愛姐和礦工王漢龍。在〈擺盪的人〉中，由美國回來的文化邊際人 R，企圖由編導電影來建立自己的文化歸屬，在這過程中，幫助他回歸的女孩安蘊，是一個來自臺灣中西部鄉下，擁有布袋戲人偶、祖母的眠床、田野記憶等等傳統文化的人。另外，如〈約伯的末裔〉，這篇探討小市民成長歷程的作品，主角江榮的歷史，全在與青年油漆匠的對談裡給獨白了出來。在〈紀念碑〉中，鎮公所職員柯慶茂，他想設計一個鎮長紀念碑來實現自己多年的理

想抱負到最終的挫折過程，幾乎全由他與妻子、女兒、情婦的對話裡，
生硬地表達出來。在施叔青所有的早期作品中，人物和對話比較得到表
現上的自由的，可能是寫退伍老兵王琨被少年阿蒙騙去娶老婆的錢的
〈池魚〉，這一篇從標題到內容，都可約略感覺出作者對人間紛爭的幸災
樂禍，在處理上也比較看不出什麼抽象觀念在指使的鬧劇似的作品。

　　以上有關小說表現方法上的問題，顯示了施叔青在駕馭一般的、或
男性中心的文學成規上的困難，這固然是來自她的能力上的局限，但這
局限似乎正反映了女性文學的特質。根據女性主義的理論，在父權的、
男性中心的社會中，處於從屬地位的女性，在意識上普遍呈現著克利斯
特娃（Julia Kristeva）所說的邊際、顛覆、離心（marginality, subversion,
dissidence）的性質，在這意識狀態下，她們發展出一套特殊的「女性言
談（le parler fèmme）」，根據提出這看法的伊希加雷（Luce Irigaray）的
解釋，女性言談的特徵在於流動性和感觸性，它抗拒並破壞一切固定的
形式、形體、印象和概念，它總是點到為止（touch upon），不斷地從頭
再來。在文字表達方面，根據西蘇（Hélène Cixous）的看法，文字書寫
中存在著一種「女性書寫（ecriture feminine）」，它是包容的、開放的，
它不一定由性別來決定，但在女性作家的作品裡較顯著，它的特徵是力
求變異，目的在於破壞男性中心的邏輯思考及其二元對立的封閉性。[8]這
些說法，都著重在女性言談和文字表現的不安定的性質。與這有關，女
性的想像力也被認為因為她們孤立的社會地位，及由之而來的恐懼，而
傾向於意識上的混亂、模糊，結構上的不確定和破碎，如伊希加雷就以
神祕性的想像和恍惚忘形（ecstasy）來形容女性思維的特質，她認為這
是因為她們在現實上找不到立足點，一如 ecstasy 這字的希臘文原意：無
處可歸（ex. "outside", histémi, "place"）。[9]

　　這些說法，或許有助於了解施叔青早期小說的形式和文字風格的問

---

[8]Toril Moi, *Sexual/Textual Politics: Feminst Literary Theory*, pp. 144-146. 108-109.
[9]Toril Moi, *Sexual/Textual Politics: Feminst Literary Theory*, pp. 136-137.

題，特別是那些社會意識較濃厚的小說中，所暴露出來的敘事結構和文字肌理上的不平衡現象。如果說，她在問題的處理上，執意以對立性的象徵表現擺盪現實邊際的畸零人物，正象徵著她自己被禁錮在男性中心的權威秩序下的離心的、無處可歸的窘境；那麼，她的另一企圖，也就是前面提到的把現實表現得更富於夢及驚詫的色彩，反映的或許正是以變異來顛覆、瓦解象徵父權的理性思維的女作家的看家本領了。

三

　　從女性的經驗和視野出發，施叔青的早期小說很「自然」地走上奇幻文學（Fantasy）和女性怪誕文體（Female Gothic），這些被解釋為本質上在攻擊父權的──現代文化的符號秩序的寫作策略。在這情況下，被豔稱為保存著濃郁中原文化的鹿港斜陽，無疑提供給她豐富的寫作資料，因為就像一切沒落的沙文主義一樣，它的早已式微的、徒具形式的傳統，反而更加虛張聲勢，恐怖駭人，因此像〈泥像們的祭典〉、〈凌遲的抑束〉等作品所呈現的介乎陰陽的世界，就不是單單能靠想像產生出來的。此外，1960 年代中期的臺灣現代主義風潮，同樣給她創作上的助力，因為在她的小說世界中，分明可以看到存在主義和心理分析的符碼，如〈倒放的天梯〉中虛懸於社會關係之上的荒謬英雄潘地霖；〈約伯的末裔〉中，被佛洛依德──容格式的恐怖之母宰制、侵蝕掉生命的小男人江榮和老吉；〈擺盪的人〉和〈安崎坑〉中，失落、孤絕的現代人 R 和李元琴。不過正如前面討論過的，施叔青的這類小說在敘事結構和文字肌理間的衝突，以及她的小說世界的細節、情境之喧賓奪主，因此在解讀時，似乎不能由這些大名詞──也即前引劉登翰所說的現代病態感的觀念──入手，而應該由那最早時用以構成她的獨白世界，稍後則以內在文本（innertext）的性質介入小說之中的幻想、夢魘進行分析。

　　作為幻想文學，施叔青的早期小說確是不缺乏她要的夢及驚詫色彩，無怪乎王德威由男性批評的角度，會認為那是把活生生的生命寫

「死」的女作家的「鬼話」。[10]就說現實世界及人吧，浮現在她小說中的情形是：

> 似乎極近似哈代某些小說裡的人物：翻過荒涼的紅色草原後，僻遠的村
> 野裡所住的那些畸零人。安靜的時候——多半的時候他們很安靜——是
> 一張張前傾的，狩候著什麼的臉。
>
> ——〈那些不毛的日子〉

他們的工作和行業是巫婆、童乩、神龕雕刻師、棺材鋪、冰冷的瓷器店、有著像墳穴似火坑的小鐵鋪。在多數時候，這些畸零人在形體上以兔唇、癡肥、多趾、膿瘡、脫皮症，在精神上則以白癡、瘋狂、自殺、羊癲瘋、性倒錯、亂倫的慾望出現在她的小說世界。種類繁多的昆蟲動物，在她小說中出沒的偏偏是壁虎、蜘蛛、蜈蚣、蝙蝠、蛇，以至於鬼氣的紅蜻蜓等等五毒橫行的狀況。就是尋常的石榴、扶桑、楊桃，在她筆下開出來的竟然是帶著妖異的深紅色的花朵，而老榕樹的攀結根藤，會變成鱔魚一般的食人樹。

　　這些以夢魘性質出現的人物和情境，它們的存在，自有現實上的依據，如記敘童年經驗的〈那些不毛的日子〉，描寫「吐血似的吐出一口口檳榔汁」的土娼寮老鴇；她的多趾症的、先天性白癡的女兒，「整個的樣子像是個未成形的嬰孩屍」；還有表演吞劍來推銷草藥的基督徒；迎著陽光，一層層撕掉自己身上皮膚的鄰居女孩，等等。但有時候是來自作者的敏感或神經質，如同一篇裡，她記敘讀了〈磨蕎麥的老妖婆〉，這把人變成驢子的故事，使她「第一次感到由文字產生的恐怖力量」，而在「看到異像的恐怖」之餘：

---

[10]王德威，〈「女」作家的現代「鬼」話〉，《眾聲喧嘩》，頁229～231。

好長的一段時間，我特別愛照鏡子。上床以前，必須先在鏡子中把自
己的眼睛、鼻子確認一番，才能安心睡覺。然而燈一熄，黑暗湧來，
全身的皮膚仍不由得要感到一陣縮緊，彷彿面臨蛻變的前兆。……
由人變的那群小驢子，常常浮現在我眼前：千百萬個亂竄的小小驢
頭，由於推擠而引起的喧嘩……由這我聯想到另一個景象——我自己
編的——一堆血肉模糊的嬰兒的頭，掙扎著探出圓圓的血池，他們渴
望被生。

相似的現實與幻想的結合，還出現在同篇中的幾段描寫，如到鬧鬼的同
學家「探險」的過程，參加死去的同學的葬禮後，夢到「背著自己的墓
碑在荒山中找埋葬自己的地方」，以及篇末由現實的園子到想像中的「失
樂園」的描寫。

　　這類被施叔青自己承認的現實經驗的加工及想像上的編造，使她那
「堆積木似的」早期小說充滿變形的、夢魘的底調，它首先以瘋狂和異象
的形式存在於較早的幾篇作品裡。如〈壁虎〉中，因肺癆輟學在家的敘述
者，「夜夜夢著塗擦顏色，油亮亮的僵化面具」圍著石桌跳舞，後來當她
不意闖入被情慾敗壞的兄嫂臥房時，竟然看到「兩隻懷孕的蜘蛛穿行於女
人垂散床沿的髮茨」。〈瓷觀音〉中，曾經「憂鬱地瘋了起來」的李潔，她
的白癡弟弟「永遠躲在門後，把彎曲的肢體摺疊在一起」，構成她的世界
的是母親的「經年詛咒」和絕情毒打，被機器軋斷一隻手的「多毛如猩
猩，肥壯如獸」的未婚夫，還有她家瓷器店中，「一尊尊閃射出陰冰冰的
白光，且漠然著臉容的觀音瓷像」。〈凌遲的抑束〉裡，敘述者的母親瘋了
之後，整天細心地縫做小布人，並給布人的臉「用黑墨畫上一隻大蝙
蝠」，這形象後來疊合於外祖母「極端肥白圓大的臉」。而後，當敘述者看
到「正對著斑漬累累且破裂多處的圓鏡擦洗著」的外祖母時，在昏熱中感
覺到的是一頭「壯威得有若慾性很強的男人的雄貓，懶懶地蹲伏在矮凳
上，一對淡綠的眼珠緊凝著伊反映於鏡中赤著的上體」。

　　上述這些異樣的、違反常識的景象,在〈泥像們的祭典〉裡,有更森人的、更恣意的表現,這篇徘徊於陰陽之間的作品,從內容到表現方式,都可作為施叔青早期小說的想像世界的寫照。這個任憑她呼風喚雨、五鬼搬運的恐怖世界,可以說是現實的鹿港斜陽折射出的心靈上的地誌(topography),是它代表的傳統和價值觀念的變形,因為按幻想文學的社會意義層面而言,作品中所表現的物體及肢體的殘缺相當於理性的破裂;人物性格的解體,暗示的是對於社會和文化秩序的強烈排斥[11],而這應該是男性中心的社會裡,被撕扯於自己究竟是什麼、應該是什麼之間的女性特有的破裂感的不合法的合情出路。在女性文學中,如英國夏綠蒂‧伯朗特(Charlotte Brontë)、瑪麗‧雪萊(Mary Shelley)、伊麗莉白‧加斯克爾(Elizabeth Gaskell)等的幻想文學作品,就都曾以哥特式的迫害和魅影重重的地理環境,來表示與父權社會所代表的理性和邏輯思考的離異、斷絕的願望。[12]伴隨著上述的狂想世界,施叔青早期小說中的人物和情節,自不可能具有一般意義的「正常」,它們普遍都以夸誕的線條和詭異激情的面目出現。在人物方面,可以明顯看出兩性力量的懸殊,而在那數量眾多,威勢懾人的女性角色中,除了像天使一樣的舞蹈老師吉米(〈那些不毛的日子〉),以及帶有一般的「正面」意義的少數幾個角色,如地母型的產婆愛姐(〈安崎坑〉),情婦麗花(〈紀念碑〉),還有與知識文化有關的侯瑾(〈曲線之內〉)、俊珠(〈紀念碑〉),其他都是被情慾、瘋狂、癡呆、疾病、詭異和不安控制了的女性。比較起來,施叔青小說中的男性角色是更不堪入目的,除了〈壁虎〉中的神學院學生的么哥,〈倒放的天梯〉中的無關緊要的精神科醫生,具有人性的光采,其他一概被截然地劃入動物似的,以及怯懦早衰的兩個範疇。相應於這「不正常」的人物造形,在情節方面,除了帶有記事性質的〈那些不毛的日子〉和〈拾掇那些日子〉,探討社會及文化歸屬問題的〈曲線之內〉、〈擺

---

[11]Rosemary Jackson, *Fantasy: The Literature of Subversion* (London: Methuen, 1981), pp. 86-87.
[12]Rosemary Jackson, *Fantasy: The Literature of Subversion*, p. 127.

盪的人〉，其他的作品，幾乎沒有例外地架設在一個緊張的，甚至於是仇恨的家庭關係之上，而且經常是以不可解決的兩性衝突，或出沒於人物記憶中的有關情慾的不潔感覺和經驗，引發出以瘋狂或自毀為終結的生活戲劇。上述的一切，集中表現在〈約伯的末裔〉這篇小説裡。

　　〈約伯的末裔〉的篇題雖然來自聖經的人名，但從小説的表現上看，它事實上只套用了人在塵世遭受患難試煉的表面意義，而且災難的根源，並非像聖經中的神的絕對意志，而是來自法力無邊的謎樣的女人。這篇小説從藝術設計到文字表現，幾乎包羅了施叔青早期創作的一切奇幻的、怪誕的質素。首先，除了刻意營造的詭異意象，作為它的象徵中心的、陪伴整個故事的發生和發展的，是一座被蛀蟲從內部蛀蝕了的粉屑飄飛的酒廠工寮，以及一個曾被敘述者想像為包含無限祕密，而事實上不過雜草叢生的廢園。人物方面，在男性的一邊，主角之一的老吉，他的行業是掘墓人，敘述者江榮則是個只有躲在木桶裡才覺得安全的木匠。女性方面，除了老吉那個有遺傳性瘋狂傾向的、額頭上爬著蜈蚣疤痕的妻子，另外就是活躍在江榮四周的一群血色鮮麗的，然而惡戲的女人。這篇瀰漫著女性旺盛的生命力和精神威脅的小説，從施叔青的象徵企圖來看，雖然表現了在女性面前，男主角的生活從母親開始就遭遇到一連串不幸的、鎩羽的經驗，但是從作為女性敘述特徵之一的「口是心非（duplicitous）」來看，這個表層意義無寧是整個被顛覆了的。因為根據珊德拉・吉伯特和蘇珊・古柏（Sandra Gilbert and Susan Gubar）合著的《閣樓裡的瘋女人（The Madwoman in the Attic）》的分析，女性作品中反覆出現的幽禁／逃逸，病弱／健全，破碎／完整的描寫，是一種反男性—父權的寫作策略，而小説中的瘋女人經常是作者的另一個自我，是她的焦慮的、憤怒的形象的投影，因此瘋女人的出現是對男性沙文主義的一種老謀深算的顛覆。[13]如果這樣的理論，不致陷於其他女性

---

[13]Toril Moi, *Sexual/Textual Politics: Feminst Literary Theory*, pp. 60-61.

主義批評家詬病的作者人物同一謬論，那麼存在於施叔青早期小說中的激情的、瘋狂的女性群像，及與之相對的萎縮的、影子似的男性角色，或許正是對日薄西山的中原傳統父權文化的深沉的、漂亮的一擊。

　　同樣可能的是，根據女性文學的「陽奉陰違（palimpsestic）」的寫作策略，呈現在施叔青幻象重重的小說世界中的異常情境，它的解決不了的衝突，它的總是戛然而止的、無政府主義式的終局，除了是經常被女性主義批評奉為圭臬的：「以歪斜的方式說出全部真理（Tell all the truth but tell it slant）」，或許只是對於已經沒有生命的布爾喬亞社會的形式上的顛倒，而顛之倒之之餘，它的實際意義也不過是對她感覺中的「不毛的」布爾喬亞人文主義及其生活的妥協與順服罷！

——選自施淑《兩岸文學論集》
臺北：新地文學出版社，1997 年 6 月

祖母臉上的大蝙蝠
從鹿港到香港的施叔青

◎張小虹[*]

　　魑魅家族的輪迴情孽,一路循著夢魘、蜈蚣、白蟻而來,施叔青尋尋覓覓,從現代主義黝黑闇暗的人性角落,走到了香港九七山雨欲來的歷史陰影。

　　〈凌遲的抑束〉收在 1969 年《約伯的末裔》短篇小說集中,故事裡孤獨慵倦的敘述者,在戀母和戀屍的內心煎熬中,目睹外祖母赤裸著鬆弛多皺、肥白下垂的上身,擦洗斑漬累累的圓鏡,以及其數日後的猝死:「我跪在床畔,伸手拭去伊沿嘴唇的邊緣流出的發著酸味的幾滴芹菜汁時,赫然在蒙上灰敗的死色的圓臉上,彷彿隱現出一隻大蝙蝠的黑影形來。」這魔幻陰森的剎那,正是白先勇所謂施早期五毒橫行、人鬼不分的世界。

　　《她名叫蝴蝶》則是 1993 年甫出版的香港三部曲之頭一部。13 歲在天后廟求靈符時被綁至香江為妓的黃得雲,是太平紳士黃理查的母親、華人法官黃威廉的祖母。她是潔淨局代理幫辦亞當‧史密斯心中那嬌弱精緻又美得不近情理的女人,在性愛高潮時幻化的黃翅粉蝶:「林木密藏的山谷,種滿了黑色的矮樹,山谷沒有風,蝶蛹在孵化之前的蠕動,降生前的喧嘩,搖撼每一片葉子,澌澌響著。啪一聲,整千整萬隻蝴蝶誕生了,繞著黑色的矮樹紛飛,一片金黃。黃翅粉蝶在異鄉人的懷中得到新生。」於是在上一個瑰麗幽深的世紀末,情愛在殖民夢魘中鴛

[*]發表文章時為臺灣大學外國語文學系副教授,現為臺灣大學外國語文學系特聘教授。

飛蝶舞。

　　從短篇到長篇、從鄉俗人情的鹿港到十里洋場的香港，祖母在橫跨二十多年強韌執著的創作文字中，由蝙蝠變成了蝴蝶。就心理層次而言，黑色的自閉與死亡轉化為黃色的再生與希望；就象徵層次而言，無名無姓純為男性恐懼女體投射的祖母，成了有名有姓以家族史轉喻香港開埠史的黃得雲，開闔之間拉出歷史文化的向度，瞥見性別政治在殖民權力中的柳暗花明。於是由蝙蝠到蝴蝶，由心理、象徵到歷史、性別，可以在 1960 年代到 1990 年代相同來回的路上回顧並前瞻施叔青的創作生涯，邊走邊唱。

　　1960 年代盛行的現代主義摻揉了鬼影幢幢的鄉俗野譚，就在慘綠少女敏感脆弱的想像中上演著一幕幕情慾的生死場。她用乖張扭曲、顛倒重組的語言文字和那壓縮濃密、人獸變形的隱喻象徵，搜尋著性與死亡、癲狂與畸零的蛛絲馬跡。正如在以半自傳第一人稱敘述的〈那些不毛的日子〉中的童年夢魘：「我赤裸著上體，皮膚是銹色的。……我是背著自己的墓碑在荒山中找埋葬自己的地方……」

　　而性壓抑則是此時期主題意念上糾纏圍繞、揮之不去的陰霾。〈壁虎〉中患肺癆的怨懟少女，將妖異放蕩的大嫂想像成黃斑紋的灰褐壁虎，有懷孕的蜘蛛穿行於她垂散床沿的髮茨。〈約伯的末裔〉木匠江榮的陰森回憶中，鄰居掘墳工老吉的女人，前額有紫紅色的蜈蚣彎疤，而放縱情慾的嗑藥女子則如「一隻醜怪脫毛、懷孕的母貓」。性的動物性便千篇一律地以女體來呈現，尤其是懷孕中的母體；不論性壓抑的主體是男是女，都充滿父權文化中在靈／肉掙扎上對女體的憎惡與恐懼（gynophobia），在強迫性的心理內化與情感慾望的焦慮投射後，女人的身體怪誕而醜陋，滿是觸目驚心的墮落。於是《約伯的末裔》與《拾掇那些日子》以超現實與神祕主義的氛圍，以病態誇大的手法，營構出一大片黑色的蠱惑，懾人心魄，唯獨在不傳統的表現中，重複著傳統的慾望語言。

　　1970 年代是個社會關懷的年代，成為臺灣新女性運動健將的施叔青，開始以女人的經驗與視野撰寫婚姻與愛情的故事。然而就像早期作品中偶見以人道主義與鄉愁救贖的〈安崎坑〉或〈曲線之內〉，總不若窺探人性幽密、情慾掙扎的作品來得驚心動魄。明確的主題往往成為碩大的探照燈，雖稱不上政治掛帥、意念先行，卻是光天化日之下、妖孽遁行，失去了得心應手陰影下的青苔與銅銹。〈常滿姨的一日〉以紐約洋人女傭窮極無聊的日子側寫社會階級爬升中崇洋、孤獨與性壓抑的種種，〈「完美」的丈夫〉與〈後街〉以妻子與情婦兩個女人不同的觀點，呈現女性在婚姻生活中的困頓抑鬱與情感糾葛上的怯弱執迷，而左右逢源的丈夫占盡性別既得利益的便宜。〈這一代的婚姻〉寫惡質循環的婚姻暴力，憎母戀母因而憎恨女人的男人，以毆妻為發洩，雖有心理幽微的描繪，讓施暴的男人為另一層次的受害者，但仍是以母親作為歸咎人性病徵之淵藪，未能反省其中可能的性別盲點。倒是為家門顏面，執意遣返身心俱傷女兒的父親，深刻凸顯父權結構在婚姻、家庭與親子關係中出人意表的殘暴共謀。

　　而在 1980 年代施叔青找到了洋場百態、瑣碎人情的東方之珠，以冷眼看世情的方式，借屍還魂張愛玲，以古物、字畫、盆栽、蘇州評彈為鬼魅故事的場域，重新出發。所以在一系列香港故事中，以新舊並陳的敘述方式，呈現世路已慣的人情炎涼。〈愫細怨〉、〈窯變〉、〈情探〉、〈晚晴〉，是一段段聲色犬馬、曠男怨女的露水姻緣，是一顆顆沒有完全死透所以依舊蠢蠢欲動的心，落只落得滿坑滿谷銀貨難以兩訖的情感買賣：四月天下冰雹的大雷雨，湊合了一對天南地北的浪子佳人；夜深人靜孤伶的女子，在滲出陣陣寒氣的瓷器旁，把玩搓摩著遲暮愛人昏死中多肉、綿綿的手；兩鬢微霜的上海商人、專寫畸戀煽情三毫子小說的女作家和表裡兩面刀、專撈肥佬的女子，錯身而過；更有那在大白天也幽冥一片的和平飯店中泅泳過往、不堪追尋的舊情一灘。香港故事系列便是如此這般在流離失所、悽惶無依的地理與心靈景象中，冤鬼遊魂的愛情

遊牧。

　　到了 1990 年代的《她名叫蝴蝶》，則是另一番驚天動地的新氣象，以「古豔悽惋」的文體，寫下魑魅家族的殖民版。在這部野心勃勃的長篇中，有上天下地、鉅細靡遺的敘述，早已不似早期施淑所謂「由一個女主人似的發號施令的絮聒而又獨斷的全知敘述觀點控制全局」，反倒是在蕪雜的歷史資料與龐大的東西文化對比架構中，捲進捲出、載沉載浮。藉著東莞女黃得雲與英小吏亞當‧史密斯間的異國姻緣，鋪陳香港近百年來的殖民血淚史。

　　於是就在這位擺花街南唐館「灩淫巾釵，珠鏘玉搖」的妓女身上，穿織遊梭著大英帝國的殖民圖象：因華人士紳的反蓄婢，被擄的黃得雲轉而賣入青樓；開苞的捐官在九龍城寨外因走私被大清律法問斬；1894年的鼠疫撮合了一段東西孽緣；而英軍宵禁則阻斷了黃得雲投奔武生姜俠魂的心願；最後在目睹 1895 年華人大遷徙的人潮後，原本也想循跡返鄉的她，卻因滄海桑田再也尋不著入港的碼頭，而下定決心在這塊新填地上自築家園。

　　所以黃得雲以子為貴、由剝而復的過程，平行排比著香港由窮山惡水的蠻荒之島，搖身一變為五光十色、華洋雜處的貿易傳奇。此時的蝴蝶，既是用紅紗宮燈、飛龍雕刻、白綢衫黑綢褲裝扮起來的東方，也是蘇繡門簾和金漆屏風後，鴉片煙榻上的中國，更是香港本土轉文飾為自然的黃翅粉蝶。而黃得雲棲息的唐樓，在施拿手絕活的五毒寫法中再度蜷伏著「尺來長的蜈蚣、放毒素的黑蜘蛛、成群結隊的蟑螂、躲在陰暗角落的虱子、木柱裡密密麻麻的白蟻，還有那個一發起羊癲瘋，把身體蜷曲繞住水井打旋吐白沫的女傭阿梅。」莫怪乎《她名叫蝴蝶》是部充滿「詭祕怪異」（uncanny）的小說，以這一個世紀末迴光返照上一個世紀末的喧囂繁華，把一個曾經被寫死過的世界再用神靈活現的方式寫死一次，讓童年夢魘的鹿港和光怪陸離的香港，不期而遇、似曾相識。

　　而有趣的是《她名叫蝴蝶》是由另一部長篇《維多利亞俱樂部》的

序曲發展出來的，這兩本長篇天生體質上的差異，恰可凸顯施在進入新的歷史文化寫作階段時的性別主體矛盾。正如她在《維》前言所敘：「評論者每將我歸入女性作家的行列，嘆賞我擅長女人細緻的心理活動描寫，尤其是淋漓盡致的勾畫女人天生的小悲小怨、彼此間的勾心鬥角。……我不甘心被以明擺著局限的『女性作家』稱號，只曉得圍繞在男歡女愛、細碎瑣事，永世不得超生。」所以她要以男性疏離的視野，平鋪直敘在英殖民權貴象徵的俱樂部裡的一椿貪瀆案，展露人性的猥瑣、輕狂、貪婪與懦怯。其對殖民權力架構的自覺與後設，使得附隨在小說之後三名男性評論家的文字徒然畫蛇添足。

其實《她名叫蝴蝶》與《維多利亞俱樂部》文體上的衝突是蟄伏已久的矛盾，正如咻咻鬼域的香港系列故事中，定要冒出一篇以昔日釣魚臺運動健將淪為資本主義買辦，經營大陸特區開發的故事，在民族情感認同大而空的思索中，捉襟見肘。施是〈夾縫之間〉〈擺盪的人〉，不僅是中西文化的夾縫、地理位置的擺盪，更是傳統以性別製碼創作位置的進退維谷：小眉小眼女性論述與大開大闔男性論述的畫地自限。殊不知《維多利亞俱樂部》的吃力不討好，正在於一刀兩斷法律術語與情婦日記，造成公領域與私領域、大論述與小論述的斷裂分離。而《她名叫蝴蝶》雖也有力有未逮的生硬轉折處，卻是以小博大，以「瑣碎政治」（politics of details）的物質性，不動聲色地顛覆（也是癲婦與顛父）雄偉磅礴的歷史氣象、文化省思，化井然條理為亂結散絮，堂而皇之的世系家譜為魑魅家族的混血雜種。

從鹿港、臺北、紐約到香港，從現代主義的蝙蝠到後殖民的蝴蝶，施叔青的作品有流離失所卻異常瑰麗詭譎的離散美學，既是地理移動所釋放出人生地不熟的文化異域，也是心理隱喻所開展出光怪陸離的內心想像。當她雄心壯志地想要回歸大論述時，卻是在創作文字的移轉、遷徙與錯位中，化一個個正襟危坐、名正言順的大論述為不安於室、邪魔歪道的小論述，因而顛撲大與小的分界。「何處是家／何處不為家」，在

藝術創作、地理位置與心景圖象上，施叔青應該可以心甘情願地為異鄉
永恆的異客，只因在放逐的路上，漂流最遠的往往是離家最近的一種方
式。

　　正如蝴蝶不一樣可以是楚河漢界外另一種蝙蝠的化身。

　　　　　　　　　　　　——1994 年 1 月 1 日《中國時報‧人間週刊》

　　　　　　——選自楊澤主編《從四〇年代到九〇年代：兩岸三邊華文小說研討會論文集》
　　　　　　臺北：時報文化出版公司，1994 年 11 月

臺灣的香港傳奇

從張愛玲到施叔青

◎廖炳惠[*]

　　本來，我是想透過朱天文的作品去管窺張愛玲在臺灣文壇的影響。不過，王德威在他的〈從《狂人日記》到《荒人手記》〉一文中，已對這個題目發揮得酣暢淋漓。正當無計可施之際，我讀到施叔青的〈兩情〉，提及她「不只一次踩在張愛玲的腳印」，在香港「這華洋雜處的社會，經歷著張愛玲經歷過的殖民地特有的風情事故……，在延續張愛玲沒說完、也不了的故事」。也許尾隨施叔青所踩過「張愛玲的腳印」，透過讀者兼作家的眼光，去分析文學因緣及其「影響焦慮」，以便重新檢視這一段「兩情」，藉此探討張愛玲對殖民社會中女性角色的描寫及其對後人的啟示，進而界定這兩位作家於臺灣的文學出版與領受機制中的地位，應該有助於我們了解張愛玲作品世界的某些面向及其遺緒發展。

　　事實上，張愛玲僅於 1961 年秋天，到臺灣訪問一些親友，曾與白先勇、王文興、陳若曦、歐陽子、殷張蘭熙、王禎和見面，並偕王禎和到花蓮一遊，然而她並不曾以臺灣為背景寫小說。她告訴王禎和：「臺灣對她是 silent movie。」[1]然而，有趣的是張愛玲熱的中心卻非臺灣莫屬，從胡蘭成到朱天文，乃至新小說族，張愛玲的影響力可說相當深遠。誠如邱立本所說：「有意識或無意識地模仿她的作家很多。即使在創作上強調『鄉土』、在政治上認同『臺獨』的作家，也不能抵抗她的魅力。那些源

[*]發表文章時為清華大學外國語文學系教授，現為加州大學聖地牙哥分校川流講座教授、臺灣研究中心主持人。
[1]鄭樹森編，《張愛玲的世界》（臺北：允晨文化公司，1989 年），頁 24。

自上海大都會的文學繆思，也許在今日臺灣本土意識高漲的政治氛圍中，是『政治上不正確』的影響，但無可否認，張愛玲的風格數十年來越洋灌溉了臺灣文壇的土壤，成為臺灣文學中重要的資產。」[2]由《聯合文學》第 132 期、《明報月刊》第 358 期、《華麗與蒼涼》一些追悼張愛玲的論述，乃至稍早由鄭樹森編的《張愛玲的世界》及其中收錄的陳炳良輯〈有關張愛玲論著知見書目〉，即不難看出張愛玲的作品在臺灣廣受喜愛的程度，不僅作家，即連學者也加入全球華人對張愛玲傳奇的塑造活動，而且年齡層的範圍涵蓋老中青少輩，可以說是十分普及。我在香港中文大學開會，遇見來自上海的王曉明，他便半開玩笑、半帶懊惱地說自己追思張愛玲的文章在十天內完成，但已擠不進悼念的隊伍裡去，編者手上的稿子遠超過篇幅限制，可見其熱門程度。

當然，上海、香港、美國華人的張愛玲是有些地理因緣，畢竟張愛玲在這些地方定居過。但是，張愛玲才來臺灣一次，卻引起如此多的臺灣作家、學者，不再計較政黨、派系、族群、省籍、性別或性嗜好取向的差異，全神投入歌頌及回憶的工作，確實是相當特殊。在這麼多人中，我只將視野限定在施叔青上，勢必造成掛一漏萬，然而這種選擇性的隨興之舉卻勉強可用施叔青的自白、張愛玲的香江生活經驗，與張與施在文本意象及主題上的若合符節去加以支撐，同時也由於那種以外人來看香港，而又以異地傳奇的形式在臺灣出版，構成其華文閱讀、詮釋的社群，樹立她們於居住地之外的文學地位，並以投射的回流，奠定其跨越國界、地區的文學聲望。

在一篇文章裡，陳芳明已指出香港之戰使張愛玲寫了七篇香港傳奇，並列舉她有關香港的作品。[3]張愛玲僅住香港三年，根據余斌所著的《張愛玲傳》，張愛玲的香港傳奇比她的上海傳奇帶有更多的「怪力亂

---

[2]邱立本，〈歷久彌新的文學「張」力〉，《明報月刊》第 358 期（1995 年 10 月），頁 5。
[3]陳芳明，〈亂世文章與亂世佳人──張愛玲筆下的戰爭〉，《華麗與蒼涼──張愛玲紀念文集》（臺北：皇冠出版社，1996 年），頁 240。

神」成分[4]，可能是由於香港的殖民怪異風俗人情是個全新的天地，「在她這個外來者的眼中，這一切都化為一種刺激、犯沖的、不調和的色彩和情調」，各種殖民地國家及歐亞混血所組成的同學也令她感到新鮮而陌生，對他們的心理、行為總感到有幾分謎的味道。正因為這種好奇、驚訝，張愛玲說她是「試著用上海人的觀點來察看香港」。後來，日本攻打香港，日軍與英軍交戰，在香港人的冷眼旁觀中進行，但映現在張愛玲眼中的卻是災難的體驗，從此她對生命的沉浮變幻有惘然的領悟，以至於將視野沉醉於封閉世界，一個風雨飄搖的現實外的悲涼世界。[5]香港戰事中，整個華人社會中所瀰漫的空虛絕望，那種朝不保夕的環境使得一般群眾學會了抓緊眼前到手的東西，例如〈傾城之戀〉中白流蘇與范柳原的結合，「在這動盪的世界裡，錢財、地產、天長地久的一切，全不可靠了。靠得住的只有她腔子裡的這口氣，還有睡在她身邊的這個人」；或者，〈第二爐香〉的愫細本來有她的各種選擇，但是在母親早寡，經濟情況不佳之下，她領會到「在香港這一隅之地，可能的丈夫不多」，一切是出自「對於這局面的合理的估計」。

　　在香港這個殖民地上，女性的情愛與生活細節從戰爭與權力傾軋的夾縫裡發展、釋出，其不盡合意的思考方式與漫不經心的慾望渴求往往留下深刻的種種悲歡離合，許多評論家均注意到這一點（如陳芳明、楊照、周蕾等）。從某種觀點來看，施叔青筆下的黃得雲正是張愛玲的香港傳奇人物的延續。如同張愛玲，施叔青是以外人的眼光去觀察香港，而且不斷推出香港的故事，特別在《維多利亞俱樂部》（1993）等長篇小說中，將殖民社會中的權力、情慾戲劇納入華洋雜處的官司、腐化及壓迫中，扣緊男女關係的變化，去凸顯殖民文化的功利、近視、混亂及聲色面向上的多采多姿。特別值得注意的是：施叔青在「香港三部曲」之一、二中，透過黃得雲這位妓女，彷彿又「踩在張愛玲的腳印」：《海上

[4]余斌，《張愛玲傳》（湖南：海南出版社，1993年），頁38。
[5]余斌，《張愛玲傳》，頁41～42。

花》的妓院，堂子中的愛情起落；〈金鎖記〉中的黃金夢抵消情慾之變態心理描寫⋯⋯。尤其，〈第一爐香〉以葛薇龍這位上海女子來姑媽家，目睹種種混雜的現象，儼然就是《她名叫蝴蝶》的雛形。我認為黃得雲在《遍山洋紫荊》中見十一姑的情節安排很可能受到張愛玲這部中篇小說的影響。

當然，要深究影響的具體痕跡並不容易，因為有許多挪用與模仿是透過閱讀及無意識的吸收消化或反芻過程去進行，但是十一姑及妓院的描寫，乃至香港外在景觀與人物心理內在的起伏、男女關係的浮動等，這些課題確實可見於張愛玲的小說中。例如〈第一爐香〉中葛薇龍在玻璃門裡瞥見自己的影子，像賽金花，帶有殖民地特有東方色彩，在背心、衫、滿清末年的服裝款式及南英中學別致的制服交糅的不中不西情況，「越發覺得非驢非馬」。她的皮膚白淨及種種表徵均使人看到黃得雲的映像，這種「非驢非馬」的殖民大雜燴更是《她名叫蝴蝶》裡，中西事物交織成光怪陸離的景象、情色與物慾掙扎、殖民者與被殖民者的糾纏⋯⋯一起落入的共業：「跑馬地成合仿陰影重疊的唐樓，帳幔綾羅斜塔，飛龍雕刻、紅紗宮燈、花瓶高几才是我『亞當・史密斯』的後宮，與床上脂粉豔光風情十足的我的女人一同棲息的，是尺來長的蜈蚣、放毒素的蜘蛛、成群結隊的蟑螂、暗處的虱子、木柱裡密密麻麻的白蟻，發青色的石灰牆上肚腹透明爬行的壁虎。」[6]

接著，我試以施叔青筆下的黃得雲去重新檢視張愛玲由上海到香港傳奇的餘緒發展。正由於張愛玲與施叔青均是「過客」，在資本與殖民主義的「過渡」城市香港駐足停頓，他們以觀光的方式，看出聲色、景物之表層背後的本質，在這種流動不居的片段感覺及其細節處理手法上，兩位小說家有頗多相似之處；同時，由於他們的流離經驗，對情色、身體、不起眼的生活瑣屑事件獨具慧眼，並弔詭地以飄浮的身分在臺灣文

[6]施叔青，《她名叫蝴蝶》（臺北：洪範書店，1993 年），頁 205。

壇中找到一席之地。這種若即若離的殖民小說，雖然場景是放在上海、香港，但卻在臺灣讀者身上產生好奇與興趣，從而對本地的類似經驗有所體悟。以其他方式來談張愛玲的影響，我們自然要談她的《秧歌》、《赤地之戀》對反共文藝，愛情小說《十八春》、〈紅玫瑰與白玫瑰〉等作品給蘇偉貞、袁瓊瓊、朱天文等小說家的啟發。不過，透過黃得雲這位妓女人物，也許我們可看出張愛玲對王蓮生、沈小紅等邊緣角色的垂青，對由上海到香港的兩地情、雙城記底下的殖民史有所了解。

　　赫雪特（Gail Hershatter）曾以上海的娼妓為例，說明妓女與政治權力、文化轉變、國家地位與文化認同的錯綜關係，提出妓女的六種類型及妓女此一都會人物與現代化過程中的性別、慾望、政經交涉、身體控制等面向之間的互動關係。她特別關注都會歷史、殖民與反殖民的國家形塑、性與民族論述，以娼妓與性交易為其豐富的意義場域，藉以觸及其他社會關係。據赫雪特，晚明一直到中清，以娼妓為題材的作品，仍大致以色藝絕佳的名妓而非出賣身體的妓女，做傳統文化的邊緣與社會底層代表之一；隨著西方現代情境（modernity）的逼近及帝國、資本主義的深入中國沿海都會，名妓逐漸成為絕響，取而代之的是不再能「妙舞清歌」的妓女，而且大多是遭人出賣為娼，飽受老鴇答罰剝削的農家女。

　　我們在黃得雲身上確實可發現到赫雪特所歸納出的諸多類型特徵，黃得雲 13 歲時上天后廟求神被人以大口袋綁架賣至香港，成為倚紅閣的名妓，「猜拳飲酒、唱曲彈琴一一學會」，而且也巧於利用各種伎倆騙取恩客的金錢，甚至於象徵了中國的現代化過程，不但英語會話流利，更知道如何掌握個人的身體及情慾，去達成性夢想與提升地位。她在亞當‧史密斯的眼中卻是個「黃皮膚的娼妓」，邪惡而放蕩的「黃翅粉蝶」，代表了中國及東方的神祕落後及疾病，因此造成殖民者的不安與焦慮，乃是得透過殖民政府的法令去加以管制的「異己」。

　　在許多批評家中，班雅明是不斷提到妓女的男性學者，而且一再將妓女與現代情境加以關聯。根據魏格爾（Sigrid Weigel）的剖析，班雅明

提及各種女性人物，尤其「娼」（Hure，英譯 whore）、「妓」（Dirne，英譯 prostitute），有時談「娼」，但大致是以「妓」去探討性別意象，並發展其歷史辯證意象的見解。女性代表「語言無法言說的」、「沉默」與「激情」，而在討論波特萊爾（Charles Baudelaire）的專著及其未完成的巴黎「通道書」（Passagen-Werk），娼妓則被說成是「現代主義的一種託寓」。於《波特萊爾》，他說波特萊爾曾想以「女同性戀」（Les lesbiennes）為《惡之華》（*Les Fleurs du mal*）原先的標題，因為「女同性戀乃現代主義的女英雄」，不必再受制於生產及母親的工作（motherhood），血脈法則。[7]對班雅明來說，妓女是不事生產的肉慾與性愛身體，而現代主義的詩人與知識分子乃是以想像自我投射，不事生產（non-procreation）的藝術家，妓女與從事智識創作而不事生產的「天才」、藝術家似乎沒有什麼差別。

　　鑑於世紀轉捩之間的文化政治問題，許多猶太籍知識分子對當時的庸俗文化、戰爭創傷、專制與民主的無謂紛爭、崛起的法西斯政權均有相當強烈的無力感，班雅明尤其對社會改革及文化左派的想法十分失望，因此在他的《德國憂傷劇之起源》（*Ursprung des deutschen Trauerspiels*）此一升等長篇論文遭法蘭克福大學回絕，便於 1925 年 9 月起自我放逐，從學院中人變成自由作家、批評家、翻譯者、電臺節目的腳本作家，逐漸明白學院機制及知識分子、政治革命的錯綜及自我毀滅面向。在這種流浪的困頓日子及個人情感生活的諸多不順裡，班雅明了解了文明之下的野蠻及革命政治與性愛縱恣的密不可分，他在超寫實、現代主義之中找到新的歷史天使，朝向唯物歷史辯證，企求新的彌賽亞，另一方面則發展有關沉默、女性（特別是娼妓）、寓喻（allegory）、辯證意象與可見現存美學（aesthetics of visibility and presence）等見解

---

[7]Sigrid Weigel, "From Gender Images to Dialectical Images in Benjamin's Writings," *New Formations 20* (1993): 21-32. Rev. in *Body-and Zinage-Space: Re-reading Walter Benjamin* (New York: Routledge, 1996), pp. 90-91.

（Werckmeister, Koepnick）。誠如史坦柏格（Michael P. Steinberg）所指出，班雅明重新審視寓喻及其新歷史意涵，乃是用以對抗當時德國批評家所推崇的象徵手法（symbol），特別強調寓喻有其獨特歷史及其限定性，在本身的語言與文化之間的運作中，符號指涉及其他符號，如憂傷劇的巴洛克是指涉第二帝國，巴洛克的整體性乃指涉法西斯的誘惑等。[8] 由於晚近學者對班雅明及克羅卡爾（Siegfried Kracauer）的專注研究，我們總算對班雅明等人的思想脈絡及其歷史經驗有較深入的認識，而不再像以往那麼忽視其歷史符象意義、文化批判及主體位置所涉及的具體歷史情境（非抽象之歷史 history）。

　　班雅明的流浪歷史經驗，使他體會到知識分子與妓女、妓女與現代主義書寫的關聯，而同樣的情況可能也適用於張愛玲與施叔青，特別針對施何以安排黃得雲，這位於 1892 年 9 月 25 日被綁架運抵香港的東莞農家女，為故事的主人翁。班雅明的妓女是一種遭壓抑勢必回返的人物，她們代表現代情境中被遺忘的意象檔案，將過去所扭曲的面貌重新以商品的形式去回顧，「此一重生的歡樂喜慶乃在娼妓身上」[9]，是以商品與販賣者為一體，並且以身體包裝其意象（邁向過去、他人的通道意象）此一寓喻方式，去表達大眾尋找過去歡樂、長驅直入時間毀滅的空間，與女性結合為一的快感，完成重返母體、原鄉此一神話、都會地底、不容於象徵秩序（presymbolic）的情慾。妓女是邁向過去無底洞的門檻，同時也是現代文化寓喻的身體與意象空間，使尋芳客在夢與醒之間，看到復甦的可能性，從物質意象及希望象徵的夢寐快感之中，觸及真正的身體與意象的自我迴映。這種意象空間若放入奇怪的東西現代情境交會的「通道」（香港）中，如夢如幻的景觀可能是連殖民者、被殖民者均無法預期：

---

[8]Michael P. Steinberg, "Mendelssohn and Selfhood, " trans. in *Hui gu xian dai wen hua xiang xiang*, ed. Ping-hui Liao (Taipei: Ship-Pao, 1995), pp. 127.
[9]Walter Benjamin, *Gesammelte Schriften*, eds. Rolf Tiedemann and Hermann Schweppenhauser. 7 vols. in 14 (Frankfurt: Suhrkamp, 1972-1989), p. 671.

經不起黃得雲苦苦哀求，滿足她和愛人共度一夜的想望，史密斯留了
下來，擁抱他放蕩的女妖過了一夜。隔天早晨他在逸樂的床上睜開
眼，看到沒有燭光、黑夜遮掩下的現實：紅磚地橫陳她的褻衣，第一
次曾經使她感到淫穢的妓女紅肚兜，牆角立著異教徒的小神龕，燒盡
的香灰像堆起的小墳塚。飛龍雕刻、紅紗宮燈、竹椅高几，史密斯心
目中的中國和黃得雲從灣仔春園街買來的西洋花紗窗簾、綠絲絨靠
墊、帶穗的桌巾，混合成光怪陸離的景象。[10]

　　史密斯發現他所躺的彈簧大床是擺在唐樓的客廳中央，也就是一般
中國人「拜祖先、供神明的莊嚴廳堂」。[11]這種去神聖化、除魅的隨興方
便之舉，一方面是因為當天苦力「沒吃飽肚子，扛不上樓梯，就把床丟
在客廳」，另一方面則是由於黃得雲與史密斯均不計較中國固有的傳統持
家之道。在一個膚色、性別、權力、文化關係混雜的「意象空間」裡，
人與事務交織成一幅「光怪陸離」的景象；本來，史密斯是以蓄娼妓的
方式，將黃得雲安置在唐樓；然而，他卻意識到自己非但控制不了身
體，而且被他的「黃翅粉蝶」絆住，儼如「綠藻海草攀來繞去纏住他，
把他往下拉」[12]，彷彿也遭殖民的疾病所感染。顯然這對男歡女愛的異
國性伴侶在「貼得死緊的那一刻」，心中仍感覺到「有東西橫在他們當
中，硬要把他們分開」[13]，但是兩個人均陷入情慾的殖民煉獄中，在難
分難解的感官歡樂中總已「被扭曲為淫蕩」[14]，即連後來的屈亞炳也以
「妳讓我失身於妳」的方式，陷入「女人陰暗潮濕的裡面」，感覺到自己
的無能及莫名的恐慌。在這個殖民社會的性愛戲劇中，誰也沒占上風，
勉強只能說黃得雲在隨機而起的意外異國性接觸與其後的一連串變故裡

---

[10]施叔青，《她名叫蝴蝶》，頁 69～70。
[11]施叔青，《她名叫蝴蝶》，頁 70。
[12]施叔青，《她名叫蝴蝶》，頁 115。
[13]施叔青，《她名叫蝴蝶》，頁 173。
[14]施叔青，《她名叫蝴蝶》，頁 120。

倖存，並且養出了有造化的兒子，其他男人無不在自己的慾望、貪婪、愚昧之中沉淪：亞當‧史密斯的貪汙舞弊案被揭發[15]，姜俠魂在三合會的反英抗洋事件中生死不明[16]；屈亞炳則娶個小腳媳婦，在殖民與被殖民者兩皆不容的夾縫中窩囊苟活。

　　班雅明將記憶的軌跡及其意象放入女性的範疇中，他自己對童年的經驗總是圍繞著家裡的縫紉、針線包、衣架，這些生活中的細節及不起眼的事物反而成為記憶的主要線索，這些邊緣、瑣屑、膚淺、不容易引起注意的日常對象往往以漫不經心的片段、浮面符號、聲音，巧妙而十分弔詭地打入無意識的深處，引起更加全面性的迴響，正如克羅卡爾所說，「這些表層的形象，正由於其毫不經意，讓我們得以直接體會事物的原來本質」。[17]隨興、浮面、漫不經心的觀光客有時更能看到建築、文化之美，遠較那些每天生活其中，熟悉其細節的當地人獨具慧眼，洞察一些習而不察的面貌，也因此班雅明認為電影以其不斷流動、消逝的意象反而更捕捉了現實。以這種辯證意象的觀點來看，黃得雲的東莞女身分及其妓女職業的送往迎來，那種漫不經心的性交易活動，事實上，比她後來刻意學十一姑，精打細算的「從良」行為，更深入殖民社會的底層變化，親身體會當時的鼠疫及現代衛生技術、殖民者對被殖民者的殘暴及殖民者本身的挫折感、傳統醫術及民間的通俗信仰（包括求神問卜、命相等）、劇團功夫與舊社會的反現代論述或實踐（打虎、王寶釧、三合會等曲目或組織等）。

　　在傳統的眼光中，娼妓乃是位階最低下的腐化、疾病、慾望化身，而在各種殖民文獻中，娼妓及其類似範疇的女性（藝妓、交際花、甚至渴望異國戀情或歸化他國的女性）往往成為殖民與被殖民雙方均加以監督撻伐的對象，藉此維護文化及血統的純粹性，然而在針對跨國接觸的

[15]施叔青，《遍山洋紫荊》（臺北：洪範書店，1995 年），頁 217。
[16]施叔青，《遍山洋紫荊》，頁 117～119。
[17]Siegfried Kracauer, *The Mass Ornament*, trans. Thomas Y. Levin (Cambridge: Harvard UP, 1995), p. 75.

文化想像及其表達中，女性往往是最危險、含混且越界的焦慮人物，不管是《國王與我》（ *The King and I* ）或《蝴蝶夫人》（ *Madame Butterfly* ），乃至《櫻花戀》、《蘇西黃的世界》（ *The World of Suzie Wong* ）、《西貢小姐》（ *Miss Saigon* ）、《蝴蝶君》（ *M. Butterfly* ），無不圍繞著性別與種族的文化政治，去再現許多既有的成見與刻板印象。這些作品及其造成的效驗歷史（effective historical consciousness）勢必對施叔青選擇黃得雲此妓女角色有一定程度的影響。事實上，目前的女性主義也把「第三世界」女性當作亟需進一步探究的題材，認為女性主義的理論應將性別意識體系的論述分析與機構、政治經濟的結構分析緊密相連，並注意不同女性在不同文化、社會、階層中的錯綜多元論述範圍、主體位置、意義實踐、公共領域及各種詮釋之間的衝突，將特定的女性意義（signification of femininity）放入具體的歷史中，去檢示其道德政治之新視野。[18]

　　施叔青對殖民與被殖民男女的再現方式難免強化圍繞種族文化政治的偏見；不過，由於觀點時而從黃得雲，時而來自史密斯、屈亞炳，透過流動的全景掃描及深入內心的獨白特寫，我們看到了各種人物在殖民社會中的諸多病徵，而且在命名（naming）之中，施叔青刻意賦予人物象徵意義，史密斯的名為「亞當」除了呼應經濟學大師之外，也將聖經中的第一位男性及其失樂園歷史放入一個殖民煉獄，在性愛的誘惑及權力的利益之中沉淪；而牧師娘潘朵拉的嘴巴不饒人自然沒有讓那位帶給人類災難寶箱的先輩感到後繼無人；在狄金遜夫人離港後，另一位救星艾米麗則以純潔、慈善的形象打入史密斯的生活中，充當他殖民罪藪之清新改造力量，艾米麗與狄金遜放在一起立刻令人聯想及美國的女詩人；至於屈亞炳的走狗嘴臉及暴虐行為則與「東亞病夫」的名號相得益彰，而姜俠魂正是義和團起義及國民革命軍的混合。有趣的是這些人物

---

[18]Nancy Fraser, "Pragmatism Feminism, and the Linguistic Turn," In Benhabib, et al., pp. 160-165.

全由黃得雲此一妓女加以串連，正如班雅明所說妓女是通往過去（殖民史）的門檻，黃得雲象徵了遭到壓抑、扭曲的過去，而且更像張愛玲筆下的芝壽、七巧、阿小……這些在中國現代文化情境中掙扎的婦女。

　　從施叔青筆下的黃得雲，我們再回過頭去看張愛玲對《海上花》及有關上海、香港的女性人物故事，或許會得到一些「後」見之明。正如班雅明的女性意象與歷史先知的形象之中，過去而非現在或未來才是真正的轉捩點，先知是背向未來，「以其憧憬」的眼光照亮以往英雄人類的高山以及詩歌景觀，深深沒入過去之中。[19]而女人則是「掌握過去」、「邁向過去的門檻」。

參考資料

- 王德威，〈從《狂人日記》到《荒人手記》〉，即將出版之論文。
- 余斌，《張愛玲傳》，湖南：海南出版社，1993 年。
- 張愛玲，《張愛玲全集》，臺北：皇冠出版社，1988 年。
- 施叔青，《她名叫蝴蝶》，臺北：洪範書店，1993 年。
- 施叔青，《遍山洋紫荊》，臺北：洪範書店，1995 年。
- 施叔青，〈兩情〉，《聯合文學》第 132 期，1995 年 10 月，頁 40。
- 蔡鳳儀編，《華麗與蒼涼——張愛玲紀念文集》，臺北：皇冠出版社，1996 年。
- 陳芳明，〈亂世文章與亂世佳人——張愛玲筆下的戰爭〉，《華麗與蒼涼——張愛玲紀念文集》，臺北：皇冠出版社，1996 年，頁 238～246。
- 楊照，〈在惘惘的威脅中——張愛玲與上海殖民都會〉，《華麗與蒼涼——張愛玲紀念文集》，臺北：皇冠出版社，1996 年，頁 254～266。
- 鄭樹森編，《張愛玲的世界》，臺北：允晨文化公司，1989 年。
- Seyla Benhabib, et al., *Feminist Contentions: A Philosophical Exchange* (New York: Routledge, 1995).

---

[19]Walter Benjamin, *Gesammelte Schriften*, eds. Rolf Tiedemann and Hermann Schweppenhauser. 7 vols. in 14, pp. 577-578.

· Walter Benjamin, *Gesammelte Schriften*, eds. Rolf Tiedemann and Hermann Schweppenhauser. 7 vols. in 14 (Frankfurt: Suhrkamp, 1972-1989).

· Walter Benjamin, *The Origin of German Tragic Drama*, trans. John Osborne (London: NLB, 1977).

· Walter Benjamin, *Charles Baudelaire: A Lyric Poet in the Era of High Captialism* (London: NLB, 1973).

· Nancy Fraser, "Pragmatism Feminism, and the Linguistic Turn," In Benhabib, et al., pp. 157-171.

· Gail Hershatter, "Modernizing Sex, Sexing Modernity: Prostitution in Early Twentieth-Century Shanghai," *Engendering China: Women, Culture, and the State*, eds. Christina K. Gilmartin, et al. (Cambridge: Harvard UP, 1994, pp. 147-174).

· Lutz P. Koepnick, "The Spectacle, the Trauerspiel, and the Politics of Resolution: Benjamin Reading the Baroque Reading Weimar," *Critical Inquiry 22, 2* (1996): 268-291.

· Siegfried Kracauer, *The Mass Ornament*, trans. Thomas Y. Levin (Cambridge: Harvard UP, 1995).

· Michael P. Steinberg, "Mendelssohn and Selfhood, " trans. in *Hui gu xian dai wen hua xiang xiang*, ed. Ping-hui Liao (Taipei: Ship-Pao, 1995), pp. 85-109.

· Sigrid Weigel, "From Gender Images to Dialectical Images in Benjamin's Writings," *New Formations 20* (1993): 21-32. Rev. in *Body-and Zinage-Space: Re-reading Walter Benjamin* (New York: Routledge, 1996), pp. 80-94.

· O.K. Werckmeister, "Walter Benjamin's Angel of History, or the Transfiguration of the Revolutionary into the Historian," *Critical Inquiry 22, 2* (1996): 239-267.

——選自楊澤編《閱讀張愛玲：張愛玲國際研討會論文集》

臺北：麥田出版公司，1999 年 10 月

從鹿港到香港
施叔青文學歷程的轉折

◎陳芳明

　　從現代主義時期就撐旗出發的施叔青，創作迄今已有三十餘年的歷史。她的文學生產力，始終保持穩定的速度；每隔一、二年就有作品出現。與 1960 年代同一世代的作家比較，施叔青恐怕是豐收的小說家之一。不過，把她劃入 1960 年代的行列，似乎並不恰當。她的年齡可以說比現代主義的浪子們還要年輕許多。她的文學生涯是那樣長，率爾將她歸為某一時期的作家，都是過於粗糙的。值得注意的是，她的小說隨著年齡的增長而越寫越精彩。從文學史的觀點來看，施叔青創作歷程的轉折，頗具高度的文化意義。

　　把她的第一冊小說集《約伯的末裔》（1969）與近期的長篇小說「香港三部曲」（1993～1997）並放比較，就可發現其間的變化，其實是暗示了女性身分的轉型。施叔青自己在《情探》（1986）的自序說過，她的創作可分為三個階段：「早期擅長挖深隱祕、幽暗的心靈糾葛，是慘綠少女對人世間的驚詫與夢魘；第二階段寫婚姻，現在大概算第三階段。」這樣以三段論來概括自己的文學經驗，似乎也是一般文評家的看法。不過，施叔青並沒有把第二、第三階段的創作風格說得清楚一些。對於一位有著四分之一世紀寫作歷史的作家而言，任何階段論的詮釋，都不免是危險的，這也包括作者本人在內。只是施叔青的自我分析，頗能顯現一位女性作家內在思考的巨大變化。

　　伊蓮‧蕭華特（Elaine Showalter）在《她們自己的文學》中討論女

性文學史時，指出女性作家的成長過程大約都會經歷三個階段。第一階段的書寫，大致是屬於陰性的（feminine）。這種陰性的書寫，往往是對主流或男性文學的模仿。在此階段的女性主體，可以說是隱而不見。第二階段的思考，則是屬於女權的（feminist）。女性作家開始自覺到女性身分的存在，作品的內容則漸漸滲透抗議的聲音。第三階段的作品就回歸到女性的（female），透過文學生產的展現，女性主體已經成為作品的主要關切。如果蕭華特的見解是可以接受的，藉用她的解釋來印證施叔青的小說，應該也是可以成立的。

早期現代主義的作品，或者如施叔青自稱的「少年時代」小說，幾乎都在表現她內心世界的徬徨、混亂與騷動。《約伯的末裔》與《拾掇那些日子》（1971）這兩部小說，正是她追逐現代主義精神的具體證據。她在鹿港小鎮的成長經驗，充滿了濕霉、黯淡的記憶。那種鬼氣森森的氛圍，日後就構成她現代主義思考的主要成分。在現代主義到了需要重新評估的今天，施叔青在 1960 年代所完成的作品誠然值得議論。稍微熟悉臺灣現代文學者，都知道現代主義是在美援文化的強勢支配下被迫接受的。西方現代主義的產生與資本主義高度發達中的都市中產階級息息相關。臺灣在 1960 年代的都會文化尚未蔚為風氣，而中產階級（或小資產階級）也還未全然成熟，因此對於現代主義的接受，不免是過於早熟。臺灣的現代主義者，並不純然表現他們在都市中的苦悶與焦慮：他們大多只是利用這種西方的文學思潮，表達在思想上尋找不到出路的抑鬱情緒。白先勇、陳映真、陳若曦，都是如此，年紀稍輕的施叔青自然也不例外。從 16 歲完成〈壁虎〉而登上文壇的她，一直到 27 歲，才結束對現代主義的耽溺，始終都眷戀著鹿港所帶來的想像與情緒。鄉土想像與現代精神的結合，是施叔青早期小說迷人的地方。

鹿港固然是渺小的，但題材卻是相當豐富，為什麼施叔青竟然都集中在與死亡有關的意象經營？血肉、棺木、黑紗、墳穴、殯葬、惡夢、鬼魂等等的聯想，幾乎都充塞在少女施叔青的內心世界裡。這種黑暗幻

夢式的描寫，當然與現代主義的模仿有密切的關係。恐怖的異象，往往是精神分裂的一種投射。她刻意在小說誇大蜘蛛、蝙蝠等等醜惡生物形象的隱喻，無非是為了製造瘋癲、狂亂、歇斯底里的效果。然而，僅是把她早期小說形容成「為現代主義，而現代主義」，則是一種過分簡單而又過分曲解的說法。

她早期的風格，顯而易見的，現代主義遠勝過女性主義。但是，從女性的思考來看，她那種自傳體的書寫似乎對主流文化有著一定程度的抗拒。中原的、漢人的、儒家的、男性的思考方式，支配著整個戰後臺灣。所謂主流文化，其實就是不折不扣的父權文化。施叔青選擇陰翳的、支離破碎的古老世界來描寫，偏離民族大義的國體，而投向情慾流動的女體，對於中原意識的男性當權者而言，即使沒有積極批判，至少也寓有消極抵抗的意味。這種陰性書寫的文化意義，似乎伴隨著臺灣社會的日益開放而更加彰顯出來。

鄉土想像在施叔青的文學生涯中占有極為重要的位置。她離鄉背井到臺北讀書，終於成就了她在現代主義時期的書寫工作。之後，她又遠離故里，到紐約繼續深造，這是 1970 年到 1972 年之間的階段。其後，她開闢了第二階段的書寫，作品包括了《牛鈴聲響》（1975）、《琉璃瓦》（1976）、《常滿姨的一日》（1976）。接著隨夫婿到香港旅居，前後長達17 年。就在這段時期邁向她第三階段的創作，這也正是她的文學臻於顛峰狀態的時候。七冊小說集《愫細怨》（1984）、《情探》（1986）、《韭菜命的人》（1988）、《維多利亞俱樂部》（1993）、《她名叫蝴蝶》（1993）、《遍山洋紫荊》（1995）、《寂寞雲園》（1997）等，就是撰寫香港系列故事的成績單。其中的最後三部，亦即「香港三部曲」，更是成為港臺兩地學者爭相議論的焦點。無論是臺北故事，或是紐約故事，或是香港故事，時空的變化何等巨大，但鹿港的影子卻常常在小說中浮現。

長期處於流離失所（diaspora）的狀態，使得施叔青的鄉土與國族認同變得特別重要。那彷彿是她心靈的寄託，也是她思考的泉源。她在紐

約時期發表的〈擺盪的人〉，非常清楚表達了一位臺灣女性作家扮演文化邊際人角色的焦慮。從女性的漂泊經驗，她開始重新建構自己的文化主體；也由於思索主體的問題，她也注意到了自己的女性身分。

　　紐約時期的小說，有別於她在臺北所寫的現代主義作品。在早期小說中，女性角色很難擺脫被支配、被安排的命運。她所塑造的女性形象，往往是與瘋狂、發病、噩夢等等無助的行為銜接起來。在這些角色身上，看不到多少自主的意願。但是，到了紐約時期的書寫，呈現在讀者眼前的女性，逐漸與男性展開對峙緊張的關係。在家庭生活中的丈夫，開始以負面的角色遊走於行文之間。施叔青也承認，這個時期的作品「完全是從女人的角度出發」。留在故鄉的女性，與遠走他鄉的女性，一旦走入婚姻的生活時，經驗是截然不同。在異國的家庭生活中，女性並沒有任何退路。婚姻發生危機時，簡直就是背水一戰。這種處境，施叔青想必是見證過許多。正是在那樣的流離心境下，國族與女性的雙重主題便在小說中自然呈現出來。

　　整個大環境的挑戰，激發了施叔青強烈的女性意識。她很少提及自己的文學思考與 1970 年代美國女性主義運動究竟有何關係，不過，她的女性意識會受到周遭思潮的衝擊與波及，顯然是無可避免的。她寫了很多逆來順受的女性故事，不快的家庭，不快的婚姻，往往是肇自男性的傲慢粗暴。因此，施叔青固然在於突出女性的弱勢地位，但她對於父權文化的抗議，讀者已經可以具體感受。

　　國族與女性的議題，是在紐約時期孕育釀造的，但真正開花結果，就必須到香港時期才發生。香港是一個高度資本主義侵蝕的社會，是加速現代化的殖民地城市。資本主義的文化邏輯，便是一切的事物都可換算成商品進行交易。甚至人格、身分、名譽、地位、尊嚴等等，其實都可折合成為現金來顯示其價值。尤其是處於無政府狀態的殖民地社會，最高的權力表現，都是透過經濟支配而建立的。施叔青到達香港，面對著繁華而浮華的城市，那種文化的衝擊力量無疑是雷霆萬鈞。身為女性

作家,親眼看見赤裸的權力交易,不能不對於被極度邊緣化的殖民地女性給予深切的關注。香港系列故事,其實就是殖民地女性的眾生相。

在資本主義的社會裡,女性的身體早已淪為商品。那種階級壓迫,較諸農民、工人所受的不公平待遇,有過之而無不及。然而,處在資本主義化的殖民地社會裡,女性承受的不僅僅止於階級壓迫與性別壓迫,並且還有另外一層的國族壓迫。性別與權力的關係,是施叔青在香港前半期作品的重要主題,特別是《愫細怨》與《情探》處處可以看到女性情慾的氾濫;只是那樣的情慾,非出於女性的自主意願,而是被整編到資本主義的文化邏輯之中。

國族認同的問題,在施叔青香港後半期的小說中,是一個非常鮮明的題材。更令人注目的是,她的國族議題並非只牽涉到英國殖民者,對於日後即將入主香港的北京政權,施叔青有著異於常人的憂慮與恐慌。這種心理上的巨大轉折,當以 1989 年天安門事件的爆發為主要關鍵。長期觀察香港女性,並且也書寫她們的故事,使得施叔青對於政權轉移過程的女性地位不能不特別注意。《維多利亞俱樂部》的完成,足以預告她在後來的書寫方向。

「香港三部曲」趕在 1997 年寫成,背後的政治意涵當然是不言而喻,北京在 1997 年接收香港,是不是可以使殖民地地位獲得翻身的機會,施叔青持有高度的懷疑。放膽而露骨地把女性身體與殖民地命運等同起來,無非是為了對男性權力提出強烈的批判。香港的歷史與女性的歷史,在小說中同步進行,不能不使讀者發出喟嘆。在強權的假想下,殖民地的地位是可以隨意安排的;而在父權的假想下,女性的身分也是可以恣意處置的。無論是帝國主義或是男性沙文主義,都是屬於主流文化中的當權派。「香港三部曲」的女主角黃得雲,經歷了兩場露水鴛鴦式的愛情,一位是英國白人史密斯,一位是中國男人屈亞炳。國族與階級當然完全不同,但是一旦涉及男性權力時,史密斯與屈亞炳的脾性簡直是同條共貫。施叔青能夠從歷史角度切入女性議題,並且把這個議題放

在性別、國族、階般的脈絡中進行故事的敘述。她的經營,已經把 1990 年代的臺灣女性書寫推向全新的境界。

施叔青的文學生涯,並不能只是以小說作品來概括。在戲劇研究與藝術評論方面,她的成就是不能忽視的。當年從鹿港小鎮登上文壇時,也許她懷有多種夢幻的憧憬。但是知識累積與生活歷練,鍛鑄了她日後的文學思考。她的文學呈現了女性身分的游移不定與女性心理的杌惶不安。她的文字,其實就是女性肌膚的感覺,創傷與痛楚都在其中。通過想像與書寫,施叔青在臺灣文學史上的位置越來越清楚。文學生產力特別旺盛的她,正以傲慢的姿態迎接新世紀的挑戰。無論下世紀的思潮如何演變,可以斷定的是,施叔青仍然是臺灣文學的重要旗手。

——選自《中國時報》,1999 年 10 月 22～23 日,37 版

異象與異化，異性與異史

論施叔青的小說

◎王德威*

> 她「是以異化對抗異化的，寫出了某些人心靈底層一座座九曲橋感
> 受」。
>
> ——戴天[1]

　　施叔青對她的家及家鄉的認識，是由一場大地震開始。在自傳式小說〈那些不毛的日子〉裡她寫道，「那年白沙屯大地震」，「好幾天之間，大地、房子、榕樹、電線桿，斷斷續續搖個不停」。不少大人栖栖惶惶，露天而宿。施「是個天生好奇的女孩，一想到睡在廟亭的那些人，便忍不住要過去看個究竟」。

　　大廟還是平常看慣的樣子；年代一久，褪了色的金紅裝飾所造就出的一股黯敗的輝煌。今天緊閉著兩扇廟門，看來就很有些不同了。一邊一個偉岸的門神站在門上，據高臨下都睜著視而不見的眼睛，很有廟的氣氛——漠視人世間的一切苦難。

　　七月的天，說亮就亮，瞬息間全白了。橫梁上掛著的舊匾額，迎著亮色格外顯眼。我不禁瞇起眼睛往上瞧，陽光細細的咬著我的臉，匾額上「天德宮」三個燙金大字閃得發光。這真是一個牽動人聯想

*發表文章時為哥倫比亞大學東亞語言文化系教授，現為哈佛大學東亞語言與文明系講座教授。
[1]戴天，〈九曲橋感受〉，收於施叔青《愫細怨》（臺北：洪範書店，1984年），頁226。

　　的時刻呵,「宮口,住在宮口。」噢,我明白了,以「天德宮」的
　　廟口為中心,左右各有一排房子,右邊那棟門口有個防空洞的,不
　　正是我的家嗎?
　　這時,地牛又來了個大翻身。[2]

　　這段文字,不算突出,但照映施叔青日後的寫作道路,卻顯得意味
深長。天光半暝,地牛暗喘,在那「黯敗的輝煌」的廟前,一個女孩不
得其門而入;轉目回看,她驟然明白了在神佛「視而不見」的眼下,她
家所在的位置。這個女孩深為廟門的漆飾裝潢所吸引,也對廟亭裡兀自
沉睡的那些人覺得好奇。「這真是一個牽動人聯想的時刻呵。」在地震又
一次的震波中,女孩剎那領悟有關家及家鄉——鹿港——的一些人與
事。庭院深深的破落門戶,逼仄陰濕的寺堂巷道,畸零醜怪的市井男
女,構築了家鄉的人文景觀。禁忌與蠱祟瀰漫,信仰與褻瀆交雜。然而
就是這樣一個詭異墮落的環境,成為施叔青文學啟蒙的殿堂。

　　從 1961 年的〈壁虎〉開始,施叔青已持續寫作了近四十年。早期的
她以家鄉鹿港為想像軸心,演義怪誕,操作狂想,十足前衛姿態。之後
因緣際會,她得以離鄉北上,再周遊海外。由鹿港到香港,由臺北到紐
約,當年那個事事好奇的女孩,早已蛻變成世故資深的作家。而施叔青
專注寫作的熱誠,未嘗或已。她的作品往往引起評者絕大興趣,因為不
論是現代主義還是寫實主義,女性主義還是後殖民主義,鄉土文學還是
海外文學,於她似乎都有跡可循。施叔青的創作未必隨俗,但卻每每扣
緊了專業讀者的慾望。這是她始料未及之處了,卻也間接說明了她觀人
述事、與時俱變的才情。

　　而不變的是她對物質世界的摩挲貪戀,對人性情慾的穿刺耽溺,還
有對家鄉那黯敗卻又蠱惑的風景的執念。這是充滿矛盾的寫作位置。因

---

[2]施叔青,〈那些不毛的日子〉,《拾掇那些日子》(臺北:志文出版社,1971 年),頁 9。

為她對物慾的嘲諷警醒，對人慾的戒懼悲憫，始終念茲在茲。而她大量
書寫城市及異國所見，總暗示對早年故鄉經驗的抗衡姿態。值得注意的
是，施叔青最好的一些作品，正是由這些矛盾中產生。彷彿多年前那半
明半暗的破曉時分裡，站在廟口，四下張望人間的女孩，已然為女作家
預習了創作的姿勢。

一、「異」「化」的譜系學

　　施叔青的作品以怪誕荒謬見長，她 16 歲初試身手的〈壁虎〉，已經可
見端倪。在那個故事裡，年輕患有肺癆病的少女，見證一個成年女人——
大嫂——如何以她縱慾敗德的行徑，加速毀滅一個已然敗落的家庭。少女
深陷在幽閉及禁慾的恐懼中，臆想叢生。她夜夜夢著「塗擦顏色、油亮
的、僵化面具」圍在客廳跳舞，為兄嫂床戲的聲浪輾轉不安。大嫂的丰姿
使她憶起「倒懸在牆上」肥大的黃斑褐壁虎。終有一天，歇斯底里的少女
闖入兄嫂的臥房。床上的男女橫陳，「兩隻懷孕的蜘蛛穿行於女人垂散床
沿的髮茨」。少女羞惡之間抓起一把剪刀，「拋向那賤惡的所在」。之後的
她總在夢中看到一張灰色大網，其中二、三十隻壁虎紛紛竄跳；「突然，
牠們一隻隻斷了腿，尾巴，前肢紛紛由網底落下，灑滿我整個臉，身子，
我沉沉地陷下去，陷下去，陷於屍身之中」。[3]但故事的框架一樣引人注
目。少女婚後竟對前所拒斥的淫猥，有了曖昧的憧憬，這裡所暗示的道德
弔詭及角色半自覺的反諷，是施叔青要一再發展的主題。
　　〈壁虎〉之後，施叔青又寫了〈凌遲的抑束〉、〈瓷觀音〉、〈泥像們
的祭典〉等作。她對瘋狂、淫邪、及死亡的誇張耽溺更變本加厲。白先
勇為施叔青的第一本小說集作序，指出她的世界「是一個已經腐蝕的像
夢魘的世界，其中的人物都是肉體上、心靈上、或精神上受過斲傷的畸
人」。這些畸人不能與任何人溝通，「他們只有一個一個的立在黑暗的荒

---

[3]施叔青，〈壁虎〉，《那些不毛的日子》（臺北：洪範書店，1988 年），頁 6。

原上，對著死神，喃喃自語」。[4]除了病態早熟的少女，施叔青也寫「永遠躲在門後，把彎曲的肢體疊在一起」的白癡（〈瓷觀音〉）、日夜縫製小布人，並給布人的臉「用黑墨畫上一隻大蝙蝠」的瘋了的母親（〈凌遲的抑束〉）、倒吊在峽谷吊橋下的油漆工（〈倒放的天梯〉）、迎著陽光，自己撕掉身上皮膚的女孩（〈那些不毛的日子〉）。被禁錮在生命陰暗的角落，這些人對身心的扭曲、變形、及最終的毀滅，作無言的抗議。施叔青提過她早年心儀孟克（Munch）的名畫〈號哭〉：因線條極度擠壓而失真的人形魅影，在失焦流盪的世界裡，作勢吶喊，卻儼然像是絕望的嘗試，無聲的虛擬。[5]

施叔青早期的作品是特立獨行，充滿現代主義的叛逆色彩，自然引來評者不斷剖析。[6]其中最有見地的首推施淑──施叔青的大姐。施淑從女性主義及精神分析的角度，探討施叔青作品中的禁錮與顛覆意識。她認為濃烈矯情的象徵，漫無節制的臆想，沒有出路的情節布局，一方面說明女作家對理性的、流麗的父權大敘述的質疑抗擷，一方面也暗示她在既定語境裡，無所適從，虛張聲勢的僵局。[7]比起眾多一味稱讚施叔青以「搞怪」、「顛覆」為能事的女性主義評者，施淑的評論無疑清醒得多。她提醒我們，施叔青的敘述策略畢竟受到更大歷史架構的決定；女性的顛覆與禁錮無法僅以性別「遊戲即政治」的套語自圓其說。的確，我們回顧〈那些不毛的日子〉這樣的作品，不能或忘在二次大戰後，臺灣市鎮凋蔽的經濟結構，及文化、政治上的曖昧處境。除此，1960 年代現代及鄉土主義間的複雜意識形態辯證，也總銘刻在施叔青的字裡行

---

[4]白先勇，〈序〉，《約伯的末裔》（臺北：仙人掌出版社，1969 年），頁 8。
[5]施叔青，〈那些不毛的日子〉，《那些不毛的日子》，頁 194～195。
[6]除前述白先勇專論外，亦見李今，〈在生命和意識的張力中──談施叔青的小說創作〉，《文學評論》1994 年 4 期（1994 年 7 月），頁 61～68；張小虹，〈祖母臉上的大蝙蝠──從鹿港到香港的施叔青〉，《從四〇年代到九〇年代：兩岸三邊華文小說研討會論文集》（臺北：時報文化出版公司，1994 年），頁 93～100。
[7]施淑，〈論施叔青早期小說的禁錮與顛覆意識〉，《施叔青集》（臺北：前衛出版社，1993 年），頁 271～287。

間。她的角色如〈約伯的末裔〉中的江龍，或〈倒放的天梯〉中的潘地霖，既是社會裂變中「被侮辱及被損害」的小人物，也是存在主義式的荒謬英雄。

更重要的，施叔青的作品在（自我）顛覆、批判之餘，畢竟不能，也不願，解決內蘊層層的衝突。「它的總是戛然而止的，無政府主義式的終局，除了是經常被女性主義批評奉為圭臬的『以歪斜的方式說出全部真理』，或許只是對於已經沒有生命的布爾喬亞社會的形式上的顛倒。而顛之倒之之餘，它的實際意義也不過是對她感覺中的『不毛的』布爾喬亞人文主義及其生活的妥協與順服罷！」[8]

施淑的論點自有其一貫的左翼立場，但她對施叔青的批評實有一針見血之處。由是推論，我們可說施叔青處理的是一個社會異化的現象，而她的創作活動及成果也不可免的凸顯了（自我）異化的癥兆。這是布爾喬亞式創作的典型兩難。但如果我們不執著於左翼理論的公式，而仔細探究施寫作各階段處理人與社會、歷史間的方法，其實更可看出不少線索，形成一種「異」、「化」的譜系學。

施叔青的作品可以從兩種相互關聯的批評角度來審視；怪誕（grotesque）的美學及鬼魅（Gothic）的敘事法則。如前例所示，施的世界是一個人文、自然關係分崩離析的世界。五毒橫行，人鬼交投，一片末世氣氛。研究怪誕美學的學者凱撒（Wolfgang Kayser）曾指出西方自浪漫主義以降怪誕美學當道。怪誕來自於世界「器械、植物、人、獸各種元素的雜湊，代表了我們世界支離破碎的投影」。怪誕是一種曖昧的效應；「在斷裂力量的支使下，我們對看似熟悉並和諧的世事，覺得疏離起來，從而粉碎了貫串其間的連鎖意義。」[9]無獨有偶，西方浪漫主義的流風遺緒也肇生了鬼魅說部。是類作品多以哥德式古堡為背景，談玄弄

---

[8]施淑，〈論施叔青早期小說的禁錮與顛覆意識〉，《施叔青集》，頁 286。
[9]Wolfgang Kayser, *The Grotesque in Art and Literature*, trans. Ulrich Weistein (Bloomington: Indiana University Press, 1963), p. 33, 53.

鬼，構成系列陰森懸疑的故事。安‧瑞得克莉夫（Ann Radcliffe）、瑪麗‧雪萊（Mary Shelley）等都是箇中高手。這類鬼魅故事特別凸顯了女作者及女性人物置身其間的愛憎表現，也投射了她們對性別身分，婚姻，死亡的慾望與恐懼。時至今日，早成為女性主義者一再申論的主題。[10]

對於「怪誕」及「鬼魅」的研究可以延伸出不同的脈絡。佛洛依德派學者談似曾相識卻又陌然難辯的聳慄經驗（uncanny），直指心理主體自我疏離的宿命：最「家」常的經驗可以是無邊（及無「家」）恐怖震顫的根源。[11]專精世紀末文化的評者看出怪誕與頹廢、末世學、及精神官能虛耗的關係。[12]而怪誕到底是現代文明及文學的病徵，或是一種深具批判意識的「否定的美學」，多年來一直是西方馬克思學者爭執不休的話題。除此，巴赫汀（Bakhtin）異軍突起，申言怪誕現實主義回歸身體，繁殖，及社會、自然底層的衝動，並申言一種社會自我重生（及救贖）的嘉年華力量從中而起。[13]

另一方面，除了女性主義者對鬼魅敘事大有斬獲外，近年的後現代學風，從德勒茲（Deleuze）到傅柯（Foucault），也都曾就人本與魅惑、實相與飄離等話題，立言著說。[14]布希亞（Baudrillard）的「海市蜃樓」論（Simulacrum）甚至企圖將所有的現代及前代主義的執念，一次出清；他強調後現代的社會裡幻相取代肉身，魅影遊戲人間。[15]而當解構

---

[10]王德威，〈女作家的現代鬼話〉，《眾聲喧嘩》（臺北：遠流出版公司，1988 年），頁 233～238。

[11]Sigmund Freud, "The Uncanny," *The Standard Edition of the Complete Psychological Works of Sigmund Freud* (London: Hogarth Press, 1955), 17: 217-252.

[12]Rae Beth Gordon, *Ornament, Fantasy, and Desire in Nineteenth-Century French Literature* (Princeton: Princeton University Press, 1992).

[13]Mikhail Bakhtin, *Dialogical Imagination*, trans. Helene Iswolsky, (Cambridge: MIT Press, 1968).

[14]Michel Foucault, "Teatrun Philosophicum," *Language, Counter-Memory, Practice*, trans. Donald Bouchard and Sherry Simon (Ithaca: Cornell University Press, 1981), p. 70，德勒茲對敘事行動形成鬼魅鎖鍊的討論，見 *Logique du sens*, guoted from J. Hillis. Miller, *Fiction and Repetition* (Cambridge, MA: Harvard University Press, 1982), p. 4.

[15]Baudrillard 的相似論述，散見多部著作中，見如 Jean Baudrillard, *Simulations* (New York, Semiotext (e), 1983)。

學大師德希達（Derrida）在東歐解體、兩德統一後，重思馬克思主義功過時，更直指馬克思的陰魂（specter）其實不散。因應這一世紀末的政經殘局，我們對馬克思既進行驅魔法事，又施以招魂祭典。在歷史衍易，意義延異的夾縫中，我們應當思索啟蒙時期以來現代化及現代性的遺澤，並且重開「傷逝」的文法及倫理學。[16]

　　這些理論似乎都可以在論述施叔青時，派上用場。但我以為施叔青所代表的另一種文化想像的傳承，一樣值得重視。現代中國文學以啟蒙、革命為號召，以「現實」、「寫實」主義為法則，怪力亂神一向被摒於門牆之外。早期的施叔青在〈那些不毛的日子〉裡，自居異端，專寫異象異類的悖謬徵兆，還有異性——女性——的幽幽心事，因此代表了一種重要的「惡聲」。這一惡聲的傳統可以溯至魯迅。當他想像中國文明中人吃人的盛宴（〈狂人日記〉），憂懼「頹敗線上的顫動」的老婦（《野草》），或遭遇廢園墓碣間的腐屍怪物（〈墓碣文〉）時，魯迅喚醒我們集體意識底層的迷魅與恐懼。[17]但施叔青更有意識繼承的前輩作者應是張愛玲。施曾坦言是「張愛玲迷」。[18]除了一心效法張那樣踵事增華的物質主義外，她學張最有心得之處，應是把活生生的世界寫「死」了吧？死亡不是生命的結束，而是開始。在那陰暗的身後的世界裡，「無邊的荒涼，無邊的恐怖」，但這才是女作家抒發惡聲，悠遊求索的場域。

　　我在討論張愛玲與當代女「鬼」作家的關係時，曾指出不論施叔青早期的鹿港故事，或日後的香港故事，骨子裡的張腔其實一脈相承。[19]家鄉破敗沉鬱的記憶，正是她不能須臾稍離的「心靈地誌」的焦點[20]；十里洋場的光彩再繽紛耀眼，總有份鬼氣森森的愴然。這是施叔青鬼魅

---

[16]Jacqes Derrida, *Specters of Marx* (New York: Routleedge, 1994) 對德西達的批評，見 *Ghostly Demarcations*, ed. Michael Sprinker (London, Verso, 1999)。

[17]T.A. Hsia, "Aspects of the Power of Darkness in Lu Hsun," *The Power of Darkness* (Seattle: University of Washington Press, 1968), pp, 146-162.

[18]施叔青，〈序：我寫「香港的故事」〉，《情探》（臺北：洪範書店，1986 年），頁 7。

[19]王德威，〈女作家的現代鬼話〉，《眾聲喧嘩》，頁 233～238。

[20]施淑，〈論施叔青早期小說的禁錮與顛覆意識〉，《施叔青集》，頁 283。

人物出動的時刻了。祖母屍體的圓臉上彷彿出現「一隻大蝙蝠」(〈凌遲的抑束〉);摩登佳麗入夜成了無主的遊魂(〈情探〉)。但祖師奶奶的精警尖誚,施叔青只能心嚮往之。她對人間世的掛戀及悲憫,使她俗念叢生,難以超拔。正因如此,她得走出自己的路來。

施叔青對「怪誕」及「鬼魅」敘事學的經營,也應使我們聯想到古典中國文學、文化中的志怪述異傳統。施從未說明她的傳承,但細讀她小說中的人物意象,我們其實可發現古典民間信仰及傳奇的影響,無所不在。她早期作品若沒有了巫婆、童乩、瘋人等怪力亂神的支撐,或是種種民俗儀式及禁忌的鋪陳,也就不能彰顯她「現代」技巧所帶來的衝擊及不協調。之後她旅居香港時涉身收藏及藝文活動,必定促生了她像〈窯變〉、〈驅魔〉、〈情探〉這些故事的母題。這些小說顧名思義,靈感來自傳統工藝、宗教儀式、戲劇上的異象及異聞。白先勇是少數指出施叔青與古典怪誕美學淵源的論者。他以施早期作品為例,比諸詩鬼李賀的意象:「南山何其悲,鬼雨灑空草」。[21]有鑒於施喜歡描寫歷史夾縫間,世俗男女不人不鬼的尷尬處境,我們也不妨附會馮夢龍「三言」故事中的名句:「太平之世,人鬼相分;今日之世,人鬼相雜。」[22]

而施把人間與鬼世等量其觀,畢竟時有呼應三百年前的異史氏——蒲松齡——的感喟之處吧?所謂「披蘿帶荔,三閭氏感而為騷。牛鬼蛇神,長爪郎吟而成癖」,「魑魅爭光」、「魍魎見笑」。[23]蒲松齡「不擇好音」,在熒熒鬼火間寄託他的孤憤,因此成就正史之外的異史。我無意暗示施叔青與《聊齋誌異》間的直接影響;無論就抱負、文采、及史觀而言,二者都有太大差異。但在我們急於為施叔青作品找尋任何文學史及理論依據時,中國從古典到現代的怪誕傳統及其內蘊的顛覆動機,不容忽視。而這幾年施有意擴大她的視野,在異性、異鄉、及異國書寫中探

---

[21]白先勇,〈序〉,《約伯的末裔》,頁 4。
[22]語出明馮夢龍話本小說〈楊思溫燕山逢故人〉。
[23]蒲松齡,〈聊齋自志〉,《聊齋誌異》(臺北:中華書局,1962 年),頁 4。

尋「異」、「化」的現象，那麼異史氏從幽冥狐鬼間參看世事的方法與感慨，也許仍不失為一道門徑，值得她繼續努力。[24]

　　1980 年代以來，兩岸三地及馬華作家重在荒誕與魔幻敘述上，開出新局。臺灣的鍾玲（《生死冤家》）、袁瓊瓊（《恐怖時代》），隸籍大馬的黃錦樹（《烏暗暝》）、黎紫書（《天國之門》），香港的鍾曉陽（《遺恨傳奇》）及黃碧雲（《烈女傳》），都是佳例。而大陸的作家，從殘雪（《蒼老的浮雲》）到蘇童（《菩薩蠻》）、從余華（《古典愛情》）到莫言（《神聊》）再到王安憶（〈天仙配〉），更藉著鬼與怪重新定義了「毛」以後，「不『毛』」敘述的政治之必要，美學之必要。比起這些作家，1960 年代初嶄露頭角的施叔青，反倒真是開風氣之先了。1990 年代後，施反其道而行，筆法愈亦貼近寫實主義。她的成績，在「香港三部曲」（《她名叫蝴蝶》、《遍山洋紫荊》、《寂寞雲園》）及新作《微醺彩妝》中都可見一斑。但我仍認為，她作品最引人注意的部分，在於發掘、渲染生活細節中令人見怪不怪的異端及異象。套句張腔，她有意在日常生活找尋「不對」，而且「不對到恐怖」的痕跡。[25]於是我們要問，「鬼」與「異」到底是什麼？是分裂的主體？是被鎮壓的回憶與慾望？是被摒於理性門牆之外的禁忌與瘋狂？還是男性中心防閑女性的託喻？由此她觀察政治、性別、及生產關係異化的種種齟齬。也因為多年經營，她特有的，誼屬異史的世紀末式史觀，已經逐漸浮起。

二、嘆世界

　　施叔青寫作的第一個十年裡實驗了不少形式。除了誇張怪誕的現代主義式實驗外，她也嘗試像〈擺盪的人〉、〈池魚〉、〈安崎坑〉這類帶有批判意味的寫實篇章。她甚至出版了寄情鄉愁的中篇《牛鈴聲響》（好一個多情的題目！）。這些作品水準參差不齊，卻反映了作家蒐羅形式、題

[24]施淑，〈嘆世界——代序〉，《惋細怨》，頁 1～9。
[25]張愛玲，〈自己的文章〉，《張愛玲全集》（臺北：皇冠出版社，1995 年），頁 19。

材的悸動不安。1970 年代初施自紐約歸來，寫出〈「完美」的丈夫〉及
〈常滿姨的一日〉等作。〈「完美」的丈夫〉對兩性關係及婚姻的嘲弄，
〈常滿姨的一日〉對異鄉畸零人的素描，雖各有可觀，但卻難謂出色。
〈常滿姨的一日〉似乎頗為施個人偏愛。小說中的常滿姨命運多舛，也
練就一套精明勢利的脾氣。她隻身在紐約幫傭，不自覺被一年輕晚輩的
身體所吸引。這是張愛玲〈桂花蒸 阿小悲秋〉及白先勇〈玉卿嫂〉的
加料紐約版。施不寫留學生小說，轉而專注一個中年女子的性焦慮，可
記一功。除此，她對情慾幽微處的掌握，尚欠火候。

　　我所注意的反倒是施藉〈常〉作所漸漸顯露的異鄉／異國視野。在
一個全球資本快速流動的社會裡，人力的輸出早成為商品交易的一環。
像常滿姨這樣臺灣下層社會的女性，因緣際會，來到紐約豪宅幫傭，她
的遭遇成為臺灣經濟奇蹟的外一章。就在常滿姨自以為得償宿願之際，
卻發現她的慾望已經周轉不靈。這個臺灣婦人的幽怨原不足奇，但置諸
於紐約那樣一個物慾橫流的都會，卻要讓我們另眼相看。獨在異鄉為異
客，常滿姨的悲喜劇成為 1970 年代臺灣情慾及經濟主體異化的一個案
例。而過了「休假」的「一日」，她又得加入都會周而復始的勞動生產機
器中。常滿姨的故事倏然而止，但她所帶出的資本主義經濟殖民風潮，
女性旅行與跨國（身體）交易，還有性與商品迷魅的糾纏等問題，將不
斷湧現在以香港為背景的故事中。

　　1977 年施叔青移居香港。東方之珠的特殊政治歷史位置，排山倒海
的消費狂潮，以及五方雜處的各色人等，想來讓她大開眼界。而她廁身
商界及藝文界的所見所聞，不啻填充她一向對異聞異事的好奇：她的故
事何假他求？香港本身就是亂世的異樣結晶，就是一項德博（Debord）
所謂的「奇觀（spectacle）」。[26]以後 17 年，施加入港人所謂「嘆世界」
的行列，沉浸於物質世界華麗的探險，又每每抽身旁觀周遭人物的嗔癡

---

[26]Guy Debord, *Society of the Spectacle* (Detroit: Black and Red Press, 1970).

怨嘆。結果是一系列名為「香港的故事」的短篇小說，長篇《維多利亞俱樂部》，及長篇「香港三部曲」。

1981 年冬天，施叔青開始發表以「香港的故事」為題的系列短篇小說。第一篇〈愫細怨〉寫洋場佳麗與市井小商人的一段孽緣，已顯現施對香港風情的獨特看法。她對飲食男女、聲色犬馬有無限的好奇，但在表面的喧嘩悸動下，施叔青看到了寒傖與荒涼。海誓山盟無非是露水姻緣的前奏，一切璀璨光華終只是海市蜃樓。香港的時間是租借來的時間，香港的歷史在於銷解歷史。施筆下的癡男怨女飄蕩其間，匆匆聚散；他們以最淫猥狎暱的形式，見證了這塊地方的繁華與宿命。

〈愫細怨〉中的男女主角萍水相逢，卻成就一段孽緣。縱慾還是情挑，自虐還是虐人，正是剪不斷，理還亂。女主角愫細臨了在沙灘徘徊終夜，嘔吐不已，點出施對這一人物（不無距離的）的同情。又如〈窯變〉，寫古董收藏家鎮守古墓也似的家宅，企圖為他的多寶格再添一樣東西——女人。小說中女主角由迷戀到驚醒的過程，不啻是欲仙欲死，再死裡逃生的好戲。這是一個改良式的吸血鬼的故事。戀物、異化、死亡的主題到了〈尋〉更上層樓。不能生育的貴婦人上下求索，蒐尋、認養一個「完美」的孤女。她的計畫終歸失敗。施淡淡數筆，嘲諷香港上流社會交易愛情之餘，更交易親情的怪現狀。隱藏其下的不只是她對偽善的道德批判，也是對經濟／及即倫理的深刻反思。

施的〈票房〉與〈情探〉寫一群旅港上海佬間的往還，各有突出之處。〈票房〉裡絲竹起落間，男男女女逢場作戲、勾心鬥角的能耐才真正令人側目。而〈情探〉（顯然典出川劇《王魁負桂英》）寫兩個風流女人爭風吃醋，最終無非證明情愛遊戲疲憊與慘然。另外〈冤〉異軍突起，寫一個過氣小明星為夫誤診而死四處申冤的行徑。這原是資本主義「魚肉」小民的上好題材，卻被施寫成了一個充滿妄想、譫語、怪異行為的精神病案例。女性在這樣一個人吃人的叢林裡，受委屈而心智喪失；瘋狂是最後的控訴。然而施叔青究竟是關心這位女子的命運，還是她的命

運所展現的恐怖奇觀，必須要讓我們三思。

「香港的故事」壓卷之作是〈黃昏星〉。這篇小說有著施叔青拿手的畸情架構，場景卻換到了北京。在九七大限的煙幕下，我們美人遲暮的女英雄也得一路北上，找尋她的北京之春。香港女鬼需要北京畫家「鮮色的血，注入她熟透了的、疲倦的內裡」。「從來她的新生必須經過男人來完成」。這場戀愛，談得曖昧。然而激情終究不能湊成兩者的苟合。「一夜遊」式的邂逅換了場景，只會變得生澀難堪。作為一個愛情故事而言，〈黃昏星〉其實已嫌濫情，但在「香港的故事」系列裡，該作促使我們視其為一寓言，並摩挲其下的歷史及政治動機。〈黃昏星〉以男女情慾的勾搭始，卻引出意識形態層次的取予糾纏，最是耐人尋味。

施此一階段最重要的作品是長篇《維多利亞俱樂部》。此作原應是施彼時構思中的「香港三部曲」一部分，卻得以自成篇章，而且極其可觀。

小說始於 1981 年 2 月 11 日，香港的維多利亞會所爆出經理威爾遜與採購主任徐槐串謀受賄的醜聞。這一天，會所雇用才八個月的職員岑灼向廉政公署舉報兩位頂頭上司的罪行，從而掀起了連串偵察行動。維多利亞會所是香港招牌最老、入會要求最嚴的俱樂部。它是英帝國殖民勢力在港落地生根的首要象徵，也是高級華人上邀榮寵的晉身之階。然而經過近百年的輝煌歲月，會所再難遮掩自內而生的腐蝕。貪汙醜聞的發生，使「這座殖民地身分象徵的會所，名譽毀於一旦」。

小說以會所採購主任徐槐為中心，縷述他被檢舉、偵察、抄家的遭遇，奔走尋求自救的經過，終以法院聆判達到最高潮。但徐槐的官非只是施叔青小說的引線而已。藉著這個上海佬的浮沉顛仆，她要一窺維多利亞會所的發達記與齷齪史，也要為出入其間的華洋男女，理出一段段驕人或羞人的譜系。在此之外，施更順著徐槐四通八達的人際關係，白描香港的眾生百相。幾番繁華起落，無盡徵逐騷動，東方之珠一頁頁的殖民史，於焉來到眼前。1981 年 2 月 11 日不只是徐槐，也是整個香港，命定的不祥時日。同在這一天，英國國會以迅雷不及掩耳的手法修

改國籍法，剝奪香港人移居英國居留的權利。九七凶兆，初露端倪。徐槐垮臺的那一日，也正是香港歷史陸沉的開始。

　　細心的讀者，可以在這篇小說中，找到前此「香港的故事」諸多人物情景的翻版，但這回他們有了足夠盤桓接觸的空間，因此形成了極繁複的社會網絡。從殖民地官員到舞廳撈女，從過氣革命學生到商場買辦，從猶太裔難民到摩登訟師，施的人物熙來攘往，要在香港這彈丸之地上，出人頭地。他們既相吸又相斥，嗔癡喜怒的關係宛如走馬燈般轉換，在在令人眩目。行有餘力，施叔青更大事鋪張她（與她的人物）對物質世界的貪戀。錢納利的中國貿易風名畫，GALE 的玻璃藝品，皮爾卡丹雅曼尼迪奧登喜路；三天三夜燉出的佛跳牆，四萬港幣一席的乳鴿舌大餐，白蘭地酒拌魚翅……是了，這是「施叔青的」香港：吃盡穿絕的香港，上下交征利的香港，人慾與物慾合流的香港。

　　一個半世紀以前，巴爾札克以近百部的小說，串聯出《人間喜劇》。巴黎是巴爾札克世界的中心，在其中冒險家與淘金客，貴族仕紳與風流男女，相生相剋，共同組成了一個充滿金錢、權力、與機緣的曠世都會奇觀。各部小說中的角色情節盤根錯節、互為主配、息息相關。整個《人間喜劇》的結構或正如巴黎本身的社會與建築結構，複雜萬端，牽一髮而動全身。而填充這些結構的，是巴黎市民或過客永不止息的公私活動。藉此巴爾札克呈現了資本主義興起時分，一個都市的慾望與憧憬，生機與殺機，洋洋大觀，不愧為古典寫實主義的奠基之作。

　　比起巴爾札克的成就，施叔青當然遠有未逮。但就《維多利亞俱樂部》以及以後的「香港三部曲」，施所經營的架構視景，倒頗有幾分雖不能至，心嚮往之的意味。她的香港崛起於亂世，幾經風雨，竟成為東方的花都，集蠱惑與奢靡、機運與風險於一身。這裡的人事升沉快過金錢流轉；權力的遞嬗有似江湖幻術。唯一不變的，是殖民者無所不在的宰控機制。《維多利亞俱樂部》中的徐槐當年逃避共黨，攜母倉皇來港，三十年間，居然家成業就。然則好夢由來最易醒，貪汙的官司終要把他送

回一無所有的境地。

　　《維多利亞俱樂部》以徐槐為中心人物,是一妙著。徐身膺「採購」主任,微妙的點出他在小說中的歷史地位。採購是徐的職業,更是他的娛樂與本能。在金錢與貨物轉手之間,徐槐伺機而動,攫取額外利益。他對商品及商業交易有幾近美學般的愛好,擴及其他,他與上司、情婦及家人的關係,也只能以無盡的物慾徵逐來定義。而徐槐任職的維多利亞會所本身,又何嘗不是一殖民者採購、消費「東方」的貿易殿堂?徐槐三十年前由滬赴港,從無到有,本身就是商業機會主義的見證。從當年用哆嗦的手買下第一條名牌領帶起,他已經成為香港這個「大商場」最虔誠的供養者與代言人之一。但採購主任停職不到一月,「徐槐已經跟不上形式了……那種往日與物連在一起,人在貨品中遊走,伸手隨便可觸摸、變成物的一部分的歸屬感沒有了。」徐槐的墮落,不是道德的墮落,而是生存本能的墮落。[27]

　　儘管徐槐長袖善舞,他舞不出殖民地執掌經濟者的手心。徐的頂頭上司威爾遜與徐狼狽為奸,但總能隱身幕後,坐收漁利。這個出身不高的英國人從來不把徐放在眼裡,卻絕不拒絕他的供奉。合在一塊兒,威爾遜與徐槐成為殖民地經濟關係的縮影:老闆與買辦、主人與僕從,互相譏視算計,卻又不能須臾稍離。然而大難來時,殖民者到底棋高一著;威爾遜越洋供出徐的一切,以取得自身罪狀的豁免權。徐槐再精打細算,到底不能衝出歷史環境深植於他周遭的瓶頸。他的慘敗,不始自今朝,而是在香港割讓給英國時就註定了。

　　徐槐這樣的人物,寫來不容易討好。施叔青卻能以相當的耐心,敘述他的少懷大志,他的叵測機心,還有他的虛浮情慾。她寫徐槐早年因不名一文而遭女友遺棄,日後久別重逢,他一身名牌披掛,向其示驕;嘲弄之餘,實有無限悲憫。小說後半,施一再以「抄家」一詞指涉徐遭

---

[27] 亦見如郭士行,〈屬性建構的書寫與政治隱喻——解讀《選定問團獸》、《維多利亞俱樂部》〉,《中外文學》第 25 卷第 6 期(1996 年 11 月),頁 56~71。

搜查的噩運，無疑沿用了《紅樓夢》的筆法。大難來時各自奔逃的窘困，繁華散盡後的荒涼寥落，縈繞整本小說。

在「香港的故事」中，施叔青最動人的角色多是女性。可怪的是，《維多利亞俱樂部》中最弱的一環，卻是女性。與徐槐萍水相逢，即掉入情慾的泥沼而不能自拔的馬安珍，是脫胎於〈情探〉、〈一夜遊〉、〈愫細怨〉等作的正宗「女鬼」型角色。馬年逾摽梅卻名花無主，在張皇中成了徐槐的情婦，任由後者豢養消受。她一次又一次的要擺脫這地下情，卻一次又一次的讓徐槐勾去她的三魂六魄。這段孽緣直到徐出事受審才算告一段落。只是馬真能重新為人麼？這類角色，施叔青寫來應駕輕就熟的，但在《維》書中，我們看不出任何精采之處。倒是施寫徐槐的初戀情人涂玉珍，從當年的志比天高，到與徐再相會的悔不當初，再到之後力圖重收覆水，以迄徐案發後的自我解嘲，閒閒數筆，每有可觀。《維多利亞俱樂部》要描寫香港極頹廢、極豔熟的感官世界，但少了要命的或不要命的女人，自是失色不少。

「眼看他起朱樓，眼看他宴賓客，眼看他樓塌了」，維多利亞會所的一頁興亡史，儼然是殖民地大觀園由絢爛到消解的一則寓言。施叔青由小處著手，卻擅於堆砌雕琢、踵事增華。她所形成的縟麗繁複的寫實風格，在晚近一味追逐後設、遊戲的小說潮中，反屬彌足珍貴。施以寫臺灣的故鄉鹿港起家，反以寫僑居的香港，攀上她創作的一個新的高峰。在這方面，她有前例可循：巴爾札克的故鄉不是巴黎，卻終以「小說巴黎」的代言人傳世。

三、「香港，我的香港」

「香港三部曲」是施叔青創作生涯的高潮，這（三）部小說也代表她與東方之珠一段情緣的總結。施縱觀香港開埠百年的歷史，並選擇了一個妓女作為鋪陳的焦點。暗潮洶湧的歷史際會，頹靡幽麗的情慾探險，殺機處處的天災人禍，交織施筆下的香江殖民史。

　　小說第一部《她名叫蝴蝶》以妓女黃得雲自 1892 到 1896 的四年間，在香港的淫情豔跡為主線。黃 13 歲被人口販子自故鄉東莞綁架至港，幾經調教，竟出落成傾倒眾生的豔妓。她妖嬈多姿、睥視媚行，不但吸引華人，更吸引洋人。黃與潔淨局的代理幫辦史密斯的一段混世孽緣，是全書前半的重頭戲。循此施叔青又穿插了各色人物：殖民官員、基督教士、單幫商販、通譯買辦、地方仕紳、鴇母恩客、江湖戲子等，不一而足。他們因緣際會，共聚在香港這個規模初具的殖民小島上。他們何嘗預見，一切的恩怨苟且、愛恨纏綿，竟要造就下一世紀東方之珠的耀眼光芒？

　　海峽兩岸的歷史大河小說，動輒上下三代家譜，外加孤臣孽子、烽火兒女，務求涕淚飄零而後已。施叔青反其道而行，以一個沒有家的妓女作為一段家史的開端，以一個墮落的荒島作為一場世紀盛會的舞臺。她似乎暗示，殖民地的「歷史」，恰似過眼雲煙，也只能以虛構形式托出：香港就是傳奇。施本人「客居」香港的身分，更為這一連串的弔詭命題，增添一註腳。

　　施這一以小博大、從庸俗反史傳的用意，其實前有來者。張愛玲當年的〈傾城之戀〉，寫的正是二次大戰期間，一對男女落難香港而生的情緣。香港的傾圮或光彩，無非只成為怨女癡男的催情劑。同樣的，施筆下的妓女黃得雲何德何能，竟讓她的異國孽緣與香港開埠以來最大的瘟疫，共相始終。香港不過是歷史洪流中的渡口，管他悲歡離合、劫毀救贖，都將隨波而來，逐波而去。張愛玲的史觀，尖誚蒼涼。比較起來，施叔青的傾城之戀式故事，畢竟多了一份悲憫。黃得雲的苦苦追求而一無所獲，寫來是要讓讀者為之嘆息的。

　　女性主義者以及當今的後殖民主義者，大可就著施叔青創作立場，多作文章。[28]施將妓女的命運與殖民地的興衰等而觀之，政治喻意已呼

---

[28]廖炳惠，〈從蝴蝶到洋紫荊：管窺施叔青的「香港三部曲」之一、二〉，會議論文。南方朔，〈近代第一部後殖民小說：《遍山洋紫荊》〉，《聯合報》，1995 年 11 月 9 日，42 版。

之欲出。但究竟她是為女性鳴不平，或是再度剝削女性身體的意涵？究竟她寫出了殖民與被殖民者間的怨懟與糾纏，還是她只虛張異國情調，因之墮入雙重「東方主義」的殼中？這些問題值得我們細細推敲。

對此我願從不同角度，再進一言。我曾於另文（〈世紀末的中文小說〉，見《小說中國》）提出當代小說的「新狎邪體」是 1990 年代文學的一大特色。作家上承一世紀前狎邪小說風格，寫情場如歡場，而其對浮華世界的好奇，對歷史嬗變的喟嘆，則有過之而無不及。情天慾海的無盡徵逐，可以看作是淫猥頹靡的末世奇觀，也可以看作是反抗絕望的最後姿態。在這一面，作家都是晚清小說如《海上花》、《九尾龜》等自覺或不自覺的繼承者。而施的成績，應可與臺灣的朱天文（《世紀末的華麗》）、李昂（《迷園》）、大陸的賈平凹（《廢都》），相互較量。[29]

在《她名叫蝴蝶》最後，黃苦苦相戀的英人史密斯棄她而去，她曾一見傾心的伶人姜俠魂也早已不見蹤影。這個煙花女子將何去何從？《遍山洋紫荊》正是由此開始。被情人史密斯拋棄的黃得雲碰上了新的冤家屈亞炳。屈是史密斯的華人聽差，在《她名叫蝴蝶》中還是個小角色。黃得雲山窮水盡時，屈奉主子之命來「資遣」黃，卻竟然墜入了她的脂粉陣中。小說頭章〈妳讓我失身於妳〉有個絕妙的標題，講的正是 30 歲的童男子屈亞炳，如何成為黃入幕之賓的過程。

比起《蝴蝶》，施叔青的歷史視野顯然開闊得多。儘管黃得雲的事跡仍貫串全書，她卻不再是我們注目的焦點。公元 1897 年維多利亞女皇登基 60 載，大英帝國的版圖橫跨亞歐四洲。與此同時，隨著馬關條約的簽訂，英國殖民霸權更藉機延伸香港界址至九龍半島新界地區。香港（一九）九七之限，由此肇始。而在此殖民藍圖中，最重要的一筆是九廣鐵路的興建：一條自九龍經中國，銜接西伯利亞、中西歐、直通倫敦的超

張小虹，〈殖民迷魅：評施叔青《遍山洋紫荊》〉，《中國時報》，1996 年 1 月 7 日，43 版。李小良，〈我的香港〉，收於與王宏志、陳清僑合著，《否想香港》（臺北：麥田出版公司，1997 年），頁 234～236。

[29] 王德威，〈世紀末的中文小說〉，《小說中國》（臺北：麥田出版公司，1993 年），頁 221。

級跨國動脈。

施記錄這段歷史，並不避諱英人的奸狡，但也未將華人抗爭寫成民族血淚史詩。這裡遊走中英雙方，上下其手的人物是屈亞炳。如前所述，屈在殖民者的帳下行走，是日後洋場掮客買辦的前身。小說中新界的失去，屈難逃關係，而屈家又是新界的大家族。施叔青處理這個人物，顯然費了工夫。屈的無義寡情，不在話下，但他有他的弱點。家族中的庶出身分，過分自卑與自尊心結，不斷啃嚙他的靈魂；其極致處，他出賣了族人及家鄉，也成為自己慾望的犧牲——他得了不可救藥的陽痿。

施如此寫殖民世界裡的性與政治，已具有教科書意義，難怪性別主義及後殖民主義學者個個摩拳擦掌，都藉機一顯身手。我卻以為作為《遍山洋紫荊》的樞紐，黃得雲寫得並不出色。黃自遇屈亞炳後，一心從良。施叔青也刻意以「平淡無奇的文字」，來敘述黃的尋常百姓生活。從濃豔到質樸，施原是要以修辭風格的改換，凸顯黃由絢爛到平凡的過程。但施忽略黃得雲的大起大落原本就不平凡；就算她不操花柳生涯了，她的境遇依舊離奇。小說後半部寫黃輾轉受雇當鋪，開始成為商界強人，是要讓人人側目的。施力作謙抑的文辭，反而顯得矯情。

小說的其他人物方面，亞當‧史密斯的完全墮落，延續了前一部的暗示，令人無奈卻不意外。這個憂鬱的殖民者很有康拉德（Conrad）小說人物的影子，發揮之處卻不多。神祕的姜俠魂數次現身，夾以繪影繪聲的傳說，是神來之筆。特別要一提的是率兵攻占新界的懷特上校。這又是一個殖民世界中性格扭曲的人物典型，剛愎顢頇、自欺卻又自虐。施叔青藉懷特妻子的逐漸瘋狂，來照映殖民者揮之不去的夢魘與陰影，聲東擊西，可記一功。

整體而言，《遍山洋紫荊》的布局完整，意圖深遠，寫得稍嫌粗枝大葉。作為三部曲的中段出現，此書成績不能超過第一部。平鋪直述的筆法使一些原該頗有看頭的段落，顯得平平。而施叔青不擅處理戰爭及群眾場面的弱點，也因此凸現。有讀者或要抱怨黃得雲經商買賣土地，似

與書中香港歷史、政治部分漸行漸遠。這點倒不用擔心，因為在完結篇
《寂寞雲園》中她自有交代。

　　《寂寞雲園》延續了《她名叫蝴蝶》及《遍山洋紫荊》的線索，處
理名妓黃得雲下半生的遭遇，以及相隨而來的香江風雲。如施叔青篇首
自述，由於《蝴蝶》及《洋紫荊》刻意求工，以致情節進程緩慢。如何
在最後一部曲中，加快腳步綜述本世紀香港崛起、以迄回歸前夕的種種
波折，成為她「創作生涯中最大的挑戰」。以《雲園》的架構來看，施的
確是煞費心思。她將背景定在 1970 年代末，創造了兩個新人物，黃得雲
的曾孫女蝶娘及新近客居香港的敘事者「我」，由她們回溯、接駁五個中
篇章節，倒述黃家的恩怨情仇。

　　這樣前後穿插的安排使施叔青擺脫前此的直線性敘事方法，因此能重
點包括多數歷史標記事件。有心讀者或要覺得勉強，但施畢竟以「彈指神
功」解決了她「寫不完」香港史的基本問題，事實上，跳躍多端的敘述法
暗暗輝映了權屬「現代」的時間觀念，與香港的發展若合符節——而施是
否意識到這一層次的巧合呢？可以肯定的則是她在情節人物處理上，下
了大工夫。黃蝶娘淫逸妖嬈，不啻是她曾祖母的化身；黃得雲暮年與英
籍銀行大亨之戀，又好像重演她與亞當·史密斯的情史。甚至黃蝶娘勾
引的中產階級買辦，或黃得雲的古怪侍女，都可找到早年的對應，更不
提那無所不在的姜俠魂。

　　藉著翻版的情景、對位式的人物，施叔青必有意使三部曲前後呼
應，連成一氣。我倒以為她技巧上的參差對照，更可帶出一種徒然的歷
史感喟。黃得雲以娼門起、以姘居終，其間〈連環套〉似的遭遇讓我們
想起張愛玲的賽姆生夫人。所不同的，黃因緣際會，從無到有，成就了
偌大家業。然而驀然回首，她畢竟有太多名實不副的遺憾。當她的財產
利上滾利，重複增值時，她的愛情及家族關係卻在因循已然的模式，成
為一種永劫回歸式的空洞追求。黃得雲自己的遭遇不說，她的子孫也一
再重蹈覆轍。至於黃蝶娘，饒是她有多大床上工夫，並不能真正興風作

浪，只靠串演曾祖母的往事自娛娛人罷了。

施叔青因此有意無意間洩漏了她看待香港的（高）姿態。《雲園》中真正的主角是那個第一人稱的作家「我」。黃蝶娘其實是她的煙幕，好讓她合法合理的在黃家家史中登堂入室，最終闖進黃得雲的心扉。這位作家有可能是施叔青現身說法，但也有可能是你是我，自行想出寫出香港情事。已經移民的香港作家也斯不是說過，「香港的故事？每個人都在說，說一個不同的故事。到頭來我們唯一可以肯定的，是那些不同的故事，不一定告訴我們關於香港的事，而是告訴了我們那個說故事的人，告訴了我們他站在什麼位置說話。」[30]

從女性主義到後殖民論述，靠著施叔青的香港故事說故事的評論已經不少。《雲園》應該又是一本絕妙素材，寫香港殖民經濟的轉型尤可細讀。就施自己的創作歷程來看，她最拿手的部分，還是人鬼同途的怪誕故事。幽幽雲園內，遇邪整蠱、傷逝戀屍的怪事層出不窮。這座與匯豐銀行同時起建的新廈，落成即如古堡；而它最繁華的日子，恰是它大崩潰的前夕。雲園裡人人怔忡不寧，他（她）們的情慾總是橫遭壓抑。最受矚目的，當然是黃得雲與小她好幾歲的匯豐總裁西恩・修洛的「傾城之戀」。西恩是迷戀東方主義的典型，面對心愛的蝴蝶，卻是有心無力。幾場有情無色的挑逗，施寫得幽怨淒迷。但我最欣賞的還是黃憑姿色引來西恩與兒子黃理查共商投資大計等情節。黃的情慾與物慾相濡以沫，被殖民者誘得殖民者朋比為「姦」，這才是她出人頭地的地方。

像「香港三部曲」這樣好看又好談論的小說，書市已不多見。但閱罷全書我仍不禁自問，從妓女史到殖民史，從異國情緣到世代恩怨，這本作品該有的都有了，何以卻還讓我覺得意猶未盡？何以就算情理之外的安排，也好像盡在「意料之中」？小說有不少可圈可點的地方，但我以為施受制於「三部曲」這類想像架構，或更進一步，使這類架構成為

---

[30]也斯，〈香港的故事：為什麼這麼難說〉，《香港文化》（香港：香港藝術中心，1995 年），頁 4。

可能的歷史論述方式。九七大限成為這些年香港溯源憶往的地點與終點，種種政論學說共同形成一套起承轉合的敘述邏輯。付諸小說，「三部曲」的寫法恰可為例：小說結束也是香港的結束。但香港史就這樣寫完了麼？黃得雲家族的百年興衰還有太多始料未及，也可能後見不明的「插曲」值得細述。施的《維多利亞俱樂部》已為此開了先例。或許度過九七、告別「三部曲」的大限，施鬆口氣後可以再接再厲。套句張腔，「她的」香港故事應該還沒寫完，也完不了。

四、「碎碎吧，一切的一切。」

《微醺彩妝》是施叔青重回臺灣後第一本長篇小說。儘管施旅居多年的香港與臺灣只有一水之隔，而且她對家鄉的一切常保關懷，但由過客變為歸人，想來仍然感觸良多。1980 年代以來，臺灣歷經政治、經濟大盤整，從而牽動人文、社群關係的急遽轉換。施叔青就算見多識廣，恐怕也要眼花撩亂。香港殖民時期那樣精益求精的消費文化、綿密細膩的政治機器，與臺灣粗糙卻生猛的種種現象相比，竟有絕大不同。

這回施叔青選擇的切入點是 1990 年代末期，盛行臺灣的紅酒風潮。臺灣過去在菸酒公賣制度的壟斷下，洋菸洋酒理論上原只能聊備一格。然而奇貨可居，洋菸洋酒一直是高級消費文化的重要表徵。而隨著臺灣經濟發展，以及關貿稅制的開放改訂，洋菸洋酒早已「飛入尋常百姓家」了。風水輪流轉，早期被奉若絕品的白蘭地、威士忌有了新的勁敵；紅酒白酒一夕而起，成為消費者的新寵。這一切到底是怎麼發生的？是跨國資本主義的又一勝利，還是新臺灣人飲食花樣的精益求精？葡萄酒是商品拜物教的又一圖騰，還是飲食男女慾望流動的興奮劑？施叔青一本她上下求索的寫實技巧，為我們敘述了一則世紀末臺灣酒話——及神話。

小說以報社記者兼品酒家呂之翔的鼻子開始：他的嗅覺出了問題，倉皇求醫。呂對洋酒原一無所知，一次在富商王宏文的品酒會上開了洋葷，從此矢志學習，居然小有所成。他的嗅覺一旦有異，不啻斷了前途，難怪

惴惴不安。圍繞呂之翔的一群人物，各自發展出情節副線：下臺外交官威靈頓・唐（唐仁）與南部酒商洪久昌炒作臺灣紅酒市場；呂與投機客邱朝川也伺機蠢蠢欲動；富商王宏文藉酒大玩政治登龍術；呂的醫生楊傳梓與妻子吳貞女琴瑟失調，沉迷杯中物；還有呂與葉香、小王、莉塔・羅等商場及歡場女子的情緣。藉著酒色財氣他們形成了生命共同體，較之於天主教的聖飲聖餐儀式（Communion），這無疑是最大嘲諷。

這些人物、情境，坦白說，並不十分新鮮。但施叔青不愧是箇中老手，穿插編排，仍然頗有看頭。呂之翔讓我們想起了《維多利亞俱樂部》的徐槐；他出身平平，卻總有夤緣而上的虛榮與決心，也在這一過程中為其腐化。他的起落，是標準資本社會的道德故事。小說的後半部屢將呂之翔與希臘神話酒神戴奧尼修斯作對比。作為後現代臺灣酒神，像呂這樣的人物運用媒體大灌迷湯，引得全民如醉如癡。但正與希臘神話暗相呼應，呂的狂縱必以自己的身體為最後祭壇。另外值得注意的是唐仁。唐原求在外交界一展抱負，但當臺灣的外交夥伴日益龜縮之際，他再無英雄用武之地。這位老家湖南的外交官居然與出身高雄鹽埕紅燈區的洪久昌搭上了線；他們一洋一土，共謀大計，由此帶出小說高潮。1990 年代末進口臺灣的紅酒千千百百，民眾莫衷一是。唐、洪偵得臺灣公賣局玫瑰紅酒產銷不均，於是買定正牌法國酒廠「仿造」口味趨近臺灣產品的次貨，進口銷售。這以洋侍土，以真為假的鬧劇，居然落得皆大歡喜。反正黃湯下肚，誰又管得了許多？

酒在中西文化傳統中一向占有重要位置。在先民的經驗中與祭祀、巫卜、醫藥關係匪淺，更不論助興遣懷的功能。「古來聖賢皆寂寞，唯有飲者留其名」。酒文化涵泳的意義深厚，千百年如斯，但藉酒誇示豪奢，也其來有自。唐朝的單天粹聚眾狂飲，無醉不歸，時人稱為「觥籌獄」。施叔青緊緊掌握這一理解，引經據典，堆砌材料，據以觀察臺灣的紅酒嘉年華。她提到民國十年出版的《臺灣風俗誌》，日本學者片岡嚴把臺灣人不嗜酒列入善良風俗篇。但到了世紀末，臺灣進口紅酒量總數超過三

千萬瓶。流動的酒精液體，亢奮的消費激情，一種新的風俗已經形成，一則新的「神話」已在醞釀——正如羅蘭・巴特（Roland Barthes）對歐洲葡萄酒的「神話」（意識形態）意義所描述的一般。巴特有言，從強身到解頤，葡萄酒「作為現實與夢境的託辭，運用之妙，端看飲者如何看待此一神話」。不僅此也，「相信紅酒是一種強制性集體行為」。[31]當王宏文蒐集紅酒至尊，好帶進國民黨十五全大會拍賣；當連戰持紅酒敬客拉票，紅酒成了欽命正統的瓊漿玉液。

　　呂之翔的品酒專業繫於他的嗅覺；但嗅覺不只是他的感官本能，也是他的職業稟賦，因此帶有形上意義。當他的鼻子不靈了，呂所恐懼的與其說是難嚐好酒，不如說是失去因此發酵的政商人脈錢脈。但施叔青更進一步，將嗅覺與記憶相連，陡然帶出小說的歷史關懷。小說之初呂之翔氣急敗壞的要聞出周遭的雜陳五味，聞出生長軌跡的酸甜苦辣，然而他的努力盡屬徒然。呂周圍的人物也藉味道建立他（她）們的過去與現在。楊傳梓醫生眷村不快樂的歲月，莉塔・羅迪化街家中的往事，唐仁與小女友的花店邂逅，都隨著酒精、香水、花朵的氤氳散漫開來。事物的味道浮動著，記憶的味道隨之而來；普魯斯特《追憶似水年華》式的筆觸，真是歷久彌新。呂之翔生理的障礙，成為他做「人」失敗的開端。果不其然，隨著小說發展，他的味覺、視覺一一開始毀敗。

　　施叔青處理筆下人物的嗅覺經驗，讓我們想到朱天心的短篇傑作〈匈牙利之水〉。朱同樣的也藉嗅覺與聽覺意象，啟動她的角色進入歷史迷宮的契機。時移事往，所有的湮沒記憶、似水年華只能偶然隨暗香流淌，舊曲播散。這不請自來的聲嗅魅影，讓朱（及她的角色）沉醉卻也焦慮不已。施的小說缺乏朱那樣辯證兼抒情的細膩層次。相對的，她一本自然主義精神，要看看我們的社會在半醉半醒之間，如何捏造現實、偽裝記憶的把戲。她筆下所有的人物寄情酒色，卻空無所得，種種怨懟

[31]Roland Barthes, "Wine and Milk," *Mythologies*, trans. Annette Lavers (New York: Hill & Wang, 1972), pp. 58-62.

矯情的姿態由此而起。

　　呂之翔在喪失嗅覺後，依然四處遊走，演出品酒專家的好戲。他的本事原就可能是裝模作樣，現在更虛假得緊。但作為紅酒神話的傳布者，他推銷的不只是酒精，更是酒經。「專家」的教誨於是有了祕教意義，但渡有緣，也有錢，之人。另一方面唐仁與洪久昌狼狽為奸，從法國訂做、進口「純正」臺灣口味的紅酒，打著紅旗反紅旗，簡直就是晚清黑幕小說情節的翻版。但歷史並不倒流。在後現代的風潮中，假的「就是」真的，布希亞喃喃的告訴我們。[32] 君不見桃莉複製羊已經成功，香奈兒的贋品珠寶貨假價實，賣得比真品還貴。本書書名《微醺彩妝》指的是雅詩蘭黛的新化妝術，「輕掃腮紅，裝出微醉的化妝術」。正是酒不醉人人自醉，色不迷人人自迷。

　　馬克思當年批判資本主義社會金錢的異化效應，指出生產關係的紐帶裡出現了剩餘價值，金錢以其象徵意義凌駕物質交換的自然關係。資本像鬼魅一樣的流竄，創造出越來越失真的生活、勞動、與消費結構。而施叔青暗示在後現代的臺灣，這一鬼魅不只托身於經濟制度，更無孔不入，滲透其他上下層建築。再用巴特的話說，作為一種新的拜物幽靈，紅酒「成為社會的一部分，不只因為它提供了道德基礎，也因為它提供了一種環境的底色──為日常生活最微不足道的應對儀式，裝點門面」。[33]

　　我們也可再思深藏小說中的文化殖民批判。紅酒的暢銷固然是「西方」主義的又一強勢輸出品，但當臺灣的飲用者配之以蒜泥白肉、醬爆雞丁時，他們雖然自暴其粗俗無文，卻也攪和了紅酒文化的精純度。唐仁與洪久昌合謀炮製臺灣配方的原裝法國產品，誰是誰非，更是不知伊於胡底。「香港三部曲」中繁複的殖民主義辯證，在《微》書中以酒的隱喻持續推展。洪米·峇峇（Homi Bhabha）早已注意被殖民者沐猴而冠的

---

[32] Baudrillard 的相似論述，散見多部著作中，見如 Jean Baudrillard, *Simulations*。

[33] Roland Barthes, "Wine and Milk," *Mythologies*, trans. Annette Lavers, p. 61.

「謔仿」（mimicry）往往瓦解了殖民者在屬地複製本尊的能力。人類學家陶西格（Michael Taussig）也提及第三世界對第一世界文化事物的模仿，每多造成畫虎不成的謬誤。但正因此謬誤，反而暴露了第一世界自我異化的潛在威脅，以及第三世界由模仿「借力使力」的動機。誰是被模仿者，因此混淆不清。更重要的，在此一模仿過度（mimetic excess）的過程裡，被釋放出的不只是文明與權力的機制，更是一種始原的，有樣學樣的魔力。[34]

　　而從更大格局來看，紅酒大舉入臺，並且可以憑客人口味訂做複製，更凸顯世界末跨國貿易／文化的生存鎖鍊，息息相關。第一與第三世界的交投日益緊湊，班雅明（Benjamin）對現代主義映像機械複製化的觀察，仍可作為我們的依據。紅酒既然一向在西方有其神話淵源；我們要問它渡海來臺時，是否也移植其特有的「靈光」（aura，或是在此應為 aroma），傾倒可「嗅」而不可及的平民大眾？[35]曾幾何時，紅酒平價化，量販化了，但它所具有的靈光不但不必消失，反而成為象徵資本、促銷法寶。不僅此也，有關紅酒的偏方（紅酒泡洋蔥！）傳說（喝酒可以喝出健康！）應運而生，自成一格。恍惚之間，紅酒迷思魅象滿溢潑灑，形成一種誘惑的奇觀。這是由神話再生的神話；還是由神話墮落而成的鬼話？與此同時，施又施展她一向擅長的古典民俗怪譚。中邪降蠱驅魔收驚；鼻上長出「棺菇」的腐屍；遊走陰陽之間的怨婦……施的世界不倫不類，人人氣體虛浮。她立志寫本暴露寫實小說，但後現代的超現實（hyper-reality）幽靈早已不請自來。

　　大陸的莫言早在 1992 年寫出了《酒國》，《微醺彩妝》勢必要被引來作為比較。莫言的小說藉虛構的酒國寫盡共和國禁慾數十年後，改革開放、吃喝拉撒的奇觀。嘉年華式的肉體衝動，一朝解禁，真是一發不可

---

[34]Homi Bhabha, "Of Mimicry and Man: The Ambivalence of Colonial Discourse, " *October*, 28(1984), 83-95.
[35]Walter Benjamin, "The Work of Art in Age of Mechanical Reproduction, " *Illuminations* (New York: Harcourt, Brace & World, 1969), pp. 217-252.

收拾。[36]相形之下，施叔青處理慾望的方式，似乎素樸得多。但我要說《微》書的人物間合縱連橫，暗潮洶湧；施對世紀末臺灣人文及歷史的處境及感喟，自有深沉曲折之處。《酒國》的高潮裡，主角醉醺醺的跌入糞坑，一命嗚呼。《微》書並沒有真正的結局。呂之翔四處遊蕩，來到日據時代華山酒廠的舊址。「他腦力枯竭，記憶像流砂般消失……一切失去真實感，一切變得極為遙遠，無從觸摸，像做一場醒不過來的夢似的。」此時華山酒廠已被提議改為前衛藝術工作的空間。一束幽光穿過廢墟，眼前正敷演著《酒神的黃昏》。臺灣的戴奧尼修斯騷動起來，「感覺到從自己抽離出來，看到自己加入女祭司們的行列，先是舒手探足，最後也狂奔起來。」呂之翔將奔向何處？

　　「荒蕪就是下一次繁榮的起點。」施叔青藉他人之口這樣的省思著。而荒蕪也可能是一切潰敗與寂滅的起點。眼耳鼻舌身意，色聲香味觸法，盡皆如空。「呵，碎碎吧，一切的一切。」小說在此倏然而結。世紀末的臺灣剛經歷了一場空前地震浩劫。我們視為當然的盛世繁華，也驟然間裂縫處處。施叔青本世紀的最後一部作品在此時推出，沉思臺灣文化的何去何從，竟顯得像巧合一般。「碎碎吧，一切的一切。」半個多世紀前那場地震後，一個鹿港女孩豁然認識了她的家鄉。在另一場地震後，女作家要如何再賦予她的家鄉一個新的意義？

——選自施叔青《微醺彩妝》

臺北：麥田出版公司，1999 年 12 月

---

[36]見王德威，〈千言萬語，何若莫言——莫言的小說天地〉，收於《紅耳朵》（臺北：麥田出版公司，1998 年）。

臺灣現代主義女性小說（節錄）

◎范銘如[*]

後期

　　陳若曦加入鄉土材料為女性慾望解套的書寫策略來不及在自己筆下盡情開展，一直要到施家姐妹手裡才發揚光大；將現代主義裡的性慾求與敗德，聯合鄉里風情裡的幽蔽落後，透過少女天真好奇的觀看視角，融匯成一幅畢卡索式的臺灣鄉村畫像。現代主義裡崇拜、認同陰性又混合厭女症的特質更在施家姐妹的文本中表露無遺。

　　施叔青於 1965 年發表的〈壁虎〉、〈瓷觀音〉，使她初出江湖便博得注目。現代主義雖然給她創作上的啟蒙刺激，她旋即往《文學季刊》的健康寫實主義陣營投靠。她的第一本小說《約伯的末裔》的風格，也因而明顯地擺盪在兩大陣營之中，有時是敗德、封閉的「祖母臉上的大蝙蝠」，有時卻是莊嚴的大地之母；某部分呈現出劉登翰所說「滲透著現代病態的傳統鄉俗世界」[1]，某部分又滿溢著對原鄉神話的景仰與認同。

　　儘管力圖「改邪歸正」，施叔青早期小說最令評家驚悸、傾心之處卻正是那幽暗詭譎的色彩。從白先勇開始，評論者幾乎一致同意，她書寫的世界充斥著「死亡、性、瘋癲，及一種神祕的超自然的力量。」「其中的人物都是肉體上、心靈上、或精神上受過斲傷的畸人。」[2]施淑更進一

發表文章時為淡江大學中國文學系副教授，現為政治大學臺灣文學研究所特聘教授。
[1]劉登翰，〈在兩種文化的衝撞之中──論施叔青早期的小說〉，《那些不毛的日子》（臺北：洪範書店，1988 年），頁 4。
[2]白先勇，〈序〉，《約伯的末裔》（臺北：仙人掌出版社，1969 年），頁 2。

步闡明施叔青文本中的架構,「幾乎沒有例外地架在一個緊張的,甚至是仇恨的家庭關係上,而且經常是以不可解決的兩性衝突,或出沒於人物記憶中的有關情慾的不潔感覺和經驗,引發出以瘋狂或自毀為終結的生活戲劇。」[3]在這個陰閉錯妄的世間,男的鄙瑣懦弱,女的卻張牙舞爪,蘊結駭人的生命力。值得玩味的是,作者的語調雖然同情悲憫這些失敗男性,嗤鄙筆下強勢的女人,對她們表露出的女性意志與情慾,卻又時常洩漏出難以抗拒的好奇心與吸引力,以及無名的畏懼。

綜合歐陽子的室內屠宰法和陳若曦的野外冒險法,施叔青常常運用一段意外的行程發現家庭中不可告人的一面,驚覺到其間某種隱藏的女性力量。由於小說背景的鄉俗地理色彩較前兩者鮮明,而且其陰鬱瘋癲的敘述方式與威廉‧福克納(William Faulkner)用以影射衰微的美國「南方文化」有異曲同工之妙,施叔青挖掘出的女性能量正好昭示一種臺灣社會型態及文化的頹萎解體。例如〈壁虎〉裡具有強烈性慾和生殖力的大嫂,暴露出倫理文明掩飾下的情慾溫床,以及禮教體系下竄動著、伺機而發的本能衝動。[4]然而這股古老的勢力在肢解、發出屍臭的同時,卻以其扭曲因而更加猙獰無名的面目恐嚇著游離分子,如〈瓷觀音〉裡無力反叛、徘徊在正常與崩潰邊緣的李潔,所謂的「正常」正似慈眉善目卻閃爍冰冷惡意寒光的觀音瓷像,森然地監看著她。

〈泥像們的祭典〉是施叔青現代主義小說中聳動性低,較為人忽略,卻最能彰顯其欲言又止的女性話語風格。[5]這篇小說情節單純,只是描寫一個小女孩課後去同學家作客的「冒險」歷程。冒險的精神不過是因為同學的祖母是個靈媒,而她的家中擺滿了令人敬畏的神龕與神像。敘述者一進門,就彷如踏入一個幽冥接合的異次元空間,晦暗玄祕。但

---

[3] 施淑,〈論施叔青早期小說的禁錮與顛覆意識〉,《兩岸文學論集》(臺北:新地文學出版社,1997年),頁178。

[4]〈壁虎〉一文收於施叔青的《那些不毛的日子》,本文其他施叔青的短篇小說均收於《約伯的末裔》。

[5] 葉石濤,《臺灣文學史綱》(高雄:文學界出版社,1998年),頁166～180。

令她失望的是，原來童伴答應要趁祖母不在時送給她的泥像，並不如她想像期望的鮮麗體面；相反地，眾神像皆已破碎待補，從樓下的神龕中移至樓頂，簇擠成一團。童伴遵守承諾，大方地挑選許多泥像塞入敘述者的書包。兩個小女生的聯合陣營，原本有絕大的機會將象徵至高無上權威的神像拉下供桌，變成是掌中把玩的娃娃，顛覆由祖母／陽具母親所守護的象徵體系法則。就在敘述者跑到樓下，幾乎可衝出門口，逃離戒律法規時，莫名的恐懼卻使她們卻步，而且拿出神像，逐一擺回神龕，恢復舊有秩序。當兩個小女生在無人看管的情況下，自動放棄叛逃的可能，服膺體制規範時，祖母也適時返抵家門。瞬息叛離的罅隙，女孩們躲開被發覺懲罰的危機，但瞬息叛離的罅隙也再次封鎖。這篇小說濃縮著施叔青其他文本的特質，亦即她將整個地方民俗與文化陰性化，由一個年長的女性角色象徵，通常是祖母或母親輩。而腐朽中的文化陰暗面正好透過年長這個隱喻，轉換成對年輕女性的威嚇；然而年長女性在實體上、肉身意義上，卻又展現了成熟婦女對世事強烈的洞識與主宰，吸引年輕女性敘述者的認同。因此施叔青現代主義小說裡強勢又難解的女性，與其說是真實人物的反映，不如說是對沒落衰敗的文化體系裡散發出來陰森詭異氛圍的一種象徵符號。她的厭女症與陰性崇拜都必須放在文化層面上來了解。

——選自范銘如《眾裡尋她：臺灣女性小說縱論》

臺北：麥田出版公司，2002 年 3 月

殖民／後殖民鹿港（節錄）

◎朱惠足[*]

從私密記憶到清代鹿港之重構：施叔青的早期與近期小說

　　從施叔青 1970 年前後的短篇小說，到 2003 年作為「臺灣三部曲」之一的《行過洛津》，我們可以看到作家的故鄉鹿港從童年的私密記憶，轉化為介入臺灣後殖民歷史論述的媒介。施叔青 1968 年發表於《文學季刊》的〈泥像們的祭典〉裡，桂花巷的屋牆與紅磚、祠堂廢園的秋千、舊匾額上的褪色金字、空的神龕鋪子、缺腿的錫香爐的焚香味等，鹿港風土民俗的荒頹表徵，與孩童故作老成的童話式對話形成怪異的組合，營造出詭譎的民俗想像世界。同時，這些民俗物質被鑲嵌於西方現代主義語法的翻譯式句子當中——「穿堂風自底下鑽上來，牆壁糊的破報紙漫屋飛揚，如張牙舞爪的黃色符咒」[1]，小說結尾處兩女童將裸身小泥像填入空的神龕，結合在地民俗與外來存在主義式的戲劇表現形式。1970年，施叔青先後在《現代文學》發表〈擺盪的人〉與〈那些不毛的日子〉，直接將鹿港與其他外在空間進行對話。〈那些不毛的日子〉裡濃厚的自傳色彩與第一人稱敘事，使得作者、敘事者與鹿港之間，產生親密與擁有的關係。小說第一節寫白沙屯大地震後鎮上餘震不斷，「我」好奇地跑去看睡在大廟前亭子避難的男人。

---

[*]發表文章時為中興大學臺灣文學研究所助理教授，現為中興大學臺灣文學與跨國文化研究所特聘教授兼所長。
[1]施叔青，〈泥像們的祭典〉，《約伯的末裔》（臺北：大林書店，1973 年），頁47。

七月的天，說亮就亮，瞬息間全白了。橫樑上掛著的舊匾額，迎著
亮色格外顯眼。我不禁瞇起眼睛往上瞧，陽光細細的咬著我的臉，
匾額上「天德宮」三個燙金大字閃得發光。這真是一個牽動人聯想
的時刻呵，「宮口，住在宮口。」噢，我明白了，以「天德宮」的
廟口為中心，左右各有一排房子，右邊那棟門口有個防空洞的，不
正是我的家嗎？[2]

　　童稚女孩的「我」這才明白，她每次告訴別人自己住在「宮口」，代
表什麼意思。在這裡，「天德宮」橫樑上掛的舊匾額、燙金大字不再是民
俗建築或鄉土象徵，而是指示「我的家」位置的地理座標，它的意義在
於它是「我」居住的地方。敘事者接著回憶童年時代身邊的人事物，圍
繞祠堂、廂房、吞劍的人、驅鬼武器、娼寮、乩童、講古等民俗的，是
「我」的街坊鄰居、家人親戚與同學玩伴，小學的操場為清朝時的刑
場，同班同學家裡擺著盛裝遺像與發亮大黑棺木，種種古城的歷史痕跡
與傳統，均成為日常生活的一部分。與小說開頭「我」想像式地參與未
能趕上的戰爭逃難大時代相較，這些平靖年代的日常生活與小人物顯得
「不毛」，卻是童年時代「我」所擁有的全部。殖民地時期蔡嵩林也以日
語書寫故鄉，他筆下「我們小的時候」的昔日鹿港以及耆老口中更早期
的歷史，屬於在地居民集體的共同回憶，相較之下，〈那些不毛的日子〉
裡的鹿港則為敘事者私密的體驗與回憶，有名有姓的身旁人物的故事與
動作，使得鹿港的民俗空間因而活在作者與敘事者的回憶當中。

　　在〈擺盪的人〉當中，從美國回來的劇作家創作靈感枯竭，同時面
臨找不到自我定位的危機感，他不斷尋求各種故鄉，最後發現安蘊給他
的兩個小布偶幫助他重拾現實感。〈泥像們的祭典〉裡與生產地切離而獨
立存在、受西方小說敘事手法牽動的鹿港民俗物質，〈那些不毛的日子〉

---

[2]施叔青，〈那些不毛的日子〉，《那些不毛的日子》（臺北：洪範書店，1988 年），頁 175。

裡的童年記憶與傳說,在這裡與安蘊的故鄉鹿港結合(即使鹿港還是匿
名為「臺灣的西部,靠著海的一個小鎮」),與其他真實的或虛構的鄉土
空間交錯出現,彼此牽動。鄉氣十足的「小茅屋」冷飲店引發安蘊訴說
故鄉、故鄉的陰氣與加利福尼亞的陽光、沿路拋擲點燃冥紙的黃袍道士
與紐約古老公寓的巫師、東部傍山的小山村、以泥土塗身體治病的印地
安老酋長、戲棚裡中國古老街道二槐街的奇幻境界、瞎眼耳聾的昔日女
婢口中「提督府」的夜景與紐約中央公園望去的週末的第五街、山地民
族的圖騰等等,將鹿港放置在劇作家客居異鄉與回國追尋鄉土的意象與
時空之交錯中。小說結尾前劇作家接受心理治療,讀者才知道這整個旅
程又與劇作家自身成長過程中的離散經歷有關——祖母口中星星指引的
老家、三歲時避難的重慶附近的山村、16 歲舉家移民到美國之後的生
活。也就是說,鹿港在個人離散歷史、臺灣歷史與旅程中眾多鄉土的交
會處,成為西方文化衝擊下知識分子追尋的想像「鄉土」。〈那些不毛的
日子〉裡「我」的童年回憶在此化身為不同地方的鄉土故事:鄰居施家
從廈門帶回來的賣唱歌女猴玉,成為白頭宮女口述的「提督府」中賣唱
煙花女六姨太太;小鎮火車站的古老傳說,使「我」聯想起離宮口不遠
的娼寮的老鴇罔腰及她的白癡畸形女兒,在此則由安蘊轉述給從未到過
鹿港的劇作家,這樣的互文性顯示出施叔青的鹿港童年記憶,如何在她
的創作生涯中不斷重複播放,與其他外來的空間、物質與創作形式相互
混融。

　　〈那些不毛的日子〉為施叔青留學波士頓康橋時,異鄉雨夜勾起鄉愁
所寫成,成為她「早期散文化小說的一個終結」。[3]1977 年施叔青移居香
港,直到 1994 年才回到臺灣。故鄉鹿港再次浮現於她的創作世界,是千
禧年在紐約開始提筆的《行過洛津》,距離〈那些不毛的日子〉與〈擺盪
的人〉足足有 30 年。《行過洛津》以清朝時代的洛津(鹿港古地名)為舞

---

[3]施叔青,〈追逐成長〉,《從四〇年代到九〇年代——兩岸三邊華文小說研討會論文集》(臺北:
時報文化出版公司,1994 年),頁 179。

臺,透過優伶歌伎的悲歡離合,追溯臺灣漢人移民社會的起源。小說當中
鹿港的在地傳統與民俗物質,不再如出走香港前早期的小說般以童年記憶
形式出現,而被鑲嵌於作家基於歷史古籍的虛構重建的清代臺灣圖像當
中;〈擺盪的人〉當中鹿港的鄉土意義與劇作家的移動/追尋過程,在清
代漢人移民歷史源頭中合而為一;洛津的漢人漂洋過海移墾、通商或工
作,進而落地生根建立新故鄉。小說交互穿插的多重人物與故事軸線當
中,以往返大陸與臺灣之間的泉州七子戲班童伶男旦/鼓師許情的情愛,
呈現閩南漢人與文化的移植臺灣,以清朝派駐臺灣的同知朱仕光改寫《荔
鏡記》呈現大清帝國中原文化對臺灣進行的國家統治與干預。在小說當
中,兩岸之間產生的民間與官方聯繫、以及這些人物彼此之間的關係,都
以鹿港的地理空間為舞臺,尤其是戲班演出的寺廟廣場。

　　十五歲半的少年許情首次來到洛津,正是洛津郊商之首石煙城為了
慶祝北頭天后宮重修完工,趕在媽祖生日前連演兩個月的戲。小說描述
聲名遠播的洛津天后宮,「來自南北各地的進香客終年不絕,廟前廣場人
潮洶湧,有祈求媽祖保佑平安的,有的來乞火分靈回去設壇建廟祭祀,
也有的祈神有了靈驗回來還願,這些香客們手持線香與渡海尋找商機的
大陸客摩肩擦踵,擦身而過」[4],廟前廣場糕餅店販售的豬油糕、鳳眼糕
等洛津名產,以及預祝船隻回程海上平安的順風餅,成為郊行與對岸的
船頭行建立情誼的禮物。來自福建湄洲的媽祖廟藉由南北進香客乞火分
靈散布到臺灣各地,渡海尋找商機的大陸客、郊行與對岸的船頭行在兩
岸間進行頻繁的貿易,甚至許情所屬的泉州七子戲班受邀在天后宮演
出,也是因為石煙城在泉州南安拜望母舅時,無意間觀看酬神夜戲深感
讚嘆,想在洛津重現當時所見盛況。穿梭於鹿港古老廟宇與廟前廣場的
人們,具體而微地呈現出漢人移民與商人、商品、宗教信仰、庶民戲曲
藝術等從對岸福建漂洋過海到臺灣,再從洛津港町散布到臺灣各地的文

---

[4]施叔青,《行過洛津》(臺北:時報文化出版公司,2003 年),頁 42。

化移植過程。除了天后宮廣場,「街路亭」亦將兩岸商旅流動過程「可視化」,五福街店家為了「給予北從通宵南至瑯瓈(屏東)的中盤商一個舒適的採購環境」,在屋前建「亭仔腳」騎樓,並以「四點金柱」的結構,「上鋪麻竹葉或月桃葉,然後鋪上瓦片,彼此相銜接成為有蓋的商店街」,行人「進入其中有賓至如歸之感,可在笑談中談妥生意」。[5]

　　當兩岸商貿往來與戲曲文化風靡閩臺庶民社會時,大清帝國派駐洛津的同知朱仕光孤獨地在官府中遙想故鄉揚州景物。洛津的紅磚小巷使他想起名稱別致的玉器街、彩衣街、花局巷等揚州窄巷,他思念家鄉的食物與盛開的瓊花,深深厭惡洛津的酷熱與鄙俗。朱仕光將引起庶民熱烈迴響的《荔鏡記》進行過濾、刪除與改編,使其成為為宣傳社會倫理道德的教化劇,以維護社會倫常與秩序,呈現出大清帝國正統中原文化貶抑、收編閩南地方文化與更次級的臺灣漢人移民文化之歷史過程。然而,代表大清帝國執法的朱仕光最後耽溺於許情的男色,宣告化外之地庶民生命力壓倒大清帝國權威與中原禮教。連同故事主軸之外的反清起義、地方械鬥、以及富商的僭越身分,帝國中央權力與地方文化的無數次角力,都以洛津為中心舞臺大肆展演。不願意承認自身潰敗的同知朱世光,甚至將洛津的風土與逾越禮教、沉溺感官情慾的地方文化直接連結,「把無法填滿的慾望歸罪於洛津的天氣水土,他是被腥鹹潮濕的海風薰得懶散到只顧逸樂,喝多了帶鹽味的井水所致,這個充滿誘惑的地方,使他毫無顧忌的恣意求歡,任憑自己的感官擴張膨脹全無限制」。[6]從《荔鏡記》閩南梨園戲劇、許情與烏秋、阿婠的情愛故事、大清帝國對漢人移民文化的介入與潰敗,不同來歷與階層的漢人與洛津發生的共時性關係,共同拼湊出當時臺灣漢人移民社會的縮影,更與清領下臺灣島嶼的命運與發展隱然重疊,誠如陳芳明所言,這部小說「從優伶歌伎看庶民社會,從鹿港小鎮看臺灣歷史,從島嶼命運看中國權力,層累造

---

[5]施叔青,《行過洛津》,頁 16。
[6]施叔青,《行過洛津》,頁 309。

成的史觀鋪陳出整個陰性化過程的弔詭」。[7]

　　洛津如何作為小說多層敘事與寓言輳集之地，揭露中原與男性中心史觀收編異己的「陰性化過程的弔詭」，尤其彰顯於烏秋與許情的關係上。烏秋為洛津八郊之一的南郊益順興掌櫃，來臺前曾與海盜在海上漂流多年，在視女人為禁忌的船上沾染豢養男寵的習性，將從泉州而來的許情占為己有，最後甚至要許情當他的螟蛉子，免得同知大人或石家老三繼續染指。在許情已心繫阿婠而沒有回應之同時，烏秋發現他心愛的童伶喉結初長。「這一切都還剛剛開始，怎麼就要結束了，果真伶人如彩雲易散，如水蓮泡幻。／烏秋失神地跌坐在那裡。怎麼就好像洛津海口一樣短暫」。[8]小說繼續敘述洛津海口逐漸淤廢，阻擾了益順興之發展，地方郊商深知官員不會予以理會，正自行募款疏濬以求解決。眼看自己一手裝飾改造出來的女人即將如洛津海口般化為烏有，烏秋想到的救急之策為閹割，永遠遏止許情回復男兒身。小說接著回憶許情八、九歲時嚴厲的師父教他練旦角的碎步時的閹割恐嚇，並將北京太監閹割去勢的現場與許情愛撫阿婠幽密小腳的場景交錯，最後許情雙手護住胯下逃出烏秋的家——與北京淨身房一樣瀰漫著血腥味、屠宰場氣味的地方。梨園戲班的男旦曾讓同知朱仕光痛心疾首於「大清帝國已被男色腐蝕，頹廢墮落」[9]，除了小說裡敘述的京官狎玩男性旦角之風，似乎還隱含太監宦官的亂國。他同時痛恨臺灣單身漢領養螟蛉子以傳宗接代的風氣，認為其「異姓亂宗，顛倒家庭倫常」，最應明令禁止。也就是說，洛津海口曇花一現的繁華漢人移民通商社會，同時展演肉體的苦痛與快樂、男女性別與情愛、庶民感情與官方禮教、地方文化與國家權力等，種種「同」與「異」之間顛倒、逾越、拮抗、戲耍的多層次敘事；透過這個歷史、傳說與小說共同重塑出來的地理空間，小說裡優伶歌伎的情愛故

[7]陳芳明，〈情慾優伶與歷史幽靈——寫在施叔青《行過洛津》書前〉，《行過洛津》，頁 16。
[8]施叔青，《行過洛津》，頁 300。
[9]施叔青，《行過洛津》，頁 129。

事，跟大清帝國與臺灣之間的從屬關係串聯——以顛倒的方式：大清帝國被閹割，臺灣郊商掌櫃不但占有、改造泉州童旦，最後還要他異姓歸宗，然而這個長久被壓制在下面的男旦打破大清帝國官員禮教假面，並離開他所寄生的烏秋，追尋真正的女性阿婠以補完自身缺陷。

鹿港的後殖民意涵：從施叔青到李昂

　　然而，洛津的漢人社會中央／地方、官方／民間、男性／女性的差異與角力關係，因著平埔族女人的出現，引進臺灣島嶼更原初的民族與文化源流。這同樣也登場於天后宮前的廣場。泉州七子戲班在北頭天后宮演戲的第三天，戲班後臺棚下出現一個平埔族女人潘吉，以「聲調不很純正卻極悅耳的泉州話」表示要買舊的戲服，以與族人在祭典節慶中裝飾自身，她「除了赤著一雙大腳，衣著與漳泉女子無異，腦後還梳了一個已婚女人的大髻，已經不會說本族的語言」。[10]這個漢化的巴布薩族女人在一次颱風災害之後，搭建棚屋邀請無家可歸的施輝同住。施輝從小在父親從泉州聘來的老秀才嚴格教導下，熟讀四書五經，卻不願如父親所願過關斬將最後到福州考舉人，反而沉迷於盲眼乞丐青暝朱的說書講古。氣死父親後，施輝仍與神仙法術為伍，坐吃山空，在天后宮前義務為外來旅客導覽，自稱為開築水圳通濁水溪灌溉彰邑八堡農地、捐地建天后宮的施世榜之直系子孫。有一回，施輝帶著生下來就滿頭白髮的棄兒阿欽，找尋青暝朱口中傳說裡，泉州地理師在濁水溪源頭發現的金山銀山，阿欽卻在山林中被黥面刺青的山地人嚇昏，看著山林中寂寞獨行的山地人，耳聽密林深處山地人慶典的號角聲，施輝想起有次颱風過後，他陪同妻子潘吉回番社探望家人，看到一位族長正在攤曬水災泡漬的一疊土地契約，其中一張是施長齡向馬芝遴社首阿嘓力立訂的契約，記錄漢人首先向平埔族人租用土地，後來以區區銀兩買斷地權，將土地

---

[10]施叔青，《行過洛津》，頁40～41。

據為己有的歷史。

> 施輝坐在林子裡一棵相思樹下，曬著月光，他終於懂得平埔族的牽
> 曲唱出沉重的哀慟，除了祭祀死於海難的先民，應該是在悼念失去
> 的土地。與阿㘃力立簽社賣契的施長齡正是施世榜的名號。施輝在
> 想，以後導覽天后宮，介紹到施世榜的長生祿位，他還會像從前一
> 樣，以施善人的直系子孫為榮嗎？[11]

　　施輝叛逃於科舉仕宦之途，與南方富商藉此提升身分的風氣違抗，
反而沉溺於庶民口傳的神仙巫術，蕩盡家產後外表與遊食四方的羅漢腳
無異，但他的出身與教養，使他透過宗親從晉江攜來的《施家祖譜》認
祖歸宗，顯示將其自身與洛津土地建立具體連結的慾望。然而，他與漢
化的巴布薩族女人因天災偶然結合，施輝首先發現的是生活習慣與風俗
的不同，回溯濁水溪源頭追尋財富之旅，卻讓他發現了自己妻子未漢化
的原住民祖先，進而思考起自己引以為榮的先祖施善人，正是使臺灣原
來的住民喪失土地、語言、宗教與固有風俗習慣的始作俑者，開築濁水
溪圳灌溉、捐地建天后宮的善行，其實是基於掠奪的罪行。也就是說，
從閩南再移植到臺灣的漢人，雖然受到大清帝國政權中原文化主流輕
視、排斥與改寫，但作為大規模的外來移墾集團，他們奪取原住民土地
使其退避山林，促使原住民漢化以求生存，正是帝國殖民統治異民族無
主之島臺灣的代理人。
　　與他追求耕地與財富的漢人祖先一樣，追尋傳說中的金山銀山的施
輝，最後被沖流到濁水溪出海口，面對茫茫大海阻擋回歸之路，像平埔
族女巫尪姨般衝向田埂倒地嚎哭，伸手卻只抓起一把黏土。不知去向的
阿欽則被一個到山林裡跟山地人傳福音的傳教士救活，皈依荷蘭人帶來

---

[11]施叔青，《行過洛津》，頁198。

的主耶穌信仰後，回到天后宮廣場。被納入平埔族女人潘吉家中的施輝，以及出生就滿頭白髮的阿欽，分別在這場追尋財富的溯源之旅當中，找到混入漢人血統的原住民母系系譜與荷蘭人血統，祖譜上的父系血統則斷絕於生命源流出海口的茫茫大海，無可追溯。洛津港町所呈現的臺灣漢人移民社會，在此被放置到大清帝國、荷蘭商人與傳教士、漢人、原住民之間交錯重疊的殖民歷史脈絡當中，從相對於中原的化外之民，翻轉成為帝國殖民統治的先鋒。

從〈那些不毛的日子〉的童年記憶到《行過洛津》的臺灣移民與殖民歷史，鹿港從原鄉地理空間外延擴展為後殖民歷史空間，其間轉變呼應著施叔青個人的移動與歷史經驗。旅居香港的 17 年期間，施叔青寫浮沉絢爛財色世界頹廢的香江男女，以報導式文體寫大陸新移民，最後集大成於 1993 年到 1997 年的「香港三部曲」。「香港三部曲」裡透過雛妓黃得雲的女性生命史，將性別與殖民的支配與權力關係重疊，在九七大限前夕回顧香港殖民史，在其中，「童年夢魘的鹿港和光怪陸離的香港，不期而遇、似曾相識」。[12]回臺之後不久又移民紐約，施叔青在《行過洛津》後記寫道：「移居紐約之前，我三番兩次坐火車回老家，細細踩遍故鄉每一寸土地，每一條袖子一樣狹窄的幽徑小巷，眼睛不放過任何一堵銘刻記憶的牆，一扇窗，一棵樹……」，並虛心走訪臺南府城，加上對隔海的泉州古城的印象，「在異國關起門來，終日與泛黃的舊照片、歷史文籍為伴，在古雅的南管音樂與蔡振南〈母親的名叫臺灣〉的激情呼喊交錯聲中，重塑了我心目中的清代鹿港」。[13]《行過洛津》與〈那些不毛的日子〉一樣都是在異鄉美國寫成，但經過香港殖民都市、高度資本主義與華人文化藝術洗禮之後，故鄉鹿港回溯到清代殖民通商都市洛津，民俗物質堆砌出主流歷史所排除的漢人庶民與原住民之舞臺。此外，作為

---

[12]張小虹，〈祖母臉上的大蝙蝠——從鹿港到香港的施叔青〉，《從四〇年代到九〇年代——兩岸三邊華文小說研討會論文集》，頁 187。
[13]施叔青，〈後記〉，《行過洛津》，頁 351。

「臺灣三部曲」的開頭之作,《行過洛津》的後殖民歷史意涵,同時也是施叔青1970年代末期在香港掛繫臺灣美麗島事件,到回臺前後解嚴與國民黨獨裁政權瓦解的歷史經驗當中滋長而成。《行過洛津》裡以閩南移民社會來挑戰大清帝國官方權威,看似呼應後解嚴時期將清朝對臺灣漢人的統治視為「內部殖民」,戰後國民黨外省政權對臺灣本省籍漢人的戒嚴統治則為其延續,以挑戰大中國歷史觀。然而,小說裡透過洛津與對岸泉州之間人員、物質、文化頻繁的往來,描繪漢人從中原到閩南到臺灣的移動軌跡,在揭露國家權力下種種的壓迫與貶抑的同時,也還原臺灣漢人源於中原的民族與文化系譜。更進一步地,小說裡漢人移民臺灣島嶼上唯一可追溯得到源流為平埔族母系系譜,訴說漢人移民作為帝國殖民代理人,進行土地占領與文化侵略的歷史事實,呈現臺灣漢人移民與中國中央權力無法截然切割的共犯關係。

　　施叔青《行過洛津》以名不見經傳的歌人優伶與跟平埔族結合的沒落世家子弟,演出清代臺灣漢人移民與殖民歷史,在李昂《看得見的鬼》當中,則透過盤旋於鹿港上空種種族群與身分的臺灣女鬼,以成為冤魂野鬼的敗者故事重構臺灣歷史。李昂1976年出版的《人間世》「鹿城故事」系列當中,鹿港不是以民俗物質及怪誕意象現身,而是作為街談巷議口傳網絡交織成的傳統禮教空間,及其面臨的種種背德行為之潛在威脅。在施叔青早期小說裡,建構鹿港為鄉土表徵的西方對照項以異鄉空間跟現代主義敘事形式出現,相較之下,李昂早期小說裡的西方則以女權運動思潮挑戰鹿城禮教,並在中篇小說《殺夫》(原名《婦人殺夫》)當中將戰前發生於上海租界的詹周氏殺夫案件搬移到鹿城。[14]2000年出版的《自傳の小說》則結合兒時聽聞的謝雪紅「養女」故事、鹿港的鄉野傳奇、以及謝雪紅作為一個女性革命家在正史之外的情慾,以推

---

[14]鹿港在李昂的「鹿城故事」與《殺夫》當中的鄉土意涵詳見楊翠,〈從定點鄉土到全稱鄉土——李昂從「鹿城」到「迷園」的辯證性鄉土語境〉,《2003彰化研究學術研討會論文集》(彰化:彰化縣文化局,2003年),頁279~290。

衍出所有女人的故事。

　　《看得見的鬼》出版時間較《行過洛津》晚一年，但書寫時間也在
2002 年前後，小說中同樣將鹿港作為後殖民歷史書寫與顛覆性別論述的
舞臺，與《行過洛津》的清代鹿港具有強烈互文性。譬如說，〈不見天的
鬼〉裡對「不見天」的建築描述與《行過洛津》極為相似，不同的是，
不慎掉落署名的羅帕而投井自殺，以保全自身與家族名節的月紅／月
璇，以鋪設不見天的瓦片、麻竹與月桃葉為紙筆，進行女性觀點的歷史
重構，直到日本人殖民者拆除不見天為止。月紅／月璇的回憶兒時的
「不見天」：

> 鬼魂記得孩童時代，尚未要「大門不出、二門不邁」時，從二樓或
> 半樓打開門，正是「不見天」屋頂。鄰近幾家孩子只消走過這屋
> 頂，便可瞞過通常在樓下坐鎮管帳的父母家人，齊聚哪一家一起嬉
> 玩。
> 那「不見天」屋頂，便有若搭建起來的一條長達五里通道虹橋，虛
> 懸於半空中，提供最便捷的往來。小時候總一直以為，天上的虹，
> 即有需要作為通路時方始升起。[15]

小說中纏足的清代女子鬼魂的生前兒時回憶，在第二句以下悉數省略主
詞，使得敘事中浮現的「不見天」，毋寧更接近施叔青自傳性書寫當中的
童年玩樂場所與繁衍童話式想像的空間。不過，《看得見的鬼》的集體式
女性鬼魂主體超越時空、歷史甚至物理現實，飛馳於清朝、日本、國民
黨等不同政權的時代，以一種「後」歷史甚至「非」歷史的虛構介入男
性強權的歷史暴力，將臺灣島嶼所經歷過的國家權力、甚至超越族群的
兩性權力關係均視為殖民型態，將後殖民書寫的意涵擴大到含括民間、

---

[15]李昂，《看得見的鬼》（臺北：聯合文學出版社，2004 年），頁 136。

性別與鄉野鬼怪傳奇的復權。

　　更具象徵意義的類似性，在於兩位女性作家不但透過歷史古籍重塑她們無法親臨的不見天傳統建築，使其成為後殖民書寫的紙筆，更透過小說的虛構，進入「不見天」底下的「神明公媽廳」。《行過洛津》近結尾處岔衍陳盛元與粘繡的故事，描寫道光中期陳盛元高中舉人後，陳家在五福街不見天的中段蓋了一棟大厝：

> 五福街不見天的連棟長條街屋，室內幽暗，光源有限，陳家大厝設
> 計用二樓的樓井來採光，正堂後的神明公媽廳是全家進行宗教儀式
> 的活動之處，擱桁下的燈樑懸掛天公爐、天公燈，樑上橫披金漆
> 「春滿乾坤福滿堂」匾額下，屏壁兩側懸掛對聯當中奉祀關公像，
> 三層精美講究的紫檀木供桌，最上一層的長案桌，供奉觀音神像，
> 左邊精雕的神龕，則祭祀陳家祖先的牌位。[16]

　　陳盛元曾祖父一代從晉江渡海到洛津郊外搭草寮開荒，祖父開始在溪旁開布料染坊，父親則轉移到街上開設布莊，以自家染坊染大陸進口的素布直販，洛津淤廢之後還嘗試就地取材製作鳳梨布。祖父發跡致富後曾回晉江祭祖一次，到父親這一代祖籍觀念逐漸淡薄，不見天新起的大厝便奉祀有祖先牌位。不見天底下的陳家神明公媽廳，顯示漢人逐漸在臺定居，與臺灣的移民與殖民之關係為在地化過程所取代。〈泥像們的祭典〉裡的觀音與神龕、〈那些不毛的日子〉中住家隔壁廟宇的金色匾額、同學家的祖先遺像等，施叔青童年記憶裡鹿港的民俗物質，在此成為漢人移民在臺灣建構新的男性家族系譜之象徵。李昂〈不見天的鬼〉裡也描寫女子鬼魂進入正堂，氣派的祖先靈位與兩旁高牆著清裝官服的先祖黑白繪像「一雙雙熠熠發光的細小眼睛」使她懼怕。想起她在經典

---

[16]施叔青，《行過洛津》，頁282。

書庫裡夾藏的淫書所看到的故事,「假陽具即神主牌,女子鬼魂一邊心中不斷誦唸,一邊翻身飄飛,飛過她一向懼怕的供奉祖先牌位大廳。那眾多先祖們逼視的眼光,在感覺中沉黯下來,甚至飄過耳際有若呻吟的嘆息」。[17]「鹿城故事」與《殺夫》裡的街談巷議建構的禮教束縛,回歸男性權力超越時間的監視視線,〈不見天的鬼〉的女子鬼魂透過經書背後暗藏的淫書所載神主牌背後的假陽具,揭發其道貌岸然的禮教假面背後的真實情慾。在女性作家的後解嚴書寫當中,日本人或在臺日本人無從進入或想像的住家內部神明公媽廳,成為漢人新建立的男性系譜,更進一步成為顛覆對象的虛偽權威。

　　如前所述,〈不見天的鬼〉裡的女子鬼魂除了挑戰神明公媽廳所象徵的家父長權威,還以瓦片、麻竹與月桃葉等建材為紙筆,成為書寫主體,挑戰鹿港以男性為中心的漢文化傳統。回想殖民地時期,佐藤春夫與池田敏雄等日本人男性先後造訪的鹿港在地名家清一色為男性文人,帶路、同遊或邂逅的在地人也均為男性。唯一出現的女性為池田敏雄與在地文人共賞的歌女,池田為其所彈唱的王昭君南管曲調所感動,並轉錄臺語表記的歌詞全文,呈現鹿港男性漢人「文字文化」傳統之外,由女性歌伎展演的「聲音文化」——包含彈唱曲藝與語言。在《行過洛津》當中,更將鹿港陰性化的優伶歌伎與民間戲曲結合,與同知朱世光代表的中原正統文化相對立;在府城「飲墨水」的阿婠橫抱琵琶彈奏〈昭君怨〉,引發教其認字的朱姓長者講述南管曲調如何從中原到閩南,再從閩南傳到臺灣海島的歷史。與池田敏雄筆下去歷史脈絡與漢文化意涵的南管「聲音文化」相較,《行過洛津》的女性歌伎雖仍為男性文人飲酒作樂的助興陪襯,但透過追溯南曲的中原源流與在地演繹,同時賦予長久以來遭受邊緣化的女性、優伶歌伎、臺灣海島獨特的主體意涵。然而,正如小說後半部能寫擅畫的女子粘繡成為舉人陳盛元第三房小妾之

---

[17]李昂,《看得見的鬼》,頁98～99。

後，幽閉陳家深閨喪失繪畫興趣，終至懸樑自盡，在傳統禮教的限制下，女性的文采終究只能提供男性消費並被收編於家父長權威之下。再看到李昂的〈不見天的鬼〉，才媛月紅／月璇生前也被束縛於「不見天」下的深閨之中，直到成為鬼魂，才得以自由進行島嶼在地書寫，在顛覆中原歷史觀的同時，也質疑鹿港在地漢人文化的強烈男性中心主義。

除了以女性觀點重寫漢人移民與多重殖民的歷史，《看得見的鬼》也注意到漢人民族的殖民者身分。第一篇〈頂番婆的鬼〉寫土地財產與身體均被漢人侵占的平埔族／混有荷蘭人血統的平埔族娼婦，為了索回地權被大清地方官凌虐至死的女鬼，以漢人對原住民女性的占有與欺凌來寓示漢人移民與官員雙方對臺灣的殖民暴力。《看得見的鬼》寫從清朝到日治到戰後的鹿港，將鎖定清朝嘉慶至咸豐時期的《行過洛津》之後解嚴意涵，直接寫到小說情節當中，將各個歷史階段不同形式的國家暴力與性別宰制具體結合，呈現出本省籍男性漢人為了拾回國民黨「內部殖民」中被壓迫的本土文化，在兩岸日趨頻繁的經貿往來之中抗拒中國的武力威權收編，進行臺灣「後殖民」歷史、文化與主體性重建，似乎遺忘了自身以「外來」移民的身分，從大清帝國到現在對原住民與性別進行的民族與性別剝削。

結論：隔代遺傳與輪迴歸返的殖民／後殖民鹿港

將書寫鹿港的文本放置在其生產的時代脈絡之下，我們看到不同民族、性別、文類[18]、敘事形式的鹿港再現，因應該主體與鹿港之間的關

---

[18]這些文本分屬基於真實體驗的遊記、回憶錄，以及虛構的小說等文類，但其「真實性」與「虛構性」其實很難界定。佐藤春夫返日後隨即發表〈日月潭遊記〉、〈蝗蟲的大旅行〉等相關作品，但〈殖民地之旅〉的書寫與發表是在超過十年之後，文章最後還有一段作者附記：「雖然這畢竟大多基於事實，但這畢竟是十年前的記憶，加上內容為虛實參半，希望不要因拙文而帶給任何人麻煩」（頁167，中譯本：頁338）。佐藤雖然記得許媽葵的名字，卻一直以A君代稱；他詳細交代《寄鶴齋詩矕》的印刷時間與場所，卻從來沒有提及作者洪棄生的名字；他將林獻堂的名字寫成林熊徵。另外，文章中也提到有些專有名詞，因為沒有被告知漢字所以無法記錄（譬如萊園）。也就是說，〈殖民地之旅〉作為旅行實際經驗之真實書寫，因為翻譯過程中的闕如、回憶錄當中記憶的不確定性質、以及作者的特意安排，隨處可見曖昧與虛

係，以及文本生產或出版當時臺灣、中國與日本之間的關係，而產生不同的文化意涵；對鹿港的漢人文化傳統所進行的觀看與再現，事實上也正是各種主體在不同歷史階段與異文化接觸的脈絡下，進行自我建構的過程。旅人佐藤春夫與池田敏雄分別將鹿港與普遍的「支那」文化、特殊的「臺灣」民俗連結，透過將在地空間去政治化與去歷史化，來迴避自身殖民者的身分。佐藤春夫仰賴在地人中介在鹿港追尋共通漢文化傳統，將自身定義為與殖民統治無關的一介文人旅客，透過去政治的漢學素養與在地文人交流，卻也以殖民者姿態批判在地知識分子。民俗研究家池田敏雄展現獨自與鹿港建立關係之能力，與其他在臺日本人或臺灣人知識分子同人聯合，將臺灣漢人的民俗物質與空間配置在帝國的知識體系之中，也確立自身與日本帝國的關係。在鹿港任教的春日萍汀與鹿港出身的臺灣人蔡嵩林的鹿港書寫均刊載於《民俗臺灣》雜誌，與池田敏雄的文本同為中日戰爭與皇民化運動時代背景下，對漢人文化傳統的「帝國式懷舊」之產物。然而，實際的鹿港居住經驗，使得他們筆下的鹿港成為個人的私領域空間，鹿港空間的文化與社會意義，看似與殖民等外在政治關係無涉，而浮現於地方人際關係與生活的脈絡中。但事實上，春日萍汀的鹿港書寫同時夾雜深厚感情與強烈偏見，其矛盾觀點正出自於他同時作為地方教育工作者與異族支配者的複雜主體位置；蔡嵩林的鹿港書寫具有多重權威性，但其自我民族誌書寫與日本人外來者與殖民者的書寫一樣，均為殖民地知識系統之產物，為臺灣人知識分子透過殖民者提示的角度來觀看自身文化之例示。日本殖民統治時期日本人與臺灣人各自以日語進行之鹿港再現，具有顯著對話關係與互文性，鹿港的漢人文化傳統成為不同民族、語言與文化的殖民地接觸與混合下的帝國文化建構物。

　　施叔青與李昂早期的作品呈現出，故鄉鹿港的個人私密回憶，如何

構。相對地《行過洛津》與《看得見的鬼》雖為虛構的小說，卻大量取材鹿港的相關歷史敘述，穿梭於史實記載、童年記憶與鄉野傳奇之間，虛實交錯。

與戰後臺灣的現代主義、女性主義等公領域議題互相交錯與對話；後解嚴作品中則或藉以重塑清代漢人移民被中原權力邊緣化的庶民社會，或藉以顛覆清代、日本殖民統治、國民黨戒嚴時期以來的男性中心史觀，同時並召喚漢人移民對臺灣原住民的殖民支配歷史，以介入後解嚴時期臺灣主體重構運動強烈的閩南漢人中心主義。值得留意的是，施叔青與李昂後解嚴時期的鹿港書寫，跟日本殖民統治時期的鹿港書寫一樣，寫「不見天」、紅磚街道、南曲，召喚清領時期鹿港的移墾通商歷史所產生的漢文化傳統，然而，它們書寫於兩岸恢復通商通航的時代，試圖挑戰後解嚴臺灣主體重構運動中浮現的男性本省籍漢人新霸權，呈現與日本殖民統治下男性文人集團的鹿港殖民書寫不同的後殖民脈絡與演繹。也就是說，佐藤春夫等男性文人的遊記與施叔青姐妹的女性作家小說，兩者書寫時間（日本殖民統治與後解嚴）中間夾隔國民黨統治時代，處理的殖民統治歷史分別是日本對臺灣（佐藤春夫等）、大清帝國對臺灣原住民（施叔青）、或將所有政治或性別的壓迫均定義為殖民（李昂），其殖民／後殖民時間與意涵並不呈線性連續。

事實上，這因應著臺灣從戰前到戰後歷史經驗的特殊性。日本殖民統治結束之後，以中華民國正統自居的國民黨外來政權接收臺灣，抗日成功的外省族群與經歷日本殖民統治的本省族群之間，因文化歷史經驗的差異與權力的不平等引起的族群衝突，在二二八事件及之後的戒嚴、白色恐怖中受到極度壓抑，到了後解嚴時期才得以宣洩，卻又隨即面臨對岸中國對臺灣高漲的本土意識之武力威嚇。這就是為什麼後解嚴時期將國民黨政權對同是漢人的本省族群之統治定義為「內部殖民」或「再殖民」，而非清朝時期中原文化對地方文化的控管與收編之延續，甚至懷舊回溯日本殖民統治，尋求有別於「大中國」的臺灣主體性。這也是為什麼殖民地時期從佐藤春夫到蔡嵩林各自加以定義的「前殖民」漢人文化傳統，歷經（日本）後殖民時期國民黨統治與解嚴後的本土運動，在後解嚴時期受到施叔青與李昂召喚時，其後殖民意涵所謂的「殖民」已

經擴大到同時指稱日本對臺灣、國民黨對本省族群、漢人對原住民的政
治支配等；鹿港所象徵的漢人文化傳統，作為臺灣、中國與日本三者關
係之表徵，在臺灣不同歷史階段、民族與性別的殖民與後殖民脈絡與演
繹中，呈現無數次的隔代遺傳與輪迴歸返。Anne McClintock 曾批判既有
後殖民論述承襲殖民/後殖民的線性歷史觀，將非西方世界的歷史化約
為歐洲殖民者的到來與離開，不僅忽略各個區域殖民與去殖民過程的差
異，也無視於全球支配關係的多樣性（multiplicity）。[19]不限於臺灣，非
洲、拉丁美洲、西印度群島等具有被殖民經驗的地區，都曾以輪迴式的
歷史演進與主體建構過程，來質疑與顛覆西方世界既有的線性歷史觀與
進步觀點。臺灣的歷史既然是在不同歷史階段與中國、日本的關係之中
所產生，我們在建構臺灣的主體性時，也必須反覆回到這些歷史現場，
重新省視各種殖民/後殖民主體建構過程錯綜複雜的角力關係。

——選自黃惠娟主編《彰化文學大論述》
臺北：五南圖書出版公司，2007 年 11 月

---

[19]Anne McClintock, 1994, "The Angel of Progress: Pitfalls of the Term 'Postcolonialism' ," in Francis
Barker, Peter Hulme and Margaret Iversen ed., Colonial Discoursel Postcolonial Theory（Manchester
and New York: Manchester University Press）, p253-266. 班雅明曾在〈歷史哲學題綱〉當中批判
歷史是在均質而空虛的時間中無間斷進行的進步觀點：Walter Benjamin, 1968, "Theses on the
Philosophy of History," Illuminations(New York: Schocken Books). McClintock 標題與內文當中
的進步天使即取自該文 257～258 頁。

從孤島到孤島

◎陳芳明

　　從鹿港到香港的旅程，施叔青耗去半生的時光。當年她在少女時代登場文壇時，從未預見將成為一個受到眾多議論的作家。她以文字與書寫，以持續不懈的精神，改造個人的命運，也改寫了女性的歷史。如果說她的創作歷程，是與整個戰後臺灣歷史的發展等長同寬，並不為過。1945 年出生於海邊小鎮的施叔青，比她的朋輩還更早受到文學啟蒙。動筆寫小說，對整個社會來說，可能極其渺小；但是對整個家族而言，卻是驚天動地。小說的想像，文學的嚮往，把她帶到天涯海角。站在異國的土地，她回望臺灣時，才深深體會那生她養她的原鄉，竟是她所有故事生命的泉源。

　　遠在 1960 年代，她以少女的身分躋進現代主義運動的行列。早慧的她，立即受到矚目。文字中呈現的意象，變形而扭曲，幽暗而汙穢，幾乎就是她內心感覺的再呈現。當她能夠以奇異的想像描寫內心世界，就足夠顯示具有過人的勇氣，直視人性中的邪惡與灰暗。那種洩露天機似的書寫，已經預告她將是日後的重要寫手。早期的小說《約伯的末裔》與《牛鈴聲響》，有意無意在現代主義技巧中，融入素樸的女性意識。她可能是文學史上的關鍵人物，完全依賴純粹的創作技藝，成功地把現代主義書寫引渡到女性主義思維。她是一個成功的典範，尤其她在完成《琉璃瓦》與《常滿姨的一日》之後，屬於女性主義者的聲音已經卓然成形。

　　她是值得寫成傳記的作家，因為她的創作史與生命史，可以說全然

重疊。她誕生於一個封閉的年代,當時社會中所謂的主流價值,就是以男性權力與異性戀觀念為中心。被壓抑的臺灣,使所有知識分子的精神出口遭到封鎖。如果男性在那時代都覺得非常苦悶,則身為女性所承受的枷鎖,還要加寬一倍。通過文學啟蒙,她看見自己的歷史、自己的身體,是如何受到綑綁。投身於現代主義運動時,她已經使用各種故事的述說方式,表達內心深層的不滿。她脫離臺灣的僅有選擇,便是出國留學深造。在那裡,她的創作技巧發生劇烈轉變。在陌生土地上,在異國通婚上,有生以來第一次察覺到,自己的東方意識與女性意識。這是生命中非同尋常的跨越,她的歷史記憶與身分認同,開始源源不絕注入她小說的靈魂裡。

她的生命歷程,其實就是從孤島到孤島的無盡止旅行。如此迂迴漫長的旅程,始於孤島臺灣,停佇於孤島曼哈頓,最後抵達孤島香港。這一段漂泊漫遊的經驗,正好暗示女性在歷史流動中,徬徨無依的命運。正是在香港的土地上,她寫出了一系列的短篇小說《悉細怨》、《情探》、《韭菜命的人》,以及長篇小說《維多利亞俱樂部》與「香港三部曲」。沒有這些孤島的先後連結,就沒有她小說的骨架血肉。每一個連結,其實是斷裂的,卻又是互通的。幾乎可以說,她的美學思維,不僅是從現代主義過渡到女性主義,當她開始寫香港的故事時,又從女性主義銜接到後殖民主義。孤島的象徵,可能是女性命運的隱喻;但她能夠利用精準的美學予以串起,而且是通過渺小人物的穿針引線,掌握歷史演變的主軸。

她最擅長的技巧,無疑是以小博大的書寫策略。她的敘事觀點,總是選擇站在社會底層的邊緣立場,牽動整部小說的發展。「香港三部曲」如此,21 世紀寫成的「臺灣三部曲」亦復如此。因為處在社會的最低層,最能發現權力誤用與濫用的真相;因為站在主流的邊緣,又更能明白整個歷史板塊的移動。她小說中的底層角色或邊緣人物,無非是被殖民者與女性身分。只有站在那樣的歷史位置,才能看見權力運作的全

貌，從而感受時間與空間的重量。也只有從那樣的視野進行觀察，才能明辨被傷害、被壓迫的事實。

　　《以筆為劍書青史——作家施叔青》這部傳記，清楚描述女性現代主義作家是如何誕生，以及她的整個心路歷程的成長與轉折。通過作品的細讀、史料的探索與訪談的經驗，逐步把施叔青的文學道路拼圖出來。其中有關她早期的啟蒙，特別是陳映真帶來的影響衝擊，著墨甚深，清楚掌握一個藝術靈魂最初形象。如果能夠進一步探索這位作家與臺灣歷史命運的辯證關係，當可理解她投入干涉歷史的動機與動力。離開臺灣歷史脈絡，等於是離開小說營造的核心精神。無論如何，傳記執筆者的用心與企圖歷歷在目。未來有關臺灣現代主義與女性主義的研究與解讀，都很難迴避這部可觀的傳記。作者所懷抱的敬意，既是朝向文學，更是朝向作家，自始至終都維持最飽滿、最誠摯的態度。

——選自陳芳明《星遲夜讀》

臺北：聯合文學出版社，2013 年 3 月

等待大師
讀《枯木開花》有感

◎林谷芳口述*
◎張靜茹，王瑩採訪整理**

　　《枯木開花》這本聖嚴法師的傳記，平實地出乎意料之外。或許在一切強調特異、偉大、處處大師的末法年代，作者有意要描述一位「平實中見偉大」的宗教人物吧。

　　平實本身，帶有兩層意義。第一，平實中見其偉大，這種境界文字的確不易描述。

　　另一層自然也可能是，在這個末法時代，一個現代大師，與隋唐五代佛法大興時的大師確有層次之別。而無論作為一個禪者、或是作為一個讀者，對這兩者都應該起觀照。

外現羅漢形，內藏菩薩密

　　根據記載，佛教興盛時代，形象鮮明的宗教大師，生命風光總有下述幾個特徵，或一峰獨秀，或兼具數端。

　　第一，是在行持上顯現風範。比如憨山、虛雲的朝拜五臺，有些高僧持一行三昧，從不停步，直到倒下為止；也有人四十年夜不倒單，人類的可能被逼至極限，讓突破應緣而生。

　　第二，行出偉大的事蹟，如弘一大師對律宗的闡發；明代憨山、近

*發表文章時為佛光大學藝術學研究所所長，現為臺北書院山長。
**張靜茹，發表文章時為《光華雜誌》副總編輯，現已退休。王瑩，發表文章時為《光華雜誌》總編輯，現為臺中市文化創意產業發展協會副祕書長。

代虛雲老和尚弘揚曹溪道場，延續六祖法脈，中興祖庭。

　　第三，在內證世界的外顯立見其特別之處，如唐代曹洞宗開山祖師洞山良价，預知大限，盤腿一坐就去了。眾徒弟大哭，他又回轉而來，講道之後再度離世，像這類坐脫立亡的事，禪門所在多有，驗證了生死自如的修行境界。

　　第四，建立了系統性的修行體系，如六祖慧能賦予祖師禪新的風貌；唐代賢首大師創立華嚴宗，智者大師讓天臺弘揚於世。

　　最後，形象鮮明的宗教行者經常留下後人津津樂道的修行故事。如大家耳熟能詳的一休大師，還有船子和尚，躍下小舟投向茫茫大海，唱著歌縱入綠波，以自己的方法圓寂，後人說他「高音難繼百千年，一曲漁歌少人唱」。

　　真正的高僧不只是一種抽象的概念，必須有具體的形象。如慧能大師不識字能拈提偈語，在大庾嶺時留袈裟在大石上，追他的慧明竟拿不動等等，行持證悟後總多少會外顯出一般人難及難會的行為「奇蹟」。

繁華落盡子規啼

　　對照古代大師，《枯木開花》中的聖嚴法師精彩何在？會是許多人想詢問的。老實說，聖嚴法師感覺學問僧的味道濃厚了些，禪者的清晰度不似虛雲、憨山，但或許在這樣處處見大師的時代，我們更需要一位「平實中見偉大」的宗教行者。所謂修行兩種人，不能六大無礙、死生一如，那就老實修行、辛苦擦汗！

　　大師其實很難品評，尤其是從一本書，有時不如談道場的宗風，看看現代人習禪，道場的化用何在。

　　禪宗在修行法門系統的定位，可以分成兩方面來談，第一從修行的層次來說，它就是佛法的本質，也是佛法的不共，所以說它，「教外別傳，不立文字、直指人心、見性成佛」。

　　第二從歷史的發展來說，它是佛法發展的回歸，回到佛教的本來面

目。佛教本質堅實，但也具有彈性，可以適應不同地域、個人、文化，因此逐漸形成一個宗教的大體系，有漢傳、南傳、藏密等分枝派別，也因而鋪陳學問儀軌，但規矩愈多，往往就漸離本質。祖師禪即為對本質模糊後的回歸。日本曾有禪師說：所謂禪宗，不過是體會二千五百年前一位老比丘的心而已。

釋迦摩尼佛證悟後，佛教廣布，出現許多法門，教下佛學越盛，宗門修行的面目卻越模糊，於是才有了達摩、慧能的回歸，這個回歸超凡入聖，越聖回凡，在中國廣為流傳。而無可諱言地，中國文化的人間性、語言的多義性，也為禪的融通提供了基礎。

禪宗盛，佛法之不共則明；而禪宗衰，佛教的面貌則漸趨模糊。比如說，佛教的極樂世界在一定程度上給外界的印象，和基督教的天堂似乎沒有多大的分別，而畢竟宗教都是教人為善的，在這個層次，佛法的殊勝與不共的確不易彰顯。

禪，雖然凡聖一體，不拘形式，標舉不立文字，卻留下許多語錄，這看來有些弔詭，卻似乎也是現象上發展的不得不然，因為門眾愈多，為讓修行有依循的準則，乃樹立各種道場規範，及修行拈提，遂有五家七宗，規矩漸多。宋朝傳至日本，喜好規範的日本民族性接受了禪，顯現禪修行嚴謹的另一面。

中國盛世的禪風活潑、大破大立自然有著較日本禪更趨於「當下、不執」的特質，但流弊所及，後代掛名禪寺卻不修行的也比比皆是，真正的禪宗「教學方法」活潑，大師則了了分明，常兼有自性天真及兵法嚴屬的兩面。.

覺與迷

今天道場與過去相較，禪宗的面貌已模糊，常只有外在形式，較少觸及內在深刻的體證。禪的精神在打破差別世界，禪認為「分別心」來自沒有回歸覺性，要背塵合覺。但覺、迷不是兩件事物，而是一件東西

的兩個狀態，就像水，波動是迷，不動是覺。當心不動時，可以清清楚楚的觀照事物；就像鏡子，不因自己的好惡而影響事物本身的面貌，這是一種狀態。生死無別，當下就是解脫了。

所謂悟，有大悟、小悟，今天有悟者不少，卻不容易看得到大悟的人。達到悟境亦是有方法驗證的，並非摸不著邊際。例如：死生一如，無有恐怖便是一種驗證的標準。現在滿街大師，許多新興宗教追求靈異，即使不講超生脫死，這種靈異也是可以驗證的，但似乎信者寧可相信他要信的，而不能「如實」地看待這些現象，這時禪的訓練就可發揮「破」的作用。當然悟也是可以被驗證的，這點，目前習禪者許多眼界未明，標舉了了分明的禪，事實上仍常有魚目混珠的現象，佛法說「內藏菩薩密，外現羅漢形」，這句話可以有更積極意義的衍伸，其實有密就有形，透過行一定程度就可驗證他的密，瞞不過明眼人。

今天道場大盛，對社會的影響應該還是正面的，但不能因道場繁華，當事者就起顛倒夢想，修行的基點要守住，所謂「不忘初發心」。道場畢竟主要在具覺性作用，清清楚楚，傳道的核心永遠在超越生死。

大師障

不入道場當然也一樣可修行。日常生活中處處可以磨練。不要執著於事物的外相。生命本身是體悟而非知識，重要的是應機。

習佛法門萬千，不同的人各有其契機，有人天生秉性直接俐落，適合習禪。有些人喜歡事相，容易隨著外在事物走入修行世界，適合密宗。有人不喜歡花太多腦筋，願意將自己交給別人，一念至誠，便很適合淨土。

今天社會的信仰危機，有一部分是尋找大師，盲目地跟隨大師。或許跟著一個對象的「信」仰方式比較省力，但若缺乏「智」，就容易陷入盲信，大師障會障礙一般人的修行，經常未見其利，先見其弊，而這大師障對大師本身所起的障礙更大。密宗有些上師退位後，要修頭陀行，

讓一切尊榮盡去，三衣一缽，或讓人視為狂顛，就為了超越這長期被尊崇為大師所形成的生命障礙。

此外當今有許多宗教團體都走向封閉系統，內部連結性強，排他性相對就越強，這也是一個根本的危機，對強調打破執著的佛法而言尤其如此。

回到本書，大師在生前由徒弟作傳，對作者而言是很大的挑戰，因為有師徒的傳承、情義、忠誠等限制，在此，我們可以看出擅長場景鋪陳、細膩刻畫人性的小說家作者刻意回歸平實的寫作方式。平實的修行也令人感動，但較難由此書看出主人真正內證的成就。

其實，與其說是寫實的書寫限制了大師的光芒，不如說今天的群眾心理框住了修行人的視野。千年前的六祖慧能獨特的生命風光，不需要靠群眾發光，連佛都不依賴了，豈會依賴群眾來發光發熱？而今天在信眾網路中，大師被崇拜、保護，反而不自由，在這麼多的群體力量之中，如何裸露追求自身開悟法門的禪而成其大家？

今天臺灣的重要佛教宗師，都在自己道場茁壯起來。聖嚴法師由求學開始，至日本留學，強調其知識分子的身分。但人對生命的惶惑與知識無關，真正的修行是繁華落盡才能見其本性的，社會資源、信徒人數畢竟皆與修行無關。

其實不論各大傳統宗教或新興宗教的興盛，不論其執迷之物為何，有些是特異功能、強健身體、長命百歲、有病治病、與名門正派強調的師父師承、由師父行許多善事，寫經、造塔而五體投地，如果是心外求法，都是盲信，達摩見梁武帝時，帝問「朕寫經造塔有何功德？」達摩直接回「無有功德，」這從第一義諦立言的回答，在目前尤其值得我們三思。

花月樓臺，樹影婆娑

我覺得作者將本書定位為「勵志書」，相當恰當，勉勵人人皆可努力

追求自己的夢想。書的另一成就應該還是在於弘法，宗教要有其起信之物，外界人看了會起莊嚴感，會起信心。素樸的信仰力量自然流露，直接而不浮誇。

修行方法雖多，但在禪而言則不外於將凡心的作用封死，無法起作用；把我這俱生我執丟掉，懸崖撒手，絕後再甦，破到極致，無花無月，但無一物中無盡藏，這裡其實有花有月有樓臺。

書中聖嚴法師的修道過程多少點出了佛教的實踐精神。佛教體證實踐性特別強，基督教則社會性強，較少內證經驗的拈提，苦修派、神祕主義畢竟在此是非主流。

科學無法解決生命的問題，在宗教與哲學上東西方對理論與實踐的觀念不同，東方強調理論與實踐合一，任何觀念或宗教驗證，都必須回歸應對事物的能力、在生命現象中起作用，禪者常提「境界現前時，如何？」就是如此，聖嚴法師面對自己的生命狀況如此處理。如果是我們，又會如何呢？勵志書可以「有為者亦若是」，但修行書這點反問就不可少。

觀諸歷史，佛教大盛時期，不必然都在所謂末世、亂世時代，反而常是國勢、文化的大盛時期。宗教的需要，源於對人生命處境深刻的反觀。因此，佛教與現代的關係，不應只有一個「信」字，除了回歸修行的原點，在建築、佛教音樂以及各種現象上，也應顯現美感，如何化體為用等實際層面，如此，佛法的大典才不只是表象。

在全球化經濟體制下，宗教及藝術都被商業化的時代，宗教大師如何不被外在環境所限，而能引領人心走入觀照生命本質、引導社會探看道的化用，將是我們對當代大師的期待。

——選自《光華雜誌》第 25 卷第 11 期，2000 年 11 月

鹿港神話

《約伯的末裔》序

◎白先勇[*]

　　施叔青是臺灣鹿港人，她是鹿港長大的——這點非常重要，鹿港是她的根，也是她小說作品的根。

　　據施叔青說，鹿港從前曾經有過一段繁華的日子，現在繁華已去，沒落成一個荒涼的小漁港。港灣的沙灘上，埋著零零落落的破漁船，船底朝天，讓牡蠣吃得一個個的黑洞。幾張破漁網，掛在竹竿上，獨自迎風飄蕩著。沙灘上，有乾死的魚，腐爛的螃蟹，還有一兩隻泡得腫脹的貓的屍體。從海港到市場一條街上，左邊有一家賣香燭元寶的，掛得一店金金紅紅，右邊有一家棺材鋪，烏黑的棺蓋齊齊的靠在牆上。從這條街岔進小巷裡，不遠便有一個專做漁郎生意的土娼寮，門口坐著一個肥大的土娼，穿著睡衣，露出半邊奶子，百般無聊的在哼著〈雪梅思君〉。巷底的小酒館裡，一個喝得滿面醉紅的浪子，正在跟那個老得聾掉了的酒保，大聲喊叫他昨晚跟他那個查某幹的淫猥的勾當。街上一個老瘋婦，獨自唸唸有詞，在替她那個淹死在海裡的漁郎兒子招魂，她身後不遠，兩個扮黑白無常的人，拖著兩條血淋淋的舌頭，邊走邊舞。中午 12 時正，太陽烈白的照在鹿港鎮上——這幅圖畫，不是鹿港的寫真，卻是施叔青的小說中，她的經驗世界的投影，這個由幾種因素組成：死亡、性、瘋癲及一種神祕的超自然的力量。這個世界是一個已經腐蝕的像夢魘的世界，其中的人物都是肉

[*]作家。發表文章時為加州大學聖塔芭芭拉分校東亞語言文化學系講師，現為加州大學聖塔芭芭拉分校東亞語言文化學系榮退教授。

體上、心靈上、或精神上受過虧傷的畸人。

我們先看看施叔青小說中的幾段文字：

我於是想離開這兒。剛跨前一步，卻絆翻了屋角扶梯下的空木桶。像血漿似黏稠的紅色染料，自桶的內側極緩、極緩的流出來，好似蜿蜒地遊出一尾燦爛的紅蛇。

彷彿小姐姐曾說過一個故事：遙古時候，山地人下平地來拐小孩，抓回去吊在屋樑正中，遍身割著魚鱗的小孔，讓往下滴的鮮血，漂染底下陶缸裡的白布。

——〈泥像們的祭典〉

我常會一凝神，就看見一個祖母般的女人，穿一身黃袍，在竹片圍成的沒頂的四方城中。雲很低。伊肅容端坐在一隻大香爐旁，爐內大撮濃煙，正茂盛的裊裊升騰⋯⋯祖母般的女人突一歪身，竟倒進香爐裡。我於是聞到一陣屍臭。猛定神，才知道又是盲眼的老鼠爬入鑄鐵的火坑，屍身焚燒起來臭味。

——〈凌遲的抑束〉

她前額頂的髮根處，老像爬著一小隻紫紅的蜈蚣，後來我仔細看清了，原來是一道彎彎的疤。據母親從旁的鄰人口中得知：老吉的女人曾得一種狂病。

——〈約伯的末裔〉

她卻滿不在乎的擺動她豐滿的身體和揮霍她已經狼藉不堪的聲名。朝北的弓形白壁的盡頭，有兩三隻怪肥大的黃斑褐壁虎倒懸在牆上，這女人蹀到那一角的步姿使我萌生起她一如壁虎。

——〈壁虎〉

外祖母突然亡故以後，我有連續幾天的昏迷。伊微微彎屈，頭稍仰後的姿樣，竟像平日的安睡。我跪在床畔，伸手拭去伊沿嘴唇的邊緣流出的發著酸味的幾滴芹菜汁時，赫然在蒙上灰敗的死色的圓臉上，彷彿隱現出一隻大蝙蝠的黑影形來。

——〈凌遲的抑束〉

　　從上面所引幾段文字，可以發覺，施叔青的小說語言，有她非常獨特的風格。這不屬於中國典雅平順的傳統語言，似乎也不是受西方作家影響的語句，而是施叔青為了表現她那奇異的個人世界，而創出的一種語言。一個作家的文體常常決定於他所慣用的比喻。施叔青小說的世界中，死亡、性、瘋癲——幾乎無時無地不在，因此她所用的明喻、暗喻、象徵、意象，都是在表現這幾樣主題：染料像血漿，用小孩的鮮血來染白布，瞎老鼠掉入火坑，發出屍臭，人的額上紅疤像蜈蚣，外祖母屍體的臉上現出大蝙蝠來，嫂嫂的身體像淫猥的壁虎——這一類不尋常的比喻，在施叔青的小說，俯拾即是。她所用的比喻中，屬於動物的，占很大部分，請注意我們上引數段中的那些動物：蛇、蜈蚣、老鼠、壁虎、蝙蝠——都屬於「五毒」之類，有毒性的、陰濕的、兇殘的，或者晝伏夜出的。瞎老鼠掉入鑄鐵火坑焚死而發出屍臭實在是一個很殘忍的意象，而外祖母屍體的臉上現出一個大蝙蝠，這種幻象已經屬於神經分裂了。施叔青的小說語言是彎扭的，乖張的，因為她所表現的世界就是這種夢魘似患了分裂症的世界，像一些超現實主義的畫像（如達利Dali）一般，有一種奇異、瘋狂、醜怪的美。在中國文學傳統中，唯一與這種作風相近的，似乎只有李賀的詩：「南山何其悲，鬼雨灑空草。」

　　死亡、性和瘋癲是施叔青小說中循環不息的主題，而這幾個主題又是密切相關，互為因果的。死亡和性這兩種神祕而不可解的生命現象，在任何文學傳統中，都是經常出現的兩則主題，但是在施叔青的小說中，卻挾雷霆萬鈞之勢出現，它們震傷了人的心靈，粉碎了社會的道德

秩序。我們先看看她早期的幾篇小說，已可察出她一貫所表現的主題的端倪了。〈壁虎〉是施叔青的第一篇發表的小說，這則小說是敘述一個成長中的少女，第一次洞悉到性的可怕的毀滅力量。一個有威望門族的家庭中，闖入了一個外來者——大兒子的妻子，一個「如同赤裸的壁虎」，「生活在情慾裡」的女人，接著整個家庭由於這個外來者的闖入，迅速崩潰瓦解。大兒子墜入情慾中，父親入獄，小兒子們離家而去，而故事中的少女，由於對大哥一種亂倫的迷戀，妒嫉得發了狂，拿起剪刀，向那個壁虎似的女人擲去。這個「壁虎女人」是性的象徵，是屬於動物世界，一種超道德的自然力量，——如狂風，如海嘯。當這種力量闖入人為社會中，其結果是死亡，是瘋癲。「我還是天天夢著一樣的夢……我看到一張灰色的大網，網內有二十、三十，無數隻灰褐斑紋壁虎竄跳著。突然，牠們一隻隻斷了腿、尾巴、前肢，紛紛由網底落下，灑滿我整個的臉、身子，我沉沉地陷下去，陷下去，陷於屍身之中。」——這是故事中那個少女的惡夢，夢中的壁虎——性的化身——將少女包圍埋沒，陷入死亡中。這個原型的夢魘——充滿了死亡、性、和神經分裂的象徵——以種種不同的面目在施叔青後來的小說中出現。

施叔青的第二篇小說〈凌遲的抑束〉，也是她早期小說中寫得最好的一篇。這是一篇浪子的懺悔錄。作者將一連串豐富複雜的意象，借著內心獨白的形式，巧妙的連貫在一起，將她那個原型的夢魘，更有效的表現出來。

　　我為著要把扇子，推開外祖母的房門，一個景象使我甚至在呆楞中的心底還隱泛上從未有過的強烈興奮。以後，我一直沒有原委的懷戀伊就由這剎那間起的吧——伊正對著斑漬累累且破裂多處的古老的圓鏡擦洗著。伊脫去上衣，對向我的整個背因那截肥白的臂膀在前胸不停的揮動，並堆擠於脊骨兩岸鬆弛多皺的下垂的肉迅速的猛顫著。我昏熱得厲害，在莫名的乾渴中卻感覺到另一對和我對著同

> 一個方向瞪著的眼睛。那隻外祖母豢養多年，慣於撲食低飛的火
> 蛾，壯威得有若慾性很強的男人的雄貓，懶懶地蹲伏在矮凳上，一
> 對淡綠的眼珠緊凝著伊反映於鏡中赤著的上體。我在刺心的憤怒下
> 大著腳步走近牠……

　　這段關於浪子第一次受到性的沖擊的文章，是一段寫得非常好的文
字。引起浪子性衝動的卻是古老破裂的鏡子中反映出來的外祖母衰肥的
肉體。這是一個十分頹廢，十分引人墮落的意象。當這種黑暗的性力量
襲擊到人身時，人與獸（浪子與雄貓）合為了一體，人變成一個非理性
非道德的獸類。

> 媽原是很善於女紅的。瘋了之後，伊便整天細心地縫做許多小白布
> 人。媽給那些布人的臉都用黑墨畫上一隻大蝙蝠，……每個布人必
> 是空禿雙肩，缺少兩手，卻有長得出奇的腿任媽高興地擺幌著。

　　這是浪子關於瘋癲的記憶，再加上前面所引浪子外祖母之死，於是
性——死亡——瘋癲的夢魘籠罩著浪子全部的記憶，斲傷了他的心靈，
凌遲了他的肉體，把他變成了雄貓，變成了殘缺的蝙蝠人。
　　這個夢魘，在施叔青的小說中，繼續延長，繼續擴大。在〈瓷觀
音〉中，這三種力量，再度侵襲到人世，使人無助得像「仰天待斃的小
海龜」，而那些瓷觀音卻變成了嘲諷的象徵（ironic symbol），漠視著人間
的苦難。在〈約伯的末裔〉[1]中，作者企圖將她貫有的主題加以戲劇化，
在本篇前半，她確實能將死亡及瘋癲有效的投影到那個「蜈蚣婦人」的
身上，木匠江榮在孩提時期，便遭受到這兩種力量無情的沖擊，就如同
故事中那場地震一般，他尚未成長，而心靈已遭震盪得麻痺了，就如同

---

[1]施叔青稱她取〈約伯的末裔〉這個篇名，有她私人的理由。但筆者認為施叔青的小說世
界，與《聖經》無關，其中的神祕主義，是屬於中國亙古即有的民間宗教。

他居住的那幢宿舍，已被蛀蟲腐蝕，而木匠本身，正如屋中的木樑，中心已經蛀得空無一物。木匠江榮，而不能修理他自己的屋子，這是一個極大的諷刺，在施叔青的小說中，死亡——性——瘋癲這三種混合起來的力量，如地震，如颱風，以壓倒性的威力降臨到人間，不容許任何人反抗，把人摧殘得肢離體碎，心智喪失。

施叔青的小說，背景不一定都在鹿港，但必是與鹿港相似的一些「荒原」，這些荒原，遠離都市，不受文明力量的左右。因為只有在這種荒原上，死亡——性——瘋癲的力量才能發出最大的原始性的威力，如同〈泥像們的祭典〉中那片鬼影幢幢的墳地一樣。當都市人李元琴離開臺北到安崎坑去，她便走向了死亡之地，投入死神愛姐的懷抱中。施叔青的小說人物都是完全孤絕的畸人，他們不可能與任何人溝通，他們只有一個一個的立在黑暗的荒原上，對著死神喃喃自語。

施叔青的小說世界，是透過她自己特有的折射鏡所投射出來的一個扭曲、怪異、夢魘似的世界。光天化日之下社會中的人倫、道德、理性，在她的世界中是不存在的。那是一個不正常、狹窄的，患了分裂症的世界，但是它的不正常性，正如同鹿港海邊在不正常的天氣時，那些颱風、海嘯一般，有其可怕的真實性。施叔青曾嘗試寫正常世界，但並不成功，因為那個受人倫及習俗拘束的社會是不屬於她的。

1968 年於美加州

——選自白先勇《驀然回首》
臺北：爾雅出版社，1978 年 9 月

嘆世界
評施叔青《愫細怨》

◎施淑

　　隨著生活的變化，施叔青在過去的十幾年裡陸續寫出一些風格極不相同的小說。十幾年裡，她由現代主義的〈壁虎〉、〈瓷觀音〉、〈泥像們的祭典〉，到她認為應該給文學一點使命感的〈安崎坑〉、〈擺盪的人〉，以至於鄉愁的長篇《牛鈴聲響》，風格的變化，正如同它們的內容一樣，經常給人騷動不安的感覺。這表現於創作上的不安，在她剛開始寫作的階段，似乎只是起於被誇張了的青年期的夢魘和沒有緣由的反叛，而後則大半決定於使她措手不及的新的生活經驗。但到了 1970 年代初，她從紐約回來的那段日子，存在於她小說世界的騷動不安逐漸有了根本的、也即屬於想像的結構和性質本身的變化，這首先出現在〈「完美」的丈夫〉、〈常滿姨的一日〉等小說，而後持續地表現在她突然停筆數年，又突然熱心地寫作起來的〈臺灣玉〉及系列小說「香港的故事」等近作裡。

　　建立在女性的經驗和視野之上，施叔青的小說藝術不免於帶上被女性一向的社會角色所決定了了的手工的性質，這個與日常事物和日常生活有著較直接和親密關係的藝術勞動，一方面使作品像日記一樣隱密地、熱切地追逐著個人的生活，一方面產生了絮聒的、然而獨斷的全知敘述觀點。在這樣的創作意識下，當她還不確知究竟想說些什麼、表現什麼的時候，經常可以因一時的情緒，在想像力所能容許的限度內，把現實經驗恣意地、戲劇地膨脹或矯飾到面目全非的地步，她最早的兩個小說

集《約伯的末裔》、《拾掇那些日子》，大半就是這類的作品。在那裡，每個意象和敘述經常不安定地浮沉在一個意向未明的感覺的大海裡，因而整個小說世界幾乎只是形容詞似的華麗的暗示，而在那暗示的大海下的是連她自己也弄不清的有關生命和生活的疑惑，或者一個小小的挫折。

　　這個以自我和自我的生活為對象，因而怎麼也安定不了的創作活動，它的出路只有透過本身的再生產，另一方面，由於它與生活仍舊維持較密切的關係，基本上仍直接參與和占有生活，新的事物、新的刺激都足以成為一個創作的觸發點或一種併吞的力量來占有新的材料，使之成為另一個生活劇場。這就決定了施叔青的小說在形式上越來越走向一種分歧的結構，她的小說，在過完了青年期的夢魘階段後，經常是由一個可能的關注或激情的中心破裂性地分歧出來。在這種敘述結構下，意念的發展或答案不是小說的重點，它的重點在熱熱鬧鬧的分歧本身，在它們之間的戲劇關係，以及由之呈現的問題，而這形成了她的小說在內容上的故事性的豐富和風格的多樣性，同時使她的創作從根本上排斥一定的概念和主義，因此 1960 年代末，她雖然也湊熱鬧地趕上臺灣現代主義文藝的潮流，但她的那類作品，除了是對於生命疑惑的形容詞式的暗示，畢竟總讀不出什麼「荒謬」的意義來。她的小說中，凡屬有意識或有目的的加入什麼深刻的意義、概念或使命的，幾乎都避免不了造成人物心理的濫情、突兀的轉折，或者一截多餘的光明的尾巴。她的早期小說像〈紀念碑〉、〈封閉的曲線〉、〈安崎坑〉、〈倒放的天梯〉，這些企圖替人物製造生活的理由，人道主義的解釋，為他們給出正面意義的作品，以至於把鄉愁當作一種救贖、一個美麗的姿勢的《牛鈴聲響》，都犯了這個毛病。

　　在這來自生活現實而又按照自我要求的規律發展的藝術勞動下，創作的意義基本上仍停留在屬於作者個人的，也即只具有使用價值而非交換價值的藝術創造的層面上。這使得作品的藝術表現，如不是把女性例行家務的勞動分工美學化了的瑣碎描述，就是總要使自己的手工有點特

色的強烈慾望。這些傾向造成施叔青小說的誇誕的、濃鬱的、綿密的色調，她從不寫商業成品一樣的規格化的、平均值的人，她的人物和事件總是經過誇大、強化的手續，喧鬧地、衝突地出現在一個特別處理過了的舞臺。同樣由於手工藝術的性質，那女性敘述慣有的隱藏事實，粉飾事實，總之，只愛自己的訴求方式，使她的作品總是由一個女主人似的發號施令的絮聒而又獨斷的全知敘述觀點控制全局。這個因義無反顧而不免於片面性的陳述，可以透過本身的分歧，也即新材料的不斷加入和占有，使作品像個追逐事實真相的豐盛的人性饗宴，但處理不好的時候，也就是恣意地玩弄寫作對象的時候，那精力旺盛的小說便避免不了浮世繪式的惡戲、粗野、甚至於庸俗的感覺。〈常滿姨的一日〉及部分「香港的故事」，就存在著這個缺陷。

作為大英帝國的最後殖民地的浮世繪，已經寫出來的四篇「香港的故事」，它們的人物和事件都相當準確地掌握了這歷史矛盾的會聚點，也即被殖民加上現代資本主義社會的精神和現實發展。如：因為被殖民，香港人是沒有自己的傳統和歷史的，所以精神生活上出現了盆景化的京戲票房和古董買賣（〈票房〉、〈窯變〉）；因為高度商業化，香港人的人格被物化，所以世界名牌、高級餐廳成了可以被消費的物化的人格（〈愫細怨〉、〈窯變〉）；因為行政現代資本官僚化，香港人的生命是千絲萬縷的決策過程中的一個祕密，所以婦人吳雪只有以人類生命的最大祕密的瘋狂昭雪她丈夫的死亡祕密（〈冤〉）。這是一個從生到死整個被顛倒了的世界，在這個現代的生死場中，施叔青仍舊以她事必躬親的專注心情，以及香港人所謂「嘆世界」的歡樂態度，進行那還沒有從生活現實完全分化出來的藝術勞動，因而直接地給出不少細節豐富的香港人生活的故事，特別是他們作為現實發展矛盾的折射的精神狀態的特寫：

‧洪俊興，從大陸到香港，白手成家的一個印刷廠老闆，「紙」是使他發跡的生產資料，是擁有他的姓名的身分化了的財產，「難怪看他的手指在光滑的紙上巡迴，眼睛中有著無比的深情」。因為他的致富是靠辛辛

苦苦的原始積累，所以他跟愫細的愛情交易格外精打細算，有一次在討不到愫細的歡心後，「突然想到了什麼」，跑過去從衣袋掏出一副耳環送到愫細面前，說：「喏，剛才忘了先給妳，妳要的耳環，賠妳。」——〈愫細怨〉

　　•陳安妮，父親早逝，與寡母住在香港政府的廉租屋，「在小小年紀就對自己的將來有了精密的全盤打算」，她到英國學藝術行政，因為「她早就看出香港的表演藝術，在現任港督的贊助下，必然大有可為」。為了躋身上流社會，除夕狂歡化裝舞會，她靠一身咧頭、貼片子、上珠翠、勾臉、畫眉、鳳冠霞帔的古典美人扮相，一夜之間擊敗披掛現代名牌服飾的香港名媛淑女，因為在以刺激完成銷售目的商品消費活動中，她打的是出奇制勝的古典美女牌。——〈票房〉

　　•姚茫，香港的名牌律師，「年過半百，依然浪漫唯美」，對名家設計的絲巾有特殊偏好，平時愛穿瑞士麻質服飾，「看似不著意修飾，其實是用心搭配的服飾，穿在他身上，永遠服貼舒適」。他「順手」送給女朋友方月的「小禮物」，「往往是一條狄奧的絲巾、古奇的鱷魚皮帶、甚至以鑲工聞名的卡蒂亞真金耳環。」這個整個被名牌標籤裝點起來的生命，就像他那一雙「多肉的、綿綿的」手，他的「無懈可擊」的餐桌舉止，他的「熨平人心」的話，以至於他的古董收集，已經是完完全全沒有個性、沒有發展的人性裝配廠生產出來的拼裝的人。——〈窯變〉

　　•納爾遜太太，隨丈夫的工作調到香港，每天翻閱日曆，一年四季，從不漏過任何一個可資慶祝的中外節日。聖誕夜，她從天主教中學，「請來白衣銀冠的唱詩班，群集花園，站在星空下大唱彌賽亞」。她連中國新年也熱烈慶祝，「除夕夜，只見她通身一片紅，拖地紅綢旗袍，髮際之間還插上一朵朵小紅絨花，她把家裡也布置得像新房一般，古董店買來的八仙臺帳高懸門楹，也不知從哪兒弄來鄉下人做被面的土紅大花布，用在圓桌上當檯布，喜氣洋洋一片。每位客人前面水晶杯下還壓了個紅包」。失去了傳統和歷史，在殖民地上，莊嚴的、有一定意義的節

日只能是精神錯亂的化裝狂歡舞會。——〈窯變〉

納爾遜太太，這個富裕的殖民地的洋女士，她的宴會總是有「那份荒誕神話般的色彩。」神話本來是經過人的想像力不自覺地加了工的自然力和社會形式本身，但現在，給這現代社會生活加工成荒誕神話的不是人的想像力，而是錢，那流通在資本主義社會生活裡的血液，那矗立在資本主義社會神廟裡的唯一物靈。是錢，這個把人的力量轉換成它本身的力量，而後以自己的形式存在於人之外的非人的力量，使富裕的納爾遜太太可以把她的一年四季都變成中西文化的嘉年華會。也是透過錢的法力，她可以把中西宗教節日，像陳安妮「脫胎換骨」的古典美人扮相一樣，來個內容與形式的顛倒，使它們充滿純粹消費性的荒誕神話的色彩。同樣是透過錢，這個可感覺而又超感覺的抽象了的社會的物，可以把人本身的藝術屬性盆景化為魚翅席上的「凝趣雅集」，可以把人類的藝術遺產物化為印在拍賣目錄上的，除了標價的意義再也沒有別的意義的：雍正柳蓮水草盃，或者裝斂在表示它的高價的錦盒裡的：成化波濤捲雲紋雙耳壺，甚至於可以在拍賣會上使人「失去理智哄抬價錢，自相殘殺」。同樣由於錢，這個以它的虛幻形式凌駕人本身的人的力量，可以使人的生活和生命徹底博物館化，姚茫的住家：「裡面完全改修過，黑白強烈的對比，完全是現代的冷硬線條，特別設計的燈光打在一屋子的瓷器古物，使方月有如置身現代化的小型博物館。為了節省空間，幾面牆全被挖成空心，鑲入一層層玻璃櫃，由上而下，像神龕一樣供奉著主人的精心藏品」。同樣被那異己的自己的力量挖空了心，香港名流雲集的，以信用卡證明購買力也即身分的高級餐廳「La Renaissance」，它的相貌，是把文藝復興精神整個顛倒過來的「四不像的抄襲」。

這個顛倒的世界，「香港的故事」之四〈冤〉，對它有深刻的披露。小說的女主角吳雪，當她丈夫是有錢的于家大少爺，註定要因他可能的腦瘤，被栽上一條吸乾他生命的財源滾滾的管子；當他只是婦人吳雪的丈夫，他的死亡證書，註定只能用最虛幻的瘋狂方式開具說明。這個由

貨幣貴族壟斷一切，包辦一切的現代神話世界，使一向熱心地介入生活
的施叔青，她那來自現實生活節奏的小說藝術節奏有了變化，它變得像
生活在死亡陰謀裡的婦人吳雪一樣「疑疑惑惑」，一向存在於她敘述結構
中的首席女高音似的全知觀點，在這篇小說中變得瘖啞，曾經反映在她
小說人物心理和事件發展上的大權在握的敘述意識，也失去了原有的自
信。這個瘖啞的、失去自信的小說敘述，它的想像的結構和性質，正是
那把人掏空了一切的疑疑惑惑的客觀現實的折射，而整個小說世界，特
別是它的後半部，就是透過那疑疑惑惑的事件及人物心理反應的互相折
射來完成。它沒有答案，因為它本身就是問題。

　　從她出生的小鎮到臺北，從臺北到紐約，從紐約回臺北而後到香
港，走了這麼些人生長路的施叔青，當她面對的現實節奏和肌理是她熟
識的，她是個忘情的、善於說故事的小說寫作者，她的小說創作的想像
結構也循著她能控制的方向進行和發展，雖然偶爾出於一時的不快樂，
她曾經以女性比較大驚小怪的個性，也即是被她們社會分工決定了的認
識上的經驗性和片面性，把她年輕的、不更事的對生命的驚嘆，誇張成
符咒似的〈凌遲的抑束〉或簡簡單單地給出像〈安崎坑〉式的被一般認
可了的解決。在這樣的情況下，她小說裡的喧鬧、分歧和衝突是有內在
的統一性的。但從〈常滿姨的一日〉等作品開始，使小說人物招架乏力
的事件發生，逐漸成了小說的主體。這以後，她剛到香港的那段日子，
她寫了形式與內容和諧地組織起來，也即是客觀存在和人物意志相安無
事的〈臺灣玉〉。那裡頭，退休的外交官太太李梅，雖然因她殘餘的自
尊，也即是殘餘在封建官僚意識中的那因超經濟剝削而產生的特權和面
子問題，不願把她的外交禮服賣給剛出道的、「跑到臺北打天下」的鄉下
女孩，把一雙合她的腳也合她的意的鞋子，試了試後，「生怕熟人看到的
趕快擺回地攤」，但這心理障礙無礙於她女性地把愛情和做生意混同為
一，雖然她經營的第一筆交易幾乎使她一家全軍覆沒。

　　可是生活在殖民地香港，當人的尊嚴、人的意義眼看就要徹頭徹尾

的沒面子的時候，作為一個作家，施叔青的創作者的意識起了作用：那無政府的物與物的生死場必須理出一個頭緒，被顛倒了的世界必須再顛倒回來。於是她小說中一向站在她的敘述意識的一邊，被她的敘述意識認同的女主角，轉達了她的訊息。〈愫細怨〉結束於愫細一個人跑到海邊，「跪到沙灘上……用盡平生之力大嘔，嘔到幾乎把五臟六腑牽了出來」。〈窯變〉的方月，在納爾遜太太荒誕神話般的宴會中途，突然胃痛，一個人走到空蕩蕩的香港會所的大廳，在老式水晶燈的黯淡輝煌中，憑弔那「象徵殖民地的階級、特權」的建築物，終於要被拆除的命運。最後，當她受了畫家何寒天震盪，好不容易走出姚茫現代博物館似的家，她坐在車上，望著寬敞的大馬路，「筆直地朝前看」。但這嘔吐能嘔吐掉使她嘔吐的世界嗎？這朝前看能看出限制她的視野的世界之外嗎？問題的解答似乎更近於方月終於要埋身在名牌與古董堆中，而愫細不能不亦步亦趨地隨著流行「大熱天談秋裝」，更近於充滿特權意識的愫細與市儈的洪俊興掙扎了半天後，香港的四月天「突然」出現大雷雨、大冰雹，使她無可奈何地躲進那被異常的天象敉平了反抗意志的愛情交易的港灣。正是在這裡，在這一陣突然垂憐於這密不透風的鋼筋水泥的小說世界的異常天象，我們看到了曾經在雨果的《悲慘世界》出現的茫茫大海，曾經為勞倫斯的《少女與吉布賽》解決了靈肉之爭的暴風雨，等等。但這些資本主義社會作家帶著歉意的醫療社會痼疾的唯一處方，真的能夠讓我們從觀光的、消閒的大海游回人的岸邊嗎？我們真能夠把一個生態破壞的地球還給宇宙，讓它重新適應那新的秩序，好使我們一無缺憾地接受那新的及時雨嗎？或者，我們只有等待這溫度、成分都經過嚴密控制和設計的資本主義大窯，突然奇蹟似地冒出一個如同〈窯變〉中的藝術家，而後燒出一隻奇蹟似的「窯變」？

　　已經不記得在什麼地方讀到這樣一個故事了：

　　1908 年前後，逃出荒寒的俄羅斯天空，到意大利開普利島曬太陽，治療憂鬱症的高爾基，在一次聚會中聽到一個故事，說是東歐某處農村

的一個孩子，由於什麼機會，去到了城市，在城市裡他很快就迷失了道路，他在街上彷徨了很久，但還是不能走到他看慣了的廣漠的原野，終於他覺得是城市不願意把他放走，於是跪下來祈禱，但還是得不到幫助，最後他從城市的一個橋跳到河裡，因為他相信河會把他送到他渴望的原野，然而他並沒有被流去，反而身體碎爛地浮在城市的橋下了。

讀罷施叔青的小說集《愫細怨》，這故事又凄然地爬上心頭了。

——選自施淑《兩岸文學論集》

臺北：新地文學出版社，1997 年 6 月

從傳奇到志怪

評施叔青的《韭菜命的人》

◎王德威

　　施叔青的新作《韭菜命的人》共收小說七篇。以題材言,〈晚晴〉、〈最好她是尊觀音〉、〈相見〉、〈黃昏星〉四篇大抵因襲前此「香港的故事」中(《情探》、《愫細怨》),施對市井風情的好奇、對繽紛物慾的耽溺;頹靡幽麗,早成一格。另三篇〈都是旗袍惹的禍〉、〈韭菜命的人〉及〈妖精傳奇〉則另屬「香港新移民系列」。何謂「新移民」?投奔東方花都的大陸同胞也。他們的顛仆命運、蹇促生涯,自是香港生活的又一景觀。這七篇作品未必代表施創作的最佳表現,但既分屬兩個主題系列,而又同現一書,其間所生的對照齟齬,倒頗可一觀。

　　白先勇稱「香港的故事」為一系列「傳奇」(見「序」)。的確,施叔青筆下的香江男女,個個浮沉於情慾金錢的輪迴間。上焉者遊戲徵逐,「嘆世界」嘆到百無聊賴,下焉者尋尋覓覓,無從輾轉,每每成為冤孽的犧牲。施的香港絢麗多彩,但轉眼之間,卻變作陣陣鬼火燐光,繁華卻也凄清。施所構築的視景,充斥世紀末式的機巧、頹廢、與肉慾衝動。可取的是,在墮落沉溺的深處,她常能藉自嘲(或嘲人)而召喚一道德角度的自省,雖非意在批判,卻能成就悲憫戒懼的感嘆。

　　《韭》書中的四篇「香港的故事」,只有〈最好她是尊觀音〉仍維持了施一貫的格調。寫露水姻緣的狂亂,寫物慾縱橫的風險,下筆毫不留情。施拿手的男女吸血鬼式人物,虐人兼且自虐,遊走瘋狂的邊緣,的確令人悚然。這樣的故事施固優以為之,但一再寫來,難免有舊調重彈

之虞。另一方面,〈晚晴〉、〈相見〉兩作,雖看出施另闢蹊徑的努力,成績卻僅屬平平。〈晚晴〉寫中年港婦返鄉,重續早年鴛夢的浪漫慾望,〈相見〉寫老同學重逢後鉤心鬥角的把戲,小處皆不失分寸。但施的問題是,與「鬼」的交道打多了,她突然想作菩薩了。〈晚晴〉與〈相見〉的尾聲,都顯出施急於「渡」人的設計。可惜香港世界的癡嗔怨妒何其态深,她筆下的救贖未免來得過於輕巧。至於〈黃昏星〉一文,寫「香港」與「大陸」之戀,延伸問題較多,稍後再論。

　　《韭》書中三篇「香港新移民」系列作品,也許只是施新寫作計畫的開端。在敘述方式上,這三篇作品一反以往施無所不在的眼界與聲音,代之以偽報告文學式的採訪筆觸。這一素樸的敘事姿態,其實難掩採訪與被採訪者內裡的騷動與相互衝撞,也因此使故事更加可觀。如果說「香港的故事」在聳慄之餘,仍不乏浪漫傳奇的色彩,「新移民」的血淚史則以「怪」(grotesque)取勝,成為現代版的志怪奇談。施叔青毋寧是抱著蒐羅小玩意的業餘消閒式心情,來從事她的採訪。這一姿態誠屬輕浮,卻很反諷的成了她的特色。與多數「異鄉人」的公式作品相較,施對她的新移民們少有同情或義憤;她的自矜與「消費意識」或正是「港」味兒不自覺的流露?

　　於是,「為了恐懼再耽溺下去,真會與行屍無異的生活方式,年初我從半山走了下來,給自己一個找訪大陸新移民的題目,穿街走巷,回到人群當中。」(〈都是旗袍惹的禍〉)「下山」的動機為的是解悶。施對採訪對象的身世背景僅抱著應酬式的熱誠;她有興趣的不是這批人過往的苦難,而是當下展露在他們身上特有的人世風情。〈都是旗袍惹的禍〉中那位年逾耳順、孑然一身的老太太,可真與她八十歲的「氣功師傅」有些曖昧?這樣挑逗性的疑問,遠遠要蓋過施描寫老太太坎坷身世的初衷。〈韭菜命的人〉裡那位一再遭受命運撥弄的工人,表面像是個 1980年代的「駱駝祥子」,但對施而言,他的不幸與無能幾乎透露著宿命的「奇觀」氣息。最明白的例子當然是〈妖精傳奇〉。施純以閒嗑牙的、輕

薄好事的興奮語調，來鋪陳這個聽來的女老千的故事，其喜劇效果，頗為難得。女老千長袖而不善舞，貌似威風八面，手腕卻絕不玲瓏。她是白先勇旗下尹雪豔的遠親，但少了當年十里洋場的歷練，要在香港這個陷人坑立下字號，談何容易！與「香港的故事」中那些豔鬼相比，北邊兒來的撈女，充其量只是些橫衝直撞的妖精。施的世故自矜心態，於此不請自來。

　　《韭》書的壓卷之作是〈黃昏星〉。這篇小說有著「香港的故事」般的畸情架構，場景卻換到了北京。在九七大限的煙幕下，我們美人遲暮的女英雄也得一路北上，找尋她的北京之春。香港女鬼需要北京畫家「鮮色的血，注入她熟透了的、疲倦的內裡」。「從來她的新生必須經過男人來完成」。這場戀愛，談得曖昧。然而激情終究不能湊成兩者的苟合。「一夜遊」式的邂逅換了場景，只會變得生澀難堪。作為一個愛情故事而言，〈黃昏星〉其實已嫌濫情，但在《韭》書裡，該作卻儼似位於施叔青兩個系列作品的交點，促使我們視其為一寓言故事，並摩挲其下的歷史及政治動機。施叔青是誇張、想像種種人間慾望氾濫與窒礙的能手。〈黃昏星〉以男女情慾的勾搭始，卻引出意識型態層次的取予糾纏，是《韭》書最耐人尋味之作。頹廢的枕邊遊戲暗指忸怩百態的政治對話，欲退還進，半就半推。後事如何，猶待下回分解。施的香港傳奇或志怪各有可觀，我獨以為〈黃昏星〉式的題材或更能開闊她未來的創作視野。

──選自王德威《閱讀當代小說》

臺北：遠流出版公司，1991 年 9 月

眼看他起朱樓，眼看他宴賓客，眼看他樓塌了

施叔青的香港世紀末寓言

◎王德威

　　1981 年 2 月 11 日，香港的維多利亞俱樂部爆出經理威爾遜與採購主任徐槐串謀受賄的醜聞。這一天，俱樂部雇用才八個月的職員岑灼向廉政公署舉報兩位頂頭上司的罪行，從而掀起了連串偵察行動。維多利亞俱樂部是香港招牌最老、入會要求最嚴的俱樂部。它是英帝國殖民勢力在港落地生根的首要象徵，也是高級華人上邀榮寵的晉身之階。然而經過近百年的輝煌歲月，俱樂部再難遮掩自內而生的腐蝕。貪汙醜聞的發生，使「這座殖民地身分象徵的俱樂部，名譽毀於一旦。」

　　施叔青最新的小說《維多利亞俱樂部》，就這樣拉開序幕。這部小說代表施叔青到目前為止，野心最大、視野最廣的創作。全書以俱樂部採購主任徐槐為中心，縷述他被檢舉、偵察、抄家的遭遇，奔走尋求自救的經過，終以法院聆判達到最高潮。但徐槐的官非只是施叔青小說的引線而已。藉著這個上海佬的浮沉顛仆，她要一窺維多利亞俱樂部的發達記與齷齪史，也要為出入其間的華洋男女，理出一段段驕人或羞人的譜系。在此之外，施更順著徐槐四通八達的人際關係，白描香港的眾生百相。幾番繁華起落，無盡徵逐騷動，東方之珠一頁頁的殖民史，於焉來到眼前。1981年 2 月 11 日不只是徐槐，也是整個香港，命定的不祥時日。同在這一天，英國國會以迅雷不及掩耳的手法修改國籍法，剝奪香港人移居英國居

留的權利。九七凶兆，初露端倪。徐槐垮臺的那一日，也正是香港歷史陸沉的開始。

也就在 1981 年冬天，施叔青開始發表以「香港的故事」為題的系列短篇小說。第一篇〈愫細怨〉寫豪門怨婦與市井小商人的一段孽緣，已顯現施對香港風情的獨特看法。她對飲食男女、聲色犬馬有無限的好奇，但在表面的喧嘩悸動之下，施叔青看到了寒磣與荒涼。海誓山盟無非是露水姻緣的前奏，一切璀璨光華終只是海市蜃樓。香港的時間是租借來的時間，香港的歷史在於銷解歷史。施筆下的癡男怨女飄蕩其間，匆匆聚散；他們以最淫猥狎暱的形式，見證了這塊地方的繁華與宿命。

儘管「香港的故事」系列作品觸及了三教九流，短篇小說的形式不免限制了施叔青的歷史視野。近幾年來她改弦易轍，從事長篇創作，儼然要趕在九七之前，為香港百年來的擾攘喧騰，留下紀錄。《維多利亞俱樂部》應屬這一新計畫下的首篇成績。細心的讀者，可以在這篇小說中，找到前此「香港的故事」諸多人物情景的翻版，但這回他們有了足夠盤桓接觸的空間，因形成了極繁複的社會網絡。從殖民地官員到舞廳撈女，從過氣革命學生到商場買辦，從猶太裔難民到摩登訟師，施的人物熙來攘往，要在香港這彈丸之地上，出人頭地。他們既相吸又相斥，嗔癡喜怒的關係宛如走馬燈般轉換，在在令人眩目。行有餘力，施叔青更大事鋪張她（與她的人物）對物質世界的貪戀。錢納利的中國貿易風名畫，GALE 的玻璃藝品，皮爾卡丹雅曼尼迪奧登喜路；三天三夜燉出的佛跳牆，四萬港幣一席的乳鴿舌大餐，白蘭地酒拌魚翅……。是了，這是「施叔青的」香港：吃盡穿絕的香港，上下交征利的香港，人慾與物慾合流的香港。

一個半世紀以前，巴爾札克以近百部的小說，串聯出《人間喜劇》。巴黎是巴爾札克世界的中心，在其中冒險家與淘金客，貴族仕紳與風流男女，相生相剋，共同組成了一個充滿金錢、權力、與機緣的曠世都會奇觀。各部小說中的角色情節盤根錯節、互為主配、息息相關。整個《人間喜劇》的結構或正如巴黎本身的社會與建築結構，複雜萬端，牽一髮而動

全身。而填充這些結構的，是巴黎市民或過客永不止息的公私活動。藉此巴爾札克呈現了資本主義興起時分，一個都市的慾望與憧憬，生機與殺機，洋洋大觀，不愧為古典寫實主義的奠基之作。

比起巴爾札克的成就，施叔青當然遠有未逮。但就《維多利亞俱樂部》以及其他有關的文字來看（譬如《聯合文學》曾刊出的〈公元 1894 年香港的英國女人〉），施所經營的架構視景，倒頗有幾分「雖不能至，心嚮往之」的意味。她的香港崛起於亂世，幾經風雨，竟成為東方的花都，集蠱惑與奢靡、機運與風險於一身。這裡的人事升沉快過金錢流轉；權力的遞嬗有似江湖幻術。惟一不變的，是殖民者無所不在的宰控機制。《維多利亞俱樂部》中的徐槐當年逃避共黨，攜母倉皇來港，三十年間，居然家成業就。然則好夢由來最易醒，貪汙的官司終要把他送回一無所有的境地。審理徐案的法官黃威廉不是別人，正是施〈公元 1894 年香港的英國女人〉中妓女黃得雲的孫子。那個與洋人亞當‧史密斯廝混而暗結珠胎，那個與伶人姜俠魂苦戀而不得善終的黃得雲，竟能有了孫子戴假髮、披紅袍，成為殖民地的執法者。這是屬於香港的傳奇：「黃家發跡的過程，等於香港開埠歷史的縮影。」

論者或要指出茅盾當年的《子夜》（1932），可與此書的排場與主題類比。的確，《子夜》中上海的紙醉金迷，男歡女愛，乃至股市大亨的爾虞我詐，商場醜行，讀來亦讓人心驚動魄。但作為自然主義作家，茅盾毋寧意在解剖筆下人物意識型態的缺陷，暴露資本社會的末世病癥。施叔青寫香港的企圖則要世故得多。她並非生於香港，卻也已久居斯土；她既是外來者，也是局內人。她揭露香港陰濕幽暗的一面，卻也由衷愛戀它的縟麗光華。她的創作目的不在「革命」，而出自一種休戚與共的歷史感喟。也因此，她能更從容的，也更包容的，看待筆下人物。她所謂的「傳奇」，較少自然主義的殺伐之氣，而近於巴爾札克式的浪漫奇詭。

《維多利亞俱樂部》以徐槐為中心人物，是一妙著。徐身膺「採購」主任，微妙的點出他在小說中的歷史地位。採購是徐的職業，更是他的娛

樂與本能。在金錢與貨物轉手之間,徐槐伺機而動,攫取額外利益。他對商品及商業交易有跡近美學般的愛好,擴及其他,他與上司、情婦及家人的關係,也只能以無盡的物慾徵逐來定義。而徐槐任職的維多利亞俱樂部本身,又何嘗不是一殖民者採購、消費「東方」的貿易殿堂?徐槐三十年前由滬赴港,從無到有,本身就是商業機會主義的見證。從當年用哆嗦的手買下第一條名牌領帶起,他已經成為香港這個「大商場」,最虔誠的供養者與代言人之一。但採購主任停職不到一月,「徐槐已經跟不上形式了……那種往日與物連在一起,人在貨品中遊走,伸手隨便可觸摸、變成物的一部分的歸屬感沒有了。」徐槐的墮落,不是道德的墮落,而是生存本能的墮落。

　　儘管徐槐長袖善舞,他舞不出殖民地執掌經濟者的手心。徐的頂頭上司威爾遜與徐狼狽為奸,但總能隱身幕後,坐收漁利。這個出身不高的英國人從來不把徐放在眼裡,卻絕不拒絕他的供奉。合在一塊兒,威爾遜與徐槐成為殖民地經濟關係的縮影:老闆與買辦、主人與僕從,互相譏視算計,卻又不能須臾稍離。然而大難來時,殖民者到底棋高一著;威爾遜越洋供出徐的一切,以取得自身罪狀的豁免權。徐槐再精打細算,到底不能衝出歷史環境深植於他週遭的瓶頸。他的慘敗,不始自今朝,而是在香港割讓給英國時就註定了。

　　徐槐這樣的人物,寫來不容易討好。施叔青卻能以相當的耐心,敘述他的少懷大志,他的叵測機心,還有他的虛浮情慾。她寫徐槐早年因不名一文而遭女友遺棄,日後久別重逢,他一身名牌披掛,向其示驕;嘲弄之餘,實有無限悲憫。小說後半,施一再以「抄家」一詞指涉徐遭搜查的噩運,無疑沿用了《紅樓夢》的筆法。大難來時各自奔逃的窘困,繁華散盡後的荒涼寥落,縈繞整本小說。另一方面,施把徐槐小小一人的醜聞,與香港九七大限的惡兆合為一爐冶之,則顯示了張愛玲〈傾城之戀〉式的視景。我們都還記得,香港在二次大戰中的淪陷,如何竟成全了范柳原、白流蘇的亂世姻緣。藉此張愛玲教育我們,歷史原來可以是這樣瑣碎參差

的。施叔青一向是張的忠實信徒，觀諸《維多利亞俱樂部》徐槐的升沉，信然。

　　小說另外一條重要的歷史線索由告發徐槐的岑灼所引出。1970 年代的岑灼，曾是參與民族主義運動，反帝反資的健將。曾幾何時，當年的同志都被「萬惡的」資本殖民主義制度吸收，甘為其役，岑灼反成為時代的落伍者了。施叔青寫岑灼蒼白陰騭的面貌，時亢奮時猥瑣的行止，還有他無從發洩的革命野心與性慾，活脫是杜斯妥也夫斯基地下室裡跳出來的人物。岑灼之所以告發徐槐，與其說是申張正義，更不如說是一種報復：對社會的報復，對自己的報復。施解剖被殖民者的反叛、怨懟姿態，堪稱別有見地。岑灼對香港的威脅性，其實遠過於徐槐一流。這樣一個危險人物，施叔青不應就此輕輕放過。他應像鬼魅般在世紀末的香港一再浮現。

　　穿插在小說中的其他人物，如為徐槐辯護的律師吳義、以及偵察徐案的廉政公署探員法蘭西斯・董，也都值得注意。吳與董雖然立場針鋒相對，早年的困蹇背景卻居然有相似之處。吳義那年隨教授在維多利亞俱樂部的一頓午飯，堅定了他有為者亦若是的雄心；而董加入廉政公署，亟亟要奪頂頭上司的大權。兩人都力爭上游，但總也難饜足內心無止境的慾望。他們的苦悶，其實在徐槐、岑灼身上也都可得見，只是在此有了更具體的表徵。吳義從最青嫩的妓女身上找補償，董則反其道而行，成了苦澀的、禁慾的官僚——他或許從嫌犯種種縱慾違法的供詞中，得到些微快感？兩人偏執古怪的性向，反襯托出當事人徐槐更有人味的一面。

　　施叔青處理殖民者階級，如威爾遜夫婦、碧加律師、黃威廉法官的夫人伊莉莎白等，著墨雖不多，也務求把他們的來龍去脈交代清楚。這些人等其實來自不同背景，到了香港，卻都能各展所長、各取所需。支撐他們的正是殖民主子們的那股種族優越感。碧加大律師原是倫敦發霉的律師，幾經輾轉，當上了香港首席按察司。但甫下飛機，他「聞到一股別處所沒有的味道——金錢的味道」，從此改回本行，大發利市。伊莉莎白出身殖民世家，下嫁黃威廉重臨香港。人在海外，她及一干夥伴們活得比英倫島

上的居民更像英國人。但在她們儀式性的活動中，施叔青已嗅到淡淡腐
朽，而且是腐屍的味道。

　　在「香港的故事」中，施叔青最動人的角色多是女性。可怪的是，
《維多利亞俱樂部》中最弱的一環，卻是女性。與徐槐萍水相逢，即掉入
情慾的泥沼而不能自拔的馬安珍，是脫胎於〈情探〉、〈一夜遊〉、〈愫細
怨〉等作的正宗「女鬼」型角色。馬年逾摽梅卻名花無主，在張皇中成了
徐槐的情婦，任由後者豢養消受。她一次又一次的要擺脫這地下情，卻一
次又一次的讓徐槐鉤去她的三魂六魄。這段孽緣直到徐出事受審才算告一
段落。只是馬真能重新為人麼？這類角色，施叔青寫來應駕輕就熟的，但
在《維》書中，我們看不出任何精采之處。馬自甘墮落的悲愴、縱慾激情
的耽溺，竟融為一段段日記式告白，未免太煞風景。倒是施寫徐槐的初戀
情人涂玉珍，從當年的志比天高，到與徐再相會的悔不當初，再到之後力
圖重收覆水，以迄徐案發後的自我解嘲，閒閒數筆，每有可觀。至於徐槐
那個平淡卻強韌的妻子、還有岑灼乾瘦的女友等，都只是平平而已。《維
多利亞俱樂部》要描寫香港極頹廢、極豔熟的感官世界，但少了要命的或
不要命的女人，自是失色不少。

　　「眼看他起朱樓，眼看他宴賓客，眼看他樓塌了」，維多利亞俱樂部
的一頁興亡史，儼然是殖民地大觀園由絢爛到消解的一則寓言。施叔青由
小處著手，卻善於堆砌雕琢、踵事增華。她所形成的縟麗繁複的寫實風
格，在晚近一味追逐後設、遊戲的小說潮中，反屬彌足珍貴。施以寫臺灣
的故鄉鹿港起家，反以寫僑居的香港，攀上她創作的一個新的高峰。在這
方面，她有前例可循：巴爾札克的故鄉不是巴黎，卻終以「小說巴黎」的
代言人傳世。《維多利亞俱樂部》是施世紀末香港傳奇的起點，好戲也許
還在後頭，且讓我們拭目以待。

——選自王德威《小說中國——晚清到當代的中文小說》
臺北：麥田出版公司，1993 年 6 月

碎碎吧。一切的一切
從《微醺彩妝》論臺灣小說的世紀末

◎郝譽翔*

一

　　當時間經過了數百年，人們再回頭審視 20 世紀末的臺灣文學時，將會發現什麼呢？或許他們將訝異於，彼時的臺灣島嶼上空竟瀰漫著世紀末的虹霓，如夢魘，似蜃幻，或曰頹廢，或曰華麗，就在物慾橫流的享樂聲中，卻又冉冉浮現出一縷末日哀歌的悲傷基調。於是從世紀末到末世，前者是時間紀元上的客觀刻度，而後者則是時間頓止的抽象認知，臺灣就彷彿是已經走到了宇宙洪荒的盡頭，前行不能，後退也不得。

　　「世紀末」此一概念在西方特指 19 世紀末期的頹廢文風──一種刻意雕琢、做作、乖張的書寫風格，不僅以耽美縱慾之姿，挑戰維多利亞中產階級霸權的扭捏作態，也為日益強勢的科技文明，唱起不合時宜的人文輓歌，而絕望地預言盛年不再、事事將休。[1]不過，反觀彼時的中國，正處於清朝末期，龐大老舊的帝國氣數將盡，百足之蟲死而未僵，卻也正是黑暗大陸重新開啟大門，再見天日的新生契機，於是「新」字遂成為彼時文人們的最愛：新小說、新生、新潮、新女性、新中國，陸續接踵而來。顯然 19 世紀末的中國接受的是「世紀末」所意涵的時間週期性，而翹首盼望新紀元到來。然而，新世紀一百年，事實只證明中國

---

*發表文章時為東華大學中國語文學系副教授，現為臺北教育大學語文與創作學系教授。
[1]參看劉亮雅〈絕美世紀末〉與王德威〈華麗的世紀末──臺灣・女作家・邊緣詩學〉、〈世紀末的中文小說〉的分析。

飽受戰亂流離之苦,重創後的土地,是否真的已經獲得了新生呢?到現在誰也不敢說。新中國成了不可說的荒唐夢,而臺灣的「快樂希望」也似乎在政權更替後變成一句空言。不可說,不可說,「世紀末」的另一層意涵:末世,終於延遲了一百年才姍姍到來,大量充斥在文學或文化的空氣之中。時間在一拍板下宣告終止,不再往前移動,又彷彿是被凝凍在當下的某個時空,就此與古往今來的時間軸一切兩斷。

這一世紀末/末世情調,與臺灣特殊的歷史地理背景不無相關。國家定位尚處於曖昧狀態,西進大陸不得,背後又是一片汪洋,而百餘年來被日本和國民黨政權相繼殖民的結果,臺灣已形同失憶的國度,本土文化貧血,飄渺如海市蜃樓。故世紀末的臺灣小說,也在有意無意之間流露出惶惶不知所終的末世情調,而寫在世紀交接點上的《微醺彩妝》,刻鏤臺灣浮華亂象,最是可觀。本文以下便將就此分析之,並嘗試與朱天文《荒人手記》作一對照:前者以小說記錄社會眾生百態,而後者則以小說涵蓋當前諸多顯學理論,俱可以作為世紀末臺灣的最佳註腳。

二

早期施叔青的小說,正如白先勇和其姐施淑所指:是以鹿港的世俗鄉土,披上現代主義畸零病態的外衣,所營造出來的一患了分裂症的變形世界;而這個世界是由死亡、性、瘋癲以及神祕的超自然力量等幾種因素所組成,如同一座鬼氣森森的迷宮,閉鎖其中的人物則多半都是心靈或肉體受過齘傷的畸人,故小說特別展現出一種奇異、瘋狂、醜怪的美。這個看法被大多數評論家所接受,並且以之作為施叔青寫作風格的標誌,譬如王德威以「鬼話」稱之,特別強調她小說中充滿頹廢、怪誕、荒謬情境的敘事法則。[2]然而,若是完整回顧施叔青的寫作歷程,便會發現這一詭魅怪誕的超現實文風,已經被她在自覺或者不自覺中漸漸

---

[2]見王德威〈「女」作家的現代「鬼」話──從張愛玲到蘇偉貞〉,文中歷數女作家傳承自張愛玲的詭魅文風,而以施叔青為代表。

地揚棄了，日趨稀薄，甚至可以說，頂多只能代表她少女時代以鹿港作為小說題材，也就是個人寫作生涯的第一階段罷了。而此一階段，正值 1960 年代末 1970 年代初，臺灣作家浸淫在現代主義的風潮中，正牙牙學步之際，故施叔青揉合鄉土與夢魘而成的「女性怪誕文體」（Female Gothic），理當也是歸屬於此一潮流下的產物。

臺灣的現代主義跟風，多半停留在表象的模仿上，施叔青自不例外。她往往把構設的重心放諸於駭人的意象，譬如壁虎、蜈蚣、蝙蝠等五毒橫行，或敷衍妖異花朵、食人樹、嬰屍等類似超現實主義畫作的場景，卻鮮少深入挖掘人物心理，進行更為深沉的哲思或者辯證。這當然受限於施叔青彼時的寫作年齡，以及臺灣對於現代主義的認識和接受，但總而言之，這也不過是她寫作生涯的一段序曲，很快的，隨著生活領域的開拓和時間的推移，她所蛻變出來獨樹一幟的寫作風格，卻可能恰恰與第一階段的奇幻怪誕相反，而是在於寫實與紀實。因此，當評論家一再強調甚至呼籲她回歸怪誕及女性想像之時[3]，可能忽略了施叔青最大的成就與特質，乃在於不斷想要突破兩性的侷限，以及時空的劃分、地理國族的疆界等等，而經由一史詩式的企圖和眼光，以小說作為現代中國社會歷史的微型縮影。

換言之，施叔青其實是一個相當務實的作家。她周遊廣博，又具有良好的藝術史學養，加之在臺灣、美國、香港的長期生活經驗，所見所聞，鮮少有人可與之比擬。若是把她侷限在陰暗的閣樓中，專寫幽微的情慾想像，恐怕也不是她所樂意之事。她曾經說道：「我不甘心被明擺著侷限的『女作家』稱號，只曉得圍繞在男歡女愛、細碎瑣事，永世不得超生。」[4]故她對於時代環境的敏銳嗅覺，對於華人世界脈動的精確掌

---

[3]譬如張小虹〈祖母臉上的大蝙蝠──從鹿港到香港的施叔青〉以為施叔青是「〈夾縫之間〉〈擺盪的人〉，不僅是中西文化的夾縫、地理位置的擺盪，更是傳統以性別製碼創作位置的進退維谷：小眉小眼女性論述與大開大闔男性論述的畫地自限。」故籲她「以小博大」。
[4]見施叔青，〈我寫《維多利亞俱樂部》〉，《維多利亞俱樂部》（臺北：聯合文學出版社，1993年），頁3。

握，加上早期在現代主義薰陶下，對於文學象徵技巧的鍛鍊，從《維多利亞俱樂部》開始，施叔青的小說便都可以視為一則意蘊深厚的國族寓言，而以呼應九七大限的「香港三部曲」《她名叫蝴蝶》、《遍山洋紫荊》和《寂寞雲園》為最高峰，新近更以《微醺彩妝》這部長篇小說作為返臺定居後的力作。從香港百餘年的殖民史，到臺灣社會的拜物狂潮，施叔青筆下所開發的題材之遼闊寬廣，早就超出男歡女愛、閨閣私情，也不能不算是身為女作家的一大突破。

　　早期文學生涯對於日後施叔青的最大反饋，應在於象徵技巧的嫻熟，使得她具有釐析和鎔鑄龐雜史料和社會現象的能力，「香港三部曲」可以說是最好的例子：黃得雲、屈亞炳、史密斯、姜俠魂，乃至黃得雲的兒子黃理查、孫女黃蝶娘，各個角色象徵意義昭然。以無父的妓女黃得雲，比喻殖民地香港的孤兒身世，再以香港的特產——美麗而女性化的黃翅粉蝶和不育的雜交花洋紫荊，作為反覆出現的背景，反諷之意一目了然。[5]如此縝密的安排，使得「香港三部曲」儼然成為後殖民論述可以大肆發揮的文本，但除了與理論完美的貼合之外，施叔青編織殖民史料進入小說，以達到小說與歷史相互呼應連結的苦心，更反映出作者不忘「史」的務實本性，以及期望用小說寫寓言、寫史詩的龐大企圖心。施叔青成功的使這部小說不只寫出一位浮沉於情愛和生存之間的妓女，亦即不只是記錄黃得雲的個人史，而更寫出了整個香港命運的化身，在歷史與國族聯想的烘托下，拉大了小說的縱深和詮釋空間。

　　不過，也正因為施叔青處處注意小說與現實歷史的扣合，以及象徵意義的設計，過猶不及，有時不免顯得生硬，人物彷彿是特地設計出來演說這段歷史，好作為現實的註腳似的，缺乏自主的生命力；而小說中穿插大量的歷史資料，也造成與情節平行斷裂之弊。當施叔青太想要完美收編歷史，滴水不漏的結果，反倒可能造成了僵局。在了解她寫作的

---

[5]見李子良〈「我的香港」——施叔青的香港殖民史〉中關於洋紫荊和黃翅粉蝶的分析。

轉折、成就與侷限之後，再看這本返臺定居的新作《微醺彩妝》，將更容易為其尋求定位。誠如廖炳惠所說：「《微醺彩妝》代表施叔青的另一個轉捩，是本土轉折的新著力點。」[6]但這轉折豈是她回到臺灣以後才開始？她乃是將《維多利亞俱樂部》以來的社會寫實諷喻筆法，移師臺灣，而在新作中再度展現她鎔鑄現實史料的功力，要透過小說這一形式，將社會百態加以收納編排。而這場臺灣浮華世界的現形記，不僅是世紀末亂象的一個切片而已，更由此揭示出臺灣社會因為長期被殖民下的文化失根，所養成的速食消費性格，而就在不斷消費的過程當中，主體的生命早已悄然流失。

　　施叔青以喧騰一時的紅酒熱作為全書中心，並以雅詩蘭黛的最新化妝術「微醺彩妝」作為對比，暗喻臺灣人以紅酒粉飾品味的虛偽矯情，這一象徵不可不謂妥貼犀利。紅酒被引進臺灣後，或被用來漬泡洋蔥以強身，或佐以路邊攤的煙燻燒烤，或甚至被拿來冒充國產的劣酒紅玫瑰，而臺灣商人也不致蠢到坐待外國的酒商入侵攫利，紛紛出盡奇招，搶食這塊大餅，所以紅酒熱潮又豈止是崇洋媚外而已？臺灣反倒由此釋放出頑抗的生命活力，自鑄變種文化。就此論者不僅可以據 Homi Bhabha 的後殖民理論指出：這一展現出被殖民者沐猴而冠的「諧仿」（mimicry）行為，往往瓦解了殖民者在屬地複製本尊的能力，也就是反而暴露了第一世界自我異化的潛在威脅，以及第三世界經由模仿「借力使力」的動機。亦可以就班雅明的觀點，以為「技術複製性」（technical reproducibility）是現代文明的特徵，而看到臺灣島國歷經殖民文化的洗禮後，其文化複製與翻譯（及番易）的過程則讓原真與仿製、本土與舶來的分際更加不易確定。或者更進一步指出：紅酒熱潮乃是一種拜物的模仿與國家魔魅（the magic of state）之下的產物。[7]然而就在複製／模

---

[6]廖炳惠，〈從怪誕敘事到社會病理學──施叔青近作的本土轉折〉，「當代臺灣小說研討會」發表論文（臺北：臺灣文學協會主辦，2000 年 4 月 22 日），頁 2。

[7]詳見王德威〈異象與異化，異性與異史──論施叔青的小說〉與廖炳惠〈從怪誕敘事到社會病理學──施叔青近作的本土轉折〉二文援引的後殖民理論。

仿／謔仿的過程之中，固然展現臺灣活力，對殖民者的以子之矛攻子之
盾，但也無疑暴露出臺灣文化的淺層與粗虐，紅酒一物所能指涉的多層
意涵，於此可見。

　　不過，施叔青對於紅酒現象仍然意在批判，臺灣如此糟蹋醇美的紅
酒，路邊攤竟與垃圾堆比鄰，作者的嘲諷譴責，寓於人物的荒唐情狀之
間。我們或可以晚清的譴責小說來相比擬，世紀末的國境如同鬼域，蛇
虺魍魎爭相出籠，二十年目睹怪現狀，官／商場現形記，誇大的筆調與
充滿表演性格的人物，在縱慾瘋狂的表面下潛藏深深的悲劇性，一再構
成了《微醺彩妝》的基調。在施叔青著意記錄臺灣社會的種種畸形怪狀
之下，故事情節就不再是重點，而主要透過幾組的人物典型，以交織社
會面向，暴露眾生百態。就此一層面而言，施叔青彷彿是都市人類學家
[8]，抽絲剝繭社會結構，萃取分類，再一一為之立傳，架構譜系，條理竟
也相當井然。

　　整本小說以紅酒作為中心，基本上可以釐析為雙線並進：其一是主
線，以財經報編輯呂之翔為主，牽引出臺北上流社會的紅酒熱；另一條
則為副線，以甫回臺灣的退休外交官唐仁為主，與高雄商人洪久昌合作
紅酒買賣，勾勒出臺灣南部俗麗的本土文化。前者盡力蒐羅最高級的紅
酒，以國民黨「十五全」中央委員為名，標榜尊貴身分；後者則為符合
本土口味，以法國好酒仿冒公賣局的紅玫瑰酒，求其便宜行事，因應廉
價路邊攤的大量需求。兩個軸線一北一南，相互對應，既呈現出臺灣南
北文化的差異，也將紅酒熱這一項「全民運動」寫得面面俱到，鉅細靡
遺。施叔青不僅以對位式的手法設計情節，也以此法來塑造人物，歸納
出幾種具有代表性的典型，以對襯的方式推衍上述的兩條軸線進行。譬
如以喪失嗅覺、味覺的報社編輯呂之翔，對應患有憂鬱症的醫生楊傳
梓；以講究品味的企業二世祖王宏文，對應個性節儉、白手起家的股市

---

[8] 在此借用黃錦樹〈從大觀園到咖啡館──閱讀／書寫朱天心〉中對朱的評語。

大亨邱朝川；以久居海外的外交官唐仁，對應本土氣息濃厚的高雄商人洪久昌。至於幾個女性角色，也出自於類似的模式：以富家的嬌嬌女羅莉塔，對應出身鄉下農家女的時尚編輯葉香；而善於複製花草的米亞，則對應複製紅玫瑰酒的唐仁；至於醫生的妻子吳貞女，在宗教中尋求內心的寄託，則是對應醫生楊傳梓以紅酒來治療自己的躁鬱癲狂。宗教與美酒，正堪稱世紀末的兩種心靈良藥，也點出了現代人的空虛無助。

　　施叔青以紅酒匯聚了當代臺灣的幾種人物典型，有傳播界、商界、政治界，外加一個醫生，無非是臺灣社會政商名流的縮影，在他們的帶頭舞動下，眾生一同陷入拜物的漩渦裡，故小說擷取這眾生狂舞的片刻，寫成了一軸狀摹當今時尚和社會風俗的逼真畫卷。施叔青引片岡嚴《臺灣風俗志》善良風俗篇中的「臺灣人不嗜酒」，以作為今昔對比，但在反諷之餘，也暗喻史書的不必然可信，而她反而要以小說寫出比史書更加貼近生活、揭露現實的臺灣風俗志來。小說比歷史更加真實，信然。所以《微醺彩妝》不厭其煩的記錄眾生怪相，雖然用的是紀實筆法，但是出之於世紀末的臺灣，事實往往比魔幻還要更加的荒誕不可想像。譬如飲食方面有張大千的大風堂名肴宴、荷葉煮粥食譜、美食會的環島南北美食搜獵、法國菜燴牛尾、阿爾薩斯羊排、東歐名酒「海洋之星」、取名「鍊珍堂」的飲食文化網站、綜藝節目《美食碰碰胡》、《吃遍天下》、《食得也瘋狂》，還有臺北豪華的俱樂部，以及有高雄違章建築搭成的碳烤攤等等。建築方面有房地產商的廣告「普羅旺斯」、「米蘭大鎮」、「巴黎花都」、凡爾賽宮庭園、藝術廣場噴泉、融合巴洛克與 Art Deco 的華貴風格、王宏文新藝術風格的豪華別墅、葉香的小套房、羅莉塔的公寓、乃至日本福岡的尊屋 Hotel Le Pallzzo，設計靈感來自古希臘的神廟，卻被用來作為論時計費的色情旅館，也被臺北的建築師移植過來等等。此外還有各式香水、流行服飾、昂貴花草精油、死人鼻梁長出的蕈類，被中醫拿來當作珍貴藥材，稱之為「棺菇」等等。整本小說幾乎便由各式現象串連而成，族繁不及備載。

　　施叔青以「精緻的頹廢」來定義「世紀末」，並以奢靡中帶著病態憂鬱的新藝術作為註腳[9]，外表裝飾過度，內裡卻是虛浮空洞，不也正是臺灣社會的病理徵狀？結尾嘆道：「呵，碎碎吧，一切的一切。」[10]社會作偽的胭脂妝容頓時剝落，露出來的是裡面早已腐爛的血肉與白骨。小說以「華山特區」作為收尾的場景，這一座廢棄酒廠改建而成的藝文特區，在裝置藝術家的手下如同廢墟，然而「荒蕪就是下一次繁榮的起點」[11]，荒蕪／繁榮成了一線之間的一體兩面。牆上貼著的是戲劇公演海報「世紀末愛麗絲漫遊仙境奇遇」，海報中愛麗絲睜著空洞鬼魔的大眼珠，劇場中央上演的則是《酒神的黃昏》，在戴奧尼修斯的戰車引領下，女祭司引領眾人酣歌熱舞，狂奔旋轉發酒瘋，在廢墟之中誕生出藝術的花朵。然而此惡之華啊，卻是末世的輓歌，恰如小說中提及南京東路、林森北路一帶昔日神社墓園的廢址，長出了一朵天界花，佛經稱為曼珠沙華，《法華經》云「摩訶曼陀羅華曼珠沙華」，而一般稱為彼岸花[12]，便是在美麗之花的表相底下，卻深深植有死亡的屍骨。如此一來，酒神又有何異於死神？

　　死亡，知覺的死亡，亦即失去嗅覺和味覺，是貫穿整部小說的重要隱喻。施叔青在此略略展示魔幻書寫的功力，不免令我們想起葡萄牙小說家薩拉馬戈描寫集體失明的《盲》，或是馬奎斯《百年孤寂》中患了集體失憶症的小鎮馬康多。但施叔青並未依此大作渲染，故魔幻僅僅變成了寫實的襯托、點綴與背景，甚至富有清楚的現實寓意，反倒限制了文學天馬行空的想像力。廖炳惠便分析指出：「無感」與「無覺」乃是社會病理的借喻表達（synecdoche），是整個島國喪失精神主體的一個切片寫真，而「整本小說即是以充滿了借喻與換喻的修辭策略，管窺臺灣社會

[9]施叔青，《微醺彩妝》（臺北：麥田出版公司，1999年），頁225。
[10]舞鶴《鬼兒與阿妖》標榜為「世紀初」的「肉慾書」，其中也引用此句（頁111），將世紀末與世紀初掛鉤。
[11]施叔青，《微醺彩妝》，頁260。
[12]施叔青，《微醺彩妝》，頁241～242。

在紅酒、衣飾、香水、葡式蛋塔到靈異等等流行消費活動之下的『感官失靈症』及那種無法自拔的『重複衝動』。」[13]當社會集體陷入拜物戀物的著魔儀式之中，無非就是失去自我後，欲彌補匱乏的徒勞舉動，而又隱喻著臺灣這塊島嶼的宿命，在長期被殖民後已不存在「當下現實」（Actuality）的失根狀態[14]，或者更悲觀的說，本土原來就是在不斷消費的過程之中，混融了一切的空中樓閣。

可能是為了因應臺灣社會的俗嗆豔麗，《微醺彩妝》誇張的筆調，一改「香港三部曲」的婉約典雅，而不僅筆調轉換，敘事的重心也從過去施叔青所擅長的女性角色，轉移到男性身上。這是否代表作者對於臺灣社會的認知，乃是一以男性為主體，「俗擱有力」的沙豬文化呢？其實女作家將敘事觀點改以男性為主，不必然會造成藝術成就上的限制，正如施叔青自己本人也期許要跳出「女作家」的框架，只是莫非果真應驗了女性主義理論所云，女作家在男性敘述中勢必遭遇到困境？

其實，《微醺彩妝》最大的問題，恐怕不在敘事觀點，而是在於寫法過於規矩，大致上可以洋化／本土來區分之，譬如以王宏文代表臺北上流社會，以洪久昌代表高雄本土商人，顯露臺灣社會被殖民的「不上不下」尷尬處境。又以醫生楊傳梓夫婦作為治療臺灣社會病理的象徵：醫生的豪華酒櫃，以酒神戴奧尼修斯命名，正好對上妻子擺設的佛堂，以鮮花水果供奉觀世音菩薩，其象徵意義不言可喻。於是全書就在情節與角色均對襯完美，象徵意義準確，以及對紅酒現象的解剖也都面面俱到的情況下，正是過猶不及，精巧的設計，卻也難逃斧鑿痕跡之弊。

所以一切還是得再回歸到原點。早年現代主義的文學訓練，使得施

---

[13] 廖炳惠，〈從怪誕敘事到社會病理學──施叔青近作的本土轉折〉，「當代臺灣小說研討會」發表論文，頁6。
[14] 楊照〈兩尾逡巡迴遊的魚〉引陳傳興所提「當下現實」與「多重時間」的歷史分析概念，以為臺灣社會失去了以「當下現實」為基礎的正常運作。但此「當下現實」是否果真存在？或此「當下現實」根本就是多重虛構時間交接而成的層層魔陣？尚待思考。

叔青十分注重象徵技巧的運用，視之為文學上的寶物。[15]但正如施淑所
說：

> 在她所謂的象徵方法下，小說人物事實上成了觀念的傀儡，或事件的
> 負載體，而小說的對話，它的作用，如不是用來交代情節，就是作為
> 預設的觀念的傳聲筒，有時甚至成了驚嘆號似的、帶著情緒玩味性質
> 的重疊句，一如樂曲中的重唱（refrain）部分一樣。在這情況下，敘事
> 人稱和性別的改變，似乎改變不了她的小說在根本上的獨白性質，它
> 除了提供一些類型化的、具有簡單的對立意義的人物，來分擔不同的
> 象徵作用，對於小說的結構和發展，似乎不發生主動的、建設性的力
> 量。甚至於到最後，當小說完成時，本來用以填充人物的性格和思想
> 的材料或細節，反而喧賓奪主，成為獨立於人物的有自己的生命的東
> 西，割據和占領了她的小說世界中的各個角落。[16]

這雖然是針對早期小說立論，但《微醺彩妝》的困境亦是如此。或者應
該說，因為施叔青太刻意設計象徵，指涉現實，以致清晰的意念，竟變
成了小說的無法承受之重？

三

　　無法承受之重，更反映出的是世紀末臺灣小說「意念先行」的特
質。社會既然沉醉在拜物戀物的狂潮之中，小說作者彷彿也不能置身事
外似的。施叔青對於現實的奇形怪狀不能割捨，一一都要收納進入小
說，成為一幅叫人目不暇給的風俗卷軸，雖然成全了現實上的記錄與捕
捉，但就小說的藝術而言，彷彿還是缺少了一些什麼。王德威曾將此書
比之為賈平凹的《廢都》。《廢都》模仿《金瓶梅》的筆法，雞毛蒜皮嘮

---

[15]見施叔青，《那些不毛的日子》（臺北：洪範書店，1988年），頁31。
[16]施淑，〈論施叔青早期小說的禁錮與顛覆意識〉，《微醺彩妝》，頁266～267。

叨小事，一路瑣瑣碎碎寫來，似乎全無章法；然而《微醺彩妝》卻是架構嚴謹，一目了然，但病也病在這一目了然，把該說的話都說得乾淨透徹了，全無轉圜的空間。

　　這不免又令人想起另一部臺灣世紀末的重要著作《荒人手記》。朱天文《荒人手記》挾第一屆百萬小說獎的威名，一出版即引起各方的矚目，而且小說題材又正符合同志運動熱潮，還不止如此，其中蒐羅的理論與知識駁雜，從李維史陀到傅柯，從印度到希臘到西班牙、羅馬、日本（單單就是不去精神的原鄉大陸），從爵士樂到電影運鏡等等，堪稱是世紀末文化論述的大匯集。就這一方面而言，《荒人手記》恰與《微醺彩妝》形成互補：《微醺彩妝》以紀實筆法，記錄臺灣社會的眾生百態，而《荒人手記》則是獨取知識分子階層，以龐雜的理論體系演繹末世現象。如同朱天文所言，這本書中的觀點、思想、感受都是非常作者化的，而且寫作沒有對象，是針對鑑賞力來寫的，而這個鑑賞力又是自己長期以來累積的種種，如：人生觀、價值觀、歷史觀等眼光。[17]但作者又何嘗不是在為某一類的文人代言？龐大的知識氾濫如洪水，語言符號如黴菌蔓衍，思維演繹愈加精深幽險，堪稱是世紀末一場最璀璨但也最虛幻的演出。反觀《微醺彩妝》中眾人以紅酒來粉妝自我，治療空虛，《荒人手記》中的知識分子則是透過繁複的文字煉金術來獲得救贖，豈不也是華麗粉妝之下的頹廢？

　　關於《荒人手記》的研究論文已經相當豐富，我無能也無意在此續貂，附帶一提的是，相關論著中尤以黃錦樹指出朱天文以文字作為修行，繼承胡蘭成的陰性烏托邦，以肉慾轉化為情慾，再化為一幕幕唯美的色境，立論最為精闢入裡。王德威更指出：朱天文作為文字拜物教的信徒，「寫作成了最華麗的浪費，最抵死而又空虛的自慰。」[18]若與《微

---

[17]黃錦樹，〈神姬之舞──後四十回？（後）現代啟示錄？〉，《花憶前身》（臺北：麥田出版公司，1996年），頁279。

[18]王德威，〈從《狂人日記》到《荒人手記》──論朱天文，兼及胡蘭成與張愛玲〉，《花憶前身》，頁8。

醺彩妝》相互參照，頗值得玩味。這兩本小說俱在勾勒臺灣的末世景象，頹廢隨華麗而生，其意不止在批判中產階級的空洞虛偽，更暗喻臺灣這塊島嶼的浮華無根與歷史意識的流失，僅剩餘當下片刻的狂歡罷了。不過，這兩本小說更值得注意的共通點，乃在於它們所反映臺灣社會鮮明的拜物傾向，書中都羅列大量理論術語與時尚訊息，將佛學、生物學、醫學、後現代主義、後殖民主義、解構主義、酷兒論述、情慾論述甚至新時代學說、費多小兒、美容療法等等一網打盡，更是可供學者大顯身手，從此暢談雌雄同體到戀物癖到殖民與被殖民。然而這也反映出臺灣世紀末文學創作一個有趣的現象：小說與論文不分，甚至彼此連成一氣，形成套套邏輯，互相援引作證，共同織就一個以時髦的文化論述及學院術語所串成的圓滿之圓。理論過度膨脹的結果，反倒過頭來，吞噬掉小說的敘事空間，甚至造成語言消化不良的欲嘔徵狀，因此，小說的下一步或是下一世紀還能怎麼走？怎麼想像呢？

《微醺彩妝》中的米亞，擅長複製花草。但更早在朱天文《世紀末的華麗》中也有一個米亞，對流行的服飾品牌和質料有驚人知識，是個「金光璀璨、千變萬化卻又空無一物的衣架子」。[19]兩個「米亞」都能移花接木，有異曲同工之妙。但青春稍縱即逝，繁華落盡見真醇，施叔青和朱天文也都要以道開示眾生。《荒人手記》中荒人把肉體當作試煉場，體驗六道輪迴，色即是空，空即是色，而諸行無常，是生滅法，生滅滅已，寂滅為樂。眾生便是一部毀滅史。《微醺彩妝》也透過淨空上人說法：「是故空中無色……無眼耳鼻舌身意，無色聲香味觸法……」[20]在這華麗而頹廢的世紀末，唯一求存之道，就是體悟盟誓之必要，成佛之必要，涅槃之必要。

但聒噪絮叨的書寫文字，何嘗不是另一種我執？於是就在不可承受

---

[19]王德威，〈從《狂人日記》到《荒人手記》——論朱天文，兼及胡蘭成與張愛玲〉，《花憶前身》，頁17。
[20]施叔青，《微醺彩妝》，頁189。

之戀物戀字的重壓底下，我們也不禁要感到窒息，而呼喊：「碎碎吧。一切的一切。」

參考書目

・王德威，〈異象與異化，異性與異史——論施叔青的小說〉，《微醺彩妝》，臺北：麥田出版公司，1999 年，頁 7～44。

・王德威，〈從《狂人日記》到《荒人手記》——論朱天文，兼及胡蘭成與張愛玲〉，《花憶前身》，臺北：麥田出版公司，1996 年，頁 7～23。

・王德威，〈華麗的世紀末——臺灣・女作家・邊緣詩學〉，《小說中國——晚清到當代的中文小說》，臺北：麥田出版公司，1993 年，頁 161～192。

・王德威，〈世紀末的中文小說〉，《小說中國——晚清到當代的中文小說》，臺北：麥田出版公司，1993 年，頁 201～228。

・王德威，〈「女」作家的現代「鬼」話——從張愛玲到蘇偉貞〉，《眾聲喧嘩——三〇與八〇年代的中國小說》，臺北：遠流出版公司，1988 年。

・白先勇，〈序〉，《約伯的末裔》，臺北：仙人掌出版社，1969 年，頁 1～8。

・朱天文，《荒人手記》，臺北：時報文化出版公司，1994 年。

・朱天文，《世紀末的華麗》，臺北：遠流出版公司，1992 年。

・施叔青，《微醺彩妝》，臺北：麥田出版公司，1999 年。

・施叔青，《寂寞雲園——香港三部曲之三》，臺北：洪範書店，1997 年。

・施叔青，《遍山洋紫荊——香港三部曲之二》，臺北：洪範書店，1995 年。

・施叔青，《她名叫蝴蝶——香港三部曲之一》，臺北：洪範書店，1993 年。

・施叔青，《那些不毛的日子》，臺北：洪範書店，1988 年。

・施淑，〈論施叔青早期小說的禁錮與顛覆意識〉，《微醺彩妝》，臺北：麥田出版公司，1999 年，頁 261～277。

・黃錦樹，〈神姬之舞——後四十回？（後）現代啟示錄？〉，《花憶前身》，臺北：麥田出版公司，1996 年，頁 265～312。

・張小虹，〈祖母臉上的大蝙蝠——從鹿港到香港的施叔青〉，《自戀女人》，臺

北：聯經出版公司，1996 年，頁 93～102。

・劉亮雅，〈絕美世紀末〉，《慾望更衣室》，臺北：元尊文化公司，1998 年，頁 173～178。

・廖炳惠，〈從怪誕敘事到社會病理學——施叔青近作的本土轉折〉，「當代臺灣 小說研討會」發表論文，臺北：臺灣文學協會主辦，2000 年 4 月 22 日。

・舞鶴，《鬼兒與阿妖》，臺北：麥田出版公司，2000 年。

——選自郝譽翔《情慾世紀末：當代臺灣女性小說論》

臺北：聯合文學出版社，2002 年 4 月

我畫我自己，故我存在
以施叔青《兩個芙烈達‧卡蘿》為中心

◎李時雍[*]

一、藝術與書寫

「我畫我自己，故我存在。」是施叔青在《兩個芙烈達‧卡蘿》（2001）中援引的墨西哥女畫家卡蘿（Frida Kahlo, 1907-1954）的宣言。最表層的意義，無非意指著一生受盡肉身戕害之苦的藝術家，如何藉由創作，確證自我的存在。這部寫於「香港三部曲」之後的「旅行小說」，開啟了小說家一個很有意思的書寫軸線，延續至寫在「臺灣三部曲」之二《風前塵埃》前，以義大利文藝復興藝術為參訪履跡的《驅魔》（2005）。

作為兩部歷史書寫計畫中旁生而出的《兩個芙烈達‧卡蘿》與《驅魔》，對作者而言確帶有一種寫作狀態的調節、轉換；而對論者而言，這錯綜著遊記與藝術評論、真實與虛構的系列，尤其帶有關於文體、文類認知上的問題，如南方朔序中所指出：「《兩個芙烈達‧卡蘿》其文類的歸屬可能已非那麼重要。它出入於旅行文字和小說之間，而對話式的虛構敘述，使它小說這方面的成分更重了一點。」[1]或者張小虹疑問《驅魔》：「這是一本『變成小說』的遊記，還是一本『變成遊記』的小說？」[2]

---

[*]臺灣大學臺灣文學研究所博士候選人。
[1]南方朔，〈一個永恆的對話〉，《兩個芙烈達‧卡蘿》（臺北：時報文化出版公司，2001年），頁 7。
[2]張小虹，〈魔在心中坐〉，《驅魔》（臺北：聯合文學出版社公司，2005 年），頁 5。關於文類的

這樣以藝術為題的書寫對作家而言有跡可尋。曾自陳「一直想當畫家」的施叔青，在白舒榮為其所寫的傳記《以筆為劍書青史——作家施叔青》（2012）中，便描述到小學喜愛畫圖；而 1950 年代末，在彰化女中時曾受教於臺灣抽象主義代表藝術家李仲生；更重要的是，1977 年移居香港後，於 1979 年進入香港藝術中心任亞洲節目部策畫主任；1980年代，出入劇院、藝廊、蘇富比拍賣會場，也曾到香港大學藝術系旁聽莊申教授講授藝術史，與嶺南畫派楊善深先生習水墨畫；1989 年起，並於《聯合報‧繽紛版》上將這一段期間收藏古物、鑑賞藝品的過程寫進專欄，後來集結為兩部藝術評論集《藝術與拍賣》（1994）、《推翻前人》（1994）；1994 年後返回臺灣定居，亦持續到臺大藝術研究所旁聽石守謙、傅申教授的課。

施叔青述及藝術評論首重「有憑有據」[3]，她提到藝術書寫與個人小說創作之間的關係：

> 我一直想當畫家，這是我最大的嚮往，因為我一直很喜歡畫畫。……長年以來，我就是對東西方藝術一直感到興趣，每到一個地方，我最喜歡跑的就是博物館、美術館。至於這跟我的寫作有沒有關係，我想〈窯變〉是最有關係的，因為我是用瓷器來寫，做為一種象徵，還有我現在寫的《兩個芙烈達‧卡蘿》，她是一個墨西哥女畫家。[4]

問題，施叔青在寫作進行之際，受訪時曾提及：「我把它稱之為旅行小說」（簡瑛瑛，〈女性心靈的圖像——與施叔青對談文學／藝術與宗教〉，《中外文學》第 27 卷第 11 期〔1999年 4 月〕，頁 135），而在《兩個芙烈達‧卡蘿》起始，敘事者交代「我的遊記」。施叔青確實在兩部作品中錯綜著小說、散文、評論等不同文類；但我以為之於其中藉藝術之名所展開的對話思索，文類的歸屬確如南方朔所言，並非那麼重要。
[3] 林素芬，〈翻飛報春的彩蝶——作家施叔青專訪〉，《幼獅文藝》第 520 期（1997 年 4月），頁 68。
[4] 簡瑛瑛，〈女性心靈的圖像——與施叔青對談文學／藝術與宗教〉，《中外文學》第 27 卷第 11 期（1999 年 4 月），頁 123。

其實，在她前期存在主義風格顯明的作品中，精神導致形貌變異的角色們，即時常讓論者藉繪畫藝術比興之，白先勇序施叔青第一部小說集《約伯的末裔》時說：「夢魘似患了分裂症的世界，像一些超現實主義的畫家（如達利 Dali）的畫一般，有一種奇異、瘋狂、醜怪的美。」施叔亦曾寫道：「讀妳的小說，一直就有一種變型的感覺。前幾個晚上讀完〈擺盪的人〉忽然覺得蒙地里安尼的人物——尤其是女人，它的變型、病的微酡，和人性意義上的曖昧，是很能貼切的形容出妳筆下的人物的意義的。」[5]這些跨藝術的比較閱讀，達利（Salvador Dali）、蒙地里安尼（Amedeo Modigliani，又譯莫迪里安尼）提供給讀者的，卻絕非純然進入施叔青前期小說中的視覺性經驗，而恰恰相反；在揭露那些人物幽黯心裡實不可見的「奇異、瘋狂、醜怪」主題，或藉用家鄉鹿港為舞臺場景鋪陳出一個「怪誕」與「鬼魅」[6]世界之時，小說家（或評論家）正是透過現代藝術的表現主義、超現實主義，如何以線條光影的變形呈現內在精神景貌，寫下了諸如〈倒放的天梯〉（1969）、〈擺盪的人〉（1970）等等作品。

因此，須留意到小說家敘寫中扭曲、變形的線條，與生命的情狀抑或現代藝術中致力於將主體性予以顯露的相互對應，同時那也將含括著施叔青個人的繪畫經驗，以至日後的藝評寫作。書寫藝術，或以藝術書寫，即構成了《兩個芙烈達‧卡蘿》乃至《驅魔》的核心。

二、分裂的自我

早在自傳性散文〈那些不毛的日子〉（1970），施叔青即曾描述這最初的視覺經驗；到達美國後，初見孟克（Edvard Munch），勾連起童年家

---

[5]白先勇、施淑的這兩段評論，被作家摘錄進《那些不毛的日子》（臺北：洪範書店，1988 年）的〈後記〉，頁 205、207。又《那些不毛的日子》原題《拾掇那些日子》（臺北：志文出版社，1971 年）。

[6]王德威，〈異象與異化，異性與異史——論施叔青的小說〉，《微醺彩妝》（臺北：麥田出版公司，1999 年），頁 7～44。

鄉的回憶:「來美國以後,初次看到 Manch 的畫,我悚然於那種熟悉。有關我童年夢魘的一頁頁風景 anch 在他的畫面上為我展現,也為我詮釋了。」[7]其中以「小學記事」為小標,所憶及的幾段童年夢魘,譬如小學時初讀童話〈磨蕎麥的老妖婆〉之後,須藉由反覆照鏡以確認臉孔的存在,鄰居源嬸的過世讓她第一次意識到死亡的真實,班上男同學繪聲繪影傳述校園何處曾是古代的刑場,或者缺席了小時摯友的喪禮⋯⋯如此散文化、自傳性質濃厚的段落,其後原封夾敘在與芙烈達的對話之中:「芙烈達,我和妳一樣,有個焦慮的童年。」[8]

《兩個芙烈達・卡蘿》中記述的一趟旅程,起始於 1997 年寫作《寂寞雲園》尾聲之際。記遊甫起筆,施叔青便交代:「我的遊記卻應該從澳洲之行開始。五月底,放下幾近完成的香港最後一部曲,把筆一丟,飛到墨爾本參加大洋洲文學會議,我提出以跨文化的交流與國勢為題的論文。」[9]1997 年 7 月 1 日,香港主權移交中國,結束長期的英治時期(1841～1997),小說家亦以「香港三部曲」收束、總結客居香港島 17 年的所感所思——尤其是面對 15 世紀隨哥倫布抵達新大陸,幾個世紀以來的歐洲殖民主義,在包括亞洲在內的侵略歷史。因此,《兩個芙烈達・卡蘿》在幾個主要的敘事線上,一方面記遊,自澳洲到南歐的西班牙、葡萄牙,遙望中南美洲;一方面寫人,墨西哥的芙烈達和布拉格的卡夫卡(Franz Kafka);另一方面追溯作家個人離散的生命史,無不緊緊扣連著關於後殖民問題的思考。施叔青如此告白記行的因由:

> 不知為什麼,我有一個很浪漫的想法,總覺得雖然我早已結束了拖得太過冗長的香港生涯,已經回臺北定居了好幾年,可是,若想讓心靈真正地回歸本土、找回原鄉,我好像必須再次遠離,做最後一

---

[7]引文 Manch 及 anch 應為 Munch 之誤。施叔青,《那些不毛的日子》,頁 194。
[8]施叔青,《兩個芙烈達・卡蘿》,頁 41。
[9]施叔青,《兩個芙烈達・卡蘿》,頁 10。

次的出走，到天涯走上那麼一遭，把自己放逐拋擲到世界最偏遠的
角落去流浪、去飄移。[10]

　　19 個小節，夾敘夾議，並以相當的篇幅評議遊歷博物館所觀看到的
藝術家，包括芙烈達與她的丈夫狄耶哥‧里維拉（Diego Rivera, 1886-
1957），以及林布蘭（Rembrandt）、梵谷（Vincent van Gogh）等人作
品。芙烈達，其母系家族帶有印第安血統，在深受西班牙殖民歷史影響
的墨西哥成長，投入共產黨活動，曾經與丈夫庇護過流亡的托洛斯基
（Leon Trotsky）；悲劇性地，磨難於 18 歲時一場嚴重的車禍，使她終其
一生下半身行動不便，經過 35 次手術，並喪失了生育的能力，終致右足
截肢。而她與墨西哥民族壁畫派代表的丈夫里維拉糾纏一生的愛情，又
是敘事者所謂另一場「悲愴的意外」。
　　芙烈達的生命史透過施叔青的閱讀與書寫，成為思考後殖民情境的
文本：「芙烈達，我總是把妳身體宿命性的傷殘，與墨西哥被殖民的千瘡
百孔聯想在一起。」[11]身體的傷殘如同地理，透過 15 世紀歐洲探索時代
的梳理，哥倫布誤抵中南美洲、開啟西班牙征伐墨西哥阿茲特克帝國，
後遠赴亞洲，與荷蘭爭奪福爾摩沙臺灣；尤其藉由地圖的繪製史，或比
較當代藝術家如何予以顛倒、錯置，譬如小說中一再引用的烏拉圭藝術
家托雷斯‧賈西亞（Joaquín Torres García, 1874-1949）作品 *América
Invertida*（1943）──一幅將中南美洲倒置的地圖──重新思考地理定
位和身分認同的問題。
　　施叔青寫道：「20 世紀 30 年代墨西哥的民族壁畫派主導了拉丁美洲
的藝壇，令舉世側目的同時，烏拉圭的托雷斯‧賈西亞，這位以符號性
的幾何藝術活動於主流之外的藝術家，也以『錯覺的地圖』，顛覆了世人

---

[10]施叔青，《兩個芙烈達‧卡蘿》，頁 16。
[11]施叔青，《兩個芙烈達‧卡蘿》，頁 27。

眼中拉丁美洲的偏遠位置……」[12]這個地圖的意象貫串著旅程[13]，也連結
上敘事者在造訪布拉格時，面對一生因其猶太的族裔、奧地利國籍、置
身德語文化圈，無法適得其所的卡夫卡。進而以「離散」名之：

> 「Diaspora」這個名詞是專指被巴比倫人放逐後，散居世界各地的猶太
> 人，原來含有散播種子的字義。弗朗茲・卡夫卡終生浮沉在布拉格的
> 異鄉，嚮往舊約聖經中描述的那塊「美好寬闊流奶與蜜之地」，這是摩
> 西帶領以色列人逃離埃及後，進入的迦南之地。支持猶太民族復興運
> 動的他，總覺得布拉格「缺少那種堅實的猶太人的土地」，不可能有如
> 歸之感。[14]

　　作為書名與貫穿題旨的畫作《兩個芙烈達・卡蘿》（ *The Two
Fridas* ），在小說旅程將盡時施叔青的評論下，更深層的意義因此呈顯為
兩個分裂的、印第安式與西班牙式的自我，一如小說家歷經島與島的拋
擲飄移，如何在血管的脈動與雙手之間牽繫一起。
　　後殖民的情境藉由《兩個芙烈達・卡蘿》被提問，如南方朔評論，
「藉著重新詮釋芙烈達・卡蘿，在理解中，她同時也丟出了一個新的、
也是所謂『後認同』（After Identity）的問題。」[15]論者潘秀宜（2003）、
黃千芬（2009）同樣視之為小說重要的主題。然而，我以為在追問「我
又在哪裡？」[16]之際，施叔青透過藝術的尋跡和書寫，實揭示了現代主
義美學中一個更有意思的命題：主體性。

---

[12]施叔青，《兩個芙烈達・卡蘿》，頁14。
[13]潘秀宜，〈迷路的導遊──論施叔青《兩個芙烈達・卡蘿》〉中有對於地圖意象的討論，《中國
　　女性文學研究室學刊》第6期（2003年5月），頁76～78。
[14]施叔青，《兩個芙烈達・卡蘿》，頁138。
[15]南方朔，〈一個永恆的對話〉，《兩個芙烈達・卡蘿》，頁8。
[16]施叔青，《兩個芙烈達・卡蘿》，頁139。

三、我畫我自己

　　第七節中，目光進一步轉向芙烈達巍峨的丈夫里維拉，他是在墨西哥內戰結束後的 1921 年起，推動壁畫運動的代表藝術家，亦是一位共產黨員。年輕時曾在聖卡羅學院研習，後來赴西班牙留學，在普拉多美術館臨摹哥雅（Francisco Goya），到巴黎著迷於塞尚（Paul Cézanne），並接觸到立體派、達達、未來派等當時最前衛的藝術形式，施叔青描寫里維拉如何在紛繁的畫派中找尋一種得以反映群眾的表現形式，「不是畫架上，小小的、抒發個人情緒的繪畫，而是在固定的建築物綿延數十公尺的牆壁，描繪民族歷史、文化生活理念，氣勢磅礴的壁畫。」[17]里維拉遂轉往義大利，研究文藝復興時期的古典壁畫。

　　壁畫運動中，他融合了現代藝術的觀念與民族、鄉土的元素，如古印第安文化等，創造出嶄新的表現形式。芙烈達受到愛人影響，從裝束到畫作融入了墨西哥本土元素。

　　然而囿於殘寂的肉身，芙烈達在她一生的創作中，反覆描繪著自己，讓小說家一再疑問：

　　　芙烈達・卡蘿卻滿足於畫架上小小的、抒發個人情緒的自畫像，絕對個人的，以自我為中心的畫像，往往小得不足一吙，畫在洋鐵板、纖維板或畫布上，芙烈達是以微觀的視覺焦點不厭其煩地來表現自己，大膽地把做為女人的慾望與傷殘隱疾表露在臉上、髮式、身體上，昭告世人，無遮無攔。[18]

　　這種小畫的風格，沿襲自過去天主教徒在最絕望或乞求上帝的回應時，跪在聖堂雙手捧著祈禱時用的「EX-VOTO」許願的形式。妳聽從

---

[17]施叔青，《兩個芙烈達・卡蘿》，頁 61。
[18]施叔青，《兩個芙烈達・卡蘿》，頁 20。

了他的建議，芙烈達，終其一生妳只畫面積極小的作品，心底裡想是以之與藝壇巨人丈夫的大型壁畫分開來吧！[19]

彼得・蓋伊（Peter Gay）在著作《現代主義》中指出，現代主義美學的特徵之一，在於對自我的審視，主體性的揭露，在追求形式之新之際，成為一個重要的課題；文學的意識流捕捉內心真實，在繪畫上，藝術家則轉向對於自我的端詳凝視：自畫像，即「『攬鏡自照』是一座座通向主體性的豐碑。」[20]蓋伊溯及林布蘭，連繫到梵谷、高更（Paul Gauguin），也包括里維拉敬仰的塞尚，包括施叔青曾寫下的挪威畫家孟克，蓋伊括引孟克的話說：「我的作品實際上是一種自我顯露。」[21]

這些擅於自畫的藝術家之名，盡皆出現、貫穿著《兩個芙烈達・卡蘿》的前後，絕非偶然。在此，更透過施叔青關於藝術的鑑賞、書寫，實際上區分出以里維拉民族壁畫為代表，及以芙烈達為代表的兩種藝術表現形式。芙烈達畫幅極小、一生反覆以自畫為題材的作品：《破碎的圓柱》（*The Broken Column*, 1944）、《小鹿》（*The Wounded Deer*, 1946）、《根》（*Roots*, 1943），在施叔青的書寫中，一如寫作《審判》的卡夫卡等呈現的現代主義精神：

「我從不畫夢境，我畫我的真實。」
芙烈達・卡蘿的宣言。
妳的繪畫的主題，常是用自畫像來表現。[22]

如此藝術媒材和形式的選擇，有藝術家個人生命的偶然性；然而，對於小說家而言，是否存在其創作美學和思考策略的啟示或共鳴，讓我們得

---

[19]施叔青，《兩個芙烈達・卡蘿》，頁 25。
[20]Peter Gay 著；梁永安譯，《現代主義》（臺北：立緒文化出版公司，2009 年），頁 132。
[21]Peter Gay 著；梁永安譯，《現代主義》，頁 145。
[22]施叔青，《兩個芙烈達・卡蘿》，頁 114。

以藉芙烈達‧卡蘿重新思考施叔青被稱為「以小博大」的歷史書寫？尤其更重要的是，現代主義的主體性探索。

四、兩種觀看

　　主體的分裂，在《兩個芙烈達‧卡蘿》中呈顯於對後殖民情境的提問，創作成了安身立命的所在：「對於一個不再有故鄉的人來說，寫作成為居住之所。」[23]藉《驅魔》作為進一步地對照，則成為怪誕異化之主體經驗。

　　《驅魔》寫於 2004 至 2005 年構思「臺灣三部曲」之二《風前塵埃》之際，一趟里維拉也走過的義大利文藝復興、巴洛克旅程，小說起始便自白：「放下構思中的另一部歷史小說，我出門散心旅行，把自己從文獻史籍開始堆積的書房抽離出來，投身到全然陌生的地域，藉著時空不斷轉移，在流浪中思考、檢驗自己。」[24]如同《兩個芙烈達‧卡蘿》，以第一人稱「我」所展開的敘事，在記遊和藝術評論間錯綜交織，不同的是，透過側寫旅程中偶然重逢的繡菱此一角色，鋪展出兩個主要的故事線：為了找回隨年歲逐漸枯竭了創作能量的小說家的「我」，自古籍埋身中抽離，前赴米蘭參訪瑪麗亞‧格拉契修道院食堂達文西（Leonardo da Vinci, 1452-1519）修復好的濕壁畫《最後的晚餐》始；另一則是，「我」的學妹，初度中年的女子繡菱，面對情人不告而別，女兒則在一趟龐貝城旅遊歸來後彷若中邪，性格舉止沉入淵底，她踏著嗜好美食的男友曾經轉述的餐館地圖展開尋跡之旅，並找尋為女兒驅魔的方式。「我」規畫的路線，因繡菱的闖入而有所改變。《驅魔》的六章遂以兩人行跡的地名為題，分別為「米蘭」、「威尼斯」、「席耶納」、「羅馬」、「那不勒斯」，終於「龐貝」。

　　藝術、美食的知識與評論，占了書寫的大部分篇幅，間或穿插著

---

[23]施叔青，《兩個芙烈達‧卡蘿》，頁 129。
[24]施叔青，《驅魔》，頁 12。

「我」與繡菱各自的困境。有意思的是，相對於文藝復興時期的雕刻與宏偉壁畫，施叔青依然不時將目光帶向譬如達文西那些畫幅極小，在紙片上畫下的草圖[25]；或是藝術家將宗教題材世俗化所帶出的，人的肖像；以及相對於藝匠的藝術家創作的主體性，「羅馬」一章，尤其對於達文西、米開朗基羅（Michelangelo, 1475-1564）、拉斐爾（Raffaello, 1483-1520）三傑有詳盡細緻的敘述。然而對於「我」來說，藝術的鑑賞與知識性的書寫，在繡菱怪誕附魔的敘事線涉入下，竟成為質問自我的缺口：

> 米蘭意外地與繡菱相逢，一開始我以為她只是個厭悶乏味，與時間賽跑的中年女子，一路相伴走來，我看到一個愛情受到傷害，更是痛苦到必須尋求怪力亂神相助的可憐的母親。她的熬苦把我拉回我不願意面對的真實人生，而被世間的苦難占據了我整個的心。漸漸地我自覺到多年來把自己掩埋在文獻史籍之中，與歷史小說苦鬥，不知疲倦，應該是一種逃避，逃避面對自己，面對實在的人生。厭悶乏味的人應該是我。[26]

張小虹就指出：「知識體系中清楚的歸類與建檔，沒有『魔』糊意識與身體的邊界，反倒是以鑑賞品味的方式，強化了意識與身體的邊界。」[27]《驅魔》特別的便是，在施叔青長期歷史寫作狀態的「有憑有據」之中，調度了前期小說中即已展開的風格顯明的怪誕鬼魅書寫；而怪誕與鬼魅，這樣一個分裂而出的非理性世界、著魔的主體，反身又成為了現代主義疑問、問題化現代性空間的位置。[28]

相對於芙烈達為例的現代藝術對於自我端視與情感的湧發，《驅魔》

---

[25]施叔青，《驅魔》，頁 14。
[26]施叔青，《驅魔》，頁 158。
[27]張小虹，〈魔在心中坐〉，《驅魔》，頁 9。
[28]可以參考邱貴芬，〈翻譯驅動力下的臺灣文學生產〉關於現代主義時空形式特徵的討論，《臺灣小說史論》（臺北：麥田出版公司，2007 年），頁 227。

選擇文藝復興時期啟動書寫之旅，更帶有宗教與神話題材、聖像形式所致相當距離的觀視位置，尤其進入教堂、博物館，或觀光行程之中，「隔著玻璃，我細細地觀賞經歷五百年，已經發黃或泛紅的紙張上」[29]、「限定人數，據說遊客呼出來的二氧化碳會損壞古老的壁畫。」[30]一直到繡菱的故事涉入，貝尼尼（Gian Lorenzo Bernini）雕刻《普柔瑟萍之虜》才在另一個人的觀看視線下，逸離了敘事者知識的建構，而成為情感受創後浮現的形象[31]；又如《聖德勒撒的迷惑》痛楚與法喜的曖昧面容，竟勾連了繡菱目睹女兒著魔般沉陷的痛苦感受：「女兒說她要當妓女。」[32]「她跟同學開心地叫道：既然不必上學了，索興蹺家，她早就幻想自己去當妓女，戴上長長的耳環，還有她那頂龐貝帶回來的紅假髮，倚靠門檻，向求歡客賣弄風情……」[33]

　　一種觀看位置，被另一種視線一再地介入；學識議論為非理性的情緒無端地中斷；旅程脫離了原初規畫的路線。無怪乎最終能滌淨敘事者自囿禁心靈出走，甚或完成繡菱驅魔之旅程，不是在米蘭、威尼斯、羅馬這些建立起文藝復興時期宏偉文明之地，而是在龐貝，西元 79 年因維蘇威火山噴發而一夕遭吞噬的城市廢墟。施叔青描述繡菱的女兒在博物館內，觀看到那一被稱作是「母狼」名妓的鑲嵌壁畫，一幅肖像，「聲稱是她的前世」；在夜遊之晚，一群人闖入了荒廢的劇場，誤入古井邊的妓院，女兒在火山噴滅的同一個晚上，8 月 24 日，躺上了母狼的石床，「『這一晚，母狼淫蕩的精魂附在女兒身上，纏住不放。』繡菱說。」[34]而繡菱便是聽從靈媒的指示，專程將女兒攜回的古錢幣歸還於此。

　　在此，論者咸以為藝術或小說創作，相對於慾情瘋癲的位置，或者

[29]施叔青，《驅魔》，頁 14。
[30]施叔青，《驅魔》，頁 16。
[31]施叔青，《驅魔》，頁 136～139。
[32]施叔青，《驅魔》，頁 143。
[33]施叔青，《驅魔》，頁 144。
[34]施叔青，《驅魔》，頁 183。

旁觀與入魔的問題，「此敘述者極為疏離也極為旁觀，一流的鑑賞家眼光。另一個配角繡菱，此敘述者極為近距離，也極為主觀，末流的情傷者姿態。」[35]「最為弔詭處，莫過於點出創作者苦苦執著於文學／藝術的『鬼迷心竅』……」[36]對施叔青而言，反倒呈顯其極為曖昧的反思位置：沿著她與芙烈達・卡蘿的對話，至《驅魔》途中一幅幅迫人直視迷惑的肖像，其實可見她最後藉用書寫莫蘭迪（Giorgio Morandi）同樣畫幅極小的油畫、一再重複的靜物主題，終其一生住在他小小的房間同畫室，如同芙烈達，也像卡夫卡，所帶出對自我的深入：「一個人可以遍遊世界而看不到任何東西，其實不需要看很多東西，而是深入你所看的。」[37]

五、小結：我寫我不在

如果說，寫於 1997 年的《兩個芙烈達・卡蘿》表現出來的是「我畫我自己，故我存在」的惶惶焦慮，那麼在寫完「香港三部曲」、並將展開第二部臺灣歷史小說書寫之際，所旁生而出的旅程，寫下的《驅魔》，則瀰漫一種「我寫我自己，故我不在」的困境；愈藉藝術、歷史的書寫，以形似理性的知識建構與旁觀的敘事位置，實愈遮蔽了慾情隱伏的自我：

> 那種感覺就像隨便摘下任何一個面具，戴上它，馬上會變成面具的那個人，原來的「我」消失了。呵，但願我能戴上它，遮掩本來面目，安安心心去扮演另一個角色。[38]

---

[35]鍾文音，〈有界無世，藉藝驅魔的旅程——讀施叔青《驅魔》〉，《文訊》第 243 期（2006 年 1 月），頁 90～91。
[36]洪珊慧，〈文學藝術的鬼迷心竅——評施叔青《驅魔》〉，《幼獅文藝》第 638 期（2007 年 2 月），頁 88～89。
[37]施叔青，《驅魔》，頁 189。
[38]施叔青，《驅魔》，頁 67。

「我把寫作當作傾吐的窗口，療傷止痛，我最大的恐懼是害怕有一天
管不住自己，瘋掉了，藉著創作一點點稀釋可能瘋狂的因子……」[39]

　　在此引人注目的是，施叔青反覆對視的藝術家畫像，在作為現代主義
轉向自我審視的同時，也呈顯出這一美學思想的核心關注——主體性；曾
經在〈那些不毛的日子〉提及畫下敘事者「童年夢魘的一頁頁風景」的孟
克如此，在《兩個芙烈達・卡蘿》中尋蹤、追問「終其一生努力不懈地描
繪自己的容顏」的墨西哥女畫家如此，《驅魔》中越過文藝復興，返回龐
貝廢墟所見母狼鑲嵌壁畫所帶給「我」情感的波瀾亦似如此。

　　施叔青小說呈現對於內在精神的審視與刻畫，透過怪誕、鬼魅的主
題，連結上現代主義者對於異端的傾向，亦往往流露著主體性分裂的危
機，附魔與驅魔之間，就像畫家隔著畫布自畫；同時連結上《兩個芙烈
達・卡蘿》裡，回應全球後殖民問題的思路起點。施叔青寫作當時受訪
即表示：「她有一個作品就是有兩個芙烈達，一個穿西班牙衣服，一個穿
墨西哥衣服，那妳們就知道我想講什麼了」。[40]

　　然而，其中隱伏的小說家對於自我審視的不安，「接觸到芙烈達・卡
蘿的自畫像，正是我最厭惡自己的存在，最不願與自己周旋的時候」
[41]，與對其畫作入迷的好奇，便成為九七、世界之末以至千禧皆已漸遠
的，寫作《驅魔》之時貫穿的形式和主題。而在那些不在之處，留下的
「我」的痕跡，帶著小說家寫下接續的二、三部曲，令人想起她在旅程
開始，所寫下的那句：

　　我想到天涯海角為自己招魂。在回歸的心路上，我必須把自己拋擲得

---

[39] 施叔青，《驅魔》，頁 90。
[40] 簡瑛瑛，〈女性心靈的圖像——與施叔青對談文學／藝術與宗教〉，《中外文學》第 27
　卷第 11 期，頁 131～132。引文的「她」指的是芙烈達・卡蘿。
[41] 施叔青，《兩個芙烈達・卡蘿》，頁 20。

　　愈遠，才會回來得愈快。[42]

參考書目

· 王德威，〈異象與異化，異性與異史——論施叔青的小說〉，《微醺彩妝》，臺
　北：麥田出版公司，1999 年，頁 7～44。

· 白舒榮，《以筆為劍書青史——作家施叔青》，臺北：遠景出版公司，2012
　年。

· 林素芬，〈翩飛報春的彩蝶——作家施叔青專訪〉，《幼獅文藝》第 520 期，
　1997 年 4 月，頁 65～70。

· 邱貴芬，〈翻譯驅動力下的臺灣文學生產〉，《臺灣小說史論》，臺北：麥田出版
　公司，2007 年，頁 197～273。

· 南方朔〈一個永恆的對話〉，《兩個芙烈達·卡蘿》，臺北：時報文化出版公
　司，2001 年，頁 5～9。

· 施叔青，《那些不毛的日子》，臺北：洪範書店，1988 年。

· 施叔青，《藝術與拍賣》，臺北：東大圖書公司，1994 年。

· 施叔青，《耽美手記》，臺北：元尊文化公司，1998 年。

· 施叔青，《兩個芙烈達·卡蘿》，臺北：時報文化出版公司，2001 年。

· 施叔青，《驅魔》，臺北：聯合文學出版社公司，2005 年。

· 洪珊慧，〈文學藝術的鬼迷心竅——評施叔青《驅魔》〉，《幼獅文藝》第 638
　期，2007 年 2 月，頁 88～89。

· 張小虹，〈魔在心中坐〉，《驅魔》，臺北：聯合文學出版社公司，2005 年，頁 5
　～10。

· 黃千芬，〈女性跨時空對話——賞析施叔青《兩個芙烈達·卡蘿》〉，《婦研
　縱橫》第 91 期，2009 年 10 月，頁 87～92。

---

[42]施叔青，《兩個芙烈達·卡蘿》，頁 16。

- 潘秀宜，〈迷路的導遊——論施叔青《兩個芙烈達‧卡蘿》〉，《中國女性文學研究室學刊》第 6 期，2003 年 5 月，頁 68～85。
- 鍾文音，〈有界無世，藉藝驅魔的旅程——讀施叔青《驅魔》〉，《文訊》第 243 期，2006 年 1 月，頁 90～91。
- 簡瑛瑛，〈女性心靈的圖像——與施叔青對談文學／藝術與宗教〉，《中外文學》第 27 卷第 11 期，1999 年 4 月，頁 119～137。
- Peter Gay 著；梁永安譯，《現代主義》，臺北：立緒文化出版公司，2009 年。

——選自《臺灣學誌》第 12 期，2015 年 10 月

情慾優伶與歷史幽靈

寫在施叔青《行過洛津》書前

◎陳芳明

一

禁錮的肉體，緊纏的小腳，壓抑的情慾，碎裂的夢想，構成傳統歷史書寫的主軸。在幽黯的時光甬道裡，埋藏了多少苦痛與折磨。這些被扭曲、被鞭笞的靈魂一旦化為官方歷史記錄時，卻反而是以貞烈、聖潔的文字呈現出來。在儒家思想支配下的歷史，道德與正義終究是得勝的。所有受到禁錮的與壓抑的生命，終於在潔淨的史書中全然化為烏有。鏤刻在史書裡的文字寫得越崇高越昇華，那些作為傳統文化祭品的人們就越失去他們的聲音。生前受到囚禁，死後遭到消音的情慾、感官、想像、慾望，根本不可能在歷史上留下絲毫痕跡。

施叔青的《行過洛津》，再次為發言權被剝奪的社會底層生靈發出聲音。那種歷史的召喚，雷霆萬鈞，在時光裡展現了無與倫比的動力。擅長使用以小博大策略的施叔青，在最細微的地方窺見了未曾為史家所發現的生命力。對於她的文學生涯而言，這部小說不僅在翻轉底層人物的記憶，而且也是在改寫臺灣社會的歷史。1997 年完成了「香港三部曲」之後，施叔青重整心情，又擘畫了另一部頗具格局的歷史小說。從「我的香港」到「我的鹿港」，那種轉身回眸的姿態，等於是為臺灣文學預告一個全新的可能，同時也暗示她自己的藝術追求又將邁入全新的階段。

洛津，係鹿港舊名。這是施叔青夢魂縈繞的原鄉，也是她靈魂深處最為牢固的據點。16 歲就在文壇登場，而後發表第一篇小說〈壁虎〉於

《現代文學》，而這正是來自故鄉鹿港的最初藝術追求。啟程之後的施叔青，便開始涉入無盡無止的遠航。從鹿港到臺北，爾後到紐約又到香港，投身在如此漫長的旅行，其實是在經驗一場聲濤拍岸的心靈探險。她的美學道路，穿越過 1960 年代的現代主義，1970 年代、1980 年代的女性主義，以及 1990 年代的後殖民主義。幾乎每經過一個轉折，她就創造出生動而迷人的小說。每個時期都有典型的代表作，包括《約伯的末裔》（1969）、《拾掇那些日子》（1971）、《常滿姨的一日》（1976）、《愫細怨》（1984）、《完美的丈夫》（1985）、《情探》（1986）、《韭菜命的人》（1988）、《維多利亞樂部》（1993）、「香港三部曲」（1993～1997）。漂泊的生涯未嘗損害她的藝術生命，反而使她的小說創作有了豐收。

直到折回她的生命原鄉之前，廣闊的世界已經為她鍛鑄一枝敏銳的筆與一顆果敢的心。她的文字，可以華麗到令人感到心悸，即使是肉體最為細膩的感覺都能從小說中直逼讀者的官能。當她觸及性別議題時，她全然不做表象的描述，而是另闢蹊徑直抵神祕的，不為人熟悉的無意識世界。她的小說技藝專注於探測人性的幽微，為的是要挖掘出人的真實。

二

在情慾與歷史之間，施叔青選擇站在真實的那一邊。

《行過洛津》的書寫策略，猶似「香港三部曲」的手法，仍然是採取以小博大的路數。施叔青的這部小說工程較諸她的香港時期還要精微而細膩。她從鹿港的歷史著手，企圖建構一部驚心動魄的臺灣移民史。然而，不同於男性史家構築大歷史（grand history）的思維模式，施叔青避開帝王、英雄、將相、事件等等的雄偉敘述，而是抽絲剝繭從名不見經傳的梨園戲優伶切入，針腳細密地編織一幅錯綜複雜的臺灣歷史圖像。這種小歷史（petite history）的建構方式，全然不去更動原有的歷史事實；而是在史實與史實之間的縫隙中，穿插小人物的生命流動。具體而言，朱一貴事件與林爽文事件，是臺灣史上所豔稱的農民起義故事。

凡是撰寫臺灣史的史家，必然都是以這兩個事件作為移民社會的轉折關鍵。在施叔青筆下，這兩個事件只是小說中遙遠的背景。她拉近鏡頭，放大歷史事件背後微不足道的庶民形象。

她的歷史鏡頭，不斷縮小焦距。從臺灣移民史移鏡到鹿港開發史，又從鹿港小鎮運鏡到梨園戲班，更從戲劇舞臺聚光於男扮女裝的旦角，爾後把小說的重心置放在優伶歌伎的肉體情慾之上。故事從此開啟，沿著閩南梨園戲經典《荔鏡記》的劇情，次第暈開了豐富的想像。戲夢人生，亦真亦幻。陳三五娘的愛情故事，究竟是歷史的虛構，還是歷史的真實，正是施叔青的小說最為魅惑之處。如果是虛構的，為什麼陳三五娘的形象竟能風靡閩臺兩地？如果是真實的，陳三五娘又存在於何時何地？辯證的故事敘述，不斷使歷史幽靈受到情慾的召喚而轉化成有血有肉的生命。在每位生民的心靈角落，都供奉著陳三五娘的形象。這對惹人議論的千古情人，變成了臺灣移民社會的集體記憶，變成了共同的歷史無意識，甚至變成了超個人的現實（transpersonal realities）。

小說始於泉州七子戲班的來臺演唱，主角許情的優伶生涯，渲染著移民社會的歡樂與悲情。許情三次前赴鹿港演出，分別是在嘉慶、道光、咸豐三個時期，也是他從伶童到旦角到鼓師的成長階段。在移民的農業社會，旦角一律是男扮女裝。這個可疑的身分，正好使許情登上了歷史舞臺。施叔青巧妙地讓陳三五娘的私奔故事，成為臺灣移民史的隱喻。舞臺上的悲歡離合，與歷史中的恩怨情仇，在小說中雙軌同步進行。

被邊緣化的臺灣社會，一如許情之被陰性化，都同樣被權力支配而喪失主體性。擁有男性身體的許情，在嚴酷的身段訓練下必須維妙維肖演出女身的小旦。當他忸怩作態，猛拋媚眼而現身於舞臺時，縱然沒有遭到閹割，卻是儼然成為去勢的男人。他的命運，猶似歌伎出身的珍珠點與阿婠。一位藝姐的誕生，也是從慘無人道的纏足塑造出來的。直到她們能夠柳腰輕擺搖曳生姿時，腳下足踝也已扭曲得傷害到骨肉不分了。優伶與藝姐的鍛造過程，竟然就是男性審美經驗的培養過程。男體

與女體都是在稚齡階段，開始依照傳統男性的美感標準精心雕塑。童伶必須練習夾緊雙腿，歌伎則是被迫緊纏小腳。變態的美，構成了男性藝術文化的主調。

施叔青極其傳神地點出臺灣歷史是如何有計畫地被陰性化。優伶與藝妲的被虐，終於轉化成床笫的快感。他們能夠享受傳自肉體深處的快感時，男性的人格與女性的肉體已經淪為扭曲變態的存在。但是，歷史上的臺灣永遠是邊緣的角色嗎？至少從官方的眼光來看，這個被扭曲的島嶼既要繼續扮演陰性化的角色，又同時必須接受正統文化的收編。這種既要收攬又要遺棄的相剋態度，都投射到優伶歌伎的命運之上。

小說的另一條軸線，便是當權的同知朱仕光，抱持維護倫理道德的立場，有意要為陳三五娘的故事改寫出一部潔本的《荔鏡記》。中原文化的干涉，正是進行權力收編的典型反映。如果陳三五娘的舞臺劇不加以改編，則男色的頹廢文化就要腐蝕大清帝國。有多少匹夫匹婦觀看《荔鏡記》之後，竟然模仿戲碼而演出淫奔醜行。對於泉州語言全然陌生的朱仕光，在劇本中凡遇到粗鄙與色情的對白，必毫不保留予以刪改。他對潔本《荔鏡記》的期待是，讓粗魯無文的庶民藝術回歸到端正敦厚的傳統。這正是他作為父母官的天職。

然而，朱仕光的體內也與庶民沒有兩樣，充塞著過於飽滿的七情六慾。藉著對劇情的理解，他下令泉州七子戲也在衙門演出。這位飽讀詩書的官員，在觀賞愛情故事之餘，終於也無法抗拒男色的姿態之美。戲幕落下時，竟也是朱仕光向許情求歡的高潮。握有權力的官員，縱然可以改寫劇本，甚至也改寫歷史，卻全然不能改變他的追求色慾於絲毫。小說發展到這個階段時，施叔青事實上已經在挑戰所謂歷史的真實。如果歷史是屬於帝王將相、正義道德的記錄，則曾經爆發的洶湧情慾會是歷史的虛構嗎？

三

　　歷史書寫權長期掌控在男性手上。或者，確切地說，臺灣歷史發言權長期受到中國男性史家的壟斷。他們編造出來的歷史盡是堯舜禹湯，然而生涯中的私密行為卻是男盜女娼。施叔青早已窺見男性歷史書寫的陷阱。盡信書，不如無書。盡信男性史，不如改寫男性史。如果歷史早就受到男性的竄改，為什麼女性就不能重新改寫回來？《行過洛津》累積她長年以來的小說技藝，為臺灣歷史提出全新的證詞。如果把小說中的敘事觀點倒轉過來，就可發現過去的臺灣史是如何被塑造出來的。從優伶歌伎看庶民社會，從鹿港小鎮看臺灣歷史，從島嶼命運看中國權力，層累造成的史觀鋪陳出整個陰性化過程的弔詭。也就是說，嘗試把施叔青拉近的鏡頭再重新拉遠，就可透視到優伶的命運、女性的命運、臺灣的命運，其實是同條共貫的。

　　《行過洛津》是施叔青另一項書寫工程的開端。這部小說完成時，臺灣移民史的詮釋已經獲得翻新。她將繼續建構預設的「臺灣三部曲」。臺灣人的移民史、殖民史、生根史，必將成為這部大河小說的主軸。對於臺灣文學而言，施叔青憑藉她豐富的歷史知識，熟悉的故鄉記憶，以及純美的文字鍊金術，已經拓出了開闊的想像空間。迥異於過去男性作家所構思的大河小說，《行過洛津》並不受到英雄人物與歷史事件的羈絆，全然超脫官方的、男性的史料紀錄，形塑了完全屬於她個人的女性史觀。多少被禁錮的、緊纏的、壓抑的靈魂，都因為她的書寫而獲得釋放。情慾比歷史還來得真實，庶民比官方還來得真實，女性比男性還來得真實。細細觸摸她鑄造的文字，都可感受到無可抑制的生命力。

──選自陳芳明《孤夜讀書》

臺北：麥田出版公司，2005 年 9 月

記憶的救贖

臺灣心靈史的鉅著誕生了

◎南方朔[*]

　　施叔青的「臺灣三部曲」終於在完結篇的《三世人》裡達到它的高潮。它已無所迴避地碰觸到了那個最難碰觸的「臺灣認同」問題。就如同書的下卷裡所說的：

> 從日本投降到二二八事變發生，短短的 18 個月，施朝宗好像做了三世人。從日本的志願兵「天皇の赤子」，回到臺灣本島人，然後國民政府接收，又成為中國人。到底哪一個才是他真正的自己？

　　「哪一種身分才是真正的自己？」這實在是個對臺灣的大哉問。因為任何社會的成員，「歸屬感」乃是成員間心理感受的終極家鄉，這就是「身分」與「認同」，也因如此，近代國家在從事「國族建造」時，都會以共同的血緣及文化等「起源」（origins）的要素為根本來建構神話俾整編社會，當代法國女性思想家古莉絲蒂娃（Julia Kristeva）即將這種認同建構稱為「起源崇拜」（cult of origins）。

　　不過，以古代某些共同性作為「認同建構」的基礎，近代已受到愈來愈多質疑；例如，過去所謂的許多「事實」，不過是被人擷取過而被編織出來的「虛假意識」；有些則是將某些面向誇大附會而成的意識型態。如果用當代史學大師霍布士邦（Eric Hobsbawm）的話來說，它們都是「被

---

[*]本名王杏慶。作家、評論家。

發明的傳統」（invention of traditions）。正因為認同問題有太多像唱片跳針般的走音，這遂使得人們在談到認同問題時，常對大歷史變化所帶來的強勢認同支配充滿了無力感的憤怒、徬徨、淆亂，以及認命的無奈。

而臺灣的認同問題在近代史上之所以特別受到注意，就是在臺灣四百年史裡，統治者多變，前現代時期的荷領、明鄭、清領，由於社會對認同問題欠缺足夠的認知，因而姑且不論。但自 1895 年至 1945 年日治，1945 年至 1987 年國民黨戒嚴統治，而自 1987 年至今臺灣歸於民主，短短不及百年裡，臺灣的認同即由「清朝中國人」、「日本人」、「中國人」而出現三次巨大變化，其間又有二二八事變造成的失望，以及目前正在發展而又充滿不確定的兩岸關係，連帶的都造成認同上的迷亂惶恐與不安。「臺灣人是什麼人？」這種不安可能還會持續很久，很久！

這時候，就想到史丹福大學人類科學助理教授梅莉莎・布朗（Melissa J. Brown）的近著《臺灣是否中國人：文化、權力及移民的變化中認同的衝擊》（*Is Taiwan Chinese? The Impact of Culture, Power, and Migration on Changing Identities*）。該書特別指出，認同的形成不在於文化和祖先、歷史等，而在於一個社會的人們的「社會經驗」，而「社會經驗」也就是法國早期思想家莫里斯・哈布瓦赫（Maurice Halbwachs）所謂的「集體記憶」。當代思想家赫米・巴巴（Homi Bhabha）曾指出過，認同的建構乃是一種「將摺疊事物解開的敘述」（narratives of unfolding），這句話有多重意義，它的意義之一，就是把那被制約、被遮蔽的記憶重新找回。

18 世紀烏克蘭猶太哈士德派（Hasidism）智者美名大師托夫（Baal Shem Tov, 1698-1760）曾說過：「遺忘只會把人帶往放逐，記憶才是救贖的祕密。」我最早讀到美名大師這句話時，很對話裡的機鋒覺得震驚，因為，記憶不但是救贖的奧祕，也是認同的奧祕。而施叔青的《三世人》，其實也就是美名大師這句名言的見證。因為，施叔青在這部作品裡所做的，就是試圖去解開困惑人們許久的認同混亂及無力感的迷失，如

果人們不只是想著像浮萍一樣隨著旗子的變換而忙碌著去搖擺，那麼就勢不可免的一定要去問「我是誰」這個難題，而「我是誰」這個問題要有答案之前，可能就是要試著先去思考「我不是誰」。無論「我是誰」或「我不是誰」，它的起點都是臺灣心靈史的重新展開，把臺灣心靈最艱難時刻的認同混亂、迷惑、無力，那段記憶重新找回！

　　因此，在作品的定位上，《三世人》可以說是近代臺灣文學裡第一部有關心靈史的創作，由於它涉及心靈的歷史，因而作者遂需要花費大量的研究，去理解時代及社會的演變，以及相對應的官方意識型態、民間習俗及價值認同的改變，以此為架構，始能理解到在那些時代中，人們心靈的變化，以及失去自我所造成的徬徨與受苦。個人一向認為，傑出的小說家經常也必然是個傑出的時代見證者，甚或是傑出的思想家。在《三世人》這部臺灣人的心靈史詩裡，施叔青證明了這一點。

　　《三世人》的角色複雜，但無論他（她）們是什麼角色，他（她）們都是活在時代變化中，在認同問題中深受折磨的眾生裡的一員：

　　——有出自洛津（鹿港），以清朝遺民自居、不用日本年號，不學日文，仍活在想像的中國幻影中的施寄生。他的兒子施漢仁則在專賣局當個小公務員；而他的孫子施朝宗則已是日治第三代，心靈已日本化，取了日本名字太郎，樂於成為天皇の赤子志願兵。而二二八事變之後，他開始逃亡。這整個家族分屬三代，在三種認同間變化不定。這是《三世人》作品裡「雄性敘述」的主軸，所謂的「雄性敘述」指的乃是隨著大歷史的轉移而造成的心靈變化，從乙未割臺到二二八事變，政權三度更換，人的心靈也是由「清代認同」、「日本認同」、「中國認同」、「反中認同」四度更換。小說裡那個小丑說：「陳儀是大蟲，大陸人是蝗蟲，日本人是臭蟲，臺灣人是可憐蟲！」就單單這句話裡，就已道盡大歷史的滄桑與無奈。

　　——除了施家三代的「雄性敘述」外，與之相對應的則是養女王掌珠的「雌性敘述」這部分了。所謂「雌性敘述」指的是大歷史下，與每

個人有關的語言、服裝、生活行為這些小歷史或個人歷史的變化。語言、服裝為日常生活的符號層次的事物,乃是認同的另類註腳。她由穿著大裪衫的鄉下小女子,而後日本和服與洋裝,再來是臺灣光復後的旗袍,二二八之後又穿回大裪衫;而在語言上她也一路追著由臺語、九州腔日語、東京腔日語、北京話等而變化,這個上進的小女子在時代變化下被一步步啟蒙,她有過不可能的夢想:「掌珠構想的小說,主要想描寫一個處在新與舊的過渡時代,卻勇於追求命運自主,突破傳統約束,情感獨立,潔身自愛,堅貞剛毅的臺灣女性。」這段文字或許也是施叔青的心懷之所寄。《三世人》透過王掌珠的成長歷程的敘述,其實已在替認同的救贖,勾畫出了路線圖(roadmap)。

　　《三世人》的施家三代以及養女王掌珠,乃是那個變化震盪的時代中的兩種反映,一種是隨著大歷史的變化而困惑,因而有了「我是誰」這樣的痛苦;另一種,則是在痛苦的成長經驗裡一路走來而不向命運妥協。而穿插其間的芸芸眾生,如小藝旦月眉,如後來成為無政府主義信徒的富裕茶商之家出身的阮成義,如膽小怕事的宜蘭醫生黃贊雲……他或她們都是時代變換下的某種漂鳥,當然最大的漂鳥,就是那個出身洛津,帶著日軍進入臺北城,後來榮華富貴的「大國民」了。他或她們都成了唏噓的對象!

　　《三世人》的每一卷卷首,都有一段樟腦記事,樟腦是個大隱喻,樟腦的利益開始了列強的爭逐,而臺灣的命運也就與樟樹如影隨形般同起同落,樟樹其實也就是臺灣命運的另外一種「無關係聯想」啊!

　　臺灣從乙未割臺到二二八事變短短不過半個世紀裡,在人間不過三代的時程,活得久的,或許還可親眼目睹它的歷程。在這個過程裡,臺灣被推向現代,日本殖民主也開始強勢介入臺灣認同的塑造,這是臺灣心靈隨著大歷史變化,擺動幅度也最大的時刻。而認同的混亂無力,尤其是二二八事變,更造成臺灣認同出現被背叛的空白化,它是心靈創傷的源頭,「我是誰」這種困惑的種子因而在痛苦中被種下,它終究會有發

芽的時候，就像是所有新的植物會從廢墟裡長出一樣。將來臺灣會長出什麼？是更多隨風搖擺的漂鳥？是更多鬱抑的心靈？或更多憤怒？人們沒有答案，施叔青當然也不能給我們答案。作為一個傑出的小說作者，她只能把以前因為被摺疊，因而遭到隱藏的事物，細手細腳的一點點揭開，讓時間的風聲把那些壓抑掉的痛苦痕跡再現。在沒有回答「我是誰」之前，《三世人》至少已試著要為「我不是誰」去替時代解惑。剩下的路，則將由更多後來的人接棒下去！

　　「臺灣三部曲」以《三世人》這個沉重的題目作為尾聲。它由《行過洛津》、《風前塵埃》走到現在，故事說完了，而未來卻仍敞開在那裡等待著去畫下更美好、也更少折磨的結語。而無論如何，施叔青終究獻給臺灣最珍貴的禮物！

——選自施叔青《三世人》

臺北：時報文化出版公司，2010 年 10 月

從蝴蝶到洋紫荊：管窺施叔青的「香港三部曲」之一、二

◎廖炳惠

一

　　本文的用意是想透過解讀施叔青的殖民歷史小說「香港三部曲」之中的黃得雲此一角色，去瞭解妓女寓喻的文本意義，進而探討相關的女性研究議題。圍繞著我的詮釋是漢學兼女性主義學者對中國現代化過程及婦女地位的研究、後殖民理論家就女性與殖民情境的分析、以及個人所見的幾篇小說短評。我認為施叔青之所以選擇黃得雲作為香港歷史與法官譜系的切入點，應有其社會文化表徵系統，值得我們進一步探究。

　　1994 年，施叔青決定結束她在香江旅居的 17 年生涯，再度搬回臺灣。事實上，除了四本小說集（《倒放的天梯》（1983）；《一夜遊——香港的故事》（1985）；《夾縫之間》（1986）；《最好她是尊觀音》（1989））先後於香港問世，她的大部分著作，尤其是與香港有關的敘事體，由〈愫細怨〉（1981）、〈窯變〉（1982）等一系列香港的故事到晚近的《她名叫蝴蝶》（1993）、《遍山洋紫荊》（1995），均發表於臺灣的主要報刊或出版社，就作家的身分與文化、地理認同來說，算是出入港臺的雜揉混成，乃亦港臺的小說家。《她名叫蝴蝶》又稱香港序曲，與《遍山洋紫荊》同屬「香港三部曲」之一、二，據作者在〈我的蝴蝶——代序〉中自白，《她名叫蝴蝶》及整個「香港三部曲」乃是從另一個長篇《維多利亞俱樂部》衍生而出：

　　1988 年，香港的故事系列我寫到了一個段落，有意以一部長篇來總結十年香江生涯。於是設計了一宗貪汙案，發生在殖民地象徵的維多利亞俱樂部。構思過程中，為追溯身上流著四分之一英國血統的法官黃威廉的家譜，引發了我對香港歷史的探索，發現 1894 年，殖民地發生過英國人開埠以來最嚴重的一次鼠疫。我以那老鼠統治人類的年歲當時代背景，創造了亞當·史密斯，潔淨局的代理幫辦，奉命釘封疫屋時，誤闖擺花街的娼館，與被綁架香江為妓的東莞農家女黃得雲結了一段露水姻緣，私生混血兒黃理查，開始了黃家第一代，是為序曲。

　　有趣的是：何以黃威廉的祖母一定是被安排為妓女黃得雲，而且是東莞農家女被綁至香江為妓？在這種文本設計中，又表現出何種文化政治與性別政治，尤其當我們將黃得雲放入香港的殖民與即將來臨的後殖民歷史脈絡中，又隱含了何種人際與國際政治倫理態度？

　　赫雪特（Gail Hershatter）曾以上海的娼妓為例，說明妓女與政治權力、文化轉變、國家地位與文化認同的錯綜關係，提出妓女的六種類型及妓女此一都會人物與現代化過程中的性別、慾望、政經交涉、身體控制等面向之間的互動關係。她特別關注都會歷史、殖民與反殖民的國家型塑、性與民族論述，以娼妓與性交易為具豐富的意義場域，藉以觸及其他社會關係。據赫雪特，晚明一直到中清，以娼妓為題材的作品，仍大致以色藝絕佳的名妓而非出賣身體的妓女，做傳統文化的邊緣與社會底層代表之一；隨著西方現代情境（modernity）的逼近及帝國、資本主義的深入中國沿海都會，名妓逐漸成為絕響，取而代之的是不再能「妙舞清歌」的妓女，而且大多是遭人出賣為娼，飽受老鴇笞罰剝削的農家女。例如張岱在《陶庵夢憶》中便提及「名妓歪妓雜處之。名妓匿不見人，非嚮導不得入，歪妓多五六百人……人無正色……言笑啞啞聲中，暗帶淒楚」，對一般妓女的處境相當同情，而與當時一些名士對名妓之

「不可得而賞」因此頗多感傷大異其趣。[1]

我們在黃得雲身上確實可發現到赫雪特所歸納出的諸多類型特徵，黃得雲 13 歲時上天后廟求神被人以大口袋綁架賣至香港，成為倚紅閣的名妓，「猜拳飲酒、唱曲彈琴——學會」，而且也巧於利用各種伎倆騙取恩客的金錢，甚至於象徵了中國的現代化過程，不但英語會話流利，更知道如何掌握個人的身體及情慾，去達成性夢想與提升地位。她在亞當・史密斯的眼中卻是個「黃皮膚的娼妓」，邪惡而放蕩的「黃翅粉蝶」，代表了中國及東方的神祕落後及疾病，因此造成殖民者的不安與焦慮，乃是得透過殖民政府的法令去加以管制的「異己」：

> 史密斯感到被侵犯了，他意識到身體的某一部分已經不屬於自己，他控制不了它，他出賣自己的感官，做不了自己完全的主人。[2]

在這種殖民與被殖民者的相互「攙入血肉」的性活動中，顯然有其性別及文化政治的交涉及混成面向，誰也當不了主人。在這個前提之下，我們可說黃得雲的妓女角色不無其「後殖民」的旨趣。不少學者已指出女性乃是被殖民者及解放運動的影射形象，在國家被入侵或於轉捩的危機點上，女性總是成為代罪、犧牲或希望及問題所繫，同時在各種有關被殖民者及其他非歐美體系之文化族群的描寫與田野調查報導中，女性往往也是注意的焦點。事實上，在中國的許多誌異小說、傳奇與民族誌書寫裡，其他地區的女性及其容貌、行為特徵也是中原與異域的分界線，李汝珍於《鏡花緣》即對黑女、女兒國作了有趣的發揮，藉此凸顯中原文化的腐敗、野蠻。而在唐到晚明之間的傳奇故事及文人墨客生涯中，名伎（或妓）更是舉足輕重，如紅拂女、柳如是等，柳如是的地

---

[1] 高邁，〈中國娼妓制度之歷史的搜究〉，《中國婦女史論集》（臺北：稻鄉出版社，1979年），頁 121～123。
[2] 施叔青，《她名叫蝴蝶——香港三部曲之一》（臺北：洪範書店，1993 年），頁 70。

位更與文風、政治、民族運動結下難分難解的因緣，一如陳寅恪、孫康宜所指出。但是在另一方面，名妓可以轉贈好友，乃是一種文化商品，又因為名妓多能歌善舞，甚至填詞作詩，名妓與文學、雅興、情色、身體範圍的交易也密不可分。在另一個文化脈絡中，拉德哈克利希南（R. Radhakrishnan）曾對印度的「底層文化研究」有所批評，特別就伽特基（Partha Chatterjee）的民族主義與社群論述中的女性地位，剖析女性如何成為象徵人物，於殖民地在現代化與傳統化、進步與固本守成、吸收外來物質文明與發揚既有內在精神文明、反抗帝國主義與逆來順受等諸多歷史兩難情境及其所造成的社會文化斷裂、時空上的文化落差之間搖擺不定，既無法提出本身的民族國家認同主體，又不能捨棄「西學為用」的實際作法，因此在自我認知與定位產生迷惑，信心逐漸崩潰時，女性便在文藝與社會想像空間中被再現為資本主義的犧牲與本國固有文化的守護女神，一方面是家庭經濟及社會倫理敗壞的代表人物與受害者，另一方面則維繫了社群的內在生命，使本土意識及其媒介得以再傳遞下去。[3]

女性與膚色、種族之間的糾纏是與「異己」的發現、帝國的形成、殖民文化的侵略息息相關，這從早期歐洲的許多作品[4]，到 18、19 世紀的遊記、民族誌異[5]到殖民地知識分子[6]、後殖民批評家[7]，都難免要不斷複述這種錯綜的交織性及其託寓面向，即使連現代民族國家的內部族群

---

[3]R. Radhakrishnan, "Nationalism, Gender, and the Narrative of Identity," in *Nationalisms and Sexualities*, Eds Andrew Parker, et al.(New York: Routledge, 1992), pp. 84-85.

[4]Margo Hendricks and Patricia Parker, eds., *Women, "Race," and Writing in the Early Modern Period*(New York: Routledge, 1994).

[5]Chris Bongie, *Exotic Memories: Literature, Colonialism, and the Fin de Siecle*(Stanford: Stanford UP, 1991). Lisa Lowe, *Critical Terrains: French and British Orientalisms*(Ithaca: Cornell UP, 1991). David Spurr, *The Rhetoric of Empire: Colonial Discourse in Journalism, Travel Writing, and Imperial Administration*(Durham: Duke UP, 1993).

[6]Frantz Fanon, *Black Skin, White Masks*(London: Pluto, 1986).

[7]Gayatri C. Spivak, "Three Women's Texts and a Critique of Imperialism," in *Critical Inquiry 12,1* (1985), pp. 243-261. Rajeswari Sunder Rajan, *Real and Imagined Women: Gender, Culture and Postcolonialism*(New York: Routledge, 1993). Ashis Nandy, *The Intimate Enemy*(Dehli: Oxford UP, 1986).

糾紛也時常透過對女性、異己身體行使幻想暴力與公開侮辱去釋出其張力[8]，甚至於知識分子對其時代的社會問題均逃不了以性別政治去重新加以構思，例如卞雅明（Walter Benjamin）在一封信裡便說過：「我們姑且不談將性加以精神化此一題材，那是男性的寶貝清單。我們探討精神的性愛化吧。這乃是妓女的道德。她以性愛去再現文化，性愛是最猛烈個人主義，而且最敵對文化的東西，性愛也可以被變態運用，也可拿來替文化服務。」[9]

我簡單勾勒出妓女與女性角色在現代文化想像中的問題，主要是想說明這些傳統、新興的女性主義、文化研究與後殖民理論對我們理解施叔青筆下的黃得雲及其蘊含的文化與性別政治或許有點幫助。理由之一是：施叔青對這些議題及素材應不至於完全陌生。她刻意安排黃得雲與史密斯的混血私生子黃理查為另一樁殖民法律案件受理法官的父親，將故事重心放在黃得雲這個妓女身上，可能在一方面承襲了既有的妓女文獻研究，另一方面則藉著這種文本策略去深入殖民史中遭到壓抑的其他觀點，試圖以後殖民的「後」見之明，去鋪陳殖民的諸多罪藪與歷史契機。不過，選擇黃得雲這種角色，作者也許是從古典「閨怨閒愁」中衍生其靈感，同時不無可能是由於寄居香港的特殊身分，在知道的太多而能做的太少此一情況下，激起某種形式的「自由人士之同情與悲憫」，並且預見參與危機的有所牽掛之罪，也就是無法再自由、激進投入的愧疚感（liberal guilt）及其補償作用。[10]當然，這些都純屬臆斷，完全無法也不必成立。順著妓女的比喻，我們可說批評家（尤其是男性批評家）猶

---

[8]Klaus Theweleit, *Male Fantasies: Women, Flood, Bodies, History* trans. Stephen Conway. 2 vols. (Minneapolis: U of Minnesota P, 1987).
[9]Sigrid Weigel, "From Gender Images to Dialectical Images in Benjamin's Writings," *New Formations 20* (1993), p. 26.
[10]Julie Elison 對美國 1980 年代末期迄今的種族與多元文化論述所造成的反動潮流，讓以往之自由人士及改革主義者紛紛倒戈，變得更加保守，以至於內心為本身的不再自由激進而深感自責，有簡單的介紹，她稱之為「自由主義的歉咎」。在文中，對殖民主義與後殖民理論也有觸及，但並未深入。Julie Ellison, "A Short History of Liberal Guilt," in *Critical Inquiry 22, 2*(1996), pp. 355-356, 358-365.

如妓女，卞雅明曾打趣說：「書本與妓女都有他們要的男人，靠他們為生並折磨他們。書本有批評家。」[11]

二

　　由於在許多批評家中，卞雅明是不斷提到妓女的男性學者，而且一再將妓女與現代情境加以關連。底下，我試以他的觀點為主，去管窺「香港三部曲」之一、二。如果一些意見顯得不夠女性觀點，那是卞雅明及我個人的局限（雖然不少研究已指出卞雅明對女性的專注及其風格的女性化傾向。）根據維葛爾（Sigrid Weigel）的剖析，卞雅明提及各種女性人物，尤其「娼」（Hure，英譯 whore）、「妓」（Dirne，英譯 prostitute），有時談「娼」，但大致是以「妓」去探討性別意象，並發展其歷史辯證意象的見解。女性代表「語言無法言說的」、「沉默」與「激情」，而在討論波多雷爾（Charles Baudelaire）的專著及其未完成的巴黎《商場通道書》（Passagen-Werk），娼妓則被說成是「現代主義的一種託寓」。於《波多雷爾》，他說波多雷爾曾想以《女同性戀》（Les lesbiennes）為《惡之華》（Les Fleurs du mal）原先的標題，因為「女同性戀乃現代主義的女英雄」，不必再受制於生產及母親的工作（motherhood）、血脈法則。[12]對卞雅明來說，妓女是不事生產的肉慾與性愛身體，而現代主義的詩人與知識分子乃是以想像自我投射，不事生產（non-procreation）的藝術家，妓女與從事智識創作而不事生產的「天才」、藝術家似乎沒什麼差別。

　　鑒於世紀轉捩之間的文化政治問題，許多猶太籍知識分子對當時的庸俗文化、戰爭創傷、專制與民主的無謂紛爭、崛起的法西斯政權均有相當

---

[11]Walter Benjamin, *Gesammelte Schriften*, eds. Rolf Tiedemann and Hermann Schweppenhauser. 4 vols. (Frankfurt: Suhrkamp, 1972-1989), p. 109.

[12]Sigrid Weigel, "From Gender Images to Dialectical Images in Benjamin's Writings," *New Formations* 20(1993): 21-32. Rev. in *Body-and Zinage-Space: Re-reading Walter Benjamin* (New York: Routledge, 1996), pp. 90-91.

強烈的無力感，卞雅明尤其對社會改革及文化左派的想法十分失望，因此在他的《德國憂傷劇之起源》（*Ursprung des deutschen Trauerspiels*）此一升等長聘論文遭法蘭克福大學回絕，便於 1925 年 9 月起自我放逐，從學院中人變成自由作家、批評家、翻譯者、電臺節目的腳本作家，逐漸明白學院機制及知識分子、政治革命的錯綜及自我毀滅面向。在這種流浪的困頓日子及個人情感生活的諸多不順裡，卞雅明瞭解了文明之下的野蠻及革命政治與性愛縱恣的密不可分，他在超寫實、現代主義之中找到新的歷史天使，朝向唯物歷史辯證，企求新的彌賽亞，另一方面則發展有關沉默、女性（特別是娼妓）、寓喻（allegory）、辯證意象與可見現存美學（aesthetics of visibility and presence）等見解。[13]誠如史坦柏格（Michael P. Steinberg）所指出，卞雅明重新審視寓喻及其新歷史意涵，乃是用以對抗當時德國批評家所推崇的象徵手法（symbol），特別強調寓喻有其獨特歷史及其限定性，在本身的語言與文化之間的運作中，符號指涉及其他符號，如憂傷劇的巴洛克是指涉第二帝國，巴洛克的整體性乃指涉法西斯的誘惑等。[14]由於晚近學者對卞雅明及克羅卡爾（Siegfried Kracauer）的專注研究，我們總算對卞雅明等人的思想脈絡及其歷史經驗有較深入的認識，而不再像以往那麼忽視其歷史符象意義、文化批判及主體位置所涉及的具體歷史情境（非抽象之歷史 History）。

　　當然，我並不是說卞雅明的流浪歷史經驗，使他體會到知識分子與妓女、妓女與現代主義書寫的關連，而同樣的情況也適用於施叔青，特別針對她何以安排黃得雲，這位於 1892 年 9 月 25 日被綁架運抵香港的東莞農家女，為故事的主人翁。事實上，施叔青筆下的黃得雲並非「不

---

[13]O.K. Werckmeister, "Walter Benjamin's Angel of History, or the Transfiguration of the Revolutionary into the Historian," *Critical Inquiry 22*, *2*(1996), pp. 239-267. Lutz P. Koepnick, "The Spectacle, the Trauerspiel, and the Politics of Resolution: Benjamin Reading the Baroque Reading Weimar," *Critical Inquiry 22*, *2*(1996), pp. 268-291.

[14]Michael P. Steinberg, "Mendelssohn and Selfhood, " trans. in *Hui gu xian dai wen hua xiang xiang*, ed. Ping-hui Liao(Taipei: Ship-Pao, 1995), p. 127.

事生產」，她一方面充分發揮妓女的媚術去蠱惑她的男人，先是史密斯，後來是屈亞炳，另一方面則通達求歡之舉背後的工具理性及其算計體系，儘管史密斯在她身上種下「孽種」，乃是出於自我憎恨式的發洩，「最後一次到跑馬地成合坊的唐樓」，是將在溫瑟先生家的遭辱及其長期殖民經驗的心身不平衡整個宣洩在粗暴的性行為中，黃得雲卻在這個隨機而起的意外事件裡懷孕，不但在船塢旁的小山被炸時，一念之間留下肚子裡的小生命，而且更千方百計地想讓私生子黃理查有個美好、憧憬的遠景，甚至終於為了兒子的造化，改頭換面，充任十一姑的伴讀，學會了替公興押獨當一面，將十一姑的房間變成了自己的房間，接受了王福贈送的精美算盤，從此「妖女」的身軀化為十七行的算盤，妓女搖身一變，成了油麻地的房地產巨賈。卞雅明的「新歷史天使」（Angelus Novus）是背著現在而向後看的史學家，心目中只有人類過去的種種失誤命運，想將以往遭到遺忘、壓抑、塗改、抹殺的歷史重新贖回，但是黃得雲的「新天使」黃理查卻是要掌握現在，尤其未來，而極力將過去淡忘、漂白。

卞雅明的妓女是一種遭壓抑勢必回返的人物，她們代表現代情境中被遺忘的意象檔案，將過去所扭曲的面貌重新以商品的形式去回顧，「此一重生的歡樂喜慶乃在娼妓身上」[15]，是以商品與販賣者為一體，並且以身體包裝其意象（邁向過去、他人的通道意象）此一寓喻方式，去表達大眾尋找過去歡樂、長驅直入時間毀滅的空間，與女性結合為一的快感，完成重返母體、原鄉此一神話、都會地底、不容於象徵秩序（presymbolic）的情慾。妓女是邁向過去無底洞的門檻，同時也是現代文化寓喻的身體與意象空間，使尋芳客在夢與醒之間，看到復甦的可能性，從物質意象及希望象徵的夢寐快感之中，觸及真正的身體與意象的自我迴映。這種意象空間若放入奇怪的東西現代情境交會的「通道」（香

---

[15]Walter Benjamin, *Gesammelte Schriften*, eds. Rolf Tiedemann and Hermann Schweppenhauser. 7 vols. in 14(Frankfurt: Suhrkamp, 1972-1989), p. 671.

港）中，如夢如幻的景觀可能是連殖民者、被殖民者均無法預期：

> 經不起黃得雲苦苦哀求，滿足她和愛人共度一夜的想望，史密斯留
> 了下來，摟抱他放蕩的女妖過了一夜。隔天早晨他在逸樂的床上睜
> 開眼，看到沒有燭光、黑夜遮掩下的現實：紅磚地橫陳她的褻衣，
> 第一次曾經使他感到淫穢的妓女紅肚兜，牆角立著異教徒的小神
> 龕，燒盡的香灰像堆起的小墳塚。飛龍雕刻、紅紗宮燈、竹椅高
> 几，史密斯心目中的中國和黃得雲從灣仔春園街買來的西洋花紗窗
> 簾、綠絲絨靠墊、帶穗的桌巾，混合成光怪陸離的景象。[16]

　　史密斯發現他所躺的彈簧大床是擺在唐樓的客廳中央，也就是一般
中國人「拜祖先、供神明的莊嚴廳堂」。[17]這種去神聖化、除魅的隨興方
便之舉，一方面是因為當天苦力「沒吃飽肚子，扛不上樓梯，就把床丟
在客廳」，另一方面則是由於黃得雲與史密斯均不計較中國固有的傳統持
家之道。在一個膚色、性別、權力、文化關係混雜的「意象空間」裡，
人與事務交織成一幅「光怪陸離」的景象；本來，史密斯是以蓄娼妓的
方式，將黃得雲安置在唐樓；然而，他卻意識到自己非但控制不了身
體，而且被他的「黃翅粉蝶」絆住，儼如「綠藻海草攀來繞去纏住他，
把他往下拉」[18]，彷彿也遭殖民的疾病所感染。顯然這對男歡女愛的異
國性伴侶在「貼得死緊的那一刻」，心中仍感覺到「有東西橫在他們當中
硬要把他們分開」[19]，但是兩個人均陷入情慾的殖民煉獄中，在難分難
解的感官歡樂中總已「被扭曲為淫蕩」[20]，即連後來的屈亞炳也以「妳
讓我失身於妳」的方式，陷入「女人陰暗潮濕的裡面」，感覺到自己的無

---

[16]施叔青，《她名叫蝴蝶——香港三部曲之一》，頁69～70。
[17]施叔青，《她名叫蝴蝶——香港三部曲之一》，頁70。
[18]施叔青，《她名叫蝴蝶——香港三部曲之一》，頁115。
[19]施叔青，《她名叫蝴蝶——香港三部曲之一》，頁173。
[20]施叔青，《她名叫蝴蝶——香港三部曲之一》，頁120。

能及莫名的恐慌。在這個殖民社會的性愛戲劇中,誰也沒占上風,勉強只能說黃得雲在隨機而起的意外異國性接觸與其後的一連串變故裡倖存,並且養出了有造化的兒子,其他男人無不在自己的慾望、貪婪、愚昧之中沉淪:亞當・史密斯的貪汙舞弊案被揭發[21];姜俠魂在三合會的反英抗洋事件中生死不明[22];屈亞炳則娶個小腳媳婦,在殖民與被殖民者兩皆不容的夾縫中窩囊苟活。

卡雅明將記憶的軌跡及其意象放入女性的範疇中,他自己對童年的經驗總是圍繞著家裡的縫紉、針線包、衣架,這些生活中的細節及不起眼的事物反而成為記憶的主要線索,這些邊緣、瑣屑、膚淺、不容易引起注意的日常對象往往以漫不經心的片斷、浮面符號、聲音,巧妙而十分弔詭地打入無意識的深處,引起更加全面性的迴響,正如克羅卡爾所說,「這些表層的形象,正由於其毫不經意,讓我們得以直接體會事物的原來本質」。[23]隨興、浮面、漫不經心的觀光客有時更能看到建築、文化之美,遠較那些每天生活其中,熟悉其細節的當地人獨具慧眼,洞察一些習而不察的面貌,也因此卡雅明認為電影以其不斷流動、消逝的意象反而更捕捉了現實。以這種辯證意象的觀點來看,黃得雲的東莞女身分及其妓女職業的送往迎來,那種漫不經心的性交易活動。事實上,比她後來刻意學十一姑,精打細算的「從良」行為,更深入殖民社會的底層變化,親身體會當時的鼠疫及現代衛生技術、殖民者對被殖民者的殘暴及殖民者本身的挫折感、傳統醫術及民間的通俗信仰(包括求神問卜、命相等)、劇團功夫與舊社會的反現代論述或實踐(打虎、王寶釧、三合會等曲目或組織等)。

史密斯與黃得雲的「邂逅」是他在瘟疫橫行、身心俱疲的漫不經心下,意外走錯,雙方均是以「黑影」的矇矓及混雜(ambivalent)的形象

---

[21]施叔青,《遍山洋紫荊——香港三部曲之二》(臺北:洪範書店,1995 年),頁 271。
[22]施叔青,《遍山洋紫荊——香港三部曲之二》,頁 117~119。
[23]Siegfried Kracauer, *The Mass Ornament*, trans. Thomas Y. Levin, (Cambridge: Harvard UP, 1995), p. 75

呈現，而且在無意識的宣洩及近乎機械的職業動作中，兩人在殖民社會的衛生及疾病搏鬥的事件之中，發生了彼此起初均不在意的情境（distraction），但卻從此被帶離既定生活軌道（distracted）。史密斯是充滿了挫折與不安，因此無法專注，性愛成為「發洩的出口」：「他的內裡鼓噪無以名之的焦慮，他有一大片空白必須填滿，特別在這個可能沒有明天的時刻」[24]；黃得雲完全沒防犯這個漫不經心的走錯門，不由蘭荳夫人的豔窟進入而誤闖隔壁的南唐館，「這一門之隔，帶給黃得雲一生的轉變」：「門被推開前，窗外羅馬天主堂塔樓的十字架，在火焰一樣的陽光裡幾乎要溶化了，她的眼角閃進一個影子，仆倒似的趔趄進來。職業訓練使然，得雲在脖頸轉過來之前，先飄過一個眼風，兩道仍是淡掃的眉並無驚動豎起」。[25]這個漫不經心的遭遇正好與第一個繪製新界地圖的義大利神父瓦南特里的意外發現新界[26]、甚至道光簽約將香港割讓之舉，均有若託寓巧合的意義。

　　在床笫之間，黃得雲對史密斯的逆來順受及百般誘惑，而史密斯對她凌辱、詛咒但又情不自禁的沉迷，也勾勒出殖民社會的權力戲劇並不一定有主導或誰占上風的清楚局面。在這難分難解的性別、性愛及種族政治之中，黃得雲並非普契尼筆下的「蝴蝶」，而是既神祕但又「美得不盡情理」並有其自我利益的「黃翅粉蝶」：她懂得如何面對「她的異國情人另外有了女人」，雖「無從看清他的內心」，但並不會自我欺騙，或迷失於異國戀情中，她想發展其他更陽剛而浪漫（與姜俠魂）或較實際（與屈亞炳）的性關係。[27]因此，在黃得雲的「職業訓練」底下的漫不經心中，事實上有其用心，可能也是由於這種殖民環境變成的擅於打

---

[24]施叔青，《她名叫蝴蝶——香港三部曲之一》，頁29。
[25]施叔青，《她名叫蝴蝶——香港三部曲之一》，頁30。
[26]施叔青，《遍山洋紫荊——香港三部曲之二》，頁40～41。
[27]此處的「陽剛而浪漫」是使用 Anne K. Mellor, *Ronnanticism and Gender*(NewYork: Routledge, 1993)，有關自然與贖救力量被想像為陽剛、傳統、具精神面向等屬性的浪漫想像思想（Masculine romanticism），見頁13～15。

算,黃得雲始終未染上娼妓的惡疾,而且在懷孕、生子後,更是千方百計力爭上游,想在「新填地築家園」以至於逐漸邁向接掌十一姑之當鋪及來日「母因子貴」的房地產投資生涯。換句話說,以邊緣、底層的娼妓身分,黃得雲這個人物漫不經心地託喻出殖民社會個人倖存及隨機因應的藝術,就日常周遭的殖民生活(colonial banality),去自求多福[28],一方面在傳統與現代化、歸屬與轉化之間,取其中英揉雜的方便,例如將紅紗宮燈與花紗窗廉並排,啜飲固有文化的招飛神油,以養神強身,只因為她「需要每一分秒都感覺到她在愛與被愛著,她需要力氣來呵護比她性命還要重要的愛情」[29],發揮中國歷史及其物質性(materiality)為體,而西洋精神文明及情感教育(sentimental education)為用的殖民資源撥挪取巧行徑;另一方面則不斷為未來的「從良」及「獨立」設計,用盡各種手段,達成個人的目標,包括將兒子送入皇仁書院讀洋書。[30]

在傳統的眼光中,娼妓乃是位階最低下的腐化、疾病、慾望化身,而在各種殖民文獻中,娼妓及其類似範疇的女性(藝妓、交際花、甚至渴望異國戀情或歸化他國的女性)往往成為殖民與被殖民雙方均加以監督韃伐的對象,藉此維護文化及血統的純粹性,然而在針對跨國接觸的文化想像及其表達中,女性往往是最危險、含混且越界的焦慮人物,不管是《國王與我》(The King and I)或《蝴蝶夫人》(Madame Butterfly),乃至《櫻花戀》、《蘇西黃的世界》(The World of Suzie Wong)、《西貢小姐》(Miss Saigon)、《蝴蝶君》(M. Butterfly),無不圍繞著性別與種族的文化政治,去再現許多既有的成見與刻板印象。這些作品及其造成的效驗歷史(effective historical consciousness)勢必對施叔青選擇黃得雲此妓女角色有一定程度的影響。事實上,目前的女性主義也

---

[28]Achille Mbembe, "The Banality of Power and the Aesthetics of Vulgarity in the Postcolony," in *Public Culture 4,2* (1992), pp. 1-30.
[29]施叔青,《她名叫蝴蝶——香港三部曲之一》,頁62。
[30]施叔青,《遍山洋紫荊——香港三部曲之二》,頁213~214。

把「第三世界」女性當作亟需進一步探究的題材，認為女性主義的理論應將性別意識體系的論述分析與機構、政治經濟的結構分析緊密相連，並注意不同女性在不同文化、社會、階層中的錯綜多元論述範圍、主體位置、意義實踐、公共領域及各種詮釋之間的衝突，將特定的女性意義（signification of femininity）放入具體的歷史中，去檢視其道德政治之新視野。[31]

施叔青對殖民與被殖民男女的再現方式難免強化圍繞種族文化政治的偏見；不過，由於觀點時而從黃得雲，時而來自史密斯、屈亞炳，透過流動的全景掃描及深入內心的獨白特寫，我們看到了各種人物在殖民社會中的諸多病癥，而且在命名（naming）之中，施叔青刻意賦予人物象徵意義，史密斯的名為「亞當」除了呼應經濟學大師之外，也將聖經中的第一位男性及其失樂園歷史放入一個殖民煉獄，在性愛的誘惑及權力的利益之中沉淪；而牧師娘潘朵拉的嘴巴不饒人自然沒有讓那位帶給人類災難寶箱的先輩感到後繼無人；在狄金遜夫人離港後，另一位救星艾米麗則以純潔、慈善的形象打入史密斯的生活中，充當他殖民罪藪之清新改造力量，艾米麗與狄金遜放在一起立刻令人聯想及美國的女詩人；至於屈亞炳的走狗嘴臉及暴虐行為則與「東亞病夫」的名號相得益彰，而姜俠魂正是義和團起義及國民革命軍的混合。有趣的是這些人物全由黃得雲此一妓女加以串連，正如卞雅明所說妓女是通往過去（殖民史）的門檻，黃得雲象徵了遭到壓抑、扭曲的過去。[32]

在卞雅明的女性意象及歷史先知的形象之中，過去而非現在或未來才是真正的轉捩點，先知是背向未來，「以其憧憬」的眼光照亮以往英雄人類的高山以及詩歌景觀，深深沒入過去之中[33]，而女人是「掌握過去

[31]Nancy Fraser, "Pragmatism Feminism, and the Linguistic Turn," in Benhabib, et al., pp. 160-165.
[32]黃得雲的「黃」可指「黃禍」，也就是歐、美人士對中國、東方黃種人移民潮及人口過剩的憂心。另外，日本新女性利用度假外出追求異國戀情的現象，也被人稱為是「黃包車」（yellow cab）。這些意義不一定是作者刻意安排，但正因其「漫不經心」或政治的無意識之舉，更顯示「黃」之種族、性別政治具有豐富的文化涵義。
[33]Walter Benjamin, *Gesammelte Schriften*, eds. Rolf Tiedemann and Hermann Schweppenhauser. 2

但非現在」。[34]以妓女的身分，黃得雲似乎與被壓抑的殖民人物及其聲音密切關連，但是到了《遍山洋紫荊》後半段，她將心放在「兒子的造化」上，她委身於屈亞炳，並以其精於算計的資本主義邏輯，逐漸從記憶的深處爬出，掙脫過去的風塵陰影，變成第二個十一姑，黃得雲身體所接觸到的社會開始由算盤所取代，甚至於「對那青樓煙花地的變遷是以一種夷然、漠不關心的神情來對待」。[35]正是由於這種「專注」投入事業的正經行徑，黃得雲不再與殖民史有真正的牽連，她的眼界大致是放在眼前的利益，也許這是殖民地現代化、經濟生長的真實面貌，但是黃得雲卻變得陽性化，喪失了她的身體及其邁向過去的門檻地位。南方朔與楊照在他們的書評中，推崇《遍山洋紫荊》為第一本成功的殖民小說或「很不一樣的後殖民的文學新視野」[36]，而王德威則對黃得雲進到「公興押」及其從良的大變化感到有其不連貫之處。不管這些褒貶是否允當，很明顯的黃得雲的妓女身分在《遍山洋紫荊》是逐漸消失了，而填補其空白的則是另一種資本主義的文化邏輯，也許正是與這種轉變彼此對照時，我們才能看出黃得雲在《她名叫蝴蝶》的地位及其論述範圍。[37]

引用書目

• Seyla Benhabib, et al. *Feminist Contentions: A Philosophical Exchange* (New Tork: Routledge, 1995).

• Walter Benjamin, *Gesammelte Schriften*, eds. Rolf Tiedemann and Hermann Schweppenhauser. 7 vols. in 14 (Frankfurt: Suhrkamp, 1972-1989).

---

vols. (Frankfurt: Suhrkamp, 1972-1989) , pp. 577-578.
[34]譯於 Sigrid Weigel, "From Gender Images to Dialectical Images in Benjamin's Writings," *New Formations* 20(1993), p. 28.
[35]施叔青，《遍山洋紫荊——香港三部曲之二》，頁 215。
[36]楊照，〈征服者與被征服者的千般故事〉，《聯合文學》第 135 期（1996 年 1 月），頁 152.
[37]本文宣讀於香港嶺南學院現代中國文學研究中心的「女性文學國際研討會」，1996 年 3 月 14～16 日，特別感謝童若雯、王德威、許子東、李小良、李昂等與會學者、作家的指正。

• Walter Benjamin, *The Origin of German Tragic Drama*. Trans, John Osbome (London: NLB, 1977).

• Walter Benjamin, *Charles Baudelaire: A Lyric Poet in the Era of High Capitalism* (London: NLB, 1973).

• Chris Bongie, *Exotic Memories: Literature, Colonialism, and the Fin de Siecle* (Stanford: Stanford UP, 1991).

• Julie Ellison, "A Short History of Liberal Guilt," in *Critical Inquiry 22, 2* (1996), pp. 344-371.

• Frantz Fanon, *Black Skin, White Masks* (London: Pluto, 1986).

• Nancy Fraser, "Pragmatism Feminism, and the Linguistic Turn," in Benhabib, et al, pp. 157-171.

• Margo Hendricks and Patricia Parker, eds., *Women, "Race," and Writing in the Early Modern Period* (New York: Routledge, 1994).

• Gail Hershatter, "Modernizing Sex, Sexing Modernity: Prostitution in Early Twentieth Century Shanghai," in *Engendering China: Women, Culture, and the State*, eds. Christina K. Gilmartin, et al. (Cambridge: Harvard UP, 1994), pp. 147-174.

• Lutz P. Koepnick, "The Spectacle, the Trauerspiel, and the Politics of Resolution: Benjamin Reading the Baroque Reading Weimar," *Critical Inquiry 22, 2* (1996), pp. 268-291.

• Siegfried Kracauer, *The Mass Ornament*, trans. Thomas Y. Levin, (Cambridge: Harvard UP, 1995).

• Lisa Lowe, *Critical Terrains: French and British Orientalisms* (Ithaca: Cornell UP, 1991).

• Achille Mbembe, "The Banality of Power and the Aesthetics of Vulgarity in the Postcolony," in *Public Culture 4,2* (1992), pp. 1-30.

• Pierre Missac, Walter *Benjamin's Passages*, trans. Shierry Weber Nicholsen

(Cambridge: MIT UP, 1995).

- Ashis Nandy, *The Intimate Enemy* (Dehli: Oxford UP, 1986).

- R. Radhakrishnan, "Nationalism, Gender, and the Narrative of Identity," in *Nationalisms and Sexualities*, Eds Andrew Parker, et al.(New York: Routledge, 1992), pp. 77-95.

- Rajeswari Sunder Rajan, *Real and Imagined Women: Gender, Culture and Postcolonialism* (New York: Routledge, 1993).

- Jenny Sharpe, *Allegories of Empire: The Figures of Woman in the Colonial Text* (Minneapolis: U OF Ninnesota P, 1993).

- Gayatri C. Spivak, "Three Women's Texts and a Critique of Imperialism," in *Critical Inquiry 12,1* (1985), pp. 243-261.

- David Spurr, *The Rhetoric of Empire: Colonial Discourse in Journalism, Travel Writing, and Imperial Administration*(Durham: Duke UP, 1993).

- Michael P. Steinberg, "Mendelssohn and Selfhood, " trans. in *Hui gu xian dai wen hua xiang xiang*, ed. Ping-hui Liao(Taipei: Ship-Pao, 1995), pp. 85-109.

- Kang-yi Sun(孫康宜), *The Late Ming Poet Ch'en Tzu-lung: Crisis of Love and Loyalism,*(New Haven: Yale UP, 1990).

- Klaus Theweleit, *Male Fantasies: Women, Flood, Bodies, History* trans. Stephen Conway. 2 vols. (Minneapolis: U of Minnesota P, 1987).

- Sigrid Weigel, "From Gender Images to Dialectical Images in Benjamin's Writings," *New Formations 20*(1993): 21-32.

- O.K. Werckmeister, "Walter Benjamin's Angel of History, or the Transfiguration of the Revolutionary into the Historian," *Critical Inquiry, 22, 2*(1996), pp. 239-267.

- 高邁，〈中國娼妓制度之歷史的搜究〉，《中國婦女史論集》，臺北：稻鄉出版社，1979 年。

- 施叔青，《她名叫蝴蝶——香港三部曲之一》，臺北：洪範書店，1993 年。

- 施叔青，《遍山洋紫荊——香港三部曲之二》，臺北：洪範書店，1995 年。

‧楊照，〈征服者與被征服者的千般故事〉，《聯合文學》第 135 期，1996 年 1 月，頁 150～152。

──選自廖炳惠《另類現代情》

臺北：允晨文化公司，2001 年 5 月

歷史・小說・女性
施叔青的大河巨構

◎陳芳明

　　施叔青的「臺灣三部曲」，最後一部《三世人》終於在 2010 年殺青問世。長達六年的營造與構築，終於把她推向另一座藝術高峰。從 1960 年代出發的鹿港女性，從未預見有一天會成為臺灣文學史上的重要作家。她的創作技巧、文字藝術、情慾書寫，以及歷史想像，已經構成她文學生涯的重要部分。長期投注在文字經營，確實已為她自己確立引人注目的風格；而這樣的風格，又為臺灣文學的發展加持，使得海島上的女性作家受到華文世界的注意，也受到亞洲與世界的矚目。施叔青這個名字已經不屬於一個個別作家的記號，而是臺灣女性文學的專有名詞。她所代表的，是一種以小博大的逆向書寫。她抗拒的已不只是男性霸權傳統，她真正抵禦的是四方席地而來的歷史力量。滔滔洶湧的巨浪，使歷史上女性的身分與地位完全遭到淹沒。沒有命名、沒有位置的弱小女性，從來就是註定要隨波逐流，終至沉入深淵。施叔青挺起一枝筆出現在臺灣文壇時，使詭譎的歷史方向開始改流。

　　她的書寫生產力，可能是三、四十年來最為豐富的其中一位。無盡無止的書寫，為她的生命畫出極為寬闊的版圖。她所開闢出來的領域，以海島的故鄉鹿港為起點，延伸到北美洲的紐約港，最後又返身航向東方的香港。所有陌生的港口，以及遼夐的水域，也許不曾察覺曾經接納過一位漂泊女性的思維。但是，在迂迴的旅行過程中，施叔青從未忘記在每個港口留下龐大的文字。文學作品使她的生命有了可靠的據點，只

要守住文學，她就可以決定自己的命運。鹿港時期的施叔青，首先是從現代主義運動出發，她的名字與當時的重要男性作家並列在一起，如白先勇、王文興、陳映真、黃春明、王禎和、七等生。這些卓然成家的男性作者，未曾預料有一位年紀較小的女性居然可以插隊，與他們一字排開。當這些男性作家，成為臺灣歷史的重要經典時，她也從來不曾落後，筆下所完成的小說，也被公認是經典之作。

施叔青的文學道路，誠然是從現代主義出發。不過，進入 1970 年代時，她搖身變成女性主義者。1990 年代以後，她又升格成為歷史的書寫者。這樣鮮明的軌跡，正好與其他女性作家有了顯著區隔。她的小說書寫史，正好也契合臺灣歷史的發展。當她是現代主義小說家時，在很大程度上是一個模仿者，畢竟現代主義是舶來品，而不是從臺灣社會內部釀造而成。施叔青早期的小說，如《約伯的末裔》、《牛鈴聲響》既混合著現代主義技巧，也鎔鑄了女性主義的思維。現代主義美學直接從美國進口，開啟多少臺灣作家的想像。通過這種美學的洗禮，臺灣作家終於學習了如何挖掘內心被壓抑的感覺與想像，施叔青在這方面正是相當傑出的一位。在她的早期作品中，鹿港小鎮充滿各種死亡意象，不時出現棺木、墳穴、鬼魅的各種幽暗聯想，恍然開啟一位少女內在世界的夢魘。這種手法頗近於現代主義的模仿。

從現代主義的傳播來看，臺灣是屬於接受者。因此在島上崛起的現代主義作家，他們不能不扮演著被影響的角色。然而，施叔青頗有可觀之處，在於她並不滿足於被凝視與被詮釋。浮沉在西方美學的漂流之後，她已理解如何使自己的主體獲得翻轉。從現代主義的深處，蔚然浮出女性的抵禦力量。當她深入內心探索時，她赫然發現，體內竟鎖住一個被壓抑的女性。1970 年代中期以後，她的自傳性書寫，其實就是有意要讓被囚禁的女性身分釋放出來。她不再是被凝視被解釋的一個女人，從此以後，她已懂得如何開始自我審視、自我詮解，從而開出一條女性命運的道路。身為女人，在男性掌控權力的社會中，她確切嘗到被邊緣

化、被貶抑的滋味。《琉璃瓦》與《常滿姨的一日》同時在 1976 年出版，也許還未脫離現代主義的影響，但一位女性主義者的誕生，已是不可否認的事實。

　　1980 年代的創作都是完成於旅居香港時期，她的小說至少使臺灣文學擺脫海島格局，有了全新的越界與傳播。她在香港完成了三冊全新短篇小說集：《愫細怨》（1984）、《情探》（1986）、《韭菜命的人》（1988），與三部長篇小說：《維多利亞俱樂部》（1993）以及「香港三部曲」系列之一、二，包括《她名叫蝴蝶》（1993）、《遍山洋紫荊》（1995）。前後 16 年的小說建構，終於使施叔青臻於藝術生命的高峰，也使臺灣文學發展獲致可觀的成就。對她個人而言，這是一次漂亮的跨越；既經營女性主義小說，但也以同樣一枝筆，干涉歷史解釋。前三部短篇小說道盡香港繁華生活裡的女性，在尊貴與放蕩之間升降。對女人身體的描寫，她極盡幽微細膩之能事，容許讀者窺探被壓抑者的身體政治。在情慾上的節制與解放，不再片面由男性來決定，更多的自主逐漸回歸到女性身體。她形塑的故事，無疑釋放了千年來被幽禁在黑暗歷史的魂魄。肉體並不僅僅是血肉之軀的代名詞，在她筆下竟鑄成一個衝撞男性道德高牆的批判力量。她寫的是香港女人，卻也是整個東方女性冤魂的縮影。在歷史上從來不說話的幽靈，不再是沉默的存在，一旦她們發出聲音，簡直是雷霆萬鈞。

　　「香港三部曲」相當清楚定義了一位臺灣女性的史觀。在龐大的傳統脈絡下，歷史發言權與解釋權總是落在男性手上。凡是由男性寫出來的歷史，都負載他們的褒貶評價與審美原則；凡不符男性的尺碼，就沒有機會進入歷史。這是權力的濫用與誤用，並且成為牢不可破的女性戒律。幾千年來，女性從歷史記錄中憑空消失，甚至被擦拭得乾淨俐落，原因就在這裡。歷史為什麼必須只由男性來撰寫？一旦女性頓然覺悟，她們也企望擁有歷史發言權。歷史建構的工作為什麼不能也掌握在女性手上？施叔青從一位自我審視的女性主義者，翻轉成為具有立場與判斷

的歷史觀察者。建立史觀、抗拒男性價值的一個歷史書寫者。當她沉浸在龐大香港史料的閱讀中，相當清楚地發現，在許多重要的歷史事件與時間關鍵，從來看不到女性的背影。難道女性是沒有記憶的嗎？她們是沒有觀察能力的嗎？對於人類的痛苦，她們是沒有感覺的嗎？這些問題都成為空白的歷史。施叔青選擇在空白的地方，注入女性的想像。在悲壯、偉大的歷史舞臺上，她為香港創造了一位名叫黃得雲的女子，這位虛構的人物，重新又全程走完香港近代史。她扮演不斷被出賣的角色，讓歷史又重演一次。

　　黃得雲是一位不斷被出賣的女性，當她出現在香港的歷史舞臺，正好使各種不同的歷史重量，都降落在這位沒有聲音的女子身上。香港，是東西文化的交界，是海洋與內陸的關口，是傳統與現代的錯身。確切而言，香港正是歷史翻轉過程的關鍵點；把一位名不見經傳的女性，放置在這個空間，恰恰反映出歷史背景有多寬大，而女性生命有多渺小。這種想像上的張力，非常精確定義了女性身分在男性政治裡的處境。黃得雲被出賣成為社會底層的妓女時，暗示了她的命運已經到達絕境，當黃得雲毫無退路之際，她只能選擇背水一戰。從一無所有的生活環境，她開始尋找出路。為她開啟的僅有道路，唯愛情而已。

　　生命中發生的兩次重大的戀愛經驗，一是洋人幫辦史密斯，一是華人幫傭屈亞炳，兩位男主角分別代表西方與東方的男性文化。頗具高度潔癖的史密斯，固然貪戀黃得雲的美色，縱情於聲色逸樂之際，卻又意識到身為白人的尊貴身分。女人的身體，就像殖民地那樣，只是提供暫時的權力支配而已。愛情並不可能帶來救贖，恰恰相反，那是一次再被出賣的象徵。為了維護帝國的榮光，史密斯毅然離開黃得雲，並留給她一筆可觀的贍養費。所謂贍養費，只不過是洗刷白人的羞恥與罪惡，黃得雲終於還是被遺棄在黯淡無光的社會底層。她的第二次戀愛，由史密斯的傭人屈亞炳來接替。他對女性身體的迷戀，與白人毫無兩樣。但是屈亞炳身分縱然低微，卻懷有繼續往上爬的雄心壯志，他無法忘懷黃得

雲這位妓女的卑賤身分。屈亞炳在墮落與昇華之間掙扎，最後還是選擇
拋棄黃得雲作為代價。殖民地的男人，在接受西方白人的驅使時，畢竟
沒有忘記自己的人格。然而，他維護人格的僅有方式，便是把女性的身
體作為自我救贖的工具。東方女性的悲慘，同時遭到帝國主義與男性沙
文主義的踐踏。施叔青以華麗的文字，建構輝煌燦爛的愛情故事，在文
字最美之處，也是傷害最大的地方。

　　肉體的意義，在國族魅影的籠罩下，簡直毫不足取。但是，沒有聲
音的女性，就等於是沒有歷史。在男性記憶裡，女性如果是屬於空白的
存在，她們就沒有自己的思考嗎？施叔青選擇在第三部《寂寞雲園》給
出一個強悍有力的答案，女人的命運絕對不可能依賴男性而獲得解放。
如果女人只是在循環、重複過去曾經發生過的悲劇，則這三部曲顯然與
過去的話本小說沒有更為高明之處。黃得雲以她個人的生命力與意志力
投入自我救贖的艱難挑戰，她終於成功地為自己贖身，經營當鋪事業。
她的孫子後來又成為香港社會的法官，整個身世的改觀，正好可以解釋
命運並非是一成不變。施叔青筆下的黃得雲，不再只是一位弱小女性的
歷史，她也是具體而微的香港史，更是近百年來受盡帝國主義侵略的中
國史。一位臺灣作家為香港立傳，不免遭到當地批評家的議論。有一說
法是，施叔青的香港，不是他們所熟悉的香港。如果這樣來解釋三部
曲，顯然窄化了她的創作意圖。香港只是一個場景、一個想像、一個借
來的名字，不必然要與具體的香港等高同寬。在香港舞臺出沒的黃得
雲，她的血肉之軀，所承受的痛苦、羞辱、傷害、貶抑，絕對是屬於歷
史上的真實；黃得雲見證過的災難，還不足以道盡人類歷史上女性所遭
到的羞辱與汙名化。

　　「香港三部曲」完成時，是在 1997 年，那年香港主權由英國手上交
給北京當權者。殖民地的命運，是不是從此就獲得解放？如果只是作為
權力交易的籌碼，香港的命運可能與黃得雲沒有兩樣。真正要使解放的
命運降臨，也許不能完全依賴權力在握者的慈悲與同情。若是不能建立

自己的歷史觀與生命觀，主權回歸之後的香港，真的從此就可享有價值
選擇與言論自由的空間嗎？黃得雲故事的微言大義，到今天還是不斷地
與香港社會展開直接、間接的對話。從這個觀點來看，「香港三部曲」不
僅僅是近代史而已，它甚至是當代史的縮影。施叔青的力道在此獲得印
證，她在史料的縫隙之間穿梭，對於真正發生過的歷史事實，她避開去
挑戰。但是，在事實與事實之間的空白，她勇敢投入，以一個沒有身分
地位的女性，俯望舉世滔滔的男性論述。其中所暗藏的解釋，正好可以
戳破所謂雄偉歷史的缺陷與猥瑣。施叔青以小博大的書寫策略，從此雄
辯地建立起來。

　　憑藉「香港三部曲」所企及歷史敘述功力，施叔青展開返鄉之旅。
回到故鄉時，決定也為她所賴以生存的土地立傳；朝向空曠虛無的歷史
荒原，毅然為被損害的、沒有發言權的臺灣，發出深沉而悲憤的抗議。
她的抗議具體印證在日後次第完成的「臺灣三部曲」。新的三部曲包括
《行過洛津》、《風前塵埃》、《三世人》。以氣勢磅礡的格局，她重新建構
歷史上最受歧視、忽視的族群。臺灣這塊土地，在短短三百年內，歷經
各種不同強權與帝國的統治，每一位當權者都帶來不同的語言與文化。
這個海島也不停地接受各個歷史階段的移民潮，並容納移民者各自帶來
的文化傳統。與香港一樣，臺灣是一個殖民地；但與香港最大不同之
處，便是權力不斷更迭，文化內容不斷變化；歷史累積起來的重量，遠
遠超過香港所能承受的。移民者來到臺灣，決定在此生根，永遠衍傳下
去。只有殖民者在露出疲態時，便毫無遲疑把政權交給下一個殖民者，
義無反顧地揚長而去。

　　《行過洛津》仍然還是以情慾抵抗歷史的方式，開展一個令人驚心
動魄的故事。《行過洛津》以梨園戲的演出為主軸，在悲情歷史中另建一
個悲劇舞臺。殖民者的歷史是虛構的，被殖民者的痛苦是真實的。在強
烈對照下，施叔青的千言萬語，簡直是汩汩冒出。沿著臺灣民間故事
《陳三五娘》的跡線，她的筆繁殖了豐饒多元的敘述，一方面重新回顧

民間底層的情慾流動，一方面則刻意描述官方立場的道德戒律。官方的壓制與民間的奔放，構成全書極為精采的辯證發展。她寫的是鹿港這個港口，如何從繁華世代趨於沒落，把將近百年的臺灣歷史濃縮成一齣戲的演出。她企圖要指出的是，所有的史料，真的是可靠的記憶嗎？如果戲子被貶抑、女性被貶抑，歷史大概就只剩下男性權力而已。男性權力可以等於歷史嗎？她的這部小說，無疑改寫了臺灣的男性史，使以小博大的書寫策略，再次得到漂亮的演出。

　　第二部《風前塵埃》把晚清歷史，轉移到日據時代，把西部的漢人史，轉移到東部的原住民史。時間與族群可能不一樣，但是她有意為歷史上沒有發言權的人物，再次發出聲音。充滿強悍抵抗的原住民，竟然與日本女子發生一場戀愛。施叔青的歷史想像，橫跨了日本帝國與被殖民者之間的鴻溝，架構起另一個力道十足的歷史敘述，其中容納了殖民史、反抗史、戰爭史，為整個日據時代全然空白的記憶，添加色彩、聲音、情感、溫度。跨界的愛情，永遠無法完成，但是小說裡原住民的血液，流進殖民者女性的身體時，這種翻轉的書寫方式，簡直是把日本帝國的神格地位降為平凡的人，把原住民的反抗精神升格為非凡的人。隱藏在歷史背後的故事，一旦變成白紙黑字的小說時，不能不使後來的閱讀者，對當權者的價值觀念產生高度懷疑。施叔青要質疑的是，所有的歷史不能取代真實的記憶。如果歷史充滿太多的虛構，則虛構的小說為什麼不能介入？當虛構與虛構混融在一起，批判的力量便儼然存在。

　　第三部《三世人》則是以臺北為場景，係以一位日據時期的漢詩遺民施寄生為中心。在他身上，既暗示現代與傳統的衝突，也彰顯殖民者與被殖民者的摩擦；既描寫男性與女性的分合，也敘述高雅文化與低俗文化的相遇。這部小說與前兩部比較起來，施叔青刻意以斷裂、跳躍的技巧，來拼貼日據時代到二二八事件歷史的光與影。她要憑弔的是，曾經有過古典優雅的漢詩傳統，是如何在現代化浪潮下被沖刷淨盡。她也要追祭臺灣歷史人物的人格，在權力誘惑下，是如何自我出賣並墮落。

這部小說要指出的是，一種扭曲歷史的形成，也許不能只片面責怪殖民者，被殖民者恐怕也是必須承擔責任的共犯。施叔青有意擺脫華麗文字的營造，而以赤裸的靈魂穿透歷史迷霧，從時間深處傳出一首悲歌與輓歌。

當她完成「臺灣三部曲」時，施叔青的史觀已是清晰可見。她對女性懷有理想的寄託，她對男性則有無限的期待。歷史的擘造，絕對不可能是單一性別或單一族群所建構，她注意到歷史的全面性與整體性。但對於權力在握者，她從不放棄諷刺批判；對於歷史受害者，她賦予更多的發言權。歷史上被貶抑的各種女性、原住民、同性戀，與被殖民者，她寬容而慷慨地讓他們重登舞臺，再度演出他們既定的角色。改寫歷史不必然要修訂史料的紀錄，真正的改寫是在虛構的地方注入真實，在缺口的地方填補感情。使長期被邊緣化的臺灣，終於在她的小說裡發出聲音。她的小說足夠證明，沉默的記憶從來就不是沉默，遺忘的歷史從來就不應該被遺忘。把「香港三部曲」與「臺灣三部曲」並置在一起，施叔青的邊緣戰鬥，開啟了一場史無前例的場面，歷史解釋至此獲得翻轉。臺灣的後殖民史，在某種意義上，也可以視為後施叔青史。她的意義，在此徹底釋放出來。

施叔青已經宣稱她就要封筆。兩個三部曲的經營，耗盡她前後二十年的生命。從四十歲進入六十歲，從黑髮寫到白髮，她為香港史與臺灣史立傳所付出的代價，簡直無法估算。但是她換取的歷史記憶與文學藝術，將無法輕易動搖。施叔青文學散發的氣勢與魄力，已經成為臺灣文學史的重要證詞。現在容許她暫時放下筆，靜心休養，蓄積實力。歷史是那樣深不可測，施叔青的藝術也無法預測。什麼時候什麼地方，她又將開門出山，那可能是臺灣文壇的最大期待。

——選自《聯合文學》第 317 期，2011 年 3 月

施叔青的「香港三部曲」

◎李歐梵*

　　與施叔青老師一樣對香港的歷史有共同的情感，我最近又匆匆的重讀了「香港三部曲」還有她所寫的《維多利亞俱樂部》，她的小說非但寫得好還有預測將來的能力。香港曾經發生過的事情，在《維多利亞俱樂部》中都表現出來了，所以我用簡短的時間發表我的一些觀感。

　　三部曲主要是施叔青寫作重要的結構性的特徵，有「香港三部曲」也有「臺灣三部曲」，接下來可以再寫個「世界三部曲」或是「美國紐約三部曲」。從「三部曲」這個結構本身來看，在中國現代文學來看就就是寫三代同堂或四代同堂，目前五部曲還沒出現。可是我個人覺得這個三部曲雖然是三本小說的代表，我覺得《維多利亞俱樂部》可代表第四部，也許能和印尼作家 Pramoedya Ananta Toer 寫的四部曲 *The Buru Quartet*（裡面有荷蘭人和印尼本地人）做比較。另外一點是這三部曲特別是第一部非常明顯是以女性為主，抓到了三個重要的時間點，第一部《她名叫蝴蝶》寫了四年（1894～1897），抓到的是 1894 那一場鼠疫；第二部《遍山洋紫荊》是從 1897～1911，1897 年的故事開頭是在講維多利亞女王登基 60 週年的慶典，香港還是殖民時期的盛大慶祝；第三部《寂寞雲園》則是 1911～1984，這時候是香港已進入要回歸中國的年代。這三個時間點我覺得非常重要，以時間來看所牽涉到的問題是講香港殖民文化，鼠疫牽涉到香港，帶起了男主角（亞當‧史密斯）也代表

*中央研究院院士、香港中文大學講座教授。

了英國的金錢和勢力。那麼 1897 年更是女王登基 60 週年，當時英國殖民到了最盛的頂點，可是馬上就要衰落了！最後中英聲明這時候代表了英國衰落的標記，沒有其他選擇只好把香港歸還給中國。這背後寫的是英國在香港的殖民，所牽涉到華文寫作的基本問題是你怎麼用中文來寫外國人呢？我認為 20 世紀華文寫作中，寫外國人的小說非常少，從晚清開始不多是以中國人的眼光描寫外國人的，只有在晚清的文本裡面有幾篇把外國人擺進去的。所以我認為也許施叔青在小說中提醒我們，如果以香港為背景的話，其實背後的語言系統絕對不只是中文，而且包括殖民式的英文。還有一個很重要的問題，用了妓女當主角，她講了東莞口音的廣東話怎麼處理？因為她從東莞來，在小說的一開始說明了香港的這個名稱來自香木，這是傳說之一。

我們可以清楚看到施叔青花了至少十幾年的時間來完成這部小說，看了英文的資料不少，為什麼我會知道呢？因為我自己也寫了一本和香港有關的書，不過是用英文寫的，目前還沒有中文翻譯，叫做 *City Between Worlds*（夾在幾個世界之中的一個城市），包括各種文化之中的故事，我也花了些時間看了重要資料，明顯顯示出殖民者和被殖民中非常不平等的關係。現在還牽涉一個問題就是既然黃得雲這個小說她是妓女，她不可能書寫，她最多很會講話，她會講英文，講得是什麼英文我們不知道，因為這裡面是用中文寫的，所以大家可以假想一下：她是用了什麼腔調的英文來和史密斯在床上纏綣？這牽涉到一個理論問題是所謂 subaltern body，香港最大的特徵就是，從整個 19 世紀香港文學來看，中文是誰寫的？一代代的所謂草根階層的以黃得雲為代表的受壓迫的人，他們的聲音怎麼出來的？這變成一個很重要的問題。目前為止，研究香港史，分中英文兩種，分得很清楚，以中文寫作的都是香港人，英文用得很少，而外國人寫香港，特別是港大的一個英國教授，是用英文寫，是一種居高臨下的權威書寫，所以我寫的書裡都有對於這個層面做過不少批評。施叔青寫這種小說要比寫普通的小說困難好幾倍，因為

牽涉到後殖民的問題，種族極為不平等的問題，我們可以看到為什麼要把黃種女性的妓女受白人的男性所欺負，我第一次讀時想到，這是不是和以前廖炳惠研究的《蝴蝶夫人》(*Madame Butterfly*) 有關係？後來香港還有一本 Richard Mason 寫的 *The World of Suzie Wong*，這些例子非常明顯。可是我覺得施叔青小說有一點不同的就是這個妓女非但有主體性，而且還開創了自己的家世，最後到她的孫子黃威廉變成一個大法官，現在香港有一位大法官李國能，我每次一想到李國能就想到黃威廉，他們當然不是同一個人。由此可見施叔青似乎為白人小說家寫他們應該寫卻還沒寫的小說。那我們可以想想到底香港的殖民者為香港寫了什麼小說，我很驚奇的發現沒有一本小說！短篇的有，長篇的幾乎沒有。如果有，可能就是大家看過的一部電影 *Tai-Pan* by James Clavell，這個作家在香港住過沒有，我不知道，可是他寫了一本非常暢銷的通俗小說。另外一本是 *An Insular Possession*，作者 Timothy Mo，生在香港，卻住在英國，寫得相當好，把當時外國的報紙用作材料，一邊寫外國人之間的鬥爭，同時寫廣東廣州和香港的華人，已經變成亞美文學的小小經典。除此之外，像毛姆寫的《面紗》(*The Painted Veil*)，只有第一章寫山頂的香港，同樣是白人女性。「香港三部曲」第一本寫的是 Adam Smith 和蝴蝶黃得雲的浪漫史，浪漫史英文叫做 Romance，浪漫即是通俗語言裡面說的愛情，另外也能變成一種次文類，什麼叫做 Historical Romance？我們也許能把它翻作歷史的傳奇。傳奇是一種文體，英國文學上有很多傳奇，譬如說 Walter Scott 的小說就是一種傳奇，*Ivanhoe* 原著小說後面副標題：*A Romance*，茅盾的《子夜》背後也叫做 *A Romance*。現在很少人在用這個字，因為大家以為羅曼斯這個字就是通俗的小說，可是這小說背後至少有相當深厚的基礎，這深厚的基礎就是把歷史變成傳奇，也可以說把歷史變成愛情的演繹。小說開始使用 Romance 這個模式來寫她的三部曲，可是主題開始變調了，到了三部曲的時候我覺得 Romance 快沒有了，為什麼呢？因為它進入現代了，進入

了 20 世紀，我是 1970 年代到香港的，1980 年代的香港這個氣氛就開始完全不一樣了，從這裡我們可以看出其實這三部曲很難寫。如果我們再用很多比較文學上的例子的話，我們可以舉出很多，不過今天沒有時間講。

這也是一部以家族來敘述歷史的小說，施叔青用的是「大河小說」的模式，其實大河小說背後的另一項模式就是神話，神話可以變成一種原型，原型可以影響行為與文化的思構，如果進入到這個架構裡面，我們可以看到其實小說裡暗示了很多東西，都可以帶出來。施叔青多年前要寫「香港三部曲」的時候問我：要怎麼寫？我答說：盡量鋪陳細節，像巴爾扎克的小說一樣。施叔青前面的部分寫得比較多的是愛情的元素，反而在《維多利亞俱樂部》那本相關小說中把細節寫出來，像是手錶，什麼顏色，味道是什麼，像這一種細節都是殖民主義文化的細節，在臺灣是看不到的。而這一種細節，用現代的眼光重新再來看的時候，就像是褪了色的彩色花邊。施叔青特別在序言裡說了她想還原這歷史原來的風貌，所以用古豔淒婉的文體，借用文采，引出時代的距離感，希望讀來像凝視古風泛黃的彩色照片，大家以為是黑白的，不過這是彩色的照片。還原時代的風情，用心良苦，風情就是 details，一種 landscape of details。

要如何把一個風情人物用一種畫面來表現非常值得研究，最早期的香港風情畫在香港和澳門歷史博物館。但是那一種風情畫要如何用華文表現出來？我覺得有相當的難度。施叔青用這種古豔淒婉的文體，又是怎麼樣一個文體？這樣的文體是否牽涉到中國的古典詩詞歌賦呢？或是西方的詩詞歌賦呢？我覺得最難寫的就是最後《寂寞雲園》，容我說一句批評話，這一本沒有上一本來得精彩！如果第三本和《維多利亞俱樂部》合在一起，或者可以變成四部曲的話，會比較完整。因為後者以比較客觀的距離的角度來看一件貪汙案，而這個貪汙案牽涉到一個很不負責任的法官黃威廉，而這貪汙案的主人翁是一個反派角色，主角從最低

階的立場變成貪汙的主角，結果被他的洋人老闆害，被密告，這裡講到香港法治的問題，也提到殖民主義的結構權力問題。

　　最後容我用一個我個人的小故事來做一個一分鐘內的結束，有一次我到香港參加一個朋友兒子的結婚典禮，我只去了五分鐘就受不了了！為什麼呢？因為裡邊都是《維多利亞俱樂部》型的人，一個個西裝筆挺，穿著皮鞋，女士們在旁邊吱吱喳喳，現在維多利亞俱樂部變成一個抽象的權勢名詞，俱樂部房子還在，但風光沒有了。

——選自簡瑛瑛、廖炳惠主編《跨國華人書寫‧文化藝術再現：施叔青研究論文集》
臺北：臺灣師範大學出版中心，2015 年 12 月

輯五◎
研究評論資料目錄

作家生平、作品評論專書與學位論文

專書

1. 李仕芬　　愛情與婚姻：臺灣當代女作家小說研究　　臺北　　文史哲出版社 1996 年 5 月　266 頁

本書從西方女性主義文學批評的角度出發，討論與分析當前臺灣女作家施叔青、廖輝英、袁瓊瓊、李昂、蕭颯、蘇偉貞的作品。全書共 7 章：1.序論；2.女性與愛情；3.女性與婚姻；4.女性與性；5.女性與外遇；6.女性與自我；7.餘論及總結。

2. 李仕芬　　女性觀照下的男性──女作家小說析論　　臺北　　聯合文學出版社 2000 年 5 月　358 頁

本書探討施叔青、李黎、廖輝英、袁瓊瓊、李昂、平路、蕭颯、蘇偉貞小說中的男性，以此了解臺灣女性作家筆下的男性形象。全書共 6 章：1.序論；2.男性母親的關係；3.男弱女強──男性的恐懼與逃避；4.父親與兒子的關係；5.挫敗與困惑──男性角色的承擔；6.餘論及總結。

3. 白舒榮　　自我完成，自我挑戰──施叔青評傳　　北京　　作家出版社　2006 年 7 月　412 頁

本書以施叔青《壁虎》延伸，談論施叔青少女時期生活與家庭背景，及其之後到國外求學生活經驗，並評論「香港三部曲」，以歸納出施叔青的張愛玲情節，指出堅強的女性意識在她的作品中不可忽視。最後探討論施叔青回臺定居寫出「臺灣三部曲」所欲呈現的意涵。全書共 4 部 19 章：第 1 部「根」共 4 章，1.啊！原鄉；2.在一個多雨的秋日，趴在書桌上，她喃喃自語地寫起小說來；3.你應當可以上的更高；4.法文系學生豐碩的中文答卷；第 2 部「葉」共 3 章，1.在大洋彼岸；2.走進中國傳統文化；3.多聲部混聲合唱；第 3 部「落」共 5 章，1.吃盡穿絕觀世界；2.神州十年；3.「香港的故事」──文學創作路上的第一次遠征；4.香港後殖民時代的社會考察報告──《維多利亞俱樂部》；5.文學創作路上的第二次遠征──「香港三部曲」；第 4 部「歸」共 7 章，1.看淡一切，不要那麼執著；2.為聖嚴法師作傳；3.載欣載奔，《回家，真好》；4.「寫作是我的居住之地」；5.《微醺彩妝》──臺灣後殖民時代的《醒世恆言》；6.臨鏡顧影呈現自己的投影──《兩個芙烈達.卡蘿》；7.文學創作路上的第三次遠征──「臺灣三部曲」之一《路過洛津》。正文後附錄〈餘音──驅魔〉、〈施叔青創作年表〉。

4. 劉依潔　　施叔青與李昂小說中的臺灣想像　　臺中　　印書小鋪　2009 年 12 月

390 頁

本書分析施叔青與李昂小說呈現的家國、人物、族群、文化等主題，探究作品所傳達出的「臺灣想像」。全書共 6 章：1.緒論；2.家國的想像；3.兩種人物類型的象徵意涵；4.族群、階級與兩性關係的刻畫與描述；5.「文化交會」的想像；6.結論。

5. 白舒榮　　以筆為劍書青史：作家施叔青　臺北　遠景出版公司　2012 年 3 月
　　235 頁

本書為施叔青傳記，作者透過對作家作品的閱讀、史料的探索與訪談之經驗，逐步拼出施叔青的文學道路。全書共 6 章：1.原鄉臺灣島（1945—1970）；2.遠嫁曼哈頓島（1970—1972）；3.回歸臺灣島（1972—1977）；4.客居香港島（1977—1994）；5.重返臺灣島（1994—2000）；6.定居曼哈頓島（2000—）。正文前有陳芳明〈從孤島到孤島〉、施叔青〈自我挑戰‧自我完成〉；正文後附錄〈後記〉、〈施叔青年表〉。

6. 陳姵妤　　施叔青「臺灣三部曲」中的歷史想像與臺灣書寫研究　臺北　花木
　　蘭文化公司　2014 年 9 月　276 頁

本書分析「臺灣三部曲」，從中了解施叔青如何呈顯臺灣歷史，進而歸結她所構築的史觀；並指出她與其他臺灣大河小說家的殊異之處。全文共 6 章：1.緒論；2.施叔青的人生歷程與文學養分；3.宏觀視角下的臺灣史圖像；4.「臺灣三部曲」中的臺灣書寫；5.施叔青「臺灣三部曲」的書寫策略與承先啟後；6.結論。正文後附錄〈施叔青年表〉。

7. 何敬堯　　逆光的歷史——施叔青小說的癥狀式逆讀　臺北　秀威資訊科技公
　　司　2015 年 4 月　300 頁

本書以「癥狀式閱讀」法則，重新審閱施叔青「臺灣三部曲」：《行過洛津》、《風前塵埃》、《三世人》的文學意涵，建構文字表象下的鄉土風景與歷史脈絡。全書共 5 章：1.序論；2.論《行過洛津》的遷移史、洛津鄉土與敘事傾斜；3.論《風前塵埃》的族群史、移民村風景與戀愛敘事；4.論《三世人》的臺灣史觀、臺北城與敘事裂縫；5.結論。

8. 簡瑛瑛，廖炳惠主編　　跨國華人書寫‧文化藝術再現：施叔青研究論文集
　　臺北　臺灣師範大學出版中心　2015 年 12 月　539 頁

本書為「跨國華人書寫‧文化藝術再現：施叔青國際學術研究會」論文集。全書分 4 輯：1.「國際學者特稿」，收錄李歐梵〈施叔青的「香港三部曲」〉、王德威〈三世

臺灣的人、物、情〉、金良守〈施叔青的《維多利亞俱樂部》與戰後東亞的「反帝文學」：與臺灣、韓國文學的比較〉、劉俊〈從「四代人」到「三世人」：論施叔青的「香港三部曲」和「臺灣三部曲」〉、黃英哲〈香港文學或是臺灣文學：論「香港三部曲」之敘述視野〉、廖炳惠〈Fake Economy and the Temple of Boom: Contextualizing Shih Shi-ching's Light Drunken Makeup〉、錢南秀〈Discovering History in Lugang: Shih Shi-ching's Narratological Approach to Writing Historical Fiction〉共 7 篇；2.「歷史書寫與跨文化再現」，收錄簡瑛瑛、吳桂枝〈女性歷史書寫與跨文化再現：「臺灣三部曲」與《婆娑之島》比較研究〉、林芳玫〈沉默之聲：從華語語系研究觀點看「臺灣三部曲」的發言主體〉、曾秀萍〈一則弔詭的臺灣寓言：《風前塵埃》的灣生書寫、敘事策略與日本情結〉、杜昭玫〈憶／譯香港：論「香港三部曲」之異憶／譯〉共 4 篇；3.「國族認同與性別空間」，收錄劉亮雅〈施叔青《三世人》中的殖民現代性與認同問題〉、林振興，陳昭利〈迷惘的「三世人」：從王掌珠與施寄生的歷史身分與國族認同〉、黃憲作〈《風前塵埃》的女性空間書寫〉、蔡翠華〈後山的女人：論施叔青《風前塵埃》與方梓《來去花蓮港》中的性別與地方〉、梁一萍〈缺場原住民：《風前塵埃》中的山蕃消失政治〉共 5 篇；4.「文化藝術與戲劇美學」，收錄李欣倫〈聲色一場：從施叔青習佛經驗讀《行過洛津》和《風前塵埃》中的身體〉、蔡雅薰〈美國華文小說的跨文化美學〉、林璄南〈《行過洛津》中的戲劇與情慾政治〉、李時雍〈我畫我自己，故我存在：以施叔青《兩個芙烈達‧卡蘿》為中心〉共 4 篇。正文後附錄〈作家與藝術家論壇〉、〈跨國學者論壇〉、〈施叔青研究書目〉。

9. **林芳玫　　永遠在他方：施叔青的「臺灣三部曲」　臺北　開學文化公司　2017 年 12 月　221 頁**

本書從空間、時間、身分編輯三個面向來討論「臺灣三部曲」，並從國族寓言的角度討論臺灣國族想像的開放、流動、永遠在他方的「不在場」特質。全書共 6 章：1. 緒論；2.地表的圖紋與身體的圖紋：《行過洛津》的身分地理學；3.《風前塵埃》：歷史書寫後設小說的共時與共在；4.《三世人》人物的認同形構與身分編輯：重層分權的國族寓言；5. 沉默之聲：從華語語系研究觀點看「臺灣三部曲」的發言主體；6. 結論　面對歷史幽靈。

10. **李宜芳　　臺灣當代施家朱家姊妹九〇年代小說創作風貌　新北　致知學術出版　2018 年 12 月　474 頁**

本書以臺灣當代存在兩對姐妹小說家，施叔青、李昂、朱天文、朱天心長達三、四十年小說文體創作為研究主軸，認為四人藉由獨特的小說語言與文本中對照臺灣歷

史發展的鹿港、臺北雙城書寫，闡述流動的價值觀與藝術觀，展現雌雄同體、陰性書寫、文字鍊金術、文字治療、廢墟論述，讓臺灣文學發光於世界舞臺。全書共 7 章：1.序論；2.施家朱家姐妹小說九〇年以來創作路數：創作風貌的基礎；3.施家朱家姐妹九〇年代小說的文本實踐：創作方法與文體的突破；4.施家朱家姐妹九〇年代小說的語言實驗；5.心靈原鄉：施家朱家姐妹小說九〇年代小說心靈圖象；6.施家朱家姐妹小說的當代意義；7.結論。

學位論文

11. 梁金群　　施叔青小說研究　逢甲大學中國文學系　碩士論文　余美玲教授指導　1998 年　323 頁

本論文分析架構由兩層面進行。第一層面為施叔青小說的文學語言、風格、技巧、表現手法、敘述視角等方面；第二層面為探討作品以外的其他因素，如作家所處的時代背景、文學思潮、作家的生命歷程。全文共 7 章：1.緒論；2.創作背景；3.創作主張；4.創作主題；5.藝術形式；6.施叔青在臺灣文學史上的地位；7.結論。

12. 魏文瑜　　施叔青小說研究　政治大學中國文學系　碩士論文　許俊雅教授指導　1998 年　128 頁

本論文從施叔青的文學啟蒙與寫作歷程為起點，探討作家個人的生活經歷與文學活動之間的關係。全文共 6 章：1.緒論；2.施叔青的文學啟蒙與寫作歷程；3.現代派的心靈夢魘與對生命意義的探索；4.小說家的社會關懷；5.所羅門的寶藏：施叔青和她的香港；6.結語。

13. 王瑞華　　滄桑香港　福建師範大學　碩士論文　劉登翰教授指導　2000 年 5 月　41 頁

本論文對施叔青以香港爲題材的小說進行綜合論述，且從寫作視野、審美追求以及對中外文學的吸收與借鑒幾個角度入手，對其「小說香港」作較爲全面的透視和剖析。正文前有引言，全文共 3 章：1.從鹿港到香港：跨文化的寫作視野；2.歷史感悟與審美追求的統一；3.廣采博納：對中外文學的吸收與借鑒。

14. 王俊玲　　鹿港夢魘的徘徊與突圍──論臺灣女作家施叔青的創作　內蒙古師範大學　碩士論文　付中丁教授指導　2002 年 5 月　58 頁

本論文從施叔青的現代主義創作入手，研析其獨特的精神世界與藝術世界。全文共 10 章：1.藝術個性萌發的獨特基因；2.鄉俗世界的變形；3.兩性糾葛：文本敘事的邏輯起點；4.父權中心的禁錮與顛覆意識；5.文化意識的衝撞、失落與回歸；6.當

代商業社會的女性群像；7.怪誕幽怨的藝術世界；8.從徘徊到突圍：現代主義的流變；9.結語：缺陷與貢獻。正文後附錄〈施叔青小傳〉、〈施叔青寫作年表〉、〈施叔青得獎作品表〉。

15. 辛延彥　　兩性角色與殖民論述──「香港三部曲」研究　南華大學文學研究所　碩士論文　陳器文教授指導　2002 年 6 月　184 頁

本論文針對施叔青的「香港三部曲」的藝術特色，輔以女性主義理論中的兩性角色及殖民論述來分析「香港三部曲」中的意涵。全文共 7 章：1.緒論；2.徘徊在現實主義與現代主義之間；3.「香港三部曲」的藝術特色；4.蝴蝶的身世；5.性別角力的政治寓意；6.大英帝國的東方之珠；7.結論。

16. 王　燁　　施叔青小說綜論　華東師範大學中國現當代文學所　碩士論文　錢虹教授指導　2004 年 5 月　66 頁

本論文據施叔青「鹿港—臺北—香港—臺北」的生活軌跡，探討其作品中主要反映的內容與主題。全文共 6 章：1.前言；2.鄉土臺灣的追憶與蛻變；3.消費社會中的一聲嘆息；4.殖民歷史的追述與想像；5.世紀末的臺北漫遊；6.結語。

17. 廖苙妏　　施叔青小說中香港故事研究　南華大學文學研究所　碩士論文　陳章錫教授指導　2004 年 12 月　121 頁

本論文探討施叔青香港時期作品產生的意念，以及其小說意蘊內涵。全文共 6 章：1.緒論；2.社會淵源與創作分期；3.思想淵源；4.香港故事群像；5.藝術形式；6.結論。

18. 魏伶砡　　孤島施叔青　中興大學中國文學系　碩士論文　陳芳明教授指導　2006 年 6 月　251 頁

本論文探討施叔青在臺灣、曼哈頓與香港三個時期之文學創作，以了解其所欲表達之意念。全文共 6 章：1.施叔青文學及其周邊；2.遊走的臺灣女子；3.鬱鬱寡歡的笙歌香港；4.尋根大陸與幻滅；5.施叔青的孤島香港；6.結論：書寫孤島／在孤島書寫。

19. 張曉凝　　百年香港的歷史寓言──施叔青小說「香港三部曲」的後殖民書寫　吉林大學中國現當代文學所　碩士論文　閻桂生教授指導　2006 年 4 月　53 頁

本論文對施叔青的「香港三部曲」進行深入解讀，闡釋施叔青對香港歷史的個人化理解與書寫，並分析施叔青超越性別的香港敘事。全文共 4 章：1.從香港──被異化的「他者」之城；2.香港──無根的浮城；3.香港──自我扭曲的城；4.女性敘

事的多重解構。

20. 顏如梅　　施叔青香港時期長篇小說研究：以「香港三部曲」及《維多利亞俱
　　　　　　樂部》為中心　中興大學中國文學系　碩士論文　徐照華教授指導
　　　　　　2007 年 1 月　158 頁

本論文針對施叔青香港時期的 4 部長篇小說作深入研究，探討香港真實的歷史與小
說虛構的故事互滲的情形。全文共 7 章：1.緒論；2.敘事時間的表現；3.敘事空間
的意義；4.敘事方法的運用；5.人物刻畫；6.黃氏家族的國族寓言；7.結論。

21. 黃恩慈　　女子有行——論施叔青、鍾文音女遊書寫中的旅行結構　成功大學
　　　　　　臺灣文學研究所　碩士論文　應鳳凰教授指導　2007 年 2 月　144
　　　　　　頁

本論文以臺灣九〇年代的女遊書寫作為研究主題，選擇施叔青、鍾文音分屬於兩個
世代的女作家為觀察對象，以「旅行結構」、「性別」、「認同」「對話模式」、
「女遊書寫」面向觀照，藉此解析出九〇年代臺灣女性作家在旅行書寫的異同性。
全文共 5 章：1.緒論；2.原鄉的追尋者——施叔青；3.遊女在她鄉——鍾文音；4.殊
途？同歸！——兩人旅行書寫之比較；5.結論——返家之後的書寫。

22. 翁淑慧　　依違在「現代」與「傳統」之間：臺灣六〇年代本省籍現代派小說
　　　　　　家的「鄉土」想像　清華大學中國文學系　碩士論文　呂正惠，李
　　　　　　貞慧教授指導　2007 年 4 月　145 頁

本論文討論了陳若曦、七等生、王禎和、陳映真、黃春明、施叔青、李昂七位本省
籍作家的小說文本。作者從「城鄉交流」、「傳統信念與現代理性、自由觀」以及
「新舊世代的婚戀性愛」這三大主題架構出「傳統」與「現代」的罅隙，藉由細緻
的文本分析閱讀出不同作家對「鄉土」的不同態度。在這七位作家的「鄉土想像」
中，看見第三世界國家與知識分子，在「傳統」的生活情境中追求「現代化」，而
產生出來的「過渡性」與「交混」（hybridity）狀態。全文共 5 章：1.緒論；2.城
鄉交流與衝突；3.傳統信念與現代理性、自由觀的交鋒；4.變形扭曲與騷動不安的
青春夢；5.結論。

23. 陳　磊　　突圍與超越中臻於成熟之境——施叔青小說論　安徽大學中國現當
　　　　　　代文學研究所　碩士論文　王宗法教授指導　2007 年 4 月　86 頁

本論文依施叔青生平時序與移居軌跡，分別探討其小說作品之主題。全文共 6 章：
1.引言；2.現代主義的夢魘世界；3.跨文化的女性書寫；4.滄桑香港；5.消費社會主

體價值的異化與失落；6.結語。

24. 劉　宇　　李昂施叔青合論　蘇州大學中國現當代文學研究所　博士論文　曹
　　　惠民教授指導　2007 年 4 月　172 頁

本論文將施叔青與李昂的文學創作併而觀之，以原鄉、都市、性別、愛慾等主題進
行分析。全文共 6 章：1.導論：緣起、研究現狀與方法；2.施家姐妹的文學之旅；3.
原鄉的想像與還原——立足本土的臺灣書寫；4.行走在他鄉——都市呈現與女性生
存；5.人性救贖的探尋——遊走在愛與慾的邊緣；6.結語。正文後附錄〈李昂著作
書目〉、〈施叔青著作書目〉、〈李昂、施叔青研究資料匯總〉。

25. 徐　玲　　夢魘世界的追尋與突圍——論殘雪與施叔青創作的精神對話　鄭州
　　　大學中國現當代文學研究所　碩士論文　姚小亭教授指導　2007 年
　　　5 月　45 頁

本論文比較殘雪與施叔青，分析作品中陰森詭奇的氛圍與意象，解讀兩位作家之小
說對人類生存狀態的探問。全文共 6 章：1.引言；2.對話：來自海峽兩岸的文學碰
撞；3.創作：進行夢魘世界的共同勾勒；4.探索：挖掘人類本真的存在狀態；5.突
圍：昇華文本之外的精神價值；6.結語。

26. 曹世耘　　小說《行過洛津》之互文性書寫研究　成功大學中國文學系　碩士
　　　論文　高美華教授指導　2007 年 7 月　200 頁

本論文針對施叔青的小說《行過洛津》，討論文本互文、空間互文、歷史與文本的
互文、文本內在的互文。全文共 6 章：1.緒論；2.作為書寫的策略——以《荔鏡
記》為互涉媒介；3.重建小說的歷史現場；4.《行過洛津》的漂移；5.尾聲——虛
構與紀實；6.結論。正文後附錄〈施叔青演講答問錄〉。

27. 梁雅雯　　「外來者」的香港經驗與香港敘事——論施叔青香港時期的創作
　　　暨南大學中國現當代文學研究所　碩士論文　王列耀教授指導
　　　2008 年 5 月　36 頁

本論文爬梳施叔青以香港為背景的小說，說明香港經驗對其創作的影響，以及從
「外來者」到「局內人」的轉變。全文共 4 章：1.引言；2.香港時期的創作；3.跨
文化的人生背景和創作視角；4.結語。

28. 姜怡如　　施叔青長篇小說的港臺書寫　中央大學中國文學系碩士在職專班
　　　碩士論文　李瑞騰教授指導　2008 年 6 月　171 頁

本論文從施叔青 6 部有關港臺的長篇小說——《維多利亞俱樂部》、《她名叫蝴蝶》、《遍山洋紫荊》、《寂寞雲園》、《微醺彩妝》、《行過洛津》，還原其創作時是如何書寫香港與臺灣。全文共 5 章：1.緒論；2.香港百年傳奇——《維多利亞俱樂部》、「香港三部曲」；3.臺灣世紀末風華——《微醺彩妝》；4.鹿港·繁華·夢——《行過洛津》；5.結論。

29. **陳惠珊　　施叔青鬼魅書寫研究　東華大學中國語文學系　碩士論文　須文蔚教授指導　2008 年 6 月　151 頁**

本論以施叔青創作中所具有鮮明的鬼魅書寫作為研究對象，以現代主義、女性主義、魔幻現實主義論述中的鬼魅美學作為理論框架，藉以析論施叔青鬼魅書寫中所呈現的鬼魅意象、鬼魅意涵以及鬼魅美學特色。全文共 6 章：1.緒論；2.施叔青鬼魅美學接受的影響型態論；3.施叔青以現代主義美學建構之鬼魅書寫；4.施叔青以女性主義美學建構之鬼魅書寫；5.施叔青以魔幻現實主義美學建構之鬼魅書寫；6.結論。

30. **洪靜儀　　施叔青小說女性書寫之研究　政治大學國文教學碩士學位班　碩士論文　楊昌年教授指導　2008 年 7 月　221 頁**

本論文以施叔青小說的文本出發，從女性書寫的角度來探究其作品。全文共 6 章：1.緒論；2.創作背景及歷程；3.女性主義與女性形象分析；4.女性書寫策略；5.女性的自我成長；6.結論。

31. **莊嘉薰　　鹿港雙姝——施叔青與李昂的小說主題比較　政治大學國文教學碩士學位班　碩士論文　陳芳明教授指導　2008 年 12 月　224 頁**

本論文整理施叔青與李昂二人的小說文本及評論，爬梳她們創作主題間蘊含的對話性，做一歸納比較。全文共 6 章：1.緒論；2.施叔青與李昂小說的創作背景；3.施叔青與李昂小說的創作歷程；4.施家姊妹的鹿港記憶；5.刻畫女性的同聲異調；6.結論。

32. **陳筱筠　　戰後臺灣女作家的異常書寫：以歐陽子、施叔青、成英姝為例　清華大學臺灣文學所　碩士論文　邱貴芬，陳建忠教授指導　2008 年　90 頁**

本論文以異常書寫的觀點分別切入探討戰後臺灣三位女作家歐陽子、施叔青、成英姝的作品，重新觀看這三位女作家各自在特定時空脈絡下所生產的文本中，呈現多元深層的詮釋。全文共 5 章：1.緒論；2.不正常的人： 歐陽子《秋葉》的異想世界

與倫理秩序；3.失序的世界：施叔青香港三部曲的瘋狂想像與鬼魅傳說；4.否定的真相：成英姝《公主徹夜未眠》與《人類不宜飛行》的失憶群像與荒謬人生；5.結論。

33. 李宜芳　臺灣當代施家朱家姐妹九〇年代小說創作風貌　佛光大學文學系博士論文　楊松年教授指導　2008 年　416 頁

本論文以臺灣當代存在兩對姐妹小說家，施叔青、李昂、朱天文、朱天心長達三、四十年小說文體創作為研究主軸，認為四人藉由獨特的小說語言與文本中對照臺灣歷史發展的鹿港、臺北雙城書寫，透過語言的意譯，讓臺灣文學發光於世界舞臺。全文共 7 章：1.緒論；2.施家朱家姐妹小說九〇年以後創作路數：創作風貌的基礎；3.施家朱家姐妹九〇年代小說的文本實踐：創作方法與文體的突破；4.施家朱家姐妹九〇年代小說的語言實驗：直指小說本質的靈魂；5.施家朱家姐妹小說九〇年代小說心靈圖象：心靈原鄉；6.施家朱家姐妹一九九〇小說的當代意義；7.結論。

34. 杜旭靜　身份的漂移和臺灣歷史的文學建構──施叔青《行過洛津》論　北京語言大學比較文學與世界文學研究所　碩士論文　趙冬梅教授指導　2009 年 5 月　48 頁

本論文以施叔青創作動力源於漂移經歷，透過分析其創作觀念，考察《行過洛津》呈現的歷史意識。全文共 5 章：1.緒論；2.緣何創作；3.創作觀念；4.藝術表現；5.結語。

35. 楊采陵　家鄉的三重變奏──從空間語境和身體意識探究施叔青的臺灣書寫　清華大學臺灣文學研究所　碩士論文　陳萬益教授指導　2009 年 7 月　101 頁

本論文勾連施叔青的生命軌跡和時代演變風貌，試圖脈絡化、系統化地觀察這位「臺灣的女兒」，如何書寫她的臺灣家鄉。全文共 5 章：1.緒論；2.現代和鄉土的交纏共生──施叔青早期小說論；3.家鄉是什麼味道？──《微醺彩妝》的後現代景觀、感官記憶、城市歷史；4.行過，揚起塵埃──《行過洛津》和《風前塵埃》的島嶼空間、身體政治、歷史關懷；5.結論。

36. 顏柯潔　張愛玲、王安憶、施叔青小說中的女性世界　蘇州大學中國現當代文學研究所　碩士論文　曹惠民教授指導　2009 年 10 月　41 頁

本論文依據王德威提出的張派系譜，探討張愛玲、王安憶、施叔青小說的悲劇意識

與女性人物。全文共 5 章：1.引言；2.小說悲劇藝術之比較；3.小說女性人物形象之比較；4.小說中女性生命價值的探索之比較；5.結語。

37. **楊慧鈴　施叔青小說中的女性跨國遷移書寫之研究　臺北教育大學臺灣文化研究所　碩士論文　鄭文惠教授指導　2009 年　135 頁**

本論文針對施叔青小說中的女性跨國遷移書寫，從「日常踐履」方向切入，聚焦施叔青筆下的女性跨國遷移主體的「食、衣、住、行、工作、婚姻、醫療以及信仰」等面向上的生活實踐，以期梳理其跨國遷移書寫在臺灣文學史上的文學與文化之重要義涵，並給予其應有的定位與評價。全文共 6 章：1.緒論；2.包藏在吃飯穿衣中的認同與慾望：食與衣；3.空間的她者 她者的空間：住與行；4.以性／愛為名：工作與婚姻；5.驅之不去的魔：醫療與信仰；6.結論。

38. **劉依潔　施叔青與李昂小說比較研究──以「臺灣想像」為中心　輔仁大學中國文學系　博士論文　張雙英教授指導　2009 年　218 頁**

本論文針對施叔青、李昂小說作品中有關「臺灣想像」的刻畫與描述進行爬梳，企圖呈現出此一研究課題的新面貌。全文共 6 章：1.緒論；2.家國的想像；3.兩種人物類型的象徵意涵；4.族群、階級與兩性關係的刻畫與描述；5.「文化交會」的想像；6.結論。

39. **黃英華　論施叔青作品中的空間書寫　蘇州大學中國現當代文學研究所　碩士論文　曹惠民教授指導　2010 年 5 月　78 頁**

本論文從文化地理學角度切入，以之討論施叔青作品中的空間。全文共 6 章：1.緒論；2.寫作和靈感的源頭敘述──鹿港書寫；3.嘆世界──中西文化衝突中的美國和香港傳奇；4.夾雜著痛苦的回家──臺北書寫；5.塵封歷史裡的探詢──花蓮的空間書寫；6.結語。

40. **許君如　一九六○年代臺灣學院派本省籍女作家成長小說研究──以陳若曦、歐陽子、施叔青、李昂為例　臺灣師範大學國文學系在職進修碩士班　碩士論文　石曉楓教授指導　2010 年 6 月　198 頁**

本論文以陳若曦、歐陽子、施叔青、李昂為主要研究對象，從家庭社會、情感性慾、自我價值三方面，由外在環境到內在心境，逐步切入青少年的成長歷程，以呈現一九六○年代女作家筆下的成長風貌。全文共 7 章：1.緒論；2.成長小說的概念及其流變；3.一九六○年代創作背景；4.家庭社會的反思；5.情慾世界的掙扎；6.自我價值的構築；7.結論。

41. 林玉娟　　施叔青臺灣歷史與圖像書寫──以《行過洛津》、《風前塵埃》、

　　　　　　《微醺彩妝》為例　南華大學文學系　碩士論文　黃文成教授指導

　　　　　　2010 年 7 月　157 頁

　　　本論文探討施叔青《行過洛津》、《風前塵埃》、《微醺彩妝》三部小說中的臺灣
　　圖像，分析作家如何將個人生命與臺灣歷史進行解構與重組。全文共 6 章：1.緒
　　論；2.臺灣歷史書寫的可能；3.施叔青生命歷程與臺灣書寫創作焦點；4.個人生命
　　史與臺灣歷史的拼貼；5.夾縫中的島民：中心／邊緣的對抗關係；6.結論。

42. 謝秀惠　　施叔青筆下的後殖民島嶼圖像──以「香港三部曲」、「臺灣三部

　　　　　　曲」為探討對象　臺灣師範大學臺灣文化及語言文學研究所在職進

　　　　　　修碩士班　碩士論文　林芳玫教授指導　2010 年　142 頁

　　　本論文針對施叔青大河小說「香港三部曲」與「臺灣三部曲」中的前兩部曲《行過
　　洛津》、《風前塵埃》為探討對象，試圖呈現出施叔青面對後殖民論述的思考脈
　　絡，來檢視她如何拆解、顛覆與改寫由男性社會文化體制下所衍生出來的種種規律
　　與典範，並且企圖挑戰傳統的父權宰制，讓久經壓抑的底層聲音、曖昧混雜的自我
　　認同問題與無意識的深層慾望逐一被揭開。全文共 5 章：1.緒論；2.施叔青小說創
　　作歷程；3.後殖民島嶼書寫──大河小說「香港三部曲」；4.後殖民島嶼書寫──
　　非連續性的「臺灣三部曲」之一、二；5.總結。

43. 楊　希　　卡桑德拉的預言──「張派」傳人王安憶、朱天文、施叔青的世紀

　　　　　　末書寫　哈爾濱師範大學中國現當代文學研究所　碩士論文　郭力

　　　　　　教授指導　2011 年 5 月　63 頁

　　　本論文受李歐梵、王德威的論述啟發，探討三位「張派」作家王安憶、朱天文、施
　　叔青筆下的世紀末都市──上海、臺北、香港。全文共 5 章：1.導論；2.個性解讀
　　──作家與世紀末的都市；3.共性分析──兩岸三地的世紀末色彩；4.卡桑德拉的
　　寓言；5.餘論──「蒼涼」中尚存的一息溫暖。

44. 陳孟君　　施叔青小說中的洛津與洄瀾圖像──以《行過洛津》與《風前塵

　　　　　　埃》為視域　中興大學臺灣文學與跨國文化研究所　碩士論文　羅

　　　　　　秀美教授指導　2011 年 7 月　171 頁

　　　本論文以施叔青「臺灣三部曲」之《行過洛津》與《風前塵埃》為研究文本，探究
　　其「臺灣三部曲」的地方記憶、想像和認同。全文共 6 章：1.緒論；2.穿梭地景時
　　空，地方成為召喚記憶的位址──洛津與洄瀾的「歷史」記憶；3.以「空間」的虛

實，想像與記憶地方——《行過洛津》／《風前塵埃》中洛津／洄瀾地方圖像的蝕落與再現；4.以「身體」為隱喻，想像與記憶地方——《行過洛津》／《風前塵埃》中人物於洛津／洄瀾身體圖像的流轉；5.地方認同的轉變與調適——由前山鹿港到後山花蓮；6.結論。正文後附錄〈與施叔青的對話〉。

45. 黃湘玲　　國家暴力下的女性移動敘事：以聶華苓《桑青與桃紅》、朱天心〈古都〉、施叔青《風前塵埃》為論述場域　中興大學臺灣文學與跨國文化研究所　碩士論文　楊翠教授指導　2011 年 7 月　96 頁

本論文以聶華苓的《桑青與桃紅》、朱天心〈古都〉、施叔青《風前塵埃》三部文本為論述對象，探討國家暴力如何銘刻於女性小說當中，並且透過文本中的「移動」敘事探討國家暴力的執行過程中，女性如何透過個體的移動，與國家機制產生抵抗、協商的可能性。全文共 5 章：1.緒論；2.歷史記憶立／力場的辯證；3.權力地圖化：國家權力與身分構築之關係圖譜；4.家／國權力結構中的性別論述；5.結論。

46. 廖淑妙　　日人在臺移民村的建構與再現——從地誌書寫到《風前塵埃》　中正大學臺灣文學研究所　碩士論文　江寶釵教授指導　2011 年 7 月　104 頁

本論以日人在臺的移民村為主要探討對象，，挖掘了日本移民村的原鄉經驗，加深對日本在臺建構移民村的理解。接著透過地誌書寫的討論，掌握當代文人對移民村的地方認同。最後以施叔青的小說《風前塵埃》為主，檢視被殖民者的書寫視角，探究移民村如何牽扯出糾結難解的歷史課題。全文共 5 章：1.緒論；2.調查描繪與生活敘事；3.移民村地誌與地方認同；4.《風前塵埃》的移民村書寫；5.結論。

47. 劉軒含　　施叔青歷史作品內文化身分認同之變貌　東華大學華文文學系　碩士論文　李依倩教授指導　2011 年 7 月　153 頁

本論文以文本分析法佐以符號學、政治生態學、後殖民方法的概念取徑，探討文化身分認同於施叔青歷史作品中之變貌。全文共 5 章：1.緒論；2.臺灣文學「認同」之變貌；3.施叔青歷史小說之想像與再現；4.二〇〇〇年以降作品——殖民地書寫的再窺測；5.結論。

48. 趙玉菡　　邊緣書寫——論施叔青「香港三部曲」的歷史敘述與文本策略　華中科技大學中國現當代文學研究所　碩士論文　李俊國教授指導　2011 年 12 月　79 頁

本論文運用女性主義、後殖民論述等，探究施叔青「香港三部曲」描寫的邊緣女
性、邊緣族群、邊緣歷史，指出其以邊緣挑戰中心的書寫策略。全文共 5 章：1.緒
論；2.「邊緣」解讀；3.邊緣敘述：香港歷史尋根與文化寓言；4.邊緣挑戰中心：
香港三部曲的書寫策略；5.結語。

49. 李佩璇　　施叔青小說中的遷移意識　中山大學中國文學系　碩士論文　楊雅
　　　　惠教授指導　2011 年　230 頁

本論文以羅曼・英加登所提出，文學作品的四個層次——語音層次、意群層次、再
現客體層次、圖式化外觀層次，並從施叔青的生平出發，從她所居住過的紐約、香
港、臺灣三個島嶼為切入點，試圖從作者、作品、讀者三個方面，分析施叔青的小
說探究施叔青小說中的遷移意識。全文共 5 章：1.緒論；2.遷移到紐約；3.旅居住
香港；4.歸鄉回臺灣；5.結論。

50. 施緯若　　施叔青《微醺彩妝》研究　高雄師範大學國文教學碩士班　碩士論
　　　　文　林文欽教授指導　2011 年　175 頁

本論文針對施叔青小說《微醺彩妝》進行文本剖析，探討文本中出現「微醺」「彩
妝」的象徵意涵中二十世紀末人們陷溺於物化之中之文化意義。全文共 5 章：1.緒
論；2.施叔青與臺灣連結的書寫歷程；3.從《微醺彩妝》圖繪二十世紀末的臺灣現
象；4.《微醺彩妝》中的人物世界；5.結論。正文後有〈附錄〉。

51. 陳姵妤　　施叔青「臺灣三部曲」中的歷史想像與臺灣書寫研究　嘉義大學中
　　　　國文學系　碩士論文　吳盈靜教授指導　2011 年　292 頁

本論文從「臺灣三部曲」中了解施叔青想像之筆的意義、她如何呈顯出臺灣的歷
史，進而可歸結知道她所構築出的史觀。而這樣的觀點與臺灣大河小說家又有何異
處，從中可知作家在臺灣大河小說長流中重要的地位，及「臺灣三部曲」的價值與
不足處。全文共 6 章：1.緒論；2.施叔青的人生歷程與文學養分；3.宏觀視角下的
臺灣史圖像；4.臺灣三部曲中的臺灣書寫；5.施叔青臺灣三部曲的書寫策略與承先
啟後；6.結論。正文後附錄〈施叔青年表〉。

52. 張文婷　　論施叔青筆下的「離散」主題　華東師範大學中國現當代文學研究
　　　　所　碩士論文　魏泉教授指導　2012 年 4 月　65 頁

本論文聚焦於「離散」概念，以之分析施叔青小說作品。全文共 5 章：1.緒論；2.
施叔青與「離散」主題；3.離散者的身分焦慮與救贖的幾種途徑；4.精神之鄉的復
健之路；5.結語。

53. 魯鐘思   施叔青的歷史書寫──以「臺港三部曲」為中心   吉林大學中國現
當代文學研究所   碩士論文   白楊教授指導   2012年4月   40頁

本論文將施叔青「臺灣三部曲」、「香港三部曲」併而觀之，爬梳當中之歷史書
寫、性別書寫、敘事手法。全文共 5 章：1.引言；2.再回首已百年身──百年歷史
的文學構建；3.舊時依稀曾見伊──歷史建構的性別書寫；4.歷史濃墨的暈染──
「大河敘事」的敘述手段；5.結語。正文後附錄〈施叔青作品年表〉。

54. 王淑玲   施叔青「臺灣三部曲」中的後殖民書寫研究   高雄師範大學國文學
系   碩士論文   顏美娟教授指導   2012年5月   289頁

本論文運用了「互文性」與「後殖民主義」的文化批判方式，佐以文獻與文本分析
方法，探究施叔青「臺灣三部曲」中的後殖民書寫意識。全文共 6 章：1.緒論；2.
施叔青「臺灣三部曲」與後殖民書寫；3.多重對話的可能──「臺灣三部曲」的主
題思想；4.看誰在說話？──「臺灣三部曲」人物論；5.逆寫帝國的藝術──「臺
灣三部曲」敘事特色；6.結論。

55. 何敬堯   論施叔青「臺灣三部曲」之時空敘事與文本疑慮──「癥狀式閱
讀」的逆讀策略   清華大學臺灣文學研究所   碩士論文   陳建忠教
授指導   2012年6月   216頁

本論文以「癥狀式閱讀」（symptomatic reading）的法則，重新觀測施叔青「臺灣
三部曲」的文學意涵。並經由施叔青的歷史小說作為一種實際的案例檢驗，省思臺
灣文學中「歷史文類」的演進與發展，釐清當代的歷史小說可能面臨的敘述危機，
觀測出臺灣當代歷史書寫上可能出現的各種病癥。全文共 5 章：1.序論；2.論《行
過洛津》的遷移史、洛津鄉土與敘事傾斜；3.論《風前塵埃》的族群史、移民村風
景與戀愛敘事；4.論《三世人》的臺灣史觀、臺北城與敘事裂縫；5.結論。正文後
附錄〈施叔青生平、作品一覽表〉。

56. 楊佩玲   施叔青的「異鄉人」及其「香港三部曲」研究   澳門大學中文系
碩士論文   譚美玲教授指導   2012年9月   75頁

本論文探討施叔青及「香港三部曲」中「異鄉人」在「他鄉」面對孤獨及焦慮問
題；並回顧施叔青在臺灣、紐約及香港的小說創作變化及成果。全文共 5 章：1.緒
論；2.施叔青小說創作與經歷.；3.「異鄉人」研究；4.「香港三部曲」中「異鄉
人」；5.總結。

57. 張惠君   由空間探討施叔青「臺灣三部曲」的身分認同   中興大學臺灣文學

與跨國文化研究所　碩士論文　高嘉勵教授指導　2012 年　74 頁

本論文針對施叔青的「臺灣三部曲」《行過洛津》（2003）、《風前塵埃》（2008）、《三世人》（2010），由透過「空間」探討「身分認同」的問題。全文共 5 章：1.緒論；2.《行過洛津》──空間的移轉、定位與認同；3.《風前塵埃》──花蓮殖民空間中族群共生的身分認同；4.《三世人》──政權轉移空間下的認同；5.結論。

58. 鄭靜蓮　再現他族：當代臺日作家日治時期原住民歷史書寫──以舞鶴《餘生》、施叔青《風前塵埃》、津島佑子《太過野蠻的》為例　中興大學臺灣文學與跨國文化研究所　碩士論文　朱惠足教授指導　2012 年　94 頁

本論文針對舞鶴《餘生》、施叔青《風前塵埃》、津島佑子《太過野蠻的》，來耙梳其歷史書寫的意涵與目的。全文共 5 章：1.緒論；2.歷史記憶的重構：舞鶴《餘生》；3.女性作家的歷史再書寫：施叔青《風前塵埃》；4.殖民者女性的聲音：津島佑子《太過野蠻的》；5.結論。

59. 王天舒　論施叔青小說中的「家園觀念」　吉林大學中國現當代文學所　碩士論文　白楊教授指導　2013 年 6 月　35 頁

本論文以施叔青的家園觀念為主要研究對象，探討隨著施叔青生命體驗的更改，其作品中家園形象和文化意義的流變，以及施叔青對家園情感的變革和昇華。全文共 6 章：1.引言；2.故土家園的原始追溯；3.都市裡的家園探尋；4.家園歷史的回望；5.百年家園的浮世繪描寫；6.結語。

60. 張惠婷　施叔青「臺灣三部曲」中的底層人物之研究　東華大學臺灣文化學系　碩士論文　李進益教授指導　2013 年　83 頁

本論文針對施叔青「臺灣三部曲」進行文本分析，試圖梳理文本中在殖民的社會體制下臺灣人的生存模式與體制脈動。全文共 5 章：1.緒論；2.施叔青與「臺灣三部曲」；3.追尋自我的面貌：庶民發聲；4.底層人物的悲歌；5.結論。

61. 賴思辰　津島佑子《太過野蠻的》、施叔青《風前塵埃》的原住民書寫　中正大學臺灣文學研究所　碩士論文　楊智景教授指導　2014 年　108 頁

本論文從經常被邊緣化為他者的「原住民」、「女性」作為視角，以津島佑子《太

過野蠻的》、施叔青《風前塵埃》文本為對照，探討臺日當代文學對於臺日殖民史的關照，以及對於臺灣原住民的書寫方式及其差異。全文共 5 章：1.緒論；2.虛實幻境：津島佑子《太過野蠻的》之原住民神話、生物、女性、性；3.殖民史入作：施叔青《風前塵埃》之歷史敘事、生物、性別、他者之眼；4.《太過野蠻的》、《風前塵埃》於原住民、女性的書寫策略之義／異；5.總結。正文後有〈附錄〉。

62. 謝欣辰　　施叔青與李昂小說中的怪誕鬼魅書寫　靜宜大學中國文學系　碩士論文　劉依潔教授指導　2014年　166頁

本論文以鹿港空間和西方怪誕鬼魅文學為研究起點，評論施叔青及李昂相關作品，思考鹿港地理空間與現代主義美學的影響，以及女性與女鬼身分的重疊交融，國族寓言與歷史記憶的召喚書寫。全文共 5 章：1.緒論；2.現代主義美學與怪誕鬼魅主題的多重交響；3.女性的存在命題與怪誕鬼魅敘述的交融重疊；4.國族寓言與怪誕鬼魅書寫；5.結論。

63. 梁丞諺　　由新歷史主義解讀歷史大河小說──以「寒夜三部曲」、「臺灣三部曲」為例　臺灣師範大學臺灣語文學系碩士學位在職進修專班　碩士論文　林芳玫教授指導　2014年　108頁

本論文以「寒夜三部曲」、「臺灣三部曲」兩部斷代年限雷同、形式相似而寫作手法迥然不同的大河小說中，從新歷史主義的角度切入，比較兩位性別相異的作家與作品；同時觀察兩部大河小說中記載、呈現的臺灣景觀記憶。全文共 5 章：1.緒論；2.一九七〇年代的李喬及「寒夜三部曲」；3.二十一世紀的大河小說──施叔青的「臺灣三部曲」；4.臺灣歷史的空間演繹；5.總結。

64. 孫思邈　　浮華都市欲與情──論施叔青香港小說中的物欲都市與情欲歷史　蘇州大學中國現當代文學研究所　碩士論文　陳子平教授指導　2015年5月　63頁

本論文以空間、人物、欲望、殖民歷史等角度切入，探討施叔青以香港為背景的小說作品。全文共 5 章：1.前言；2.借來的空間：浮華都市；3.欲望訴求：香港的故事；4.情欲歷史：「香港三部曲」；5.結語。

65. 李繼賢　　生活記憶的歷史深瑣：施叔青《行過洛津》中的鹿港建構　華梵大學建築系在職專班　碩士論文　蕭百興，徐裕健教授指導　2015年　181頁

本論文立基於建築空間學域之空間性與地域性之相關論述，對《行過洛津》做深層

分析，從另向度思維切入城市解讀，從傳統聚落歷史、地理、社會變遷進行人文理解，以建立歷史街區保存與活化或聚落空間規劃、設計之素材與參考。全文共 5章：1.導論；2.施叔青鹿港歷史書寫的脈絡；3.定著與流動交織辯證中的鹿港——對渡貿易流動網絡下情慾蠢動的戲儀生活之城：《行過洛津》中鹿港的空間結構；4.繁華豔麗空間中反轉而出的深刻蒼涼：《行過洛津》中鹿港的空間美質；5.結論。

66. 紀宛蓉　　「回歸」思潮下的文化病理反思：施叔青小說《牛鈴聲響》、《琉璃瓦》研究　清華大學臺灣文學研究所　碩士論文　陳建忠教授指導　2015 年　137 頁

本論文在冷戰時代美援的框架下，透過爬梳海外書寫與鄉土回歸的書寫脈絡，觀看施叔青在 1970 年代呼應回歸熱潮的鄉土寫實書寫的二部長篇小說《牛鈴聲響》與《琉璃瓦》。全文共 6 章：1.緒論；2.回歸之前：施叔青六〇年代文學活動狀態與轉變；3.回歸的道路：《牛鈴聲響》與《琉璃瓦》中書寫形式的轉變；4.文化病理的反思與反抗：知識分子的視角選擇；5.回歸到何處：冷戰、內戰下東／西文化的問題；6.結論。正文後附錄〈作家訪談〉、〈施叔青紀事年表〉。

67. 陳雅慧　　施叔青《三世人》研究　屏東大學中國語文學系　碩士論文　林秀蓉教授指導　2015 年　174 頁

本論文以施叔青《三世人》為研究文本，探討施叔青如何運用小說為臺灣歷史作傳。全文共 5 章：1.緒論；2.《三世人》中的政治歷史；3.《三世人》中的文化活動；4.《三世人》中的人物刻劃；5.結論。正文後附錄〈日治時期治臺十九位總督及民政長官〉、〈記年換算及施家三世人年紀對照〉。

68. 曾玟慧　　施叔青「臺灣三部曲」中的性別意識與歷史觀照　清華大學臺灣研究教師在職進修碩士學位班　碩士論文　王鈺婷教授指導　2015 年　83 頁

本論文著眼於施叔青臺灣三部曲各小說文本內主要「陰性」角色：《行過洛津》中的男身女旦角——許情、《風前塵埃》中灣生女性——橫山月姬及其後兩代的殖民者女性，以及《三世人》中的養女——王掌珠，針對文本角色的人物形象敘述、心理狀態變化、社會關係網絡等敘述表現進行精讀與分析，探討三組角色的形象功能與文本寓意，析論各組陰性角色的形象與策略，探究「她們」如何代言施叔青女性意識下的臺灣歷史景貌。全文共 5 章：1.緒論；2.《行過洛津》中的許情；3.《風前塵埃》中三代女性的認同追尋；4.《三世人》中的王掌珠；5.結論。

69. 蔡琇貞　施叔青「香港三部曲」與「臺灣三部曲」書寫研究　佛光大學文學系　碩士論文　陳信元教授指導　2015 年　133 頁

本論文參酌薩依德、斯皮瓦克、霍米・巴巴的理論為基礎，以後殖民觀點探討施叔青「香港三部曲」與「臺灣三部曲」。並針對其作品中創作歷程、藝術風格、後殖民觀點、敘事主題進行探討。全文共 6 章：1.緒論；2.「香港三部曲」「臺灣三部曲」創作歷程；3.「香港三部曲」「臺灣三部曲」藝術風格；4.「香港三部曲」「臺灣三部曲」後殖民書寫；5.「香港三部曲」「臺灣三部曲」敘事主題；6.結論。

70. 蔣靜儀　施叔青「臺灣三部曲」的服飾書寫研究　中興大學臺灣文學與跨國文化研究所　碩士論文　朱惠足教授指導　2015 年　61 頁

本論文針對施叔青「臺灣三部曲」文本進行分析，探討歷史脈絡下當時臺灣生活層面，反映歷史文化變遷。全文共 5 章：1.緒論；2.從《行過洛津》看服飾的符碼與自我認同；3.從《風前塵埃》的服飾看殖民者的同化政策與認同；4.由《三世人》中的服飾形塑民族認同；5.結論。

71. 譚　任　個人的就是政治的——論施叔青小說中女性庸俗日常的性別意義　廣西師範大學中國現當代文學所　碩士論文　劉鐵群教授指導　2016 年 4 月　29 頁

本論文側重施叔青的女性日常書寫，從女性觀念的表達與創作風格，都顯示其特殊性；成就了女性在想像中期待回歸自我本性的主流欲望。全文共 5 章：1.緒論；2.庸俗圍困・「她」從中醒；3.勃發力量・以「俗」抗俗；4.匿於庸俗・從中發「聲」；5.女性日常庸俗化書寫的價值和意義。

72. 林沛玟　種族、階級、性別：「香港三部曲」和《扶桑》之華人移民與妓女形象研究　彰化師範大學臺灣文學研究所　碩士論文　黃儀冠教授指導　2016 年　232 頁

本論文據後殖民理論、女性主義、階級論述分析施叔青「香港三部曲」、嚴歌苓《扶桑》，比較兩位女作家筆下的華人移民與歷史書寫。全文共 6 章：1.緒論；2.十九世紀中末葉的中國、香港與美國；3. 一廂情願的主觀意識：西方眼中的東方；4. 妓女角色的性與權力：受難、自主與包容撫慰；5.種族、階級的愛與仇：男性角色的形塑；6.結論。

73. 吳易純　施叔青小說《度越》研究　彰化師範大學國文學系　碩士論文　王

　　　　年双教授指導　2017 年　131 頁

本論文以《度越》為研究文本，探討施叔青以小說為媒介，透過古今交錯的兩段故事，書寫對佛教的心得與體會。全文共 8 章：1.緒論；2.施叔青的寫作題材；3.《度越》之布局架構與情節安排；4.《度越》之敘述手法；5.《度越》之人物刻劃；6.《度越》之內容題材；7.《度越》之思想意識；8.結論。

74. 董旻惠　　空間、身體與語言——論施叔青《三世人》的權力再現　佛光大學中國文學與應用學系　碩士論文　黃憲作教授指導　2017 年　221 頁

本論文以施叔青的《三世人》為範疇，由權力如何透過空間再現，進而探討後殖民及父權在身體與物的影響，並分析權力如何藉由語言形塑臺灣人的精神。全文共 5 章：1.緒論；2.空間中的國家權力；3.空間中身體與物的權力再現；4.語言——權力的再現；5.結論。

75. 柯懿芯　　記憶與認同——施叔青《風前塵埃》中的灣生書寫　臺北教育大學臺灣文化研究所　碩士論文　林淇瀁教授指導　2018 年 6 月　76 頁

本論文以施叔青臺灣二部曲《風前塵埃》為重點，透過作者創作經歷，及歷史小說寫作手法，分析殖民時期掌權者與被支配者之間「互文性」與被支配者身心的傷痛描寫，藉以探討臺灣自身認同問題。筆者將以人物分析帶入角色內心描寫，從文本中三位角色定位為「殖民者」、「被殖民者」、以及「灣生」各不同的處境討論《風前塵埃》的延展性，帶出臺灣歷史背後下人們對於認同的內心徬徨與矛盾。全文共 5 章：1.緒論；2.施叔青與《風前塵埃》；3.認同與記憶——追尋自我；4.認同的矛盾——想像的創構與自我的異化；5.結論。

作家生平資料篇目

自述

76. 施叔青　　前記　拾掇那些日子　臺北　志文出版社　1975 年 11 月　頁 1—2

77. 施叔青　　《琉璃瓦》序　琉璃瓦　臺北　時報文化出版公司　1976 年 3 月　頁 3—4

78. 施叔青　　導演記事　西方人看中國戲劇　臺北　聯經出版公司　1976 年 4 月

頁1—10

79. 施叔青　　後記[1]　西方人看中國戲劇　臺北　聯經出版公司　1976 年 4 月
頁153—158

80. 施叔青　　序　西方人看中國戲劇　北京　人民文學出版社　1988 年 3 月　頁
1—5

81. 施叔青　　序　常滿姨的一日　臺北　景象出版社　1976 年 10 月　頁 1—3

82. 施叔青　　自序　倒放的天梯　香港　博益出版公司　1983 年 8 月　〔2〕頁

83. 施叔青　　仍然跳動的心——序《完美的丈夫》　洪範雜誌　第 19 期　1985
年 1 月 10 日　2 版

84. 施叔青　　序：仍然跳動的心　完美的丈夫　臺北　洪範書店　1985 年 1 月
頁 1—3

85. 施叔青　　被顛倒了的世界再顛倒回來——《夾縫之間》自序　夾縫之間　香
港　香江出版社　1986 年 1 月　頁 1—6

86. 施叔青　　我寫「香港的故事」——《情探》自序　洪範雜誌　第 25 期
1986 年 2 月 5 日　4 版

87. 施叔青　　序：我寫「香港的故事」　情探　臺北　洪範書店　1986 年 6 月
頁 1—8

88. 施叔青　　再版序　一夜遊——香港的故事　香港　三聯書店　1988 年 2 月
〔1〕頁

89. 施叔青　　那些不毛的日子[2]　洪範雜誌　第 36 期　1988 年 10 月 26 日　1 版

90. 施叔青　　後記　那些不毛的日子　臺北　洪範書店　1988 年 10 月　頁 205
—208

91. 施叔青　　那些不毛的日子　現文因緣　臺北　現文出版社　1991 年 12 月
頁 173—175

92. 施叔青　　那些不毛的日子　白先勇外集・現文因緣　臺北　天下遠見出版公

---

[1]本文後為人民文學出版社出版的《西方人看中國戲劇》序文。
[2]本文後為《那些不毛的日子》一書〈後記〉。

司　2008 年 9 月　頁 211—213

93. 施叔青　那些不毛的日子　現文因緣　臺北　聯經出版公司　2016 年 7 月
　　　　頁 183—185

94. 施叔青　文革以後的大陸文學（代序）　文壇反思與前瞻──施叔青與大陸
　　　　作家對話[3]　香港　明窗出版社　1989 年 2 月　頁 1—7

95. 施叔青　自序　對談錄──面對當代大陸文學心靈　臺北　時報文化出版公
　　　　司　1989 年 5 月　頁 7—15

96. 施叔青　指點天涯又一章（代序）　指點天涯　臺北　聯合文學出版社
　　　　1989 年 6 月　頁 3—9

97. 施叔青　自序　最好她是尊觀音　香港　明窗出版社　1989 年 12 月　頁
　　　　〔1〕

98. 施叔青　「湖南作家輯」總序　在沒有航標的河流上　臺北　遠景出版公司
　　　　1989 年 12 月　頁 1—7

99. 施叔青　「湖南作家輯」總序　牛報　臺北　遠景出版公司　1989 年 12 月
　　　　頁 1—7

100. 施叔青　「湖南作家輯」總序　種在走廊上的蘋果樹　臺北　遠景出版公
　　　　司　1990 年 2 月　頁 1—7

101. 施叔青　我寫《維多利亞俱樂部》　聯合文學　第 100 期　1993 年 2 月
　　　　頁 98—99

102. 施叔青　我寫《維多利亞俱樂部》　維多利亞俱樂部　臺北　聯合文學出
　　　　版社　1993 年 10 月　頁 3—5

103. 施叔青　我寫《維多利亞俱樂部》　維多利亞俱樂部　北京　人民文學出
　　　　版社　1994 年 3 月　頁 1—3

104. 施叔青　追逐成長　中國時報　1993 年 7 月 30 日　35 版

105. 施叔青　追逐成長　從四〇年代到九〇年代：兩岸三邊華文小說研討會論
　　　　文集　臺北　時報文化出版公司　1994 年 11 月　頁 177—182

---

[3]本書後改書名為《對談錄──面對當代大陸文學心靈》。

106. 施叔青　　我的蝴蝶　洪範雜誌　第 51 期　1993 年 9 月　1 版

107. 施叔青　　我的蝴蝶——代序　她名叫蝴蝶　臺北　洪範書店　1993 年 9 月　頁 1—4

108. 施叔青　　我的蝴蝶（代序）　她名叫蝴蝶　廣州　花城出版社　1999 年 1 月　頁 3—5

109. 施叔青　　《她名叫蝴蝶》自序（摘錄）　香港三部曲　南京　江蘇文藝出版社　2010 年 10 月　頁 3—4

110. 施叔青　　自序　推翻前人　臺北　東大圖書公司　1994 年 11 月　頁 1—5

111. 施叔青　　施叔青序　遍山洋紫荊　臺北　洪範書店　1995 年 9 月　頁 1—4

112. 施叔青　　自序　遍山洋紫荊　廣州　花城出版社　1999 年 1 月　頁 3—5

113. 施叔青　　《遍山洋紫荊》自序　香港三部曲　南京　江蘇文藝出版社　2010 年 10 月　頁 167—169

114. 施叔青　　在白天與夜晚的可疑地帶　中國時報　1995 年 10 月 21 日　39 版

115. 施叔青　　天不生我才　自由時報　1996 年 2 月 13 日　34 版

116. 施叔青　　人生第三大苦　中時晚報　1996 年 4 月 15 日　19 版

117. 施叔青　　序　遍山洋紫荊　石家莊　河北教育出版社　1996 年 4 月　頁 1—2

118. 施叔青　　施叔青的創作觀　八十三年短篇小說選　臺北　爾雅出版社　1996 年 5 月　頁 233

119. 施叔青　　明星咖啡時代　聯合文學　第 142 期　1996 年 8 月　頁 10—11

120. 施叔青　　呵！我的永遠的蝴蝶——側寫《記得香港》　中國時報　1997 年 5 月 16 日　26 版

121. 施叔青　　呵！我的永遠的蝴蝶　回家，真好——原鄉的變調　臺北　皇冠文化出版公司 1997 年 10 月　頁 60—64

122. 施叔青　　香江情　聯合報　1997 年 7 月 2 日　41 版

123. 施叔青　　自序　寂寞雲園　臺北　洪範書店　1997 年 7 月　頁 1—2

124. 施叔青　　自序　寂寞雲園　廣州　花城出版社　1999 年 1 月　頁 3—4

125.　施叔青　　《寂寞雲園》自序　香港三部曲　南京　江蘇文藝出版社　2010
　　　　年 10 月　頁 333—334

126.　施叔青　　我的蝴蝶，我的香港　中日文學交流——臺灣現代文學會議——
　　　　座談會論文　臺北　行政院文建會主辦　1999 年 3 月 21—27 日
　　　　頁 53—61

127.　施叔青講；黃金鳳記　　一位臺灣作家在香港　中央日報　2000 年 2 月 16 日
　　　　22 版

128.　施叔青　　後記　枯木開花——聖嚴法師傳　臺北　時報文化出版公司
　　　　2000 年 8 月　頁 398—399

129.　施叔青　　後記　枯木開花——聖嚴法師傳　北京　三聯書店　2010 年 2 月
　　　　頁 373—374

130.　施叔青　　自序　藝術與拍賣　上海　文匯出版社　2001 年 1 月　頁 1—2

131.　施叔青　　後記　行過洛津　臺北　時報文化出版公司　2003 年 5 月　頁
　　　　351—353

132.　施叔青　　後記　行過洛津　北京　三聯書店　2012 年 5 月　頁 335—336

133.　施叔青　　自序——放下反而獲得　心在何處——追隨聖嚴法師走江湖訪禪
　　　　寺　臺北　聯合文學出版社　2004 年 3 月　頁 9—18

134.　施叔青　　心在何處　聯合文學　第 233 期　2004 年 3 月　頁 34—57

135.　施叔青　　眺望文學原鄉・思索原鄉　自由時報　2005 年 7 月 27 日　E7 版

136.　施叔青　　沒有屋頂的廢墟：龐貝「驅魔」系列　聯合文學　第 249 期
　　　　2005 年 7 月　頁 86—92

137.　施叔青　　長篇有如長期抗戰　文訊雜誌　第 247 期　2006 年 5 月　頁 50—
　　　　53

138.　施叔青　　寫作成為居住之地　明報月刊　第 487 期　2006 年 7 月　頁 96

139.　施叔青　　寫作成為居住之地　上海文學　2006 年第 9 期　2006 年 9 月　頁
　　　　109

140. 施叔青　　得獎感言[4]　第 12 屆國家文藝獎頒獎典禮專刊　臺北　財團法人國家文化藝術基金會　2008 年 9 月　頁 55

141. 施叔青　　自我挑戰・自我完成　以筆為劍書青史：作家施叔青　臺北　遠景出版公司　2012 年 3 月　頁 10—11

142. 施叔青　　我寫歷史小說　臺灣文學的大河：歷史、土地與新文化——第六屆臺灣文化國際學術研討會論文集　高雄　春暉出版社　2009 年 12 月　頁 2—9

143. 施叔青　　走向歷史與地圖重現　東華人文學報　第 19 期　2011 年 7 月　頁 1—8

144. 施叔青　　用小說為臺灣歷史作傳——我寫「臺灣三部曲」　文訊雜誌　第 315 期　2012 年 1 月　頁 20—25

145. 施叔青演講；顏訥記錄整理　　舉首望故鄉——海外華人作家書寫　文訊雜誌　第 332 期　2013 年 6 月　頁 99—103

146. 施叔青講；顏訥記錄　　舉首望故鄉——海外華人作家書寫　我們的文學夢 2　臺北　上海商業儲蓄銀行文教基金會　2014 年 5 月　頁 111—124

147. 施叔青　　俄羅斯情懷　聯合報　2014 年 10 月 17 日　D3 版

148. 施叔青　　用小說歷史作傳——「臺灣三部曲」　跨國華人書寫・文化藝術再現：施叔青國際學術研討會　臺北　臺灣師範大學應用華語文學系主辦　2014 年 10 月 17—18 日

149. 施叔青　　我寫「臺灣三部曲」　跨國華人書寫・文化藝術再現：施叔青研究論文集　臺北　臺灣師範大學出版中心　2015 年 12 月　頁 13—17

150. 施叔青　　放下反而獲得　作家之家・2015 年卷　臺北　秀威資訊科技公司　2016 年 3 月　頁 278—283

151. 施叔青　　後記——活著，就是為認識自己　度越　臺北　聯經出版公司　2016 年 5 月　頁 243—255

---

[4]本文後摘錄為〈自我挑戰・自我完成〉，內容略有增刪。

152. 施叔青　　　活著，就是為認識自己　度越　南京　江蘇鳳凰文藝出版社
　　　2018 年 4 月　頁 294—206

153. 施叔青　　夢裡自知身是客　聯合報　2017 年 3 月 22 日　D3 版

154. 施叔青　　在書寫中還鄉　聯合報　2018 年 11 月 1 日　D3 版

155. 施叔青　　《行過洛津》到亞維儂　聯合報　2019 年 8 月 11 日　D3 版

他述

156. 康云薇　　令人感動的笑　女與男　臺北　拓荒者出版社　1976 年 6 月　頁
　　　35

157. 齊邦媛　　施叔青　中國現代文學選集（小說）　臺北　爾雅出版社　1983
　　　年 7 月　頁 409

158. 〔王晉民，鄺白曼編〕　　施叔青　臺灣與海外華人作家小傳　福州　福建
　　　人民出版社　1983 年 9 月　頁 260

159. 靈　文　　施叔青的生活・愛好・小說　讀者良友　第 45 期　1988 年 3 月
　　　頁 6—11

160. 靈　文　　施叔青的生活・愛好・小說　翁靈文訪談集　香港　初文出版社
　　　公司　2018 年 10 月　頁 237—245

161. 〔新亞洲文化基金會編輯部〕　　作者簡介　中國當代短篇小說選・第二集
　　　香港　新亞洲出版社　1989 年 6 月　頁 152

162. 潘亞暾　　藝術型氣質的作家施叔青　華文文學　1989 年第 2 期　1989 年
　　　頁 85—87

163. 康　原　　從鹿港到香港　文學的彰化：彰化縣新文學作家小傳　彰化　彰
　　　化縣立文化中心　1992 年　頁 158—162

164. 劉思謙　　「讓我們走在一起！」——記同臺領獎的姐妹花施叔青和李昂
　　　「娜拉」言說——中國現代女作家心路紀程　上海　上海文藝出
　　　版社　1993 年 12 月　頁 251—271

165. 〔明清，秦人主編〕　　施叔青　臺港小說鑑賞辭典　北京　中央民族學院
　　　出版社　1994 年 1 月　頁 738—739

166. 〔編輯部〕　　作者小傳　維多利亞俱樂部　北京　人民文學出版社　1994
　　　年 3 月　頁 220—221

167. 〔馮偉才編〕　　作者簡介　香港短篇小說選　臺北　書林出版公司　1994
　　　年 5 月　頁 182—183

168. 張娟芬　　游弋藝文香江：港人作家群像〔施叔青部分〕　中國時報　1994
　　　年 8 月 11 日　42 版

169. 蘇惠昭　　施叔青告別中年女人的困頓　臺灣時報　1995 年 12 月 18 日　28
　　　版

170. 董青枚　　中國作家不該早夭！　民眾日報　1995 年 12 月 26 日　26 版

171. 徐淑卿　　施叔青閉關挑戰創作極限　中國時報　1995 年 12 月 28 日　39 版

172. 陳文芬　　佛教，馴服了施叔青　中國時報　1996 年 5 月 12 日　24 版

173. 〔編輯部〕　　施叔青小傳　她名叫蝴蝶　北京　中國人民大學出版社
　　　1996 年 6 月　頁 1—4

174. 李瑞騰　　施叔青以再出走回歸本土？　聯合報　1998 年 2 月 23 日　41 版

175. 高惠琳　　施叔青：為百年香港歷史作傳　1997 臺灣文學年鑑　臺北　行政
　　　院文建會　1998 年 6 月　頁 239—240

176. 計璧瑞，宋剛　　施叔青　中國文學通典・小說通典　北京　解放軍文藝出
　　　版社　1999 年 1 月　頁 1129

177. 青　陽　　施叔青——永不言倦的攀登者　世界著名華文女作家傳・臺灣卷
　　　一　南昌　百花洲文藝出版社　1999 年 9 月　頁 121—152

178. 徐淑卿　　施叔青，繁華覽盡　中國時報　1999 年 12 月 16 日　41 版

179. 〔江寶釵，范銘如編著〕　　作者簡介　島嶼妏聲：臺灣女性小說讀本　臺
　　　北　巨流圖書公司　2000 年 10 月　頁 106

180. 李　鹽　　施叔青長篇小說醞釀中　中國時報　2001 年 9 月 12 日　39 版

181. 王俊玲　　施叔青小傳　鹿港夢魘的徘徊與突圍——論臺灣女作家施叔青的
　　　創作　內蒙古師範大學　碩士論文　付中丁教授指導　2002 年 5
　　　月　頁 54—55

182. 洪士惠　　施叔青任世新大學駐校作家　文訊雜誌　第 206 期　2002 年 12 月
　　　　　　　頁 82—83

183. 劉潔妃　　施叔青，左手寫情慾，右手寫臺灣史　大成報　2003 年 12 月 16
　　　　　　　日　B8 版

184. 郭可慈，郭謙　　臺灣文壇的姊妹花〔施叔青部分〕　現代作家親緣錄——
　　　　　　　群星璀璨的作家之家（上）　潞西　德宏民族出版社　2004 年 3
　　　　　　　月　頁 237—240

185. 陳建仲　　文學心鏡——施叔青　聯合文學　第 245 期　2005 年 3 月　頁 10
　　　　　　　—11

186. 〔張雪媃編選〕　　施叔青　眾花深處：二十世紀華文女作家小說選　臺北
　　　　　　　正中書局　2005 年 7 月　頁 327

187. 白舒榮　　共有的青春年華——施叔青和我的六十年代　香港文學　第 255
　　　　　　　期　2006 年 3 月　頁 69—71

188. 白舒榮　　共有的青春年華——施叔青和我的六十年代　回眸——我與世界
　　　　　　　華文文學的緣分　香港　香港文學報出版社　2010 年　頁 343—
　　　　　　　346

189. 童小南，韓漪　　重返現代——白先勇、《現代文學》與現代主義國際研討
　　　　　　　會——「從現代文學到後現代文學」及「另類現代主義」〔施叔
　　　　　　　青部分〕　聯合文學　第 284 期　2008 年 6 月　頁 115

190. 陳宛茜　　作家施叔青——小說為臺灣立傳　聯合報　2008 年 7 月 8 日　A8
　　　　　　　版

191. 〔封德屏主編〕　　施叔青　2007 臺灣作家作品目錄　臺南　國立臺灣文學
　　　　　　　館　2008 年 7 月　頁 541

192. 〔郝譽翔編著〕　　作者介紹／施叔青　青少年臺灣文庫 2——小說讀本 3：
　　　　　　　袋鼠族物語　臺北　國立編譯館　2008 年 12 月　頁 95

193. 曾巧雲　　施叔青——「女性作家不能夠在大河小說的園地缺席」　2008 年
　　　　　　　臺灣文學年鑑　臺南　國立臺灣文學館　2009 年 12 月　頁 144—

145

194. 白舒榮　　施叔青很「中國」　回眸——我與世界華文文學的緣分　香港　香港文學報出版社　2010 年　頁 7—9

195. 白舒榮　　然諾　回眸——我與世界華文文學的緣分　香港　香港文學報出版社　2010 年　頁 348—351

196. 方　梓　　逆向書寫的健筆——施叔青　誰領風騷一百年——女作家　臺北　天下遠見出版公司　2011 年 9 月　頁 247—251

197. 曾巧雲　　施叔青：小說寫史 10 年‧「臺灣三部曲」完成‧畢生重要創作手稿捐贈臺文館　2010 年臺灣文學年鑑　臺南　國立臺灣文學館　2011 年 11 月　頁 145

198. 鄭樹森口述；熊志琴訪問整理　　追憶《文學季刊》點滴——另一種臺港交流之二——施叔青的香港情緣　文訊雜誌　第 318 期　2012 年 4 月　頁 35—36

199. 鄭樹森　　《文學季刊》點滴——施叔青的香港情緣　結緣兩地：臺港文壇瑣憶　臺北　洪範書店　2013 年 2 月　頁 52—54

200. 陳正維　　她們踏荒而出——拓荒者及其盟友的行動與受挫——核心成員：呂秀蓮、王中平、施叔青與曹又方　「拓荒者」的多重實踐——論七〇年代婦運者與女作家的書寫／行動　清華大學臺灣文學所碩士論文　陳萬益，陳昭如教授指導　2012 年 1 月　頁 44—47

201. 姚嘉為　　施叔青赴德州達拉斯演講　文訊雜誌　第 336 期　2013 年 10 月　頁 145

202. 元　嵘　　施叔青‧認真遊戲人間　中華日報　2013 年 11 月 5 日　B7 版

203. 陳姵穎　　施叔青臨摹奚淞觀音　文訊雜誌　第 337 期　2013 年 11 月　頁 168

204. 李瑞騰　　施叔青及其文學成就　人間福報　2015 年 8 月 12 日　15 版

205. 李瑞騰　　施叔青及其文學成就　跨國華人書寫‧文化藝術再現：施叔青研究論文集　臺北　臺灣師範大學出版中心　2015 年 12 月　頁 6

—7

206. 施淑等[5]　　作家與藝術家論壇　跨國華人書寫‧文化藝術再現：施叔青研究論文集　臺北　臺灣師範大學出版中心　2015 年 12 月　頁 463—478

207. 簡瑛瑛等[6]　　跨國學者論壇　跨國華人書寫‧文化藝術再現：施叔青研究論文集　臺北　臺灣師範大學出版中心　2015 年 12 月　頁 479—498

208. 蘇偉貞　　施叔青（1945—）作家介紹　穿過荒野的女人——華文女性小說世紀讀本　臺南　成功大學出版中心　2016 年 1 月　頁 311—312

訪談、對談

209. 陳秀芳　　如是我寫——與施叔青一席談　幼獅文藝　第 268 期　1975 年 4 月　頁 212—224

210. 黃碧端　　在「女性思考」以外找新路向——訪作家施叔青　臺灣文藝　第 104 期　1987 年 1 月　頁 18—21

211. 舒　非　　與施叔青談她的「香港的故事」　一夜遊——香港的故事　香港　三聯書店　1988 年 2 月　頁 161—169

212. 舒　非　　與施叔青談她的「香港的故事」　驅魔——香港傳奇　北京　作家出版社　1989 年 1 月　頁 297—308

213. 施叔青，莫言　　紅高粱家族的傳奇——莫言與施叔青對談　博益月刊　第 10 期　1988 年 6 月　頁 117—118

214. 陳祖彥　　施叔青暢談寫作與生活　幼獅文藝　第 430 期　1989 年 10 月　頁 11—23

215. 施叔青，殘雪　　為了報仇寫小說——與殘雪談寫作　種在走廊上的蘋果樹　臺北　遠景出版公司　1990 年 2 月　頁 261—275

216. 沈冬青　　香江過客半生緣——施叔青和她的香港　幼獅文藝　第 486 期

---

[5]主持人：施淑；引言人：白先勇、李昂、平路、陳義芝、焦桐、傅秀玲。
[6]主持人：簡瑛瑛；引言人：汪其楣、廖炳惠、陳芳明、邱貴芬、錢南秀、單德興。

1994 年 6 月　頁 52—58

217. 沈冬青　　香江過客半生緣——施叔青和她的香港　我其實仍然在花園裡
臺北　幼獅文化公司　1998 年 8 月　頁 31—41

218. 施叔青等[7]　　會議現場討論紀實（三）　從四〇年代到九〇年代：兩岸三邊
華文小說研討會論文集　臺北　時報文化出版公司　1994 年 11 月
頁 191—210

219. 陳文芬　　真正的臺灣在臺北之外　中國時報　1995 年 9 月 30 日　39 版

220. 林素芬　　翩飛報春的彩蝶——作家施叔青專訪　幼獅文藝　第 520 期
1997 年 4 月　頁 65—70

221. 朱亞君　　施叔青，心情隨桌轉　中華日報　1997 年 7 月 21 日　15 版

222. 蔡秀女　　在窗邊閱讀的姊妹——小說家施叔青談讀書　聯合報　1997 年 7
月 14 日　41 版

223. 蔡秀女　　在窗邊閱讀的姊妹——小說家施叔青談讀書　閱讀之旅（下）
臺北　聯經出版公司　1998 年 7 月　頁 78—89

224. 黃鳳鈴　　與施叔青談閱讀與寫作——騷動與沉潛　明道文藝　第 259 期
1997 年 10 月　頁 16—20

225. 傅寧軍　　海峽文緣——臺灣作家施叔青訪談錄　臺聲　1998 年第 3 期
1998 年 3 月　頁 33—34

226. 傅寧軍　　海峽文緣——臺灣作家施叔青訪談錄　世界華文文學論壇　2002
年第 4 期　2002 年 12 月　頁 73—74

227. 傅寧軍　　滔滔海峽的文學之橋——臺灣作家施叔青訪談錄　兩岸關係
2005 年第 3 期　2005 年 3 月　頁 54—55

228. 夏　墨　　在原鄉與世界之間——施叔青的香港傳奇　中央日報　1998 年 7
月 11 日　22 版

229. 簡瑛瑛　　女性心靈的圖像——與施叔青對談文學，藝術與宗教　中外文學
第 27 卷第 11 期　1999 年 4 月　頁 119—137

---

[7]與會者：陳映真、廖咸浩、李昂、黃春明、尉天驄、陳萬益、施叔青、王浩威；紀錄：鍾靈。

230. 蔡詩萍採訪；王妙如記錄　　施叔青專訪（1—10）　中國時報　1999 年 10
　　　月 23—31 日，11 月 1 日　37，36 版

231. 施叔青等[8]　　寫作是居住之地——施叔青座談會　中國時報　1999 年 11 月
　　　17 日　37 版

232. 蔡淑華　　續航在回鄉道途——專訪施叔青　自由時報　2000 年 8 月 12 日
　　　39 版

233. 王　瑩　　卸下彩裝——訪施叔青談《枯木開花》成書前後　光華雜誌　第
　　　25 卷第 11 期　2000 年 11 月　頁 117—120

234. 廖玉蕙　　夢裡不知身是客——到紐約走訪小說家施叔青（1—6）　臺灣日
　　　報　2001 年 9 月 28 日—10 月 4 日　23，25 版

235. 廖玉蕙　　夢裡不知身是客——施叔青　走訪捕蝶人　臺北　九歌出版社
　　　2002 年 3 月　頁 45—68

236. 葉　云　　作家的追尋，施叔青 vs. 張大春　中央日報　2001 年 11 月 27 日
　　　28 版

237. 嚴敏兒　　一趟實踐佛法的生命旅程：訪《枯木開花——聖嚴法師傳》作者
　　　施叔青女士　書香人生　第 205 期　2001 年　頁 104—109

238. 李令儀　　原鄉與自我的追尋——施叔青與李昂談近作　聯合文學　第 228
　　　期　2003 年 10 月　頁 40—45

239. 施叔青等[9]　　「臺灣文學創世紀」對談會——大島 vs. 小島　中國時報
　　　2003 年 11 月 20 日　E7 版

240. 張曉彤　　千鈞筆為臺灣史——施叔青　野葡萄文學誌　第 8 期　2004 年 4
　　　月　頁 58—64

241. 廖律清　　行過——訪問施叔青女士　文訊雜誌　第 225 期　2004 年 7 月
　　　頁 135—139

242. 陳宛茜　　紐約隱者施叔青被花束解放——身處曼哈頓心臟，只書房讓她安

---

[8]與會者：施叔青、陳芳明、林宜澐、宇文正；紀錄：胡金倫。
[9]主持人：林瑞明；與會者：施叔青、夏曼‧藍波安；紀錄：陳文瀾。

定，去年回臺灣難忘自然修行　聯合報　2004 年 8 月 2 日　A12
版

243. 林怡君　　無可取代的鄉愁與回憶——專訪施叔青　自由時報　2005 年 5 月
31 日　47 版

244. 吳　凡　　她們與她們筆下的女人——蔣韻與施叔青對談「女書（一）：女
性肖像的文本描繪」　臺灣日報　2005 年 7 月 5 日　19 版

245. 陳希林　　施叔青談寫作的紀律　中國時報　2005 年 8 月 21 日　D8 版

246. 曹世耘　　施叔青演講答問錄　小說《行過洛津》之互文性書寫研究　成功
大學中國文學系　碩士論文　高美華教授指導　2007 年 7 月　頁
193—200

247. 陳芳明，施叔青　　鹿港・香港到紐約港——陳芳明對談施叔青　印刻文學
生活誌　第 50 期　2007 年 10 月　頁 26—38

248. 施叔青，廖炳惠講；吳瑩真記　　後殖民歷史與女性書寫——從香港到鹿港
想像的壯遊／十場臺灣當代小說的心靈饗宴 2：國立臺灣文學館・
第四季週末文學對談　臺南　國立臺灣文學館　2007 年 12 月　頁
142—172

249. 施叔青，陳芳明　　與為臺灣立傳的臺灣女兒對談——陳芳明與施叔青　風
前塵埃　臺北　時報文化出版公司　2008 年 1 月　頁 262—277

250. 施叔青，陳芳明　　與為臺灣立傳的臺灣女兒對談——陳芳明與施叔青　風
前塵埃　北京　三聯書店　2012 年 5 月　頁 245—259

251. 丁文玲專訪　　白髮施叔青・夢魘鬼氣寫歷史　中國時報　2008 年 2 月 16 日
A18 版

252. 劉梓潔　　鄭樹森、陳芳明——嗆出施叔青「臺灣三部曲」　中國時報
2008 年 2 月 24 日　E4 版

253. 林欣誼　　施叔青——對全人類的悲憫　誠品好讀　第 86 期　2008 年 4 月
頁 101—102

254. 施叔青，陳芳明　　與和靈魂進行決鬥的創作者對談——陳芳明與施叔青

三世人　臺北　時報文化出版公司　2010 年 10 月　頁 274—284

255. 施叔青，陳芳明　　與和靈魂進行決鬥的創作者對談——陳芳明與施叔青
　　　　三世人　北京　三聯書店　2012 年 10 月　頁 273—283

256. 陳思嫻專訪　　療傷與書寫‧施叔青與《三世人》　自由時報　2010 年 11 月
　　　　15 日　D9 版

257. 陳孟君　　與施叔青的對話　施叔青小說中的洛津與洄瀾圖像——以《行過
　　　　洛津》與《風前塵埃》為視域　中興大學臺灣文學與跨國文化研
　　　　究所　碩士論文　羅秀美教授指導　2011 年 7 月　頁 169—171

258. 姚嘉為　　人生像一路採花——施叔青在三島之間書寫　在寫作中還鄉　臺
　　　　北　允晨文化公司　2011 年 10 月　頁 251—278

259. 莊怡文　　生命中的三座島——訪談小說家施叔青（上、下）　人間福報
　　　　2013 年 11 月 7—8 日　15 版

260. 劉小玲　　為臺灣立傳的女兒——施叔青　新活水　第 51 期　2013 年 12 月
　　　　頁 38—41

261. 施叔青，楊佳嫻　　拾掇那些日子——施叔青　遠行與回歸的長路　臺北
　　　　中華文化總會　2015 年 6 月　頁 85—105

262. 施叔青，朱天文，白先勇　　現代主義的表妹與以寫作進行三次攻堅的小說
　　　　家：施叔青對談朱天文　重返現代　臺北　麥田出版‧城邦文化
　　　　公司　2016 年 1 月　頁 122—136

263. 施叔青等[10]　　現文盛會：全體作者座談　重返現代　臺北　麥田出版‧城邦
　　　　文化公司　2016 年 1 月　頁 212—240

264. 徐漢明　　施叔青　聯合文學　第 377 期　2016 年 3 月　頁 114—115

265. 陳柏言　　在寫作中還鄉——專訪施叔青　聯合文學‧名家別冊　第 378 期
　　　　2016 年 4 月　頁 1—3

266. 李時雍　　度越人間的憂苦——與施叔青談小說《度越》　文訊雜誌　第 367

[10] 主持人：王德威；與會者：聶華苓、葉維廉、白先勇、張錯、李渝、張系國、施叔青、舞鶴、朱天文、裴在美。

期　2016 年 5 月　頁 34—38

267. 楊棣亞　帶著佛心去旅行——施叔青談《度越》　自由時報　2016 年 6 月 22 日　D8 版

268. 陳柏言　從離苦解脫、偈取思凡攝心　聯合文學　第 380 期　2016 年 6 月 頁 28—33

269. 何定照　度越紅塵的女祭司　聯合報　2016 年 7 月 31 日　A9 版

年表

270. 施叔青　施叔青寫作年表　海內外青年作家選集（16）　臺北　黎明文化 公司　1983 年 6 月　頁 64—65

271. 施叔青　施叔青寫作年表　她名叫蝴蝶　臺北　洪範書店　1993 年 9 月 頁 225—229

272. 施叔青　施叔青寫作年表　遍山洋紫荊　臺北　洪範書店　1995 年 9 月 頁 225—229

273. 施叔青　施叔青寫作年表　寂寞雲園　臺北　洪範書店　1997 年 7 月　頁 237—242

274. 方美芬編；施叔青增訂　　施叔青生平寫作年表　施叔青集（臺灣作家全 集）　臺北　前衛出版社　1993 年 12 月　頁 297—300

275. 〔編輯部〕　　施叔青作品繫年　她名叫蝴蝶　北京　中國人民大學出版社 1996 年 6 月　頁 335—338

276. 王俊玲　施叔青寫作年表　鹿港夢魘的徘徊與突圍——論臺灣女作家施叔 青的創作　內蒙古師範大學　碩士論文　付中丁教授指導　2002 年 5 月　頁 55—58

277. 謝育昀整理　　施叔青作品總導覽　聯合文學　第 249 期　2005 年 7 月　頁 93—100

278. 白舒榮　施叔青創作年表　自我完成，自我挑戰——施叔青評傳　北京 作家出版社　2006 年 7 月　頁 405—412

279. 劉　宇　施叔青著作書目　李昂施叔青合論　蘇州大學中國現當代文學研

究所　博士論文　曹惠民教授指導　2007 年 4 月　頁 150—151

280. 〔編輯部〕　　紀事　第 13 屆國家文藝獎頒獎典禮專刊　臺北　財團法人國家文化藝術基金會　2008 年 9 月　頁 63—64

281. 陳姵妤　施叔青年表　施叔青「臺灣三部曲」中的歷史想像與臺灣書寫研究　嘉義大學中國文學系　碩士論文　吳盈靜教授指導　2011 年　頁 269—292

282. 白舒榮　施叔青年表　以筆為劍書青史：作家施叔青　臺北　遠景出版公司　2012 年 3 月　頁 225—234

其他

283. 〔民生報〕　施叔青六十歲要開畫展　民生報　1989 年 8 月 9 日　14 版

284. 陳文芬　施叔青年初一擔任導覽講師　中國時報　1998 年 1 月 25 日　25 版

285. 陳文芬　施叔青《維多利亞俱樂部》、「香港三部曲」明年出版日譯本　中國時報　2000 年 1 月 3 日　11 版

286. 劉郁青　義大利歸來‧遊記寫著寫著變成小說　民生報　2005 年 8 月 20 日　A13

287. 丁文玲　施叔青努力「臺灣三部曲之三」　中國時報　2008 年 7 月 8 日　A14 版

288. 詹宇霈　施叔青獲國家文藝獎　文訊雜誌　第 274 期　2008 年 8 月　頁 137

289. 林欣誼　施叔青《三世人》‧譜完臺灣三部曲　中國時報　2010 年 10 月 14 日　A14 版

290. 陳宛茜　寫到髮變白、沒朋友‧施叔青捐臺灣三部曲手稿　聯合報　2010 年 10 月 14 日　A20 版

291. 邵心杰　施叔青重要手稿‧全部捐臺文館　聯合報地方版　2010 年 10 月 16 日　B2 版

292. 林佩蓉　在島嶼之間，為土地立傳——「施叔青《三世人》新書發表暨座

談會」紀實　文訊雜誌　第 303 期　2011 年 1 月　頁 104—107

293. 〔楊護源主編〕　施叔青文物捐贈展　國立臺灣文學館年報 2010　臺南國立臺灣文學館　2011 年 9 月　頁 58

294. 〔編輯部〕　施叔青研討會暨手稿展　中國時報　2014 年 10 月 15 日　D4 版

295. 〔編輯部〕　施叔青國際學術研討會　自由時報　2014 年 10 月 15 日　D14 版

296. 陳宛茜　看盡三島繁華・下一步・施叔青寫佛學小說　聯合報　2014 年 10 月 15 日　A10 版

297. 林欣誼　施叔青《驅魔》手稿・贈臺師大典藏　中國時報　2014 年 10 月 18 日　A12 版

298. 林秀姿　讚施叔青非比尋常・白先勇：沒看走眼　聯合報　2014 年 10 月 18 日　A8 版

299. 楊媛婷　施叔青〈驅魔〉手稿・捐臺師大典藏　自由時報　2014 年 10 月 20 日　D7 版

300. 林姃霜　施叔青研討會、特展暨手稿捐贈　文訊雜誌　第 349 期　2014 年 11 月　頁 143—144

301. 姚嘉為　洛杉磯「名家講壇」施叔青主講　文訊雜誌　第 354 期　2015 年 4 月　頁 190

302. 〔人間福報〕　為了還願・施叔青開筆獻《度越》　人間福報　2016 年 6 月 9 日　15 版

303. 陳智德　施叔青擔任香港浸會大學 2016 年駐校作家　文訊雜誌　第 368 期　2016 年 6 月　頁 171

作品評論篇目

綜論

304. 尉天驄　關於施叔青　約伯的末裔　臺北　仙人掌出版社　1969 年 12 月

頁 1—2

305. 尉天驄　關於施叔青　約伯的末裔　臺北　大林書店　1973 年 5 月　頁 1
　　　—2

306. 沈　陽　夢魘與象徵的世界：讀施叔青的小說　新潮　第 28 期　1974 年 6
　　　月　頁 35—36

307. 林柏燕　林柏燕批評集錦——論施叔青　中華文藝　第 58 期　1975 年 12
　　　月　頁 100

308. 楊昌年　復興時期的小說發展——四十五位女性作家與作品介評——施叔
　　　青　近代小說研究　臺北　蘭臺書局　1976 年 1 月　頁 571—572

309. 何　欣　三十年來的小說〔施叔青部分〕　中華文化復興月刊　第 10 卷第
　　　9 期　1977 年 9 月　頁 31—32

310. 封祖盛　現代派小說的基本特徵和得失〔施叔青部分〕　臺灣小說主要流
　　　派初探　福州　福建人民出版社　1983 年 10 月　頁 192—193

311. 齊邦媛　江河匯集成海的六十年代小說〔施叔青部分〕　文訊雜誌　第 13
　　　期　1984 年 8 月　頁 63

312. 齊邦媛　江河匯集成海的六○年代小說〔施叔青部分〕　霧漸漸散的時候
　　　臺北　九歌出版社　1998 年 10 月　頁 82

313. 齊邦媛　閨怨之外——以實力論臺灣女作家〔施叔青部分〕　聯合文學
　　　第 5 期　1985 年 3 月　頁 10—11

314. 齊邦媛　閨怨之外——以實力論臺灣女作者〔施叔青部分〕　七十四年文
　　　學批評選　臺北　爾雅出版社　1986 年 4 月 5 日　頁 177—179

315. 齊邦媛　閨怨之外——以實力論臺灣女作家〔施叔青部分〕　中華現代文
　　　學大系（臺灣 1970—1989）評論卷（壹）　臺北　九歌出版社
　　　1989 年 5 月　頁 528—530

316. 齊邦媛　閨怨之外——以實力論臺灣女作者〔施叔青部分〕　千年之淚
　　　臺北　爾雅出版社　1990 年 7 月　頁 118—120

317. 齊邦媛　閨怨之外——以實力論臺灣女作家的小說〔施叔青部分〕　千年

之淚——當代臺灣小說論集　臺北　爾雅出版社　2015 年 7 月　頁 159—162

318. 劉登翰　在兩種文化的衝撞之中——論施叔青的小說　臺灣研究集刊 1986 年第 1 期　1986 年 2 月　頁 31—39

319. 劉登翰　在兩種文化的衝撞之中——論施叔青早期的小說　臺灣玉——施叔青小說選　福州　海峽文藝出版社　1987 年 11 月　頁 352—369

320. 劉登翰　在兩種文化的衝撞之中——論施叔青早期的小說　那些不毛的日子　臺北　洪範書店　1988 年 10 月　頁 1—12

321. 劉登翰　在兩種文化的衝撞之中——施叔青小說創作剖析　文學薪火的傳承與變異——臺灣文學論集　福州　海峽文藝出版社　1994 年 11 月　頁 136—154

322. 劉登翰　在兩種文化的衝撞之中——施叔青創作個案剖析　臺灣文學隔海觀：文學香火的傳承與變異　臺北　風雲時代出版公司　1995 年 3 月　頁 135—154

323. 吳泰昌　序　香港的故事　北京　作家出版社　1986 年 8 月　頁 1—4

324. 李子雲　同一社會圈子裡的兩代人——與女作家李黎的通信〔施叔青部分〕　讀書　1986 年第 5 期　1986 年　頁 58—65

325. 李　黎　李黎給李子雲的第一封覆信〔施叔青部分〕　讀書　1986 年第 7 期　1986 年　頁 68—76

326. 張恆春　施叔青的夢魘世界　現代臺灣文學史　瀋陽　遼寧大學出版社 1987 年 12 月　頁 333—335

327. 王晉民　序　晚晴　廣州　花城出版社　1988 年 3 月　頁 1—7

328. 王晉民　施叔青小說集《晚晴》序　文學世界　第 2 期　1988 年 4 月　頁 141—145

329. 王晉民　論施叔青早期和近期創作　臺灣香港與海外華文文學論文選（三）　福建　海峽文藝出版社　1988 年 9 月　頁 295—309

330. 王德威　　「女」作家的現代「鬼」話——從張愛玲到蘇偉貞[11]〔施叔青部分〕　眾聲喧嘩——三〇與八〇年代的中國小說　臺北　遠流出版公司　1988 年 9 月　頁 229—231

331. 王德威　　作家的現代鬼話〔施叔青部分〕　洪範雜誌　第 36 期　1988 年 10 月 26 日　2 版

332. 唐文雄　　寫在前面〔施叔青部分〕　鹿城歲月　臺北　林白出版社　1988 年 10 月　頁 17

333. 賀安慰　　慾火焚身的女子——論施叔青的短篇小說[12]　臺灣當代短篇小說中的女性描寫　臺北　文史哲出版社　1989 年 1 月　頁 45—60

334. 施　淑　　論施叔青早期小說的禁錮與顛覆意識　七十七年文學批評選　臺北　爾雅出版社　1989 年 3 月　頁 239—260

335. 施　淑　　論施叔青早期小說的禁錮與顛覆意識　施叔青集（臺灣作家全集）　臺北　前衛出版社　1993 年 12 月　頁 271—287

336. 施　淑　　論施叔青早期小說的禁錮與顛覆意識　兩岸文學論集　臺北　新地文學出版社　1997 年 6 月　頁 166—180

337. 施　淑　　論施叔青早期小說的禁錮與顛覆意識　微醺彩妝　臺北　麥田出版公司　1999 年 12 月　頁 261—277

338. 施　淑　　論施叔青早期小說的禁錮與顛覆意識　性別論述與臺灣小說　臺北　麥田出版公司　2000 年 10 月　頁 309—322

339. 古繼堂　　施叔青　臺灣小說發展史　臺北　文史哲出版社　1989 年 7 月　頁 387—389

340. 公仲，汪義生　　六十年代後期及七十年代臺灣文學 1966—1980（下）〔施叔青部分〕　臺灣新文學史初編　南昌　江西人民出版社　1989 年 8 月　頁 356—359

341. 古繼堂　　從虛幻到真實的施叔青　臺灣愛情文學論　福建　海峽文藝出版

---

[11]本文後改篇名為〈作家的現代鬼話〉，內容略有增刪。
[12]本文探論施叔青小說中的性與壓抑，並以慾火焚身的女人作為其小說的中心主題。

社　1990 年 3 月　頁 142—150

342. 葉石濤　六〇年代的臺灣文學——無根與放逐〔施叔青部分〕　臺灣文學
史綱　高雄　文學界雜誌社　1991 年 1 月　頁 133

343. 葉石濤　臺灣文學史綱——六〇年代的臺灣文學——無根與放逐〔施叔青
部分〕　葉石濤全集・評論卷五　臺南，高雄　國立臺灣文學
館，高雄市文化局　2008 年 3 月　頁 149

344. 彭瑞金　埋頭深耕的年代（一九六〇—一九六九）——失根的流浪文學
〔施叔青部分〕　臺灣新文學運動四十年　臺北　自立晚報社
1991 年 3 月　頁 137—138

345. 黃重添，莊明萱，闕豐齡　現代派小說——現代文學的流行〔施叔青部
分〕　臺灣新文學概觀（上）　廈門　鷺江出版社　1991 年 6 月
頁 109—110

346. 賴伯疆　美洲華文文學方興未艾——美國華文文學〔施叔青部分〕　海外
華文文學概觀　廣州　花城出版社　1991 年 7 月　頁 188—189

347. 何　慧　覺醒與憂慮（摘錄）——施叔青筆下的當代女性命運　臺港與海
外華文文學評論和研究　1991 年第 3 期　1991 年　頁 60—61

348. 何　慧　覺醒與憂慮——施叔青筆下的當代女性命運　臺灣香港澳門暨海
外華文文學論文選（五）　福州　海峽文藝出版社　1993 年 3 月
頁 300—303

349. 王景山　魯迅和臺灣新文學〔施叔青部分〕　臺灣香港澳門暨海外華文文
學論文選（五）　福州　海峽文藝出版社　1993 年 3 月　頁 107
—108

350. 彭瑞金　是顛覆？還是追逐？——施叔青的作品變貌　臺灣新聞報　1993
年 12 月 6 日　13 版

351. 彭瑞金　是顛覆？還是追逐？——《施叔青集》序　施叔青集（臺灣作家
全集）　臺北　前衛出版社　1993 年 12 月　頁 9—13

352. 彭瑞金　是顛覆？還是追逐？——《施叔青集》　短篇小說卷別冊（臺灣

作家全集）　臺北　前衛出版社　1994 年 3 月　頁 177─181

353. 白德昆　論施叔青的小說創作　中國婦女管理幹部學院學報　1993 年第 4
期　1993 年　頁 46─49

354. 張小虹　祖母臉上的大蝙蝠：從鹿港到香港的施叔青　中國時報　1994 年
1 月 1 日　34 版

355. 張小虹　祖母臉上的大蝙蝠──從鹿港到香港的施叔青　從四○年代到九
○年代：兩岸三邊華文小說研討會論文集　臺北　時報文化出版
公司　1994 年 11 月　頁 183─189

356. 張小虹　祖母臉上的大蝙蝠──從鹿港到香港的施叔青　自戀女人　臺北
聯經出版公司　1996 年 10 月　頁 93─100

357. 王晉民　施叔青的小說　臺灣當代文學史　南寧　廣西人民教育出版社
1994 年 2 月　頁 422─437

358. 林承璜　施叔青筆下的香港女性世界　臺灣香港文學評論集　福州　海峽
文藝出版社　1994 年 2 月　頁 231─237

359. 李　今　在生命和意識的張力中──談施叔青的小說創作　文學評論
1994 年第 4 期　1994 年 7 月　頁 61─68

360. 張超主編　施叔青　臺港澳及海外華人作家辭典　江蘇　南京大學出版社
1994 年 12 月　頁 411─412

361. 盛英主編　香港女作家夏易、西西、施叔青、亦舒　二十世紀中國女性文
學史　天津　天津人民出版社　1995 年 6 月　頁 1074─1082

362. 許道明　也說施叔青　世界華文文學論壇　1995 年第 3 期　1995 年 9 月
頁 38─41

363. 邱　婷　施叔青外來人寫東方之珠　民生報　1995 年 12 月 24 日　15 版

364. 王保生　兩岸文體風貌〔施叔青部分〕　揚子江與阿里山的對話──海峽
兩岸文學比較　上海　上海文藝出版社　1995 年 12 月　頁 353

365. 王德威　愛欲相煎，纏綿不絕，當代小說的情色寫作〔施叔青部分〕　中
國時報　1996 年 2 月 1 日　39 版

366. 彭小妍　「寫實」與政治寓言（施叔青部份）　臺灣文學中的社會：五十年來臺灣文學研討會論文集（一）　臺北　行政院文建會　1996年6月　頁60—62

367. 江寶釵　臺灣現代派女性作家的創作特色〔施叔青部分〕　臺灣文學發展現象：五十年來臺灣文學研討會文集（二）　臺北　行政院文建會　1996年6月　頁161—166

368. 施懿琳　戰後文學發展概述——戰後彰化地區新文學——施叔青（生於一九四五年）　彰化文學圖像　彰化　彰化縣文化中心　1996年6月　頁146—147

369. 古繼堂　總序〔施叔青部分〕　兒子的大玩偶　北京　時事出版社　1996年6月　頁7—8

370. 古繼堂　總序〔施叔青部分〕　倒放的天梯　北京　時事出版社　1996年6月　頁7—8

371. 〔編輯部〕　編後記——走過去，前面是片天　她名叫蝴蝶　北京　中國人民大學出版社　1996年6月　頁339—357

372. 施懿琳，楊翠　六〇年代彰化縣文壇再現生機——揮汗收割——六〇年代縣籍小說作家新秀輩出——西方現代與鹿城古意——施叔青　彰化縣文學發展史（下）　彰化　彰化縣立文化中心　1997年5月　頁344—347

373. 施懿琳，楊翠　七〇年代彰化縣文學與臺灣文學根脈合流——繁茂多姿的小說園圃——回歸與遠離——施叔青　彰化縣文學發展史（下）　彰化　彰化縣立文化中心　1997年5月　頁395—398

374. 施懿琳，楊翠　八〇年代至今——彰化縣文壇多音交響——女性主義與女性文學——女性書寫的香港開埠史——施叔青　彰化縣文學發展史（下）　彰化　彰化縣立文化中心　1997年5月　頁439—443

375. 鄭樹森　臺港的小說交流〔施叔青部分〕　聯合報　1997年6月25日　41版

376. 李小良　「我的香港」──施叔青的香港殖民史　否想香港：歷史‧文化‧未來　臺北　麥田出版公司　1997 年 7 月　頁 181—208

377. 李小良　「我的香港」──施叔青的香港殖民史　微醺彩妝　臺北　麥田出版公司　1999 年 12 月　頁 299—323

378. 皮述民　多元的當代小說〔施叔青部分〕　二十世紀中國新文學史　臺北　駱駝出版社　1997 年 10 月　頁 457

379. 王德威　世紀末的中文小說──預言四則〔施叔青部分〕　臺灣文學二十年集 1978—1998：評論二十家　臺北　九歌出版社　1998 年 3 月　頁 285

380. 王德威　從「海派」到「張派」──張愛玲小說的淵源與傳承〔施叔青部分〕　中華現代文學大系（貳）‧臺灣一九八九─二〇〇三評論卷（二）　臺北　九歌出版社　2003 年 10 月　頁 728

381. 王德威　從「海派」到「張派」──張愛玲小說的淵源與傳承〔施叔青部分〕　如何現代，怎樣文學？　臺北　麥田出版公司　2008 年 2 月　頁 327—328

382. 徐　學　名噪兩岸文壇的施家姐妹　臺聲　1998 年 6 期　1998 年 6 月　頁 36—37

383. 吳夙珍　試探施叔青早期創作中「夢」的意象　臺灣文藝　第 166、167 期合刊　1999 年 2 月　頁 104—112

384. 劉林紅　女性寫作：文學話語的別依系統──繁花似錦‧新蕊吐秀〔施叔青部分〕　百年中華文學史論：1898—2003　上海　華東師範大學出版社　1999 年 9 月　頁 310，314—315

385. 廖炳惠　臺灣的香港傳奇──從張愛玲到施叔青　閱讀張愛玲：張愛玲國際研討會論文集　臺北　麥田出版公司　1999 年 10 月　頁 453—465

386. 陳芳明　從鹿港到香港──施叔青文學歷程的轉折（上、下）　中國時報　1999 年 10 月 22—23 日　37 版

387. 陳芳明　　從鹿港到香港　深山夜讀　臺北　聯合文學出版社　2001 年 3 月　頁 218—225

388. 陳芳明　　從鹿港到香港　深山夜讀　臺北　聯合文學出版社　2008 年 9 月　頁 218—225

389. 鄭　岩　　傳統與現代之間——施叔青小說簡論　華文文學　1999 年第 2 期　1999 年　頁 51—54，61

390. 王德威　　異象與異化，異性與異史——論施叔青的小說[13]　自由時報　1999 年 12 月 26 日　39 版

391. 王德威　　異象與異化，異性與異史——論施叔青的小說　微醺彩妝　臺北　麥田出版公司　1999 年 12 月　頁 7—44

392. 王德威　　異象與異化，異性與異史——施叔青論　跨世紀風華：當代小說 20 家　臺北　麥田出版公司　2002 年 8 月　頁 269—298

393. 王德威　　異象與異化，異性與異史——論施叔青的小說　微醺彩妝　臺北　麥田出版・城邦文化公司　2014 年 1 月　頁 7—43

394. 徐文娟　　施叔青與嚴歌苓小說中的女性書寫　雲漢學刊　第 7 期　2000 年 6 月　頁 107—142

395. 鄭雅文　　鄉俗世界的現代詮釋——陳若曦與施叔青的地域創造　戰後臺灣女性成長小說研究——從反共文學到鄉土文學　中央大學中國文學系碩士在職專班　碩士論文　康來新教授指導　2000 年 6 月　頁 122—130

396. 劉登翰　　臺灣作家的香港關注——以余光中、施叔青為中心　兩岸文學發展研討會　桃園　中央大學中國文學研究所　2000 年 9 月 16—17 日

397. 劉登翰　　臺灣作家的香港關注——以余光中、施叔青為中心　福建論壇　2001 年第 2 期　2001 年　頁 50—57

---

[13]本文分析施叔青四十餘年的寫作歷程，並分析其作品。全文共 4 小節：1.「異」「化」的譜系學；2.嘆世界；3.「香港，我的香港」；4.「切碎吧，一切的一切。」。

398. 曹惠民　　　施叔青——鄉土臺灣的現代型塑　臺港澳文學教程　上海　漢語
　　　　　　　　大辭典出版社　2000 年 10 月　頁 154—156

399. 曹惠民　　　施叔青——從鹿港到香港的文學苦旅　臺港澳文學教程　上海
　　　　　　　　漢語大辭典出版社　2000 年 10 月　頁 342—344

400. 廖四平　　　臺灣現代派小說與西方影響〔施叔青部分〕　臺灣研究集刊
　　　　　　　　2001 年第 1 期　2001 年 2 月　頁 97—98

401. 葉玉芳　　　女性寫作的開拓之路——張愛玲與施叔青筆下的女人　龍巖師專
　　　　　　　　學報　第 19 卷第 2 期　2001 年 5 月　頁 58—60

402. 章　緣　　　在芙烈達的鏡子裡照見自己——施叔青　誠品好讀　第 14 期
　　　　　　　　2001 年 9 月　頁 56—58

403. 莊宜文　　　香港傳奇——施叔青的豔異怪誕　張愛玲的文學投影——臺、
　　　　　　　　港、滬三地張派小說研究　東吳大學中國文學系　博士論文　李
　　　　　　　　瑞騰教授指導　2002 年 10 月　頁 217—227

404. 范銘如　　　臺灣現代主義女性小說〔施叔青部分〕　眾裡尋她：臺灣女性小
　　　　　　　　說縱論　臺北　麥田出版公司　2002 年 3 月　頁 97—100

405. 范銘如　　　臺灣現代主義女性小說〔施叔青部分〕　眾裡尋她：臺灣女性小
　　　　　　　　說縱論　臺北　麥田・城邦文化出版　2008 年 9 月　頁 97—100

406. 彭燕彬　　　臺灣女性文學高潮的出現——蕭颯、施叔青、李昂　簡明臺灣文
　　　　　　　　學史　北京　時事出版社　2002 年 6 月　頁 491—502

407. 王瑞華　　　另一種審美——試論施叔青香港題材小說的藝術追求　新視野、
　　　　　　　　新開拓：第 12 屆世界華文文學國際學術研討會論文集　上海　復
　　　　　　　　旦大學出版社　2002 年 11 月　頁 413—421

408. 王瑞華　　　施叔青香港題材小說的藝術追求　閩江學院學報　2006 年第 1 期
　　　　　　　　2006 年 2 月　頁 52—56

409. 楊利娟　　　都市女性的情殤——論施叔青都市小說中女性情感狀態　世界華
　　　　　　　　文文學論壇　2003 年第 6 期　2003 年 6 月　頁 60—62

410. 范銘如　　　合縱連橫——六○年代臺灣小說〔施叔青部分〕　淡江大學中文

學報　第 8 期　2003 年 7 月　頁 44—45

411. 彭燕彬　多稜的藝術重塑——施叔青小說淺析　焦作大學學報　2003 年第 4 期　2003 年 10 月　頁 10—11，19

412. 陳信元　臺灣女性小說的發展〔施叔青部分〕　兩岸女性文學發展學術研討會　臺北　中華發展基金管理委員會主辦；佛光人文社會學院承辦　2003 年 11 月 1—2 日

413. 陸雪琴　超越性別的寫作——論施叔青香港時期的創作　華文文學　2003 年第 2 期　2003 年　頁 8—12

414. 王劍叢　新一代南遷作家的創作〔施叔青部分〕　香港澳門文學論集　北京　中國科學文化出版社　2004 年 3 月　頁 26

415. 李　偉　「火車頭的傳說」與施叔青筆下的男性群落　零陵學院學報　第 25 卷第 2 期　2004 年 3 月　頁 50—52

416. 戴　惠　施叔青的「現代女性主體意識」論　彭城職業大學學報　第 19 卷第 3 期　2004 年 6 月　頁 68—71

417. 白舒榮　「女性奧秘論」的悲情文本　世界華文文學論壇　2004 年第 2 期　2004 年 6 月　頁 59—63

418. 白舒榮　「女性奧秘論」的悲情文本　回眸——我與世界華文文學的緣分　香港　香港文學報出版社　2010 年　頁 194—200

419. 程　悅　再生之城：完不了的「香港故事」——試論張愛玲與施叔青筆下的「香港傳奇」　寧波廣播電視大學學報　第 2 卷第 3 期　2004 年 9 月　頁 8—11

420. 蔡　菁　多元化走向中的東西景觀——論臺灣作家施叔青的短篇小說　臺灣研究集刊　2004 年第 3 期　2004 年 9 月　頁 100—106

421. 王瑞華　施叔青小說對西方文學的吸收與借鑒　閩江學院學報　2005 年第 1 期　2005 年 2 月　頁 73—75

422. 謝春紅　論施叔青小說創作的階段性變化　鄭州航空工業管理學院學報　2005 年第 1 期　2005 年 2 月　頁 40—42

423. 樊洛平　　施叔青——灰色夢魘世界的奔突　當代臺灣女性小說史論　鄭州
　　　　河南人民出版社　2005 年 2 月　頁 161—169

424. 樊洛平　　施叔青——灰色夢魘世界的奔突　當代臺灣女性小說史論　臺北
　　　　臺灣商務印書館　2006 年 4 月　頁 175—192

425. 劉宇，陳小明　　施叔青的後殖民書寫　常州工學院學報　2005 年第 1 期
　　　　2005 年 3 月　頁 28—31

426. 李宜芳　　施叔青的文學疆界　明志學報　第 37 卷第 1 期　2005 年 6 月　頁
　　　　19—32

427. 白先勇等[14]　　名家短評　眾花深處：二十世紀華文女作家小說選　臺北　正
　　　　中書局　2005 年 7 月　頁 231—233

428. 古遠清　　施叔青　分裂的臺灣文學　臺北　海峽學術出版社　2005 年 7 月
　　　　頁 97—98

429. 王瑞華　　殖民與先鋒：中國痛苦——從兩位女性文本解讀香港的後殖民特
　　　　徵〔施叔青部分〕　東南學術　2005 年第 4 期　2005 年 7 月　頁
　　　　159—168

430. 劉登翰　　施叔青：香港經驗和臺灣敘事——兼說世界華文創作中的「施叔
　　　　青現象」　第二屆兩岸現代文學發展與思潮學術研討會論文集
　　　　臺北　佛光人文社會學院文學系　2005 年 10 月 28—29 日　頁
　　　　135—149

431. 劉登翰　　施叔青：香港經驗和臺灣敘事——兼說世界華文創作中的「施叔
　　　　青現象」　臺灣研究集刊　2005 年第 4 期　2005 年 12 月　頁 75
　　　　—81

432. 王貝貝　　論臺港張派作家的承續與超越〔施叔青部分〕　華文文學　2005
　　　　年第 4 期　2005 年　頁 23—29

433. 朱小燕　　異地求生的女性群落——談施叔青小說中的外鄉女性　內江師範
　　　　學院學報　2005 年 S1 期　2005 年　頁 51—52

---

[14]評論者：白先勇、陳萬益、王德威、施叔、廖炳惠、張雪媄。

434. 徐　玲　　夢魘世界的「恐懼」述說——施叔青與殘雪早期創作的靈魂對話　世界華文文學論壇　2006 年第 1 期　2006 年 3 月　頁 45—48

435. 于　靜　　新時代的舊悲劇——淺析施叔青的都市女性故事　世界華文文學論壇　2006 年第 2 期　2006 年 6 月　頁 60—63

436. 王瑞華　　施叔青：殖民末日的香港——三位女性對香港文學的解讀　殖民與先鋒：中國痛苦　北京　社會科學文獻出版社　2006 年 7 月　頁 104—140

437. 周　帆　　欲望深淵前的墮落與升華——施叔青香港故事系列小說中女性的人性意識啟蒙　江蘇教育學院學報　2006 年第 4 期　2006 年 7 月　頁 81—83

438. 張淑雲　　都市女性的自我言說——張愛玲、施叔青作品中女性的都市情結　大連民族學院學報　2006 年第 6 期　2006 年 11 月　頁 35—37

439. 陳國偉　　臺灣中心性的建構：福佬族群書寫的後殖民演繹〔施叔青部分〕　想像臺灣當代小說中的族群書寫　臺北　五南圖書出版公司　2007 年 1 月　頁 104，142—143

440. 周芬伶　　從善女到惡女到同女——女性小說的心靈變貌〔施叔青部分〕　聖與魔——臺灣戰後小說的心靈圖像（1945—2006）　臺北　印刻出版公司　2007 年 3 月　頁 234—236

441. 陳芳明　　現代主義的表妹　印刻文學生活誌　第 45 期　2007 年 5 月　頁 124—130

442. 陳芳明　　現代主義的表妹　昨夜雪深幾許　臺北　印刻文學生活雜誌出版公司　2008 年 9 月　頁 106—117

443. 朱惠足　　殖民／後殖民鹿港〔施叔青部分〕　2007 彰化文學國際學術研討會　彰化師範大學　國家臺灣文學館，彰化師範大學國文系暨臺灣文學研究所　2007 年 6 月 8—9 日

444. 朱惠足　　殖民／後殖民鹿港〔施叔青部分〕　彰化文學大論述　臺北　五南圖書出版公司　2007 年 11 月　頁 538—547

445. 趙　晶　　現代精神下的文學敘事——論施叔青小說的現代主義色彩　洛陽
　　　　　　　師範學院學報　第 26 卷第 3 期　2007 年 6 月　頁 79—81

446. 劉　宇　　記憶再現與歷史關注下的文化回歸——論施叔青、李昂的臺灣書
　　　　　　　寫　學術交流　2007 年第 7 期　2007 年 7 月　頁 158—161

447. 劉依潔　　不安的靈魂——試析施叔青本土小說人物的生命型態　華梵大學
　　　　　　　中國文學系第六屆「生命實踐」學術研討會　臺北　華梵大學中
　　　　　　　國文學系主辦　2007 年 11 月 3 日

448. 劉依潔　　施叔青小說中的社會現象——兼談其在通識課程教學中的價值
　　　　　　　2007 人文通識教學學術研討會　臺北　臺北商業技術學院主辦
　　　　　　　2007 年 11 月 30 日

449. 陳筱筠　　從鹿港至香港：閱讀施叔青小說的三種變異路徑　成大清大臺灣
　　　　　　　文學研究生研討會　臺南　成功大學臺灣文學所主辦　2007 年 12
　　　　　　　月 22—23 日

450. 唐瑜，傅宗洪　　試論施叔青小說中的現代主義寫作手法　寫作　2007 年第
　　　　　　　21 期　2007 年　頁 11—14

451. 趙小琪，譚楓凡　　當代香港文學中的英國形象〔施叔青部分〕　江蘇社會
　　　　　　　科學　2007 年第 5 期　2007 年　頁 203—207

452. 袁良駿　　交流、融匯：香港小說多聲部（一）——港臺兩棲作家施叔青
　　　　　　　香港小說流派史　福州　福建人民出版社　2008 年 1 月　頁 217
　　　　　　　—221

453.〔蔡素芬主編〕　　施叔青　小說 30 家：臺灣文學三十年菁英選 1978—2008
　　　　　　　（上）　臺北　九歌出版社　2008 年 4 月　頁 12—13

454. 趙小琪，趙坤　　當代香港女性主義文學中的美國形象〔施叔青部分〕　華
　　　　　　　文文學　2008 年第 2 期　2008 年 4 月　頁 30—36、43

455. 蘇惠昭　　施叔青小說中流露出的文人山水　出版參考　2008 年第 13 期
　　　　　　　2008 年 5 月　頁 32

456. 李宜芳　　九〇年代施家朱家姊妹長篇小說視角實驗　第五屆臺灣、東南亞

文化文學國際學術研討會——臺灣、東南亞文學的發展與思路
宜蘭　佛光大學文學系主辦　2008 年 6 月 1—2 日

457. 李宜芳　九〇年代施家朱家姐妹小說「聽故事」的語言實驗　第二屆文學
視野——青年學者論文研討會　宜蘭　佛光大學文學系主辦
2008 年 6 月 11 日

458. 曾萍萍　太陽兀自照耀著：《文學季刊》內容分析——第一件差事：大放
異彩的小說創作〔施叔青部分〕　「文季」文學集團研究——以
系列刊物為觀察對象　中央大學中國文學系　博士論文　李瑞騰
教授指導　2008 年 7 月　頁 108—109

459. 李瑞騰　旅行小說「臺灣三部曲」——在小說世界自我挑戰的施叔青　人
間福報　2008 年 9 月 6 日　8—10 版

460. 李瑞騰　香港、臺灣與世界——施叔青小說略論　第 12 屆國家文藝獎頒獎
典禮專刊　臺北　財團法人國家文化藝術基金會　2008 年 9 月
頁 56—60

461. 楊采陵　由「空間」透視——論施叔青早期作品中的鹿港書寫　2008 清成
臺灣文學所研究生交流研討會　新竹　清華大學臺灣文學研究所
主辦　2008 年 12 月 13—14 日

462. 劉思坊　魅／媚相生——論施叔青與陳雪的瘋狂敘事　臺北教育大學語文
集刊　第 15 期　2009 年 1 月　頁 207—239

463. 李依玲　論施叔青於文學場中的寫作歷程：資本的互通、運用及其習性
成大臺文系研究生研討會　臺南　成功大學臺灣文學系主辦
2009 年 5 月 23 日

464. 楊慧鈴　空間的她者・她者的空間——施叔青移民書寫中的住與行　多重
視野的人文海洋：海洋文化學術研討會　高雄　中山大學文學院
主辦　2009 年 10 月 23 日

465. 李宜芳　如何魔幻？如何喧嘩？臺灣施家朱家姐妹 90 年代的小說家國　第
一屆世界華文文化文學國際學術研討會　馬來西亞　馬來西亞孝

恩文化基金會，檳榔嶼南洋大學校友會，星洲日報主辦　2009 年
12 月 29—30 日

466. 劉　宇　　李昂施叔青合論　華文文學　2012 年第 3 期　2009 年　頁 104—
107

467. 黃冠翔　　一九七〇至八〇年代臺灣作家的香港書寫——追尋・探親・新移
民——八〇年代的香港社會景況——香港浮世繪——施叔青筆下
八〇年代香港的上層社會與下層社會　臺灣作家的香港書寫研究
（1950—2008）[15]　臺北教育大學臺灣文化研究所　碩士論文　應
鳳凰教授指導　2009 年　頁 65—73

468. 黃冠翔　　一九七〇至八〇年代臺灣作家的香港書寫——香港浮世繪——施
叔青筆下八〇年代香港的上層社會與下層社會　異鄉情願——臺
灣作家的香港書寫　臺北　獨立作家　2014 年 7 月　頁 116—131

469. 李真真　　淺析施叔青筆下的男性形象　青年作家　2010 年第 9 期　2010 年
頁 16—17

470. 梁靜方　　異化與孤獨——由施叔青 70 年代的婚姻小說談起　語文知識
2010 年第 4 期　2010 年　頁 98—99

471. 劉思坊　　舞臺上的病查某：瘋婦的媚與魅——現代主義與女性語言：歐陽
子的心理折磨和施叔青的癲狂掠影　解嚴後臺灣小說瘋狂敘事研
究：以舞鶴、陳雪為觀察中心　政治大學臺灣文學研究所　碩士
論文　楊小濱教授指導　2010 年　頁 115—125

472. 陳芳明　　臺灣女性文學的意義——施叔青小說的歷史巨構　臺灣新文學史
臺北　聯經出版公司　2011 年 10 月　頁 717—725

473. 陳正維　　拓荒路留下的文字結晶——拓荒者的小說與雜文書寫——瘋狂：
施叔青筆下被判為瘋狂的妻子　「拓荒者」的多重實踐——論七
〇年代婦運者與女作家的書寫／行動　清華大學臺灣文學所　碩
士論文　陳萬益，陳昭如教授指導　2012 年 1 月　頁 89—91

---

[15]本論文後出版為《異鄉情願——臺灣作家的香港書寫》。

474. 陳　磊　　女性立場的婚戀抒寫——論施叔青 70 年代女性小說　樂山師範學院學報　第 27 卷第 3 期　2012 年 3 月　頁 39—44

475. 陳芳明　　從孤島到孤島　以筆為劍書青史：作家施叔青　臺北　遠景出版公司　2012 年 3 月　頁 8—9

476. 陳芳明　　從孤島到孤島　星遲夜讀　臺北　聯合文學出版社　2013 年 3 月　頁 137—140

477. 楊　烜　　冷眼看繁華：施叔青香港題材小說的敘事立場　鄭州大學學報　第 45 卷第 5 期　2012 年 9 月　頁 142—145

478. 〔李瑞騰主編〕　　香港三部曲／《她名叫蝴蝶》——手稿／施叔青捐贈　神與物遊——國立臺灣文學館典藏精選集（三）　臺南　國立臺灣文學館　2012 年 12 月　頁 91

479. 曹惠民　　旅港作家的創作——施叔青——從鹿港到香港的文學苦旅　臺港澳文學教程新編　上海　復旦大學出版社　2013 年 1 月　頁 245—246

480. 莊若江　　臺灣女性作家的創作——施叔青——鄉土臺灣的現代型塑　臺港澳文學教程新編　上海　復旦大學出版社　2013 年 1 月　頁 108—110

481. 王瑞華　　物化：香港女作家敘寫都市人的命運一種——以張愛玲、施叔青、西西的小說人物為例　常州工學院學報　第 31 卷第 1 期　2013 年 2 月　頁 15—18

482. 陳學芬　　臺灣旅美作家的浮萍悲歌——邊緣人的生存困境與突圍——施叔青（1945—）：女性的異域生存困境　自我與他者：當代美華移民小說中的中美形象　河南大學中國現當代文學研究所　博士論文　李偉昉教授指導　2013 年 5 月　頁 56—59

483. 顏柯潔　　王安憶和施叔青小說中的女性形象比較　文學教育　2013 年第 11 期　2013 年　頁 36—37

484. 黃慧鳳　　認同議題的變遷——新世紀文本的認同強化與多元——施叔青—

—認同「新視界」　臺灣歷史大河小說研究　中央大學中國文學系　博士論文　李瑞騰教授指導　2014 年 1 月　頁 233—235

485. 黃啟峰　「薛西弗斯」的境遇啟示——存在主義精神之於現代主義世代的小說轉化——鄉土示例四家：黃春明、王禎和、施叔青、李昂的早期之作　戰爭‧存在‧世代精神：臺灣現代主義小說的境遇書寫研究　中央大學中國文學系　博士論文　康來新教授指導　2014 年 1 月　頁 212—228

486. 黃啟峰　「薛西弗斯」的境遇啟示：存在主義精神之於現代主義世代的小說轉化——鄉土示例四家：黃春明、王禎和、施叔青、李昂的早期之作　戰爭‧存在‧世代精神——臺灣現代主義小說的境遇書寫研究　臺北　秀威資訊科技公司　2016 年 4 月　頁 332—338

487. 宋　寧　女性都市生存的「在場者」與「缺席者」——論施叔青的「香港故事」系列短篇小說　長春工業大學學報　第 26 卷第 3 期　2014 年 5 月　頁 95—97

488. 陳孟君　海洋、山水與疆界突圍：九〇年代以降的虛構美學與歷史起源反思——重溯起源與山水臺灣——以施叔青和李渝為例　神聖與虛構：兩岸當代小說中「國家神話」與「新歷史敘事」之辯證　臺灣大學中國文學系　博士論文　梅家玲教授指導　2014 年 6 月　頁 400—437

489. 林淑慧　遠遊的必要：施叔青旅遊書寫的鏡映　跨國華人書寫‧文化藝術再現：施叔青國際學術研討會　臺北　臺灣師範大學應用華語文學系主辦　2014 年 10 月 17—18 日

490. 蔣力勻　「吃的後殖民」：初探施叔青、也斯、李昂飲食小說之臺港在地文化衝擊與認同　跨國華人書寫‧文化藝術再現：施叔青國際學術研討會　臺北　臺灣師範大學應用華語文學系主辦　2014 年 10 月 17—18 日

491. 簡瑛瑛口述；柯珏如，陳思妤整理　　施叔青與華人書寫、文化再現　文訊

雜誌　第 348 期　2014 年 10 月　頁 36—37

492. 陳　　磊　　論施叔青 70 年代鄉土小說的回歸　銅仁學院學報　第 16 卷第 6 期　2014 年 11 月　頁 72—76

493. 金　　進　　命相香港・貴族氣質——施叔青筆下的香港及「香港人」形象　揚子江評論　2014 年第 1 期　2014 年　頁 31—38

494. 古遠清　　簡論施叔青的小說創作　鹽城師範學院學報　2014 年第 1 期　2014 年　頁 54—57

495. 唐毓麗　　臺北意象與諷刺美學：探索疾病書寫中的人文價值〔施叔青部分〕　身體的變異——疾病書寫的敘事研究　臺中　晨星出版社　2015 年 1 月　頁 102—160

496. 馬　　森　　臺灣的現代小說與海外作家的回歸〔施叔青部分〕　世界華文新文學史——中國現代文學的兩度西潮（下編）・分流後的再生：第二度西潮與現代／後現代主義　臺北　印刻文學生活雜誌出版公司　2015 年 2 月　頁 1014—1015

497. 王　　萌　　施叔青家族小說的不可靠敘述與敘事倫理　中華女子學院學報　2015 年第 4 期　2015 年 8 月　頁 71—75

498. 孟丹青　　消費時代的紅男綠女——施叔青香港題材小說解讀　世界華文文學論壇　2015 年第 4 期　2015 年 12 月　頁 39—44

499. 蓬　　丹　　寫作是居住之地　文訊雜誌　第 364 期　2016 年 2 月　頁 28—29

500. 于　　靜　　穿越神秘的女性境地——以徐小斌《羽蛇》與施叔青早期小說為例　安陽工學院學報　第 15 卷第 3 期　2016 年 5 月　頁 15—17

501. 古遠清　　長流不盡的各種創作（一）———一、施叔青：在性別視閾下重構歷史　臺灣新世紀文學史（2000—2013）上　新北　花木蘭文化出版社　2016 年 9 月　頁 207—212

502. 陳　　樂　　來自島嶼的凝視——施叔青香港小說中的焦慮問題研究　重構東亞：第九屆國際青年學者中文文學研討會暨第六屆東亞人文社會研究生論壇　臺中　中興大學臺灣文學與跨國文化所主辦　2016

年 12 月 2—3 日

503. 王　萌　施叔青家族小說的敘事時間與敘事倫理　新鄉學院學報　第 33 卷
第 2 期　2016 年　頁 26—29

504. 盛開莉　施叔青小說中的女性書寫　長江大學學報　第 40 卷第 2 期　2017
年 3 月　頁 54—57

505. 陳義芝　一個小說家的誕生——1960 年代的施叔青　所有動人的故事：文
學閱讀與批評　臺北　書林出版公司　2017 年 9 月　頁 77—80

506. 蔡曉妮　異夢空間：女作家筆下的香港愛情書寫——以張愛玲、西西、李
碧華、亦舒、施叔青為中心　世界華文文學論壇　2018 年第 2 期
2018 年 6 月　頁 54—61

507. 陳筱筠　造字的島民——施叔青的流轉歷程　尋蹤：走讀彰化文學故事
彰化　彰化縣文化局　2018 年 9 月　頁 196—205

508. 趙稀方　施叔青的香港敘述　名作欣賞　2018 年第 7 期　2018 年　頁 55—
60

分論

◆單行本作品

論述

《西方人看中國戲劇》

509. 俞大綱　面對中國舞臺藝術我們還是無知的學生——序施叔青《西方人看
中國戲劇》　西方人看中國戲劇　臺北　聯經出版公司　1976 年
4 月　頁 1—12

510. 蕭　鋼　戲劇僅屬於中國歷史？讀施叔青《西方人看中國戲劇》有感　四
川戲劇　1994 年第 1 期　1994 年　頁 37

511. 俞春玲　施叔青的戲曲研究與傳播　文藝評論　2019 年第 2 期　2019 年
頁 98—107

《文壇反思與前瞻》

512. 〔編輯部〕　　流派紛陳蔚大觀——序《文壇反思與前瞻》　文壇反思與前瞻——施叔青與大陸作家對話　香港　明窗出版社　1989 年 2 月　〔2〕頁

散文

《回家，真好——原鄉的變調》

513. 小　昭　　《回家，真好——原鄉的變調》　中央日報　1998 年 3 月 4 日　22 版

《枯木開花——聖嚴法師傳》

514. 張　殿　　施叔青執筆寫《聖嚴法師傳》　聯合報　1999 年 3 月 8 日　41 版

515. 陳文芬　　《枯木開花》　中國時報　2000 年 7 月 28 日　11 版

516. 徐開塵　　寫《枯木開花聖嚴傳》，施叔青筆尖如入禪　民生報　2000 年 7 月 28 日　A5 版

517. 蘇雅嫻　　《枯木開花：聖嚴法師傳》　中時晚報　2000 年 8 月 6 日　5 版

518. 單德興　　繁華落盡見真淳——評介施叔青《枯木開花》　聯合報　2000 年 8 月 21 日　48 版

519. 廖炳惠　　從狼山到法鼓　中央日報　2000 年 10 月 2 日　21 版

520. 廖炳惠　　從狼山到法鼓　臺灣與世界文學的匯流　臺北　聯合文學出版社　2006 年 5 月　頁 305—306

521. 林谷芳講；張靜茹，王瑩記　　等待大師——讀《枯木開花》有感　光華雜誌　第 25 卷第 11 期　2000 年 11 月　頁 112—117

522. 林淑媛　　現代作家的朝聖書寫——以陳若曦、施叔青與鍾文音為例　臺灣旅遊文學論文集　臺北　五南圖書出版公司　2006 年 6 月　頁 166—169

《心在何處——追隨聖嚴法師走江湖訪禪寺》

523. 曹銘宗　　心在何處，觀自在——追隨聖嚴走訪禪寺，施叔青新書寫心思　聯合報　2004 年 3 月 10 日　A10 版

524. 趙靜瑜　　施叔青出書傾訴修行心路　自由時報　2004 年 3 月 10 日　49 版

525. 丁容生　　當前亂象，需要心靈環保——出席施叔青《心在何處》新書會肯定其功力靈活　中國時報　2004 年 3 月 10 日　C8 版

526. 王蘭芬　　禪宗大歷史，施叔青新書，聖嚴讚功力　民生報　2004 年 3 月 10 日　A12 版

527. 聖嚴法師　　禪法長河增一瓢　心在何處——追隨聖嚴法師走江湖訪禪寺　臺北　聯合文學出版社　2004 年 3 月　頁 5—7

528. 丁　丁　　《心在何處》　中央日報　2004 年 5 月 6 日　17 版

529. 單德興　　一花開三葉，默照獨灼灼　聯合報　2004 年 5 月 16 日　B5 版

小說

《約伯的末裔》

530. 白先勇　　序[16]　約伯的末裔　臺北　仙人掌出版社　1969 年 12 月　頁 1—8

531. 白先勇　　序　約伯的末裔　臺北　大林書店　1973 年 5 月　頁 1—8

532. 白先勇　　鹿港神話——《約伯的末裔》序　驀然回首　臺北　爾雅出版社　1978 年 9 月　頁 13—23

533. 白先勇　　施叔青的《約伯的末裔》　中國現代作家論　臺北　聯經出版公司　1979 年 7 月　頁 533—540

534. 白先勇　　患了分裂症的世界——談施叔青的小說　倒放的天梯　香港　博益出版公司　1983 年 8 月　〔4〕頁

535. 白先勇　　鹿港神話——《約伯的末裔》序　白先勇作品集・樹猶如此　臺北　天下遠見出版公司　2008 年 9 月　頁 300—308

536. 林柏燕　　評介《約伯的末裔》　幼獅文藝　第 205 期　1971 年 1 月　頁 131—149

537. 林柏燕　　評介《約伯的末裔》　文學探索　臺北　書評書目出版社　1973 年 9 月　頁 79—101

538. 楊　照　　小鎮的夢魘與鬼域——施叔青的《約伯的末裔》　自由時報

---

[16]本文後摘錄為〈患了分裂症的世界——談施叔青的小說〉，改篇名為〈施叔青的《約伯的末裔》〉。

1998 年 1 月 16 日　41 版

539. 李欣倫　　「聖」與「狂」之辯——以施叔青、王幼華的作品為例[17]　中央大學中國文學研究所論文集刊　第 8 期　2002 年 6 月　頁 117—124

540. 李欣倫　　「聖」與「狂」之辯——以施叔青、王幼華的作品為例　戰後臺灣疾病書寫研究　中央大學中國文學系　碩士論文　康來新教授指導　2003 年 1 月　頁 27—45

541. 李欣倫　　「聖」與「狂」之辯——以施叔青、王幼華的作品為例　戰後臺灣疾病書寫研究　臺北　大安出版社　2004 年 11 月　頁 35—56

542. 應鳳凰　　作家第一本書的故事（五則）——之一：施叔青的現代與鄉土　鹽分地帶文學　第 45 期　2013 年 4 月　頁 22—23

543. 應鳳凰　　施叔青《約伯的末裔》——結合現代與鄉土　文學起步 101——101 位作家的第一本書　新北　印刻文學生活雜誌出版公司　2016 年 12 月　頁 198—199

《拾掇那些日子》

544. 聿　戈　　我讀《拾掇那些日子》　書評書目　第 19 期　1974 年 11 月　頁 90—95

《牛鈴聲響》

545. 楊　婕　　華洋婚戀小說中的交換經濟〔《牛鈴聲響》部分〕　臺灣文學的內在世界——第十屆全國臺灣文學研究生學術研討會論文集　臺南　國立臺灣文學館　2013 年 12 月　頁 432—438

The Barren Years

546. John M. McLellan　　Translator's Introduction　*The Barren Years*　舊金山　Chinese Materials Center　1975 年　〔4〕頁

547. 黃碧端　　「文化外銷」——從兩本小說的英譯談起〔《那些不毛的日子》

---

[17]本文探討施、王如何透過作品中的狂人發聲，作為反「聖」的工具。全文共 5 小節：1.「聖」與「狂」；2.〈狂人日記〉戰後臺灣版：王幼華〈超人阿 A〉；3.〈麗石的日記〉臺灣女性版：施叔青《約伯的末裔》；4.瘋癲無罪：「聖」與「狂」的對壘與混同；5.瘋狂又在遠遠的天邊醞釀。

　　部分〕　聯合報　1978 年 1 月 28 日　12 版

《那些不毛的日子》

548. 何　欣　　三十年來臺灣的小說〔《那些不毛的日子》部分〕　中國現代小
　　　　　　　說的主潮　臺北　遠景出版公司　1979 年 3 月　頁 112—114

549. 胡素珍　　鄉俗世界與童年夢魘──淺析施叔青《那些不毛的日子》　茂名
　　　　　　　學院學報　第 20 卷第 2 期　2010 年 4 月　頁 54—57

《琉璃瓦》

550. 林　邊　　歷史的楓城，大家的楓城──評《琉璃瓦》　書評書目　第 42 期
　　　　　　　1976 年 1 月　頁 71—75

551. 孫　震　　從經濟成長看施叔青《琉璃瓦》　聯合報　1976 年 5 月 18 日　12
　　　　　　　版

552. 漢寶德　　琉璃瓦與土瓦──自施叔青的《琉璃瓦》談鄉土藝術的保存
　　　　　　　（上、下）　聯合報　1976 年 8 月 20—21 日　12 版

553. 林翠芬　　評施叔青的《琉璃瓦》　雲林工專學報　第 10 期　1991 年 5 月
　　　　　　　頁 189—202

554. 徐禎苓　　理性與感性──漢人社會的診斷──鄉土治療──「臺灣」的再
　　　　　　　現與重建──民族意識的標舉：反日到抗美〔《琉璃瓦》部分〕
　　　　　　　現代臺灣文學媽祖的編寫與解讀　臺北　大安出版社　2013 年 12
　　　　　　　月　頁 178—181

《愫細怨》

555. 施　淑　　嘆世界──代序　愫細怨　臺北　洪範書店　1984 年 1 月　頁 1
　　　　　　　—9

556. 施　淑　　嘆世界　顛倒的世界　北京　中國文聯出版公司　1986 年 9 月
　　　　　　　頁 1—8

557. 施　淑　　嘆世界──評施叔青《愫細怨》　兩岸文學論集　臺北　新地文
　　　　　　　學出版社　1997 年 6 月　頁 181—189

558. 〔許燕，李敬編著〕　　施叔青《愫細怨》　感人的書　臺北　希代書版公

司 1984 年 12 月 頁 149—159

559. 龍應台 繭裡的女人——評施叔青《愫細怨》 中央日報 1984 年 12 月 6 日 10 版

560. 龍應台 繭裡的女人——評施叔青《愫細怨》 龍應台評小說 臺北 爾 雅出版社 1985 年 6 月 頁 71—76

561. 龍應台 繭裡的女人——評《愫細怨》 洪範雜誌 第 23 期 1985 年 9 月 2 版

562. 榮大超 香港女人的故事——施叔青在《愫細怨》中有突破 洪範雜誌 第 19 期 1985 年 1 月 2 版

563. 戴 天 《柯麗娜》與《愫細怨》 洪範雜誌 第 22 期 1985 年 6 月 3 版

564. 戴 天 九曲橋感受 洪範雜誌 第 25 期 1986 年 2 月 4 版

565. 馮偉才 《愫細怨》的心理情結 洪範雜誌 第 33 期 1987 年 12 月 3 版

566. 費 勇 敘述香港——張愛玲《第一爐香》、白先勇《香港—1960》、施 叔青《愫細怨》 華文文學 2001 年第 2 期 2001 年 頁 5—10

567. 廖輝英講；德蘭記 施叔青《愫細怨》——人間講座系列——春之悅讀： 從壓抑到探索自我・女性文學的發展（下） 人間福報 2005 年 8 月 20 日 6 版

568. 黃 靜 香港・女性・傳奇——《傾城之戀》、《香港的情與愛》、《愫 細怨》比較 華文文學 2005 年第 4 期 2005 年 頁 30—35

569. 張彩榮 黑暗裡的愛情沒有溫暖——從白流蘇到愫細 周口師範學院學報 2006 年第 4 期 2006 年 7 月 頁 25—27

570. 劉順芳 一聽三怨——解讀愫細的心底世界 世界華文文學論壇 2008 年 第 1 期 2008 年 3 月 頁 29—32

571. 周麗娜 依附、獨立與交易——比較《傾城之戀》、《愫細怨》與《香港 的情與愛》 現代語文 2008 年第 3 期 2008 年 3 月 頁 89—90

572. 張志博　　張愛玲的《傾城之戀》與施叔青的《愫細怨》　經濟研究導刊　2009 年第 24 期　2009 年　頁 220—221

573. 羅文珍　　施叔青的《愫細怨》中現代女性主體意識探析　雞西大學學報　2010 年第 6 期　2010 年　頁 95—96

574. 趙玉菡　　一種故事的兩種講法——比較閱讀張愛玲《傾城之戀》、施叔青《愫細怨》　青年文學家　2011 年第 3 期　2011 年　頁 6—7

575. 曾家瑩　　《愫細怨》矛盾身分語夾縫地位之研究　世新中文研究集刊　第 8 期　2012 年 7 月　頁 67—86

576. 成湘麗　　契合與偏離——論《愫細怨》對《傾城之戀》的寄情書寫　名作欣賞　2012 年第 2 期　2012 年　頁 23—25

577. 賈　釗　　寂寞墮落・清醒自覺——解讀施叔青的《愫細怨》　安順學院學報　第 16 卷第 1 期　2014 年 2 月　頁 16—17，40

578. 閏冬玲　　試論《傾城之戀》與《愫細怨》文本的趨同性　職大學報　2014 年第 3 期　2014 年　頁 39—42

《一夜遊——香港的故事》

579. 舒　非　　施叔青，女人寫女人——《一夜遊》讀後　讀者良友　第 3 卷第 3 期　1985 年 9 月　頁 32—35

《情探》

580. 陳信元　　七十五年二月—三月文學出版——小說類〔《情探》部分〕　文訊雜誌　第 23 期　1986 年 4 月　頁 254

《顛倒的世界》

581. 趙　玫　　施的艱忍的女性——讀施叔青小說集《顛倒的世界》　文學自由談　1989 年第 1 期　1989 年　頁 145—148

582. 張亞琳　　困獸之鬥——淺析施叔青小說集《顛倒的世界》　當代小說　2011 年第 3 期　2011 年　頁 38—39

《韭菜命的人》

583. 王德威　　從傳奇到志怪——評施叔青的《韭菜命的人》　聯合文學　第 54

期　1989 年 4 月　頁 194—196

584. 王德威　　從傳奇到志怪——評施叔青的《韭菜命的人》　洪範雜誌　第 41
　　　　　　　期　1989 年 10 月　3 版

585. 王德威　　從傳奇到志怪——評施叔青的《韭菜命的人》　閱讀當代小說
　　　　　　　臺北　遠流出版公司　1991 年 9 月　頁 224—228

586. 王德威　　從傳奇到志怪——評施叔青《韭菜命的人》　施叔青集（臺灣作
　　　　　　　家全集）　臺北　前衛出版社　1993 年 12 月　頁 289—292

《驅魔——香港傳奇》

587. 陳　倩　　反芻「港式生活」妙筆推開新窗——評施叔青的小說集《驅魔—
　　　　　　　—香港傳奇》　信陽師範學院學報　1990 年第 2 期　1990 年　頁
　　　　　　　89—94，58

《她名叫蝴蝶》

588. 趙衛民　　聯合報「讀書人」每周新書金榜：《她名叫蝴蝶》　洪範雜誌
　　　　　　　第 52 期　1994 年 2 月　3 版

589. 王德威　　也是傾城之戀——評施叔青的《她名叫蝴蝶》　洪範雜誌　第 52
　　　　　　　期　1994 年 2 月　3 版

590. 王德威　　也是傾城之戀——評施叔青《她名叫蝴蝶》　眾聲喧嘩以後：點
　　　　　　　評當代中文小說　臺北　麥田出版公司　2001 年 10 月　頁 288—
　　　　　　　294

591. 鍾曉毅　　九十年代的香港女作家〔《她名叫蝴蝶》部分〕　臺港與海外華
　　　　　　　文文學評論和研究　第 9 期　1994 年 9 月　頁 20—21

592. 立　雯　　還原百年前的香港風情——《她名叫蝴蝶》　中央日報　1996 年
　　　　　　　3 月 27 日　18 版

593. 平　路　　情色與死亡的抵死纏綿〔《她名叫蝴蝶》部分〕　臺灣當代情色
　　　　　　　文學論：蕾絲與鞭子的交歡　臺北　時報文化出版公司　1997 年
　　　　　　　3 月　頁 37—38

594. 楊紅英　　民族寓言與複調敘述——《扶桑》與《她名叫蝴蝶》比較談　華

文文學　2003 年第 5 期　2003 年　頁 62—65

595. 陳幸筠　　從後殖民視角解讀施叔青《她名叫蝴蝶》　重慶科技學院學報
2011 年第 7 期　2011 年　頁 113—115

596. 徐禎苓　　中華與臺灣——建國神話的砌築——地理方志與殖民史話——媽
祖廟的幾種敘述——原鄉記憶的集散地：家／國誌異〔《她名叫
蝴蝶》部分〕　現代臺灣文學媽祖的編寫與解讀　臺北　大安出
版社　2013 年 12 月　頁 279—283

597. 簡子諭　　女性歷史敘述的建構——論施叔青《她名叫蝴蝶》　雲漢學刊
第 28 期　2014 年 4 月　頁 130—140

598. 林秀玲　　娼妓、鼠疫、殖民官——兼探施叔青《她名叫蝴蝶》中的香港殖
民歷史與塘西風月史　跨國華人書寫・文化藝術再現：施叔青國
際學術研討會　臺北　臺灣師範大學應用華語文學系主辦　2014
年 10 月 17—18 日

《維多利亞俱樂部》

599. 周英雄　　九七陰影下的英國殖民地俱樂部——匯評《維多利亞俱樂部》
聯合文學　第 100 期　1993 年 2 月　頁 100—101

600. 周英雄　　施叔青筆下的英國殖民地俱樂部　維多利亞俱樂部　北京　人民
文學出版社　1994 年 3 月　頁 207—210

601. 王德威　　眼看他起朱樓，眼看他宴賓客，眼看他樓塌了——匯評《維多利
亞俱樂部》　聯合文學　第 100 期　1993 年 2 月　頁 102—105

602. 王德威　　眼看他起朱樓，眼看他宴賓客，眼看他樓塌了——施叔青的香港
世紀末寓言　小說中國——晚清到當代的中文小說　臺北　麥田
出版公司　1993 年 6 月　頁 193—200

603. 王德威　　眼看他起朱樓，眼看他宴賓客，眼看他樓塌了　維多利亞俱樂部
北京　人民文學出版社　1994 年 3 月　頁 195—202

604. 廖炳惠　　殖民主義與法律——匯評《維多利亞俱樂部》　聯合文學　第 100
期　1993 年 2 月　頁 106—107

605. 廖炳惠　　殖民主義與法律　維多利亞俱樂部　北京　人民文學出版社　1994 年 3 月　頁 203—206

606. 劉登翰　　恢宏建築的最初奠基——讀《維多利亞俱樂部》　維多利亞俱樂部　北京　人民文學出版社　1994 年 3 月　頁 211—219

607. 郭士行　　屬性建構的書寫與政治隱喻——解讀《維多利亞俱樂部》　中外文學　第 25 卷第 6 期　1996 年 11 月　頁 55—71

608. 藤井省三　　解說　ヴィクトリア倶楽部　東京　国書刊行会　2002 年 11 月　頁 307—322

609. 金良守　　《維多利亞俱樂部》裡的左翼青年形象　跨國華人書寫・文化藝術再現：施叔青國際學術研討會　臺北　臺灣師範大學應用華語文學系主辦　2014 年 10 月 17—18 日

610. 金良守　　施叔青的《維多利亞俱樂部》與戰後東亞的「反帝文學」：與臺灣、韓國文學的比較　跨國華人書寫・文化藝術再現：施叔青研究論文集　臺北　臺灣師範大學出版中心　2015 年 12 月　頁 37—43

《遍山洋紫荊》

611. 彭小妍　　寓言式的後殖民小說（上、下）　中國時報　1995 年 11 月 28，30 日　42 版

612. 南方朔　　近代第一部後殖民小說——評《遍山洋紫荊》　聯合報　1995 年 11 月 9 日　42 版

613. 南方朔　　近代第一部後殖民小說——施叔青的《遍山洋紫荊》　洪範雜誌　第 54 期　1995 年 11 月　1 版

614. 王德威　　殖民世界的性與政治　中時晚報　1995 年 11 月 19 日　19 版

615. 王德威　　殖民世界的性與政治——評施叔青的「香港三部曲」之二《遍山洋紫荊》　讀書人　第 11 期　1996 年 1 月　頁 24—27

616. 王德威　　殖民世界的性與政治——評施叔青《遍山洋紫荊》　眾聲喧嘩以後：點評當代中文小說　臺北　麥田出版公司　2001 年 10 月　頁

291—294

617. 彭小妍　《遍山洋紫荊》　中國時報　1995 年 12 月 28 日　39 版

618. 林燿德　白玫瑰與洋紫荊　中華日報　1995 年 12 月 26 日　14 版

619. 林燿德　白玫瑰與洋紫荊　黑鍵與白鍵　臺北　華文網　2001 年 12 月　頁 209—210

620. 張小虹　殖民迷魅——評施叔青《遍山洋紫荊》　中國時報　1996 年 1 月 7 日　43 版

621. 張小虹　殖民迷魅——評施叔青《遍山洋紫荊》　洪範雜誌　第 55 期 1996 年 5 月　2 版

622. 廖炳惠　回歸與從良之間　聯合文學　第 135 期　1996 年 1 月　頁 148—150

623. 楊　照　征服者與被征服者的千般故事　聯合文學　第 135 期　1996 年 1 月　頁 150—152

624. 林燿德　在歷史的轉機地開闢小說和人生的出入境口——評施叔青《遍山洋紫荊》　文訊雜誌　第 123 期　1996 年 1 月　頁 14—15

625. 林燿德　在歷史的轉機地開闢小說和人生出入境口　將軍的版圖　臺北 華文網公司　2001 年 12 月　頁 101—104

626. 林燿德　歷史的負擔——評《遍山洋紫荊》　自由時報　1996 年 2 月 3 日 34 版

627. 林燿德　歷史的負擔——評《遍山洋紫荊》　將軍的版圖　臺北　華文網 公司　2001 年 12 月　頁 105—106

628. 甄　樂　臺灣作家寫香港歷史的野心與功力之作　明報月刊　第 362 期 1996 年 2 月　頁 109

629. 彭小妍　寫實與政治寓言〔《遍山洋紫荊》部分〕　臺灣文學發展現象： 五十年來臺灣文學研討會文集（二）　臺北　行政院文建會 1996 年 6 月　頁 60—62

630. 廖炳惠　「與污塵為伍的奇異種族」——身體、疆界與不純淨〔《遍山洋

紫荊》部分〕　中外文學　第 27 卷第 3 期　1998 年 8 月　頁 88
—96

631. 鄧鴻樹　　當施叔青的水牛遇上歐威爾的大象——複製〈射殺大象〉的《遍
山洋紫荊》　當代　第 137 期　1999 年 1 月　頁 136—140

《寂寞雲園》

632. 王德威　　寫不完的香港史——介評施叔青《寂寞雲園》　聯合報　1997 年
8 月 11 日　47 版

633. 王德威　　寫不完的香港史——評施叔青《寂寞雲園》　眾聲喧嘩以後：點
評當代中文小說　臺北　麥田出版公司　2001 年 10 月　頁 295—
298

634. 南方朔　　《寂寞雲園》與「家族誌」小說　中國時報　1997 年 9 月 8 日
27 版

635. 南方朔　　《寂寞雲園》與「家族誌」小說　洪範雜誌　第 59 期　1998 年 4
月　2 版

636. 蘇　林　　行動的書寫——文學類得獎中文作家近況報導〔《寂寞雲園》部
分〕　聯合報　1998 年 1 月 5 日　46 版

637. 楊錦郁　　施叔青《寂寞雲園》　1997 臺灣文學年鑑　臺北　行政院文建會
1998 年 6 月　頁 271—272

638. 李若嵐　　服裝潮流的歷史積澱、文化認同（服裝神話中的政治詩學）
〔《寂寞雲園》部分〕　「華服之秀」：以服裝為隱喻的大眾文
化詩學　暨南大學文藝學系　碩士論文　饒芃子，費勇教授指導
2000 年 5 月　頁 18—22

639. 張淑麗　　蝴蝶，我的黃翅粉蝶，我的香港——施叔青《寂寞雲園》與她的
蝴蝶之戀　中外文學　第 29 卷第 8 期　2001 年 1 月　頁 176—
201

640. 李若嵐　　一個故事的三種講法——《長恨歌》、《世紀末的華麗》、《寂
寞雲園》敘述策略和技巧之比較　世界華文文學論壇　2001 年第

2 期　2001 年 6 月　頁 44—48

641. 黃錦樹　　　餘韻——評施叔青《寂寞雲園》　謊言或真理的技藝：當代中文
小說論集　臺北　麥田出版公司　2003 年 1 月　頁 418—419

642. 楊心怡　　　寫在家國之間——女性家族書寫的記憶、認同與主體——自己的
時間與借來的空間——「園」起「園」滅——女體與國體的呼應
九〇年代以降臺灣女性小說的家族書寫研究　政治大學中國文學
系　碩士論文　李癸雲教授指導　2006 年 6 月　頁 126—131

《微醺彩妝》

643. 侯文詠　　　失去的嗅覺——讀施叔青的《微醺彩妝》（上、下）　中央日報
2000 年 3 月 9—10 日　22 版

644. 蔡振豐　　　《微醺彩妝》　中國時報　2000 年 4 月 6 日　42 版

645. 廖炳惠　　　從怪誕敘事到社會病理學——施叔青近作的本土轉折[18]　當代臺灣
小說研討會　臺北　臺灣文學協會，輔仁大學外語學院主辦
2000 年 4 月 22 日

646. 廖炳惠　　　後殖民的憂鬱與失感：施叔青近作中的疾病　另類現代情　臺北
允晨文化公司　2001 年 5 月　頁 369—387

647. 廖炳惠　　　後殖民的憂鬱與失感——施叔青近作中的疾病　微醺彩妝　臺北
麥田出版・城邦文化公司　2014 年 1 月　頁 287—308

648. 南方朔　　　微醺、擬態、紅酒夢——評介施叔青《微醺彩妝》　聯合報
2000 年 5 月 1 日　48 版

649. 黃錦珠　　　酒與化妝的迷・彩・術——讀施叔青《微醺彩妝》　文訊雜誌
第 175 期　2000 年 5 月　頁 23—24

650. 郝譽翔　　　碎碎吧。一切的一切——從《微醺彩妝》論臺灣小說的世紀末
情慾世紀末：當代臺灣女性小說論　臺北　聯合文學出版社
2002 年 4 月　頁 164—182

651. 馮　青　　　施叔青《微醺彩妝》　2000 臺灣文學年鑑　臺北　行政院文建會

---

[18]本文後改篇名為〈後殖民的憂鬱與失感：施叔青近作中的疾病〉，改題後內文略有增刪。

2002 年 4 月　頁 298—299

652. 李欣倫　疾病小說中的「異」想世界：施叔青、李喬、張大春小說中的
「虛擬」病例——戀物／微物強迫症：施叔青《微醺彩妝》　戰
後臺灣疾病書寫研究　中央大學中國文學系　碩士論文　康來新
教授指導　2003 年 1 月　頁 59—62

653. 李欣倫　疾病小說中的「異」想世界：施叔青、李喬、張大春小說中的
「虛擬」病例——戀物／微物強迫症：施叔青《微醺彩妝》　戰
後臺灣疾病書寫研究　臺北　大安出版社　2004 年 11 月　頁 74
—90

654. 戴樂樂　記憶的傷逝——讀施叔青的《微醺彩妝》　世界華文文學論壇
2004 年第 1 期　2004 年 3 月　頁 61—64

655. 劉亮雅　後現代，還是後殖民？——《微醺彩妝》中的景觀、歷史書寫以
及跨國與本土的辯證　中外文學　第 33 卷第 7 期　2004 年 12 月
頁 77—102

656. 劉亮雅　後現代，還是後殖民？——《微醺彩妝》中的景觀、歷史書寫以
及跨國與本土的辯證　後現代與後殖民：解嚴以來臺灣小說專論
臺北　麥田出版公司　2006 年　頁 125—160

657. 廖炳惠　葡萄美酒「頁」光杯？　臺灣與世界文學的匯流　臺北　聯合文
學出版社　2006 年 5 月　頁 283—287

658. 蘇鵲翹　文學作品中的後殖民書寫特質——跨國與本土的拔河戰：施叔青
《微醺彩妝》　臺灣當代飲食文學研究：以後現代與後殖民為論
述場域　中央大學中國文學系碩士在職專班　碩士論文　葉振富
教授指導　2007 年　頁 78—83

659. 蘇鵲翹　臺灣當代飲食文學的後現代書寫特質——後現代擬像術：施叔青
《微醺彩妝》　臺灣當代飲食文學研究：以後現代與後殖民為論
述場域　中央大學中國文學系碩士在職專班　碩士論文　葉振富
教授指導　2007 年　頁 138—143

660. 陳　磊　　消費社會主體價值的異化與失落——讀施叔青《微醺彩妝》　世界華文文學論壇　2008 年第 1 期　2008 年 3 月　頁 24—28

661. 陳　磊　　消費社會主體價值的異化與失落——讀施叔青《微醺彩妝》　衡水學院學報　第 14 卷第 6 期　2012 年 12 月　頁 70—74

662. 蔣興立　　蜉蝣之城——朱天文與施叔青小說中的臺北時尚書寫　2010 文化研究年會——文化生意：重探符號資本權力的新關係研討會　臺南　中華民國文化研究學會，成功大學外文系主辦　2010 年 1 月 9—10 日　12 頁

663. 蔣興立　　蜉蝣之城——朱天文與施叔青小說中的臺北時尚書寫　國文學報　第 12 期　2010 年 6 月　頁 145—161

664. 藤井省三；賀昌盛譯　　臺灣文學史概說〔《彩妝微醺》部分〕　華文文學　2012 年第 2 期　2014 年 4 月　頁 82—83

665. 廖炳惠　　Fake Economy and the Temple of Boom:Contextualizing Shih Shu-ching's Light Drunken Makeup　跨國華人書寫・文化藝術再現：施叔青國際學術研討會　臺北　臺灣師範大學應用華語文學系主辦　2014 年 10 月 17—18 日

666. 廖炳惠　　Fake　Economy and the Temple of Boom: Contextualizing Shih Shi-ching's Light Drunken Makeup　跨國華人書寫・文化藝術再現：施叔青研究論文集　臺北　臺灣師範大學出版中心　2015 年 12 月　頁 79—94

667. 曾麗琴　　購物狂、符碼迷戀與廣告意識形態——後現代都市消費景觀在臺灣小說中的呈現〔《微醺彩妝》部分〕　揚子江評論　第 95 期　2015 年 3 月　頁 93—99

《兩個芙烈達・卡蘿》

668. 南方朔　　序——一個永恆的對話　兩個芙烈達・卡蘿　臺北　時報文化出版公司　2001 年 7 月　頁 5—9

669. 李令儀　　施叔青筆鋒瞄準自我，首本旅行文學《兩個芙烈達・卡蘿》問世

聯合報　2001 年 8 月 8 日　14 版

670. 徐淑卿　施叔青以卡蘿照見自我《兩個芙烈達・卡蘿》　中國時報　2001
　　　年 8 月 12 日　13 版

671. 王蘭芬　施叔青半自傳體小說問世　民生報　2001 年 8 月 18 日　A9 版

672. 趙靜瑜　與女畫家卡蘿生命相遇——施叔青新書直陳內心風景　自由時報
　　　2001 年 8 月 18 日　40 版

673. 賴廷恆　寫照非常女芙烈達，施叔青坦對另一自我　中國時報　2001 年 8
　　　月 18 日　21 版

674. 郝譽翔　世界在何處？我在何方？——評《兩個芙烈達・卡蘿》　中國時
　　　報　2001 年 9 月 9 日　15 版

675. 張娟芬　用含蓄寫不含蓄　聯合報　2001 年 10 月 8 日　30 版

676. 陳宛蓉　施叔青新作問世　文訊雜誌　第 192 期　2001 年 10 月　頁 81

677. 張瑞芬　遷徙到他方——施叔青《兩個芙烈達・卡蘿》、張壎言《窄門之
　　　外》、林玉玲《月白的臉》三書評論　明道文藝　第 308 期
　　　2001 年 10 月　頁 12—15

678. 張瑞芬　遷徙到他方——施叔青《兩個芙烈達・卡蘿》、張壎言《窄門之
　　　外》、林玉玲《月白的臉：一位亞裔美國人的家園回憶錄》　未
　　　竟的探訪：瞭望文學新版圖　臺北　麥田出版公司　2002 年 12 月
　　　頁 135—138

679. 謝祥洋，張清志，杜文靖　　《兩個芙烈達・卡蘿》　中央日報　2001 年 11
　　　月 27 日　28 版

680. 潘秀宜　迷路的導遊——論施叔青《兩個芙烈達・卡蘿》　中國女性文學
　　　研究室學刊　第 6 期　2003 年 5 月　頁 68—85

681. 林谷靜　觀閱她史書寫自我論《兩個芙烈達・卡蘿》與《漂流之旅》重構
　　　她史的書寫策略　第四屆全國研究生文學社會學研討會　嘉義
　　　南華大學文學所主辦　2006 年 5 月 6 日

682. 白舒榮　臨鏡顧影呈現自己的投影——施叔青的《兩個芙烈達・卡蘿》

華文文學　2006 年第 3 期　2006 年 6 月　頁 71—77

683. 羅秀美　在離散漂泊的藝術行旅中招魂——談施叔青的遊記／小說《兩個芙烈達‧卡蘿》的身分認同　臺灣近五十年現代小說論文集　高雄　中山大學文學院，人文社會科學中心　2007 年 8 月　頁 251—292

684. 黃千芬　女性跨時空對話——賞析施叔青《兩個芙烈達‧卡蘿》　婦研縱橫　第 91 期　2009 年 10 月　頁 87—92

685. 林淑慧　遊記與小說：施叔青旅遊書寫　旅行文學與文化　臺北　五南圖書出版公司　2015 年 10 月　頁 253—259

《行過洛津》

686. 南方朔　走出「遷移文學」的第一步　行過洛津　臺北　時報文化出版公司　2003 年 5 月　頁 5—10

687. 南方朔　走出「遷移文學」的第一步（上、下）　中國時報　2003 年 12 月 5—6 日　E7 版

688. 南方朔　序一：走出「遷移文學」的第一步　行過洛津　北京　三聯書店 2012 年 5 月　頁 1—6

689. 陳芳明　情慾優伶與歷史幽靈——寫在施叔青《行過洛津》書前　行過洛津　臺北　時報文化出版公司　2003 年 5 月　頁 11—16

690. 陳芳明　情慾優伶與歷史幽靈——寫在施叔青《行過洛津》書前　孤夜獨書　臺北　麥田出版公司　2005 年 9 月　頁 45—51

691. 陳芳明　情慾優伶與歷史幽靈　行過洛津　北京　三聯書店　2012 年 5 月　頁 7—12

692. 劉梓潔　完成「臺灣三部曲」首部《行過洛津》——施叔青：每個人都會寫他最熟悉的地方　中國時報　2003 年 12 月 14 日　B1 版

693. 王蘭芬　施叔青小說新作，歷史吶喊來眼前　民生報　2003 年 12 月 16 日 A10 版

694. 曹麗惠　《行過洛津》，施叔青寫移民心酸史　人間福報　2003 年 12 月

16 日　13 版

695. 陳希林　《行過洛津》問世，施叔青痛苦完成　中國時報　2003 年 12 月
　　　　　　16 日　C8 版

696. 陳宛茜　施叔青溯原鄉，《行過洛津》出版　聯合報　2003 年 12 月 16 日
　　　　　　B6 版

697. 趙靜瑜　施叔青以小說為臺灣立傳　自由時報　2003 年 12 月 16 日　49 版

698. 邱貴芬　召喚另類生活想像〔《行過洛津》部分〕　中國時報　2004 年 1
　　　　　　月 18 日　B2 版

699. 張瑞芬　行過歷史的紅氍──讀施叔青《行過洛津》　文訊雜誌　第 219
　　　　　　期　2004 年 1 月　頁 21─23

700. 張瑞芬　行過歷史的紅氍毹──讀施叔青的《行過洛津》　狩獵月光：當
　　　　　　代文學及散文散評　臺北　聯合文學出版社　2007 年 4 月　頁 38
　　　　　　─42

701. 廖炳惠　紀實與懷舊之間──評《行過洛津》　聯合報　2004 年 2 月 22 日
　　　　　　B5 版

702. 廖炳惠　紀實與懷舊之間──讀《行過洛津》　臺灣與世界文學的匯流
　　　　　　臺北　聯合文學出版社　2006 年 5 月　頁 288─290

703. 王文仁　《行過洛津》　臺灣文學館通訊　第 3 期　2004 年 3 月　頁 87

704. 林秀玲　斷代橫剖繁花目眩的 2003 年小說〔《行過洛津》部分〕　九十二
　　　　　　年小說選　臺北　九歌出版社　2004 年 3 月　頁 13─15

705. 李宜芳　施叔青《行過洛津》　離心的辯證：世華小說評析　臺北　唐山
　　　　　　出版社　2004 年 5 月　頁 124─129

706. 范銘如　2004 開卷十大好書，中文創作類〔《行過洛津》部分〕　中國時
　　　　　　報　2004 年 12 月 26 日　B2 版

707. 張　羽　《行過洛津》──戲曲內外的臺灣傳奇　文藝報　2005 年 3 月 17
　　　　　　日　5 版

708. 朱雙一　臺灣新文學中的「陳三五娘」〔《行過洛津》部分〕　臺灣研究

集刊　2005 年第 3 期　2005 年 9 月　頁 91—97

709. 朱雙一　從蠻荒到文治：生民活力與僵固教化的辨證——從《陳三五娘》
看臺灣民間粗礦的生命力〔《行過洛津》部分〕　臺灣文學與中
華地域文化　廈門　鷺江出版社　2008 年 9 月　頁 162—164

710. 錢南秀　在鹿港發現歷史：施叔青《行過洛津》讀後　聯合文學　第 254
期　2005 年 12 月　頁 141—144

711. 錢南秀　在鹿港發現歷史——施叔青《行過洛津》讀後　書屋　2007 年第
6 期　2007 年　頁 62—64

712. 錢南秀　在鹿港發現歷史——施叔青《行過洛津》讀後　文綜　第 27 期
2014 年 3 月　頁 77—80

713. 曹世耘　《行過洛津》小說與戲曲《荔鏡記》的互涉書寫　異同、影響與
轉換：文學越界學術研討會青年文學會議論文集　臺南　國家臺
灣文學館　2006 年 2 月　頁 70—96

714. 林曉英　音樂文獻抑或藝術史小說——《行過洛津》　臺灣音樂研究　第 2
期　2006 年 4 月　頁 119—141

715. 陳鴻逸　屬人或屬地的歸返？語言或歷史的追尋？——從施叔青及《行過
洛津》談華文文學的複合敘事　返本鑄新——第一屆臺東大學華
語文學術研討會論文集　臺東　臺東大學華語文學系　2006 年 12
月　頁 63—73

716. 李紫琳　地理環境的歷史書寫：從地貌及聚落空間解讀《行過洛津》　東
華中國文學研究　第 4 期　2006 年 9 月　頁 171—198

717. 曹世耘　歷史記憶與戲曲文本的互文書寫——以小說《行過洛津》為論述
對象　歷史與記憶：中國現代文學國際研討會　香港　香港中文
大學中國語言及文學系主辦　2007 年 1 月 4—6 日

718. 白舒榮　施叔青的故園想像　華文文學　2007 年第 1 期　2007 年 2 月　頁
82—86

719. 白舒榮　施叔青的故園想像　回眸——我與世界華文文學的緣分　香港

香港文學報出版社　2010 年　頁 208—214

720. 羊子喬　　從性別認同到土地認同——試析施叔青《行過洛津》的文化拼貼
　　　　　　　文學臺灣　第 62 期　2007 年 4 月　頁 214—220

721. 羊子喬　　從性別認同到土地認同——試析施叔青《行過洛津》的文化拼貼
　　　　　　　鹽田裡的詩魂——羊子喬文學評論集 2　臺南　臺南縣文化局
　　　　　　　2010 年 10 月　頁 117—123

722. 劉　宇　　文化原鄉的還原與想像——《秦腔》與《行過洛津》比較談　香
　　　　　　　港文學　第 270 期　2007 年 6 月　頁 74—78

723. 林芳玫　　地表的圖紋與身體的圖紋：《行過洛津》的身分地理學　2007 彰
　　　　　　　化文學國際學術研討會　彰化師範大學　國家臺灣文學館，彰化
　　　　　　　師範大學國文系暨臺灣文學研究所主辦　2007 年 6 月 8—9 日

724. 林芳玫　　地表的圖紋與身體的圖紋——《行過洛津》的身份地理學　臺灣
　　　　　　　文學研究學報　第 5 期　2007 年 10 月　頁 259—288

725. 林芳玫　　地表的圖紋與身體的圖紋：《行過洛津》的身分地理學　彰化文
　　　　　　　學大論述　臺北　五南圖書出版公司　2007 年 11 月　頁 335—
　　　　　　　356

726. 劉承欣　　建立家園新秩序——試論《行過洛津》中移民社會的權力關係與秩
　　　　　　　序重建　第一屆臺大、政大臺文所學生學術論文交流研討會　臺
　　　　　　　北　臺灣大學臺灣文學所，政治大學臺灣文學所合辦　2007 年 11
　　　　　　　月 25 日

727. 楊雅儒　　出走與救贖：施叔青《行過洛津》（2003.10）　臺灣小說中民間
　　　　　　　信仰書寫特色之研究——以九〇年代後八本小說為觀察對象　臺
　　　　　　　灣大學臺灣文學所　碩士論文　柯慶明教授指導　2007 年　頁 64
　　　　　　　—80

728. 張　羽　　轉眼繁華等水泡：《行過洛津》的歷史敘事　臺灣研究集刊
　　　　　　　2008 年第 1 期　2008 年 3 月　頁 66—74

729. 范銘如　　當代臺灣小說的南部書寫〔《行過洛津》部分〕　文學地理：臺

灣小說的空間閱讀　臺北　麥田‧城邦文化公司　2008 年 9 月
頁 237

730. 徐秀慧　　性別、歷史與認同——析論《行過洛津》　2009 彰化研究學術研
討會、彰化婦女研究　彰化　彰化縣政府，彰化師範大學文學院
主辦　2009 年 10 月 24—25 日

731. 郭侑欣　　性別、歷史與認同——析論《行過洛津》　2009 年彰化研究學術
研討會——「彰化婦女研究」　彰化　彰化縣文化局主辦；彰化
師範大學文學院承辦　2009 年 10 月 24—25 日

732. 林芳玫　　文學與歷史：分析《行過洛津》中的消逝主題　文史臺灣學報
第 1 期　2009 年 11 月　頁 181—205

733. 劉亮雅　　施叔青《行過洛津》中的鄉土想像與歷史書寫　「移動與自
書」：當代女性影像／藝術的跨界再現國際學術研討會　臺北
臺灣女性影像學會，輔仁大學比較文學所暨女性文化研究室主辦
2009 年 12 月 4—5 日

734. 劉亮雅　　施叔青《行過洛津》中的歷史書寫與鄉土想像　中外文學　第 39
卷第 2 期　2010 年 6 月　頁 9—41

735. 劉亮雅　　施叔青《行過洛津》中的歷史書寫與鄉土想像　遲來的後殖民—
—再論解嚴以來的臺灣小說　臺北　臺灣大學出版中心　2014 年
1 月　頁 27—59

736. 曾秀萍　　第三性與第三世界國族寓言：《行過洛津》中的跨越性別飄浪、
愛欲與家國、敘事[19]　「女性‧消費‧歷史記憶」國際學術研討會
臺北　政治大學頂尖計畫「大眾文化與（後）現代性：商品‧女
性‧歷史記憶」研究團隊主辦　2009 年 12 月 12 日

737. 曾秀萍　　扮裝臺灣：《行過洛津》的跨性別飄浪與國族寓言　中外文學
第 39 卷第 3 期　2010 年 9 月　頁 87—124

738. 李如恩　　帝國、權力的空隙：《行過洛津》中歷史展演的異質空間　東亞

---

[19] 本文後改篇名為〈扮裝臺灣：《行過洛津》的跨性別飄浪與國族寓言〉。

文學與文化年輕學者國際研討會　韓國　韓國東國大學主辦；日本名古屋大學文學研究科，中興大學臺灣文學研究所，政治大學臺灣文學研究所合辦　2010 年 2 月 8 日

739. 曹世耘　　不在場的都市寓言——論《行過洛津》與《看得見的鬼》　雲漢學刊　第 21 期　2010 年 6 月　頁 289—310

740. 杜旭靜　　身份的漂移和臺灣歷史的文學建構——施叔青《行過洛津》論　洛陽師範學院學報　第 30 卷第 4 期　2011 年 4 月　頁 62—67

741. 何敬堯　　歷史小說的病徵——論施叔青《行過洛津》的史料運用瑕疵　臺灣文學評論　第 12 卷第 2 期　2012 年 4 月　頁 45—71

742. 詹閔旭　　恥辱與華語語系主體——施叔青《行過洛津》的地方想像與實踐　中外文學　第 41 卷第 2 期　2012 年 6 月　頁 55—86

743. 詹閔旭　　恥辱・華語語系・在地認同：談施叔青的《行過洛津》　認同與恥辱：華語語系脈絡下的當代臺灣文學生產　成功大學臺灣文學系　博士論文　王右君教授指導　2013 年　頁 29—48

744. 黃任愆　　《行過洛津》許情性別分析與臺灣意識　第十一次世新大學中國文學系研究生學術論文研討會　臺北　世新大學中國語文學系主辦　2012 年 12 月 22 日

745. 〔李瑞騰主編〕　　臺灣三部曲／《行過洛津》——手稿／施叔青捐贈　神與物遊——國立臺灣文學館典藏精選集（三）　臺南　國立臺灣文學館　2012 年 12 月　頁 92

746. 余昭玟　　臺灣大河小說的特質與書寫場域之形成——臺灣大河小說作家與作品——女性作者〔《行過洛津》部分〕　東方白大河小說《浪淘沙》研究　高雄　春暉出版社　2013 年 2 月　頁 35—36

747. 沈惠如，劉向仁　　從《星》到《行過洛津》——覆寫經典的後殖民觀察　第八屆臺灣文化國際學術研討會——時空流轉：文學景觀、文化翻譯與語言接觸　臺北，臺南　長榮大學臺灣文學研究所，臺灣師範大學臺灣語文學系合辦　2013 年 9 月 5—7 日

748. 楊　　翠　　根（root）與路徑（route）——論施叔青《行過洛津》、張翎《金山》、陳玉慧《海神家族》中的移動與認同　眾生喧「華」：華語文學的想像共同體國際學術研討會　臺北　中國現代文學學會，東華大學華文文學系，臺灣文學館主辦　2013 年 12 月 18—19 日

749. 趙珮清　　海峽初渡：重寫明遺清移的離散情懷——施叔青《行過洛津》、李昂《看不見的鬼・吹竹節的鬼》　王爺渡海：離散、信仰、臺灣文學　中央大學中國文學系　碩士論文　康來新教授指導　2014 年 6 月　頁 32—41

750. 曾珍珍　　Ekphresis 作為歷史再現的寫作策略在女性書寫中的表現——從施叔青《行過洛津》的「追容」片段談起　跨國華人書寫・文化藝術再現：施叔青國際學術研討會　臺北　臺灣師範大學應用華語文學系主辦　2014 年 10 月 17—18 日

751. 林璄南　　《行過洛津》中的戲劇與情慾政治　跨國華人書寫・文化藝術再現：施叔青國際學術研討會　臺北　臺灣師範大學應用華語文學系主辦　2014 年 10 月 17—18 日

752. 林璄南　　《行過洛津》中的戲劇與情慾政治　跨國華人書寫・文化藝術再現：施叔青研究論文集　臺北　臺灣師範大學出版中心　2015 年 12 月　頁 423—446

753. 錢南秀　　Discovering History in Lugang: Shih Shi-ching's Narratological Approach to Writing Historical Fiction　跨國華人書寫・文化藝術再現：施叔青國際學術研討會　臺北　臺灣師範大學應用華語文學系主辦　2014 年 10 月 17—18 日

754. 錢南秀　　Discovering History in Lugang: Shih Shi-ching's Narratological Approach to Writing Historical Fiction　跨國華人書寫・文化藝術再現：施叔青研究論文集　臺北　臺灣師範大學出版中心　2015 年 12 月　頁 95—118

755. 張素貞　　施叔青的臺灣歷史小說《行過洛津》　中國語文　第 701 期　2015 年 11 月　頁 25—29

756. 張素貞　　施叔青的臺灣歷史小說《行過洛津》　鹽分地帶文學　第 62 期　2016 年 2 月　頁 157—162

757. 陳筱筠　　重返洛津，想像臺灣——讀施叔青《行過洛津》　文訊雜誌　第 364 期　2016 年 2 月　頁 110—111

758. 陳筱筠　　重返洛津，想像臺灣——讀施叔青《行過洛津》　字花　第 61 期　2016 年 5 月　頁 95—96

759. 程燕婷　　「災難下的思考」——論《行過洛津》的災難書寫和深層思考　四川職業技術學院學報　第 26 卷第 3 期　2016 年 6 月　頁 67—70

《驅魔》

760. 張小虹　　導讀：魔在心中坐　聯合文學　第 249 期　2005 年 7 月　頁 82—85

761. 張小虹　　導讀——魔在心中坐　驅魔　臺北　聯合文學出版社　2005 年 8 月　頁 5—10

762. 陳希林　　施叔青遊義大利，輕鬆《驅魔》　中國時報　2005 年 8 月 20 日　D8 版

763. 陳宛茜　　施叔青遊義大利，變出《驅魔》　聯合報　2005 年 8 月 20 日　C6 版

764. 劉郁青　　施叔青發表《驅魔》，張小虹道破箇中奧妙　民生報　2005 年 8 月 20 日　A13 版

765. 莊宜文　　驅魔，或趨魔？——評《驅魔》　聯合報　2005 年 9 月 25 日　E4 版

766. 黃靜品　　評《驅魔》　臺灣日報　2005 年 10 月 11 日　21 版

767. 鍾文音　　有界無世，藉藝驅魔的旅程——讀施叔青《驅魔》　文訊雜誌　第 243 期　2006 年 1 月　頁 90—91

768. 洪珊慧　　　文學藝術的鬼迷心竅——評施叔青《驅魔》　幼獅文藝　第 638
　　　　　　　　期　2007 年 2 月　頁 88—89

769. 黃偉筠　　　著魔與回魂——試比較施叔青作品中兩篇〈驅魔〉的敘事結構
　　　　　　　　中正臺灣文學與文化研究集刊　第 15 期　2015 年 9 月　頁 129—
　　　　　　　　145

City of the Queen: A Novel of Colonial Hong Kong

770. Sylvia Li-chun Lin、Howard Goldblatt　　　Translator's Note　*City of the Queen: A
　　　　　　　　Novel of Colonial Hong Kong*　紐約　Columbia University Press
　　　　　　　　2005 年　頁 301—302

771. Sylvia Li-chun Lin、Howard Goldblatt　　　Translator's Note　*City of the Queen: A
　　　　　　　　Novel of Colonial Hong Kong*　香港　香港大學出版社　2008 年
　　　　　　　　頁 301—302

《風前塵埃》

772. 南方朔　　　透過歷史天使悲傷之眼　風前塵埃　臺北　時報文化出版公司
　　　　　　　　2008 年 1 月　頁 5—10

773. 南方朔　　　序：透過歷史天使悲傷之眼　風前塵埃　北京　三聯書店　2012
　　　　　　　　年 5 月　頁 1—6

774. 劉軒含　　　施叔青《風前塵埃》之土地認同　第十一屆東華大學中文系學生
　　　　　　　　學術發表會　花蓮　東華大學中文系主辦　2008 年 10 月 27—29
　　　　　　　　日

775. 白舒榮　　　小說家筆下的臺灣日據時期——讀施叔青臺灣三部曲之二《風前
　　　　　　　　塵埃》　和而不同　南寧　廣西人民出版社　2008 年 10 月　頁
　　　　　　　　432—439

776. 白舒榮　　　小說家筆下的臺灣日據時期——讀施叔青臺灣三部曲之二《風前
　　　　　　　　塵埃》　回眸——我與世界華文文學的緣分　香港　香港文學報
　　　　　　　　出版社　2010 年　頁 215—222

777. 陳鴻逸　　　論施叔青《風前塵埃》中的「臺灣」書寫　第五屆文學符號學研

討會　嘉義　南華大學文學研究所主辦　2009 年 5 月 2 日

778. 吳桂枝　三場戰爭之後——施叔青《臺灣三部曲之二：風前塵埃》中的離
散傾向　第八屆文山國際學術研討會：文學與暴力　臺北　政治
大學英國語文學系主辦　2009 年 5 月 9—10 日

779. 蔡明倫　過去與現在之間——論《風前塵埃》一書中之國族論述、性格及
女性典型　第四屆中區研究生臺灣文學學術論文研討會　臺中
靜宜大學臺灣文學系主辦　2009 年 6 月 7 日

780. 林憲宏　文化主體性の自我のアイデソテイテイー——「南方移民村」か
ら《風前塵埃》まで　日本語文創新國際學術研討會　臺北　臺
灣大學日本語文學系主辦　2009 年 9 月 25 日

781. 李文茹　當代臺灣女性作家殖民史書寫——論《風前塵埃》的「帝國」創
傷記憶　第五屆花蓮文學研討會論文集　花蓮　花蓮縣文化局
2009 年 12 月　頁 243—260

782. 黃英華　淺論《風前塵埃》的歷史書寫　安徽文學　2009 年第 11 期　2009
年　頁 11

783. 黃湘玲　論殖民關係下的遷移經驗：以施叔青《風前塵埃》為例　東亞文
學與文化年輕學者國際研討會　韓國　韓國東國大學主辦；日本
名古屋大學文學研究科，中興大學臺灣文學研究所，政治大學臺
灣文學研究所合辦　2010 年 2 月 8 日

784. 黃湘玲　聶華苓《桑青與桃紅》、朱天心《古都》、施叔青《風前塵埃》
的歷史記憶立／力場辯證　Taiwan Studies International Conference
——Spatial Cultures and Cultural Spaces in Taiwan:Historical and
Contemporary Perspectives　澳洲　澳洲墨爾本大學亞洲學院主辦
2010 年 12 月 9—10 日

785. 黃啟峰　他者的記憶——試論《風前塵埃》的族群歷史書寫　中正臺灣文
學與文化研究集刊　第 7 期　2010 年 12 月　頁 73—99

786. 陳美霞　「沒有箭矢的弓」：《風前塵埃》的原住民書寫與歷史建構　福

建論壇　2011 年第 11 期　2011 年　頁 117—120

787. 林芳玫　「臺灣三部曲」之《風前塵埃》：歷史書寫後設小說的共時與共
在　海峽兩岸華文文學學術研討會　桃園　中國現代文學學會，
中原大學通識教育中心，東華大學華文文學系主辦　2012 年 4 月
28—29 日

788. 林芳玫　「臺灣三部曲」之《風前塵埃》——歷史書寫後設小說的共時與
共在　臺灣文學研究學報　第 15 期　2012 年 10 月　頁 151—183

789. 楊雅儒　「海洋臺灣」的世界性——混血灣生的花蓮記憶：施叔青《風前
塵埃》　身世認知與宗教修辭：新世紀臺灣小說的終極關懷　中
央大學中國文學系　博士論文　康來新教授指導　2013 年 6 月
頁 34—42

790. 劉亮雅　施叔青《風前塵埃》中的另類歷史想像　清華學報　第 43 卷第 2
期　2013 年 6 月　頁 311—338

791. 劉亮雅　施叔青《風前塵埃》中的另類歷史想像　遲來的後殖民——再論
解嚴以來的臺灣小說　臺北　臺大出版中心　2014 年 1 月　頁 62
—93

792. 陳盈臻　灣生書寫——以庄司總一《陳夫人》與施叔青《風前塵埃》為例
2014 流轉中的華文文學學術討論會　花蓮　東華大學華文文學系
主辦　2014 年 5 月 31 日

793. 曾秀萍　一則弔詭的臺灣寓言——《風前塵埃》的灣生書寫、敘事策略與
日本情結　跨國華人書寫・文化藝術再現：施叔青國際學術研討
會　臺北　臺灣師範大學應用華語文學系主辦　2014 年 10 月 17
—18 日

794. 曾秀萍　一則弔詭的臺灣寓言——《風前塵埃》的灣生書寫、敘事策略與
日本情結　臺灣文學學報　第 26 期　2015 年 6 月　頁 153—189

795. 曾秀萍　一則弔詭的臺灣寓言：《風前塵埃》的灣生書寫、敘事策略與日
本情結　跨國華人書寫・文化藝術再現：施叔青研究論文集　臺

北　臺灣師範大學出版中心　2015 年 12 月　頁 171—208

796. 黃憲作　《風前塵埃》的女性空間書寫　跨國華人書寫・文化藝術再現：施叔青國際學術研討會　臺北　臺灣師範大學應用華語文學系主辦　2014 年 10 月 17—18 日

797. 黃憲作　《風前塵埃》的女性空間寫作　跨國華人書寫・文化藝術再現：施叔青研究論文集　臺北　臺灣師範大學出版中心　2015 年 12 月　頁 283—307

798. 蔡翠華　後山的女人——論施叔青《風前塵埃》與方梓《來去花蓮港》中的性別與地方　跨國華人書寫・文化藝術再現：施叔青國際學術研討會　臺北　臺灣師範大學應用華語文學系主辦　2014 年 10 月 17—18 日

799. 蔡翠華　後山的女人：論施叔青《風前塵埃》與方梓《來去花蓮港》中的性別與地方　跨國華人書寫・文化藝術再現：施叔青研究論文集　臺北　臺灣師範大學出版中心　2015 年 12 月　頁 309—340

800. 梁一萍　不在場蕃人：《風前塵埃》中的臺灣原住民再現　跨國華人書寫・文化藝術再現：施叔青國際學術研討會　臺北　臺灣師範大學應用華語文學系主辦　2014 年 10 月 17—18 日

801. 梁一萍　缺場原住民：《風前塵埃》中的山蕃消失政治　跨國華人書寫・文化藝術再現：施叔青研究論文集　臺北　臺灣師範大學出版中心　2015 年 12 月　頁 341—361

802. 王馨潤　黑皮膚，女人商品——施叔青《風前塵埃》的差異主體　「清臺成政」臺灣文學研究生學術交流研討會　新竹　清華大學臺灣文學研究所主辦　2017 年 5 月 20—21

《三世人》

803. 王德威　三世臺灣的人、物、情　聯合報　2010 年 10 月 9 日　D3 版

804. 王德威　三世臺灣的人、物、情　三世人　臺北　時報文化出版公司　2010 年 10 月　頁 10—16

805. 王德威　　三世臺灣的人、物、情　三世人　北京　三聯書店　2012 年 10 月　頁 7—13

806. 王德威　　三世臺灣的人、物、情　跨國華人書寫・文化藝術再現：施叔青研究論文集　臺北　臺灣師範大學出版中心　2015 年 12 月　頁 31—36

807. 南方朔　　記憶的救贖——臺灣心靈史的鉅著誕生了　三世人　臺北　時報文化出版公司　2010 年 10 月　頁 5—9

808. 南方朔　　記憶的救贖——臺灣心靈史的鉅著誕生了　三世人　北京　三聯書店　2012 年 10 月　頁 1—6

809. 黃錦珠　　我是／不是誰？——讀施叔青《三世人》　文訊雜誌　第 303 期　2011 年 1 月　頁 114—115

810. 沈曼菱　　歷史的寄存：論施叔青《三世人》中的身／物　第 35 屆全國比較文學會議　新竹　中華民國比較文學學會，清華大學外國語文學系主辦；行政院國科會人文處，清華大學人社中心協辦　2012 年 5 月 5 日

811. 沈曼菱　　歷史的寄存：施叔青《三世人》中的身／物　文史臺灣學報　第 6 期　2013 年 6 月　頁 101—124

812. 劉依潔　　施叔青《三世人》中的文化圖象　華文傳播與創意系文化傳播與文化行銷學術研討會　苗栗　育達商業科技大學華文傳播與創意系主辦　2012 年 5 月 23 日

813. 劉依潔　　《三世人》中的臺灣文化圖象　應華學報　第 13 期　2013 年 6 月　頁 133—161

814. 吳思穎　　養女生命史的文學再現——「養女文學」小史——八〇年代後迄今：養女的多元身分——做為臺灣命運隱喻的養女——施叔青《三世人》　養女再現——當代（1950—）臺灣「養女文學」及其跨界文本研究　中興大學中國文學系　碩士論文　羅秀美教授指導　2013 年 6 月　頁 60—63

815. 吳思穎　生命空間與自我認同——養女文學的重要議題——臺灣身分・養女心——張文環《滾地郎》與施叔青《三世人》　養女再現——當代（1950—）臺灣「養女文學」及其跨界文本研究　中興大學中國文學系　碩士論文　羅秀美教授指導　2013 年 6 月　頁 81—87

816. 劉亮雅　施叔青《三世人》中的殖民現代性與認同問題　跨國華人書寫・文化藝術再現：施叔青國際學術研討會　臺北　臺灣師範大學應用華語文學系主辦　2014 年 10 月 17—18 日

817. 劉亮雅　施叔青《三世人》中的殖民現代性與認同問題　臺灣文學研究集刊　第 17 期　2015 年 2 月　頁 105—135

818. 劉亮雅　施叔青《三世人》中的殖民現代性與認同問題　跨國華人書寫・文化藝術再現：施叔青研究論文集　臺北　臺灣師範大學出版中心　2015 年 12 月　頁 225—258

819. 林振興，陳昭利　迷惘的《三世人》——從王掌珠與施寄生的歷史身分與國族認同說起　跨國華人書寫・文化藝術再現：施叔青國際學術研討會　臺北　臺灣師範大學應用華語文學系主辦　2014 年 10 月 17—18 日

820. 林振興，陳昭利　迷惘的「三世人」：從王掌珠與施寄生的歷史身分與國族認同　跨國華人書寫・文化藝術再現：施叔青研究論文集　臺北　臺灣師範大學出版中心　2015 年 12 月　頁 259—281

821. 林沛玫　自我實現——論施叔青《三世人》女性角色型塑　中正臺灣文學與文化研究集刊　第 15 期　2015 年 9 月　頁 33—48

822. 董旻惠　權力、身體與空間——施叔青《三世人》的女性　雲起龍驤・薈萃文瀾——佛光、東吳研究生論文發表會　宜蘭　佛光大學中國文學與應用學系主辦；東吳大學中國文學系協辦　2016 年 12 月 20 日

《度越》

823. 王德威　　序——寫作如修行，小說即緣法　度越　臺北　聯經出版公司
　　　2016 年 5 月　頁 3—7

824. 王德威　　序——寫作如修行，小說即緣法　度越　南京　江蘇鳳凰文藝出
　　　版社　2018 年 4 月　頁 1—8

825. 李進益　　論施叔青長篇小說《度越》的佛教題材運用與思想　人文研究學
　　　報　第 51 卷第 2 期　2017 年 10 月　頁 31—41

826. 楊雅儒　　宗教／愛情書寫傳統的互文與個人才能的新衍——以施叔青《度
　　　越》為討論對象　臺大中文學報　第 60 期　2018 年 3 月　頁 193
　　　—230

827. 劉　俊　　從心理探索到心靈觀照——論施叔青的《度越》　度越　南京
　　　江蘇鳳凰文藝出版社　2018 年 4 月　頁 228—230

◆多部作品

《窯變》、〈票房〉

828. 鄧友梅　　施叔青的《窯變》與〈票房〉　文藝報　1983 年 2 月 14 日　2 版

「香港三部曲」——《她名叫蝴蝶》、《遍山洋紫荊》、《寂寞雲園》

829. 朱恩伶　　施叔青：用小說「三部曲」探索香港地位　中國時報　1993 年 9
　　　月 3 日　31 版

830. 邱　婷　　背水一戰勇譜「香港三部曲」，生死與共且看施叔青揮筆　民生
　　　報　1993 年 9 月 4 日　29 版

831. 徐淑卿　　香港，繁華盡在作家眼底流轉　中國時報　1995 年 11 月 30 日
　　　42 版

832. 廖炳惠　　從蝴蝶到洋紫荊：管窺施叔青的「香港三部曲」之一、二　中外
　　　文學　第 24 卷第 12 期　1996 年 5 月　頁 91—104

833. 廖炳惠　　從蝴蝶到洋紫荊——管窺施叔青的「香港三部曲」之一、二　微
　　　醺彩妝　臺北　麥田出版公司　1999 年 12 月　頁 279—298

834. 廖炳惠　　從蝴蝶到洋紫荊：管窺施叔青的「香港三部曲」之一、二　另類
　　　現代情　臺北　允晨文化公司　2001 年 5 月　頁 201—219

835. 劉登翰　讀施叔青關於香港的兩部長篇　文學薪火的傳承與變異──臺灣
　　　文學論集　福州　海峽文藝出版社　1994 年 11 月　頁 155─166

836. 鄭樹森　施叔青的「香港三部曲」　聯合報　1997 年 7 月 2 日　41 版

837. 鄭樹森　施叔青的「香港三部曲」　從諾貝爾到張愛玲　臺北　印刻出版
　　　公司　2007 年 11 月　頁 146─147

838. 陳文芬　「香港三部曲」，歷時八年出書　中國時報　1997 年 7 月 31 日
　　　23 版

839. 吳雅燕　施叔青為香港譜寫三部曲　金石文化廣場出版情報　第 112 期
　　　1997 年 8 月　頁 2─3

840. 賴素鈴　施叔青終結「香港三部曲」　民生報　1997 年 9 月 11 日　34 版

841. 〔編輯部〕　「香港三部曲」內容提要　她名叫蝴蝶　廣州　花城出版社
　　　1999 年 1 月　〔2〕頁

842. 〔編輯部〕　「香港三部曲」內容提要　遍山洋紫荊　廣州　花城出版社
　　　1999 年 1 月　〔2〕頁

843. 〔編輯部〕　「香港三部曲」內容提要　寂寞雲園　廣州　花城出版社
　　　1999 年 1 月　〔2〕頁

844. 劉登翰　道不盡的香港　她名叫蝴蝶　廣州　花城出版社　1999 年 1 月
　　　頁 1─10

845. 劉登翰　道不盡的香港　遍山洋紫荊　廣州　花城出版社　1999 年 1 月
　　　頁 1─10

846. 劉登翰　道不盡的香港　寂寞雲園　廣州　花城出版社　1999 年 1 月　頁
　　　1─10

847. 莊宜文　張派小說的女性意識〔《她名叫蝴蝶》、《遍山洋紫荊》、《寂
　　　寞雲園》部分〕　中國現代文學理論季刊　第 14 期　1999 年 6 月
　　　頁 178─179

848. 楊佳嫻　論「香港三部曲」與《飛氈》　中文系第九屆學生學術研討會
　　　臺北　政治大學中國文學系　1999 年 12 月 16 日

849. 陳芳明講；魏可風記　　從現代主義到後現代主義（上、下）　　聯合報
　　　2000 年 6 月 27—28 日　37 版

850. 關詩珮　　從屬能否發言？——施叔青「香港三部曲」的收編過程　二十一
　　　世紀　第 59 期　2000 年 6 月　頁 105—113

851. 朱　艷　　反芻世紀末的港式生活——評施叔青的小說集「香港的故事」
　　　高等函授學報　第 13 卷第 6 期　2000 年 12 月　頁 39—42

852. 彭小妍　　歷史、寫實、寓言：解嚴後的歷史寓言小說——後殖民主義與女
　　　性主義〔《她名叫蝴蝶》、《遍山洋紫荊》、《寂寞雲園》部
　　　分〕　「歷史很多漏洞」：從張我軍到李昂　臺北　中研院文哲
　　　所籌備處　2000 年 12 月　頁 130—135

853. 許琇禎　　施叔青「香港三部曲」　臺灣當代小說縱論　臺北　五南圖書出
　　　版公司　2001 年 5 月　頁 184—193

854. 朱雙一　　從新殖民主義的批判到後殖民論述的崛起——1970 年代以來臺灣
　　　社會文化思潮發展的一條脈絡〔《維多利亞俱樂部》、《遍山洋
　　　紫荊》部分〕　臺灣研究集刊　2001 年第 4 期　2001 年 11 月
　　　頁 5—7

855. 王孝勇　　寫不完的殖民史——以戲劇理論分析「香港三部曲」的殖民書寫
　　　與政治隱喻[20]　第七屆府城文學獎得獎作品專集　臺南　臺南市圖
　　　書館　2001 年 12 月　頁 307—383

856. 陳芳明　　挑戰大敘述——後戒嚴時期的女性文學與國家認同——「香港三
　　　部曲」：挑戰殖民大論述　後殖民臺灣：文學史論及週邊　臺北
　　　麥田出版公司　2002 年 4 月　頁 144—149

857. 陳芳明　　挑戰大敘述——後戒嚴時期的女性文學與國家認同——「香港三
　　　部曲」：挑戰殖民大論述　後殖民臺灣：文學史論及週邊　臺北

---

[20]本文以肯尼斯‧柏克的「戲劇理論」為論述主軸，分析「香港三部曲」所透露的政治隱喻。全文
　　共 6 小節：1.前言；2.理論與批評方法：柏克的戲劇理論與五因分析；3.外在分析：作家的現代
　　主義思潮、身分認同與「她的香港」；4.五因分析；5.動機分析：作家的政治隱喻；6.結論與討
　　論：寫不完的殖民史。

麥田出版・城邦文化公司　2007 年 6 月　頁 144—150

858.〔梅家玲，郝譽翔主編〕　施叔青簡介與「香港三部曲」評析　臺灣現代
　　　文學教程・小說讀本（下）　臺北　二魚文化公司　2002 年 8 月
　　　頁 554—555

859. 黃英哲　香港文學或是臺灣文學——論「香港三部曲」　臺灣文學史書寫
　　　國際學術研討會　臺南　行政院文建會主辦，成功大學臺灣文學
　　　系承辦　2002 年 11 月 22—24 日

860. 黃英哲　香港文學或是臺灣文學：論「香港三部曲」之敘述視野　中外文
　　　學　第 33 卷第 7 期　2004 年 12 月　頁 129—152

861. 黃英哲　香港文學或是臺灣文學——論「香港三部曲」的敘述視野　重寫
　　　臺灣文學史　臺北　麥田出版公司　2007 年 9 月　頁 367—396

862. 黃英哲　香港文學或是臺灣文學——論「香港三部曲」之敘述視野　臺灣
　　　文學史書寫國際學術研討會論文集・第一集　高雄　春暉出版社
　　　2008 年 6 月　頁 163—192

863. 黃英哲　香港文學或是臺灣文學：論「香港三部曲」之敘述視野　跨國華
　　　人書寫・文化藝術再現：施叔青研究論文集　臺北　臺灣師範大
　　　學出版中心　2015 年 12 月　頁 65—77

864. 黃英哲　香港文學還是臺灣文學——論施叔青「香港三部曲」　漂泊與越
　　　境：兩岸文化人的移動　臺北　臺灣大學出版中心　2016 年 6 月
　　　頁 221—263

865. 劉紅林　臺灣女性小說中的性與政治〔「香港三部曲」部分〕　汕頭大學
　　　學報　第 18 卷第 5 期　2002 年　頁 99—101

866. 莊裕安　SARS 居家隔離書單〔「香港三部曲」部分〕　聯合報　2003 年 5
　　　月 2 日　E7 版

867. 劉　宇　在城市與男人之間——施叔青「香港三部曲」解讀斷片　香港作
　　　家　2003 年第 3 期　2003 年 6 月　頁 13—14

868. 李天章　從後殖民主義策施叔青「香港三部曲」中的人物　2003　海峽兩岸

華文文學學術研討會　桃園　南亞技術學院通識教育中心，中國現代文學學院，中國口傳文學學院主辦　2003 年 12 月 6—7 日

869. 李天章　　殖民者與被殖民者的「雙重／混雜」意識型態——施叔青「香港三部曲」的人物剖析　2003 海峽兩岸華文文學學術研討會論文集　桃園　中國現代文學學會，南亞技術學院　2004 年 1 月　頁 375—415

870. 凌　逾　　女性主義建構與殖民都市百年史——論施叔青的長篇小說「香港三部曲」　世界華文文學論壇　2003 年第 4 期　2003 年 12 月　頁 30—35

871. 張雪媃　　原鄉何在？施叔青戲說蝴蝶王國——讀「香港三部曲」[21]　天地之女：二十世紀華文女作家心靈圖像　臺北　正中書局　2005 年 2 月　頁 204—244

872. 張雪媃　　原鄉何在？施叔青戲說蝴蝶王國——讀「香港三部曲」　當代　第 211 期　2005 年 3 月　頁 124—143

873. 張素英　　另類的殖民者——「香港三部曲」中亞當‧史密斯的人性解讀　中共鄭州市委黨校學報　2005 年第 5 期　2005 年　頁 106—108

874. 徐文靜　　互為鏡像的對話——從三個女性文本談起〔「香港三部曲」部分〕　時代文學　2006 年第 4 期　2006 年　頁 102—104

875. 王德威　　香港，我的香港——論施叔青「香港三部曲」　新世紀散文家：王德威精選集　臺北　九歌出版社　2007 年 2 月　頁 140—149

876. 秦　磊　　欲與城：百年滄桑史的構造　妓女傳奇與歷史想像——論「香港三部曲」、《胭脂扣》、《扶桑》中的文化意蘊　鄭州大學中國現當代文學研究所　碩士論文　單占生教授指導　2007 年 5 月　頁 7—16

877. 張書群，秦磊　　欲與城：百年滄桑史的構造——論施叔青小說「香港三部

---

[21]本文除論證施叔青的美學觀來自戲曲的喜好外，並解釋作品中「找尋原鄉」意圖。全文共 4 小節：1.蝴蝶／黃得雲／香港；2.殖民王國；3.戲劇美學；4.原鄉何在。

曲」的文化意蘊　石河子大學學報　第 23 卷第 4 期　2009 年 8 月　頁 64—67

878. 李麗娟　　從後殖民理論看施叔青的「香港三部曲」　天水師範學院學報　2008 年第 4 期　2008 年 7 月　頁 84—88

879. 司方維　　多樣的真實——重評施叔青「香港三部曲」　常州工學院學報　第 26 卷第 5 期　2008 年 10 月　頁 21—24

880. 趙　坤　　香港小說的城市想像與想像中的香港〔「香港三部曲」部分〕　華文文學　2009 年第 1 期　2009 年 2 月　頁 31

881. 劉慧娟　　妓女傳奇中的港人情懷與香港歷史——試論《胭脂扣》和「香港三部曲」的香港故事　第二屆國際青年學者中文文學學術研討會：現當代中文文學與電影　香港　嶺南大學人文科學研究中心，中文系主辦　2009 年 2 月 27—28

882. 黃冠翔　　香港九七回歸前臺灣作家的末日狂想——悲情與欲望——施叔青「香港三部曲」的歷史重構與香港末世空間　臺灣作家的香港書寫研究（1950—2008）　臺北教育大學臺灣文化研究所　碩士論文　應鳳凰教授指導　2009 年　頁 75—85

883. 黃冠翔　　打造香港城市空間——施叔青「香港三部曲」的悲情與欲望　新地文學（2007 年 9 月）　第 25 期　2013 年 9 月　頁 112—126

884. 黃冠翔　　香港九七回歸前臺灣作家的末日狂想——悲情與慾望——施叔青「香港三部曲」的歷史重構與香港末世空間　異鄉情願——臺灣作家的香港書寫　臺北　獨立作家　2014 年 7 月　頁 135—153

885. 陳筱筠　　施叔青香港三部曲的瘋狂想像與鬼魅傳說　臺灣文學論叢（二）　新竹　清華大學臺灣文學研究所　2010 年 3 月　頁 335—368

886. 許芷若　　論施叔青「香港三部曲」空間與情慾流動之關聯　國立中山大學中文系研究生學術論文集　第 7 期　2010 年 5 月　頁 143—162

887. 應鳳凰，傅月庵　　施叔青——「香港三部曲」　冊頁流轉——臺灣文學書入門 108　臺北　印刻文學生活雜誌出版公司　2011 年 3 月　頁

210—211

888. 謝世宗　性別圖像與階級政治：否想施叔青「香港三部曲」　中國現代文學　第 19 期　2011 年 6 月　頁 165—190

889. 陳　磊　百年殖民史的追憶與想象——讀施叔青「香港三部曲」　綿陽師範學院學報　第 31 卷第 7 期　2012 年 7 月　頁 64—66，89

890. 李歐梵　Shih Shu-ching's Hong Kong Trilogy（施叔青的「香港三部曲」）　跨國華人書寫‧文化藝術再現：施叔青國際學術研討會　臺北　臺灣師範大學應用華語文學系主辦　2014 年 10 月 17—18 日

891. 李歐梵　施叔青的「香港三部曲」　跨國華人書寫‧文化藝術再現：施叔青研究論文集　臺北　臺灣師範大學出版中心　2015 年 12 月　頁 25—29

892. 杜昭玫　憶／譯香港：論「香港三部曲」英譯本之異譯　跨國華人書寫‧文化藝術再現：施叔青國際學術研討會　臺北　臺灣師範大學應用華語文學系主辦　2014 年 10 月 17—18 日

893. 杜昭玫　憶／譯香港：論「香港三部曲」之異憶／譯　跨國華人書寫‧文化藝術再現：施叔青研究論文集　臺北　臺灣師範大學出版中心　2015 年 12 月　頁 209—222

894. 曹惠民　出走的夏娃——試論臺灣女性寫作敘述主體的建立〔「香港三部曲」部分〕　邊緣的尋覓——曹惠民選集　廣州　花城出版社　2014 年 11 月　頁 32—33

895. 李敏瑜　同時期作家的九七過渡——施叔青「香港三部曲」　黃碧雲小說中的九七主題研究　政治大學國文教學碩士在職專班　碩士論文　陳芳明教授指導　2014 年　頁 109—120

896. 盛開莉　施叔青「香港三部曲」對香港殖民經驗的反省　文教資料　2015 年第 25 期　2015 年　頁 3—5

897. 荒　林　後現代女性主義文本——讀「香港三部曲」　華文文學　2017 年第 5 期　2017 年 5 月　頁 57—61

898. 徐安琪　　論施叔青「香港三部曲」中黃得雲形象的自我呈現　大眾文藝
2017 年第 21 期　2017 年　頁 23—24

899. 于　迪　　施叔青「香港三部曲」的服飾書寫　世界華文文學論壇　2018 年
第 1 期　2018 年 3 月　頁 40—44

《兩個芙烈達・卡蘿》、《行過洛津》

900. 張瑞芬　　昨日重現的記憶——臺灣九〇年代以降女性家族史書寫[22]　兩岸現
代文學發展與思潮學術研討會　臺北　佛光人文學院主辦　2004
年 10 月 29—30 日

901. 張瑞芬　　國族・家族・女性——陳玉慧、施叔青、鍾文音近期文本中的國
族／家族寓意　逢甲人文社會學報　第 10 期　2005 年 6 月　頁 1
—26

902. 張瑞芬　　國族・家族・女性——陳玉慧、施叔青、鍾文音近期文本中的國
族／家族寓意　胡蘭成、朱天文與「三三」——臺灣當代文學論
集　臺北　秀威資訊科技公司　2007 年 4 月　頁 123—160

《愫細怨》、《窯變》

903. 彭燕彬　　二十世紀臺灣女性文學創作邊緣視野觀〔《愫細怨》、《窯變》
部分〕　和而不同　南寧　廣西人民出版社　2008 年 10 月　頁
307

「臺灣三部曲」——《行過洛津》、《風前塵埃》、《三世人》

904. 陳鴻逸　　斷裂的故事：論施叔青的歷史敘事——《行過洛津》、《風前塵
埃》為探討範疇　第四屆中區研究生臺灣文學學術論文研討會
臺中　靜宜大學臺灣文學系主辦　2009 年 6 月 7 日

905. 劉依潔　　施叔青在《行過洛津》與《風前塵埃》中的歷史想像　第四屆
「輔仁大學與中國人民大學聯合研討會」全球化中的多元思維學
術研討會　臺北　輔仁大學，中國人民大學主辦　2009 年 10 月 2

---

[22]本文探討 1990 年代以降，女性家族史書寫的轉向。全文共 6 小節：1.《海神家族》與陳玉慧的臺灣認同；2.施叔青《兩個芙烈達・卡蘿》、《行過洛津》的國族寓意；3.鍾文音家族三部曲中的漂流隱喻、父／女（母／女）情節，與散文／小說混融特質；4.結語。

—3 日

906. 范銘如　臺灣小說的五代同堂〔「臺灣三部曲」部分〕　聯合文學　第 314 期　2010 年 12 月　頁 25—26

907. 朱云霞　性別視閾下的歷史重構——試論施叔青的「臺灣三部曲」　中南大學學報　第 17 卷第 4 期　2011 年 8 月　頁 165—168

908. 吳慧穎　歷史的想像與救贖——讀施叔青的臺灣三部曲《行過洛津》與《風前塵埃》　社團、思潮、媒體：臺灣文學的發展脈絡　北京九州出版社　2011 年 9 月　頁 185—191

909. 李欣倫　受苦敘事與身體隱喻——以施叔青「臺灣三部曲」與鍾文音「島嶼百年物語」為例　臺北教育大學語文集刊　第 22 期　2012 年 7 月　頁 159—203

910. 李欣倫　施叔青《風前塵埃》、《三世人》中文化素材與文學隱喻之對讀　2013 年大眾文學與文化國際學術研討會　臺中　靜宜大學臺灣文學系主辦　2013 年 5 月 25—26 日

911. 楊雅儒　「性別臺灣」的對話性——棄兒孤女身世書：施叔青《行過洛津》、《三世人》　身世認知與宗教修辭：新世紀臺灣小說的終極關懷　中央大學中國文學系　博士論文　康來新教授指導　2013 年 6 月

912. 沈曼菱　一個疊層的方式：從施叔青「臺灣三部曲」的歷史檔案化談起　第十二屆國際青年學者漢學會議：華語語系文學與影像　臺中中興大學臺灣文學與跨國文化研究所，美國哈佛大學東亞語言及文明系主辦　2013 年 7 月 30—31 日

913. 黃慧鳳　文本發展——21 世紀議題的強化與多元——臺灣大河小說的分水嶺：施叔青「臺灣三部曲」　臺灣歷史大河小說研究　中央大學中國文學系　博士論文　李瑞騰教授指導　2014 年 1 月　頁 164—175

914. 李欣倫　「寫實」與「二我」——《風前塵埃》、《三世人》中攝影術、

攝影者與觀影者之象徵意涵　東吳中文學報　第 27 期　2014 年 5 月　頁 337—364

915. 邱雅芳　　施施而行的歷史幽靈──施叔青作品的思想轉折及其近代史觀　文史臺灣學報　第 8 期　2014 年 6 月　頁 29—52

916. 邱雅芳　　施施而行的歷史幽靈──施叔青作品的思想轉折及其近代史觀　文學東亞：歷史與藝術的對話　臺北　政治大學人文中心　2015 年 12 月　頁 233—259

917. 簡瑛瑛，吳桂枝　　從「臺灣三部曲」到《婆娑之島》──華語語系女性歷史書寫與跨文化再現　跨國華人書寫・文化藝術再現：施叔青國際學術研討會　臺北　臺灣師範大學應用華語文學系主辦　2014 年 10 月 17—18 日

918. 簡瑛瑛，吳桂枝　　華語語系女性歷史書寫與跨文化再現：從施叔青「臺灣三部曲」到平路《婆娑之島》　臺灣學誌　第 12 期　2015 年 10 月　頁 1—15

919. 簡瑛瑛，吳桂枝　　女性歷史書寫與跨文化再現：「臺灣三部曲」與《婆娑之島》比較研究　跨國華人書寫・文化藝術再現：施叔青研究論文集　臺北　臺灣師範大學出版中心　2015 年 12 月　頁 121—139

920. 林芳玫　　沈默之聲：從華語語系研究觀點看「臺灣三部曲」的發言主體　跨國華人書寫・文化藝術再現：施叔青國際學術研討會　臺北　臺灣師範大學應用華語文學系主辦　2014 年 10 月 17—18 日

921. 林芳玫　　沉默之聲：從華語語系研究觀點看「臺灣三部曲」的發言主體　臺灣學誌　第 12 期　2015 年 10 月　頁 17—36

922. 林芳玫　　沉默之聲：從華語語系研究觀點看「臺灣三部曲」的發言主體　跨國華人書寫・文化藝術再現：施叔青研究論文集　臺北　臺灣師範大學出版中心　2015 年 12 月　頁 141—169

923. 李欣倫　　聲色一場：從施叔青習佛經驗讀《行過洛津》和《風前塵埃》中

的身體　跨國華人書寫・文化藝術再現：施叔青國際學術研討會　臺北　臺灣師範大學應用華語文學系主辦　2014 年 10 月 17—18 日

924. 李欣倫　聲色一場：從施叔青習佛經驗讀《行過洛津》和《風前塵埃》中的身體　臺灣學誌　第 12 期　2015 年 10 月　頁 37—55

925. 李欣倫　聲色一場：從施叔青習佛經驗讀《行過洛津》和《風前塵埃》中的身體　跨國華人書寫・文化藝術再現：施叔青研究論文集　臺北　臺灣師範大學出版中心　2015 年 12 月　頁 365—390

926. 劉婉瑩　施叔青「臺灣三部曲」中服飾書寫的象徵意義　大學生語言文學與文化國際學術研討會　臺中　臺中科技大學文學院主辦；臺中科技大學應用中文系承辦　2015 年 5 月 28 日

927. 姚　婷　後殖民思潮下的臺灣身份認同——以施叔青「臺灣三部曲」為例　柳州職業技術學院學報　第 15 卷第 4 期　2015 年 8 月　頁 93—97

928. 王　泉　「臺灣三部曲」的歷史意識與女性書寫　世界華文文學論壇　2018 年第 2 期　2016 年 3 月　頁 104—108

929. 楊雅儒　義理與文化（一）：身世書與流亡者之歌——棄兒孤女身世書：施叔青「臺灣三部曲」　人之初・國之史：21 世紀臺灣小說之宗教修辭與終極關懷　臺北　翰蘆圖書出版公司　2016 年 7 月　頁 197—227

930. 朱云輝　三世流轉：臺灣移民・殖民經驗論——施叔青「臺灣三部曲」人物談　南方文壇　2016 年第 5 期　2016 年　頁 153—158

931. 黃憲作　身體政治學：論施叔青「臺灣三部曲」的身體規訓與銘刻　文學與文化國際學術研討會　日本　日本京都女子大學中國語教室，佛光大學中國文學與應用學系主辦　2017 年 6 月 3—4 日

932. 林芳玫　《三世人》人物的認同形構與身分重組——綜論「臺灣三部曲」及其「不在場」的國族寓言　臺灣文學研究學報　第 25 期　2017

年 10 月　頁 251—278

933. 晏山農　開啟臺灣歷史小說的新河　文訊雜誌　第 389 期　2018 年 3 月　頁 11—13

934. 韓旭東　施叔青「臺灣三部曲」的服裝元素與身分政治　臺灣研究集刊　2019 年第 3 期　2019 年　頁 102—110

《兩個芙烈達・卡蘿》、《驅魔》

935. 白舒榮　游記，游走於傳記和小說之間——施叔青的《兩個芙烈達・卡蘿》與《驅魔》　回眸——我與世界華文文學的緣分　香港　香港文學報出版社　2010 年　頁 201—207

936. 李時雍　我畫我自己，故我存在：論施叔青《兩個芙烈達・卡蘿》、《驅魔》[23]　跨國華人書寫・文化藝術再現：施叔青國際學術研討會　臺北　臺灣師範大學應用華語文學系主辦　2014 年 10 月 17—18 日

937. 李時雍　我畫我自己・故我存在：以施叔青《兩個芙烈達・卡蘿》為中心　臺灣學誌　第 12 期　2015 年 10 月　頁 57—68

938. 李時雍　我畫我自己，故我存在：以施叔青《兩個芙烈達・卡蘿》為中心　跨國華人書寫・文化藝術再現：施叔青研究論文集　臺北　臺灣師範大學出版中心　2015 年 12 月　頁 447—460

939. 林淑慧　遠遊的共鳴：《兩個芙烈達・卡蘿》、《驅魔》的自我定位　文山評論　第 10 卷第 1 期　2016 年 12 月　頁 69—98

「香港三部曲」、「臺灣三部曲」

940. 陳芳明　歷史・小說・女性：施叔青的大河巨構　她名叫蝴蝶　香港　明報月刊出版社　2011 年 2 月　頁 5—16

941. 陳芳明　歷史・小說・女性——施叔青的大河巨構　聯合文學　第 317 期　2011 年 3 月　頁 84—89

---

[23] 本文後改篇名為〈我畫我自己・故我存在：以施叔青《兩個芙烈達・卡羅》為中心〉，內文討論《兩個芙烈達・卡蘿》、《驅魔》兩本著作。

942. 陳芳明　　歷史・小說・女性——施叔青的大河巨構　晚秋夜讀　臺北　印
刻文學生活誌出版公司　2017 年 7 月　頁 185—194

943. 劉　俊　　從「四代人」到「三世人」——論施叔青「香港三部曲」和「臺
灣三部曲」　跨國華人書寫・文化藝術再現：施叔青國際學術研
討會　臺北　臺灣師範大學應用華語文學系主辦　2014 年 10 月
17—18 日

944. 劉　俊　　從「四代人」到「三世人」——論施叔青的「香港三部曲」和
「臺灣三部曲」　香港文學　第 359 期　2014 年 11 月　頁 45—
53

945. 劉　俊　　從「四代人」到「三世人」：論施叔青的「香港三部曲」和「臺
灣三部曲」　跨國華人書寫・文化藝術再現：施叔青研究論文集
臺北　臺灣師範大學出版中心　2015 年 12 月　頁 45—63

946. 劉　俊　　從「四代人」到「三世人」——論施叔青的「香港三部曲」和
「臺灣三部曲」　度越　南京　江蘇鳳凰文藝出版社　2018 年 4
月　頁 207—227

《牛鈴聲響》、《琉璃瓦》

947. 紀宛蓉　　「回歸」思潮下的文化病理反思：施叔青小說《牛鈴聲響》、
《琉璃瓦》研究　第十二屆全國臺灣文學研究生學術研討會：臺
灣文學場域的生成與典律反思　新竹　國立臺灣文學館主辦；清
華大學臺灣文學研究所承辦　2015 年 10 月 24—25 日

《牛鈴聲響》、《微醺彩妝》

948. 楊　婕　　從戒嚴到解嚴：知識病理國族想像——施叔青《牛鈴聲響》、
《微醺彩妝》的「漢學家」敘事　文圖學・文化交流：臺灣與東
亞的多元對話國際學術研討會　新加坡　新加坡南洋理工大學人
文與社會科學研究中心，臺灣教育部臺灣研究講座計畫主辦
2017 年 12 月 15 日

單篇作品

949. 孫　遲　　揭開象徵的面具：施叔青的〈安崎坑〉評介序曲[24]　幼獅文藝　第
　　　　　204 期　1970 年 1 月　頁 253—263

950. 孫　遲　　揭開象徵的面具——施叔青的〈安崎坑〉評介序曲　從流動出發
　　　　　臺中　普天出版社　1972 年 1 月　頁 232—247

951. 孫　遲　　試論施叔青的〈安崎坑〉　玫瑰花環　臺北　海軍出版社　1974
　　　　　年 6 月　頁 239—250

952. 郭誌光　　溶不掉的膠囊：從都市到鄉村〔〈安崎坑〉部分〕　戰後臺灣勞
　　　　　工題材小說的異化主題（1945—2005）　清華大學臺灣文學研究
　　　　　所　碩士論文　陳萬益教授指導　2006 年 8 月　頁 181—183

953. 陳克環　　施叔青的〈困〉　書評書目　第 20 期　1974 年 12 月　頁 10—12

954. 葉洪生　　當代中國小說大展選評——〈困〉與〈昨夜〉　大家談　臺北
　　　　　天下圖書公司　1975 年 10 月　頁 413—416

955. 劉紹銘　　十年來臺灣小說（一九六五——一九七五）——兼論王文興的《家
　　　　　變》〔〈困〉部分〕　嘲諷與逆變——《家變》專論　臺北　臺
　　　　　大出版中心　2013 年 12 月　頁 17

956. 尉天驄　　所謂婦女文學——讀施叔青的〈約伯的末裔〉　本地作家小說選
　　　　　集　臺北　大地出版社　1976 年 7 月　頁 218—219

957. 尉天驄　　所謂婦女文學——讀施叔青的〈約伯的末裔〉　臺灣本地作家短
　　　　　篇小說選　臺北　大地出版社　2003 年 7 月　頁 247—248

958. 齊邦媛　　前言——寫在爾雅版之前〔〈約伯的末裔〉部分〕　中國現代文
　　　　　學選集（小說）　臺北　爾雅出版社　1983 年 7 月　頁 8

959. 齊邦媛　　前言——寫在爾雅版之前〔〈約伯的末裔〉部分〕　中國現代文
　　　　　學選集（散文）　臺北　爾雅出版社　1983 年 7 月　頁 8

960. 齊邦媛　　前言——寫在爾雅版之前〔〈約伯的末裔〉部分〕　中國現代文
　　　　　學選集（詩）　臺北　爾雅出版社　1983 年 7 月　頁 8

961. 歐陽子　　簡評幾篇臺灣近年的小說佳作——〈倒放的天梯〉　臺灣文藝

---

[24] 本文後改篇名為〈試論施叔青的〈安崎坑〉〉。

第 54 期　1977 年 3 月　頁 86—87

962. 歐陽子　　施叔青〈倒放的天梯〉　現代文學小說選集（二）　臺北　爾雅
　　　　　　　出版社　1977 年 6 月　頁 373

963. 張素貞　　施叔青的〈倒放的天梯〉——現代人的孤絕感與死懼心　大華晚
　　　　　　　報　1984 年 10 月 15 日　10 版

964. 張素貞　　施叔青的〈倒放的天梯〉——現代人的孤絕感與死懼心　細讀現
　　　　　　　代小說　臺北　東大圖書公司　1986 年 10 月　頁 295—303

965. 林積萍　　文學創作表現出的幾個特色——存在處境的沉思〔〈倒放的天
　　　　　　　梯〉部分〕　《現代文學》新視界　臺北　讀冊文化公司　2005
　　　　　　　年 5 月　頁 117—123

966. 郭誌光　　登高後開展的地平線：向死存在〔〈倒放的天梯〉部分〕　戰後
　　　　　　　臺灣勞工題材小說的異化主題（1945—2005）　清華大學臺灣文
　　　　　　　學研究所　碩士論文　陳萬益教授指導　2006 年 8 月　頁 130—
　　　　　　　131

967. 柯慶明　　臺灣「現代主義」小說序論〔〈倒放的天梯〉部分〕　臺灣現代
　　　　　　　文學的視野　臺北　麥田・城邦文化公司　2006 年 12 月　頁 143
　　　　　　　—194

968. 廖淑芳，包雅文　存在的疏離與焦慮〔〈倒放的天梯〉部分〕　探索的年
　　　　　　　代——戰後臺灣現代主義小說及其發展　臺南　國立臺灣文學館
　　　　　　　2013 年 12 月　頁 128—131

969. 郭玉雯　　《現代文學小說選集》的現代主義特色〔〈倒放的天梯〉部分〕
　　　　　　　聚焦臺灣：作家、媒介與文學史的連結　臺北　臺灣大學出版中
　　　　　　　心　2014 年 6 月　頁 316—317，340—341

970. 陳正芳　　以「瘋」的自白探究現代主義小說之跨文化比較研究〔〈倒放的
　　　　　　　天梯〉部分〕　文與哲　第 24 期　2014 年 6 月　頁 317—324

971. 張素貞　　施叔青的〈池魚〉——諧謔的人生小諷刺　大華晚報　1985 年 7
　　　　　　　月 1 日　10 版

972. 張素貞　施叔青的〈池魚〉——諧謔的人生小諷刺　細讀現代小說　臺北　東大圖書公司　1986 年 10 月　頁 287—294

973. 黃維樑　多元化的樣品——香港近年來的小說選析〔〈相見〉部分〕　世界中文小說選（下）　臺北　時報文化出版公司　1987 年 10 月　頁 469—470

974. 黃重添　兩種文化撞擊中的海外遊子〔〈擺蕩的人〉部分〕　臺灣當代小說藝術采光　廈門　鷺江出版社　1987 年 11 月　頁 111—112

975. 李春林　〈哭俞老師〉賞析　臺灣散文鑑賞辭典　太原　北岳文藝出版社　1991 年 12 月　頁 1137—1139

976. 王淑秧　中國文明的藝術晶體——海峽兩岸的「文化小說」〔〈窯變〉部分〕　海峽兩岸小說評論　北京　中國人民大學出版社　1992 年 4 月　頁 91—92

977. 陳東陽　迷茫與覺醒——解讀施叔青〈窯變〉　安徽文學　2011 年第 6 期　2011 年　頁 1—2

978. 趙　朕　女性小說：異曲同工的合鳴〔〈愫細怨〉部分〕　臺灣與大陸小說比較論　福州　海峽文藝出版社　1992 年 9 月　頁 66—67

979. 董之林　女人筆下的女性世界〔〈愫細怨〉部分〕　揚子江與阿里山的對話——海峽兩岸文學比較　上海　上海文藝出版社　1995 年 12 月　頁 271—274

980. 七　毛　〈愫細怨〉賞析　臺港言情小說精品鑑賞（上）　鄭州　河南文藝出版社　1999 年 7 月　頁 56—62

981. 許琇禎　導讀〈愫細怨〉　二十世紀臺灣文學金典：小說卷（戰後時期‧第二部）　臺北　聯合文學出版社　2006 年 1 月　頁 156—157

982. 姜星宇　遷移與零落——比較〈愫細怨〉、〈玉米田之死〉中兩性對原鄉與自我的構建　第六屆臺大、政大臺灣文學研究所研究生學術研討會　臺北　政治大學臺文所主辦　2012 年 12 月 1 日

983. 余文燕　時空轉換下的女性悲劇——白流蘇與愫細之比較〔〈愫細怨〉〕

文學界 2012 年第 7 期 2012 年 頁 27—28

984. 高從云 超越性別的人性書寫——施叔青〈愫細怨〉簡評 現代語文 2014 年第 12 期 2014 年 頁 79—81

985. 趙 朕 語言基調：質文相映的勝致〔〈拾掇那些的日子〉部分〕 臺灣 與大陸小說比較論 福州 海峽文藝出版社 1992 年 9 月 頁 182—184

986. 江 兒 評〈回首，驀然〉 脫軌份子 臺北 大雅出版公司 1992 年 11 月 頁 133—135

987. 陳大道 有婚姻關係的愛情故事類型——臺灣新娘在美國的適應問題與情 變〔〈回首‧驀然〉部分〕 留美小說論——以 1960、70 年代 《皇冠》、《現代文學》、《純文學月刊》短篇小說為核心 臺 北 知書房出版社 2013 年 10 月 頁 237—239

988. 孫 聰 〈壁虎〉作品鑒賞 臺港小說鑒賞辭典 北京 中央民族學院出 版社 1994 年 1 月 頁 742—743

989. 〔江寶釵，范銘如編〕 奼紫嫣紅開遍〔〈壁虎〉部分〕 島嶼紋聲：臺 灣女性小說讀本 臺北 巨流圖書公司 2000 年 10 月 頁 4—5

990. 張雪媄 編選前言〔〈壁虎〉部分〕 眾花深處：二十世紀華文女作家小 說選 臺北 正中書局 2005 年 7 月 頁 14—15

991. 楊學民 臺灣《現代文學》雜誌小說的象徵型態〔〈壁虎〉部分〕 世界 華文文學論壇 2012 年第 2 期 2012 年 6 月 頁 6

992. 楊學民 論臺灣《現代文學》小說的頹廢意識〔〈壁虎〉部分〕 世界華 文文學論壇 2013 年第 4 期 2013 年 12 月 頁 26—27

993. 蘇偉貞 施叔青（1945—）——〈壁虎〉作品導讀 穿過荒野的女人—— 華文女性小說世紀讀本 臺南 成大出版社 2016 年 1 月 頁 313—315

994. 蘇偉貞 〈壁虎〉作品導讀 穿過荒野的女人——華文女性小說世紀讀本 臺南 成功大學出版中心 2016 年 1 月 頁 313—315

995. 張芬齡　編選序言和導讀——〈妳讓我失身於妳〉　八十三年短篇小說選　臺北　爾雅出版社　1996 年 5 月　頁 27—30

996. 李仕芬　女兒的父親——當代臺灣女作家小說研究〔〈紀念碑〉部分〕　中國現代文學理論季刊　第 14 期　1999 年 6 月　頁 193

997. 梅家玲　〈常滿姨的一日〉導讀　日據以來臺灣女作家小說選讀（上）　臺北　女書文化公司　2001 年 7 月　頁 322—326

998. 梅家玲　施叔青〈常滿姨的一日〉導讀　文學臺灣　第 37 期　2001 年 1 月　頁 82—85

999. 黃秀玲　黃與黑：美國華文作家筆下的華人與黑人——施叔青的〈常滿姨的一日〉　中外文學　第 34 卷第 4 期　2005 年 9 月　頁 40—44

1000. 蔡　菁　「生」「死」之間——以弗洛依德精神分析法析〈冤〉中「吳雪」形象　滄州師範專科學校學報　第 20 卷第 2 期　2004 年 6 月　頁 9—10

1001. 邱貴芬　翻譯驅動力下的臺灣文學生產——1960—1980 現代派與鄉土文學的辯證——臺灣現代派小說的特色〔〈泥像們的祭典〉部分〕　臺灣小說史論　臺北　麥田出版公司　2007 年 3 月　頁 227

1002. 陳建忠主編　〈那些不毛的日子〉作品導讀　彰化縣國民小學臺灣文學讀本・小說卷（下）　彰化　彰化縣文化局　2004 年 8 月　頁 16—18

1003. 郝譽翔　作品導讀／〈韭菜命的人〉　青少年臺灣文庫 2——小說讀本 3：袋鼠族物語　臺北　國立編譯館　2008 年 12 月　頁 114—115

1004. 郝譽翔　性別越界的年代〔〈韭菜命的人〉部分〕　青少年臺灣文庫 2——小說讀本 3：袋鼠族物語　臺北　五南圖書出版公司　2008 年 12 月　頁 7—8

1005. 林秀蓉　女身與女聲：臺灣小說「瘋癲」之敘事意涵——臺灣小說「瘋女」形象及其特質——變異者：解構母女的關係〔〈瓷觀音〉部

分〕　眾身顯影：臺灣小說疾病敘事意涵之探究（1929—2000）
高雄　春暉出版社　2013 年 2 月　頁 141—142

多篇作品

1006. 許南村〔陳映真〕　試論施叔青：「香港的故事」系列（上、下）〔〈愫細怨〉、〈窯變〉、〈票房〉、〈冤〉、〈一夜遊〉、〈情探〉、〈夾縫之間〉、〈尋〉、〈驅魔〉〕　自立晚報　1985 年 2 月 13 日　10 版

1007. 陳映真　試論施叔青：「香港的故事」系列〔〈愫細怨〉、〈窯變〉、〈票房〉、〈冤〉、〈一夜遊〉、〈情探〉、〈夾縫之間〉、〈尋〉、〈驅魔〉〕　七十四年文學批評選　臺北　爾雅出版社 1986 年 4 月　頁 149—166

1008. 梅　子　「騷動不安」的新產物——評施叔青「香港的故事」〔〈愫細怨〉、〈窯變〉、〈票房〉、〈冤〉、〈一夜遊〉、〈情探〉、〈夾縫之間〉、〈尋〉、〈驅魔〉〕　情探　臺北　洪範書店 1986 年 2 月　頁 205—222

1009. 李子雲　施叔青與張愛玲〔〈愫細怨〉、〈窯變〉、〈票房〉、〈冤〉、〈一夜遊〉、〈情探〉、〈夾縫之間〉、〈尋〉、〈驅魔〉〕　顛倒的世界　北京　中國文聯出版公司　1986 年 9 月　頁 1—9

1010. 舒　非　施叔青，女人寫女人——「香港的故事」讀後〔〈愫細怨〉、〈窯變〉、〈票房〉、〈冤〉、〈一夜遊〉、〈情探〉、〈夾縫之間〉、〈尋〉、〈驅魔〉〕　洪範雜誌　第 29 期　1987 年 1 月　3 版

1011. 王晉民　施叔青近期小說介紹〔〈愫細怨〉、〈窯變〉、〈票房〉、〈冤〉、〈一夜遊〉、〈情探〉、〈夾縫之間〉、〈尋〉、〈驅魔〉〕　小說評論　1987 年第 4 期　1987 年　頁 79—83

1012. 白先勇　香港傳奇——讀施叔青「香港的故事」[25]〔〈愫細怨〉、〈窯

---

[25]本文後為《驅魔——香港傳奇》一書〈序〉。

變〉、〈票房〉、〈冤〉、〈一夜遊〉、〈情探〉、〈夾縫之間〉、〈尋〉、〈驅魔〉〕　博益月刊　第 9 期　1988 年 5 月頁 4—8

1013. 白先勇　香港傳奇——讀施叔青「香港的故事」〔〈愫細怨〉、〈窯變〉、〈票房〉、〈冤〉、〈一夜遊〉、〈情探〉、〈夾縫之間〉、〈尋〉、〈驅魔〉〕　洪範雜誌　第 36 期　1988 年 10 月1 版

1014. 白先勇　香港傳奇——讀施叔青「香港的故事」〔〈愫細怨〉、〈窯變〉、〈票房〉、〈冤〉、〈一夜遊〉、〈情探〉、〈夾縫之間〉、〈尋〉、〈驅魔〉〕　韭菜命的人　臺北　洪範書店1988 年 10 月　頁 1—8

1015. 白先勇　序　驅魔——香港傳奇　北京　作家出版社　1989 年 1 月　頁 1—5

1016. 白先勇　香港傳奇——讀施叔青「香港的故事」〔〈愫細怨〉、〈窯變〉、〈票房〉、〈冤〉、〈一夜遊〉、〈情探〉、〈夾縫之間〉、〈尋〉、〈驅魔〉〕　最好她是尊觀音　香港　明窗出版社　1989 年 12 月　頁 276—282

1017. 白先勇　香港傳奇——讀施叔青「香港的故事」〔〈愫細怨〉、〈窯變〉、〈票房〉、〈冤〉、〈一夜遊〉、〈情探〉、〈夾縫之間〉、〈尋〉、〈驅魔〉〕　第六隻手指　臺北　爾雅出版社1995 年 11 月　頁 195—201

1018. 白先勇　香港傳奇——讀施叔青「香港的故事」〔〈愫細怨〉、〈窯變〉、〈票房〉、〈冤〉、〈一夜遊〉、〈情探〉、〈夾縫之間〉、〈尋〉、〈驅魔〉〕　白先勇作品集・樹猶如此　臺北天下遠見出版公司　2008 年 9 月　頁 374—380

1019. 白先勇　香港傳奇——讀施叔青「香港的故事」〔〈愫細怨〉、〈窯變〉、〈票房〉、〈冤〉、〈一夜遊〉、〈情探〉、〈夾縫之

間〉、〈尋〉、〈驅魔〉〕　明星咖啡館　南京　江蘇文藝出版
社　2009 年 5 月　頁 111—114

1020. 管寧，葉恩忠　　主體人格精神的藝術展現——施叔青「香港的故事」闡釋
〔〈愫細怨〉、〈窯變〉、〈票房〉、〈冤〉、〈一夜遊〉、
〈情探〉、〈夾縫之間〉、〈尋〉、〈驅魔〉〕　福建論壇
1992 年第 5 期　1992 年　頁 75—81

1021. 林承璜　　施叔青和她的「香港的故事」〔〈愫細怨〉、〈窯變〉、〈票
房〉、〈冤〉、〈一夜遊〉、〈情探〉、〈夾縫之間〉、
〈尋〉、〈驅魔〉〕　臺灣文學史（下）　福州　海峽文藝出版
社　1993 年 1 月　頁 845—850

1022. 鍾曉毅　　論香港女作家筆下的愛情模式〔〈愫細怨〉、〈窯變〉部分〕
走向新世紀：第六屆世界華文文學國際研討會論文集　北京　人
民文學出版社　1994 年 11 月　頁 338

1023. 劉紅林　　探索人生的存在意義——臺灣現代派小說研究之二〔〈倒放的天
梯〉、〈約伯的末裔〉〕　臺港與海外華文文學評論和研究
1995 年第 4 期　1995 年 12 月　頁 51

1024. 李永英　　不動聲色地描繪人生——評香港作家施叔青的小說「香港的故
事」〔〈愫細怨〉、〈窯變〉、〈票房〉、〈冤〉、〈一夜
遊〉、〈情探〉、〈夾縫之間〉、〈尋〉、〈驅魔〉〕　電大教
學　1996 年第 1 期　1996 年　頁 30—33

1025. 李永英　　不動聲色地描繪人生——評香港作家施叔青的小說「香港的故
事」〔〈愫細怨〉、〈窯變〉、〈票房〉、〈冤〉、〈一夜
遊〉、〈情探〉、〈夾縫之間〉、〈尋〉、〈驅魔〉〕　遠程教
育雜誌　1997 年第 6 期　1997 年　頁 32—34

1026. 張　荔　　蔥綠配桃紅——施叔青及其「香港的故事」〔〈愫細怨〉、〈窯
變〉、〈票房〉、〈冤〉、〈一夜遊〉、〈情探〉、〈夾縫之
間〉、〈尋〉、〈驅魔〉〕　世界華文文學論壇　1997 年第 2 期

1997 年 6 月　頁 21—23

1027. 張　荔　蔥綠配桃紅——施叔青及其「香港的故事」〔〈愫細怨〉、〈窯變〉、〈票房〉、〈冤〉、〈一夜遊〉、〈情探〉、〈夾縫之間〉、〈尋〉、〈驅魔〉〕　臺港與海外華文文學評論和研究 1997 年第 2 期　1997 年　頁 21—22

1028. 陳燕遐　書寫香港——王安憶、施叔青、西西的「香港故事」〔〈愫細怨〉、〈窯變〉、〈票房〉、〈冤〉、〈一夜遊〉、〈情探〉、〈夾縫之間〉、〈尋〉、〈驅魔〉〕　現代中文文學學報　第 2 卷第 2 期　1999 年 1 月　頁 91—117

1029. 張靜茹　殖民地的浮世繪——施叔青「香港的故事」系列中的人性物化現象〔〈愫細怨〉、〈窯變〉、〈票房〉、〈冤〉、〈一夜遊〉、〈情探〉、〈夾縫之間〉、〈尋〉、〈驅魔〉〕　中國現代文學理論　第 15 期　1999 年 9 月　頁 402—426

1030. 蕭　成　商業文明背影裡的女性群落——評施叔青「香港的故事」系列〔〈愫細怨〉、〈窯變〉、〈票房〉、〈冤〉、〈一夜遊〉、〈情探〉、〈夾縫之間〉、〈尋〉、〈驅魔〉〕　寧德師專學報 2001 年第 1 期　2001 年 1 月　頁 51—54

1031. 李　艷　欲望與寂寞間的生存——論施叔青短篇小說中的女性心態〔〈壁虎〉、〈回首‧驀然〉、〈困〉、〈後街〉、〈常滿姨的一日〉、〈愫細怨〉、〈窯變〉、〈驅魔〉、〈情探〉〕　世界華文文學論壇　2001 年第 1 期　2001 年 3 月　頁 65—69

1032. 伍寶珠　從反思到自我主體的開拓——八零年代女性主義小說略論——對傳統男尊女卑觀念的反思——廖輝英、袁瓊瓊、施叔青、李昂小說舉隅〔〈完美的丈夫〉、〈回首，驀然〉部分〕　從反思到反叛——八、九零年代臺灣女性主義小說探究　臺北　大安出版社 2001 年 9 月　頁 30—40

1033. 邱貴芬　落後的時間與臺灣歷史敘述——試探現代主義時期女作家創作裡

　　　　　另類時間的救贖可能〔〈壁虎〉、〈泥像們的祭典〉、〈那些不
　　　　　毛的日子〉部分〕　後殖民及其外　臺北　麥田出版公司　2003
　　　　　年 9 月　頁 92—93

1034. 陳凱筑　繭裡的流動——論施叔青「香港的故事」〔〈愫細怨〉、〈窯
　　　　　變〉、〈票房〉、〈冤〉、〈一夜遊〉、〈情探〉、〈夾縫之
　　　　　間〉、〈尋〉、〈驅魔〉〕　中臺學報　第 18 卷第 4 期　2007
　　　　　年　頁 157—175

1035. 李　薇　臺灣當代女作家「鬼話」創作的現代氣質〔〈窯變〉、〈那些不
　　　　　毛的日子〉部分〕　華文文學　2008 年第 2 期　2008 年 4 月
　　　　　頁 59—61

1036. 胡亭亭　對欲望的審視——評施叔青「香港的故事」〔〈愫細怨〉、〈窯
　　　　　變〉、〈票房〉、〈冤〉、〈一夜遊〉、〈情探〉、〈夾縫之
　　　　　間〉、〈尋〉、〈驅魔〉〕　哈爾濱學院學報　第 30 卷第 12 期
　　　　　2009 年 12 月　頁 42—46

1037. 余　娜　迷茫的快樂‧寂寞的清醒——論施叔青「香港的故事」的女性意
　　　　　識〔〈愫細怨〉、〈窯變〉、〈票房〉、〈冤〉、〈一夜遊〉、
　　　　　〈情探〉、〈夾縫之間〉、〈尋〉、〈驅魔〉〕　名作欣賞
　　　　　2010 年第 6 期　2010 年 2 月　頁 53—54，75

1038. 王雯愷　殖民末世下的物欲人生——論施叔青的小說「香港的故事」
　　　　　〔〈愫細怨〉、〈窯變〉、〈票房〉、〈冤〉、〈一夜遊〉、
　　　　　〈情探〉、〈夾縫之間〉、〈尋〉、〈驅魔〉〕　文學界　2010
　　　　　年第 9 期　2010 年　頁 64—65

1039. 余文燕　淺議施叔青「香港的故事」系列小說——女性團體的生存困境
　　　　　〔〈愫細怨〉、〈窯變〉、〈票房〉、〈冤〉、〈一夜遊〉、
　　　　　〈情探〉、〈夾縫之間〉、〈尋〉、〈驅魔〉〕　青春歲月
　　　　　2012 年第 22 期　2012 年　頁 15

1040. 林秀蓉　女身與女聲：臺灣小說「瘋癲」之敘事意涵——臺灣小說「瘋

女」形象及其特質——內囿者：攝取婚戀的壓抑〔〈瓷觀音〉、〈回首，驀然〉部分〕　眾身顯影：臺灣小說疾病敘事意涵之探究（1929—2000）　高雄　春暉出版社　2013 年 2 月　頁 131—133

1041. 廖淑芳，包雅文　情慾的描寫〔〈壁虎〉、〈泥像們的祭典〉部分〕　探索的年代——戰後臺灣現代主義小說及其發展　臺南　國立臺灣文學館　2013 年 12 月　頁 143—149

作品評論目錄、索引

1042. 許素蘭編；施叔青增訂　施叔青小說評論引得　施叔青集（臺灣作家全集）　臺北　前衛出版社　1993 年 12 月　頁 293—296

1043. 劉　宇　李昂、施叔青研究資料匯總——施叔青研究資料　李昂施叔青合論　蘇州大學中國現當代文學研究所　博士論文　曹惠民教授指導　2007 年 4 月　頁 163—170

1044. 〔封德屏主編〕　施叔青　臺灣現當代作家評論資料目錄（三）　臺南　國立臺灣文學館　2010 年 11 月　頁 1904—1936

1045. 郭育容等[26]　施叔青研究書目　跨國華人書寫·文化藝術再現：施叔青研究論文集　臺北　臺灣師範大學出版中心　2015 年 12 月　頁 499—515

其他

1046. 王明珂　《世紀女性·臺灣第一》　中國時報　2000 年 1 月 20 日　42 版

1047. 康寧馨　書寫女性·進駐歷史——臺灣難得的綜合傳記書〔《《世紀女性·臺灣第一》〕　破週報　第 98 期　2000 年 3 月 3—12 日　26 版

---

[26]郭育容、許良禎、呂伯寧、沈夢睿整理。

國家圖書館出版品預行編目資料

臺灣現當代作家研究資料彙編. 120, 施叔青/陳芳明編
選.-- 初版.-- 臺南市：臺灣文學館, 2019.12
　　面；　公分
ISBN 978-986-5437-42-8 (平裝)

1.施叔青 2.傳記 3.文學評論

863.4　　　　　　　　　　　　108018302

【臺灣現當代作家研究資料彙編】120

施叔青

發 行 人　蘇碩斌
指導單位　文化部
出版單位　國立臺灣文學館
　　　　　地　　　址／70041 臺南市中西區中正路 1 號
　　　　　電　　　話／06-2217201　　　　　傳　　　真／06-2218952
　　　　　網　　　址／www.nmtl.gov.tw　　　電子信箱／pba@nmtl.gov.tw

總 策 畫　封德屏
顧　　問　林淇瀁、張恆豪、許俊雅、陳義芝、須文蔚、應鳳凰
工作小組　王譽潤、沈孟儒、李思源、林暄燁、陳玟希、蘇筱雯
編　　選　陳芳明
責任編輯　蘇筱雯
校　　對　杜秀卿、蘇筱雯
計畫團隊　財團法人台灣文學發展基金會
美術設計　翁國鈞・不倒翁視覺創意
印　　刷　松霖彩色印刷事業有限公司

著作財產權人　國立臺灣文學館
　　　　本書保留所有權利。欲利用本書全部或部分內容者，須徵求著作財產權人
　　　　同意或書面授權。請洽國立臺灣文學館研究典藏組（電話：06-2217201）

經銷展售　國立臺灣文學館藝文商店（06-2217201 ext.2960）
　　　　　國家書店松江門市（02-25180207）
　　　　　一德洋樓羅布森冊惦（04-22333739）
　　　　　三民書局（02-23617511、02-25006600）
　　　　　台灣的店（02-23625799）　　　　府城舊冊店（06-2763093）
　　　　　南天書局（02-23620190）　　　　唐山出版社（02-23633072）
　　　　　後驛冊店（04-22211900）　　　　五南文化廣場（04-22260330）
　　　　　蜂書有限公司（02-33653332）
初版一刷　2019 年 12 月
定　　價　新臺幣 450 元整
　　　　　第一階段 15 冊新臺幣 5500 元整　第二階段 12 冊新臺幣 4500 元整
　　　　　第三階段 23 冊新臺幣 8500 元整　第四階段 14 冊新臺幣 5000 元整
　　　　　第五階段 16 冊新臺幣 6000 元整　第六階段 10 冊新臺幣 3800 元整
　　　　　第七階段 10 冊新臺幣 4500 元整　第八階段 10 冊新臺幣 3600 元整
　　　　　第九階段 10 冊新臺幣 4000 元整　　全套 120 冊新臺幣 37000 元整

GPN　1010802256（單本）　ISBN　978-986-5437-42-8（單本）
　　　1010000407（套）　　　　　　978-986-02-7266-6（套）

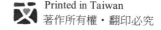